W0366510

INA MAY

Der Bulle
vom Ammersee

INA MAY

Der Bulle vom Ammersee

Kriminalroman

GMEINER SPANNUNG

Immer informiert

Spannung pur – mit unserem Newsletter informieren wir Sie regelmäßig über Wissenswertes aus unserer Bücherwelt.

Gefällt mir!

Facebook: @Gmeiner.Verlag
Instagram: @gmeinerverlag
Twitter: @GmeinerVerlag

Besuchen Sie uns im Internet:
www.gmeiner-verlag.de

Im Ehnried 5, 88605 Meßkirch
Telefon 07575/2095-0
info@gmeiner-verlag.de

1. Auflage 2018

Lektorat: Claudia Senghaas
Herstellung: Mirjam Hecht
Umschlaggestaltung: U.O.R.G. Lutz Eberle, Stuttgart
unter Verwendung eines Fotos von: © pwmotion / Fotolia.com
Druck: GGP Media GmbH, Pößneck
Printed in Germany
ISBN 978-3-8392-2295-9

Personen und Handlung sind frei erfunden.
Ähnlichkeiten mit lebenden oder toten Personen
sind rein zufällig und nicht beabsichtigt.

PROLOG

Fünf Monate zuvor

Launisch war nicht nur dieser April.

Laura fröstelte, als sie in der mondbeschienenen Nacht von der unebenen Wiese auf den Steg hinaus trat.

Das Bootshaus auf der linken Seite warf einen Schatten, der den Eindruck vermittelte, da hätte jemand einen riesigen Schirm aufgespannt. Es fühlte sich an, als müsste sie unter dem finsteren Schwarz hindurchtauchen, ehe sie wieder im Licht stand. Dabei assistierte ihrer Taschenlampe im Moment nur der Mond. Er nahm zu, Lauras Angst auch.

Sie musste eine Entscheidung treffen, genau davor fürchtete sie sich. Die kurze Strecke bis zum anderen Ende des Steges schien ihr eine echte Herausforderung. Etwas schwankte – es waren nicht die Holzplanken. Kurz hielt sie sich am Geländer fest. Sie hatte nur zwei Gläser Wein getrunken, geglaubt, dann wäre es einfacher, das Verlustgefühl und die Gänsehaut in den Griff zu bekommen. Laura hatte sich getäuscht, denn beides war verschwunden.

Unter ihr schwappte das Wasser des Ammersees gegen die Pfosten. Leichter Algen- und Fischgeruch drang ihr in die Nase. Sie war seit fast drei Wochen hier, ein schöner, zumeist sonniger Frühling. Sie hatte begonnen, den besonderen Seeduft zu mögen.

Kurz glaubte Laura, sie hätte ein leichtes Vibrieren unter ihren Füßen gespürt, weil jemand über die Planken lief. Sie wandte sich um, da war gerade ein Schatten gewesen. War er es, oder … »Hiero?« Sie hielt inne, wartete. Keine Antwort.

Laura machte ausholende Schritte über die Spalten zwischen den Brettern und versuchte, das Schwarz darunter zu ignorieren. Ihr Atem ging schneller. Trotz der lauen Nachttemperatur war ihr kalt, sie hätte besser eine Jacke mitgenommen.

Der See wurde am Ufer eingerahmt von Hunderten von Lichtern, die Stimmen und Laute waren weit weg. Tagsüber vermischten sich sämtliche Geräusche, man nahm sie nicht bewusst wahr. In der Abendstille klangen die Wellen, als würden sie mit ihr flüstern.

Komm näher.

Ein paar Tage zuvor war ihr all das noch heimelig und wunderbar vorgekommen, aber das gute Gefühl war verflogen. Geblieben war nur der Verdacht, dass der Mann, in den sie sich verliebt hatte, ihr in mehr als einer Hinsicht etwas vormachte. Sie wischte sich mit zwei Fingern über die Wangen, schalt sich, weil sie jetzt auch noch wegen ihm weinte.

Im Café »Seetang« hatte sich heute ein Ehepaar darüber unterhalten, wie viele Leichen schon in den Fluten des Ammersees verschwunden waren. Es wurde gewettet, wer mit seiner Schätzung der Totenzahl am nächsten kam.

Lauras Erschrecken am Nebentisch war unbemerkt geblieben. Wussten sie nicht, dass es Unglück brachte, Wetten über den Tod abzuschließen? Oder brachte es am Ende Unglück, auch nur über den Tod nachzudenken? Laura blickte auf die Schattenlandschaft hinaus, ging in die Hocke, stützte sich mit einer Hand ab und ließ sich auf dem Holz nieder, das die Wärme des Tages gespeichert hatte. Sie lehnte sich mit dem Rücken gegen das Geländer.

Dass sie die Beine angezogen hatte, als müsste sie sich klein und am besten unsichtbar machen, bemerkte sie erst, als ihr rechter Unterschenkel unangenehm zu kribbeln begann. Sie sog die Luft tief ein und streckte ihre Beine aus, schlug eines über das andere.

Irgendwo am gegenüberliegenden Seeufer wurde etwas gefeiert, sie hörte ein paar Gratulanten ein Happy Birthday anstimmen, dann klirrten Gläser, als miteinander angestoßen wurde. Ein Platschen begleitet von einem Schrei. Laura zuckte zusammen. Gleich darauf wurde gejohlt und Beifall geklatscht. Sie schloss die Augen, biss sich auf die Lippen. Du bist dünnhäutig, sagte sie sich und rubbelte über ihre nackten Arme.

Die Entscheidung, die sie von sich gefordert hatte, war vielleicht schon gefällt. Laura würde sich verabschieden – sie wollte dafür gerade nur noch ein wenig Mut sammeln. Das Wasser des Sees schimmerte friedlich, als hätte sie ihn nicht schon vor Wut toben sehen.

Laura drehte das Armband am linken Handgelenk. Die Diamanten glitzerten im hellen Mondlicht. »Diamanten sind auf keinen Fall die besten Freunde eines Mädchens«, lachte sie bitter auf. Ihr Glanz schien ihr in den Augen zu stechen. Sie zog sich mit einer Hand am Geländer hoch und öffnete den Sicherheitsverschluss, ließ den Schmuck in ihre Handfläche gleiten, beugte sich vor, holte weit aus … und schloss die Hand im letzten Moment wieder, bevor sie das Armband dem See überantworten konnte. »Nein!« Sie schüttelte den Kopf. »Du sollst noch an mich denken und dir wünschen, du hättest es mir nicht geschenkt.«

Als sie sich wieder umwandte, stand da tatsächlich jemand. Die Person kam nicht näher. Laura sah, dass sie eine Brille trug, etwas in der Hand hielt und eine Bewegung machte.

Das Gefühl, als hätte etwas sie getroffen, dann …

1. KAPITEL

Mit der Schwerkraft verhält es sich wie mit dem Wahnsinn. Manchmal reicht schon ein kleiner Schubs.

Das Entführungsopfer, die beliebte Deutschlehrerin der Realschule, lief den Uferweg am See entlang, versuchte zu entkommen. Sie rannte vor ihm weg, sie würde nicht weit kommen. Er würde sie abschießen und es genießen. Er hätte geübt, er würde treffen. *Eine Kugel für dich, du hübsches Miststück.* Mit ihrer Verstauchung im Fußgelenk käme sie nicht weit, wäre nicht schnell genug.

Die Jagd ist eröffnet, sagte er sich.

Ihre Augen wurden groß vor Angst, als sie kapierte, warum er es ihr nicht allzu schwer gemacht hatte, die Tür des Schuppens aufzubekommen.

Sie war schon tot, wusste es nur noch nicht, aber gleich. Er hatte sie vergiftet; zuerst würde sie sich an die Kehle greifen. Dann an den Kopf, wenn die Stahlkugel sie an der Schläfe traf.

Wer zuerst stirbt, den bestraft das Leben.

Es war kein Aufwachen, es war ein nach Luft Schnappen und ein erleichtertes »nur geträumt«. Viktor hatte gestern noch in dem Drehbuch gelesen, das jetzt irgendwo in der Decke verknäult lag. Im Traum war er der Täter gewesen. In Wirklichkeit war er der Hauptdarsteller, im Film ein Kriminalkommissar. Sollte er es prima finden, wenn er vorab schon mal Mordluft schnuppern durfte?

Die Augenlider wollten sich wieder schließen, es war eine anstrengende Nacht gewesen. Aber wenn er sich eines nicht leisten konnte, war es Schlaf. Die Arbeit rief noch nicht, aber der Drehplan musste besprochen werden, und Viktor sollte vorher noch seinen Magen zufriedenstellen.

Wer Freude bei der Arbeit hat, ist imstande viel zu leisten, war der absolute Lieblingsmotivationssatz des Regisseurs.

Geleistet hatte Viktor Lässig noch überhaupt nichts, und wenn er nicht endlich in die Gänge kam, würde Augustin Nagel mit Bestimmtheit eine wenig freundliche Bemerkung zu seiner Antriebslosigkeit abschießen.

Viktor und der frühe Morgen standen seit jeher auf Kriegsfuß. Er schaute auf die Uhr am Nachttisch und wusste, dass er spät dran war. Keine Rasur, hatte er sich gerade noch rechtzeitig erinnert, als er unter die Dusche schlüpfte. Jetzt fuhr er sich über die Wange, fühlte es kratzen, mochte es nicht unbedingt. Aber die Bartstoppeln musste er für seine Rolle stehen lassen. Ein Dreitagebart wäre gut. Was war nach den drei Tagen? Er würde sich das noch mal fragen, wenn es so weit war.

Die gestrige Hochdruckwetterlage war heute nur mehr eine schöne Erinnerung. An diesem Morgen regnete es. Viktor ging die Treppen hinunter. Überall fröhliche Rufe, es sei schön, die Filmcrew des »Bullen vom Ammersee« wieder im Hotel »Wassermann« begrüßen zu dürfen, vor allem natürlich Hiero Hart, ihn, was er grinsend zur Kenntnis nahm. Und falls etwas gebraucht werden sollte, dürfe man sich jederzeit gerne melden. Er würde es im Sinn behalten.

Nahezu geräuschlos tappte Viktor über die Holzdielen, die die Farbe hellen Milchkaffees hatten, an der Rezeption vorbei und fragte sich ernsthaft, welche Szenen sie bei der Düsternis dort draußen drehen konnten. Selbst im Foyer hatte man die Lampen eingeschaltet. Und das Filmlicht hatte einen Haken – zu viel davon konnte die Stimmung ruinieren. »Einen wunderbaren guten Morgen«, grüßte hinter dem Tresen eine jugendliche Stimme mit einem süßen Lächeln wie aus einer Eiswerbung.

»Es regnet in den See«, entgegnete Viktor und erntete einen komischen Blick. Was denn, vielleicht nicht?

Je näher er dem Frühstücksraum kam, umso mehr Stimmen hörte er, die fast oktoberfestmäßig aufeinanderprallten. Ein Geräuschpegel jenseits von Gemütlichkeit. Und das in aller Frühe! So wach war er noch längst nicht. Auf die Tische verteilt saß bereits die gesamte Filmcrew, nebst einigen Hotelgästen, denen es offenbar gefiel, das bavarische Filmflair aufzusaugen.

Es wurde Rührei mit Bacon auf den Tellern herumgewälzt, dazu Kaffee, Tee, Saft oder was auch immer getrunken. Einige waren offenbar schon wieder im Aufbruch begriffen. Viktor war ein Nachtmensch, da schaute er kurz vor halb neun generell noch etwas verschlafen aus der Wäsche. Weil fast alle Plätze besetzt waren, fand er es nicht schwierig, sein Gedeck zu finden. Er legte größten Wert auf einen Fensterplatz; heute hätte er ihn nicht unbedingt gebraucht – man sah die Blätter an den Bäumen hin und her wedeln und hörte den Regen prasseln.

Viktor zog den Stuhl zurück, schlüpfte aus seiner Lederjacke und hängte sie über die Lehne. Mit einem ungnädigen Blick registrierte er die Pflanze auf dem Tisch. Schnell schob er die Vase samt der weißen Rose, die an seinem Platz vor dem Gedeck stand, hinüber zum leeren Platz der Maskenbildnerin. Er konnte die Dornengewächse nicht leiden, auch wenn sie noch so unschuldig aussahen. Wofür standen weiße Rosen? Wenigstens war es keine rote, diese Aussage kannte er, sie hätte ihn nervös gemacht.

»HAUPTDARSTELLER«, hatte jemand in Großbuchstaben auf ein Kärtchen geschrieben und ein Herz dazu gemalt. Er ließ sich auf den Stuhl fallen – das Sitzmöbel, ein helles Geflecht mit einem Kissen darauf, knarzte, als hätte es Grund zur Beschwerde. Versöhnlicher Kaffeeduft drang ihm in die Nase. Auf dem Tisch stand eine Kanne mit normalem Filterkaffee, während der Automat am Buffet Cappuccino und Co. anbot.

Er hatte die Hand schon ausgestreckt, da bemerkte er die vier Ecken, die unter seinem Teller hervorspitzten. Ein Briefumschlag?

Viktor rieb seine Finger gegeneinander, als müsse er erst überlegen, ob er nachschauen wollte. Das Kuvert sah geheimnisvoll aus und wichtig. Allem Wichtigen misstraute er aus tiefstem Herzen, und vor Geheimnissen hatte er einen Riesenrespekt. Er zog es vorsichtig unter dem Teller vor und klappte die Lasche heraus. Das Ding war nicht zugeklebt. Seine Finger griffen nach einer dünnen Karte.

Ein schwarzer Rand ließ ihn an einen Todesfall denken.

Du willst nicht, dass dir etwas passiert?

Viktor riss erstaunt die Augen auf, jetzt war er wach. Der Inhalt las sich nicht ganz so endgültig, aber drohend. Das war keine unschuldige Frage. Er verzog den Mund.

Dann heißt es für dich, zu tun, was ich sage. Es wird lustig, aber es ist kein Spaß. Morgen mehr ...

Und komm' nicht auf die gefährliche Idee, etwas über mich herausfinden zu wollen.

Viktor sprang auf, ihm war heiß geworden. Vielleicht saß der Erpresser irgendwo im Raum. Freude bereitete es doch nur, wenn der Schreiber sah, wie seine Nachricht aufgenommen wurde. Viktor ließ den Blick umherwandern, um zu verfolgen, wer ihn gerade im Visier hatte. *Gefährlich,* nannte der Schreiber den Versuch, ihn entdecken zu wollen. »Bockmist«, schimpfte Viktor.

Da, Egon Beusel, der Requisiteur, der in Türnähe saß, hatte sich zu ihm herumgedreht. Sein Lächeln schien seltsam, irgendwie vielsagend. Viktor griff sich das Kuvert, drängte sich zwischen den Sitzreihen durch, stellte sich entschlossen vor Egon auf und winkte damit vor dessen Nase herum: »Du meinst, man kann mir so dämlich drohen?«, schoss Viktor seine Frage nicht gerade leise ab. Er erregte Aufmerksamkeit, dabei war er nur wütend. Einige Leute wandten sich ihnen interessiert zu.

»Ach Hiero, was soll das jetzt? Haben wir schlecht geschlafen?«, fragte Egon unaufgeregt.

Wir, keine Ahnung, Viktor hatte nur blöd geträumt.

»Erst Tag 1, und schon jetzt bist du so ungenießbar«, ließ Egon den Satz in der Luft schweben. Viktor konnte sich sein wahrscheinliches Ende denken, und das war kein Gutes. »Was grinst du so katzenmäulig?«, fuhr Viktor ihn an. Egons Lächeln war schuld, dass er ihn überhaupt verdächtigte, der Verfasser der ominösen Trauerkarte zu sein. Viktors Sensoren hatten Egon als Erstes erfasst.

»Katzenmäulig?«, echote Egon kopfschüttelnd. Er rollte jetzt mit den Augen. Geh doch jemand anderem auf den Wecker, sagte sein Blick. Vielleicht war der Säbelrassler mit der warnenden Ankündigung ja nicht Egon Beusel. Aber irgendwer muste es sein. Viktor war sicher, den Verfasser unter den Kollegen zu finden.

Bloß, wer hatte etwas davon, und was wurde von ihm verlangt? Morgen mehr … Viktor wollte nicht auf morgen warten und sich derweil fragen, worauf er da überhaupt wartete. Er hatte gerade laut geschimpft, Egon schob ihm einen freien Stuhl hin, bot ihm an, sich zu setzen. »Wer hat wovon was?«, fragte er. »Oder missfällt dir bloß das Drehbuch der neuen Folge? Du kriegst diesmal eine ganz feine Waffe in die Hand.« Dazu lächelte der Requisiteur. Er machte sich lustig über Viktor.

»Und nicht nur das«, wusste Viktor und drehte den Stuhl wieder zurück. Angebot abgelehnt. Aber Egon zuckte bloß die Schultern. »Die Geschichte ist nicht in deinem Sinn, wie sich jeder denken kann.«

Beschönigend umschrieben. Wer nannte eine Handsteinschleuder ernsthaft »eine ganz feine Waffe«? Die Idee war so was von abartig. Viktor hätte zu gerne etwas geändert, aber das war im Augenblick das kleinere Problem.

»Mir musst du deswegen aber nicht auf den Pelz rücken, ich hab mir den Plot nicht ausgedacht«, rief ihm Egon in Erinnerung.

Als ob er das nicht wusste. Das war Günter Dexter, und er und Viktor redeten normalerweise miteinander. Dieses Mal hatten sie es nicht getan. »Du hattest natürlich meine neue Waffe im Sortiment und freust dich mit mir«, konnte Viktor sich nicht verkneifen. Genauso sah Egon aus, der ihm schon gestern Abend dieses Unikum mit den besten Empfehlungen der Requisite aufs Zimmer schicken ließ. Doch der Kartenschreiber war er wohl nicht, er beachtete das Kuvert, das ihm Viktor hinhielt, überhaupt nicht.

»Ich ducke mich jedenfalls weg, wenn du mit dem Ding loslegst«, lachte Egon. »Ist ja auch bloß für das grandiose Filmfinale. Das wirst du schon schaffen!« Überzeugt. Wenn der Ton nicht so scheinheilig gewesen wäre. Prima. Den Täter mit seiner eigenen Waffe schlagen. Viktors Gesicht sprach Bände, vielleicht gruben sich gerade Marionettenfalten von den Mundwinkeln nach unten.

»Na ja, wenn es damit gar nicht klappt, bekommst du vielleicht deine alte Knarre zurück. Ein Filmskript ist nicht in Stein gemeißelt. Man weiß ja nie, was sich da noch tut.«

Viktor kniff die Augen zusammen. Wie war das gemeint? Egon wollte vielleicht vorhersehend klingen, aber Viktor hatte für Prophezeiungen gerade keinen Nerv.

In seiner Hosentasche klingelte es. Er angelte nach dem Telefon. Mit der anderen Hand schob er das Kuvert am Rücken unter den Gürtel der Jeans, dann feuerte er eine imaginäre Pistole auf Egon ab und marschierte zurück an den Platz für den groß geschriebenen Hauptdarsteller.

»Der macht einen Wirbel!«, hörte er Egon hinter sich schnaufen.

»Hiero Hart«, meldete sich Viktor, ohne auf dem Display zu überprüfen, wer ihn da anrief.

»Junge, lass den Unsinn – das ist bloß deine Rolle in der Krimiserie.«

»Papa.«

»Wer sonst?«

Ja. Wer stutzte ihn zurecht, ohne Rücksicht auf seine Prominenz, wenn nicht Peter Lässig. Gerade wollte Viktor seinem Vater nicht damit kommen, wie hart er für das dahingesagte »bloß« arbeitete. Denn dann würde der ihm erklären, wie viel er jeden Monat für die Schauspielschule abgedrückt hatte und dass das in seinem Job wirklich kein Honigschlecken war. Die Diskussion würde sich, wie so oft, glühend heißlaufen.

»Warum rufst du an?«, fragte Viktor. Um kurz nach halb neun in der Früh. Wo Viktor wusste, dass sein Vater wusste, dass man da besser noch nicht mit ihm rechnen sollte.

»In meiner Post war ein Brief mit einer Karte – die hat einen schwarzen Rand.«

»Wer ist gestorben?« Musste Viktor das überhaupt fragen?

Er zog sein Kuvert unter dem Gürtel hervor und legte es wieder unter den Teller an seinem Platz. Wenn es Zufälle gab, dann keine solchen.

»Du – deine Rolle. Hieronymus Hart«, sagte sein Vater. Dessen Ton ließ ahnen, was er davon hielt. »Deine Kollegen sind nicht witzig. Hast du's dir mit denen verscherzt?«, wurde in der Wunde herumgestochert.

»Na ja, einen Beliebtheitspreis bekomme ich nicht. Wahrscheinlich purer Neid.« Oder etwas ganz anderes. Viktor glaubte nicht an einen Scherz. *Morgen mehr …*

»Was steht auf der Karte?«, fragte er.

»Wir nehmen Abschied von Hieronymus Hart.« Peter trug es vor, als wäre tatsächlich jemand über den Jordan gegangen.

»Hm«, machte Viktor. »Nichts sonst, keine Einladung zur Trauerfeier?«, hakte er nach. Es wäre ein echtes Drama, wenn eine beliebte Filmfigur sterben würde, aber Hiero starb im neuen Skript nicht. Die Produktionsgesellschaft wäre entsetzt und die Fans erst recht. Das war eine rhetorische Frage gewesen. Viktor wollte bloß in Erfahrung bringen, wie ernst es demjenigen war und was auf dieser netten Karte stand.

»Da hast du's, niemand lädt ein, keiner will sich verabschieden. Wahrscheinlich lässt sich auf der Trauerfeier auch kein Mensch blicken.« Sein Vater murrte.

Da hatte er's. Viktor verzog das Gesicht und bearbeitete seine Nasenwurzel. Nah am Kopfschmerz. Sein Vater redete weiter. »Vielleicht zeigst du deinen Kollegen nichts, was sich zu mögen lohnt. Und vielleicht änderst du das. Wäre an der Zeit, meinst du nicht?«

Ein Vielleicht hier, noch ein Vielleicht da. Das hatte Viktor dringend gebraucht, wo er selber so einen mysteriösen Wisch bekommen hatte. »Papa, jetzt mach mal halblang, es ist niemand gestorben, und Hieronymus Hart muss seinen Fall lösen. Alles wie immer, würde Augustin Nagel sagen.«

»Schön für den Regisseur. Es ist niemand tot, willst du damit sagen und stopfst diese Karte einfach zu dem anderen Drohzeugs.«

»Du stopfst, ich bin ja grade nicht da«, bat ihn Viktor.

»Und ich soll die Polizei nicht verständigen und den Mund halten.« Peter lachte humorlos auf. »Was ist das Gegenteil von einem Fan?«, schloss er die Frage an.

»Kein Fan«, sagte Viktor.

Noch ein Auflachen.

Wem wollte er etwas vormachen? Kein Scherz hieß Ernst.

»Ich kümmere mich darum«, versprach er seinem Vater. Er hatte keine Ahnung, wie er das anstellen wollte. »Du sagst zu niemandem ein Wort«, bestätigte er. »Jetzt frühstücke ich erst mal, wir reden später weiter …« Oder überhaupt nicht.

»Du solltest dir wirklich ein paar Gedanken machen, wegen der Todesnachricht«, ließ Peter nicht locker.

»Vielleicht«, betonte Viktor. »Bis dann, Papa.« Er klickte seinen Vater weg. Er konnte davon ausgehen, Peter würde wieder anrufen.

In Viktors Kehle saß schon seit Sekunden ein Lachen, er ließ es heraus. Befreiend wirkte es nicht im Mindesten, denn er dachte an Filmversicherungen, die zahlen mussten, wenn dem Hauptdarsteller etwas zustieß. Todesnachricht. »Pfff«, schnaubte Viktor, schnappte sich die Kaffeekanne, schraubte den Verschluss auf und schenkte sich ein. Unter dem Dampf wurde es schwarz. Er schluckte, griff sich das Milchkännchen und den Zuckerstreuer. Heute war alles entweder weiß oder absolut schwarz.

2. KAPITEL

Das Leben ist wie eine Schachtel Pralinen, man weiß nie, was man bekommt.

Henny machte sich einen Kaffee, den sie mit hinüber in das kleine Büro zu ihrem Schreibtisch nahm. Sie stellte ihre Tasse auf den winzig freien Platz zwischen ihrem aktuellen Recherchematerial über Viktor Lässig alias Hiero Hart, dem Bildschirm und der Tastatur.

Henny wusste, ihre Oma hätte es gar nicht gern gesehen, dass sie sich ausgerechnet hier mit ihrer Arbeit einrichten würde. Als der »gelbe Salon« war dieses Zimmer in die Geschichte eingegangen – in die Familiengeschichte.

Oma Linde fand, genauso müsse der Erker mit den drei großen Fensterelementen heißen, der luftig und heiter wirkte. Die Wände waren cremefarben, gelb nur die Kissen auf der grauweißen Eckbank mit Schubladen, die perfekt und platzsparend eingepasst worden war. Der schönste Raum im ganzen Haus, hatte sie gesagt.

Aber der schönste Raum im ganzen Haus war immer schon Hennys Jugendzimmer im ersten Stock gewesen, von dem aus man über den Ammersee hinüber zum Waxenstein und bis zur fernen Zugspitze sah.

Das Einfamilienhaus mit dem kleinen Garten in der Seefelder Straße war Hennys Erbe. Obwohl die es viel lieber gesehen hätte, wenn ihre Oma Linde, die quirlige kleine Frau, wieder durch eine dieser Türen käme. Dass das Leben der Menschen *endlich* war, verstand man erst, wenn man begriff, die geliebte Person würde nie wieder durch eine der Türen kommen. Vermissen würde man sie immer.

Der Drucker gab ein Geräusch von sich, das sich wie ein verhaltenes Stöhnen anhörte. Henny hatte gestern offenbar vergessen, ihn auszuschalten. Aufmunternd klopfte sie auf sein Plastikdeck, als würde das helfen, drehte den Ledersessel herum und setzte sich. Der Mann, über den sie gerade mehr in Erfahrung zu bringen versuchte, hätte ihrer Oma wahrscheinlich ein Lächeln entlockt. Henny entlockte Hiero Hart keines.

Sie startete den Computer, schnell löste sich das Blau des Bildschirms auf und ihre Website erschien:

Detektivbüro Henny Ferber

Sie wollen etwas wissen, wir finden es für Sie heraus.

Ihr Leitsatz.

Wir war geschummelt, doch umständehalber war es ganz nützlich, das zu behaupten, weil sie kein Y-Chromosom in ihrer DNA vorweisen konnte. Einer Frau, noch dazu einer, die meist allein arbeitete, traute man den Job nicht so ohne Weiteres zu.

Diesmal stimmte es mit dem *Wir*. Eine namhafte Berliner Detektei hatte Henny in einer Mail um Unterstützung gebeten. So ausführlich hatte man ihr selten zu erklären versucht, worum es ging. Es handle sich um eine Person von öffentlichem Interesse, die sich zu Dreharbeiten im Hotel »Wassermann« in der Summerstraße in Herrsching am Ammersee einquartieren würde und über die man ein paar Dinge wissen müsse: Viktor Lässig, der in der bekannten Krimiserie den Hieronymus Hart verkörperte. Der Hauptdarsteller führte offenbar ein geheimes Doppelleben, weshalb seine Schauspielagentur die Detektei Prentz damit beauftragt hatte, in Erfahrung zu bringen, ob das Gerücht stimmte und ihnen daraus ein Schaden entstehen könnte. Die Überlegung war, ob Agentur und Management den Schauspieler weiter vertreten sollten? Denn wenn sein Geheimnis publik würde, wäre der Zug, fadenscheinige Erklärungen abzugeben, abgefahren.

Das erschien Henny ein handfester Grund. Eine Mail-Nachricht mit einem solchen Hinweis würde sie normalerweise vorsichtig behandeln, doch jemand aus dem Büro in Berlin hatte sie außerdem angerufen. Natürlich bräuchten sie über Hennys Tagessatz nicht verhandeln. Weil die Angelegenheit diffizil sei, wurde um Verschwiegenheit und Feingefühl gebeten. Elf Tage, seitdem sie zugestimmt hatte. Neun Tage, seit sie das Kuvert mit dem Vorschuss von 200 Euro aufgemacht hatte. Im Fall einer Nachricht solle sie nicht zögern anzurufen oder eine Mitteilung zu schicken. Einer der Mitarbeiter hätte immer ein offenes Ohr. Auch ein guter Slogan, fand Henny.

Geheimnisse und Rätsel ließen einen aufhören und machten neugierig, auch sie. Henny verrechnete 53 Euro pro Stunde.

Erreicht hatte die Detektei mit dem Barvorschuss jedenfalls eines: Henny fühlte sich verpflichtet, etwas herausfinden zu müssen. Gleichzeitig stellte sie sich die Frage, ob die Herrschaften tatsächlich mit irgendwelchen abenteuerlichen Ergebnissen rechneten.

Dem angeblichen Doppelleben von Viktor Lässig alias Hiero Hart war sie bislang kein Puzzlestückchen näher gekommen. Die Dreharbeiten des »Bullen vom Ammersee« liefen gerade erst an. Sie war nicht untätig gewesen, aber dafür hatte sie sich keine Lorbeeren verdient.

Es war nur eine Handvoll kleiner Hinweise, die sie zusammengetragen hatte, sie war der einzigen Spur gefolgt, der man ganz wunderbar nachgehen konnte: einem Stückchen Vergangenheit des Viktor Lässig.

In der Biografie auf der Website des »Bullen vom Ammersee« fand sich wenig Persönliches. Was dort stand, war dazu gedacht, den 34-Jährigen zu präsentieren und gut aussehen zu lassen, ihn interessant zu machen. Erwähnenswert war es demzufolge, dass Hiero Hart seiner Filmwaffe einen Frauennamen gab. Henny hatte das nur ein müdes Gähnen entlockt. Das Ding war ein Requisit, und er nannte seine Pistole die »hitzige Greta«. Hitzig. Witzig. *Normal* kam für eine Promibiografie nicht infrage, da musste es schon etwas Individuelles sein.

Was Henny, die Detektivin, tatsächlich herausgefunden hatte, dafür war nur eine Fahrt in die Landeshauptstadt nötig gewesen. Man könnte es auch persönliche Gespräche mit den Nachbarn der Lässigs im Armeleuteviertel am Hasenbergl in München-Feldmoching nennen.

Oma Linde hätte nicht geschmunzelt, wie Henny an ihre Informationen gelangt war. Aber wenn in einem Haus etwas passiert war, befragten Polizisten doch auch immer zuerst die Nachbarn.

»Die nette Rechtfertigung erfindest du bloß für dich!« Und Henny hatte tatsächlich jedes Mal das ungute Gefühl, sich für irgendetwas entschuldigen zu müssen.

Feldmoching ist nicht Hasenbergl. Auch keine Entschuldigung, nur die Sichtweise der Bewohner des Viertels, die sich nichts schlechtreden lassen würden.

Hennys Befragung hatte nicht wie eine solche ausgesehen, sie hatte den Briefkopf von einem bekannten bayerischen Fernsehsender auf ihrem Notizblock mit sich herumgetragen; die Sachen konnte man sich ausdrucken. Dass die Leute da draufschauten und das Logo erkannten – dafür war Henny nicht verantwortlich. Alles, was sie sagte, war, dass sie einige Recherchen anstellte. Und das tat sie. Danach musste sie kaum mehr was sagen.

»Die Mama vom Viktor, die starb ja, als der noch so klein war«, deutete Frau Fries die Größe des Kleinen an. Tischhöhe, hätte Henny geschätzt. Sie hatte genickt.

»Da war der Unfall auf dem Filmgelände, etwas ist explodiert. Bettina, Viktors Mama, war sofort tot.«

»War sie Schauspielerin?«, hatte Henny gefragt, einen vertrauensvollen Tonfall anschlagend.

»Wäre sie gern gewesen. Aber nein, Bettina verkaufte da ihre gebrannten Honigmandeln.« Frau Fries rieb sich über die Augen, aus ihrer Erinnerung war gerade der kleine Viktor getaucht. »Mann und Kind allein, das ging nicht, darum zog kurz darauf Peter Lässigs Schwester bei ihnen ein. Die Frau hatte Haare auf den Zähnen und Viktor von dem Tag an nichts mehr zu lachen.«

Der Augenblick, in dem Hiero Hart Henny ein wenig leidgetan hatte.

»Ich glaub, der Viktor schämt sich für seinen Vater.« Frau Fries lachte auf. »Der König der Unterwelt.«

Der Vater eines Filmhelden ein Verbrecher? Henny hatte geglaubt, dass es jetzt langsam interessant werden würde. Aber dann zerschlug die mitteilsame Frau Fries Hennys Optimismus. »Sie haben's doch auch nicht gewusst, oder? Dass Peter Lässig seit einer halben Ewigkeit Münchens Abwasserkanäle überprüft.«

So etwas wusste man nicht, hätte Henny ihr sagen können, so etwas erfuhr man von redseligen Nachbarn.

»Den Scheißjob muss jemand erledigen, dafür braucht man sich nicht schief anschauen lassen«, war Frau Fries überzeugt.

Es war der Zeitpunkt, an dem Henny dem »Bullen vom Ammersee« für sein Schämen wünschte, dass eines Tages seine Toilette verstopfte.

Die Frage zum Schluss, für wen Henny noch gleich arbeitete, überhörte sie, auch die Frage des Nachbarn auf der anderen Straßenseite, ob da nicht ein Honorar fällig sein müsste, wo er ihr doch alles erzählt hatte.

»Lässig mag sich nicht gern an seine Kindheit am Hasenbergl erinnern, seinen Vater besucht er nur selten. Überhaupt, Freunde hatte der schon damals keine richtigen. Kam öfter mit einer blutigen Nase heim und aufgeschürften Knien. – Diese Serie mit dem ›Bullen vom Ammersee‹, die ist der letzte Heuler, die schau' ich gar nicht.« Ein mahnend aufgerichteter Zeigefinger.

Doch, tust du, hätte Henny getippt. Er wirkte wie ein Typ, der mitreden wollte. Sie war sicher, der Unsympath saß bei jeder Folge begierig vor dem Fernseher und verfolgte geifernd die Spur des ehemaligen Nachbarsjungen.

Aufgestöbert hatte sie nichts Großes und nichts, woraus man ein Doppelleben hätte ableiten können. Trotzdem … »Liebe Oma Linde, der Typ ist reichlich sonderbar.« Sie war kein Fan von Hiero Hart. Ein Turnschuhtyp. Die Lederjacke mit dem aufgestellten Kragen machte das Gesamtbild nicht stimmiger. Henny hatte sich ihre Meinung gebildet, obwohl sie den Mann nicht kannte. »Nicht in Ordnung«, schüttelte sie den Kopf.

Sie hatte sich sogar um eine Komparsenrolle in der neuen Folge beworben. Bislang keine Antwort – keine Rolle – keine gute Möglichkeit, Hiero Hart ein wenig näher zu kommen und dem Mann auf den Zahn zu fühlen. Allmählich brauchte sie wirklich Resultate. »Wo ich mich sowieso grade verbiege«, murrte sie. Eine Belohnung gab es nur fürs Durchhalten, hatte sie mal jemanden sagen hören. Keine der Weisheiten von Oma Linde.

Die Detektivin wird das tun, was sie gut kann: herumschnüffeln. Diesmal hatte sie wenig Zeit, darum konnte sie ihr Vorhaben nicht Aug' in Auge erledigen. Sie rief die Auskunft an und ließ sich eine Nummer geben.

Es wäre leichter, weil sie den Mann nicht sah und er sie auch nicht. »Lässig«, meldete er sich.

»Herr Lässig, H. Ferber hier, es geht um Hiero Hart, die Rolle Ihres Sohnes im ›Ammersee-Krimi‹.«

Sie klang offiziell. Wenn sie Glück hatte, würde er daran anknüpfen.

»Sind Sie noch ganz dicht anzurufen, wo Sie uns vorher ganz feige eine Todesnachricht geschickt haben?«, schrie er ins Telefon, sodass Henny zusammenzuckte. Todesnachricht? »Ich bin eine Kollegin«, brachte Henny mühsam hervor. Fast jedenfalls, hoffte sie.

»Dann machen Sie sich also Sorgen. Sagen Sie *ihm* das, mir will er ja nicht glauben.«

»Was ist passiert?«, fragte sie und wusste noch in dem Moment, die Frage war dumm.

»Hoffentlich passiert gar nichts. Viktor geht damit immer viel zu locker um. Ich habe ja die Kollegen im Verdacht, aber Sie hören sich eine Spur anständiger an. Was sagten Sie, worum es geht?«

»Es ist gerade nicht so wichtig, ich treffe Viktor später ja noch, da kann ich es ihm selbst sagen.« Henny verabschiedete sich, kam sich kaltherzig vor, dem Mann einen Schrecken eingejagt zu haben.

H. Ferber hatte zwei Dinge erfahren, und beide waren beunruhigend. Manches Mal konnte einem das Ergebnis einer Recherche nicht gefallen. Jemand bedrohte den »Bullen vom Ammersee«.

Hiero Hart, wen hast du gegen dich aufgebracht? Eine Todesdrohung erklärte noch kein Doppelleben, machte es vielleicht eine Spur wahrscheinlicher. Damit bräuchte sie der Berliner Detektivagentur nicht kommen. Sicher bekamen nicht wenige Schauspieler solche und andere Post.

Es war Zeit, sich erst einmal um die übrigen Dinge zu kümmern. Henny öffnete ihr E-Mail-Programm. Die Nachrichten kündigten sich mit dem Geräusch von lauter werdendem Herzklopfen an, dann fiel ein Schuss, und der Absender der elektronischen Post wurde sichtbar. Obwohl sie es wusste, erschrak Henny jedes Mal wieder bis ins Mark. Am Anfang hatte sie es toll gefunden. Schon länger nicht mehr, sie musste den Ton ausschalten.

Gerade erschien eine Mail mit einem blauen Schriftzug auf weißem Grund und einer Kamera. Die Film-Agentur »Roll it!« teilte ihr mit, sie würde als Komparsin in der neuen Folge der Krimiserie »Hieronymus Hart – Der Bulle vom Ammersee« mit einer kleinen Sprechrolle dabei sein. Sie reckte die Faust in die Luft. Damit hatte sie schon gar nicht mehr gerechnet, umso mehr freute sich Henny, dass es geklappt hatte.

Als Nächstes las sie, worum es ging, und ihr Grinsen bekam Risse. Henny würde die Kollegin einer ermordeten Lehrerin spielen und einen Satz in einer Einstellung am Friedhof sprechen. Eine Beerdigungsszene.

Klicken Sie bitte den nachfolgenden Link an, um die Teilnahme zu verifizieren.

Henny sah vor ihrem inneren Auge Blumengebinde und Kränze mit Schleifen, die den Trauernden schriftlich bestätigten, wir haben einen letzten Gruß geschickt. Sie hörte die kleinen Erdklumpen mit einem gruseligen Plong auf dem Sarg in der Grube auftreffen.

Ausgerechnet eine Beerdigung. Henny klickte den Link an und bekam eine kurze Rückmeldung. *Es wird gebeten …*

»Was?« Henny las das Datum, schaute auf den Kalender und

dann auf ihr Handy. Das Filmteam traf sich heute um elf Uhr zur Besprechung des Drehplans im Hotel »Wassermann«.

»Was glaubt ihr, wer ihr seid?« Hennys Augen blitzten, und sie hatte schon einen pikanten Fluch auf der Zunge.

Es folgte ein kurzer Abriss der Handlung. Hennys kleine Rolle: Zusammen mit den Freunden, der Kollegenschaft und einigen Schülern steht sie am Sarg von Melanie Rendl, Deutschlehrerin an der Realschule in Herrsching. Ihr fällt das Verhalten eines 17-Jährigen auf, der sich über Gebühr betroffen zeigt.

Die Vorgeschichte: Melanie Rendl wurde entführt, drei Tage lang festgehalten. Sie konnte entkommen und brach am Seeuferweg zur alten Rieder Straße tot zusammen.

Henny hasste das »sich Verabschieden«. Sogar in Filmen kullerten noch jedes Mal Tränen. Obwohl sie sich darüber freute, dass man sie ausgewählt hatte – eine Beerdigungsszene hätte es nicht unbedingt sein müssen. Heulen durfte sie da schon gar nicht. Diese Tote war nur eine Kollegin, sie hatten sich nicht nahegestanden. Wenn sie die Rolle wollte, musste sie nach der Pfeife der Agentur tanzen. Die Töne, die hier gespielt wurden, behagten ihr nicht sonderlich, aber sie war vor Ort, mit dem Auto vielleicht fünf Minuten vom Hotel »Wassermann« entfernt, und sie hatte noch gut zwei Stunden, sich aufzuhübschen und etwas Passendes zum Anziehen herauszusuchen.

»Was hab ich mir da bloß eingebrockt?« Ihre Bewerbung bei der Filmagentur war eine Blitzidee gewesen. Einige frische Hiero-Hart-Infos nebst 200 Vorschuss-Euros verlangten hinreichenden Eifer und ein paar wertvolle Impulse.

Die positive Nachricht von »Roll It!« erwischte sie jetzt trotzdem eiskalt.

3. KAPITEL

Es gibt Augenblicke, da ist es das Beste, positiv zu denken.

Warum sollte ihm etwas passieren? Warum sollte Hiero Hart etwas passieren? Es machte ja letztlich keinen Unterschied.

»Hieronymus Hart – Der Bulle vom Ammersee« war ein Kriminalkommissar, der sich mit tödlichen Rätseln beschäftigte, der Lösung permanent auf der Spur.

Viktor hing wirklich an dieser Rolle, weil er sich mit der Figur wunderbar identifizierten konnte, weil sie nicht 08/15 gestrickt war, vor allem, weil sie nicht vor persönlichen Problemen strotzte, die allein schon den Darsteller an den Rand des Wahnsinns trieben. Dieser Bulle stellte nie offensichtliche Fragen, er kam durch die Hintertür. Hiero Hart ging planvoll vor, grub sich in den Fall hinein und knackte ihn auf. Mit Hirn und Herz, mit einiger List und seiner Pistole, die er im Schulterholster trug. Diesmal trug er … nicht einmal ein Schulterholster.

In der neuesten Folge kam der Kriminalkommissar schnell auf ein mögliches *Wie*, aber niemand außer Hiero Hart hielt die Ausführung der Tat in der Weise überhaupt für machbar.

Günter Dexter, der Drehbuchautor, hatte das hoffentlich gut recherchiert. Denn Viktor Lässig hegte da eine gewisse Skepsis, dass mit einer Handsteinschleuder ein tödliches Geschoss abgefeuert werden konnte.

Die neue Folge für den Kriminalkommissar hieß: »Hab mich in dich verschossen.« *Verschossen* bezog sich aufs Verliebtsein gleichermaßen wie auf das Geschoss der tollen Steinschleuder. Viktor war das Grinsen beim Lesen seiner Rolle vergangen. Er hatte geblinzelt, sich am Waschbecken kaltes Wasser ins

Gesicht gespritzt, aber da hatte es immer noch genauso gestanden. Er sah nicht plötzlich schlecht, es lag an der Geschichte. Der Sender war vom Drehbuch begeistert, hieß es, der Regisseur hingerissen, die Produktionsleitung sehr angetan, und Viktor argwöhnte, die hatten sich alle zusammengetan. Aufbäumen war sinnlos, und obwohl er zu den Zweiflern gehörte, wurde verlangt, dass er gute Miene zu einem wirklich bösen Spiel machte, wie Viktor es empfand.

Günter, mit dem er sonst wirklich gut konnte, hatte ihn komplett übergangen – das war neu. Auch der Regisseur Augustin Nagel fiel seinem Hauptdarsteller in den Rücken; Außergewöhnliches sei gefragt, und eine spritzige Geschichte brauche nicht unbedingt eine altbackene Waffe. Über das *altbacken* hatte Viktor richtig gelacht. Seine Pistole war einfach weggestrichen worden. Ohne sie war er nicht mehr Hiero Hart, wie die Fernsehzuschauer ihn kannten und wie Viktor sich gut fand. Sicher, er könnte sich rundheraus weigern, er stand für die Hauptrolle und war nicht zu ersetzen. *Hiero*. Es klang nach einem Helden, es klang strahlend. Die Fans riefen es ihm zu, und die Kollegen waren dazu übergegangen, ihn so zu nennen.

Eigentlich müsste er Augustin über die Drohkarten informieren, doch Viktor bezweifelte, dass der Regisseur das hören wollte. Der kehrte jede kleinste Unannehmlichkeit unter den Teppich, wenn er konnte.

Der Schreiber lachte sicher schon darüber, und wenn ihn jemand beobachtete, konnte derjenige Viktors inneren Kampf gerade mit anschauen. Seine Linke hatte die Serviette zu einem Ball zusammengeknüllt.

Morgen mehr … Der Hinweis in einem Halbsatz hatte sich ihm eingeprägt. Was würde Hiero Hart unternehmen, um einen anonymen Briefeschreiber ausfindig zu machen?

Erst einmal würde der Kriminalkommissar versuchen, Fingerabdrücke zu nehmen. Viktor tippte auf eine Ecke des

Kuverts. »Du und ich?«, fragte er. Dann wären nur zwei verschiedene Spuren da drauf. Er hätte seinen Vater fragen sollen, ob man dem Sohn in Großbuchstaben drohte.

Schreckschüsse waren schon einige auf Viktor abgefeuert worden, darunter Briefe mit aufgeklebten Buchstaben aus Illustrierten, die er feige, aber belanglos fand. Er hatte seinen Vater gebeten, die in eine Tüte zu stopfen und wegzusperren. Normalerweise wurde dazu geraten, Morddrohungen der Polizei zu melden. Konkret mit Mord drohte hier niemand, es gab auch keine weiteren Andeutungen. Viktor hasste Andeutungen. Diesen Giftbrief empfand er als Provokation, weil der Schreiber persönlich wurde.

Und komm' nicht auf die gefährliche Idee, etwas über mich herausfinden zu wollen.

Doch.

Seine Fantasie beschäftigte sich gerade noch mit dem möglichen bevorstehenden Übel, als eine frische Brise zu ihm herüberwehte und eine Stimme gut gelaunt verkündete: »Jetzt bin ich wunderbar wach. Ein frühes Bad im See weckt die Lebensgeister.« Gabi Deutmann.

Es regnete und es war ein sehr später Sommertag, das Wasser des Sees war bestimmt kälter als nur ein bisschen kühl.

»Das ist nichts für Weicheier, dachte ich grade«, kleidete Viktor seinen Gedanken ein.

»Uncharmant wie immer«, sprudelte Gabi, die Maskenbildnerin und seine Tischnachbarin, hervor. Nur ihr Lachen teilte ihm mir, wie wenig sie seine Meinung kümmerte. »Ich dachte, du wolltest an deinem Ich arbeiten?«, fragte sie.

»Sagt wer?«, fragte er zurück. Ihr hatte er es bestimmt nicht erzählt. Hatte sie ins Blaue getippt oder kannte sie seinen Therapeuten?

»Ach, Hiero, wo Kissenfalten im Gesicht so unsexy sind«, zwinkerte sie und nahm seines gerade genauer in Augenschein. »Lass mich nachher noch mal gucken.«

Viktor kniff sich in die Wange. Wie konnte sie unter den ultrakurzen Stoppeln, die noch in der Entwicklung waren, überhaupt etwas erkennen?

»Aber ansonsten finde ich dich richtig schnuckelig. Ein Sahnelächeln wie George Clooney, eine Stimme wie der Typ, der Tom Hanks synchronisiert, auf dem Kopf siehst du ein bisschen wie Matthias Schweighöfer aus, und dein Body« – ein Zögern – »à la Til Schweiger, dazu ein Heck wie Bernd.«

Umpf. Gefiel ihm alles irgendwie nicht. Vergleiche waren der Beginn der Unzufriedenheit. »Wer ist Bernd?«, fragte er.

»Mein Exmann«, sagte sie.

»Ich habe einen A… Hintern wie dein Exmann, willst du andeuten?«, schnappte er und streckte ihr gleich eine Hand entgegen. Stopp. Eine Antwort brauchte Viktor nicht wirklich, doch Gabi fand die ebenfalls unnötig.

»Na, dann werd ich mal schauen, was mich anmacht.« Sie griff nach ihrem Teller, wedelte mit der Hand und schlängelte sich durch die Stühle zum Frühstücksbuffet.

Viktor hätte besser etwas mit den Kärtchen angestellt. Wenn er die Frau jeden Morgen würde aushalten müssen mit ihren komischen Äußerungen und eigenwilligen Metaphern, wäre er nicht zu beneiden. *Bad im See*, wo das Wasser von oben kam und obendrein die Sommerbadenden einen unansehnlichen Sonnenölteppich auf der Oberfläche des Gewässers zurückgelassen hatten.

Viktors Gedanken drehten sich noch um die sonderbaren Badegewohnheiten der Maskenbildnerin, da kam sie schon wieder zurück. »Ist das nicht nett, eine Rose zum Frühstück.« Gabi strich über die weißen Blätter. »Weiß ist ein Ausdruck von Bewunderung.« Sie stellte ein Schüsselchen vor sich hin, in dem etwas Dunkles in der Milch schwamm. Auf ihrem Teller lagen eine Semmel, ein Butterstück und eine kleine Honigpackung. Sie glitt zufrieden aufseufzend auf ihren Stuhl. Viktor beugte sich hinüber und griff sich die Vase.

»Bewunderung, genau. Die stand nämlich an meinem Platz«, sagte er. Wasser schwappte heraus.

Über Gabis Hals kroch ein dezentes Rot. »Bevor ich was ganz Gemeines sage …« Sie biss sich auf die Zunge und wandte den Kopf, bohrte das Messer in ihre Semmel und schlitzte die Kruste seitlich auf. Langsam. Viktor wusste genau, dass er in ihren Gedanken gerade den Platz der Semmel einnahm. Er murmelte etwas, das keine Entschuldigung war. Aufgeschlossenheit fiel ihm entsetzlich schwer, Viktor war ein echt harter Knochen. Sein Therapeut hatte ihm zu mehr Menschenfreundlichkeit geraten. Er konnte das Wort nicht mal aussprechen, ohne sich übelst daran zu verschlucken. Lass dich dazu hinreißen, genau das zu tun, worüber du normalerweise nicht mal nachdenken würdest, lautete einer der ihm sauer aufstoßenden Therapeutenratschläge.

Viktor schob die Vase entschlossen zu Gabi zurück.

»Du bist echt speziell!«, sagte sie, um ihre Mundwinkel zuckte es. Verständnislosigkeit.

Kompliment hatte er keins erwartet.

Viktor rückte den Stuhl zurück und machte sich auf den Weg zum Buffet; da stand er und glotzte konsterniert auf das verbliebene Angebot. Keine Semmel mehr, nur noch Brot. Keine Eier mehr, auch die Wurst- und Käseplatten waren komplett geplündert, und sogar in den Glaskannen mit dem Saft dümpelten nur noch klägliche Reste. Joghurt und Müsli waren noch zu haben. Milch und Cornflakes auch. Danke, nein! Das Hotel war womöglich nicht auf solch gefräßige Gäste vorbereitet. Viktor griff nach einer Scheibe Brot und trug sie zum Tisch zurück.

»Vielleicht solltest du zuerst ans Buffet gehen und erst danach an den Tisch, Hiero«, empfahl ihm Gabi, die es ja offensichtlich nicht so üppig mochte. Noch ein Vielleicht. Für heute hatte er schon genug davon gehört. Er kommentierte es nicht, riss sein Brot in Stücke und schob es sich in den Mund. Wer zuletzt kommt, den bestraft …

Weiß der Geier. Viktor konnte kluge Sprüche nicht ausstehen. Ihn wollte in jedem Fall jemand strafen, indem er ein paar unbestimmte Drohungen zu Papier brachte.

Viktor hatte vor herauszufinden, wer drohte. Er schaute zu Gabi, sein Blick fiel auf das Messer. Da drauf wären ihre Fingerabdrücke. Er könnte es in die Serviette packen und einstecken, sich dann den Rest organisieren, um den Abdruck zu bekommen. Gabi Deutmann. Viktor kannte sie, seit sie zusammen drehten, seit sie ihn frisierte und ihn mit Puder und Schminke nervte. Aber wäre die Frau so hintenrum?

Auch Egon, der Requisiteur, war gewohnt geradeheraus, Egon machte normalerweise nicht auf unheimlich bedeutungsvoll. Wenn du schon einen ersten Verdacht infrage stellst, überleg dir was anderes, nörgelte seine vernünftige Stimme.

Hiero Hart steckte nicht in der Bredouille, aber Viktor Lässig dafür umso mehr. Und weil er ein Meister darin war, alle vor den Kopf zu stoßen, war er mit niemandem wirklich befreundet, konnte sich also auch keinem anvertrauen. Am Ende wären die Kollegen noch schadenfroh.

Konnte das tatsächlich nur ein Witz sein, wie sein Vater meinte?

Was Viktor ganz sicher erfahren würde, falls er das: *Dann heißt es für dich, tun, was ich sage,* ignorierte. *Morgen.*

Er trank einen Schluck von seinem Kaffee. Bittersüß und lauwarm, wofür er selbst verantwortlich war.

»Hast du das Drehbuch gelesen?«, wollte er von Gabi wissen. Das war nicht der Beginn einer Unterhaltung, es war pures Interesse.

»Du willst doch nicht etwa mein Mitleid?«, fragte sie belustigt. »Hm, ich bin bloß für die Maske zuständig. Aber ich mag Hiero Harts Kriminalfälle. Wobei dieser neue Fall richtig ungewöhnlich ist, das steht außer Frage.« Sie tippte sich mit dem Finger zuerst auf die Lippen und zeigte dann auf ihn. Was auch immer sie damit andeuten wollte, Viktor verstand es nicht. Er stöhnte. *Richtig ungewöhnlich.* Du hast gefragt, sagte er sich.

»Der Kurzinhalt liest sich spannend. Du bist ohne deine Pistole unterwegs und darfst sogar ein bisschen knutschen.« Gabi drehte ihm den Rücken zu, überkreuzte die Arme vor der Brust und streichelte mit den Fingern über ihre Schultern, dass es aus seiner Perspektive den Eindruck einer Umarmung machte.

»Die Fans mögen Hiero Hart sicher auch ohne seine ›hitzige Greta‹. Übrigens ein echt dämlicher Name für eine was? 38er, 45er …«

»Eine alte Sig Sauer P6, eine Polizeiwaffe, die nicht mehr hergestellt wird«, sagte Viktor.

»Echt?« Gabi stutzte.

Echt. Richtig echt. »Wenigstens kein Plastikding, aber mit Platzpatronen geladen. Günter wollte, dass die Pistole einen Frauennamen kriegt. Das ist Teil der Biografie von Hiero Hart«, informierte er sie. Es war auch Teil seiner eigenen.

»Greta ist nicht sonderlich einfallsreich«, mäkelte Gabi.

»Du hast keine Ahnung«, sagte Viktor. Greta hatte er als Siebenjähriger seine Stoffpuppe genannt. Die war aus lauter Flicken genäht und ein echt scheußliches Ding, aber wenn es dunkel wurde und die fiesen Schrankmonster kamen, die sich tagsüber nie blicken ließen, war sie seine Rettung. Zusammen mit Greta hatte er die Monster alle in die Flucht geschlagen. Der Pistole den Namen zu geben, schien ihm keine schlechte Idee, es erinnerte ihn daran, dass die Welt kein Ort für Angsthasen war.

Viktor beendete die kurze Reminiszenz und kehrte in die Gegenwart zurück. Die Maskenbildnerin war die Kuschelposition leid geworden und hatte sich ein Glas Wasser geholt. Viktor verzog das Gesicht. Er wollte ja nicht drängeln, aber er brauchte ihr Messer, außerdem musste er sein Kuvert einstecken, und für Erklärungen sah er sich nicht gerüstet.

»Allein die Hauptfiguren …«, begann sie. Viktor lehnte sich auf dem Stuhl zurück. Diesmal klang es, als wollte sie etwas

Freundliches sagen. Dem folgte ein: »Ich weiß gar nicht, wen ich am liebsten mag.«

Schwärmte sie? Hiero Hart bekäme den Titel wohl nicht zugesprochen, der war nur eine gefällige Mischung aus Clooney, Hanks, Schweighöfer, Schweiger und ihrem Exmann.

»Unsere Totenwäscherin kümmert sich um die Leichen, nachdem die Rechtsmedizin sich darüber hergemacht hat.– Ich las davon, es gab mal diese Totenfrauen, die Verstorbene wuschen und für die Beerdigung herrichteten. Glaubst du, diesen Job gibt's noch?«

Nein, glaubte er nicht. »Vor über 200 Jahren wahrscheinlich schon«, gab er zurück. Beim Bestatter passierte genau das Gleiche, weshalb die Dreharbeiten auch in einem der Räume im Institut stattfanden. In jeder Lebenslage ein Fleckchen, um etwas erledigt zu bekommen. Viktor fragte sich ernsthaft, wer diesen Vertrag ausgehandelt hatte, dass die Filmcrew in einem der Versorgungsräume des Bestatters drehen und dessen Equipment benutzen durfte.

»Das hat was: Franziska Schön, die Totenwäscherin, die manches Mal noch etwas zur Lösung des Falles beisteuert.« Fand er tatsächlich. Dazu war es eine eigenwillige Idee für einen Charakter. Günter Dexter, der Drehbuchautor, hatte sich die Geschichten und Protagonisten einfallen lassen. Jede Figur hatte eine Besonderheit verpasst bekommen, die ihren Charakter herausstellte, sie einzigartig machte.

Für Hiero Hart hatte Günter beschlossen, der Kriminalkommissar musste ein echter Typ sein und ein Hingucker, »weil Frauen so was wollen«. Genauso hatte er es der Produktionsgesellschaft verkauft, was Viktor nicht im Geringsten störte. Hoffentlich blieb diese abartige Idee mit der Handsteinschleuder ein einmaliger Ausrutscher. Dafür könnte ich dich umbringen!, wetterte Viktor in Gedanken.

»Bene Hotter, der ist ja fast unvergleichlich«, fand Gabi. »Wo Sherlock Holmes schon geniale Dinge aus wenigen Fakten herausgelesen hat, schafft es Bene, beinahe aus dem Nichts eine bestimmte Situation zu konstruieren.«

Genial. Genau. Hotter war der Spurenleser, dem normalerweise auffiel, was an den Tatorten fehlte, was da sein müsste, was er aber nicht entdecken konnte oder was zu viel war, und darum vielleicht eine falsche Spur.

»Ideen machen einen interessant, aber groß macht einen erst deren Umsetzung. Und umsetzen müssen sie die Schauspieler.« So lautete jedenfalls Viktors Überzeugung.

»Ich hab dir doch zugestimmt«, sagte Gabi fröhlich. »Wie war das? Es gibt für jede Figur eine eigene Filmbiografie. Bene Hotter ist bei einem Indianer in die Lehre gegangen, um Spuren lesen zu lernen.«

»So ähnlich«, sagte Viktor. Zum Glück machte er jetzt nicht schlapp, er hatte die erfundenen Biografien tatsächlich alle gelesen. »Die Filmfigur hat bei einem Indianer gelernt, Fährten zu lesen, Spuren zu verstehen und sie richtig zu interpretieren. Er hat natürlich eine Polizeiausbildung absolviert, der Schwerpunkt war Kriminaltechnik.«

»Echt?«

Hatte sie vorher schon gefragt. »In der Serie«, betonte Viktor. Die Frau brachte ihn noch ganz durcheinander. Spionierte Gabi vielleicht für Augustin, wie sein Hauptdarsteller sich machte? Wusste man's?

»Indianer – das sind die Herrschaften mit dem Totem. Sie stehen mit ihrem Schutzgeist in geistiger Verbindung. – Echt«, erklärte ihr Viktor. Er hatte gelesen, in Bayern, am Ortsrand von Olching waren die Indianer zu Hause. – Jedenfalls ein Verein, dessen erklärtes Hauptanliegen es sei, Verständnis und Respekt für das Leben der amerikanischen Ureinwohner zu wecken.

»Was ist mit Juliane Garaus? Das hab ich noch nie kapiert. Wir haben in München eine Rechtsmedizin, eine Leiche würde man eigentlich dorthin schaffen. So weit entfernt ist der Ammersee nicht, dass man eine Außenstelle erfinden muss.« Gabi zuckte fragend eine Schulter.

So etwas wüsste Günter, diese Sache ging auch auf seine Kappe. Viktor hob ebenfalls eine Schulter. »Man hatte schon für den Pilotfilm eine Außenstelle erfunden. Weil wir unsere Leichen eben gern behalten.« Sicher nicht. Eher, weil zu dem Zeitpunkt nicht klar gewesen war, ob die Einschaltquoten einer Fortsetzung grünes Licht geben würden und das Publikum mehr vom »Bullen vom Ammersee« sehen wollte. Das Licht war absolut grün, die Einschaltquoten der ersten Folge übertrafen den bisherigen Rekord der erfolgreichsten Serie des Kanals.

»Bergmann Film« und die Schauspieler durften stolz sein auf ihren Erfolg, mit ihm kamen auch die Fans. Annäherung, Verbindungen, Nähe. Für Viktor fühlte es sich jedes Mal aufs Neue komisch an. Warum war jemand scharf auf ein Foto mit seiner Unterschrift, hatte er sich nicht nur einmal gefragt. Ein wenig spezieller war der Diebstahl gewesen: Zum Teufel, warum musste jemand seine Jeans klauen? Die waren getragen. Die Produktionsfirma lachte, denn nur einen Tag später wurde die Hose im Internet zum Verkauf angeboten. Blöd war nur, dass er sich plötzlich in einem Hotelzimmer nicht mehr sicher gefühlt hatte, aus dem jemand seine Jeans klammheimlich entwenden konnte.

Gabi hatte nach Juliane Garaus gefragt. Die Rechtsmedizinerin war eine Frau ohne besonderes persönliches Merkmal, weil an ihrer Stelle das Gebäude, besagte Außenstelle, in Herrsching etwas Besonderes war.

Im Film obduzierte die Garaus ihre Leichen in einem Bau in der Bahnhofstraße, in dem sich aktuell eine Metzgerei befand. Es gab und hatte zu keiner Zeit eine Außenstelle der Rechtsmedizin in Herrsching gegeben. Die fiktive Lebensgeschichte eines Gebäudes, dachte Viktor.

»Ich bewundere Günter für seine Recherche wegen des Drehbuchstoffs. An dem hängt sicher auch so manche Absprache.

Denn bevor er die Geschichte schreibt, muss er sich doch vergewissern, dass die Ideen in Ordnung gehen«, sagte Gabi.

Bei wem? Viktor lachte. Beim Hauptdarsteller, nämlich bei ihm, hatte sich Günter dessen nicht versichert. »Weiter so will ich nicht sagen, am Ende tut er es noch, und Hiero bekommt im nächsten Drehbuch einen Degen«, grummelte er. Gabi fand: »Das wäre was.«

»Wie spät ist es?«, fragte er und rutschte seine Tasse auf die Seite. Die Maskenbildnerin beeindruckte es gar nicht. »Du hast eine Uhr.«

Aber er hatte die Zeit etwas aus den Augen verloren. Gute Frau, nett wäre, du würdest dich verabschieden und mir dein Messer dalassen.

»Am unscheinbarsten scheint mir der Hausarzt zu sein.« Gabi schien sich am Thema festgebissen zu haben oder an ihm? Sie hatte jetzt doch nicht vor, jede Figur mit ihm durchzugehen. Viktor wusste gerade nicht, worauf das hier hinauslief. Thomas Wächsing hieß der Hausarzt im Film, mit seinem G'spür für Mord, der auf der Todesbescheinigung immer »unnatürliche Todesursache festgestellt« ankreuzte.

»Ohne den Hausarzt hat Juliane Garaus keine Leiche, Hiero keinen Fall, der ehemalige Schüler des Indianers keine Spuren, und die Totenwäscherin kann auch nichts entdecken.« Es hing alles zusammen, wie im richtigen Leben, was Viktor auch zu Gabi sagte.

Unnatürlich hieß, Mord wäre möglich, und das bedeutete, der Bulle vom Ammersee ermittelte.

»Es sind Filmfiguren«, sagte Viktor.

»Der toughe Hiero Hart ist auch eine Filmfigur«, erinnerte ihn Gabi.

Allerdings war es Viktors erklärte Lieblingsfigur – die aktuell von einem Unbekannten bedroht wurde. Viktor hatte wieder die Stimme seines Vaters im Ohr, und dazu schien ihm freudig eine Ecke der fiesen geränderten Karte zuzugrinsen. Er schnippte mit dem Finger dagegen. Gabi hatte sie zum Glück nicht bemerkt.

»Etwas hat dich heute geärgert«, vermutete sie.

Ungehörte Gedanken, und von seinem Zusammenstoß mit dem Requisiteur hatte sie auch nichts mitbekommen. Viktor brauchte nichts zu sagen, das tat sie. »Zornfalten sind einigermaßen schwierig zuzukleistern, weißt du?« Ein Zwinkern. Was für eine Eröffnung! Und Pausbacken haben normalerweise bloß Engel. Da sehen sie süß aus. Bei dir gar nicht, dachte Viktor.

»Ist noch Kaffee da?«, fragte er.

Gabi hob die Kanne hoch und schüttelte sie. »Klingt so.« Viktor tauschte seine benutzte Tasse mit der kalten Brühe gegen die frische Tasse zu seiner Linken. Wenn dort noch ein unbenutztes Gedeck war, dann fehlte jemand, oder die Person ließ das Frühstück ausfallen. Er schaute auf den Namen. Dort sollte eigentlich Katharina Kress, die Schulsekretärin und die Frau, die er küssen sollte, sitzen.

Viktor merkte sich für gewöhnlich die Besetzung der verschiedenen Rollen oder den Aufgabenbereich, wer was zu erledigen hatte. Man kam allzu leicht durcheinander.

Er schenkte sich Kaffee ein – kein dampfendes Schwarz mehr, dafür ein abgekühltes Schmutzbraun. Viktor hatte einen Plan, wie er an Fingerspuren auf der Karte kam, aber für alles andere hatte er absolut keinen. Eine Nacht darüber schlafen konnte er auch nicht. Das Drehbuch war nicht in Stein gemeißelt, wie Egon sagte. Viktor glaubte, schon. Günter Dexter ließ mit sich vielleicht um ein paar Dialoge feilschen, aber nicht um die Inhalte seiner Geschichte. Auch wenn Viktor die nicht zu mögen brauchte, er musste überzeugen. Hiero Hart musste, also sollte er sich besser schnell damit anfreunden.

»Bis nachher – dann hoffentlich in peppigerer Laune.« Gabi tippte mit zwei Fingern an die Schläfe und kippte sie nach vorne weg. Ein Gestenleser war er wirklich nicht, und wenn peppig aufgedreht hieß, würde er das wahrscheinlich nicht fertigbringen.

Endlich. Viktor stand auf, nahm den Teller von der Karte und blies die Brösel darauf weg. Dann steckte er sie hinten in den Hosenbund der Jeans. Darüber ließ er das Hemd fallen und schlüpfte in die Lederjacke. Er vergewisserte sich kurz, ob jemand anderer schaute, packte Gabis Messer in die Serviette und fasste seine Beute um die Mitte.

»Nummer eins«, sagte er.

Der Regisseur, Augustin Nagel, streckte den Kopf in den Frühstücksraum. »Nicht vergessen, wir sehen uns um elf im Seminarraum. Leute, heute bleibt kein Auge trocken.«

Viktor schob sich an ihm vorbei. »Ach du lieber Augustin.«

»Du mich auch, Hiero.« Mit einem Lachen.

Viktor gehörte nicht zu den Sportlichen, aber er wollte sich auch nicht in den Aufzug stellen und womöglich einem Fan begegnen, er nahm wieder die Treppe. Sein Zimmer war die 14, die auf die 12 folgte, weil eine 13 Unglück verhieß. Sein Unglück war, dass dieser miese Schreiber ausgerechnet den Hauptdarsteller fragte, *Du willst nicht, dass dir etwas passiert?*

Viktor rechnete mit Schlimmem. Er hatte Sorge, dass etwas ans Licht kam, das er zu verheimlichen suchte. Er nannte es seine zweite Seite, von der weder die Kollegen noch seine Fans etwas ahnten. Selbst seinen Vater hatte Viktor nicht ins Bild gesetzt. Sein Ruf wäre mindestens angekratzt, wenn jemand es herausfand.

Eine Lachnummer bist du dann. Und alles nur, weil du versuchst, ein besserer Mensch zu sein. Ein anderer Mensch zu sein?

Er schlug den Kragen seiner Jacke hoch. Es hatte den Anschein, dass der Wind ihm gerade ganz heftig entgegen pfiff, doch ein Angriff wurde immer hinterrücks und meuchlerisch geführt. In einem Actionfilm würde Viktor jetzt höchstwahrscheinlich in seinem Zimmer eine unliebsame Überraschung erwarten.

Er lief den Gang entlang, der Teppich dämpfte seine Schritte. Er hatte für seinen Zimmerschlüssel den Drachenbaum-Blumentopf entdeckt, der in der Ecke beim großen Fenster stand. Seine Finger senkten sich hinein, wühlten im Tongranulat. »Das kann nicht sein!«, raunte er und legte das eingepackte Messer zur Seite.

Als er glaubte, wirklich jedes einzelne Granulatstückchen im Topf bewegt zu haben, gab er es auf. Der Schlüssel war weg. Was war das hier, wollte der Ausrufer von drohendem Unheil das angekündigte Morgen nicht mehr abwarten, wenn er Viktor eröffnen wollte, was der tun musste?

Viktor schob die Serviette zurück, in die er Gabis Messer eingeschlagen hatte, hielt den Griff in der Faust und senkte die Schneide nach unten. Umsonst seine Warterei, dass die Frau endlich vom Tisch aufstehen möge. Gerade hatte er Gabis Abdrücke verwischt.

Er presste ein Ohr gegen seine Zimmertür, lauschte. Ein Poltern, dem ein unterdrückter Fluch folgte.

Vorsichtig drückte er die Klinke nach unten. Jemand stand vor seinem Schreibtisch und wirbelte erschrocken herum, als Viktor angriffslustig die Tür aufstieß.

4. KAPITEL

Das Leben besteht aus Gelegenheiten, auch aus denen, die wir verpassen.

Die Fassade des Polizeipräsidiums Stuttgart war vielleicht dazu gedacht, jemandem Respekt einzuflößen, in jedem Fall vermittelte sie Größe.

Marlene, die Reiseschriftstellerin, zeigte sich unbeeindruckt. Wenn sie ehrlich war, galt ihr Respekt vielmehr denjenigen, die es schafften, in der Spur zu bleiben und sich in dem riesigen Ding nicht gnadenlos verirrten.

Verlaufen hatte sie sich nicht, fand sie. Ihr Gegenüber urteilte darüber ganz anders, dabei sollte er ihr Interesse allmählich gewohnt sein; nicht an ihm, sondern daran, dass er etwas für sie tun konnte. Marlene war schon vor Monaten bei Klaus Klonski, respektive der Kriminalpolizei, vorstellig geworden, weil sie unmöglich glauben konnte, dass ihre beste Freundin sich im Ammersee ertränkt haben sollte.

Jedes Mal, wenn sie durch diese Tür ging, erinnerte sie sich, wie sie diese das letzte Mal hoffnungsvoll aufgestoßen hatte.

In ihrem ersten Gespräch war Klonski auf ihren Verlust eingegangen, hatte ihr die Schulter gedrückt, etwas von den verschiedenen Stufen der Trauer erzählt. Sie hatte ihm gesagt, sie bräuchte keinen Psychologen, sondern eine Antwort, wer ihrer Freundin das angetan hatte. Er hatte versucht, Marlene zu beruhigen. Absolut sinnlos. Als das nicht wirkte, hatte er sich außerhalb seines Büros mit ihr getroffen, wahrscheinlich sollte keiner von den Kollegen mitbekommen, dass er mit ihr auch noch die Befunderörterung durchging.

Die allerdings hatte das Institut für Rechtsmedizin in München gemacht. Marlene kapierte nicht mal ansatzweise, was der Mediziner da Schwammiges formulierte, und verlangte eine Übersetzung.

»Eine kleine Risswunde an der rechten Schläfe ist genau das, was hier steht: eine kleine Risswunde an der rechten Schläfe.«

Keine Übersetzung, stattdessen: »Marlene, Sie stimulieren meinen Plexus ganz unsagbar.« Sein Gesichtsausdruck ließ keinen Zweifel daran, was er meinte. So umständlich hatte ihr noch nie jemand gesagt, dass sie nervte. Ihr war es gleich. »Das könnte doch eine Spur sein«, insistierte sie.

»Dort steht nicht, dass es eine Spur ist«, sagte er.

Nein, dort stand, dass sich Laura Philipp womöglich irgendwo gestoßen hatte. Es musste passiert sein, ehe sie in den See ging.

Die Wochen zogen vorbei, aber noch immer gab es keinen hellen Streifen am Horizont. Es war schon so viel Zeit vergangen. Klonski und Marlene hatten das unpersönliche Sie hinter sich gelassen, waren beim Du gelandet und hätten sich wahrscheinlich gemocht, wenn …

»Warum willst du es nicht begreifen: Sie hat sich umgebracht.« Kriminalhauptkommissar Klaus Klonskis ernsthafte Haltung signalisierte ihr, es reichte allmählich. Er war gereizt, als müsse man einem Kind etwas erklären, was man ihm schon viele Male zuvor erklärt hatte. Klonski frustrierte die Angelegenheit allmählich. Glaubte man ihm, trennten Bayern und Baden-Württemberg Welten.

Sie hatte es gründlich satt und wollte die E-Wörter nicht hören. Endgültig, entschieden, erledigt, Ende; der Mordermittler war nicht interessiert, weil es seiner Ansicht nach keinen Mord gab. Als Nächstes kam für gewöhnlich der Hinweis auf Laura Philipps Blutalkohol und die Tabletten, die sie eingenommen hatte. Und dass er Marlene das alles bereits x-mal gesagt hatte.

Das X stand sicher für Xanthippe, den Inbegriff des zänkischen Weibes. Wenn Klonski so weitermachte, könnte sie ihn bald nicht mehr respektieren, der Typ baute Mauern ohne einen einzigen lockeren Ziegelstein. Wo sie doch darauf gehofft hatte, sie könnte ihn überzeugen, sich die Sache genauer anzuschauen.

Jede Woche versuchte sie, ihn irgendwie zu erreichen – wenn sie die Zeit nicht fand, selbst vorbeizuschauen, dann rief sie an oder schickte ihm eine Nachricht. Sie kam zurück wie ein Jo-Jo, war überzeugt, man konnte etwas 1.000 Mal sehen, bevor man es verstand. Bei 1.000 waren sie noch nicht angelangt, dafür reichte ihre Geduld schlicht nicht aus.

»Weil es nichts zu begreifen gibt, weil Laura nie, nie ins Wasser gegangen wäre. Auch nicht mit 0,6 Promille kombiniert mit einer eher harmlosen Beruhigungstablette«, sagte Marlene. Eigentlich flüsterte sie es bloß.

»Niemals!«, hatte Marlene an Lauras Grab geschrien und war auf die Knie gefallen. »DAS hast du nicht getan!«

Das Heben seiner Augenbraue kannte sie. Klonski hatte keine Lust, sich dauernd zu wiederholen, aber sie hatte auch keine, sich weiter abspeisen zu lassen. Schuld war etwas, das man bei einem selbst suchte. Ihre war, dass sie nicht verhindert hatte, was geschehen war.

Wozu waren Freundinnen da? Das hätte sie sich fragen sollen, als Laura ihr am Telefon schluchzend etwas vom Ende erzählt hatte. Die Verbindung über fast 10.000 Kilometer war furchtbar gewesen, die Sätze zerhackt, ein Telefonpuzzle. Marlene hatte es nicht fertiggebracht, die Worte am Ende stimmig zusammenzubekommen.

dumm verliebt/Superheld/Bild kommt/hab etwas entdeckt/ Marylin Monroe hat gelogen/der Typ ist jemand ganz anderer/ das glaubt mir niemand, aber du

WAS???

Marlene war mitten im Amazonas-Regenwald auf den Spuren der ersten Orchideenjäger, umzingelt von fleischfressenden Pflanzen, als Laura das letzte Wort in den Hörer gehaucht hatte.

Sie würde es nie vergessen. Noch vom Flughafen in Yangon aus hatte Marlene sie zurückgerufen – auch diese Verbindung war alles andere als optimal gewesen, und am anderen Ende hatte sie nicht Lauras Stimme gehört, sondern eine ihr völlig fremde. Jemand von Lauras Agentur setzte Marlene von ihrem Tod in Kenntnis. An genau diese Worte konnte sie sich noch gut erinnern. *In Kenntnis setzen*. Es hörte sich an, als wäre ihre Freundin ein wenig unpässlich.

»Wer ist der Superheld, von dem Laura gesprochen hat? Hat sich jemand die Mühe gemacht, nach ihm zu suchen?«

Wenigstens mal zu fragen. Herrsching am Ammersee befand sich ja nicht gerade auf der anderen Seite der Erdhalbkugel. Hatte sich überhaupt jemand in irgendeiner Art und Weise um Aufklärung bemüht? Wahrscheinlich sollte sie dankbar sein, dass ihr immer noch jemand zuhörte, aber was sie auch vorbrachte, Klonski ließ sie abblitzen.

»Du hättest das Gespräch mit Laura aufzeichnen müssen, dann hätte man womöglich etwas draus machen können.«

Und da dachte sie ernsthaft, sie wäre überzeugend?

Marlene hatte es geschafft, ins Amazonasgebiet vorzudringen, wo sich im frühen 19. Jahrhundert Entdeckungsreisende auf den Weg gemacht hatten, um seltene Orchideen zu finden und deren Samen, Knollen und Wurzeln, manches Mal unter Einsatz ihres Lebens, nach Europa zu bringen.

Die Ureinwohner, deren Blicke ähnlich giftig wie ihre Pfeile waren, mochten keine Eindringlinge. Damals genauso wenig wie heute.

Doch die Schrumpfkopfsammlung eines der Clanchefs hatte Marlene weniger Angst eingejagt als das Lesen des Obduktionsberichts. Normalerweise war sie nicht der hysterische Typ, aber normal war auch nicht, dass eine Frau ins Wasser geht, die fürchterliche Angst davor hat, weil sie als Jugendliche in einem See fast ertrunken wäre. Laura war danach nie wieder schwimmen gegangen, sie mochte nicht mal eine Badewanne, sie duschte lieber. Es war schon ein echtes Ereignis, dass sie überhaupt den Fotoaufnahmen des Modemagazins zugestimmt hatte und an den Ammersee gefahren war.

Marlene würde das nicht wieder und wieder erklären. Zu frustrierend?

Und beim nächsten Mal stieß sie wieder die Tür auf und fragte, ob es Neuigkeiten im Fall Laura Philipp gebe.

Wie oft noch, Marlene?

5. KAPITEL

Ich glaube, alles, was einen nicht tötet, macht einen komischer!

Viktor hatte eine Hand ausgestreckt, die nach der Kehle des Einbrechers griff, während die andere das Messer hielt, als der lachend um Gnade flehte.

»Paula, was denkst du dir?«, schrie Viktor und ging auf Distanz, vor allem zog er seine Hände zurück. Paula legte ihm einen Finger auf den Mund und meinte: »Schhh, muss ja nicht gleich das ganze Hotel hören.«

Hören. Vielleicht hätte schon das halbe Hotel gesehen, dass eine 15-Jährige zu ihm aufs Zimmer geschlichen war. Er wischte ihren Finger weg, schüttelte den Kopf. Eine echte Heimsuchung, das Mädchen. Wenn jemand davon erführe, würde es nicht nur Hiero Harts wertvolles Haupt kosten, sondern gleich noch Viktor Lässigs dazu.

Paula sah aus, als hätte sie gebadet – nicht bei ihm, aber im strömenden Regen. »Was willst du hier, warum musst du einbrechen?«

Und was hat dich davon abgehalten, einen Schirm aufzuspannen?, fragte er gar nicht erst.

»Ich bin doch nicht eingebrochen«, verteidigte sich Paula. »Du hast nur ein lausiges Schlüsselversteck.«

Es war garantiert das letzte Mal, versprach er sich.

Ihr Mantel, den sie über den Hocker geworfen hatte, hinterließ dort seine Spuren, während auf dem Bett ein Ordner lag, der feucht glänzte. Paula wischte sich den Pony aus der Stirn und zeigte darauf. »Die aktuelle Ausgabe für dich und die neuesten Fragen unserer Leserinnen. Mama hat mich zwar nicht gebeten, sie vorbeizubringen, aber es ist Samstag, und ich war grade in der Gegend.«

Von München an den Ammersee. Andersrum wäre es passender, die Variante hätte er geglaubt. Paula war die Tochter der Chefredakteurin des Mode-Magazins »Klassefrau«.

»Und wo du mir wichtig bist …«, lächelte sie ihn an. Sie tat zuckersüß.

»Ich schau es mir an, und du gehst ins Bad und trocknest dir die Haare, du tropfst alles voll.« Viktor öffnete ihr die Tür, schaltete das Licht an und schob seine Besucherin in den kleinen Raum. Der Föhn war an der Wand befestigt und konnte nur an Ort und Stelle benutzt werden. Obwohl dieses Ding sicher niemand mitgehen lassen würde, der bei Verstand war. Er hörte, dass der Föhn eingeschaltet wurde und auch die Lüftung im Raum ansprang.

Viktor hatte sich gerade den Ordner vorgenommen, als aus dem Bad ein erschrecktes »Viktor!« zu hören war. Es schepperte, und Paula streckte den Kopf zur Tür heraus, weiß wie ein unbenutztes Hotelhandtuch. »Willst du mich umbringen?«, keuchte sie.

Viktor ließ den Ordner los. Paula wankte ihm entgegen, er fing sie auf und legte sie aufs Bett. Genialer Gedanke, lobte er sich. Du hast nicht mal die Tür abgesperrt.

Der Föhn lag im Waschbecken. Viktor hob ihn hoch und wollte ihn gerade wieder in die Halterung stecken, als er das beschädigte Kabel sah. Er hatte den Föhn nicht benutzt, aber das hätte er vielleicht irgendwann. Dilettantisch, wenn jemand auf diese Art versuchte, ihm Angst einzujagen. Eigentlich beleidigend, denn das hätte er im Leben nicht übersehen. Zum Glück hatte es auch Paula rechtzeitig entdeckt. Viktor wurde übel. Ihn hatte man darauf aufmerksam gemacht, er könne nicht wollen, dass ihm etwas passierte, dass Hiero Hart etwas passierte. Aber er hätte sich nie verzeihen können, wenn es an seiner Stelle Paula erwischt hätte. Er würde das Hotel um einen neuen Föhn bitten.

Der Mistkerl mit seiner Todesdrohung würde in jedem Fall dafür bezahlen. Du hast keine Ahnung, wer er ist, wollte ihn seine kleine innere Stimme erinnern.

»Ich habe das Zimmer gestern Abend bezogen, das mit dem Föhn hab ich nicht gesehen«, sagte er. Paula wischte die Bemerkung beiseite. Er machte die Badezimmertür zu und setzte sich zu ihr aufs Bett. »Die Leserbriefe sind doch wie immer in meinem Mail-Postfach, oder?«, fragte Viktor und deutete auf den Ordner und seinen Inhalt. »Jaaa«, gab sie ihm gedehnt recht.

»Hey, ich bin kein anhänglicher Fan, ich mag dich einfach«, sagte sie. »Außerdem passt es ganz gut ins Programm, ich besuche meine Tante Bea.«

Die Tante am Ammersee. Ob er das jetzt glauben wollte? Musste er nicht.

»Ernsthaft, ich finde, deine Ratschläge sind wirklich – einfühlsam.« Sie nickte, drehte sich um und stützte ihr Kinn auf ihrem Handrücken auf, die großen braunen Augen auf ihn gerichtet. Er fand seine Ratschläge auch richtig gut, aber er würde den Teufel tun und sie befolgen. Viktor schrieb für eine Ratgeberkolumne der Zeitschrift.

»Wie würdest du sagen, lächelt George Clooney?« Er musste es nicht wissen, trotzdem, es interessierte ihn.

»Clooney?« Aufgerissene Augen. »Dinosaurier. Frag' mich lieber, ob Shawn Mendes ein charming smile kann. Hast du etwa neue Seiten an dir entdeckt, Viktor?«

»Welche?«, fragte er.

»Genau!«, sagte Paula. »Jetzt habe ich auch noch dein Bett nass gemacht.« Fröhlich.

Ich werd's überleben, sagte Viktor nicht. Stattdessen: »Ich schmeiß dich gleich raus.«

»Na dann«, meinte Paula und ignorierte ihn. »Warum nennst du dich eigentlich Sophie Elster, frag ich mich schon lange.«

Dann frag dich weiter.

»Du bist nicht der Teufel in Verkleidung, aber du ziehst dir auch eine Art Mantel an. Also, auch verkleidet. Wozu?« Paula war indirekt direkt. Weil es ihr Charakter oder weil sie 15 war?

Der Mantel passte ihm nicht richtig. Verdammt, was einer nicht alles tat, um seinen Therapeuten zufriedenzustellen, der an ihm herumnörgelte, er habe nicht den Mut, sich seinen Mitmenschen mitzuteilen. Er teilte sich nicht unbedingt mit, aber er bot seine Hilfe an. »In einer Frauenzeitschrift gibt ein Mann keine Ratschläge. Die Frauen würden ihn nicht ernst nehmen.« Sie würden ihn nicht einmal fragen.

»Und du willst ernst genommen werden, verstehe«, nickte Paula. Sarkasmus kapierte Viktor. »Herzschmerz und Sternensummen« nannte sich die Kolumne, in der die Leserinnen

Sophie Elster ihr Problem schildern konnten und Viktor alias Sophie mit einem Rat um die Ecke preschte.

»Du musst gehen, weil ich arbeiten muss«, erklärte er ihr.

Viktor stand auf und wartete darauf, dass Paula das Gleiche tat. »Bin schon fast weg.« Sie schwang die Beine über den Bettrand. »Ich passe auf mich auf und lasse mich nicht ansprechen«, sagte Paula. »Gefährlich ist es ja bloß in deinem Bad. – Uii, was ist das?«, und schon hatte sie das Filmrequisit entdeckt. »Dafür brauchst du aber wenigstens ein paar Kiesel.«

Die hatte er. Gesammelt. Gestern Abend. Und sie in einen Waschlappen getan. Doch Waschlappen lagen normalerweise nicht so offensichtlich auf dem Schreibtisch. Sie griff ihn sich. »Die Idee ist besser«, lobte Paula und schüttelte sich einen Kiesel auf die Hand. »Hab ich ewig nicht mehr gemacht. Irgendwann haben wir uns in der Schule mal eine aus Holz gebastelt«, erinnerte sie sich, griff sich die Schleuder, machte die Tür auf, ging hinaus auf den Balkon.

Viktor kam sich vor, als würde er so ein Lausbubending im Kinderkanal schauen. »Paula, das ist meine.«

»Und du hast damit noch einiges vor«, erklärte sie seelenruhig, legte den Kieselstein in das breite Spanngummi und zog es mit dem Stein zurück. Sie richtete die Schleuder auf … worauf?, und zog ab.

Viktor war nicht schnell genug, ein entsetzter Schrei, dem schon im nächsten Moment wütendes Gezeter folgte, erreichte ihn, und während Paula sich flink weggeduckt hatte, stand Viktor richtig dumm und vor allem gut sichtbar mit einer Hand am Geländer auf seinem Balkon. Dort unten stand eine ältere Frau vor dem Springbrunnen bei den Topfpflanzen, schüttelte den Schirm und zupfte verblüfft an einem Stoffstreifen, der dort herunterhing.

»Keine Qualität mehr, die Dinger«, murmelte Viktor. Er ging in die Hocke und blitzte Paula an. Die behauptete jetzt: »Ich hab auf was anderes gezielt, Viktor.«

Sicher, bloß ein dicker Regentropfen hat den Kiesel aus der Bahn geworfen. Viktor schnaubte. »Du hast die alte Dame getroffen!«

»War nicht zu überhören«, gab sie schnippisch zurück.

»Das gibt Ärger«, sagte Viktor.

»Dein Zimmer – dein Ärger«, lachte sie ihn aus.

Viktor hätte sie wirklich liebend gern erwürgt. Paula sprang auf, hielt ihm ihre Hand hin. Nicht, um sich zu entschuldigen, sie wollte ihm aufhelfen. »Jetzt reicht's!« Er zog sich am Geländer in eine aufrechte Position. Das Kuvert mit der Todeskarte schabte unangenehm auf seiner Haut.

»Es tut mir leid, die alte Schachtel tauchte plötzlich auf und spannte schwuppdiwupp den Schirm auf, wo ich grade die Palme im Visier hatte.«

»Der Schirm ist hin«, sagte Viktor. Auf die Art waren auch schon Leute umgekommen. Zu Tode erschrocken.

»Ja mei«, kam es eher gleichgültig zurück. »Ist die Frisur halt ein bisserl durcheinandergeraten. Das Hotel ist nobel, die bieten ihr sicher einen neuen Schirm an.«

»Da wirst du dir gleich auch einen besorgen.« Er bedeutete ihr, sie solle machen, dass sie wieder ins Zimmer kam.

»Wozu hast du dir eine Steinschleuder mitgenommen? Sicher nicht, um jemandem einen Streich zu spielen.« Sie lachte ihn frech an.

Der Grund war ein ganz anderer: Er musste üben. Es war viel zu lange her, dass er so etwas in der Hand gehabt hatte. Die Schleuder im Tausch gegen seine Pistole. Es würden Kugeln fliegen, auch Blei, abgeschossen mit einer Steinschleuder. Hiero Harts Pistole blieb in ihrem Schulterholster, und das blieb in der Requisite.

Viktor biss die Zähne zusammen. Er folgte Paula, kippte die Balkontür und warf ihr ganz ungalant ihren Mantel zu. »Nimm den Hinterausgang und bestell deiner Mutter, ich erledige die Fragen, so schnell ich kann.« Und komm ja nicht zurück, sagte ihr nur sein Blick. Hoffentlich unmissverständlich.

Er machte Paula ein Zeichen, sie solle ganz kurz warten, bis er einen Blick auf den Gang geworfen hatte. Dann deutete er ihr grünes Licht. Paula zeigte ihm ihren Hüftschwung, warf die Haare zurück, reckte das Kinn und schlüpfte an ihm vorbei, hinaus. »Bis da-ann«, flötete sie, und Viktor beeilte sich, die Tür hinter Paula zu schließen. Er musste den fehlerhaften Föhn melden, und er wollte ein anderes Zimmer. Sich das Hemd über den Gürtel schiebend, angelte er die böse Karte, die ihm an die Nieren ging, legte das Kuvert auf den Schreibtisch. Er wollte sich später eingehender damit beschäftigen.

Das Telefon zu sich heranziehend tippte er die Nummer für einen internen Anruf ein. »Zimmer 14. Es ist mir unangenehm, aber der Regen hat hier etwas angestellt. Ich hätte gern ein anderes Zimmer.«

Unangenehm war in Wahrheit nur seine Besucherin gewesen, und die hatte alles nass gemacht. »Möglich, dass das Dach irgendwo ein Leck hat«, beunruhigte er seine Gesprächspartnerin. Macht vielleicht Sinn, wenn du im dritten Stock untergebracht bist, fand seine innere Stimme. Bis es in den ersten leckt, muss das Wasser einen langen Weg zurücklegen. Meinte auch die Dame an der Rezeption. Sie würde natürlich schauen, was sie tun könne. »Viktor Lässig, Zimmer 14?«, vergewisserte sie sich freundlich. Die lacht sich eins, war er überzeugt.

»Eben dieser«, bestätigte er. »Und schicken Sie bitte den Hausmeister, sonst bringt sich noch jemand mit dem mangelhaften Föhn um.«

Das war jetzt etwas unglücklich formuliert, musste Viktor zugeben, aber vielleicht machte das dem Hausmeister Beine. Es war halb elf vorbei. Es regnete noch immer.

Viktor warf einen kurzen Blick in den Ordner. Es gab drei Leserbriefe zu beantworten. Nachtarbeit. Er würde sich aufs

Bett setzen, im neuen Zimmer, und die Nachrichten auf dem Notebook schreiben.

Liebe Sophie Elster, ich bin 16 und lese immer deine Ratschläge. Meine Mutter kann ich das nicht fragen, die flippt aus, also frage ich dich – was macht einen Mann an?

Na, das kann ich dir sagen, dachte Viktor. Nein! 16, rief er sich in Erinnerung. Da ging es um Jungs, nicht um Männer. Das wüsste am ehesten Paula, was genauso wenig funktionierte. Was darfst du dem Mädchen raten?

Der nächste Brief war von einer erwachsenen Frau, die Problematik war es auch.

Liebe Sophie, ich hoffe, dass du mir helfen kannst. Ein Kuss löst doch normalerweise etwas aus – soll er zumindest, also habe ich einen Freund gebeten, mein Tester zu sein. Er war gigantisch, das hat mich umgehauen. Jetzt will ich meinen Mann nicht mehr küssen. Was soll ich machen?

Weiter den Freund küssen und am besten eine tolle Affäre haben. Der erste Gedanke ist der beste, hieß es, aber den sollte er sich noch mal zu Gemüte führen. Dazu vielleicht eine Frau küssen und schauen, was es bei ihm bewirkte, oder bei der Frau.

Viktor fuhr sich mit dem Finger einigermaßen nachdenklich über die Augenbraue. Noch einer.

Liebe Sophie, ich glaube, ich lasse mich scheiden – außer du sagst mir, es ist nicht ungewöhnlich, dass mein Mann sich extraschick findet, wenn er in meine Kleider schlüpft. Der weibliche Touch, sagt er, und dass er es irgendwie geheimnisvoll findet.

Dann schlüpf mal in seine, stopf dir was vorne in die Hose und schau, ob er das auch irgendwie geheimnisvoll findet. Viktor verzog das Gesicht, obwohl es ihn schon schlimmer erwischt hatte. Er würde sich später um die Nöte der Damen kümmern.

Es klopfte zweimal hintereinander, dann wurde die Tür geöffnet und eine Klappleiter ins Zimmer geschleppt.

Zwischen den Stufen spitzte ein Schopf hindurch, und hinter dem Leiterträger sagte jemand: »Herr Lässig, wir haben noch ein Zimmer im dritten Stock. Balkon hat es keinen, dafür ein zweiflügeliges Dachfenster, das sich zu einem Dachaustritt öffnen lässt.«

Austritt. Hoffentlich war das nicht so gemeint.

»Cabrio sozusagen«, sagte die junge blonde Frau und schob sich am Hausmeister vorbei. Ihr Lächeln und die Farbe des Haars strahlten.

»Kein Dach unterm Dach?« Er begann kompliziert zu werden, sein Zimmertausch.

»Doch, irgendwie schon. Ein Cabrio hat ja auch ein Dach, das man schließen kann, wenn man das will.«

Über Cabrios wollte Viktor sich wirklich nicht informieren. Er würde es von innen aufmachen und ausfahren können. Du hast sowieso nicht viel Zeit, was brauchst du einen ganzen Balkon für dich?, fragte er sich nicht, dafür wollte das die kleine Stimme wissen, die auf *vernünftig* geschaltet hatte.

»Etwas anderes kann ich im Moment nicht anbieten«, erklärte Frau Honigblond bedauernd, während der Hausmeister das Licht einschaltete und die Strahler an der Decke überprüfte.

»Da ist alles gut. Brennt. Wo ist das Problem?«

»Der Föhn im Bad«, deutete Viktor.

Es dauerte auch nur eine Minute, da hörten sie den Hausmeister: »Au, au, au – scheiße.«

Viktor nickte Frau Honigblond zu. »Ist genommen«, sagte er. Was hatte er schon für eine Wahl – keine, wie sie ihm gerade erklärt hatte.

»Ihr Trauerfall tut mir sehr leid.« Sie zog ein dazu passendes Gesicht. *Trauerfall.* Die Karte, die auf dem Tisch lag.

»Demjenigen wird es noch sehr leidtun«, gab Viktor mit Überzeugung zurück. Er würde jedenfalls alles dransetzen, den Schreiber der verdammten Karte ausfindig zu machen und sich zu revanchieren.

Er erntete ein verdutztes Blinzeln.

6. KAPITEL

Gentlemen, erst galt Ihnen meine Neugierde, jetzt meine Aufmerksamkeit.

Henny ging hin und wieder ins Kino, aber eine, die sich prächtig in der Filmwelt auskannte, die man alles fragen konnte, war Oma Linde gewesen. Erinnerungen, wenn sie besonders waren, konnten ganz schön einsam machen, dachte Henny. Sie hörte ihre Oma wieder sagen: »Frauen, die lange ein Auge zudrücken, tun es am Ende nur noch, um zu zielen. Na, wer hat's gesagt?« Ein Zwinkern.

Henny war nicht nur kein Hiero-Hart-Fan, sie war auch kein Filmfan. Was sie hier veranstaltete, war ein echter Lacher. Henny Ferber, eine fiktive Lehrerinnenfreundin. Puh!

Ihre Oma hatte, ohne mit der Wimper zu zucken, Filmzitate aus dem Ärmel geschüttelt. Henny musste meist ahnungslos die Schultern zucken. »Humphrey Bogart«, hatte ihre Oma sie lachend aufgeklärt, die freudig jauchzen würde, wenn sie das noch erleben könnte. »Wo du die Detektivin gar nicht fein gefunden hast.« Henny schüttelte traurig den Kopf. Schnüffeln, hatte es Oma Linde genannt, irgendwie ein echter Schmuddeljob.

Henny hatte mit ihr nicht darüber gestritten, nur nicht verstanden, wie man für einen Dieb – im Film natürlich – eine Entschuldigung fand, während Hennys Arbeit unter »in den unappetitlichen Problemen anderer Leute herumkramen« fiel.

Als ihre Oma sie gebeten hatte, ihr ein Autogramm von Hiero Hart zu besorgen, hatte Henny gebockt und ihr ein aufgebrachtes »sicher nicht von dem« entgegengeschleudert. Eine Woche darauf hatte Oma Linde am Morgen tot in ihrem Bett gelegen. Hennys kindische Weigerung hatte sie sich sicher nicht so zu Herzen genommen. Das hatte einfach aufgehört zu schlagen. Dieses verfluchte Autogramm hatte ihr Henny selbst am Sarg versprochen und wollte ihr Wort halten. Als würde es ihrer Oma noch irgendetwas bedeuten …

Wo Henny die sehr unterschiedlichen Meinungen der Nachbarn am Hasenbergl schon eingefangen hatte und von Viktors Vater vom aktuellen Malheur, der Todesdrohung, hörte, da sollte sie Hiero Hart jetzt auch persönlich kennenlernen, was mit einer Komparsenrolle um einiges leichter möglich war. Im neuen Fall für Hiero Hart ging es um einen Mord aus Leidenschaft. Das war genau Hennys Ding. Die Detektivin beschäftigte sich wie der »Bulle vom Ammersee« mit den richtig harten Fällen. – Ein Lächeln für ihre Gedanken.

Um Liebe und Leidenschaft ging es dabei auch, anfangs.

Wenn aber jemand Henny bat zu ermitteln, hatte sich dieses schöne Gefühl bereits aufgelöst, übrig waren nur mehr üble Verdächtigungen, in Tränen aufgelöste Verlassene, unschöne Geheimnisse oder schlicht – Rachegelüste.

Sie nahm die Kaffeetasse, leer. Sie erinnerte sich nicht einmal mehr, überhaupt daraus getrunken zu haben, und stand auf, um sich frischen einzuschenken.

»Wahrscheinlich kommt die Zusage der Filmagentur gerade recht«, flüsterte sie und tat sich ein wenig leid, weil ihre eigenen Nachforschungen nicht viel erbracht hatten.

Elf Uhr. Hiero Hart, ich komme! »Du musst wissen, meine Oma ist ein Fan von dir. Du hast doch bestimmt eine Karte; würdest du was Nettes für sie draufschreiben?«

Sie schaltete den Kaffeeautomaten an, trug die neue gefüllte Tasse ins Büro und wollte sie gerade abstellen. »Henny …« Die Stimme war direkt hinter ihr, und schon war es passiert, ihre

Hand mit der Tasse zuckte erschrocken, und der Kaffee formierte sich auf dem Schreibtisch zu einer Pfütze – haarscharf an der Computertastatur vorbei, tränkte schonungslos die ausgedruckten Seiten ihrer Recherche.

»Tim, ich bring' dich um!«, schimpfte Henny, stellte die Tasse ab und sprang auf, um ein paar Blätter der saugstarken Küchenrolle zu organisieren.

Die bemerkenswerte Detektivin, die nicht einmal mitbekam, dass sich die Tür geöffnet hatte. Sie lief in die Küche, Tim hinterher. Sie riss vier Tücher von der Rolle und marschierte damit zurück. Er folgte ihr. »Ich hab was. Das musst du unbedingt wissen!« Punkt. Er hatte vor, sie auf die Folter zu spannen? Ach. Schlechter Zeitpunkt.

»Wie sagst du immer: Denk kriminalistisch und fürchte das Unerwartete«, gab der 17-jährige Sohn ihrer Freundin zurück, der sich das Detektivhandwerk einmal näher anschauen wollte und sie darum mit seinen Besuchen beehrte. Sie hatte ihn in ihre Hiero-Hart-Recherche eingeweiht. Spannend, weil Schauspieler wandlungsfähig waren, fand er, und versuchte seitdem auf Teufel komm raus, einen Treffer zu landen.

»... und fürchte nicht das Unerwartete«, berichtigte ihn Henny. Der verschüttete Kaffee drängte gefährlich nach vorne an die Tischkante, bereit, auf den Boden zu tropfen. Henny fing ihn mit den Tüchern auf.

»Sicher?«, fragte Tim.

»Absolut sicher. Um meine Neugier zu wecken, musst du aber einen Köder auswerfen – einen, dem ich nicht widerstehen kann«, lautete Hennys Anleitung jetzt.

»Spannungsaufbau für Anfänger? Schaffe ich doch leicht. Die Filmleute haben sich im Hotel ›Wassermann‹ eingemietet. Weißt du natürlich. Ich brauchte von Mama noch eine Unterschrift, und sie hatte grade Dienst an der Rezeption. Es war reiner Zufall. Oh, oh, – was für eine Beauty.« Er hob die Augenbrauen, schnalzte mit der Zunge.

»Du hast ein hübsches Girl im Hotel gesehen.« Henny verdrehte die Augen. Die Übersetzung bekam sie wenigstens hin.

»Sie hat nach Hiero Hart gefragt. Sie müsse ihn unbedingt sprechen, sie sei eine Freundin.«

»Ältere Männer haben schon mal jüngere Freundinnen«, half ihm Henny. Älter. Der Mann war 34.

Tim schüttelte gar nicht bedauernd den Kopf. »Diese jüngere Freundin dürfte dem Mann aber echte Probleme machen – sie ist definitiv minderjährig.«

Hiero Hart wurde Henny nicht unbedingt sympathischer. Solch zufällige Begegnungen konnten wertvoll sein. Interessant und ein kleines Stückchen informativ, weil der Schauspieler keine minderjährigen Girls in seiner Verwandtschaft hatte, der war ein Einzelkind. Obwohl es natürlich auch noch ein paar andere Antworten geben könnte, auch eine Cousine. Aber zuerst hatte Henny gestutzt, musste sie zugeben.

»Treffer, oder?«, tönte Tim, der in ihrer Miene gelesen hatte.

7. KAPITEL

Heute ein guter Plan ist besser als morgen ein perfekter Plan.

Einen halben Monat später, anknüpfend an die vielen Gespräche, wollte sich Marlene noch immer nicht fragen, warum sie nicht aufgeben konnte und sich nicht endlich damit abfand: Laura war weg, Laura hatte vielleicht beschlossen, dass es vorbei wäre.

Klonski fragte sich das sicher längst, zu ihr sagte er:

»Seit du wieder zu Hause bist, schleppst du dich andauernd in mein Büro und erkundigst dich, ob es etwas Neues im Fall Laura Philipp gibt. Marlene, Laura ist kein Fall. Was glaubst du denn, was ich machen soll? Sie ist in Herrsching am Ammersee gestorben.«

Genau, und Marlene war nicht da gewesen. Aber sie würde rausfinden, was wirklich passiert war. Es war ihr Versprechen an die tote Freundin. Sonst würde Marlene diese traurige finale Sequenz, die sie nicht aus dem Kopf bekam, noch bis ans Ende ihrer Tage verfolgen: Laura, die in einer Frühlingsnacht Schritt für Schritt in den See watet. Das Wasser reicht ihr zuerst bis über die Schultern, dann schwappt es in ihren geöffneten Mund. Sie geht weiter, bis sie versinkt, mit angelegten Armen, völlig ruhig.

Absolut hirnrissig, gar nicht Laura. Oder eine sehr verzweifelte Laura? Die sich zuerst *Herausforderung* gesagt hatte und dann *Mutprobe* wählte.

Marlene wollte sich selbst nicht zuhören.

»Ich hab doch hier in Stuttgart überhaupt keinen Handlungsspielraum.« Klonski klang auch ein wenig verzweifelt.

»Wie Sie meinen.« Sie hieb mit der Faust auf den Tisch, dass die Papierstapel in eine bedenkliche Schräglage gerieten.

»Darum macht sich die Reiseschriftstellerin mit ihrer Assistentin jetzt auf den Weg an den Ammersee.« Das war ihr in eben diesem Moment klar geworden. Sie hätte es schon früher tun sollen. Marlene sah sich bereits ankommen und die Ärmel hochkrempeln. Es würde sich gut anfühlen.

Sie hörte Klonski aufseufzen. »Was willst du denn da?«, fragte er.

»Einen Mörder schnappen«, gab sie zurück. Marlenes Grinsen wirkte siegessicher, aber sie hatte das Gesicht gerade nur für ihn aufgesetzt, in Wahrheit spürte sie nur Leere.

Die Polizei unternahm nichts, die brauchten wenigstens eine Spur, die sie verfolgen konnten. Ein Beweis, der für Mord sprach, wäre noch besser. Sie konnte Klonski gerade noch schlucken sehen, aber da zog sie die Bürotür bereits hinter sich zu.

Wenn sie etwas herausfinden wollte, musste sie selbst dafür sorgen, die Antworten zu bekommen. Und das würde sie. Marlene streckte dem Polizeipräsidium die Zunge heraus, organisierte sich ein Taxi und ließ sich zum »Hotel am Schlossgarten« fahren.

Wie Udo Lindenberg lebte sie in einer Hotelsuite, weil ihr der Service behagte, sie sich um fast nichts selbst kümmern musste und weil sie mittlerweile zu den gefragtesten Reiseschriftstellerinnen gehörte und es sich leisten konnte. Sie war gewohnt, unter Leuten zu sein, und sie hatte eine Assistentin eingestellt, die mit ihr auf Reisen ging, Notizen machte, Tagebuch führte und mit einer Kamera umzugehen wusste.

Einsamkeit kannte Marlene bislang nur aus Filmen, doch seit Lauras Tod war da manches Mal so ein komisches Ziehen in der Herzgegend. Klopfte der Regen an ihr Fenster, hörte es sich bloß nach schlechtem Wetter an, wo sie früher gesagt hätte, dass es klang, als würde ihr jemand eine spannende Geschichte in einer anderen Sprache erzählen.

Marlenes Leben hatte sich, seit ihre Freundin nicht mehr Teil davon war, um 180 Grad gedreht.

Wie würde ihre Recherche aussehen müssen?, fragte sie sich und hatte keine Ahnung, wie sie es überhaupt anpacken sollte. Für einen Kriminalfall war es zu persönlich, für keinen Kriminalfall war es zu geheimnisvoll.

Sie wollte Fragen stellen, zuhören, noch mehr Fragen stellen und bloß nicht ausflippen, wenn ihr die Antworten nicht passten. Sie redete immer mit den Leuten, kitzelte interessante kleine Details aus ihnen heraus, gab auch mal vor, ahnungslos zu sein und sich gerne etwas erklären zu lassen. Sie steckte sich mit dem »fabulam narrare-Virus« an und trug ihn weiter. »Keine erzählt Geschichten wie du«, sagte ihre Assistentin, die Latein in der Schule hatte und den Virus mühelos übersetzte.

Hier war Marlene tatsächlich einmal absolut ahnungslos. Eine Geschichte wollte sie weder erzählen noch sie erzählt bekommen. Fakten, die Wahrheit – das wollte sie.

Die Nachricht des Notars hatte Marlene erst erreicht, als sie wieder zurück in Stuttgart und schon alles vorbei war. Aber er hatte auch eine Geschichte für sie. Marlene war Lauras Alleinerbin. Ihre Freundin hatte ihr tatsächlich ihren gesamten Besitz vermacht, was auch die persönlichen Dinge mit einschloss, um die sich die Polizei nach ihrem Tod gekümmert hatte. Sogar ein Diamantarmband, das man in der Tasche ihrer Jeans fand, als man die Leiche aus dem See barg.

Marlene hatte ungläubig auf den Schmuck gestarrt, als ihr mitgeteilt wurde, der sei echt und ziemlich wertvoll. Der Wert des Armbands und dass der Schmuck von Dior war und über 30.000 Euro gekostet hatte, konnten sie nicht beeindrucken. Es machte sie höchstens argwöhnisch. So was trug Laura Philipp nicht. Hatte sie nie getragen.

Marlene ballte die Fäuste. Nichts stimmte hier. Lauras Letzter Wille war auch so ein schlagkräftiges Argument der Polizei, das für einen Selbstmord sprach – wer machte sein Testament, wenn er nicht mal 30 war.

Sie. Marlene war 29 und hatte festgelegt, wer nichts bekommen sollte. Natürlich, eine Reiseschriftstellerin war viel unterwegs, begab sich in Gefahr. Fazit, da schien es sogar klug, etwas zu verfügen. Fein. Scheiß auf klug, hatte Marlene nicht gesagt, es aber sehr wohl gedacht.

Während ihres letzten Telefongesprächs mit der Freundin hatte einerseits die Übermittlung immer wieder ausgesetzt, andererseits aber war das Foto angekommen, das Laura ihr geschickt hatte. Es zeigte sie zusammen mit einem Mann. Er trug eine Sonnenbrille und war nur im Profil zu sehen – der Superheld, vermutete Marlene, Laura hatte ihn scharf gefunden, nicht aber der Fotograf, der das Paar, auf einer Parkbank sitzend, seitlich aufgenommen hatte. Vielleicht *der* Hinweis, die heiße Spur. Die Freundin lehnte auf dem Foto ihren Kopf vertrauensvoll an die Schulter des Mannes und griff nach dessen Hand. Der Typ hatte schlanke Finger, war Marlene aufgefallen.

Sie hatte sich informiert, wie das Leben von Laura Philipp vor fünf Monaten ausgesehen hatte. Endlich unternahm sie etwas, und es fühlte sich besser an, als andauernd als Bittstellerin Klaus Klonski aufzusuchen.

Welche Verträge musste Laura erfüllen, welche Termine hatte die Agentur für das Model vereinbart? Von einigen wusste Marlene, andere waren ihr neu.

Interessant war das Angebot eines wahren Reisegiganten, der ein neues Werbegesicht suchte. Ein Magazin wollte ein Covershooting, und für eine Fluglinie hätte Laura in eine Stewardessenuniform schlüpfen sollen.

Laura würde keines der Angebote mehr annehmen. Marlene wünschte sich, die Zeit für sich und Laura noch einmal zurückdrehen zu können. Dann könnte Marlene da sein, wenn ihre Freundin sie brauchte, sie wäre nicht Tausende Kilometer entfernt. Unnütz, sie wusste es, doch es brachte sie darauf, sich den Zeitpunkt einmal genauer anzuschauen. Und da fand sich tatsächlich etwas Informatives. Genau zu der Zeit, als Laura für die Fotoaufnahmen des In-Magazins am Ammersee war, fanden auch Dreharbeiten zu einer Folge der beliebten Krimiserie »Hieronymus Hart – Der Bulle vom Ammersee« in Herrsching statt. Der Superheld war ein Schauspieler?

Marlene fragte sich ernsthaft, was Laura ausgerechnet an einem Schauspieler gefunden hatte. Das war nicht ihr Stil. Genauso wenig wie ein Diamantarmband.

Die gleiche Crew war gerade wieder vor Ort, es wurde eine neue Folge gedreht. Die Chance, etwas in Erfahrung zu bringen, die Chance, dass sie Lauras Mörder begegnete, war vielleicht einmalig.

Die Rechtsmedizin sah keine Hinweise auf ein Fremdverschulden, aber das konnte Marlene nicht davon abhalten, etwas zu unternehmen. Sie hatte Laura im Stich gelassen, sie würde nicht zur Ruhe kommen, bis sie entweder einen Mörder gestellt hatte oder aus Überzeugung glauben konnte, dass ihre Freundin freiwillig in den Tod gegangen war.

Sie hoffte, der Entschluss, Richtung Ammersee aufzubrechen, würde ihr helfen, einige Fragen zu beantworten. Eine Filmcrew, das war ein Haufen Leute. Marlene müsste sich aufschreiben, wer welche Rolle spielte, wer gemocht wurde. Sie müsste wenigstens ein paar Filmkritiken lesen. Gab es vielleicht Fan-Treffen, und wer veranstaltete sie? Ihre Assistentin würde sich darum kümmern, aber allzu uninformiert wollte Marlene da nicht auflaufen. Reiseschriftsteller wurden nur selten erkannt. Sollte das passieren … *Warum ausgerechnet der Ammersee, Frau Borstel?* – Falls jemand danach fragte. *Wissen Sie, das ist komisch, ich war tatsächlich noch nie dort und habe mich spontan dazu entschlossen, eine Reportage zu schreiben.*

Oh ja, sagenhaft komisch und dazu sehr glaubwürdig, wo über den See schon so viel geschrieben worden war.

Wie wäre es mit der Wahrheit vom Tod ihrer Freundin? Das müsste doch die Person aufschrecken, die für ihren Tod verantwortlich war. Denjenigen, der Laura etwas verabreichte, das

das Labor nicht nachweisen konnte, sie unter Wasser gezogen hatte, sie unglücklich machte …

Waren die Möglichkeiten wirklich so vielfältig?

Marlene mochte diese Krimiserien nicht mal besonders. Es gab zu viele. Sie müsste ihr Unbehagen in die hinterste Ecke verbannen und am besten mit dem Hauptdarsteller beginnen.

Hieronymus Hart. Attraktiv, sicher. Auf den guten Fotos wird die Seele eingefangen. Gemeint waren dabei nur Stimmungen, und Schauspieler beherrschten das Metier im Schlaf. Es würde Marlene einiges kosten, den Mann anzusprechen, ihn für sich zu interessieren, Aufmerksamkeit oder mehr zu heucheln und ihm nebenbei einige Antworten zu entlocken. Hatte er Laura gekannt, hatte er sie geliebt – getötet?

Marlene verzog das Gesicht. Sie sollte nicht gleich in Serie schwarzmalen, lieber Sandra, ihrer Assistentin, Bescheid geben, sie bräuchten eine Unterkunft – ein Hotel oder eine Pension. Es war nicht mehr Spätsommer, eigentlich schon Herbst, keine Hochsaison, da konnte es kein Problem sein, zwei Zimmer zu buchen. Marlene wählte die Nummer, die sie längst schon auswendig kannte.

»Wir starten wieder?«, erkundigte sich Sandra, sie klang beschwingt. »Wann? Wohin geht's diesmal, was packe ich ein?«

Marlenes Antwort fiel zögerlich aus, ungewohnt vage. Sandra musste Marlenes Tonfall bemerkt haben. Sie sagte: »Sie haben es ›unsere Fahrt‹ genannt. Fahrt, nicht Reise.«

»Wie aufmerksam. Wir lassen uns chauffieren. An den Ammersee.«

»Oh nein«, gab Sandra prompt zurück. »Tun Sie das nicht, es wird Sie zu sehr deprimieren, und Sie hören sich jetzt schon aufgewühlt an.« Besorgnis klang aus ihrer Stimme. Sandra wusste, Marlenes Freundin war am Ammersee gestorben, und sie wusste, dass man von einem Suizid ausging, was Marlene vehement negierte. Sie arbeiteten zusammen, ihre Beziehung war freundschaftlich; gut so, denn es gab Situationen, da mussten sie einander blind vertrauen. Marlene meinte gerade mitzubekommen, wie die sich drehenden kleinen Rädchen in Sandras Gehirn nach einer Lösung suchten, einer Ausflucht, warum sie gerade *nicht dorthin* fahren sollten.

»Wir könnten doch diese neue Idee verfolgen. Alte Sagen und Legenden … und wo der kleine Kern der Wahrheit steckt«, schlug Sandra ein wenig atemlos vor. Es hatte etwas Bittendes. Nicht für sich selbst, sondern Marlenes wegen.

»Lauras Tod scheint mir auch eine Legende zu sein, eine, die ich um jeden Preis enträtseln muss«, hielt Marlene dagegen. »Es wird interessant, ich verspreche es – wir spielen ein Spiel.«

»Sie machen mir Angst, Marlene.« Sarah ließ sich in die Polster ihrer Couch fallen, Marlene hatte das leichte Plumpsen gehört. So konnte man sich täuschen, dachte Marlene. »Herausforderung«, sagte sie.

»Was meinen Sie?«, fragte Sandra.

»Erkläre ich während der Fahrt«, versprach Marlene. »Kümmerst du dich für uns um nette Zimmer?«, fragte sie.

»Das ist das geringste Problem«, erwiderte Sandra.

8. KAPITEL

Und wenn alle super sind … wird es niemand mehr sein.

Er hatte seinen Koffer aufgeklappt, den Schrank geöffnet. Als Erstes fanden die Socken, Wäsche und Krawatten, die er zuvor sorgsam eingeräumt hatte, den Weg zurück in das Gepäckstück. Danach zog Viktor Hemden und Hosen von ihren Bügeln und ließ sie folgen. Er räumte seine Hygieneartikel von der Ablage im Bad in den Kulturbeutel und stellte den auch in den Koffer.

Der dritte Stock mit dem Cabrioding. Angenehm wäre eine Aussicht auf den See und den Steg, mit Blick auf die Uferpromenade. Viktor schloss die Tür zu Zimmer 14 hinter sich.

Zimmer Nummer 33 war kleiner, schräger, weil unterm Dach, und einfacher ausgestattet. Die Möbel entsprachen nicht unbedingt Viktors Körpergröße, auf den ersten Blick schien es einer von den sieben Zwergen vorher bezogen zu haben. – Wenigstens der Föhn im Bad funktionierte, kein schadhaftes Kabel.

Schau es dir lieber noch mal an, bevor du ihn benutzt.

Und halt den Mund, dass du umgezogen bist. Dir muss klar sein, jemand war in deinem Zimmer. Vielleicht hat der Jemand noch einen zweiten Besuch vor. Es war nicht der Moment, sich darüber Gedanken zu machen. Gerade noch so viel, um sein Gepäck in den dritten Stock ins Zimmer mit dem Cabriofenster zu schaffen und Frau Honigblond um Papier, einen Bleistift und durchsichtiges breites Klebeband zu bitten. Wenigstens hatte er ein Konzept, nämlich Fingerabdrücke von der Todeskarte zu nehmen, wenn auch keinen Pinsel, fiel ihm auf. Den brauchte er. Vielleicht könnte Gabi auf einen von ihren verzichten. Die Maskenbildnerin hätte bestimmt einige von den Dingern in ihrem kleinen Köfferchen.

Viktor hatte alle Zeit, die ihm zur freien Verfügung stand, schon genutzt. Jetzt war definitiv keine mehr übrig.

Er faltete den Schuhsack auf ein kleineres Format zusammen und klemmte ihn sich unter den Arm. Auf ihn war sein Blick gefallen, als er vorhin ein- und alles wieder ausgepackt hatte.

Dort hinein kämen die Sachen, von denen er Spuren abnehmen wollte. Eine Frau hätte es da etwas leichter, die meisten Damenhandtaschen hatten Reisegepäckmaße.

Er schnappte sich seinen Kuli, der Block musste auch noch mit. Viktor wusste, was *er* sich dabei dachte, hoffentlich waren die Kolleginnen und Kollegen nichtsahnend. Er wollte den Schlüssel nicht mit an den Tisch nehmen, das wollte er nie. Vielleicht seine verquere Art der Geheimniskrämerei. Als neues Schlüsselversteck musste, ohne lange zu überlegen, das alte herhalten. Offenbar gab es in den Gängen überall Kübelpflanzen, deren Blumentöpfe verschwenderisch mit Granulat gefüllt waren.

Viktor hetzte zum Seminarraum, als hinge sein Leben davon ab. Er war »ein Minütchen zu spät, während die Schulsekretärin sich anständig verspätet«, rieb ihm der Regisseur unter die Nase, sodass sich Viktor wieder vorkam, als wäre er noch unanständig grün hinter den Ohren und sollte »Entschuldigung« sagen.

»Ich musste umziehen«, plauderte er drauflos und hatte doch genau das unerwähnt lassen wollen. Auf dem Tisch stand ein riesiger Krug, in dem Gurkenscheiben und Zitronenschnitzen einträchtig herumschwammen. Es wäre *die* Gelegenheit, Fingerabdrücke zu nehmen. Selbstbedienung, denn in der Tischmitte befanden sich Gläser. Viktor würde die kleine Erfrischung ausfallen lassen, sonst müsste er noch aufpassen, das eigene Glas nicht zu den anderen zu packen. Er legte den zusammengefalteten Schuhsack neben eines der Stuhlbeine.

Es sah aus, als hätte sich fast das komplette Filmteam eingefunden. Viktor schickte einen diskreten Blick nach allen Seiten. Augustin schaute auch, wartete vielleicht noch, ließ die Aufgeregten sich noch etwas lockermachen.

Der Hauptdarsteller meldete sich zum Dienst nebst den Nebendarstellern, der Maske, dem Requisiteur, Szenenbildner, auch Kamera und Ton gaben sich die Ehre und die Komparsen, die eine Castingagentur ausgesucht hatte. Sie fielen sofort auf, es waren die, die schnatterten und glücklich grinsten, als hätten sie einen wichtigen Preis gewonnen. Die Lehrerin war jedenfalls da, glaubte Viktor, und die brauchten sie – deren Leben hing tatsächlich davon ab, sie war die Leiche. Heute mussten längst nicht alle unbedingt anwesend sein, doch der Regisseur mochte es, wenn sich alle Darsteller einander gleich am ersten Tag vorstellten. Augustin war der Kopf, seinen Wünschen und Vorstellungen entsprach man in den nächsten Tagen nicht nur am Set.

Gerade erfasste Viktor ein neugieriger Blick aus smaragdgrünen Augen. Er erwiderte ihn, sie aber wandte den Kopf nicht ertappt und verlegen ab, sie lächelte. Er schickte ebenfalls ein Lächeln in ihre Richtung. Das fiel überhaupt nicht unter: Mach etwas, dass du unter normalen Umständen nicht tun würdest. Es war ein Reflex, das Lächeln kostete ihn keine Überlegtheit, was ihn wohl mehr überraschte. Sie war attraktiv mit ihrer schlanken Figur, den dunklen Locken, die ihr hübsches Gesicht einrahmten, und dem Blick, aus dem Entdeckerfreude sprach. Versuch', sie kennenzulernen, ermutigte er sich. Du kannst dir mehr als nur die Finger verbrennen, hielt die Stimme seines Verstandes dagegen. Viktor verbannte beide. Jetzt war nicht die Zeit, vielleicht aber konnte er die Pinselangelegenheit noch erledigen. Viktor wusste von Gabi, dass sie ihren Koffer meist bei den Requisiten verstaute, und wenn sie keinen neuen gekauft hatte, wusste er auch, wonach er Ausschau halten musste.

Solange der Regisseur noch nicht startete, würde Viktors Verschwinden kaum auffallen, meinte er. Er musste ins Untergeschoss; dort hatte das Hotel eigene Räume für Lager und Technik, dem Filmteam war erlaubt worden, einen davon für das Equipment zu nutzen. Augustin schaute etwas schräg, als jetzt sein Hauptdarsteller wieder aufstand. Wo Viktor sich schon eine ganze Minute nach elf eingefunden hatte, verschwand er jetzt wieder. »Bin sofort zurück.« Er hob eine Hand.

Der Aufzug brachte ihn hinunter. Die Neonröhren tauchten den Gang mit einer Sekunde Verspätung in helles Licht. Viktor beeilte sich. Trotzdem würde er einige Zeit für seine Suche benötigen. Der Raum im Untergeschoss hatte eine massive Stahltür. Viktor machte sie weit auf, drückte auf die beiden Lichtschalter und konzentriert von links nach rechts.

Den giftgrünen Koffer hatte er gleich entdeckt, seinen Deckel aufgeklappt. Das Fach mit den 1.000 Pinseln erleichterte ihm die Auswahl nicht gerade. Er nahm sich einen kleinen weißen Federpinsel, der zweckmäßig aussah, und steckte ihn in die Brusttasche seines Hemdes. Mit dem im Geist abgegebenen Versprechen, ihn zurückzubringen oder zumindest zu ersetzen, machte er den Deckel wieder zu.

Viktor war, wie es schien, nicht der Letzte, der sich zur Runde am Tisch gesellte. Es fehlten noch immer die Schulsekretärin und der Kriminalkommissar. Frank Weiß hatte sich immer eingefunden, aber Viktor würde nicht fragen, wo der steckte. Gern auch im Urlaub in Timbuktu. Es war sicher nicht davon auszugehen, dass Frank bei der neuen Folge nicht auftauchte und seinen Senf dazugab. Weiß stand der Crew und vor allem ihm, Hiero Hart, beratend zur Seite. Er kannte sich mit Kriminalfällen aus. Musste er, es war sein Job, er war echt.

Viktor wünschte sich den Typen jetzt schon weg, obwohl er noch gar nicht vor Ort war.

So viel Glück hast du nicht! Außer der Produktionsgesellschaft, »Bergmann Film«, brauchte ihn niemand dringend; Frank Weiß war deren Absicherung, dass die Vorlage für den Film aus polizeilicher Sicht fachlich zutreffend, oder zumindest neutral geschrieben war. Was auch immer das heißen sollte. Der Kommissar besetzte sicher auch diesmal wieder eine Minirolle. Irgendwo im Text hatte Viktor ihn bemerkt, an der Seite von Hiero Hart.

Viktor rannte zurück, die Tür zum Seminarraum war geschlossen, er stieß sie wieder auf. Es saßen noch immer nicht alle, aber die, die fehlten, würden wahrscheinlich gar nicht kommen. Viktor setzte sich. Augustin war gerade dabei, sich und den Drehplan zu erklären.

»Die Stimmung passt, sobald es aufgehört hat zu regnen, drehen wir den Tod«, sagte der Regisseur. Die Polizei würde ihres tun und ein Stück vom Uferweg absperren. »Frank Weiß, unser beratender Kriminalkommissar aus München, ist spätestens morgen wieder dabei.«

Viktor gab sich keine Mühe, sein Gähnen zu unterdrücken.

Augustin räusperte sich, sein Blick streifte ihn. »Hieros zukünftige Freundin, die Schulsekretärin, hat sich den Fuß verstaucht. Sie versucht, schnell wieder fit zu werden, und stößt dann zu uns.«

Kollektives Nicken. Obwohl die Hälfte der Leute gerade nicht nachvollziehen konnte, worum es da ging.

»Den Fuß hat sich eine andere verstaucht, den kann sich doch nicht noch eine verstauchen.« Viktor hatte das dumme Gefühl, etwas nicht mitbekommen zu haben. Er hatte es gelesen, sogar davon geträumt. Die entführte Lehrerin.

»Bei der einen gehört es zur Geschichte im Drehbuch, die andere hat sich ihren tatsächlich verstaucht«, klärte Augustin ihn auf.

Nicht schön. Wenn diese Dame ausfiel, würde Augustin eine neue auftreiben, in die sich Hiero Hart verliebte. Im Film.

Viktor wollte nicht mit der Frage herausplatzen, wie die Dame denn aussah, verlieben konnte man sich doch nicht in jede. Der Filmkuss ließ ihn sowieso frösteln, und er sah wieder Gabis sehr anschaulich dargestelltes Geschmuse vor sich.

An seiner Schule war er der Sekretärin immer dann begegnet, wenn der Direktor ihn wieder wegen eines Vergehens in sein Büro zitierte. Oft. Grund genug für Viktor, sich nicht ausgerechnet in eine Verwaltungsangestellte zu verlieben; die trugen meist eine dicke Brille und hatten lange Nasen. Er wünschte seinem ehemaligen Direktor von Herzen, dass der mitbekam, wie der schwierige Viktor Lässig trotz allem seinen Weg gemacht hatte.

»Kurz ganz was anderes«, sagte Augustin. »Es geht um eine Beschwerde. Es soll im Hotel eine Schießerei gegeben haben.«

Erstaunen. Verblüffung. Offene Münder. Augustin dämpfte die Ausrufe mit einer Handbewegung. Es sah aus, als würde er etwas, das nur er sah, erschlagen wollen. Viktor wartete, er argwöhnte zu wissen, was da gleich kommen würde.

»Von einem der Balkone aus hat jemand gefeuert. Mit einem Instrument, das mit Kieselsteinen geladen wird. Zwar hat es nur den Regenschirm der Dame getroffen, aber so was geht nicht.« Augustin nickte bedeutungsschwanger.

Egon schaute zu Viktor, und der hätte am liebsten den Kopf eingezogen. »Hiero – übst du schon?«, lautete seine Frage. Viktor straffte sich. Da kam er jetzt nicht mehr raus. Er hatte nicht geschossen, aber zu sagen, dass eine 15-Jährige die Handsteinschleuder benutzt hatte, ging auch nicht. Er musste in den extrem sauren Apfel beißen.

»Ich wollte etwas anderes treffen, die ältere Dame kam unversehens dazwischen.«

Viktor sah nur die beiden jugendlichen Nebendarsteller, wie sie sich die Hände vor den Mund hielten, bemüht, nicht loszulachen, wo alle anderen so starr dreinschauten, nahe am Entsetzen.

Augustin sagte: »Wir geben nichts zu. Wahrscheinlich hat sie schlechte Augen, also hat sie auch niemanden gesehen.«

Was war das jetzt?, fragte sich Viktor und verzog das Gesicht. Er wollte nicht in Schutz genommen werden. »Es war eine saublöde Nummer«, sagte Viktor. »Ich werde mich bei der Dame entschuldigen, ich hätte es gleich tun müssen.«

Jemand klopfte mit den Knöcheln Zustimmung auf den Tisch. Gut gemacht.

Nein, er schüttelte den Kopf. Überhaupt nicht.

»Vor gut 100 Jahren war jemand der Meinung gewesen, dass dieser Winkel im Fünfseenland vielleicht die vollendete Idylle ist«, lachte Juliane Garaus, die Rechtsmedizinerin.

»Wo schicken wir unseren Spezialisten also zum Üben hin?«, wollte der Requisiteur wissen. Egon zwinkerte ihm zu.

»Du kannst mich mal gernhaben«, gab Viktor zurück.

»Wir finden was«, meinte Augustin halbherzig, was für Viktor so viel hieß wie: Kümmere dich da mal selbst drum!

»Der Plan für den heutigen Tag liest sich sportlich«, ließ sich Bene Hotter, der Spurensicherer, der bei einem Indianer gelernt hatte, vernehmen.

»Gehen wir's zusammen durch. – Melanie Rendl, Deutschlehrerin an der Realschule, wurde entführt. Sie wird festgehalten.« Augustin unterbrach sich. »Notiz: Die Kurzmeldung über die Entführung bringt eine Nachrichtensprecherin. So viel vom Drehbuchautor. Das müsste hinzukriegen sein«, fand der Regisseur.

»Weiter … Der Zuschauer sieht den Schuppen einer aufgegebenen Gärtnerei. Die Lehrerin war dort eingesperrt, konnte sich befreien und bekommt die Tür auf. Sie glaubt, sie kann entkommen, blickt sich um, erkennt, wo sie sich befindet, und beginnt zu laufen, man sieht, dass sie Schmerzen hat, sie versucht zu rennen (so das Drehbuch), sie hat einen verstauchten Fuß, beißt die Zähne zusammen, dann ein Geräusch, zu dem sie sich umwendet, sie stoppt. Die Augen groß, die Angst beinahe greifbar, dann fasst ihre Hand plötzlich an den Kopf, verwirrt. Sie bricht auf dem Uferweg zusammen (so das Drehbuch).« Augustin gefiel sich in der Erzählerrolle.

Viktor sah sich in seinem Traum von letzter Nacht wieder die Handsteinschleuder in die Luft recken, als wäre es die fantasievollste Waffe, die er sich vorstellen konnte.

Augustin deutete. »Die Flucht«, er trabte durch den Raum, wie er sich eine solche vorstellte. Es sah extrem bemüht aus. »Folgt der Zusammenbruch auf dem Weg, dann spaziert unser Hausarzt in die Szene. Der ist der Zeuge, der die Leiche entdeckt. Mit aufgespanntem Schirm, nebst Hund, weil der mal raus muss. Er führt Selbstgespräche – nicht der Hund –, aber so erfährt der Zuschauer einiges über den Mann. Der Hausarzt glaubt, die Frau zu erkennen. Nicht von einem der Plakate, die überall aushängen, weil sie vermisst wird, sondern, weil sie sich morgens schon öfter beim Bäcker begegnet sind. Er überprüft die Vitalfunktionen. Kein Puls, nichts. Dann stellt er seinen Schirm auf, sodass die Frau geschützt ist.«

Viktor hätte gerne gefragt, woher der Hund kommen sollte, aber das verbiss er sich.

»Ja, und ich?«, erkundigte sich Thomas Wächsing, der Hausarzt, und reckte den Hals. »Wenn es nachher da draußen regnet?«

Hatten sie nicht gerade beschlossen, es würde nicht regnen?

»Wirst nass!«, sagte der Regisseur unbeeindruckt. »Dir ist sofort klar, da ist etwas vorgefallen, nach plötzlichem Herztod sieht es nicht aus, weil du natürlich die Fingernägel der Frau siehst und ihren Gesichtsausdruck. Also wieder einmal: Todesursache unbekannt.«

»Richtig unangenehm wird es für mich, ich muss dort auf dem Weg stillhalten und liege nicht grade bequem«, meldete sich die Lehrerin zu Wort. »Eine Leiche ist einfach bloß tot, die schaut nicht mehr.«

»Der letzte entsetzte Gesichtsausdruck im Gesicht der Frau. Du hast im ganzen Film bloß ein paar Szenen, dann ist die Leiche unter der Erde und bloß noch in der Erinnerung vorhanden. Ein paar Sätze, das sind Rückblenden, ein Kammerspiel. Du willst doch jetzt nicht maulig werden!«

Augustin sah aus, als müsste man ihm seinen Lieblingsmotivationssatz »Wer Freude bei der Arbeit hat, ist imstande, viel zu leisten« unbedingt vorsagen. Viktor würde nicht derjenige sein und hielt sich eine Hand vor den Mund, damit man sein Gähnen nicht sah. Aufwachen!

»Wir nutzen das wolkige Wetter, weil es die Atmosphäre unterstützt. – Düster für den Spannungsmoment.« Augustin fasste zusammen, was darauf folgte. »Der Hausarzt zückt sein Handy, setzt sich mit der Rechtsmedizinerin in Verbindung.«

»Ich mag in dieser Metzgerei schon gar keine Wurstsemmel mehr kaufen, jedes Mal denke ich, dass da zwischen den Geräten und Maschinen am Abend auf den Tischen die Dahingemordeten ausgenommen werden.« Der Hausarzt wohnte schon seit Jahren in Herrsching. Ein Einheimischer.

Der Regisseur verzog den Mund, sagte aber nichts. Viktor hörte Gabi Deutmann auflachen.

»Jetzt komm«, sagte die Garaus, deren wirklichen Namen Viktor sich noch kein Mal gemerkt hatte. »Das ist doch nicht wirklich eine Außenstelle der Rechtsmedizin, und ich schneide da auch niemanden auf.«

»Irgendwas wird da aufgeschnitten«, gab der Hausarzt zurück.

Sicher, dachte Viktor. Wahrscheinlich Wurstiges.

Augustin wedelte die Bemerkung weg, als wäre es eine lästige Fliege. »Juliane Garaus lässt die Tote für die Autopsie vom Bestattungsunternehmen in den Schlachtraum der Metzgerei bringen. Bestatter Graf übernimmt den Transport; der spielt selbst nicht mit, schickt aber seine Leute mit einem Metallsarg an den Uferweg – man sieht sie nur, wie sie das Ding durch die Gegend schleppen, sie sagen nichts.«

Echte Helfer. Den gräflichen Bestatter gab es, wahrscheinlich nahm der den »Bullen vom Ammersee« als gute Werbung für sein Institut.

»Wer schleppt?«, wollte die Lehrerin wissen.

»Sie sind zu zweit, einer an jedem Ende des Metallsargs.« Augustin verlor allmählich die Geduld, sein Ton wurde schärfer.

Gemeinschaftliches Nippen an den Getränken. Viktor zählte

die Gläser und machte auf seinem Block eine Skizze, wer wo saß und wer sich etwas eingeschenkt hatte. Dazu schrieb er auf jede Blockseite einen Namen. Die Gläser müsste er einpacken, wenn das hier zu Ende war.

»In die Metzgerei können wir nur am späteren Abend, nachdem die Kundschaft ihr Fleisch und die Wurst gekauft hat und das Reinigungspersonal da war. Der Zuschauer bekommt nicht mit, wann das gedreht wird. Offiziell ist es Tag.

»Unappetitlich. Ich will keine Wurst mehr«, sagte Thomas Wächsing wieder. Gabi prustete vor Lachen, dass ihr die Tränen in die Augen schossen. Augustin ignorierte den erneuten Einwurf, als hätte es den gar nicht gegeben.

»Bis Juliane Garaus einen Befund hat, dauert es. Sie hat ihre Fingerabdrücke genommen. Die Identität ist aber geklärt – diverse Zusammentreffen beim Bäcker zwischen Hausarzt und Lehrerin. Er kann sich nicht täuschen, außerdem ging ein Foto überall herum, und die Nachrichten brachten es, sie wurde seit drei Tagen vermisst«, erinnerte Augustin und sandte seinen Sag-jetzt-bloß-nichts-mehr-Blick in Richtung von Thomas Wächsing.

»Die Rechtsmedizinerin bemerkt natürlich die dünnen Fesselspuren an den Handgelenken der Toten. Ebenso wenig entgehen Juliane Garaus die Hämatome an den Oberarmen und die eingerissenen und abgebrochenen Nägel. Eines entdeckt die Garaus aber nicht. – Eine kleine Risswunde an der Schläfe der Lehrerin«, sagte Augustin.

»Ich bekomme wieder mal bloß das Offensichtliche«, sagte die außenständige Rechtsmedizinerin. Sie sah ein wenig unzufrieden aus.

»Ist nicht wahr«, erwiderte Augustin. »Und für die Totenwäscherin muss auch was übrig bleiben. Sonst bräuchten wir die Rolle und die Frau nicht.«

»Jaja, ich hab das komplette Drehbuch gelesen und nicht nur meinen Part«, bemerkte Juliane Garaus.

»Prima, trotzdem will ich jede Szene, die abgedreht werden soll, vorher noch einmal besprochen wissen«, fuhr der Regisseur fort. »Wir sind als Nächstes in der Abendeinstellung.« Offenbar war er froh, die vorherigen abgehandelt zu haben.

»Juliane sagt Hiero Hart Bescheid.« Seine Hand deutete auf Viktor. »Der Bulle sitzt an der Bar im Bistro«, er zog das Drehbuch zurate, blinzelte. »Bulle, Bar, Bistro – wunderbar. ›Colin's Cove‹, heißt das Lokal. Dort schlabbert der Kriminalkommissar an einem Getränk.«

Viktor war es egal, dass diese Bar höhlenartig war, aber er schlabberte nicht. Er verschränkte die Arme vor der Brust.

»Hat Hiero ein persönliches Problem?«, fragte Gabi.

»Er hat kein persönliches Problem«, betonte Augustin, »dafür haben wir keine Zeit.«

»Ich meinte eigentlich die Szene«, ließ ihn Gabi wissen. Sie zog ihn auf.

»Ich meine auch die Szene in der …« Augustin klatschte aufgebracht in die Hände. »›Colin's Cove‹ ist ein ›American Bistro‹, der Bulle trinkt nichts, der hat nur ein Getränk vor sich stehen. Gegessen wird in der Szene kein Bissen«, sagte Augustin und nahm Viktor ins Visier. »Die Burger sollen da übrigens prima sein«, schickte er hinterher.

»Great«, steuerte der Spurenleser bei.

»Weniger großartig, weil ich ja nichts kriege. Ich würde beim Essen nicht einmal an die Leiche in der Metzgerei denken.« Viktor schmunzelte.

»Leute, Essen und Getränke gern im Anschluss. Alles, was ihr wollt, aber wir müssen vorher fertig werden.« Schwenk. »Die Szene.« Augustins Blick fixierte erneut Viktor. »Hiero kriegt mit, wie jemand an der Bar aufgeregt vom Tod der Lehrerin berichtet und wo man die Frau gefunden hat.« Augustin stoppte, warf wieder einen Blick ins aufgeschlagene Drehbuch, wackelte mit dem Kopf hin und her, tat so, als zückte er ein Telefon. »Hieros Handy klingelt, die Rechtsmedizinerin ist dran und erzählt ihm, dass sie die Lehrerin auf ihrem Tisch hat. Er muss es sich anschauen.« Der Regisseur schnaufte, als wäre der Tag schon gelaufen. Was nicht einmal zur Hälfte stimmte.

»Die Spuren am Fundort, Tatort haben wir noch keinen. – Juliane Garaus muss den Spurenversteher aktivieren, solange es hell ist. Und der muss den Ort und die Stimmung auf sich wirken lassen, einen ›Die Geister haben eine Antwort‹-Gesichtsausdruck aufsetzen und eine Bleikugel finden.«

»Jetzt komm ich mir aber blöd vor«, maulte Bene.

»Es sind ziemlich viele Einstellungen und die Zeit rennt«, meinte Egon Beusel.

Viktor musste dem Requisiteur zustimmen. Wenn sie nicht bald anfingen, wäre Viktor sicher schon im Halbschlaf beim Dreh der ersten Hiero-Hart-Szene.

»Die Stahlkugel für die Schleuder, wer platziert die da draußen am Weg?«, wollte Egon wissen.

»Der, der fragt«, erwiderte Augustin unbeeindruckt.

Der Drehplan war schwierig zu bewältigen, hätte Viktor gesagt. Im gleichen Moment nickte Augustin: »Das müssten wir heute schaffen. Wir haben Statisten, Komparsen, bloß der Bistrobesitzer weigert sich, dir ein Bier auszugeben, Hiero.«

Stille in der Runde. »Herrschaften, das war ein Witz«, gackerte nun der Regisseur. »Getrunken wird nichts, ich hab's gesagt, sonst geht noch was daneben«, erklärte er, wieder völlig ernst. Daraufhin wurde jetzt schallend gelacht.

9. KAPITEL

Der Unterschied zwischen dem richtigen Wort und dem beinahe richtigen ist derselbe Unterschied wie zwischen dem Blitz und einem Glühwürmchen.

Es hatte fast die ganze Fahrt über geregnet, bei dem Hundewetter sah alles trüb aus. Dabei hätte Marlene gern ein bisschen Gegend geschaut.

Der Entschluss, sich fahren zu lassen, kam ihr jetzt unbedacht vor, zudem überzogen, gleich eine Limousine mit einem Chauffeur zu mieten. In einem Zugabteil hätten Sandra und sie auch die Regenschlieren am Fenster betrachten können, und so ungemütlich wäre es da sicher nicht gewesen.

»Es muss diesmal der Ammersee sein, weil Lauras unsinniger Tod mir keine Ruhe lässt«, gab Marlene zu und wusste fast sicher, dass Sandra das auch wusste.

»Was ist das für eine Sache mit dem Spiel?«, wollte Sandra es jetzt genau wissen. Sie neigte den Kopf und hob die Augenbrauen.

Marlene suchte einen Anfang. »Es waren einmal zwei verrückte Freundinnen …« Sich zu erinnern tat gut, daran zu denken, tat weh. Laura und sie hatten es »Wahrheit oder Mutprobe« genannt. Beim Stichwort »Herausforderung« musste man sich für eines von beiden entscheiden. Jede von ihnen hatte ihre zwei Kärtchen eingesteckt, von denen man eines zog.

Marlene wusste nicht einmal mehr, wann es angefangen hatte, wer eigentlich auf die Idee gekommen war …

Im »Café Hofmeister« gab es einen gut aussehenden Kellner, und Laura hatte zu Marlene »Herausforderung« gesagt.

Sie hatten ihre Kärtchen verdeckt aufgelegt, jede zog eines, danach musste gehandelt werden. Marlene hatte »Mutprobe« aufgedeckt, und Laura verlangte: »Du kneifst den Hübschen in den Hintern, wenn er den Kuchen bringt.«

Bei der Erinnerung musste Marlene schmunzeln. Sie hatte ihre Finger tatsächlich an der Hose des Kellners und auf seinem Hintern gehabt. Der hatte nach ihrer Hand gegriffen, zärtlich, und Marlene wissen lassen, dass er das Angebot ausschlagen müsse, weil er nicht auf Frauen stand. Sonst allerdings …

»Das hätte ich mich nie getraut«, Sandra holte tief Luft. Beeindruckt?

So einiges war durchaus unsinnig gewesen. Kein Zweifel.

»Es ging nicht immer um kleine dumme Dinge, es ging auch darum, etwas oder jemanden wahrzunehmen. So hat Laura zum Beispiel einmal einen Obdachlosen in ein Sternerestaurant eingeladen, weil der zu seinem Kumpel sagte: ›Ich glaube, die Ratten in der Stadt haben bessere Mahlzeiten als ich.‹«

»Sie waren die Stimme der Herausforderung?«, fragte Sandra.

»Ja. Ich lud den Kumpel ein«, gab Marlene zurück. Für eine Dusche, Rasur, Haarschnitt und anständige Kleidung hatten sie außerdem gesorgt. Es hatte sich dazu auch für die Sponsorinnen fabelhaft angefühlt. Glänzende Augen. Freude. Und Geschichten, die das Leben schrieb.

»Welcher Herausforderung wollen wir uns gerade stellen?«, fragte Sandra.

»Ich dachte mir, wir lassen erst einmal 200 Abzüge von dem Foto hier machen.« Marlene klickte das Bild auf ihrem Handy an, das Laura mit wem auch immer zeigte, drehte das Display, damit Sandra es sehen konnte. »Diese 200 schlagen wir los, wo immer es Sinn macht – Hauptsache, dieser hübsche Typ kommt unter die Leute. Darunter muss etwas stehen wie: *Weiß jemand etwas über diesen Mann*?«

Marlene hatte wirklich keine Ahnung, wie man eine Ermittlung startete, doch an einem Punkt mussten sie schließlich anfangen.

»200 Stück ausdrucken, das kann ich auch jetzt noch machen«, sagte Sandra. Sie hatte das halbe Büro im Gepäck – wie immer.

»Ich weiß, aber in einem Copyshop kann man etwas erledigen lassen und nebenbei ein wenig plaudern, eine Geschichte erzählen – am besten, eine zum Foto – und die Wahrheit nicht ganz aussparen. Das Model, das im vergangenen April ein Fotoshooting am Ammersee hatte und dessen Leiche man wenig später geborgen hat. Eine Freundin, die alles unternimmt, um mehr über die Hintergründe zu erfahren, wenn es denn welche gibt. Darum die Bitte, ein jeder möge seinen Grips anstrengen, sich zu erinnern.« Marlene unterbrach sich, überlegte. »Dazu den Namen und meine Handynummer. Die Telefonnummer der Pension sollte vielleicht auch mit drauf. Könntest du …«, fragte Marlene.

Sandra schmunzelte, weil sie ohnehin nicht geglaubt hatte, dass Lady Boss diese Sache mit dem Copyshop, auch wenn sie ihr wichtig war, selbst übernehmen wollte. »Sie denken keine Sekunde an die Gefahr«, wandte Sandra ein, der man ansah, dass sie als Erstes genau daran gedacht hatte.

»Welche?«, fragte Marlene zurück. »Niemand außer mir hat ernste Zweifel an Lauras Selbstmord.«

»Niemand außer Ihnen und dem Mörder, wenn Lauras Tod kein Suizid war«, betonte Sandra. »Der Ammersee ist wenigstens nicht Acapulco, wo Ihnen *el pajero* seinen Revolver vor die Nase hielt und Sie ihm sagten, der sei ziemlich klein, Sie hätten etwas Größeres grade auf seine *cocos* gerichtet.« Sandra schüttelte lachend den Kopf.

»Ich bin nicht stolz auf eine so dämliche Drohung«, erwiderte Marlene. »Der Winchester Colt ist ein wirklich prächtiges Stück, aber geschossen habe ich damit noch nie«, bekannte sie. Marlene hatte Sandra auch noch nie zuvor »Wichser« sagen hören. Die bezeichneten *cocos* waren nur die Hälfte der männlichen Ausstattung.

»Brenzlige Situationen erfordern manches Mal unbescheidene Mittel«, fand Marlene. »Während du dich im Copyshop austobst, probiere ich mein Glück beim Filmteam.« Sie zog ihre Unterlippe zwischen die Zähne, überlegte.

»Ich habe für Sie ein paar Punkte notiert: Es geht um die Akteure im Film, wer ist wer, und was sind diese Herrschaften ohne ihr Camouflage«, nickte ihr ihre Assistentin zu.

»Die sollte ich wahrscheinlich auswendig lernen«, sagte Marlene mit wenig Freude.

»Wir haben in Kürze unser Ziel erreicht«, behauptete ihr Chauffeur. Hatte er sich etwa auch lotsen lassen?

Herrsching am Ammersee, im Volksmund hatte man den Ort auch »Bauernsee« genannt. Marlene bat den Fahrer, nicht unmittelbar vor dem Gartenzaun ihrer Pension zu halten. »Das sieht sonst unangenehm wichtig aus, und die Leute werden sich fragen, wer sind diese beiden?«

»Gnädige Frau, ganz wie Sie meinen, aber ich kann den Wagen für Sie nicht schrumpfen.«

»Wenn Sie uns da vorne im Schatten unter den Bäumen aussteigen ließen … das wäre fein«, fand Marlene.

»Das ist dann bloß der Gartenzaun vom Nachbarn«, gab der Fahrer zurück. »Sie haben es sicher bemerkt, es regnet«, schickte er hinterher.

Sandra lachte, Marlene nickte und hoffte, sie hätten Schirme dabei. Sie wollte nicht, dass man sie für Schauspielerinnen hielt. Genau das würde man aber, wenn jemand den auffälligen Wagen bemerkte.

Die weiße Limousine hielt, der Fahrer stieg aus, der Kofferraum öffnete sich. Marlene bezahlte ihre Fahrt. Als sich der Chauffeur an die Mütze tippte und sich verabschiedete, standen Marlene und ihre Assistentin mit ihrem Gepäck im Regen. »Ganz so war es nicht gedacht«, wandte Marlene ein. Kein

Schirm in Reichweite, sie legten die letzten 50 Meter im Trab zurück, jede zog ihre zwei Koffer, dazu eine Tasche über einem Arm. »Alpenwelt« nannte sich die Pension, die Sandra für sie ausgesucht hatte. Marlene hatte sich im Internet ein paar Fotos angeschaut. Ein alter Bauernhof, herausgeputzt, blickte ihnen in einem fröhlichen Gelbton mit grünen Läden. Balkone liefen im ersten und zweiten Stock um das ganze Gebäude herum. Die Balkonkästen waren zu dieser Jahreszeit schon ohne Bepflanzung und leer.

Auf den ersten Blick erschien Marlene die »Alpenwelt« behaglich, es fehlte nur der Sonnenschein. Dank ihrer unsinnigen Idee, sich nicht vor der Pension absetzen zu lassen, war Marlene pitschnass, und der erste Gang wäre der unter die Dusche. Sandra trug eine Kurzhaarfrisur, sie schüttelte sich und grinste Marlene an. »Ich glaube, irgendwo im Koffer sind zwei Schirme.«

Das glaubte Marlene sofort, denn Sandra war diejenige, die einen nicht im Regen stehen ließ. Ihre Assistentin packte gewissenhaft ein, wovon sie dachte, es würde gebraucht.

An der Rezeption hieß die korpulente Inhaberin sie willkommen. »Ich heiße Uschi, schön, Sie in meinem Haus begrüßen zu dürfen.« Ihr Blick war musternd, sie schüttelte ungläubig den Kopf und sagte: »Wenn ich Sie beide nicht aus der schicken weißen Limo hätte aussteigen sehen … lassen Sie sich gleich ein heißes Bad ein, das bringt die Stimmung wieder in Ordnung.« Ein kurzes Zögern, als wäre ihr etwas eingefallen. »Ich hatte vor fünf Monaten einen Gast, die Frau wollte auf keinen Fall ein Bad mit einer Wanne drin. Ihnen ist es aber doch recht so, oder?« Ein freundliches Sich-Vergewissern.

Marlene nickte automatisch. »Laura«, hauchte sie und schaute ihre Assistentin fragend an. Die nickte. »Ich dachte, es wäre keine schlechte Idee.« Sandra hatte ihre Zimmer in der Pension gebucht, in der Laura gewohnt hatte. Die Inhaberin händigte ihnen die Schlüssel aus; keine Kärtchen, die man in einen Schlitz steckte und ein kleines grünes Lämpchen verkündete, man dürfe eintreten, sondern richtige Schlüssel an silberfarbenen Anhängern mit Gummipuffern.

Uschi deutete die Treppen hinauf, ihre Zimmer lagen im ersten Stock. Sie verkündete gut gelaunt, von wann bis wann es am Morgen Frühstück gab. »Bitte stecken Sie Ihren Schlüssel ein, wenn Sie weggehen. Sollte es spät werden, sperrt der Zimmerschlüssel auch die Haustür auf.«

Marlene bedankte sich für sie beide.

»Sie müssen bestimmt nachher zum Dreh«, sagte Uschi. Ein leichtes Wenden des Kopfes, ein sanftes Heben des Kinns.

So viel zu Marlenes Absicht, nicht auffallen zu wollen.

Natürlich wusste der ganze Ort, dass eine neue Folge der Krimiserie gedreht wurde. Vielleicht könnte man sich da einklinken, womöglich war auf diese Art etwas in Erfahrung zu bringen. Unversehens sah sich Marlene vor der Entscheidung, ob sie der Pensionswirtin gleich von ihrer Verbindung zu Laura Philipp erzählen sollte, der Frau, die ihr Bad am liebsten ohne Wanne hatte. Denn mitbekommen würde Uschi es spätestens, wenn sie einen von den Handzetteln mit dem Foto zu sehen bekäme und darauf Marlenes Namen samt dem gar nicht dezenten Hinweis, dass diese außer auf dem Handy auch in der Pension »Alpenwelt« zu erreichen wäre.

»Wir sind keine Schauspielerinnen, aber es ist natürlich auch kein reiner Zufall, dass wir diese Pension ausgesucht haben«, sagte sie. »Laura Philipp, das Model, das im Ammersee vor fünf Monaten den Tod fand. Ich bin hier, um den Mörder meiner Freundin zu finden.«

»WAS?«, fragte Uschi beklommen, sie schluckte.

Sandra hatte Marlene auf der Treppe zugeraunt: »Das könnte heiß werden.« Und Marlene hatte für sich geflüstert: »Lieber heiß als eisig kalt.« Einfach abtun wollte sie Sandras Bedenken nicht, aber Marlene hoffte wirklich, vielleicht wäre es so einfacher, etwas zu erfahren. Am liebsten Bedeutsames.

Marlene hatte Uschi zusammenzucken sehen. Die Lippen aufeinandergepresst, als würde die fürsorgliche Frau sich etwas verbeißen. Das war nicht nur Überraschung in ihrem Blick gewesen, da war noch etwas anderes. Hatte hier in der Pension etwa die ganze Zeit ein Geheimnis geschlummert? Marlene fürchtete nicht das Mitternachtsblau einer Dämmerung, vielmehr die Dunkelheit der Seele.

Sandra hatte vor, den Handzettel auf den Weg zu bringen, sobald sie etwas Trockenes angezogen, ihre Sachen ausgepackt und alles verstaut hatte. »Ein gemütliches Bad gönne ich mir abends, dann darf mich die Wärme gern müde machen. – Sie sehen aber wirklich aufgeweicht aus, Marlene.«

»Eine getaufte Maus ist ziemlich unattraktiv, ich rubble mich trocken, und vielleicht brauchen meine Haare einen Föhn, aber dann hat es sich mit der Eitelkeit, ich muss niemanden bezirzen – jedenfalls heute nicht mehr?«

Das Fragezeichen gönnte sie sich, weil man nie wissen konnte, wem man begegnete; und sie wollte unbedingt einem ganz bestimmten Jemand über den Weg laufen. Marlene beschloss, sich zuerst mit den Personen vertraut zu machen; das »Who is Who« im »Bullen vom Ammersee«, um sich anschließend ein wenig herumzutreiben und Augen und Ohren offen zu halten. Vielleicht doch die Circe? Es würde sich ergeben.

»Könnte sein, dass ich als Zuschauerin dabei bin, wenn da heute gedreht wird«, sagte sie zu Sandra.

»Wappnen Sie sich, vor Ort sind meist eingeschworene Fans«, wurde sie gewarnt. »Halten Sie Ihren Schirm bereit, den brauchen Sie vielleicht nicht unbedingt für das Getröpfel dort draußen, aber zur Verteidigung«, riet ihre Assistentin.

Wenn Marlene unterwegs war, hatte sie immer einen Plan, was sie unternehmen wollte, welche Informationen sie brauchte, von wem sie vielleicht etwas erfahren konnte und mit wem sie unbedingt reden musste. Gerade hatte sie keinen, nur eine ungefähre Vorstellung, und die befand sich noch im Stadium

»Klappergerüst«. Konkreter würde es erst werden, wenn sie ein paar Antworten hätte. Marlene war sich nur über eines völlig im Klaren: Sie konnte nicht abreisen, ehe sie wusste, ob es den Mörder wirklich gab, der vor ihrem inneren Auge bislang nur eine Gestalt im Schatten war.

»Wie lange hast du die Zimmer für uns gebucht?«, ging sie dem Gedanken nach und gab die Frage an Sandra weiter.

»Eine Woche mit der Option, verlängern zu können. Diesmal konnte ich nicht einschätzen, was Ihr Vorhaben alles beinhaltet.« Sie suchte Marlenes Blick. »Sie sind sich selbst noch nicht sicher«, erkannte Sandra. »Den Colt haben Sie aber nicht dabei, oder?«

»Charme muss meine schärfste Waffe sein«, gab Marlene zurück. »Wir sind am Ammersee.«

»Waren Sie das nicht vorhin, die von einem Mord sprach?«, fragte Sandra. »Am Ammersee!«, fügte sie erklärend hinzu.

»Ein Widerspruch in sich, ich weiß. Außerdem habe ich Lauras Schmuck eingepackt.« Marlene sah Sandras weit aufgerissenen Augen. Sie hatte ihrer Assistentin vom Diamantarmband ihrer Freundin erzählt, als der Notar sie über Lauras Letzten Willen informierte.

Sandra schüttelte den Kopf. »Das muss in einen Tresor, wir sind hier in einer kleinen Pension. Wenn Sie möchten, miete ich für das Armband ein Schließfach in einer Bank an. Außer, Sie haben vor, es zu tragen.« Ein wenig ungläubig.

Marlene hatte nicht vor, diese Diamanten zu tragen, die Idee mit dem Schließfach klang ziemlich vernünftig, wo sie sich selbst momentan eher impulsiv vorkam. Sie nickte.

Nachdem sich Marlene erfrischt, die Haare geföhnt, die Kleidung aus den Koffern in den Schrank und die Fächer gepackt, die Toilettenartikel im kleinen Bad verstaut hatte, klopfte es, und Sandra streckte den Kopf zur Tür herein. »Ich würde mich dann ganz eilig auf den Weg machen«, erklärte sie. »Sonst schließen die Banken, und wir müssten einen Bodyguard für Sie und den Schmuck engagieren.«

Marlene saß auf dem Bett, das Armband zwischen Daumen und Zeigefinger baumelnd. »Wunderschön«, seufzte Sandra.

»Dein Handgelenk, bitte«, sagte Marlene. »Es ist das unauffälligste Versteck«, war sie überzeugt. Ihre Assistentin trug eine Jacke, deren Ärmel bis knapp über das Handgelenk reichten. Marlene zeigte Sandra, wie sich der Sicherheitsverschluss wieder öffnen ließ. »Perfekt«, fand sie. »Es würde niemand annehmen, dass es echt ist«, beruhigte sie Sandra. Marlene hoffte, es würde erst gar niemand zu Gesicht bekommen. »Du hast schöne Hände«, sagte sie. Im nächsten Augenblick fiel Marlene ein, wem sie zuletzt ein solches Kompliment gemacht hatte. Gedanklich landete sie wieder bei ihrer besten Freundin.

»Bye-bye, Bedeutung«, hatte Laura gesagt, als jemand sie für Nagel-Styling-Werbung buchen wollte. Lackierte Fingernägel, von ihrem Gesicht nur ein Ausschnitt. Sie hatte sich geärgert – über sich, weil sie zugestimmt hatte, und sich als käufliches Stück bezeichnet. Marlene hatte ihr gesagt, wie schön ihre Hände waren, und Laura hatte eingehakt: »… und grade keine frei, mir die Nase zuzuhalten, das Zeug muffelt ganz gruselig.«

»Wir sehen uns später«, holte Sandra Marlene in die Gegenwart zurück. Sie schüttelte das teure Handgelenk. Marlene schnaufte hörbar. »Und ich lese und lerne noch ein wenig über Filme und Schauspieler.« Es klang angestrengt.

Sandra schmunzelte, zog die Tür hinter sich zu, in einer Hand den Schirm, über dem Arm ihre Tasche.

10. KAPITEL

Der Herr sagt, mich kriegt er schon wieder hier raus. Aber er ist ziemlich sicher: Du bist im Arsch.

Nachdem die Drehplan-Besprechung zu Ende war und der Raum sich leerte, zog Viktor den mitgebrachten Schuhsack auseinander, nahm ein Taschentuch aus der Hosentasche, griff sich das erste Glas, stopfte den Zettel mit dem Namen dessen, der es benutzt hatte, hinein. Viktor stapelte vier Gläser in das kompakte Polyesterding. Er konnte nicht alle mitnehmen, weil er sich auch nicht alle würde anschauen können. Außerdem fiel es auf, und das konnte er genauso wenig wollen. Er beeilte sich, denn jeden Moment konnte jemand auftauchen, um den Tisch abzuräumen. Bis dahin mussten die Sachen verschwunden sein und er gleich mit.

Er spürte, wie sein Handy sich in der Hosentasche bewegte, und zog es heraus. Nicht sein Vater, Peter Lässigs Ton war die Titelmusik einer Kultserie der 80er-Jahre »Die Spezialisten unterwegs«. Dieser Anrufer kam gerade wenig gelegen, der lauter werdende Donner kündigte seinen Therapeuten an, und der würde fragen, ob Viktor für sich schon etwas unternommen hatte. »Ich bin sehr entspannt, lieber Martin«, meldete sich Viktor am Handy mit Blick zur Tür.

»Narzissmus versus Nächstenliebe – was macht das Projekt?«, fragte Martin Zeil interessiert. Wie übertrieben war das denn?

»Die Lebensaufgabe nimmt Gestalt an«, behauptete Viktor in gemäßigtem Enthusiasmus und fügte hinzu: »Frag mich noch mal, wenn die neue Folge der Serie abgedreht ist und mir bis dahin niemand die Pest an den Hals gewünscht hat.« Das vielleicht nicht. Er wurde vielleicht gerade nur blöd bedroht.

Martin Zeil ließ ihm keine Zeit zum Nachdenken. Viktor wollte auch nicht darüber reden, weil es dazu nicht viel zu sagen gab.

»Hauptsache, deine verletzende Redlichkeit hält sich in Grenzen. Zu ehrlich kommt nicht wirklich gut an. Die richtige Dosis macht's. Also, Viktor: Sei bloß nicht du selbst. Sei anders.«

Das sollte er sich vielleicht hinter die Ohren schreiben, nur würde er es dort nicht lesen. Viktor murmelte etwas von irgendwelchen Fortschritten, wie er fand, völlig zu Recht. Immerhin hatte er heute schon etwas getan, was ihm gar nicht ähnlich sah – die weiße Rose der Bewunderung an Gabi weiterzugeben.

Martin Zeil verlangte ein Honorar für seine Ratschläge, aber Viktor hatte irgendwann bemerkt, dass es ohne Freunde ganz schön einsam war. Wenn ihm jemand sagen konnte, wie man sich Freunde machte, dann bezahlte er dafür gerne.

Freunde sind alle Mühen wert, hatte ihm Martin schon zu Beginn eingetrichtert. Schön und gut, aber erst einmal geeignete Kandidaten finden, dachte sich Viktor und verschob das Freundschaftsding wie an jedem Tag wieder einmal auf später. Das begonnene Gespräch beendete er mit den Worten: »Da gibt es vielleicht eine Frau, die mir gefällt, ich frage mal, wie sie mich findet.«

Wie Martin das fand, brauchte Viktor gar nicht so genau wissen. Der wollte auch keine Freunde gewinnen, er hatte seine anstrengenden Klienten.

Auf dem Gang wurden jetzt Stimmen laut. Viktor lud sich die Tasche auf den Arm. Die Gläser schlugen gegeneinander. Er musste sich mit seinem auffälligen Gepäck auf den Weg machen. Bei jeder Bewegung klirrte es an Viktors Arm. Ich sehe aus wie ein Handlungsreisender. Er nahm den Aufzug.

Im Zimmer packte er die Gläser achtsam mit einem Taschentuch aus und reihte sie auf dem Tisch auf. Sie würden noch eine Weile warten müssen, seine Neugier klebte genauso daran wie die Anhaftungen der Fingerabdrücke. Viktor wollte sich zuerst den Fragen der Klassefrauen und des Mädchens annehmen. Sein Blick wanderte zum Dachfenster, das er zu gerne ausgefahren hätte, aber es tröpfelte da draußen munter vor sich hin. Viktor setzte sich mit seinem Notebook aufs Bett, stopfte sich ein Kissen in den Rücken und schrieb die Ratschläge für »Klassefrau«.

Der 16-Jährigen, die wissen wollte, was Männer toll fanden, riet er:

Hübsch registriert ein Mann ohne Frage immer, aber die Frau, die ihm wirklich gefällt, hat Ausstrahlung. Das kann ihr Lächeln sein, wenn sie mit der Hand ihr Haar zurückstreicht, die Stimme, die er wie eine Liebkosung empfindet. Perfektion ist uninteressant, die kann einem Angst machen. Also verstecke nichts und schäm' dich nicht für etwas, denn er findet an sich bestimmt auch nicht alles klasse. Sei selbstbewusst! Sei ehrlich.

Zufrieden mit sich, schickte er seine Mail mit den Ratschlägen von Sophie Elster an die Redaktion des Magazins. Als Nächstes widmete er sich den Fingerabdrücken. Frau Honigblond war seiner Bitte um Bleistifte, Papier und breites durchsichtiges Klebeband nachgekommen. Der Pinsel, den er aus dem Sortiment der Maskenbildnerin gemopst hatte, vervollständigte sein Handwerkszeug. Viktor ließ sich mit allem auf dem Boden nieder, weil er da mehr Platz hatte.

Wie der kleine Trick funktionierte, fand sich auf einer Detektivseite für Kinder im Internet. Gut erklärt erfuhr er, wie ein Fingerabdruck überhaupt entstand und wie man ihn von einem Gegenstand abnehmen konnte.

Durch Schwitzen oder das Fett, das sich immer auf der Hautoberfläche befand, wurde das einzigartige Muster der Papillarlinien sichtbar. Hoffentlich, denn mit bloßem Auge erkannte Viktor überhaupt nichts. Nimm dich aus dem Vergleich, sagte er sich, fuhr sich durchs Haar und drückte seinen Finger auf das Glas, das auf dem Tablett neben der Flasche Mineralwasser auf dem kleinen Tisch im Zimmer stand.

Er brauchte die Späne der Bleistiftmine, die man mit einem Messer abkratzen konnte; Viktor nahm dafür seine Nagelschere. Das einzige Messer, das er hatte, war das Werkzeug von Gabi, und das musste zurück in die Küche – unbrauchbar, weil mit seinen Fingerabdrücken kontaminiert, weil er damit die vorwitzige Paula abgewehrt hatte.

Er ließ die winzigen Späne auf das Papier fallen. Den Pinsel tauchte er in den Grafitstaub und trug das Pulver auf das Glas auf, das am Fett kleben blieb. Sein Daumen wurde sichtbar, Viktor pustete den überflüssigen dunklen Staub weg. Er rückte Glas und Abdruck mit einem Stück Klebeband zu Leibe, übertrug die Fingerspur und drückte das Klebeband auf ein sauberes Blatt Papier. Es folgte die Beschriftung. Als Nächstes untersuchte er seine Morgenpost, die Karte mit dem schwarzen Rand. Der Teilabdruck, den Viktor darauf fand, wäre nicht weiter interessant gewesen, wenn da nicht eine schmale Linie den Bogen auf der Fingerspur durchtrennt hätte. »Eine Narbe!«, flüsterte er. Vielleicht sollte sich Viktor besser die Innenfläche der Hände und Finger seiner Kolleginnen und Kollegen genauer anschauen, bevor er alle Gläser mit dem Grafitstaub vollsaute.

Das dahingedachte *vielleicht* wurde zu *wahrscheinlich*, als Viktor seine gebeugte Haltung und das Sitzen am Boden mit einem unangenehmen Kribbeln in den Beinen bezahlte, die eingeschlafen waren. Eigentlich hatte er nicht gedacht, dass die ganze Prozedur so viel Zeit in Anspruch nehmen würde. Er setzte sich auf, nahm die Reste des Grafitstaubs und bepinselte ein letztes Glas; es sah nicht aus, als wären der Abdruck auf der Karte und der auf dem Glas identisch. Die Linien und die Schleife sahen unterschiedlich aus, glaubte er. Da fand sich auch keine Narbe, was ihm verriet, dass der Briefeschreiber auf keinen Fall der Regisseur war, denn auf den hätte sein Zettel im Glas hingewiesen.

Irgendwie gut zu wissen.

11. KAPITEL

Letzten Endes kam ich zu der Überzeugung, dass es etwas gibt wie die Physik der Suche.

Marlene hatte gewusst, dass die Fahrt zum Ammersee ihr wieder einige gemeinsame Erlebnisse mit Laura in Erinnerung bringen würde. Persönlich, nah, unter die Haut gehend würde diese Sache werden, das war klar.

Gerne würde sie es mit Lauras Augen sehen, deren Empfindungen kosten, aber das klappte nicht. Dafür hörte Marlene wieder Lauras Schnüffeln am Telefon. *Marylin Monroe hat gelogen.*

Einer der bekanntesten Songs der Monroe war: »Diamonds are a girl's best friend«, und Marlene fragte sich im Stillen: Was genau hatte Laura gemeint, als sie sagte, Marilyn Monroe hat gelogen? Denn die Steine des Armbands waren echt, sie konnten selbst Glas schneiden. Marlene spukte der Schenkende durch den Kopf. War er der Unehrliche? Der Liedtext, in dem davon die Rede war, dass die Franzosen freudig für die Liebe sterben, hatte sie nicht aufklären können. Wenn es nicht nur die Franzosen waren, die für die Liebe starben?

Die dummen Gedanken waren seit Lauras Tod zahllos gewesen, sie standen Schlange, um sich ihr aufzudrängen. Immer neue Varianten taten sich auf, was alles gelogen sein könnte. Marlene hatte schon einiges durchgespielt. Sie war es leid.

Marlene stützte ihren Kopf in die Hände. Die kurzen Informationen, die Sandra für sie vorbereitet hatte, hatte sich Marlene einverleibt und konnte am frühen Nachmittag gut gerüstet losziehen – Dreharbeiten schauen. Was jetzt?, brauchte sie sich nicht zu fragen, sie würde den Schauspielern auf der Spur bleiben, sich besonders die Herren genau anschauen und von denen am genauesten diesen Hieronymus Hart, den »Bullen vom Ammersee«. Sandra hatte sich für ihre Lady Boss informiert; es gab einen Geräuschemacher und jemanden, der für das Szenenbild zuständig war; wozu das Wetter nicht gehörte, dafür sorgte angeblich Petrus.

Die Drehorte waren sicher abgesperrt, sie sollte sich also früh genug auf den Weg dorthin machen, sonst würde sie sich ganz hinten wiederfinden und gar nichts mitbekommen. Es dürfte auch so schon schwierig genug werden.

Auf dem Uferweg waren einige Leute unterwegs, der Regen hatte aufgehört, trotzdem war der Himmel noch grau. Petrus war den Filmemachern augenscheinlich wohlgesinnt. Aus den Gesprächsfetzen, die Marlene von Passanten auffing, war herauszuhören, dass sie anscheinend alle das gleiche Ziel hatten und die Dreharbeiten zum Krimi verfolgen wollten.

Die meisten Zuschauer hatten sich für Regenjacken und Mäntel mit Kapuze entschieden, Schirme waren hinderlich und nahmen den anderen womöglich die Sicht. Einen Regenmantel statt des Schirms mitzunehmen, wäre klüger gewesen, aber sie war froh, dass sie wenigstens Sportschuhe angezogen hatte; der Untergrund war sandig und feucht. Ein gelbschwarzes Flatterband in Höhe der Hütte der Wasserwacht hielt die Neugierigen auf Abstand. Marlene war zum Glück unter den Ersten, die sich an der Absperrung aufstellten. Sie wollte etwas mitbekommen und hatte dafür sogar ein Fernglas eingesteckt. Obwohl sie sonst ungern eine von *den Schauern* war.

Wie kam man auf den Gedanken, bei dieser Wetterlage zu drehen? Vielleicht wegen der Stimmung, die für die Szenen nötig war, riet Marlene. Die Melancholie wirkte wahrscheinlich bei Sonnenschein weniger. Marlene musste sich eingestehen, sie hatte eigentlich gar keine Ahnung davon, wie ein Film gemacht wurde, worüber auch Sandras Informationen nicht hinweghelfen konnten. Keine Frage, sie befand sich hier inmitten der Gefolgsleute des »Bullen vom Ammersee«.

In der Zuschauerreihe war es einigermaßen eng, umzufallen würde einem schwerfallen. Nicht einmal die unsichere Witterung vermochte die Attraktivität zu schmälern, den Dreh einiger Filmszenen zu beobachten. Man rückte sich auf die menschliche Pelle, während auf der rechten Seite die Tropfen von den Blättern der Bäume tropften und links das Wasser des Sees unwillig auf die Uferböschung einschlug. Marlene angelte das Fernglas aus ihrer Tasche. Die Idee, den Schirm mit einer Hand zu halten und mit der anderen das Glas, war nicht sonderlich praktikabel, sie hätte noch eine dritte Hand gebraucht.

Die Nebenfrau beschwerte sich, dass sie eine zusätzliche Dusche abbekam, weil Marlenes Schirm schon wieder so ungeschickt kippte. Bei dem Gemecker wäre sie bestimmt bald wieder weg. Ihr müsste etwas Besseres einfallen. Marlene fand, sie bekam von ihrem Standort aus nicht einmal einen guten Blick auf die Schauspieler.

»Oh je, bitte nicht«, lachte hinter ihr jemand auf.

Marlene blickte sich um. Da hatte sich gerade ein Schirm verabschiedet, dessen Bespannung war auf dem Gestänge ganz mickrig zusammengeschrumpft, und die Frau brachte es fertig, darüber zu lachen. Noch jemand, der nicht an eine Kapuze gedacht hatte.

Marlene hatte etwas übrig für Gemeinsamkeiten, außerdem gefiel ihr die fröhliche Haltung trotz des Missgeschicks. Locker. Spontan bot sie an: »Kommen Sie, meiner ist gewaltig, der hält uns beide trocken.«

»Gewaltig, du sagst es«, wurde von hinten geschimpft. Marlene überhörte es.

»Danke«, strahlte die Dunkelhaarige, die das Angebot gern annahm. »Ich bin Henny.« Die beiden Frauen waren fast gleich groß, was das Schirmdoppel angenehmer machte. »Wenn Sie mich den Schirm nehmen lassen, können Sie beobachten. Und dann wechseln wir vielleicht?« Der Vorschlag klang gut und machbar, fand Marlene. Sie nickte.

»Prima. Ich heiße Marlene«, sagte sie und übergab Henny den gekrümmten Spazierstockgriff, die ihren verunglückten Schirm rasch in ihre Tasche packte.

In der aktuellen Szene, die Marlene mit ihrem Fernglas ausmachen konnte, lag eine Frau am Boden, ein Mann mit einem Hund kam des Weges. Marlene musste verpasst haben, wie die Frau dort gelandet war. In einem Krimi fiel man nicht einfach nur tot um. Marlene beschloss zu kommentieren, was sie sah, dann bekäme Henny mehr davon mit, was genau sich abspielte. Wozu hatte sie schließlich die Namen so aufmerksam gelesen. »Die Lehrerin, Melanie Rendl, liegt tot auf dem Uferweg. Jetzt kommt derjenige, der sie findet. Sein Hund hat die Frau zuerst erschnüffelt. Der ältere Herr, Hausarzt Dr. Thomas Wächsing, schaut ein wenig unsicher, kippt den Schirm nach hinten, kniet sich nieder, überprüft lebenswichtige Körperfunktionen – es gibt keine mehr, wie es aussieht –, erhebt sich und schaut wieder komisch drein. Einen Augenblick hält er inne, dann nickt er feierlich.«

»Klar, das macht der Doktor im Film immer«, behauptete jemand. Überzeugt.

Marlene flüsterte: »Serien-Häscher.«

»Sie wären eine richtig gute Sprecherin«, sagte Henny.

»Also weiter«, vermeldete Marlene, die sich über das Lob freute. »Der Doktor zögert nicht allzu lange und stellt seinen Schirm über den Körper. Der Hund bleibt brav etwas abseits sitzen, während Wächsing sein Handy zückt und einen Anruf macht. Pause. Der Schirm hebt sich jetzt wie von Geisterhand, die Leiche steht auf und schüttelt sich. Der Regisseur zerhackt mit seinen Händen die Luft.«

Jetzt war dessen Tirade auch zu hören. »Leichen stehen nicht auf, geht's noch? Los, auf der Stelle wieder hinlegen und stillhalten.«

In der ersten Reihe der Zuschauerrunde waren einige Lacher zu vernehmen. Marlene erschien das Ganze um einiges entspannter. Aus den Augenwinkeln sah sie Hennys Grinsen.

»Szenenwechsel«, sagte Marlene. »Ein Leichenwagen ist vorne auf dem Weg zu sehen.«

»Das ist der Bestatter Graf«, warf der gleiche Jemand ein, der Serien-Häscher, wie es Marlene bezeichnet hatte. Mit Sicherheit hatte die Person auch die bisherigen Folgen geschaut.

»Das muss doch eigentlich ein wenig zeitversetzt laufen?«, fragte sie. »So schnell ist doch unlogisch.«

»Das ist ein Film«, erklärte jemand gewichtig. »Da ist Zeit Geld.«

Sie nickte. Es stimmte wohl, sie hatte keinen Schimmer, wie Film funktionierte. »Zwei junge Männer steigen aus, die Heckklappe des Wagens öffnet sich. – Währenddessen positioniert sich auch die Tote wieder auf dem Weg, der Schirm des Doktors wird erneut aufgestellt. Er und der Hund warten. Die jungen Männer kommen mit einem Metallsarg an und stellen ihn ab. Vorsichtig wird der Schirm weggenommen und dem Doktor in die Hand gedrückt. Die zwei beugen sich hinunter, zupfen mal hier, mal dort an der Toten, einer hebt ihr Bein, der andere dreht ihren Kopf. Schulterzucken. Ratlosigkeit. Die beiden jungen Männer deuten etwas.« Marlene musste lachten. »Es sieht so aus, als wollten sie, dass Frau Lehrerin selbst in den Sarg steigt. – Der Regisseur springt erneut aus der Deckung.«

»Nein, nein, nein, jetzt hört mit dem Gefummel auf! Frau Rendl, ab in den Sarg und nicht so ein saures Gesicht ziehen, Leichen haben keine Gefühle mehr.«

»Ich heiße nicht Rendl«, wütete die Leiche.

»Doch, grade heißen Sie genauso, Gnädigste«, gab der Regisseur zurück.

»Und vorher sollte ich noch Gesichtsausdrücke zeigen. Jetzt nicht mehr.«

»Dann eben so«, lautete die Auskunft.

»Wenn das nicht sehenswert ist«, erklärte jemand aufgekratzt.

Marlene hatte zwar nicht das Gefühl, bisher etwas verpasst zu haben, aber dieser Hieronymus Hart war noch nicht aufgetaucht. Wie sollte sie es anstellen, ihm über den Weg zu laufen? *Herausforderung*, sagte sie sich. *Mutprobe*.

Sie musste in Erfahrung bringen, wo eine Szene gedreht wurde, bei der er mitwirkte. Vielleicht wüsste es Uschi.

»Schirm gegen Fernglas?«, fragte Henny und bot an, das Glas und die Sprecherrolle zu übernehmen. Marlene gab ab, reichte Henny das Glas und griff nach dem Schirm.

»Da wird zusammengepackt. Die Leiche steigt kurz in den Sarg. Steigt dann wieder raus. Der Deckel wird zugemacht. Die jungen Männer tragen die Tote etwas zu entspannt zum Leichenwagen. Der etwas zu saloppe Gang missfällt dem Regisseur. Wiederholung der Szene.«

Und wieder hörten sie alle, wie die jungen Männer angewiesen wurden, sie müssten auf das Gewicht achten; auch wenn der Sarg leer ist, müssten sie so schwer an dem Ding tragen, als läge die Lehrerin drin.

»Den rafft die Aufregung noch mal weg«, lachte jemand.

Henny schmunzelte. »Der Hausarzt bringt jetzt ein schwarzes Band an, wo die Leiche gelegen hat. Den Schirm stellt er auch darüber; alles ganz ordentlich. Pause. Thomas Wächsing führt seinen Hund wieder zurück, die beiden werden nicht mehr gebraucht. Jetzt kommt Bene Hotter, der Spurenleser.«

»Sherlock-Holmes-mäßig?«, fragte Marlene und deutete auf ihre Augen. Die Beschreibung interessierte sie.

»Eher Matula-mäßig«, gab Henny zurück. »Bis auf den Seitenscheitel. Keine Lupe, auch kein anderes Equipment. Er schaut sich um, nimmt das Gelände ins Visier und den Schirm weg. Er geht in die Hocke, den Blick auf die kleinen Steine geheftet, von denen er einige wegschiebt, dann richtet er sich wieder auf. Er greift in die Tasche seiner Jeans, fördert einen Handschuh und einen kleinen Beutel zutage. Und wieder geht er in die Knie. Daumen und Zeigefinger halten eine glänzende Kugel, circa ein Zentimeter im Durchmesser. Er lässt sie in den Beutel fallen.«

Marlene war der Szene gefolgt, wie Henny sie beschrieben hatte. Man durfte wirklich gespannt sein, was diese Kugel zu bedeuten hatte. In jedem Fall war es eine Spur. »Krimis beschwören das Geheimnis«, fand sie.

»Krimis müssen unbedingt rätselhaft sein. – Der Spurenleser steckt seine Beute ein und folgt dem Uferweg. Seine Miene verrät dem Zuschauer, dass er etwas Bestimmtes wissen will, vielleicht sogar schon eine Vermutung hat«, mutmaßte Henny.

Spannung. Marlene wollte gerade etwas zu Hennys Kommentarstil bemerken, als es plötzlich in ihrem Rücken lauter wurde.

Offenbar hatten die Filmfans beschlossen, dass da gerade etwas interessanter war als das, was ihnen geboten wurde. Brisanter?

Henny nahm das Fernglas herunter und wandte sich um. Marlene tat das Gleiche, jemand steckte ihr einen Handzettel zu. Sie schaute auf Lauras Foto.

Sandra musste ziemlich Tempo gemacht haben, dass der Druck erledigt und dazu auch gleich der erste Schwung verteilt worden war. Marlene schüttelte den Kopf. Ein echtes Teufelsmädchen, hätte sie Sandra genannt, wäre ihre Assistentin nicht schon 26.

Ein kurzer Seitenblick. *Weiß jemand etwas über diesen Mann?*, stand unter dem Bild.

Wie es sich anhörte, wollten einige ihn erkannt haben, doch im Moment interessierte Marlene mehr Hennys Reaktion.

»Erkennen würde ich es nicht nennen«, murmelte die. »Einen Verdacht haben, vielleicht.« Sie schien über etwas nachzudenken. Welchen Verdacht?, hätte Marlene sie am liebsten gefragt. Für Zurückhaltung war nicht die rechte Zeit, erinnerte sie sich. »Welchen?«

»Hieronymus Hart, oder Viktor Lässig, wie der Schauspieler eigentlich heißt«, gab Henny zurück. »Der Fotograf hat den Fokus auf die hübsche Frau gerichtet. Der Mann auf dem Bild trägt, wie es aussieht, eine Lederjacke mit aufgestelltem Kragen, darunter ein dunkles Hemd. Genauso tritt Hiero Hart gerne auf, darum fiel es mir auch auf.«

Für Marlene hatte es den Anschein, als hätte Henny das Gefühl, gerade jemanden angeschwärzt zu haben, den sie eigentlich lieber in Schutz genommen hätte. Sie nagte auf ihrer Unterlippe und ließ den Zettel in ihrer Tasche verschwinden. »Warum interessiert sich jemand dafür, wer etwas über den Mann sagen kann?«, teilte Henny Marlene ihre Überlegung mit. Deren Blick hatte sie eingefangen. Die dachte gerade darüber nach, es Henny wissen zu lassen. Doch bevor Marlene etwas dazu sagen konnte, meinte Henny: »Ich stelle gern auch direkte Fragen. Für meinen Job brauche ich aber nur eine Antwort – am liebsten die Wahrheit«, schloss sie.

»Und im Moment sind Sie der auf der Spur?«, erkundigte sich Marlene, bevor sie darüber nachgedacht hatte.

»Ich nähere mich an«, schwächte Henny etwas ab.

»Sie sind eine Ermittlerin?«, fragte Marlene. Sie hatte die Dreharbeiten etwas aus den Augen verloren, ihr Gefühl riet ihr, hier sollte sie dranbleiben.

»Detektivin«, erwiderte Henny.

12. KAPITEL

Wo ist das Monster, etwa hinter dem Kaninchen?

Der Ammersee wird mir stets präsent sein. Ich rede nicht von der Gegend.

Vor fünf Monaten habe ich etwas Dummes getan. Nach mir hat jemand anderer beschlossen, etwas noch Dümmeres zu tun. Obwohl Reiseschriftsteller eigentlich planvoll vorgehen und sich nicht einfach ins Missvergnügen stürzen.

Diese Schreiberin ist mit Herzeleid im Gepäck unterwegs. Ich befürchte, außerdem mit einer bestimmten Absicht, das kann ich nicht zulassen. Vielleicht bin ich gezwungen, noch einmal eine Dummheit zu begehen, diesmal eine kalkulierte, sehenden Auges.

Dafür brauche ich … dich. Hiero Hart. Gar nicht heldenhaft und sicher nicht hart. Du hältst dich für einen so cleveren Typen. Ganz schlechte Neuigkeiten – das bist du nicht.

Ich behalte dich im Blick, ich brauche jemanden, dem ich die Schuld in die Schuhe schieben kann, sollte es eng werden. Du bist goldrichtig und genügst meinen Ansprüchen – ganz zweckmäßigen. Nebenbei, ich könnte dir sagen, ich mag dich wirklich überhaupt nicht, aber das zählt nicht. Um dich geht es nicht, aber um mich. Für dich ein bisschen Blendwerk. Ich schreibe dir fleißig, du freust dich jeden Morgen über meine Post, Peter Lässig darf sich auch mitfreuen. Du tust, was sage, weil du ja nicht willst, dass dir etwas passiert.

Ich habe womöglich zu viel versprochen, ich hätte besser nicht sagen sollen, dass es lustig wird – na ja, Spaß ist es wirklich keiner. Du sollst es erleben.

Für mich gibt es kein Zurück. Als der erste Dominostein kippte, war das Drama angerichtet, schon fielen auch die anderen. Einer riss sie alle mit.

Nenn es Leidenschaft – ich bin ein Dieb, der sich nimmt, was er will.

Nenn es Liebe – mit der hatte ich nicht gerechnet, das war der Auslöser.

Nenn es nicht Panne – ein Unglück kommt selten allein.

Meins darf es nicht sein. Wird es nicht.

Deins?

Wir sehen uns … wenn ich dich nicht zuerst sehe.

Du brauchst das Rampenlicht und die Aufmerksamkeit, meine hast du jetzt, und glaub mir, die hättest du nicht haben wollen!

Sogar eine Detektivin habe ich ausfindig gemacht, trifft sich das nicht extrem gut? Sie hat sich entschlossen, für mich tätig zu werden. Für eine Berliner Detektei, um genau zu sein, weil sie von mir nichts weiß. Lass sie ein paar nette Dinge herausfinden. Sie wird dich mit anderen Augen sehen, du bist nicht vertrauenswürdig, du bist vielleicht sogar ein glückliches Verbindungsstück. Hinter den Kulissen findet das Leben statt, Hiero.

Und was ist das überhaupt für eine Detektivin, die sogar eine eher durchsichtige Lüge für zwei Hunderter verschlingt; bedenklich, oder?

13. KAPITEL

Denk daran, sei das Feuer, nicht die Motte.

Henny hatte ihre Hand unters Kinn gelegt, starrte ins Nirgendwo und sah Hiero Hart vor sich.

Es war gerade mal einige Stunden her, da hatte sie behauptet, kein Fan von ihm zu sein. Oma Linde hätte jetzt sicher etwas Passendes aus ihrem Sprüchefundus gefischt, das auf die aktuelle Situation zutraf.

Er hatte sie wirklich bemerkt, als sie den Drehbuchplan durchgegangen waren. Henny hatte wahrscheinlich einen Moment zu lange in seine Augen geschaut. Tiefblau. Sie war hinuntergetaucht, um anschließend einigermaßen atemlos wieder an die Oberfläche zu gelangen. »Das ist so was von unprofessionell, Henny Ferber«, schalt sie sich. Er durfte ihr nicht gefallen, wirklich nicht.

»Aber verdammt, er tut es!«

Zu einer Beerdigung trug man etwas Dunkles, man trug auf keinen Fall sexy. Henny war eine Kollegin der ermordeten Lehrerin. Zwei Szenen, später wäre es vorbei, und Hiero Hart würde ihr vielleicht nur mehr auf dem Bildschirm begegnen.

Was hatte sie da bloß übersehen? Oder sollte sie sich fragen, was wollte sie da übersehen? Er war schließlich der mit dem hübschen Mädchenbesuch am Morgen, er war der, der vielleicht ein Doppelleben führte, er war der, den man auf dem Handzettel zu erkennen meinte, er war der, der mit der Steinschleuder auf einen Hotelgast gefeuert hatte. Henny seufzte.

In jedem Fall war er der, den man um nichts auf der Welt toll finden sollte. Wie der charmante Dieb im Film, für dessen Aktionen man zu gern eine Entschuldigung fand, dachte sie.

Oh je! Außerdem spukten ihr die 200 Euro im Kopf herum. Was mach' ich bloß?

Henny hatte mit ihm Geld verdient. Küssen würde den Hauptdarsteller eine andere – die Schulsekretärin. Es kam ihr wie der Schwarze Peter im Quartett vor; sie hatte ihn gezogen, aber sie wurde ihn nicht wieder los. Für sich hatte sie beschlossen herauszufinden, wer Hiero Hart wirklich war, und da waren die Möglichkeiten ein wenig unüberschaubar. Henny war gespannt, worauf sie noch stoßen würde. Keine Gespräche mehr mit den alten und neuen Nachbarn der Lässigs. Sie hatte seinen Vater angerufen und den Mann wahrscheinlich aufgeschreckt. Da gab es irgendein Geheimnis, weil dem alten Lässig etwas von einer Todesnachricht entschlüpft war. Doch das wäre eine Sache für die Polizei, und Viktors Vater war sicher, die wollte sein Sohn nicht einschalten.

Vielleicht ein paar Unterhaltungen mit der Filmcrew? Möglichst unbefangen. Doch so kam sich Henny nicht vor.

Kurz schoss ihr durch den Kopf, was gefiel einem Mann

an einer Frau? Und prompt fiel ihr etwas ein, das Oma Linde dem Teenager gesagt hatte, der unglücklich war, als Mama ihr ein Piercing verbot. »Verzierung ist reizend – und vergänglich, aber Schönheit ist nicht bloß ein Blick.«

Henny musste ihre Gedanken wieder geraderücken. Zufälle – das sind zwei Möglichkeiten, die sich treffen, um zu tratschen. Hennys Zufall war Marlene gewesen. Henny hätte über sich gesagt, dass sie ein gutes Gespür für Menschen und Situationen hatte. Ihres hatte ihr verraten, dass die schöne Blonde sich informieren wollte, sich aber nicht sonderlich für den Dreh an sich interessierte, obwohl sie in der ersten Reihe stand. »So viel von diesem Tatort«, hatte Henny gesagt.

Als das Team zusammenpackte und sich Aufbruchsstimmung breitmachte, hatte Henny Marlene schließlich direkt darauf angesprochen: »Du hast auf meine Reaktion geachtet, als ich den Zettel mit dem Foto in der Hand hielt. Dich hat das Bild kein bisschen interessiert – weil du es schon kanntest. Aber jemand sagte, es sei frisch aus der Druckerei gekommen, also hattest du keine Gelegenheit, es vorher zu sehen.« Sie hatte Marlene nicht aus den Augen gelassen. »Willst du mir jetzt die Wahrheit erzählen?«

Die schöne Blonde hatte Henny das Du nicht angeboten, aber die Frage hatte wirklich kein Sie verdient. Viel zu persönlich.

»… erkundigt sich die Detektivin«, hatte Marlene es beendet.

»Alle Achtung!«, war deren Erwiderung. »Was denkst du, trinken wir irgendwo zusammen noch etwas?«

»Sehr gern«, hatte Henny ihr geantwortet.

Sie gingen gemeinsam zurück. Marlene benutzte ihren Schirm als Stock, weil sie kein Regendach mehr brauchten. Ganz zart spitzte ein Stückchen blauer Himmel durch die Wolken.

Marlene erzählte ihr, was sie nach Herrsching gebracht hatte und dass sie vorhatte, ein wenig in den gut gehüteten Geheimnissen der Leute zu stochern.

»Die sind zuweilen gefährlich«, sagte ihr Henny.

Marlenes Blick war auf den See gerichtet, sie beobachtete sicher nicht die Boote. Mit ihr zu schweigen, war nicht unangenehm, aber Henny konnte sicher sein, Marlene überlegte sich gut, was sie der Detektivin erzählen wollte. Sie setzten sich auf die gemütliche Terrasse im »Café Chalet«, wo sie sich Eistee und hausgemachte Kuchen schmecken ließen.

Henny erfuhr vom Tod von Marlenes Freundin Laura, der als Selbstmord Eingang in die Berichte von Rechtsmedizin und Polizei gefunden hatte.

»Sie hatte keinen Grund.« Marlenes Miene sagte, dass sie annahm, Laura hatte keinen gehabt. Sie müsse erst ganz sicher sein, um es glauben zu können, hörte Henny Marlene wieder sagen. Sich sicher sein, dass ein Mensch sich das Leben genommen hatte? Irgendeinen Grund gab es für so ziemlich alles. Ein bloßer Wille barg etwas noch Unerledigtes. Henny hatte sich vielmehr gefragt, ob Marlene etwas Finsteres plante, wenn sie sich sicher wäre – wenn sie statt eines Selbstmords etwas anderes aufdecken würde. Die Person, die den Tod für sich beschloss, sah vielleicht nur diesen Ausweg, während die Handlung für einen Außenstehenden, der in seinem Wesen stärker war, völlig abwegig schien.

»Verlassen werden ist auch ein Grund«, war Hennys Antwort, und Marlene konterte: »Verlassen werden könnte einer sein – aber nicht für Laura Philipp.«

Sie berichtete ihr von der kleinen Risswunde an der Schläfe, die die Rechtsmedizin bei der Obduktion entdeckt hatte, aber weil es dafür keine andere Antwort gab, vermutete man, Laura hätte sich irgendwo gestoßen.

Marlene war unzufrieden, wie der Kommissar alles, was sie für wichtig hielt, abgeschmettert hatte. Für Lauras Superhelden interessierte er sich auch nicht. Henny musste daran denken, wie der Typ auf dem Handzettel, den sie eingesteckt hatte, die Frau im Arm hielt, an ihr glückliches Gesicht. Ein Ewigkeitslächeln, gebannt auf Papier.

Als Ablenkung war es nicht gedacht, aber plötzlich hatte Henny Marlene erzählt, dass sie als Komparsin in der neuen Folge des »Bullen vom Ammersee« mitwirkte.

»Du könntest mir diesen Hiero Hart bei Gelegenheit ja vorstellen«, lautete Marlenes Vorschlag, vorgetragen mit einem entspannten Lächeln, das sie nicht wirklich empfand. Schließlich verdächtigte sie Hiero Hart, etwas mit dem Tod ihrer Freundin zu tun zu haben. – Für Henny hatte es so geklungen.

»Du hättest das romantische Gefühl nicht zulassen dürfen!«, schimpfte sie jetzt mit sich. »Und hör' auf mit dem dämlichen Grinsen.«

»Ärgerst du dich über dich selbst?«, fragte eine Flüsterstimme nahe an ihrem Ohr.

Tim wollte ihr wohl unbedingt beweisen, dass er das Sich-Anschleichen beherrschte. »Im Moment bist du meist abgelenkt oder in Gedanken, wenn ich auftauche.« Er zuckte die Schultern, präsentierte ihr seine Rückenansicht und ließ sich mit einem angezogenen Bein auf die grau-weiße Erkereckbank nieder. »Dabei hab ich *die* Info«, betonte der 17-Jährige. »Ganz frisch und in jedem Fall bemerkenswert.«

Er wirkte beängstigend zufrieden. Du hast ihn auf Hiero Hart angesetzt, musste Henny denken. Selber schuld. Henny wartete.

Tim mochte keine Unterbrechung seines Redeschwalls. »Warum musst du so ein harter Brocken sein, Henny? Du könntest wenigstens ein kleines bisschen Neugierde zeigen.«

Neugierig war sie auch, und wie! Aber: Du darfst dein Gegenüber nicht merken lassen, dass du auf die Info brennst, sonst verkauft er sie meistbietend.

»Was könnte es denn wert sein, ein erhellendes Gespräch belauscht zu haben?«, wollte er wissen.

»Wie erhellend?«, fragte Henny. »Welche Leistungseinheit?« Sie wusste, sie konnte zweideutig sein und ganz schön nerven.

Tim verzog den Mund. »Physikalische Größen interessieren hier doch nicht. Ich hab gehört, wie jemand sagte, dass Hiero Harts Geheimnis ziemlich dunkel sein muss.«

Hell und dunkel. Henny nickte; gerade fürchtete sie sich ein wenig vor diesem Blick ins Dunkel.

Tim registrierte die Reaktion und beeilte sich, seine Geschichte zu erzählen. »Vor fünf Monaten ist eine Frau in einer Nacht im April ins Wasser gegangen. Ganz schön seltsame Formulierung«, fand Tim. »Komisch fand die Hotelangestellte, dass sich Hiero Hart in der gleichen Nacht in den Aufzug schlich – total durchnässt, als wäre er in seinen Klamotten schwimmen gewesen.«

Henny knabberte an ihrem Fingernagel. Zuerst Marlenes Verdacht, der Schauspieler könnte etwas mit Lauras Tod zu tun haben, zumindest aber der Liebhaber der Freundin gewesen sein, und jetzt tauchte womöglich noch eine Zeugin auf, die etwas Verdächtiges gesehen hatte. Alle Einzelteile zusammengenommen ließ es den Mann ziemlich verdächtig erscheinen. Man ging bei Laura von einem Selbstmord aus, aber Marlene glaubte das nicht. Was, wenn sie recht hätte und Laura Philipp tatsächlich ermordet wurde?

»Dafür muss ich jetzt nichts zahlen, du bist freiwillig damit herausgerückt«, sagte Henny und kam sich gar nicht toll vor, sie hatte einen bitteren Geschmack auf der Zunge.

»Ich glaub, ich hasse dich. Scheißtaktik.« Tim drehte enttäuscht den Kopf weg.

Marlenes Telefonnummer war auf dem Handzettel. Nur stand da nichts über eine Belohnung. Die funktionierte als Köder meist ganz gut, rief aber auch alle möglichen Leute auf den Plan, die sich etwas verdienen wollten, nichts wussten, aber viel Fantasie hatten.

Henny kam sich zerrissen vor; einerseits der 200-Euro-Auftrag, ihr Herzklopfen und die flatternden Schmetterlinge, andererseits Marlene mit ihrer Trauer und einer Ahnung, dass etwas nicht stimmte. Tja, wenn Hiero Hart Schuld auf sich geladen hatte, würde er auf jeden Fall dafür bezahlen müssen.

Henny sollte sich von ihrer Vorstellung »ein bisschen verliebt« besser ganz flott verabschieden.

Vielleicht würde die Hotelangestellte dafür sorgen, dass Marlene davon erfuhr. Die Zettel hätten mittlerweile bestimmt schon den ganzen Ort überschwemmt. Henny stand auf, nahm ihre Handtasche, die sie an einen der Haken an der Garderobe gehängt hatte, zog den Reißverschluss auf und ließ ihre Hand hineingleiten. Sie gab Tim den Zettel.

»Wow, die sieht gut aus.« Er schaute Henny an, als wollte er ergründen, was sie ihm zu verstehen gab, wo es für ihn gerade noch so geklungen haben musste, als fände sie die Story der Hotelangestellten nicht im Geringsten spannend. »Die Frau, die in jener Nacht im April ins Wasser gegangen sein soll.« Und der Hiero Hart hinterhergetaucht war, oder was?

»Oh nein«, schüttelte Tim ungläubig den Kopf. »Das ist ja wie in den angestaubten Klassikern – Liebe bedeutet den Tod.« Seine Miene sagte ihr, wie viel er davon hielt. »Du bist Hiero Hart doch schon länger auf der Spur. Aber du hast nie was gesagt von einer Liebelei, die so grausig endete«, wunderte er sich.

»Die Detektivin hat sich mit der Vergangenheit von Viktor Lässig beschäftigt, aber noch keinen Blick auf die Zeit und seine Aktivitäten vor den neuen Drehterminen geworfen«, gab sie zu. »Das sollte sie noch tun.« Und das würde sie auch tun.

Tim zeigte auf das Foto. »Wo ist die Verbindung? Warum Hiero Hart? Man kann doch auf dem Bild nur einen Typen mit einer Sonnenbrille sehen, dessen Züge denen des Schauspielers ähneln.« Er breitete fragend die Arme aus.

»Ich war es gar nicht, die eine Verbindung hergestellt hat«, gab Henny zu und erzählte Tim von Marlene Borstel.

Viel zu viele unbeantwortete Fragen, die im Grunde keine waren, weil Henny Angst davor hatte, die Antwort womöglich bereits zu kennen: Hiero Hart hatte Laura Philipp im Ammersee ertränkt.

Was war bloß los mit ihr? Verliebe dich nie in deinen Klienten, hätte sie gesagt. Dabei war er nicht einmal ein Klient.

Henny fragte Tim nach der Hotelangestellten, von der er die Geschichte gehört hatte. Tim nannte ihr den Namen der Frau.

»Die Erinnerung funktioniert komisch, oder?« Er bewegte den Kopf, zuckte eine Schulter.

Mehr als das, hätte Henny gesagt. Warum dachte die Frau ausgerechnet jetzt daran, was sie vor fünf Monaten angeblich gesehen hatte, was hatte diese Erinnerung angestoßen? Vielleicht wusste es der Lauscher. Tim grinste. »Den Anfang hab ich nicht so genau mitbekommen, aber es ging um Sex, den ein frisch vermähltes Paar aus Zimmer soundso offenbar im Aufzug hatte. Der Notschalter war versehentlich gedrückt worden, und als die Aufzugtür sich öffnete, kamen zwei halb bekleidete, ziemlich derangiert aussehende Mittzwanziger zum Vorschein; die Knöpfe der Bluse der Frau bis zur Taille offen, und er gerade dabei, seine Hose hochzuziehen. Lachend. Völlig durchnässt. Sie hatten einen Spaziergang gemacht und nicht an einen Schirm gedacht.«

»Die Hotelangestellte hat offenbar dieses Nass mit dem anderen, früheren Nass verwechselt.« Vielleicht hatte der Schauspieler seinen Zustand auch mit einem Platzregenschauer ohne Schirm erklärt.

»Interessant fand ich den Vergleich«, erklärte Tim. »Das Paar gab an, ohne Schirm unterwegs gewesen zu sein. Tropfnass. Die Hotelangestellte sagte, Hiero Hart habe ausgesehen, als hätte er in seinen Klamotten ein Bad im See genommen. Auch klatschnass, aber irgendwie mehr durchtränkt als die zwei im Aufzug, oder was?«

»Gute Frage«, musste ihm Henny zugestehen. Einmal war der Regen von oben gekommen, das andere Mal war jemand getaucht.

»Wahrheitsgehalt«, gab er zurück. Den zu überprüfen, gelang meist nicht so ohne Weiteres, aber etwas herauszufinden, sollte für eine Detektivin kein unüberwindbares Hindernis sein.

14. KAPITEL

Weißt Du, das Blöde am echten Leben ist, dass es keine Gefahrenmusik gibt.

Ein elendslanger Tag, und so, wie Augustin es wollte, war der längst noch nicht vorbei. Viktor gähnte herzhaft. Wenigstens hatte er die konfiszierten Gläser und deren Trinker bestimmen können, sie standen am Boden in seinem Zimmer aufgereiht mit dem intelligenten Vermerk »Finger weg!«. Er hatte noch nicht alle Abdrücke überprüft.

Später brauchte er sich nicht sagen, denn später wäre es richtig spät, da wollte er sicher bloß noch ins Bett.

Das »American Bistro« lag in einer kleinen Seitenstraße. Mit Fans wäre zu rechnen, hatte Augustin angekündigt.

Viktor saß im Wagen, wo Gabi noch einmal letzte Hand an seinem Make-up anlegte. Noch hatte ihn niemand bemerkt. »Hiero, halt doch mal still«, verlangte die Maskenbildnerin. Sie hatte ihn sich doch schon im Hotel geschnappt, was war denn jetzt noch?

»Du siehst fünf Jahre älter aus als heute Vormittag, das muss ich ausbügeln.«

Ach, und in deinem Köfferchen ist die Geheimwaffe, mutmaßte Viktor. Woher nahm sie die fünf Jahre? Er hatte wirklich keinen Kopf für solch bösartige Schätzungen. Gabi tupfte ihm etwas ins Gesicht, drückte mit einer Quaste herum. Er hatte den Verdacht, sie machte das absichtlich.

»Hm, schon besser«, bestätigte sie sich. Im Spiegel, den sie ihm hinhielt, wirkte sein Gesicht etwas gelbstichig, fand Viktor. Gar nicht besser.

Gabi, die ihr Sortiment wieder einpackte, entließ Viktor in die Nacht.

Viktor ertappte sich, dass er nach der Komparsin Ausschau hielt. Henny. Normalerweise merkte er sich keine Namen, ihren hatte er sich gemerkt. Wer ihm stattdessen auffiel, war Frank Weiß. Der Kriminalkommissar tauchte gerade unter der Absperrung hindurch, seine Control-Akkreditierung samt Lichtbild baumelte gewichtig von einem Band auf seiner Brust. Er trug weiße Jeans, die waren Viktor sofort ins Auge gefallen, dazu ein dunkelblaues Hemd. Der Typ sah gut aus und extrem frisch, was man von ihm nicht sagen konnte, was vielleicht nicht einmal die kunstfertige Gabi geschafft hatte. Es war Viktors erste Szene, aber nicht seine letzte an diesem ziemlich bewegten Samstag zwischen einem unbestimmten Drohbrief und der Fingerabdruckaktion.

Das Pflaster spiegelte feucht, eine Hand legte sich auf seinen Arm. »Ich bin dein größter Fan.« Der *größte Fan* kam ihm blutjung vor und hielt ihm einen Teddy hin. Viktor griff danach, murmelte ein Danke, um nicht zu fragen, wie alt sie war.

»Irrtum, Kleines, sein größter Fan ist er selbst«, rief eine Stimme aus dem Dunkel. Belustigt.

Dafür gab es von ihm kein Danke. »… sagt einer, der im Schatten steht«, meinte Viktor ätzend. Er winkte in die Menge und fragte sich, wie ein Vater seine Tochter allein da rausgehen lassen konnte, um irgendeinem Typen einen Teddy zu bringen? Der Vater wusste es wahrscheinlich gar nicht.

Viktor erkannte einige treue Fans wieder, die waren ihm hinterhergereist, worüber er immer wieder aufs Neue staunte. Konnte man eine Person derart interessant finden? Gerade war es kein roter Teppich, aber vielsagende Blicke folgten ihm. Wo ihr Filmteam auftauchte, wurde lautstark nach Hiero Hart verlangt, er gab Autogramme, posierte für Fotos, gab sich dabei alle Mühe und kam sich nicht selten ausnehmend dämlich vor, wenn ihm jemand einen Kuss aufdrückte und er sicher war, die Dame könnte vom Alter her durchaus der Jahrgang seiner Mutter sein. Die »Hiero, untersuch' bitte meinen Fall«-Plakatschwenker waren auch allzu nett. Dazu gab es immer Handynummern, die er dringend anrufen sollte und es niemals tat.

Die großen Lettern des »American Bistro« leuchteten lockend, und eine Tafel vor dem Lokal lud dazu ein, den neuen »Johnny Cash Burger« mit der rauchigen Kentucky Straight Whiskey Note zu probieren. Der knusprige Sesamdeckel über Mayonnaise und knackigem Salat, Tomaten, Zwiebel, Gurken, Senf, Ketchup, Käse und Rindfleisch mit dem Whiskeyaroma, dem der Boden des knusprigen Brötchens folgte. Viktors Magen knurrte, und er versuchte, das entstehende Bild zum Schild ganz schnell wegzuschieben. Appetit war ein gnadenloses Gefühl, wenn man ihm ausgeliefert war.

Die Bar gehörte erst einmal nur dem Filmteam. Der Inhaber von »Colin's Cove« stellte gern seine Räumlichkeiten für die Dreharbeiten zur Verfügung, weil es für ihn eine gute Werbung war. Draußen mischten sich unter die Fans der Krimiserie schon seine zukünftigen Gäste, die später auf einen Platz hofften.

Viktor stieß die Tür zu »Colin's Cove« auf, hatte einen Bären im Arm und kam sich kein bisschen kindisch vor. Er setzte sich auf den Hocker, den man ihm zuwies. Jetzt war er Hiero Hart.

Der Gitarrensound würde wenigstens das Geräusch seines Magen etwas übertönen.

Die Kamera fing ihn seitlich ein. »Es muss zügig über die Bühne gehen.« Augustin sauste von einer Ecke in die andere, wedelte mit der Hand, wies die Beleuchter an, er wolle »Zauberlicht«. »Ist doch keine Gruft«, schimpfte er.

Viktor hatte ein Bier vor sich stehen, das Glas nur halb gefüllt, damit es aussah, als hätte er schon daraus getrunken. Er stellte den Bären daneben. Der sah lustig aus, mit der großen Blume im Knopfloch seiner karierten Jacke.

»Hiero, der Bär kann da nicht sitzen bleiben, der muss weg. Sonst kommen die Leute noch auf den Gedanken, wir machen eine Kindersendung.« Augustin ging vorbei und griff sich das kleine Stofftier.

»Ich will ihn nachher zurück«, betonte Viktor.

»Kon-zen-tra-tion«, verlangte der Regisseur. »Colin, mach' die Musik leiser, das Gitarrensolo ist umwerfend. Darf aber nur abrundend im Hintergrund laufen.«

»Was hat er denn aufgelegt? Das ist gut«, nickte Viktor.

Augustin knurrte etwas, Colin, der Barbesitzer, tönte: »November Rain, weil i mir denkt hob, des passt grod ganz guad.«

Viktor grinste. Colin, der völlig unamerikanisch klang, brachte ihnen in seiner gemütlichen Höhle im September schon das Gruselwetter vom November mit und briet in der kleinen Küche Rinderhack für den »Johnny Cash Burger« mit der rauchigen Kentucky Straight Whiskey Note. Unglaublich, aber richtig gut. Er würde sicher wieder herkommen.

Konzentration, bevor seine Augen müde klimperten. Neben ihm an der Bar sollten sich zwei über den plötzlichen Tod der Lehrerin unterhalten, aber jetzt zog der eine tatsächlich einen

Zettel aus der Tasche und sagte: »Erinnerst du dich noch an die Hübsche, die ins Wasser ging? – Da«, er deutete etwas. »War im April.«

Augustin brüllte: »Hallo – das ist nicht der Dialooog!« Er raufte sich die Haare, sein Gesicht war gerötet, was man selbst im Zauberlicht erkennen konnte.

Die Szene verlor für Viktor an Bedeutung, er sah nur noch, wie die Männer zu ihm herüberschauten und sich zunickten. Wissend.

Er kniff die Augen zusammen. Zum Teufel, um was ging es da? Viktor rutschte von seinem Hocker, ein Schritt nach links, er riss dem einen den Zettel aus der Hand. Ungläubig starrte er auf das Foto. Er achtete nicht mehr darauf, was um ihn herum passierte, überhörte die Beschwerde wegen seiner rabiaten Art.

»Was wird denn da verzapft?«, regte sich Augustin auf.

Die Frau auf dem Foto nahm Viktor natürlich wahr, aber wirklich interessant war der Typ an ihrer Seite. Er rempelte Augustin an, der wähnte ein Ärgernis. »Hiero, das ist jetzt wirklich nicht der richtige Zeitpunkt für Streitigkeiten.«

Viktor hielt nur einen Finger in die Höhe. Moment. Dann erst fiel sein Blick auf die Frage, die auf dem Zettel gestellt wurde. Eine lange Sekunde brauchte er, bis der Inhalt in sein Hirn sickerte. Er riss die Augen auf, während sich die beiden an der Bar ungeniert weiter unterhielten. Über ihn.

Wenn ich nicht genau wüsste, dass ich das auf diesem Bild nicht bin … Er wusste es nicht mit Bestimmtheit, aber er konnte sich auch nicht erinnern, dass er Laura Philipp im Arm gehalten und sie seine Hand zärtlich umfasst gehalten hatte. An so was hätte er sich erinnert. Sie war eine umwerfend schöne Frau.

Viktor setzte sich mit dem Zettel wieder auf seinen Hocker, nahm sein Glas und trank das Bier in einem Zug aus.

Der Regisseur fühlte sich nicht ernst genommen. Er hatte absolut recht. »Text», erinnerte er die Komparsen, und an Viktors Adresse: »Kein Bier!« Viktor wandte ihm den Rücken zu, doch in seine Richtung ging sicher ein glühender Blick. Viktor musste es nicht sehen, er konnte sich denken, dass Augustin damit beschäftigt war, seine Fäuste theatralisch in die Luft zu strecken.

Viktor deutete dem Barmann, er wolle ein neues Bier. Der meinte: »Ich würd's ja gern voll machen, aber …«

Viktor nickte verstehend. Wieder wurde das Glas zur Hälfte eingeschenkt. »Danke.«

Seine Hand verfolgte die Tränen des Bieres auf dem eiskalten Glas, er schüttelte nachdenklich den Kopf, fragte sich, woher kam dieser Zettel, ausgerechnet jetzt.

Augustin fragte sich vielleicht das Gleiche: »Das ist keine Feierabendveranstaltung, Leute.« Barsch. Nur den Bogen nicht überspannen, lautete die unterschwellige Botschaft.

Viktor fuhr sich über die Stirn. Die Gedanken an Laura musste er sich für später aufsparen.

Kamera ab, die Komparsen sprachen ihre Sätze – diesmal die richtigen.

Hiero Hart fingerte in seiner Tasche nach dem Handy: der Anruf der Rechtsmedizinerin. Ton und Kamera rückten näher. Zehn Minuten später war auch dieser Auftritt zur Zufriedenheit des Regisseurs endlich im Kasten. Die letzte Szene würde in der Metzgerei aufgenommen. Viktor schaute auf die Uhr und nickte sich selbst zu, sich davonstehlen wäre jetzt überlegenswert.

Er gähnte in seine Hand, es hatte sich noch nicht erledigt. Der Bulle vom Ammersee wollte noch mindestens eine Information, und die gab es in der Außenstelle der Rechtsmedizin. Juliane Garaus würde Hiero die Leiche sehen lassen, ihm erklären, dass der Hausarzt die Frau bei seinem Spaziergang entdeckt hatte und es für unmöglich hielt, dass ihr Herz einfach aufgehört hatte zu schlagen. Die Rechtsmedizinerin wusste, dass es sich bei ihr um die entführte Lehrerin handelte, weil Thomas Wächsing sie als seine Bäckereibekanntschaft identifiziert hatte. Der Spurenleser hatte natürlich sofort die Fährte aufgenommen,

Hiero Hart musste schließlich irgendwo einsteigen. Gerade wäre er wirklich zu gern ausgestiegen.

Er verlangte nach seinem Bären und ging den kurzen Weg zur Metzgerei zu Fuß. Der Regen hatte Pfützen hinterlassen, in denen sich die Lichter spiegelten. Viktor schlug Haken, um den winzigen Seen auszuweichen.

Da war jemand hinter ihm, und der bemühte sich, leise zu sein. Obwohl man einen Verfolger nicht hören musste, spürte man diese andere Präsenz. Vielleicht Intuition, vielleicht etwas anderes, das die Gene gespeichert hatten. Willst du dramatisch werden? Viktor wirbelte herum. Weiße Jeans bei dem Wetter, musste er denken. Es war ihm schon zuvor aufgefallen. Der andere hob amüsiert die Hände. »Schreckhaftigkeit steht dir nicht, Hiero«, sagte Frank Weiß. Das Grinsen sah Viktor sogar im Dunkel. Strahlend.

Viktor wandte sich um, ging weiter, sagte: »Und dir nicht, herumzuschleichen, Herr Kommissar.« Er ließ sich hinreißen: »Gibt's denn im Moment keine echten Fälle?«

Der nächste Satz des Weißen ließ Viktor sich wieder zu ihm umdrehen. »Du hast es wahrscheinlich noch nicht gehört. Der Drehbuchautor des ›Bullen vom Ammersee‹, Günter Dexter, hatte einen tödlichen Unfall.«

Viktor schaute Frank an, schüttelte den Kopf und drückte den Bären fester an sich. Ihm fehlten gerade die Worte. Unfälle waren augenblicklich genau das, wovon er überhaupt nichts hören wollte.

»Wenn du also vorhast, wegen des eigenwilligen Drehbuchs zu meckern, dann ist diese Adresse ab jetzt für dich gestorben«, sagte Frank.

»Du blöder Arsch«, murmelte Viktor. Frank rieb sich kurz die Hände. Mit der Geste konnte Viktor nichts anfangen, sie sorgte aber nicht dafür, dass er den Mann sympathischer fand.

Er wandte sich wieder um und fing an, schneller zu gehen, bevor er den Gedankenblitz umsetzen und seine Faust auf Franks Nase landen würde.

Kleinlich wünschte er ihm, seine schönen weißen Jeans mögen richtig dreckig werden.

Schon in der nächsten Seitengasse stoppte Viktor, lehnte sich an eine Hauswand, schloss die Augen, ließ die Nachricht sacken, kippte den Kopf zurück und holte tief Luft. Der fidele Günter Dexter, der für gewöhnlich mit seiner extrem guten Laune am Set herumwuselte.

Tod durch einen Unfall. Welche Art Unfall? Viktor betrachtete sich nicht als übervorsichtig, aber er musste zugeben, die Drohungen des Briefschreibers wirkten sich irgendwie ganz unangenehm auf seine Psyche aus. Er würde natürlich umgehend erfahren, was Günter zugestoßen war.

Vor seinem inneren Auge konnte er ihn vor sich sehen, wie er zufrieden mit den Fingern schnippte und »Funke« schrie, wenn ihm beim Schreiben eine extrasensationelle Idee kam.

Viktor sah sich bereits, wie er in einigen Monaten den sehr endgültigen Schriftzug »In memoriam Günter Dexter« im Vorspann ihres neuen Films las. Grauenhaft. Er musste die Augen aufmachen; die Finsternis hinter dem Dunkel behagte ihm nicht. Der kleine Bär schaute nachdenklich. Viktor nahm ihn beim Arm und setzte seinen Weg fort. Seestraße und Bahnhofstraße lagen nur wenige Gehminuten auseinander.

Wahrscheinlich sah er aus wie ein Kind, das aus einem bösen Traum aufgewacht war und mit seinem Stofftier vorhatte, sich in Mamas Bett zu verkriechen. Pech, Viktor. Für dich gibt es nur eine »Leichenschau«.

Für manche Gespräche war es zu spät, man führte sie nicht mehr, Fragen konnten nicht mehr gestellt werden.

Günter und Viktor hatten sich noch zu jedem Drehbuchstoff ausgetauscht, sich irgendwo auf ein Bier getroffen, diskutiert, sich aneinander gerieben und herzlichst beschimpft.

Bei der Gelegenheit hatte er sich zuerst über Günters Entschuldigung und sein unüblich zurückhaltendes »Ich muss noch einiges recherchieren« geärgert, und bald darauf musste er hinnehmen, dass die Produktionsgesellschaft ihren Segen zum fertigen Drehbuch gegeben hatte, jeder es toll fand bis auf den Hauptdarsteller, der so was von keine Ahnung hatte, was den Autor geritten hatte.

Wieder war Günter nicht zu erreichen gewesen, für Viktor war er es jedenfalls nicht. Günter Dexter, er war direkt und unverstellt. Bis auf dieses eine Mal. Etwas hatte ihn beschäftigt.

»Wie bist du bloß auf die haarsträubende Idee gekommen, dass es im neuen Fall für Hiero Hart ausgerechnet eine Steinschleuder sein muss?« Viktor fragte trotzdem.

Eine Antwort auf seine Frage würde er nun nie mehr bekommen. Ein einziger Augenblick hatte Günters Jahre gekillt. Tot. Unbegreiflich. »Scheiße, Günter.« Viktor hatte den Mann mit der großen Porschebrille und den kurzärmligen farbenfrohen Hemden wirklich gemocht.

Die Klingel über der Ladentür der Metzgerei kündigte Viktor mit einem lauten Bimmeln an. Die sollte eigentlich nicht mehr zu öffnen sein, fiel ihm auf, bevor jemand von hinten schrie: »Wir haben geschlossen!«

Eben nicht.

Viktor ging in den angrenzenden Schlachtraum – Kacheln und Fliesen in hellem Weiß mit schmalen hellgrauen Fugen. Den frischen Duft nach Putzmitteln bekam der Zuschauer nicht frei Haus serviert und durfte sich gern das Gegenteil denken. Hier hatte man einen Stahltisch hereingerollt, auf dem die Leiche unter einem grünen Tuch zappelte und sich beschwerte, ihr sei grässlich kalt. Halb nackt wäre mir auch kalt, musste Viktor denken. Die Rechtsmedizinerin trug augenscheinlich einen OP-Mantel aus dem gleichen grünen Stoff, aus dem die leichte Decke, die über der Toten lag, gemacht war.

Bene Hotter war an diesem Abend gleichfalls gefragt; eine kleine Versammlung im Angesicht des Todes. Dazu hatte man auf einem Tisch Sektionsbesteck eindrucksvoll arrangiert.

»Meine Leiche macht grade all die schönen Spuren zunichte.« Die Rechtsmedizinerin riss am Tuch, in das die Lehrerin sich einzuwickeln versuchte. Die Maskenbildnerin hatte die Tote gekonnt bearbeitet, die Frau sah richtig abschreckend aus.

»So, kommt, Leute, fangen wir an«, klatschte Augustin in die Hände. Einige Mienen verzogen sich. Der Regisseur achtete nicht drauf. »Juliane nimmt Spuren von ihrem Mund ab, weil darüber ein Klebeband lag, die Reste sieht man.« Er unterbrach sich, streckte drei Finger aus. »Vielleicht kleben wir ihr eines auf und ziehen es ab, dann sieht man diese Spuren wirklich.«

»Das Gesicht epilieren lasse ich mir nicht«, rief die Leiche.

»Dann wäre der Damenbart gleich mit ab«, lachte Augustin. Die Garaus hielt ihre Tote fest, die Anstalten machte, den Regisseur für seine Bemerkung anzuspringen.

»Dann macht das die Maske, um den Mund herum eine Spur dunkler oder heller oder was auch immer – Gabi, das überlasse ich deiner Fantasie.«

Die Angesprochene zückte einen Pinsel und tupfte großflächig etwas auf, das sie mit einem Kosmetiktuch anschließend wieder abnahm. Jetzt sah es im Licht der Scheinwerfer aus, als handelte es sich bei den Rückständen um den Mund der Toten tatsächlich um winzige Klebereste.

»Das ist wunderbar«, fand auch Augustin. »Juliane nimmt eine Hand und betrachtet die von jeder Seite. Ihr fallen die Fingerkuppen auf. Dazu muss aber der Oberkörper der Toten frei sein«, betonte er.

»Ich will, dass mein Busen getaped wird«, sagte die Lehrerin und hielt sich schamhaft das Tuch vor die Brüste.

»Können wir das machen?« Augustin war anzusehen, dass ihm Ästhetik so was von egal war, er schüttelte genervt den

Kopf. Gabi nickte. »Notfallplan«, sagte sie, und Viktor glaubte, sie verschmitzt schmunzeln zu sehen.

Ein paar Minuten später trug die Tote ihren Busen ein wenig höher, die Übergänge vom unterstützenden Klebestreifen zur Haut waren übermalt worden.

»Ansonsten geht es hier noch um das verstauchte Fußgelenk, das die Rechtsmedizin feststellen muss. Am besten sich so hinlegen, dass sich der linke Fuß ein wenig zur Seite neigt und auffällt.«

»Entspricht nicht der Reihenfolge«, sagte die Garaus.

»Wird aber so gemacht, wir brauchen das Füßchen.«

Beschlossen. Augustin hatte keine Lust auf Diskussionen.

Juliane Garaus linste auf ihren Text, stutzte. »Womöglich befinden sich an der Leiche Fremdspuren, weil die zwei vom Bestattungsinstitut, die den Transport übernommen hatten, nicht daran dachten, sich Handschuhe überzuziehen? Ist das ernst gemeint?«

»Todernst«, gluckste jemand.

»Was? Nein. Der Bestatter tut uns nie mehr einen Gefallen, wenn wir ihn und seine Leute dumm dastehen lassen. Einfach weglassen, drüberweg lesen.« Der Regisseur murrte etwas von wegen, Günter habe sich einen Spaß gemacht. Gut möglich, fand Viktor, doch er würde sich nie wieder einen machen. Er stellte sich hinter den Kameramann, der die Einstellung justierte.

»Günter Dexter ist tot«, sagte Viktor, weil er fand, es musste gesagt werden, obendrein passte es zur Stimmung, und darauf legte Augustin bekanntermaßen immer größten Wert.

Alle Gesichter ruckten zu ihm herum. Erstaunen, Starre, Betroffenheit – Frank Weiß war seine Neuigkeit also noch nicht losgeworden. Wo war der überhaupt? Vielleicht in seinen Jeans irgendwo zwischen den Fliesen verschwunden.

»Was ist passiert?«, fragte die Lehrerin und richtete sich auf ihrem Stahltisch wieder auf.

»Ich hab Frank getroffen, er wusste es. Er sprach von einem Unfall«, sagte Viktor. Und ich wollte bloß noch weg, aber die Nachricht hat beschlossen mitzukommen. »Näheres erfahren wir spätestens morgen«, war er überzeugt, und sein Blick pickte sich den Regisseur heraus.

»Ich wollte nicht jetzt noch damit rausplatzen«, erklärte Augustin. »Es ist ein Schock, aber da sind natürlich noch ein paar Anrufe zu erledigen. Ihr seid professionell genug, ihr bekommt die letzten paar Einstellungen auch ohne mich hin. – Als Nächstes kommt Hiero rein, er will wissen, wie Günter gestorben ist, ob es Mord war.«

»Der will wissen, was es zur Lehrerin zu sagen gibt«, berichtigte ihn Juliane Garaus. »Geh die Anrufe machen, du bist total durcheinander«, sagte sie. »Hiero?« Offenbar erkundigte sie sich, ob es losgehen konnte. Viktor nickte und setzte den Bären auf einen Fliesenvorsprung. Emporenplatz.

In der nächsten Stunde schafften sie die Szenen – der ernsthafte Kommissar, der jetzt einen Fall hatte, und Bene Hotter, der sein Tütchen mit der Stahlkugel vorzeigte.

Hieros letzter Satz: Gibt es dazu eine Waffe?

Viktor wollte nicht mehr warten, bis Augustin zurück war; wer wusste, wohin den die Todesrecherche an diesem Abend noch führte. Ihn hätte interessiert, wie der Unfall passiert war, zuerst musste er aber endlich etwas essen. Günters Tod war nicht umkehrbar, und Viktor brauchte nicht noch eine Geschichte mit X-Variablen und Y-Parametern hören.

Als die Tür hinter ihm bimmelte, deutete er eine Verneigung an, flüsterte »Man sieht sich« und setzte sich mit dem Bären in Bewegung. Als hätte sein Magen das Signal empfangen, er könnte damit rechnen, nicht vergessen zu sein, hörte ihn Viktor zustimmend grummeln.

Schon wieder schien da jemand zu warten. Oder litt er an Verfolgungswahn? Der Schatten war groß und schlank. Weiblich. Als er sich jetzt bewegte, wandte Viktor den Blick, es musste ja nichts zu bedeuten haben.

»Hieronymus Hart?« Die Stimme klang samtig. Es hatte doch etwas zu bedeuten. Ihren Blick konnte er im Dunkel nicht ausmachen.

»Eben der«, gab er zurück. Er würde sich nicht abschleppen lassen. »Egal, wie gut Sie aussehen«, begann er und hob eine Hand, »es ist spät, und ich hab Hunger.« Sie war kein Fan, sonst hätte sie nicht fragen müssen, wer er war.

»Ich darf mich doch erkundigen, ob Sie derjenige sind, auf den ich warte.«

»Sie hätten nicht warten müssen.« Eigentlich gut genug, jemanden in die Flucht zu schlagen. »Wir haben wirklich Hunger.« Er hielt den Bären hoch.

»Ja«, sagte sie nur. »Herr Bär sieht freundlich aus.«

Der Mann mit seinem Stofftier war nicht abschreckend? »Wollen Sie sich anschließen und mit uns einen Burger in ›Colin's Cove‹ essen, die sollen richtig gut sein.« Er sah sie das Haar zurückwerfen und hörte ihr leises Lachen. »Die Idee gefällt mir.«

Viktor wartete einen kleinen Augenblick.

»Marlene«, stellte sie sich vor.

»So was passiert normalerweise im Film, warum passiert es hier?«, wollte er wissen. Nicht, weil Herr Bär so freundlich aussah.

Sie ging neben ihm her, und als sie an einer Straßenlampe vorbeikamen, konnte er ihr Gesicht sehen. Warum sollte ihn eine hübsche Frau wie sie am späten Abend in einer Seitenstraße einfach ansprechen?

»Ich will Sie nicht anmachen«, gab sie eine Erklärung auf seine nicht gestellte Frage.

»Kann ich mir auch nicht denken – aber Sie wollen etwas von mir.«

»Eine Antwort«, sagte sie nur.

»Um diese Zeit?« Er machte große Augen. Was für eine wahnsinnswichtige Antwort musste das sein.

»Kommen Sie, beeilen wir uns, dass Sie und Herr Bär endlich etwas zu essen bekommen.« Marlene hakte sich bei ihm ein. Es kam ihm so vor, als wäre der Weg diesmal weiter. Ihm behagte diese seltsame Situation mit der noch seltsameren Dame nicht sonderlich.

»Sie versuchen nett zu sein«, bemerkte er und schaute sie an. Doch ihr Unterton passte irgendwie nicht zu dem Versuch. »Also, wollen Sie nicht gleich fragen, was Sie fragen wollen?« Er wollte nämlich den restlichen Abend lieber allein verbringen. Herr Bär war glücklicherweise nicht übermäßig gesprächig.

»Hier kann ich nur Ihr Gesicht sehen, aber nicht Ihre Augen.« Sie schien es ernst zu meinen. Kein Entkommen, Viktor hatte schließlich gefragt, ob sie mitkommen wolle. Er übernahm jetzt das Tempo. Irgendwie erzählte der schöne Mund beträchtlichen Unsinn, während Viktor daran dachte, seinen an den Rand eines gut eingeschenkten Glases zu legen, durch die vollendete weiße Blume den herben Pilsgeschmack zu genießen und die goldbraune Flüssigkeit die Kehle hinunterlaufen zu lassen.

Im Bistro lotste Marlene ihn geradewegs zur stärksten Lichtquelle und bevor er sich versah … »Das sieht mir aus wie der Vorraum zur Damentoilette«, erklärte Viktor unbehaglich. Sie murmelte etwas, das sich wie »Herausforderung« anhörte. Oh nein, sein Verstand erzeugte dazu gerade ein Bild.

Sie war wirklich hübsch, wie er zuvor auch schon im gedämpften Licht der Straßenlaternen bemerkt hatte. Romantik hatte die Dame wahrscheinlich nicht im Sinn, doch Viktor wollte es nicht darauf ankommen lassen. Er schüttelte den Kopf, griff nach ihrer Hand. »Ich muss wirklich was essen«, betonte er noch einmal sein Vorhaben, schob sie entschlossen wieder hinaus auf den Gang und ins Lokal.

»Ich bestelle jetzt, und dann bekommen Sie die Antwort.

Wenn Sie mir dazu tief in die Augen schauen wollen – bitte. Aber nicht auf der Damentoilette!«

Kurz darauf hatte er das Pils vor sich stehen, und Herr Bär saß zwischen ihm und Marlene. Sie hatte das Gleiche bestellt und nippte zögerlich.

Viktor hob sein Glas und trank auf Günter Dexter: »Ich wünsche dir, dass der Herrgott ein gutes Drehbuch für dich parat hat, und mir wünsche ich … dass du dir von der ersten Reihe aus den Film anschauen kannst; ist ja deine Geschichte«, murmelte er, versprach, er würde sein Bestes geben, und hob noch einmal sein Glas. Er nahm einen großen Schluck und seufzte.

»Was tun Sie da?«, fragte Marlene.

»Ich trinke auf einen Freund.«

»Der gestorben ist«, schloss sie messerscharf.

»Der gestorben ist«, bestätigte er.

Der Duft des gebratenen Rindfleischs stieg ihnen in die Nase, als jetzt die Teller mit den Burgern gebracht wurden.

Viktor hatte gerade seinen »Johnny Cash« angebissen, da hörte er einen Handyton. – Nicht seinen.

Marlene entschuldigte sich und drückte auf eine Taste. Es war eine Nachricht, sie tippte etwas ein. Senden. Erledigt.

»Hmm«, machte sie. »Whiskey.« Es war eine blinde Bestellung gewesen, auf gut Glück.

»Eine gute Empfehlung«, fand sie, nachdem auf ihrem Teller nur noch ein paar einsame Pommes frites lagen. »Ich hab völlig vergessen, wie hungrig ich bin.«

»Was kann denn so wichtig sein, seinen Appetit hintanzustellen?«, fragte Viktor und hoffte, sie würde es ihm nicht erzählen.

»Sie«, gab Marlene zurück. Sie lächelte dazu, Viktor nicht.

»Ich und die Antwort, die Sie so dringend brauchen«, vermutete er. Was kam denn jetzt noch, wo er die Damentoilette schon mit ihr bezwungen hatte.

»Erinnern Sie sich an Laura Philipp.« Befehlston. Kein Fragezeichen. Sie hatte den Namen langsam ausgesprochen und schob sich bei jedem Wort näher an ihn heran. Um seine Reaktion zu sehen?

Vielleicht wäre er tatsächlich erschrocken, aber das hatte er heute schon hinter sich. An Laura dachte er oft, und Laura war die Frau auf dem Handzettel. »Das war keine Frage«, sagte er jetzt.

»Man muss vielleicht keine stellen, um eine Antwort zu bekommen.«

»Ihre ganz persönliche Sicht auf die Wahrheit?« Für so was hatte er keinen Nerv mehr.

»Ich wollte in Ihre Augen sehen. – Sie kannten Laura, sie liebten sie.«

»Und Sie schießen ins Blaue«, war er überzeugt. »Sie sollten beim Verhör besser auf Ihre Mimik achten.«

Und bei dieser Gelegenheit sagte sie es tatsächlich: »Herausforderung«, und dann zögerlicher: »Mutprobe.«

Er legte Zeige- und Mittelfinger der linken Hand zusammen und strich sich über die Augenbraue. »Darauf hätte Laura jetzt geantwortet: ›Küss ihn und du siehst, dass er nur ein Frosch ist‹.«

Marlenes Kopf fuhr vor Überraschung herum. Ihr Mund öffnete und schloss sich wieder. Er hatte sie sprachlos gemacht.

»Ich habe sie nicht geliebt«, sagte er und wusste schon in dem Moment, als die Worte seinen Mund verlassen hatten, dass es die falscheste Antwort war, die er geben konnte. Ihre Augen waren größer als die von Herrn Bär. »Hast du meine beste Freundin in den Tod getrieben?« Abgehackt. Sie musste Luft holen, doch zugleich schien es, als hätte sie sich zu etwas entschlossen. Marlene nahm sein Gesicht in ihre Hände, presste ihren Mund auf seinen. Er schmeckte salzige Tränen.

»Wirklich nur ein Frosch.« Sie wischte sich über den Mund, als wäre er giftig, dann rannte sie durch die Tür des Bistros ins Freie, als wäre der Teufel hinter ihr her, und ließ Viktor sitzen und ihr Getränk stehen. Flucht. Vor dem ekligen Frosch?

»Sie können gar nicht mit der Wahrheit umgehen!«, rief ihr Viktor ungehalten nach.

Sie hatte ihn beim Wort genommen, was er genauso wenig gebraucht hätte, denn jetzt kam er sich tatsächlich wie der Frosch vor.

»Ohhh«, bemerkte der Barmann vielsagend. Viktor winkte ab. »Ich möchte bitte zahlen.«

15. KAPITEL

Manche Dinge sind wahr, ob man sie glaubt oder nicht.

Die Tür zur Pension »Alpenwelt« fiel ins Schloss, ein Bewegungsmelder schaltete sich ein und damit der Sensor fürs Licht, das sie über die Treppe hinaufbegleitete. Marlene sperrte ihre Zimmertür auf.

Ihr klangen die Ohren von Wahrheiten und Geheimnissen, die sich in ihrem Denken einzunisten drohten und für Verwirrung sorgten. Nur müde machten sie einen nicht.

Sie hätte das Bier trinken sollen. Sie hätte Viktor nicht küssen dürfen. Das Mädchenbussi hatte sicher gar nichts bewirkt.

Marlene schaltete das Licht im Zimmer an, sie sah sich im großen Spiegel auf der Vorderseite des Schrankes. Ihre Mascara hatte den Gefühlssturm überlebt, keine dunklen Spuren auf ihren Wangen, dafür auf ihrem Herzen, wie es ihr vorkam. Sie ließ den Atem entweichen und sich aufs Bett sinken. Ihre Assistentin hatte ihr vorhin eine Kurznachricht geschrieben, in der gefragt wurde, ob alles in Ordnung wäre? Irgendwie gar nicht, aber das hatte sie ihr nicht geantwortet, sondern ein: *Bin auf dem Weg in die Pension*.

Ich bin abgehauen. Feige. Das war doch nicht sie! Uschi hatte Marlene zur Metzgerei geschickt, wo sie sich vergewissert hatte, da drinnen waren wirklich noch Leute zugange. Der Schriftzug auf zwei Autos verriet ihr, dass sie richtig war.

Marlene hatte sich die Beine in den Bauch gestanden, war sogar einige Male angesprochen worden, weil sie »a ganz Scheene« war, hatte sich gefragt, was sie sich davon versprach, auf Hieronymus Hart zu warten, und sagte sich, die erste Gelegenheit sei die beste. Als er schließlich aus der Metzgerei trat, war Marlene schon absolut entnervt vom ewigen Basteln an ihrer Kühnheit, weil sie grundsätzlich keine fremden Männer ansprach. Zudem war ihr Hieronymus Hart nicht vorgekommen wie einer, der eine Frau mitnahm, die da gerade so verloren an der Ecke stand. Er hatte müde gewirkt, ein wenig verloren mit dem Stoffbären, als bräuchte er seinen kleinen Freund. Vielleicht hatte Marlene für einen Augenblick in ihm gesehen, was Laura gesehen hatte.

Aber dann war es nicht mehr ihre Situation, dann wurde es zu seiner. Der Typ war keine Spur ulkig. Er war überhaupt nicht, wie sie geglaubt hatte, war nicht, was sie ihm unterstellt hatte. Kein Frosch, aber ziemlich sicher Lauras Prinz. »Ich habe sie nicht geliebt«, er hatte Marlene den Satz einfach hingeworfen.

»Die Idee war so dumm«, schimpfte sie mit sich und zog ihre Füße aus den geschnürten High Heels, die sie am liebsten in die nächste Ecke gepfeffert hätte. Sie hatte sich auch noch rausgeputzt. War sie sich eigentlich klar gewesen, war sie wollte? Von ihm wollte?

Wie schmeckte der Hauptverdächtige, oder was?

So lockte man keinen Mörder aus seinem Bau. So verprellte man höchstens einen. Das Ding auf dem Damenklo war der Abschuss. Sie hatte den entsetzten Blick registriert, der hatte geglaubt, sie würde mit ihm in die nächste Kabine gehen wollen und ihn dort vernaschen. Marlene schlug sich die Hände vors Gesicht.

»Her**AUS**forderung.« Sie schüttelte den Kopf.

An der Tür klopfte es. Zaghaft. Die Pensionswirtin war es wohl nicht. Marlene erhob sich vom Bett und machte die Tür auf.

»Wuuh«, sagte Sandra und zog ein wenig verlegen an ihrem langen T-Shirt, das sie sich für die Nacht angezogen hatte. »Lady Boss, Verzeihung, aber Sie sind eine Granate.«

Marlene lachte. Die Anspannung war fürs Erste weg. Besser.

»Ich hab mich fein gemacht und hatte vor, in den Kampf zu ziehen«, sagte sie. »Ich kam mir zumindest umwerfend vor. Ich glaubte, ich sei die Überlegene. Ausgerechnet an Hiero Hart habe ich mich heute Abend ausprobiert. Der hat mich so was von auflaufen lassen.«

»Das Gegenüber fiel also nicht im Kampf?«, riet ihre Assistentin.

»Die Umwerfende ist gefallen«, gab Marlene zurück. »Ich habe es ganz falsch angefangen.« Am Ende hatte sie sich verletzbar gezeigt.

»Hatten Sie vielleicht ein Geständnis erwartet?«, fragte Sandra ungläubig.

Wahrscheinlich nicht, das wäre blauäugig gewesen, musste Marlene zugeben. »Mindestens irgendeinen Hinweis.« Wo sie sich kaltblütig geben wollte, hatte Marlenes auserwähltes Opfer den Spieß umgedreht. Jetzt hatte sie sich lächerlich gemacht, und die Antwort, auf die sie so dringend gehofft hatte, war im Ammersee abgesoffen.

»Es ist sicher nicht die einzige Chance – auch nicht die letzte«, sagte Sandra. »Bestimmt werden Sie angerufen, es gibt immer Leute, die sich erinnern und die reden. Vielleicht lassen wir uns noch etwas einfallen.«

»Du versuchst grade, mich aufzufangen«, sagte Marlene.

»Ein bisschen. Es genügt nicht, jemanden in Verlegenheit zu bringen, derjenige muss eingekreist werden, und das ist keine One-Woman-Show«, sagte Sandra.

Das wusste sie doch, oder? Marlene musste ihrer Assistentin zustimmen. Einfach Lauras Namen fallen zu lassen, konnte nicht genügen. Auch nicht, den Mann anzuschreien, er hätte ihre beste Freundin in den Tod getrieben, und ihn dann zu küssen. Sie war durcheinander gewesen. Aber kopflos zu sein, galt nicht als Entschuldigung. Auch nicht, sich erschreckt aus dem Staub machen, als er nach dem Köder geschnappt hatte.

»Ich war mit Hiero Hart auf dem Damenklo. Ich dachte, weil da das Licht am besten ist, kann ich mir den Mann genauer anschauen. Vor allem seine Augen, das Tor zur Seele.« Sie griff sich an die Schläfe, schüttelte den Kopf. »Ihn außerdem nervös machen. Das war er zumindest.« Marlene erzählte Sandra, was sie nicht getan hatte und was er getan hatte. »Ich bin, gelinde gesagt, von mir selbst entsetzt.« Jeder Mann würde dort nervös werden.

Sandra setzte sich zu Marlene aufs Bett.

»Um jemanden nervös zu machen, sind die Handzettel gedacht«, erinnerte Sandra Marlene, die gefühlt nur mehr Schmalspurgedanken zuwege brachte.

Ihre Assistentin drehte ihr Handgelenk und hakte den Sicherheitsverschluss des Armbands auf. Marlene hielt ihre Hand auf. »Ich bin den Schmuck nicht losgeworden. Die Bank im Ort bietet keine Schließfächer an. Sooft hab ich mich noch nie umgeschaut, in meinem Nacken spürte ich ständig ein

Kribbeln, als würde mich jemand beobachten. Ich habe niemanden sehen lassen, wofür ich ein Schließfach will. Aber es waren einige Kunden in der Bank, und man hört ja immer wieder von Leuten, die andere ausspionieren und sich etwas ausrechnen.«

Marlene würde den Schmuck tragen müssen. Die Dior-Diamanten waren ein Traum. Sie musste sich gut überlegen, wo das Armband zum Einsatz kommen konnte. Zu ihrem schmal geschnittenen schwarzen Hosenanzug hätte es heute fabelhaft gepasst.

Henny, die Detektivin, fiel Marlene ein. Sie hatten vereinbart, sich zu treffen, und Marlene hatte so nebenbei fallen lassen, dass sie Hieronymus Hart gern kennenlernen würde. Nicht näher, denn das hatte sie schon probiert, aber besser. Vielleicht ginge es anders.

»Ich hab heute jemand Interessantes getroffen«, sagte sie zu Sandra und erzählte ihrer Assistentin, mit wem sie im »Café Chalet« Eistee getrunken und Kuchen gegessen hatte.

16. KAPITEL

Ich habe eine Verabredung mit der Ewigkeit, und ich möchte nicht zu spät kommen.

Ein Gähnen, Augenreiben. Er war noch nie beim ersten Zwinkern des Tages aufgewacht, darum hatte Viktor das Smartphone auch nicht in Reichweite abgelegt, sodass er aufstehen musste. Der Ton wurde immer aufdringlicher, und bis er es schließlich ausstellte, waren einige Minuten vergangen.

An diesem Sonntagmorgen krochen vermehrt noch die unangenehmen Gedanken der Nacht durch seine Sinne. Viktor hatte nichts übrig für Träume, die sich seriengleich fortsetzten und die einem sofort bekannt vorkamen, weil man schon beim letzten Mal heilfroh gewesen war, der düsteren Fiktion mit heiler Haut entkommen zu sein.

Von Marlene hatte er nicht geträumt, die Frau war Wirklichkeit – nur, wie echt war sie, und was sollte der Blödsinn, sie könne erkennen, wie offen jemand war, wenn sie in die Augen der Person sah?

Da waren Träume sinnvoller angelegt, fand er. Sie hatte ihn nicht richtig geküsst, alles in allem war es nur eine verdammt halbe Sache gewesen, ein Hauch irgendwas auf Viktors Lippen. Die Dame hatte ein Problem, nur war er nicht dafür verantwortlich.

Er blinzelte einige Male. Er war um kurz nach ein Uhr morgens zurückgekommen, mit einem dicken Burger im Magen, hinuntergespült mit zwei Pils – Marlenes, das sie stehen ließ, hatte er zu schnell getrunken, außerdem an Günter gedacht und überlegt, was Augustin über dessen Tod noch in Erfahrung gebracht hatte. Zusammengenommen hatte es sich nicht mehr gut angefühlt. Es fühlte sich immer noch nicht gut an, aber darauf konnte er keine Rücksicht nehmen. Herr Bär sah gespannt zu ihm herüber. Den kleinen Stoffkerl hatte Viktor in einem der Fächer im Schrank Platz nehmen lassen.

Er schwang die Beine über den Bettrand, stand auf und fuhr das Cabrio-Dach aus. Wenigstens spitzte ganz uneitel Sonnenschein durch die Wolken, und so hoffte er, die trübe Regenepisode von gestern wäre endgültig vorbei. Er hatte sich früher wecken lassen, weil er vom Frühstücksbuffet diesmal nicht mit einer einsamen Scheibe Brot an seinen Platz zurückschleichen wollte.

Im Bad galt sein erster Blick dem Föhnkabel. Diesem fehlte nichts, wie er feststellte. Er begab sich unter die Dusche, rasieren war ja sowieso nicht drin, und trocknete sich nach wenigen Minuten unter Wasser wieder ab, leicht nach Zedernholz duftend. Kurz rubbelte er sich den Kopf, der laut der Maskenbildnerin dem von Matthias Schweighöfer ähnelte. So einen Scheiß konnte er sich tatsächlich merken.

Er schlüpfte in schwarze Jeans und sah den Kriminalkommissar in seiner weißen wieder vor sich, schlimmer als ein schlechter Traum. Viktor wollte sich nicht fragen, woher die Abneigung kam. Wenn man zu viel über eine Sache grübelte, vertrieb man durch die komischen am Ende womöglich noch all die guten Gedanken.

Viktor beugte sich runter und schnürte seine Turnschuhe, bevor er die Kleiderbügel mit den Hemden durchschaute und ein körperbetontes burgunderfarbenes mit Kentkragen wählte.

Was ihn heute erwartete … da allzu genau draufzuschauen, dafür war es zu früh am Tag. Neue Sorgen hatte er keine, es waren immer noch die gleichen – der Schreiber der unschönen Totenpost, mit der laut Ankündigung auch heute wieder zu rechnen war, den Unfall des Drehbuchautors, und nicht zu vergessen der Typ auf dem Foto des Handzettels, ein wenig abgewandt, mit Sonnenbrille, aber im Stil von Hiero Hart. Und da wäre noch die beinahe Erschießung einer alten Dame, wie die Kollegen witzelten. Das könnte er sich garantiert noch in 50 Jahren anhören. Er hatte geplant, sich zu entschuldigen – hatte es immer noch vor.

Kurz dachte er an Henny mit den Smaragdaugen, während sein Blick über die Gläser am Boden hinwegglitt. Er war gestern nicht mehr dazu gekommen, sich die Abdrücke auf den restlichen drei vorzunehmen. Jetzt war auch keine Zeit mehr dafür.

Viktor packte das Messer ein, das er von Gabi genommen hatte. Er wollte es unauffällig irgendwo auf dem Tisch liegen lassen.

Kurz nach halb acht, verkündete ein Blick auf seine Uhr, und er riss ein Blatt aus seinem Notizblock ab und vom Klebebandroller einige Streifen. Da hinein packte er den Zimmerschlüssel. Wenn der Attentäter, der das Föhnkabel bearbeitet hatte, glaubte, Viktor wäre so dumm, den Schlüssel wieder im Blumentopf zu verstecken – sicher nicht! Die neue Idee war ihm nicht in einem Traum erschienen, sie war einfach aufgeblitzt, als hätte ihm jemand einen der selbstklebenden gelben Notizzettel hingehalten, auf dem die Anweisung zu lesen war: *Mit Klebeband unter einem dicken Palmenzweig befestigen.*

Tropisch schick und auffällig präsentierten sich die Palmenwedel den Hotelgästen auf den Gängen, und Viktor hatte schon nach kurzer Inspektion einen passenden Zweig gefunden. Er schaute einmal den Gang rauf und runter, ob ihn jemand beobachtete, und brachte das kleine Päckchen unter einem großen Blatt an. Es bog sich. Er war schließlich nicht der Einzige mit seltsamen Einfällen, denn wer wusste schon, zu was einer in der Lage war, der gehässige »Ich weiß was«-Briefe abschickte und einen Föhn manipulierte.

Er sollte sich angewöhnen, wie jeder andere Hotelgast seinen Schlüssel abzugeben, nur war er seit dem letzten Mal, als seine Jeans aus dem Schrank verschwand und wenig später im

Internet auftauchte, allzu misstrauisch, wer sich da Zugang verschaffte.

Auf dem Weg zum Frühstücksraum stoppte Viktor an der Rezeption und erkundigte sich nach dem unbeabsichtigten Schussattentat vom Vortag.

Wann hast du dich zuletzt ehrlich und aufrichtig bei jemandem entschuldigt? – Sein Therapeut wäre entzückt über die bloße Vorstellung.

»Der Unfall«, nickte eine kleine Dunkelhaarige mit langen burgunderroten Fingernägeln. Jemanden damit zwicken konnte die nicht. Viktor löste den Blick von dem gefährlichen Werkzeug. »Darüber würde ich gerne mit der Dame reden.« Mehr wollte Viktor nicht preisgeben, er fand es schon ungewohnt, dass sich sein Gewissen regte, wo es sonst stillhielt.

»Oh, da kommt Frau von Sontheim gerade«, machte ihn die Kleine mit der burgunderroten Bewaffnung auf eine ältere Dame aufmerksam, die auf sie zu spazierte. Die Frau schwang einen Stock mit Silberknauf, der ein wenig wie ein Filmrequisit aus dem 19. Jahrhundert aussah.

Viktor aktivierte das Büßerknöpfchen beinahe nie, doch diesmal war es ein ehrlich empfundenes Gefühl. Bevor er es sich noch anders überlegen konnte, sprach er Frau von Sontheim an. »Beim gestrigen Manöver erwischte ich versehentlich Ihren Regenschirm. Unverzeihlich.« Entschuldigend wirkte hoffentlich schon seine betretene Miene.

»Womit wollen Sie ins Manöver gezogen sein?«

Eine unangenehme Frage, hochgezogene Augenbrauen.

»Mit einer Handsteinschleuder und Kieseln.« Es klang richtig dämlich. Wollte man es anders nennen, konnte man auch absonderlich und irrsinnig sagen.

»Ah ja. Welches Zimmer bewohnt der Herr?«, richtete sie ihre Frage an die Rezeptionistin.

»Bis gestern die Nummer 14 im ersten Stock«, bekam Frau von Sontheim nach einem Blick ins Buch auf dem Tresen gesagt. Die wandte sich Viktor zu. Ein Kopfschütteln. Ihr Stock schwang taxierend in seine Richtung. »Sie kommen mir zu groß vor, der Winkel des Geschosses erscheint mir da nicht ganz stimmig.« Ein ausgestreckter Zeigefinger sollte wohl die Aussage unterstützen.

»Bitte?«, fragte Viktor, wunderte sich, blinzelte erstaunt.

Was sollte er ihr anbieten, wenn sie sein Geständnis nicht wollte. Kurios, dachte er, wünschte der Ballistikexpertin einen schönen Tag und steuerte den Frühstücksraum an.

Er wollte seinen Fehler, sich zuerst hinzusetzen, nicht wiederholen, heute würde er sich gleich einen Teller schnappen und schauen, ob noch Rührei und Bacon da waren. Er reihte sich in die kleine Schlange ein, sein Blick glitt über das Buffetangebot. Croissants gab es auch. Da würde er sich eines nehmen und sich von der Maschine einen Latte macchiato zubereiten lassen. Er nahm das beschlagnahmte Messer aus der Serviette und legte es neben den Brotkorb.

Dass es ihm so vorgekommen war, als würde dieser Tag angenehm beginnen, war ihm schon wieder entfallen, als die Rechtsmedizinerin ihn mit dem Foto überfiel.

»Weiß jemand etwas über diesen Mann?«, wiederholte die Garaus die Frage auf dem Bild und gab sich arglos. »Da will man doch fragen, wer verdächtigt da wen?«

Will man doch fragen, stürzte er sich in Gedanken auf den Satz. Will man überhaupt nicht. »Wenn dich das so brennend interessiert, dann ruf doch die Nummer an, die drunter steht«, empfahl ihr Viktor und wandte sich ab. Grummelnd brachte er sein Rührei zum Tisch. Das Namenskärtchen des Hauptdarstellers war wieder da, das Dornengewächs hatte offenbar keine Lust auf Weiß und war zu Rosa übergegangen, und der Platz der Schulsekretärin war noch immer verwaist. Unter seinem Teller spitzten wieder die Ecken eines Kuverts hervor.

Viktor atmete einige Male tief durch, stellte den Teller ab, zog den Stuhl vor und setzte sich. Gabi war gerade noch irgendwo anders zugange oder vielleicht wieder bei einem morgendlichen Erfrischungsbad im Ammersee.

Er könnte also kurz schauen, ob der Postbote es ernst meinte und worum es diesmal ging. Aber wollte er den Tag mit einer schwarz umrandeten Drohung beginnen?

Unentschlossen klopfte er mit den Fingern auf den Tisch, dann hob er den Teller hoch. Sein Blick wanderte zum Rührei. Sicher würde es ihm den Appetit verderben, wusste Viktor. Schließlich zog er die Lasche heraus und klappte die Karte auf. Man sollte den Spalt zwischen Entschluss und Ausführung nicht erst lang und breit werden lassen.

Heute mehr von mir … du hast mich doch schon erwartet.

Dazu gab es den Handzettel, den er schon kannte. Warum hatte den plötzlich jeder parat? War das ein Automatikmodus, ihn auf dem Schnappschuss erkennen zu wollen, und warum erkannte er sich nicht?

Du rufst diese Nummer an und sagst Marlene Borstel, dass du der Mann neben der hübschen Frau bist.

Verweigerung wäre die schlechteste Wahl! Denk nicht an den Föhn, Hiero, denk lieber daran, was Schauspielern und einem Regisseur an einem Drehtag alles passieren kann.

Plural, Schauspielern. Besondere Hervorhebung, Regisseur. Wem wurde jetzt gedroht? Blödes Spiel. Je länger Viktor mit seinem Blick die handschriftlich hingeworfenen Zeilen fixierte, umso mehr verschwamm der, bis sich vor seinen Augen schließlich alles bunt vermengt hatte.

Wenn er nicht sagen konnte, ob er der Mann neben Laura Philipp war, warum musste er behaupten, er wäre es, und warum wollte das der Schreiber unbedingt?

Um dich in Schwierigkeiten zu bringen, natürlich. Aber in welche? Niemand wusste, dass Viktor das Model gekannt hatte. Was brächte es jemandem, es zu wissen?, fragte er sich. War diese Marlene Borstel, die er anrufen sollte, die aufgewühlte Marlene von gestern Abend, die den Frosch geküsst hatte?

Marlene Borstel. Er las die Handynummer auf dem Zettel. Sie wohnte in der Pension »Alpenwelt«. Sicherheitshalber war diese Nummer auch noch angegeben. Dort hatte auch Laura gewohnt.

Viktor schob die Karte zurück in den Umschlag und legte ihn beiseite, überlegte, was er weiter unternehmen sollte.

Fünf Monate lag seine Bekanntschaft mit Laura zurück, fast fünf Monate ihr Tod.

Unwahrscheinlich, dass Marlene gestern versucht hatte, ihn ins Bett zu kriegen. Doch sehr wahrscheinlich, dass sie herausfinden wollte, ob Laura ihn ins Bett gekriegt hatte.

Die Frau wäre überrascht, wenn sie die Wahrheit kennen würde.

Viktor stocherte gedankenverloren in seinem Rührei herum, spießte eine knackige Scheibe Bacon auf die Gabel und schob sie sich in den Mund. Der kleine Jammer schmeckte ihm nicht, der verwandelte den Inhalt des Tellers unversehens ein wenig in Fadheit. Er musste etwas essen, egal, ob es ihm schmeckte, egal, ob er wusste, worauf er da herumkaute. Wie kam der kleine miese Schreiber darauf, dass Viktor überhaupt einen Finger krumm machen würde, um die Handynummer einzutippen, die dort auf dem Zettel stand.

Wäre Verweigerung letztlich mutig oder dumm?, fragte er sich. »Hände hoch, ich will eure Finger sehen.« Vielleicht würde er genau das tun oder die restlichen Gläser bearbeiten. Denjenigen mit der Narbe musste er ausfindig machen.

Und wieder schaute er in die Gesichter der Leute im Frühstücksraum, wer sich ihm zuwandte und … sich betont desinteressiert gab, überlegen grinste, schuldig aussah? Was erwartest du? Der erpresserische Grottenmolch mit den Sonderforderungen würde im Verborgenen bleiben, solange er sich da sicher fühlte.

Viktor aß sein Ei auf und den knusprigen Bacon. Er deckte das Kuvert mit der Serviette zu und stand auf, um sich vom

Kaffeeautomaten den Latte macchiato zubereiten zu lassen. Er holte sich eine der großen Tassen vom Tablett, stellte sie unter die beiden Düsen und drückte den entsprechenden Knopf. Die Maschine mahlte lautstark die Bohnen, zuerst lief der Kaffee durch, es folgte die erste Ladung Milch, dann wurde geschäumt, anschließend erklärte der Automat seinen Dienst für beendet. Viktor tat einige Spritzer Vanillesirup auf den Schaum.

»Also, mit einer Schleuder wild in der Gegend herumschießen, ist eine Sache. Aber he, ich hab den Zettel gesehen, der seit gestern überall herumgeistert, und zufällig kann ich mich erinnern, gehört zu haben, dass die Frau sich umgebracht hat.« Egon Beusel, der Requisiteur, riss Viktor aus seinen Gedanken. »Der Typ neben ihr sieht aus wie du.«

Der informative Satz, die Anklage, mal so ganz nebenbei eingeworfen. »Du hast sie gekannt, und dafür scheint sich jemand ganz brennend zu interessieren«, schickte Egon hinterher.

Jetzt reichte es! Nicht beim Frühstück, nicht, nachdem ihm schon einer ganz blöd gekommen war. Auf keinen Fall, wenn er den ganzen Tag noch vor sich hatte. Überhaupt nicht. Viktor stellte die Tasse mit dem Latte zur Seite, packte Egons Hand, drehte sie ihm schmerzhaft nach hinten und raunte übellaunig: »Vermutungen, mal schnell aus dem Ärmel geschüttelt? Lass es!« Seine Augen schossen glühende Blitze ab. Er hatte gesehen, was er sehen wollte, und ließ Egons Hand los. Dessen Mund klappte auf, er rieb das Gelenk und beeilte sich, zurück an seinen Platz zu kommen.

»Hast du den jetzt beeindruckt oder erschreckt?«, lachte Gabi vergnügt. Womöglich sorgten Maskenbildnerinnen selbst für ihre passenden Masken.

Viktor hätte Egon gerne richtig wehgetan, aber schon im Moment, als dieser Gedanke aufgeblitzt war, hatte er den Griff um das Gelenk wieder gelockert. Wer seinen Kopf verlor, merkt den Verlust als Letzter.

Die Fingerabdrücke des Requisiteurs waren von ihm noch nicht untersucht worden, aber als Viktor dessen Hand umdrehte, war ihm keine Narbe aufgefallen. Hoffentlich hatte er die richtigen Finger erwischt.

»Explodieren wollte ich nicht«, murrte er, ließ den Latte macchiato stehen und startete einen zweiten Versuch. Lauwarmer Kaffee war eklig.

Viktor entschied sich diesmal für Karamellgeschmack auf dem Schaum. Er brachte die große Tasse zurück an seinen Platz und stellte sie vor sich auf den Tisch.

Gabi hatte sich für eine Semmel und Marmelade entschieden, in der anderen Hand balancierte sie ein sehr volles Glas Saft, umwickelt mit dem blöden Handzettel.

»Wach, aber sorgenvoll?« Die Maskenbildnerin legte den Kopf ein klein wenig schief. Sie löste den Zettel von ihrem Saftglas und hielt ihm den hin. Er schlug ihn beiseite. »Nimm das Ding weg.« Er hatte den anderen gerade wieder ins Kuvert gestopft.

»Sorgt für schlechte Laune?«, riet sie. »Wem bist du auf die Füße getreten, frage ich besser nicht, Hiero, sonst sitzen wir noch bis spät in die Nacht beim Frühstück.« Gabi ließ sich auf ihrem Stuhl nieder. Ein kurzer Blick zur rosafarbenen Rose in der Vase. Sie zuckte die Schulter, strich den Zettel glatt und platzierte ihn in der Tischmitte.

Die Ich-gebe-nicht-auf-Geste, oder was? Viktor klopfte mit den Fingern auf den Tisch. »Was?«, fragte er, weil sie ihn prüfend anschaute.

»Eine entscheidende Ähnlichkeit gibt es tatsächlich. Du solltest aber klarstellen, dass du das nicht bist. Die Crew fragt sich schon, ob es da womöglich um irgendwelche Forderungen geht. Vaterschaft und so.«

»Das bin ich nicht«, wiederholte Viktor beinahe tonlos und sah nicht auf. Seine Augen wären die Verräter, und er wollte Gabi nicht argwöhnisch machen. »Was macht dich so sicher, dass ich es nicht bin?«, fragte er. Und worin bestand die Ähnlichkeit?

»Ich kenne dein Gesicht vielleicht besser als du selbst, Hiero. Ich mach dich flott und bringe deine Besonderheiten schön zur Geltung.« Sie schlitzte die Semmel auf, strich Butter auf die beiden Hälften und lud ausgiebig Marmelade drauf.

Viktor folgte dem Messer, das den roten Fruchtbrei aufstrich, und musste an eine Rasur denken. »Ich sehe ziemlich gut aus«, sagte Viktor unbescheiden und straffte sich. Jetzt wagte er aufzublicken, drehte den Zettel zu sich.

»Aus gut kann die Maskenbildnerin *umwerfend* machen.« Sie warf die Lippen zum Kussmund auf und grinste frech. »Du rasierst dich normalerweise, dir dürfte also keine Erhebung in deinem Gesicht so fremd sein.«

Erhebungen. Spannend. Was überhaupt nicht zu Viktors Sicherheit beitrug, dass er das auf dem Foto nicht war.

»Seine Wangenknochen sind ein wenig breiter«, betonte die Maskenbildnerin. »Deine Augenbrauen im Gegensatz zu seinen«, sie deutete darauf, »sind gestylt und definiert«, zeigte Gabi. »Und dein Kinn ist trotzig-kantig.«

»Ah ja«, sagte Viktor, der sich, so wie sie ihn beschrieb, sicher nicht erkannte.

»Ah ja«, gab Gabi zurück. »Und … wer ist der Kerl, der deine Lederjacke trägt?« Sie nickte zum Profilgesicht, das der Fotograf nicht gemocht zu haben schien.

Das wüsste ich auch gern, dachte er, legte Zeige- und Mittelfinger aneinander und fuhr sich damit gedankenvoll über die linke Augenbraue. War es das, woran der Blick haften blieb, am aufgestellten Kragen einer Lederjacke?

»Diese Geste liebe ich«, sagte Gabi, schob ihren Stuhl zurück und stand auf. »Aber heute habe ich es eilig. Da hat sich doch jemand ausgerechnet meinen besten Federpinsel gekrallt. Wenn ich diejenige erwische, lasse ich sie richtig grauslich aussehen.« Ein Zwinkern.

Diejenige. Warum weiblich?, fragte sich Viktor. Gabi fragte er nicht. Der beste Pinsel. Er würde wirklich für Ersatz sorgen müssen, denn dieser beste Pinsel war voll mit Kohlestaubpartikeln.

»Bis später«, sagte sie.

Viktor schenkte ihr ein knappes Lächeln. »Wann wird dieses Später sein?«, erkundigte er sich. Er hatte gestern nicht mehr zugehört, als Augustin den Zeitplan verkündete, und hatte nur *früher* verstanden, weshalb er auch früher aufgestanden war. Viktor hatte gestern mit dem Schock und seinen Gedanken eine Weile allein sein wollen – vergeblich. Marlene hatte sich ihm aufgedrängt.

Sollte er sich jetzt ihr aufdrängen?

»Um zehn. Wieder im Seminarraum«, teilte ihm Gabi mit. Viktor murmelte eine Bestätigung. Er wartete, bis Gabi hinausgegangen war, dann schob auch er den Stuhl zurück, stand auf und zog das Kuvert unter der Serviette hervor. Ein Hund, der seine Schnauze von draußen an die Fensterscheibe drückte, beobachtete ihn. Viktor hielt einen Augenblick die Luft an, steckte das Kuvert in den Hosenbund und zog sein Hemd darüber. Ein Pfiff ertönte, der Hund verschwand. Viktor griff über den Tisch und rieb eines der hellroten Rosenblätter, schüttelte den Kopf wegen der dämlichen Überlegung, jemand könnte dem weißen Gewächs über Nacht etwas Farbe verpasst haben.

Viktor griff in die Tasche, nahm sein Handy heraus, wählte die Festnetznummer seines Vaters, während er durch den Frühstücksraum steuerte, den Gang entlang, durchs Foyer an der Rezeption vorbei und die Treppe hinauf. Heute war offenbar der Tag, seinen Eingebungen nachzugehen.

»Mit wem spreche ich?«, fragte Peter Lässig nonchalant.

»Wenn du auf die Nummer schaust, weißt du es genau«, erwiderte Viktor.

»Mit wem?«, insistierte sein Vater.

Viktor schüttelte den Kopf. Da würde er nicht mitspielen. »Mit deinem einzigen Sohn«, gab er keine Sekunde später Auskunft.

»Na so was, der kann es eigentlich nicht sein, der wälzt sich um diese Uhrzeit für gewöhnlich noch im Bett.«

Viktor stöhnte. Die Rückhand seines Vaters hatte er nicht kommen sehen. »Wälzt er nicht«, sagte Viktor. Er hatte keine Lust auf lustig, weil es allmählich ernster wurde, die Drohungen nahmen Form an, wenn auch keine Gestalt.

»War wieder eine Karte mit einem schwarzen Rand in der Post?«, fragte er in einem blinden Vorstoß.

»Warum?«, wollte der Alte wissen. »Um Hieronymus Hart wurde doch gestern schon getrauert.«

Viktor blies die Backen auf. »Du weißt doch, dass das nicht echt ist – niemand trauert«, hätte er sicher nicht eigens erwähnen müssen.

»Sicher«, bestätigte sein Vater. »Derjenige will dir damit bloß Angst machen. Und, schafft er das?«

Herunterspielen sollte Viktor es nicht, wahrscheinlich würde man es an seiner Stimme hören, dass es ihn einigermaßen aufbrachte. Angst fühlte sich trotzdem anders an, er hatte keine. Noch nicht. Er atmete einmal tief durch.

»Ich passe auf, hab' ich mir vorgenommen. Schauspielern und dem Regisseur kann an einem Drehtag alles Mögliche passieren.«

»Was redest du da?« Peter wurde energisch.

Was redete er da; den Ton des vermaledeiten Schreibers brauchte er wirklich nicht zu übernehmen. Viktor beeilte sich nicht mit einer passenden Antwort, augenblicklich gab es keine. »Es ist noch früh am Tag«, zog er sich zurück. Sein Vater brummte. »Du hast bei mir durchgeklingelt; ob es zu früh ist, weiß nur der Anrufer.«

Viktor wollte sich gerade wieder verabschieden – keine erneute Todesnachricht, da sagte Peter: »Diesmal hat jemand eine Ansichtskarte geschickt. – Vom Ammersee«, betonte er. Viktor versuchte noch, die Information einzuordnen, da fragte Peter: »Wer ist Sophie Elster, und warum sieht die Schrift auf dieser Karte so aus, als hätte sie die gleiche Person geschrieben, die gestern so freundlich ihr Beileid ausdrückte?«

Viktor schluckte. Diese Eröffnung war schlimmer als eine Trauerkarte. Wer auch immer da schrieb, wollte ihn mit der Nase darauf stoßen, dass er Bescheid wusste. Fabelhaft! Was wusste der noch? Bevor Viktor dazu kam, die sich aufdrängenden Fragen zu beantworten, erledigte sein Vater das bereits selbst.

»Mhm«, als hätte Viktor etwas gesagt. »Es ist also der gleiche Verfasser.« Dazu ein Schnaufen. Sein Vater kombinierte gut, in seinem Job brauchte es manches Mal einen Problemlöser; zuletzt waren es Ratten in der Kanalisation. Damit hatte der Sohn es im Moment auch zu tun, nur war diese auf zwei Beinen unterwegs.

»Was steht auf der Ansichtskarte?«, fragte er.

»Eigentlich recht harmloser Krampf«, gab Peter zurück. »Brauchst du meinen Rat?«

»N-nein«, erklärte Viktor. Um die zweibeinige Ratte müsste er sich kümmern.

»Das steht auf der Karte«, sagte sein Vater und las vor:

»Brauchst du meinen Rat? – Tu nichts, was mir leidtun wird. Ich bin unsichtbar an deiner Seite,

Sophie Elster«

Recht harmloser Krampf? »Verfluchter Scheißkerl!«, stieß Viktor aufgebracht hervor.

»Junge, du solltest wirklich herausfinden, wer sich diese dummen Späße mir dir erlaubt«, fand auch sein Vater.

Mörderisch witzig. Wie ernst war es dem Briefschreiber, der nichts Besonderes wollte – noch nicht.

»Jemand anderer macht sich auch Gedanken. Sie rief an, sagte, sie wäre eine Kollegin, findet deine Nummer grade nicht – oder so.«

Viktor hatte den Verdacht, sein Vater hakte gerade eine To-do-Liste ab. »Name?«, fragte Viktor. Ohne besonderes Interesse.

»H. irgendwas. Klang wie Farbe. Ich habe ihr gesagt, dass ich deine Kollegen in Verdacht habe, diese Todesnachricht geschickt zu haben.« Ein Brummen.

»Papa!«, er war laut geworden. »Das war sicher jemand von der Presse. Und jetzt haben die einen Aufhänger.« Schlimmer ging schon nimmer, dachte Viktor und schloss für einen kurzen Moment die Augen, verfehlte fast die nächste Stufe.

»Die klang aber nicht so«, meinte sein Vater jetzt kleinlaut. »Mit denen hab ich ja schon öfter geredet. Die Frau hatte einen ganz anderen Ton.«

»Kein Wort zu niemandem!«, beschwor ihn Viktor, Peter Lässig würde weghören. Viktor hielt einen Augenblick inne. Zu gern hätte er sich Luft gemacht und mit der Faust anständig gegen die Wand geschlagen; es würde nichts bringen – außer ihm vielleicht rote aufgeschürfte Knöchel. Sein Vater hatte aufgelegt. Viktor steckte das Handy wieder ein.

Er nahm zwei Stufen auf einmal, eilte den Gang entlang, wollte jedem und allem aus dem Weg gehen. Das Kuvert rieb unangenehm auf der Haut. Sicher bekomme ich davon Ausschlag!

Viktor sah es schon, als er am ersten Zimmer im dritten Stock vorbeikam. Ein Wäschewagen stand am Ende des Gangs, und die Tür zu Nummer 33 war offen.

17. KAPITEL

Ich denke gern an die Chance einer Möglichkeit.

Sie war gespannt, was der Drehplan für den heutigen Tag bereithielt, freute sich auf den Hauptdarsteller und auf Marlene, die sie später anrufen wollte. Sie hatten vereinbart, sich wieder an einem der Drehorte zu treffen.

Das Reinschnuppern in diese ihr fremde Welt des Films gefiel Henny gar nicht schlecht, worüber sich Oma Linde sicher freuen würde. »Vergiss das Autogramm nicht.« Der Gedanke blitzte einen Augenblick hell auf und verschwand dann wieder. Vielleicht wäre heute noch Zeit, Hiero Hart danach zu fragen.

Henny wollte nur kurz ihre Nachrichten am Computer nach Dringendem und Wichtigem durchgehen. Während der Rechner sich schnaufend an die Arbeit machte und erst einmal die neuesten Updates erledigte, sorgte Henny für eine andere gespannte Verbundenheit. Diesmal wollte sie mitbekommen, wenn sich der 17-jährige Hobbydetektiv an sie heranpirschte. Ihren antiquierten Sensor hatte sie binnen Minuten angebracht. Henny grinste über die Idee und setzte sich in ihren Bürosessel. Sie drehte darin eine Runde, dann stoppte sie, und ihr Blick fing das Nachrichtenprogramm auf dem Bildschirm ein. Wenig außer Werbung, aber auch keine Anfrage, die nach einer Detektivin verlangte. Worüber sie nicht allzu böse war. Doch Hennys Leben beschränkte sich nicht auf diesen Film, nur im Moment schienen ihre Präferenzen ein wenig verschoben.

Es musste umgekehrt sein, weil die Filmsache nur ein Nebenschauplatz war, Spaß. Behalt das im Auge, ermahnte sie sich.

Aber vielleicht war der Spaß schon ein wenig in Richtung Ernst abgeglitten?

Keine Frage, sie fühlte sich gut, leicht, aber gleichzeitig flatterte es wild in ihrem Magen. Hatte sie sich allein durch ein paar sprechende Blicke schon ausgeliefert? Es gefiel Henny nicht, und es sah ihr ganz und gar nicht ähnlich, sich so leicht beeindrucken zu lassen.

»Buhh«, machte Tim hinter ihr. Sie fuhr zusammen. Was war mit ihrem Sensor?

»Du hast doch nicht gedacht, dass dein Alarm anschlagen würde?«, fragte er amüsiert nach dem Zweck ihrer Aktion. »Über den Bindfaden kann man locker drübersteigen.«

Darum hatte Henny auch zwei Bindfäden gespannt, an denen jeweils kleine Glöckchen hingen. »Spielverderber«, grummelte sie.

»Ja, ich möchte halt auch mal«, lachte er und ließ sich, wie gewohnt, auf die Eckbank fallen. Gut gelaunt.

»Es war eine etwas längere Nacht«, sagte er. »Detektive arbeiten doch mit Beweisfotos, oder? – Davon habe ich jetzt keins, das ging auch zu schnell. Also würde ich vermuten, da kann gar nichts gelaufen sein.«

Detektive waren aber selten so geheimnisumwittert wie ihre Fälle. Ihr entging etwas, glaubte Henny. »Eine gute Geschichte erkennt man an ihrer Pointe«, fand sie. »Wo steckt die?«

»Turbo – weil du gern Kurzgeschichten magst. Und gestern Nacht, nach dem Dreh in der Metzgerei, wartete eine umwerfende Blonde auf Hiero Hart. Der Typ Bondgirl. Die beiden machten sich gemeinsam auf den Weg ins Bistro in der Seestraße und verschwanden dort als Erstes gemeinsam …« Pause, der Blick orakelhaft. Henny hörte auf zu atmen.

»… in der Damentoilette. Als vorbei war, was auch immer in knapp zwei Minuten erledigt werden kann, setzten sie sich ins Lokal und aßen ihre Burger. Dann tickte das Bondgirl aus, drückte Hiero noch einen Kuss auf und verschwand. – Wo da jetzt genau die Pointe steckt, weiß ich gar nicht. Ich fand es allgemein interessant«, bemerkte Tim.

Henny fühlte sich, als hätte jemand sie in den Magen geboxt.

»Damentoilette, Kuss.« Beinahe unhörbar. Henny kaute auf ihrem Fingernagel. Wer das Bondgirl war, konnte sie sich denken. Mit der Beschreibung, die eigentlich keine war, hatte Tim sie genau getroffen.

Du bist selbst schuld, selbst schuld, selbst schuld, sagte sich Henny. Der Hauptdarsteller hat wohl immer und überall die freie Auswahl. Zum Glück war Henny nicht so weit gegangen, sich komplett lächerlich zu machen. Sie konnte es Marlene nicht verdenken, die ihr Ziel offenbar verfolgte wie eine Spinne ihre Beute.

Henny sollte eine Bemerkung machen, irgendeine, brachte aber nichts heraus. Tim kam sich wie ein Gewinner vor, er war immerhin der mit der Neuigkeit. Dann zuckte er plötzlich zusammen, sagte: »Oh«, und Henny wusste, sie hatte vergessen, auf ihre Unverwundbar-Fassade zu achten.

Tim gehörte nicht zu den Gefühllosen, aber zu denen, die es schafften, hinter eine Tarnung zu schauen. Offenheit war sein Credo, und das schätzte sie sonst auch an dem 17-Jährigen.

»Hiero rief ihr etwas hinterher, als sie aus dem Lokal stürmte. Er hat sie gesiezt … eigentlich unüblich für zwei, die gerade …« Tim ersparte ihr eine genauere Beschreibung.

»Vielleicht kannte er sie vor dem Quickie auf der Damentoilette nicht und wusste nicht, wie sie heißt.« Henny hob vielsagend eine Augenbraue und kam sich eifersüchtig, außerdem schäbig und grauenhaft vor. Aber wenigstens fasste sie sich selbst nicht mit den sprichwörtlichen Samthandschuhen an.

»Also, wenn ich das jetzt mal aus männlicher Sicht beurteilen soll …«, begann Tim.

»Sollst du nicht«, sagte Henny.

Er schüttelte den Kopf. »Wenn du dein Gesicht sehen könntest, dann soll ich schon«, war Tim überzeugt. »Hiero hat sie ganz normal angeschaut. Kein Schleier vor den Augen, kein entrückter Blick, und ich rede hier von ›Madame Wunderbar‹.«

Henny wollte Tim nicht sagen, dass mit süßen 17 die Entrücktheit und der Blickwinkel vielleicht ein wenig anders ausfielen. Über ihren Nacken lief ein kalter Schauer.

»Ich hab ›Madame Wunderbar‹ gestern Nachmittag kennengelernt. Ich finde sie liebenswürdig und mache mir Gedanken, wie weit sie gehen würde.« Es stimmte, aber Henny machte sich auch Gedanken, wie weit Hiero Hart vielleicht gehen würde. Das betraf gerade weniger eine Gefahrensituation als eine, in der Intimitäten ausgetauscht wurden. Henny war nicht blind, und Marlene eine echte Versuchung. Doch so weit wollte sie nicht vorausschauen, das würde sie Tim nicht verraten. »Marlene glaubt, das Hiero Hart der Mann auf dem Foto ist. Ergo muss er etwas mit dem Tod ihrer besten Freundin Laura zu tun haben.« Und Madame Wunderbar würde möglicherweise alles in die Waagschale werfen, um endlich zu erfahren, was sich an einem Frühlingsabend im vergangenen April abgespielt hatte.

Henny war viel zu nah dran. Es war nicht so, als würde sie einen Auftrag übernehmen. Kein bisschen. Denn da wahrte sie Abstand. Die Sache, welche auch immer, ging ihr normalerweise nicht an die Nieren.

»Wenn sie Antworten wegen ihrer Freundin wollte, dann hatte diese Marlene gestern nicht viel Erfolg«, sagte Tim. »Ein anderer fand übrigens, dass der Filmkommissar schön blöd war, sie zu verjagen. ›Hiero, du bist ein echter Trottel‹, sagte der Gutaussehende in den weißen Jeans lachend. Seine Meinung bekam jeder, der gerade draußen vor dem Bistro stand, mit.«

Hier fiel Henny niemand ein, der zum Bild von Tims Beschreibung passte. »Jemand vom Filmteam?«, fragte sie.

»Wahrscheinlich, obwohl es eigentlich nicht sein kann. Zwei Überflieger, echte Mayday-Typen in der gleichen Filmproduktion?« Er grinste.

Tim ging es nicht darum, cool zu klingen, und Henny brauchte gerade keine Deutung, wofür ein Mayday-Typ stand. Mayday war ein Notsignal. Hier dürfte es für ausnahmslos gut aussehend stehen. Sie verzog den Mund. Tim zuckte die Schultern. »Ich weiß nicht«, sagte er. »Aber die kennen sich, würde ich tippen, und der in Weiß hegt wohl kein freundschaftliches Gefühl für Hiero Hart.«

»Hiero Hart gilt in der Filmcrew vielleicht auch nicht unbedingt als Sympathieträger«, glaubte Henny. Was sie bisher mitbekommen hatte, unterstützte diese Ahnung.

»Auf die Art kommen wir dem dunklen Geheimnis des Mannes jedenfalls nicht auf die Spur. So viele Zufälle kann's nicht geben, und ich werde es garantiert nicht schaffen, jedes Mal jemanden aufzugabeln, der etwas weiß. Da musst du weiterstochern.« Tim pikte mit einem Finger anschaulich in die Luft.

Henny fragte sich, wie sie ausgerechnet an dieses wenig aufschlussreiche Ende einer Unterhaltung gelangt waren?

Sie fuhr sich durchs Haar. Die flatternden Schmetterlinge hatten sich verabschiedet.

Henny wollte sich trotzdem nach einem Kleid für die Film-Beerdigung umsehen. Sie wollte gut aussehen, auch wenn Madame Wunderbar Hennys *gut* mit nur einem Fingerschnippen locker toppen würde.

Henny sagte Tim, was sie vorhatte, der hob vielsagend eine Braue. »Echt, würde eine Frau für eine andere wirklich ein Kleid anziehen? Nein«, hielt der Hobbydetektiv mit seiner Meinung nicht hinterm Berg. »Die trägt nur eins, weil sie auf jemanden scharf ist. Die Toten haben die Überlebenden wahrscheinlich nicht mehr ganz so deutlich im Blick, vielleicht auch wenig Interesse, wer was trägt?«

Aber bei einer Beerdigung hatten die Trauernden rund um den Sarg den Blick auch nicht immer nur auf den Boden geheftet. Und anschließend ging man in ein Lokal, um des Verstorbenen zu gedenken, vielleicht einige Anekdoten auszutauschen.

»Das ist eine Filmszene«, sagte sie laut, dabei musste Henny sich sagen, dass sie es war, die daraus in Gedanken gerade mehr gemacht hatte. Hiero Hart spielte in der Beerdigungsszene nicht einmal mit. Wem wollte sie also gefallen?

»Genau«, gab Tim zwinkernd zurück.

Zu stochern hatte ihr der 17-Jährige empfohlen, und das würde sie auch tun. Müssen. Aber zuerst hatte sie den Glöckchenalarmüberwinder vor die Tür gesetzt, um im Ort durch ein paar Geschäfte zu streifen.

Etwas Trachtiges hatte Henny nicht im Sinn; etwas Dunkles, lautete der Dresscode. Ihr Blick fiel auf ein Modell von Valentino, das sie sich niemals leisten würde – die Second Hand-Boutique bot es um einiges günstiger an. Unter anderen Umständen würde sie es sich auch nicht kaufen, aber sie hatte einen Vorschuss bekommen, und wenn sie noch etwas drauflegte, hätte sie ein tolles Kleid – nicht nur für die Beerdigung einer Lehrerin.

Schwarze Spitze, knielang, schmale Silhouette, mit Blumenapplikationen. Mindestens elegant. Die Verkäuferin nannte es *bezaubernd*.

Es ging bei ihrem Auftrag um Hiero Hart, also durfte es tatsächlich um ihn gehen. »Ich drück dir die Augen zu, Kleines!«, flüsterte Henny und konnte nicht glauben, dass sie das Stück gekauft hatte. So viel zu ihrer Haltung »Abstand wahren«.

18. KAPITEL

Keine Panik, ich weiß durchaus nicht, was zu tun ist.

Viktor flog den Gang entlang, er musste die Housekeeping-Dame davon abhalten, bei ihm sauber zu machen, alles durcheinanderzubringen und vielleicht noch ein Souvenir für sich zu entdecken. Beinahe fiel er mit der Tür ins Zimmer, aber da sah er sie gerade die Hand nach dem letzten der markierten Finger-weg!-Gläser ausstrecken. »Nicht!«, schrie er, da stopfte sie es schon zu den anderen in den Beutel, als hätte sie ihn gar nicht gehört.

»So schmutzige Gläser«, klagte sie und funkelte ihn giftig an. Die Fingerabdrücke waren dahin, wahrscheinlich würden sie im Seifenwasser der Spülmaschine baden gehen. Viktor lehnte sich knurrend gegen den Türstock. Jetzt musste er sich einen neuen Schwung Gläser besorgen. Die Housekeeping-Dame stapfte unbeeindruckt an ihm vorbei, ein verächtliches »Schmutzfink« auf den schmalen Lippen. Das Wort landete wie etwas Ausgespucktes vor ihm auf dem Teppich.

Gleich darauf kam sie mit neuen Handtüchern zurück, die sie ins Bad brachte, ihn anschließend missmutig zur Seite drängte und ihm seine Tür vor seiner Nase zuzog. »Einen schönen Tag noch«, wünschte sie ihm knurrig.

Viktor holte sein Schlüsselpäckchen unter dem Palmenblatt hervor, wartete, bis die Dame sich ein Zimmer weiter austobte, und sperrte sich auf. Mit einer Hand an der Tür und der anderen am hinteren Hosenbund das Kuvert herausziehend, ließ er sich aufs Bett fallen, hielt es an zwei gegenüberliegenden Ecken über sich und beäugte das Ding.

Was würde Hiero Hart tun?

Der musste um zehn im Seminarraum sein. Sollte er Marlene Borstel anrufen, wie hier drin gefordert wurde, oder sollte er herausfinden, was Schauspielern und dem Regisseur an einem Drehtag alles passieren konnte? Wer wollte das überhaupt wissen, und wer konnte so sicher sein, dass Viktor die Anweisungen befolgte?

»Hey, Mistkerl, dein Plan ist alles andere als todsicher«, klatschte Viktor Kuvert und Karte platt.

Er war nicht der Typ auf dem Foto, wenn er Gabi Glauben schenken durfte; er konnte es gar nicht sein, wegen der Gesichtszüge.

Aber er war der Typ, mit dem sich Laura am Abend ihres Todes verabredet hatte.

Er war Laura Philipp nahegekommen, aber ganz anders. Für sie war er kein Prinz gewesen, hatte es auch nicht sein wollen. Seinetwegen wäre sie nicht ins Wasser gegangen, weil Viktor sie nicht unglücklich gemacht hatte. Diese Macht hatte ein anderer gehabt, und darüber hatte sie an jenem Abend mit ihm reden wollen, besagte ihre Kurznachricht. Lauras Beschreibung, wo sie ihn treffen wollte, las sich wie eine Leihgabe aus einem Roman:

Aus der Straße wird ein Weg, die schönen Villen glänzen ein bisschen im Verborgenen. Du siehst das Bootshaus, dann ein kurzes Waldstück, noch mehr herrschaftliche Häuser. Ich warte an der nördlichen Schiffsanlegestelle.

Ausgerechnet. Er war spät dran, weil die Dreharbeiten länger dauerten, war gejoggt, damit sie nicht zu lange warten musste.

Es dämmerte. An eine Taschenlampe hatte er nicht gedacht.

Froh, endlich die Anlegestelle in einiger Entfernung zu sehen und eine Gestalt am Ende des Stegs. Laura. Sie machte eine abwehrende Handbewegung. Mit wem redete sie? Kurz meinte Viktor, da wäre jemand bei ihr, aber der Eindruck konnte täuschen. Viktor kam aus dem Schatten, musste nur noch an einigen Laubbäumen vorbei, dann öffnete sich das Gelände, und der breite Steg lag vor ihm. Der Vollmond warf sein Licht auf die Gestalt, dann einen Augenblick Schwärze. Im nächsten Moment war da niemand mehr.

Er erinnerte sich an die Angst, die ihn gepackt hatte. Wohin war sie verschwunden? Nur ein winziger Moment der Blindheit, in dem sich eine Wolke vor den Mond geschoben hatte. Unsicherheit.

»Laura!« Er schrie nach ihr. Bewegte sich das Wasser, war es zuvor noch still gewesen? Plötzlich sagte ihm sein Gefühl, dass er wirklich zu spät kam. Bedrohlich hatte da eine kalte Hand sein Herz zusammengedrückt.

Sekundenbruchteile – sein Instinkt hatte die Entscheidung übernommen. Er war den Steg entlanggerannt, hechtete ins Wasser, begriff nicht, was passiert war, wollte nicht, dass irgendetwas geschehen war. Am liebsten hätte er sich getäuscht, und Laura hätte ihr Treffen völlig vergessen, saß an irgendeiner Strandbar und hatte einen Cocktail vor sich stehen.

Viktor war wieder und wieder getaucht, unter Wasser war die Welt inzwischen genauso nachtblau wie an der Oberfläche.

Abwechselnd hatte er gelacht, dass es jetzt gut sei, ihr Scherz ziemlich billig, dann wieder geschimpft, wer hier wofür genau bestraft werden solle.

Das war nicht Laura, die in einer Strandbar mit einem Cocktail saß und den Typen, der nicht ihr Prinz war, einfach vergaß. Er sah ihr Gesicht vor sich, aber das Wasser blieb ruhig, und Viktor hockte den Rest der Nacht am Ufer, unsicher, ob er sie wirklich gesehen hatte und jemanden bei ihr oder ob seine Angst nur böse Bilder projizierte. Er war durcheinander gewesen, wusste nicht mehr, was er tun sollte. Irgendwann und irgendwie war er zurück ins Hotel gekommen.

Manche Erinnerungen versucht man zu entschärfen, sie hatten genug Potenzial, einen zu quälen. Viktor bemühte sich um Klarheit, versuchte, die Sequenzen auszublenden. Er strich das

Kuvert glatt, fingerte den Zettel heraus und tippte die Nummer ins Handy. »Marlene Borstel?« Ein bisschen fragend, ein wenig abwartend, aber Viktor erkannte die Stimme der Frau, mit der er am Vorabend in »Colin's Cove« einen »Johnny Cash Burger« gegessen hatte.

»Was hat Sie gestern so erschreckt?«, fragte er, weil er genau darüber gestolpert war. Sie war es gewesen, die ganz dringend etwas wissen wollte. Er ganz nebenbei auch. Aber offenbar kannte sie die Wahrheit über Lauras Tod genauso wenig.

»Hieronymus Hart?« Überrascht und noch etwas anderes.

»Das hatten wir gestern doch schon«, gab er zurück. »Und jetzt fragen Sie bloß nicht, woher ich die Nummer habe.«

»Wir unterhielten uns über Liebe – gestern«, sagte Marlene, als wüsste sie es gar nicht mehr so genau.

»Das ist nicht wahr«, berichtigte er sie. Sie wusste es tatsächlich nicht. »Sie erinnern sich, dass ich sagte, ich habe Laura nicht geliebt. – Wir waren befreundet.«

»Was?«

Marlene hatte ihn verstanden, aber sie wollte es gerade nicht kapieren. Letzten Abend hatte sie ihm ihre ganze Wut vor den Latz geknallt, verbrämt mit angeblichen Wahrheiten. Vielleicht wäre sie sogar mit ihm … egal. Hübsch mutig war sie gewesen oder hatte es zumindest vorgegeben.

Wahrheit oder Mutprobe. Er hatte es wiedererkannt. Herausforderung.

Laura hatte ihm von dem Spiel erzählt.

»Ich bin nicht der Mann, der Laura Philipp im Arm hält«, sagte er. Jetzt hatte er es ausgesprochen, und es fühlte sich gut an. Und richtig.

Außerdem hatte er etwas getan, was der Erpresser ahnden würde, wenn stimmte, was der behauptete.

»Sie lügen«, sagte Marlene. Überzeugt.

Viktor schüttelte den Kopf, was sie nicht sehen konnte, und stieß ein ungläubiges Schnaufen aus. Das kam ihm jetzt nicht zugute. Sie würde weiter glauben, was sie glauben wollte, und nach dem Mann, der tatsächlich ihre Freundin im Arm hielt, überhaupt nicht weiter suchen.

»Wenn Sie meinen«, gab er zurück. Geschlagen, ohne überhaupt zum Kampf angetreten zu sein. Es gab nichts zu gewinnen. Lauras Handy würde mehr wissen, aber vielleicht hatte sie es nicht. Er unterbrach das Gespräch. »Lauf mir besser nicht mehr zufällig über den Weg«, flüsterte er.

Viktor hatte gewusst, dass er auch nach dem Drama am See wieder herkommen würde. Musste. Viktor hatte am nächsten Morgen in der Pension »Alpenwelt« nach ihr gefragt. Laura war nicht zurückgekommen, ihr Bett war unbenutzt.

Er hatte die Polizei angerufen; von einer Telefonzelle aus und anonym. Viktor hatte sich nicht als Freund zu erkennen gegeben, hatte abgewartet und schließlich erfahren, dass eine Leiche, die sich irgendwo im Gestrüpp verfangen hatte, von der Wasserwacht aus dem See geborgen wurde. Laura war tot. Wenig später hieß es, sie hatte Selbstmord begangen.

Freundschaft sagte wenig über ihre Verbindung aus, nichts über sein Entsetzen und die Niedergeschlagenheit, den Riss, der in seinem Herzen klaffte. Sie musste doch gewusst haben, er würde sie nicht allein lassen. Doch der andere hatte es vielleicht getan. Und das hatte sie anscheinend nicht überwunden, obwohl Viktor geglaubt hatte, da wäre Entschlossenheit gewesen. Und Wut.

Hiero Hart hatte gedreht, Hiero Hart hatte seine Rolle gespielt, nicht ganz bei der Sache, weil ein wichtiger Mensch von ihm gegangen war. Mehr als einmal hatte er nach dem Warum gefragt. Er konnte es Marlene nicht verdenken, dass sie nachhakte, aber er nahm ihr die Art, wie sie es tat, ein wenig übel. Hätte Marlene gefragt, er hätte ihr verraten, wie er Laura kennengelernt und was sie verbunden hatte.

Lauras beste Freundin hätte sich womöglich sogar für eine

Antwort geopfert – eine Episode mit Hiero Hart. Was für eine bescheuerte Idee! Das hatte die attraktive Frau nicht nötig. Sollte er sie wiedersehen, würde er es ihr deutlich sagen.

Viktor hatte seinen Schuhsack wieder unterm Arm, in der Absicht, darin erneut einige Gläser zu verstauen, und Block und Stift in der Hand. Im Seminarraum nahmen neuerlich die üblichen Verdächtigen Platz.

Als Letzter stieß Frank Weiß dazu. Lässig beobachtend hatte er seinen kühlen Blick aufgesetzt, der jetzt Henny ins Visier nahm. Frank kam ihm vor wie eine dicke Fliege, die, wenn sie Nahrung aufnahm, zuerst Säure und Enzyme ausspuckte. Viktor hängte in Gedanken gerade einen Fliegenfänger auf.

Auf dem Tisch standen wieder Wasserkrüge, diesmal mit Zitronenschnitzen darin. Er beobachtete, wer sich eines nahm, und notierte sich die Sitzordnung.

Augustin war unnatürlich ruhig, was Viktor verriet, er würde als Erstes auf den Unfall des Drehbuchautors zu sprechen kommen.

»Wie sieht's aus, Hiero – konntest du schon eine Übungsstunde einlegen?«

»Was?«, fragte Viktor, der seinen Kuli klicken ließ. Entrüstung traf es nicht, er war erbost. »Du willst jetzt ernsthaft von mir wissen, ob ich die Schleuder schon abgefeuert habe? – Die alte Dame und der böse Schirmunfall mal ganz außen vor gelassen.« Er wusste, er war lauter geworden.

»Ja, will ich. Bist du pampig?«

»Nein, bin ich nicht. Eher erstaunt über den ersten Punkt auf deiner Agenda. Ich möchte gerne wissen, was Günter passiert ist«, sagte er.

»Aber du übst«, beharrte Augustin.

Viktor verdrehte die Augen, biss sich in die Wangen, versuchte einfach, den Mund nicht aufzumachen. Seine Augen hätte er gerade nicht sehen wollen. Er hatte sich nicht einmal überlegt, wohin man mit einer Handsteinschleuder ausrücken sollte. Sicher nicht auf den Balkon. Und worauf konnte man zielen, ohne Schaden anzurichten?

Er hätte gewettet, Augustin könnte ihm keinen heißen Tipp geben. Der Regisseur nickte. »Wir sind traurig und betroffen. Günter Dexter, unser geschätzter Drehbuchautor und Geschichtenerfinder des ›Bullen vom Ammersee‹, stolperte gestern über seinen gepackten Koffer, stürzte die Treppe hinunter und brach sich den Hals.« Augustin schluckte.

»Was?« Jetzt war er es, der ungläubig nachfragte. Viktor senkte den Blick, eine Hand im Nacken.

»Frank Weiß, der in der Gegend wohnt und Günter abholen wollte, damit sie sich zusammen auf den Weg machen konnten, fand ihn tot am Fuß der Treppe.«

»Das ist ja grauenhaft«, steuerte jemand bei.

Von Frank wurde offenbar erwartet, dass er dazu etwas sagte, weil Augustin den Mund hielt.

»Ich kam als Erster dazu, aber da war nichts mehr zu machen. Günter muss auf der Stelle tot gewesen sein. Sicher kam er nicht einmal mehr zu einem letzten Gedanken.«

»Was für ein dummer Schlussakkord, Frank!« Viktor dachte an das kleine Stadthaus im Wildrosenweg in München-Bogenhausen. »Bloß gemietet, aber vielleicht schon bald gekauft«, hatte Günter gesagt, als er Viktor einlud. Stolz. Eine schmale Treppe führte in den ersten Stock. Viktor wollte sich den Sturz nicht vorstellen.

»Nicht mein Schlussakkord, Hiero.« Frank schaute mitleidig drein. Viktor wurde wie ein aufmüpfiger Halbwüchsiger in seine Schranken gewiesen. »Nein«, sagte er. Seine Kehle war trocken, er griff nach einem Glas, schenkte sich aus dem Krug ein und nahm einen großen Schluck.

»Unser Hiero«, sagte Egon Beusel. Abwertend.

Viktor verzichtete auf einen weiteren Kommentar, Augustin schenkte sich eine Reaktion, er sagte: »Günter hätte gewollt, dass wir das Ding wie geplant und ohne Verzögerung durchziehen – es war sein Baby –, was mir spätestens klar wird, wenn ich seine Randnotizen im Manuskript sehe, wofür ich ihn gestern am liebsten erwürgt hätte. Er wollte alles 100-prozentig haben.« Augustin klopfte zur Untermalung auf den Tisch. »Ich verspreche dir, ich gebe mein Bestes«, der Blick richtete sich zur Decke – wahrscheinlich gen Himmel. Zustimmendes Gemurmel mit einem halben Dutzend Absichtserklärungen.

Viktor dankte Günter im Stillen, dass er sich wegen der bescheuerten Idee, eine Schleuder als Waffe in die Handlung einzubauen, auf die Suche nach einem Übungsplatz machen musste. Augustin würde ihm ganz sicher beobachtend im Nacken sitzen.

Der Regisseur nahm die Schultern zurück, der Tonfall wurde geschäftlich. »Die andere Hiobsbotschaft ist, dass die Schulsekretärin endgültig ausfällt. Die Casting-Agentur kümmert sich um Ersatz. Hiero, keine Sorge, wir finden jemanden für dich.«

»Bitte niemanden mit Ausstrahlung«, gab Viktor zurück.

»Musst ja Angst haben, du wirst überstrahlt«, sagte Egon. »So wie die schicke Blonde auf dem Foto. Die hat dich gnadenlos in den Hintergrund gedrängt.« Hämisch, der Blick wie ein Sektionsmesser mit einer Doppelspitze.

Augustins Augen weiteten sich, aber er sagte nichts dazu. Sicher dachte er an ein unschönes Gefecht, das es zu verhindern galt. Entsprechend beeilte er sich, mit dem Drehbuch weiterzumachen. »Die Tristesse des Wetters haben wir uns gestern zunutze gemacht, ließen die Lehrerin sterben, haben Bene Hotter und Hiero auf den Weg geschickt. Der Spurenleser hat sich fragen müssen, wie lange die Lehrerin auf dem Weg unterwegs gewesen sein kann. – Sie wäre jemandem aufgefallen, abgerissen und fern der Heimat, wie sie aussah. Sie fiel niemandem auf. Also muss der Ort, an dem man sie festhielt, ganz in der Nähe sein«, fasste er zusammen, damit auch alle informiert waren, wie die Geschichte weiterging. »Nun, Hiero und Bene kommen heute zu einer aufgelassenen Gärtnerei, und Bene entdeckt im angrenzenden Schuppen einiges, das ihm verrät, dass er recht hat und der Holzverschlag das Versteck gewesen ist. Der Spurenleser findet es seltsam, dass die Lehrerin überhaupt eine Gelegenheit zur Flucht hatte.«

»Wann darf ich mich um die Leiche kümmern?«, fragte Franziska Schön, die Totenwäscherin.

»Dazu kommen wir noch«, sagte der Regisseur. »Jetzt bring mich nicht durcheinander«, schnaufte Augustin, zog erneut kurz das Drehbuch zurate. »Wir sind mit Hiero und Bene auf dem Gelände der Gärtnerei. In einem der alten Gewächshäuser stehen kaputte Flaschen und Gläser auf den Tischen.« Er fuhr den Zeigefinger aus. »Hiero findet es merkwürdig, dass ein Täter genau die Sachen übrig lässt, womit ein anderer etwas anzufangen weiß. – In dem Fall ein findiger Kriminalkommissar.« Augustins Blick wurde weich. »Ich weiß, ihr wart befreundet, und Günter hat seine Ideen gerne mit dir besprochen …« Augustin hatte eine Seite im Drehbuch aufgeschlagen. Er kam herüber und zeigte Viktor eine dicke Notiz: »Die Tote wurde unter scheinbar unauffälligen äußeren Umständen im Ammersee aufgefunden.« Pause. »Sagt Bene Hotter, der Spurenleser. Der wägt die Sache doch sonst indianisch ab. Außerdem heißt es hier«, er tippte darauf, »Hiero, schau hin!« Augustins Blick bat um Antwort. »Soll dich das an etwas erinnern?«, wollte er wissen.

Viktor schüttelte den Kopf. Scheinbar unauffällige äußere Umstände – was war das denn Verzwicktes? Die Filmleiche wurde nicht im Ammersee gefunden. Und wohin sollte Hiero schauen?

»Günter hatte keine Zeit oder keinen Nerv, sich für das neue Drehbuch großartig mit mir abzusprechen. Keine Ahnung, was da gemeint ist.«

Hätte Viktor den Kopf gerade nicht auf die rätselhafte Anmerkung im Skript gesenkt, er hätte womöglich den alarmierten Blick gesehen, den jemand über den Tisch sandte.

Augustin griff nach dem Skript. »Na ja, dann bleibt das Günters Geheimnis. – Juliane Garaus hat jedenfalls ein erstes Ergebnis, während die übrigen noch auf sich warten lassen.«

»Die Truppe mit den Ergebnissen sitzt im Labor«, bemerkte die Rechtsmedizinerin überflüssigerweise.

Augustin winkte ab. »Realität – wir sind Film, und das sind die mit den theoretischen Konstruktionen«, schulmeisterte er sie. »In einer davon geht es um eine neue Spur, denn die Garaus weiß jetzt, was die Lehrerin umgebracht hat. Hiero Hart bekommt die Lizenz zum Ermitteln, denn die Todesursache war unnatürlich. Also, was geschah in den drei Tagen, in denen Melanie Rendl dort im Schuppen eingesperrt war?«

19. KAPITEL

Das Leben ist nur ein zufälliges Zusammenstoßen von echten Tragödien und einer Reihe knapp gescheiterter Ausbrüche.

Fragen ohne Antworten. Und gab es sie, hatten die nur noch mehr Fragen zur Folge. Nicht anders kam es Viktor momentan vor, und der dachte weniger an einen Film.

Der Regisseur hingegen strich einen weiteren Punkt ab und kam zum nächsten. »Die Totenwäscherin sollte sich äußern, sonst kann der Bestatter niemanden bestatten. Franziska Schön fällt etwas an der Toten auf. Eine winzige Kleinigkeit, aber die ist wesentlich und bringt Hiero am Ende zu seinem Täter.«

»Schon wieder eine Nacktszene«, klagte die Leiche.

»Von wegen. Es wird nicht viel zu sehen sein, du liegst bloß da, wirst ein bisschen gewaschen, und Franziska Schön führt ihr Totengespräch.«

Augustin schaute in die Runde, er wollte mit jemandem Blickkontakt herstellen. »Ob wir die Szene heute drehen, bin ich mir noch nicht sicher. Ich muss nachfragen, ob der Versorgungsraum frei ist. – Mache ich dann gleich.«

Wieder ein Haken zu einem Punkt. Wie es aussah, sollten da noch einige folgen. Es würde wieder ein straffer Tagesplan werden.

»Frank, du bist der Polizist, der die Ermittlungen im Fall der Entführung der Lehrerin geleitet hat«, brachte er vor. »Unterhältst dich mit Hiero, der von dir ein paar Fakten haben will.«

»Ich habe noch keinen Text«, sagte der Angesprochene. »Günter dachte wahrscheinlich, es reicht, wenn wir das kurzfristig absprechen. Das sind sicher nur ein paar Sätze«, meinte Frank.

»Es hätte auch gereicht«, gab Augustin zurück. »Du musst ein Drehbuch haben, du bist doch immer der ›Vorableser‹, wo ist das hingekommen?« Erstaunt.

»Ich war auch diesmal der Vorableser, aber es wäre prima, wenn du mir die Szenen, in denen ich auf Hiero treffe, noch einmal kopieren würdest.«

»Geht in Ordnung«, sagte Augustin. »Nach der Totenwäscherin-Szene beim Graf schieben wir deine ein, Frank.« Er nickte sich selbst zu. »Der Kommissar trifft auf den Ermittler, der die Entführung der Lehrerin bearbeitet hat. – Moment, wie heißt der noch gleich?« Augustin kratzte sich am Kopf, suchte im Skript.

»Frank Weiß«, sagte jemand.

»Ja. Nein. Frank spielt Maximilian Lentzen«, las Augustin vor. »Wir zimmern die Szenen so zusammen, wie wir die brauchen. Schreib mit, Frank, nur ein paar Stichpunkte. Es gab keinen Brief, keinen Anruf, keine Lösegeldforderung.«

Der Regisseur nahm Anlauf: »Wir drehen im Ort, wo angeblich zwei Leute in einem dunklen Lieferwagen gesehen wurden, die die Lehrerin aufgriffen. Lentzen erklärt Hiero, wie es sich mit den Zeugenaussagen verhält. Zwei Jugendliche, die angeblich beobachtet haben wollen, wie Melanie Rendl ins Auto gezerrt wurde. Die Nachbarn wurden laut Lentzen befragt, aber da will niemand einen Lieferwagen gesehen haben. Hiero wird stutzig, denn die zwei sind Schüler der Realschule, in der die Lehrerin unterrichtete, und außerdem befreundet. Sie brachten die Lehrerin nach Hause, die sich angeblich den Fuß verstaucht hat.

Bene Hotter, der Spurenleser, ist der Meinung, wenn niemand sonst etwas gesehen hat, dann war da nichts. Kein Lieferwagen.

Hiero glaubt an irgendeinen Wagen, die Lehrerin kam schließlich weg, sie muss also befördert worden sein. Etwas an der Geschichte der Schüler stimmt nicht.

Der Kriminalkommissar muss hinter die Fassade blicken, und er sollte sich mit Bene Hotter die Wohnung von Melanie Rendl vornehmen.« Augustin gab ihnen einen Abriss, wie es weiterging. Viktor schlug sein Skript auf. Mit Frank, oder Maximilian Lentzen, wie er im Drehbuch hieß, hatte Hiero Hart nur einen kurzen Wortwechsel.

Augustin wandte sich an Frank. »Du triffst uns in der Straße, in der die Lehrerin wohnt.« Er reckte das Kinn, hob eine Braue und schaute Melanie Rendl fragend an, er war offenbar über die Anschrift gestolpert.

»Woher soll ich das wissen? Ich wohne gar nicht in Herrsching«, sagte sie.

»Ja klar.« Augustin zupfte sich am Ohr. »Die Lehrerin wohnt in der Birkenallee«, las er vor. »Natürlich wohnt sie da nicht, unsere Wohnung ist woanders, aber die Birkenallee liegt in der näheren Umgebung der Schule, dahin können sie die Jungs begleitet haben. In unserer Geschichte«, meinte Augustin, es ihnen verdeutlichen zu müssen. Vielleicht war es auch bloß ein Einwurf für sich.

»Wenn alles klappt, heißt es: Die Szene im Institut, Franziska im Gespräch mit der Toten und die Entdeckung.«

Er wühlte in seinem Haar herum. »Lieber Günter, du machst mich wahnsinnig! Franziska muss die Garaus und Hiero informieren. Danach trifft Maximilian Lentzen auf Hiero. Dann die Rechtsmedizinerin und Hiero auf dem Friedhof und die Beerdigung der Lehrerin.« Er schien selbst ein wenig verwundert, was er für sich aufgeschrieben hatte.

Da war er nicht allein. »Geht aber flott voran«, wunderte sich einer der Komparsen.

»So schnell ich es haben will. Ich gebe jeden Abend die aufgenommenen Szenen an die Film-Editorin weiter. Sie schaut sie durch. Wenn was nicht passt, brauchen wir es neu. Bisher läuft es aber gut«, erklärte Augustin gewichtig. »Wir müssen bei aufeinanderfolgenden Szenen nur auf die Kleidung achten, aber das habt ihr im Skript stehen, wann was gefragt ist.«

Viktor durfte gespannt sein, was Henny zur Beerdigung tragen würde. Er schaute über den Tisch. Diesmal senkte sie den Blick. Er hoffte, Augustin wäre bald fertig, die einzelnen Szenen zu besprechen. Sonst bekäme kein Mensch mehr mit, was verlangt wurde.

»Fristen von wegen Aufbahrung und so weiter brauchen wir nicht einhalten. – Die Spur an der Leiche, die Franziska Schön auffällt; die Totenwäscherin muss ihre Entdeckung natürlich weitergeben, sie schickt Hiero und Juliane Garaus eine Nachricht. In der Geschichte kann Franziska weder Hiero noch die Rechtsmedizinerin erreichen. Die Leiche befindet sich schon nicht mehr im Institut, als die beiden deren Nachrichten endlich lesen. Jetzt ist Eile angesagt, sonst ist die Tote unter der Erde und ein möglicher Hinweis gleich mit, und das heißt, schnell zur Friedhofskapelle und den Deckel aufgemacht, weil die Lehrerin schon eingesargt und dorthin gebracht wurde. Thrill«, erklärte er zufrieden.

Allen anderen hatte es schon den Atem genommen. »Wir kriegen das hin«, galt den Darstellern. Dann gab er ein »Hmm« von sich und schaute den Requisiteur an. »Haben wir eine Lupe? Hiero braucht eine.«

»Wahrscheinlich haben wir keine, aber gut, dass du's nebenbei mal erwähnst«, sagte Egon wenig entzückt.

Viktor fragte nicht, wofür er die brauchte, was er ohne nicht sehen würde.

»Ah, bevor ich es vergesse, die Absprache mit dem Gemeinderat Herrsching gilt, uns ist erlaubt, die öffentlichen Straßen und Plätze für Filmaufnahmen zu nutzen. Ein paar Einstellungen auf dem Friedhof zu machen, wurde separat abgeklärt; ich verlasse mich drauf, dass die Produktion sich um sämtliche Drehgenehmigungen gekümmert hat. Ich will jetzt nicht das Gegenteil hören.« Augustin wartete ungefähr ein Fingerschnippen ab, dann schwebte ihm schon die nächste Einstellung vor Augen. »Wir bekommen wahrscheinlich die Parzelle unter den Trauerweiden. Den Sarg sieht niemand so genau, wir nehmen wieder das Billigding. Kreuz, Kränze, Kerzen, das ganze Brimborium. Bitte alle, die es angeht, seid um 14 Uhr auf dem Friedhof im Ortsteil Breitbrunn; man trifft sich an der St. Johannes der Täufer-Kirche. Hoffentlich haben wir heiteres Wetter für die Beerdigung, weil ich keine Regenschirme, aber gut angezogene Trauernde sehen will. Beerdigungen sind sowieso für die Lebenden da. Hochwürden ist echt, der Gemeindepfarrer versteht sein Handwerk, er hat die Legende und den

Namen der Lehrerin bekommen und sich entsprechend vorbereitet. Wir kürzen natürlich ab, denn diese letzte Formalität in Gänze zu bringen, würde unseren Rahmen sprengen. Das nächste Spannungselement – einer der Trauernden wirft etwas ins Grab. Man sieht nicht wer, nur einen zusammengeknüllten Zettel, der in die Grube fällt.«

»Und den muss jemand rausholen«, wie unschwer zu erraten war.

»Der Jemand bist du, Hiero.« Zufrieden. »Dann spielt es auch keine Rolle, ob es bis dahin wieder regnet.« Er zwinkerte schelmisch.

»Du hast noch kein einziges Mal erwähnt, was es zu essen gibt. Wir sollen verhungern, oder wie?«, erkundigte sich Juliane Garaus.

»Das Ding mit Luft und Liebe würde mir persönlich am besten gefallen. Aber da haut's euch vom Stangerl«, wandte Augustin ein. »Verpflegung gibt es für alle im Hotel, wer mag. Die bieten heute eine Wildererplatte an, Vegetarisches ist anständigerweise auch zu haben.«

»Von wann bis wann gibt's die Wildererplatte denn?«, fragte Viktor. Sicher nicht den ganzen Tag.

»Das ist der Knackpunkt – über Mittag, und das ist von halb zwölf bis eins.«

»Ich glaub, ich mag eine Fischsemmel«, sagte Bene.

»Irgendwo an der Strandpromenade bietet ein Stand so was an. Hiero mag vielleicht auch eine Fischsemmel«, spekulierte Augustin.

»Hiero mag keine Fischsemmel, weil er hinterher einen Schnaps trinkt«, sagte Viktor. Sein Atem würde nach Zwiebeln riechen.

»Das geht überhaupt nicht«, bekam er gesagt. »Alkohol erst nach Feierabend, das lasst euch gesagt sein.« Da gab es keine Entschuldigungen, ein Zuwiderhandeln nahm Augustin persönlich. »Und wenn es den nicht gibt, dann ist das Glas Bier das Betthupferl«, setzte der Regisseur noch eines drauf. Die Anwesenden überzogen ihn mit vielsagenden Blicken, mittlerweile müsste er schon ein Flimmern vor den Augen haben.

Viktor sah Frank grinsen und den Kopf drehen. »Vergisst du gerade den Fan-Nachmittag?«, fragte er.

»Heißa, ja.« Augustin schluckte. »Vergesse ich meist, bringt aber nichts, denn die Werbung läuft schon länger, und ganz sicher steht auch die Organisation. Leute, ich muss mich da noch reinhängen.«

»Worein?«, lautete die nicht ganz ernst gemeinte Frage. Gabi.

»Ihr erwischt mich uninformiert. Fragt ein andermal … vielleicht morgen.« Augustin machte ein Gesicht, als hätte man ihm die schwere Bürde aufgelastet. Dem war überhaupt nicht so, der Regisseur verkündete nur, wann etwas wo stattfand. Zu jedem Drehtermin am Ammersee wurde ein solches Treffen für die Fans der Serie und die Pressevertreter organisiert.

Im vergangenen April hatte sich Viktor zweimal in der Verlegenheit befunden. Erst »Bergmann Film«, die Produktionsgesellschaft, und danach der Tourismusverband Herrsching. Der Ort verlangte eine Gegenleistung für erwiesene Gefallen. Auch wenn die Schauspieler sich nicht denken konnten, worauf genau angespielt wurde; das Bestattungsinstitut hatte nicht zwangsläufig mit dem Tourismus zu tun, und auch die Metzgerei in der Bahnhofstraße verkaufte ihre Waren sicherlich nicht ausschließlich an die Fremden im Ort.

Augustin hatte etwas von sich erkenntlich zeigen erzählt, und prompt hatte der Tourismusverband eine Art Speeddating mit den Darstellern des »Bullen vom Ammersee« vorgeschlagen. Fünf Minuten mit …

Hiero Hart. Die konnten sich wahrlich in die Länge ziehen. Viktor musste unzählige Male jemanden daten und hatte sich bemüht, freundlich zu bleiben und auch beim zehnten »Mein

Herz klopft wie verrückt, das werde ich nie vergessen« noch eine nette Miene zu machen. Bis er mit Laura Philipp vollkommen die Zeit vergaß.

Schöne schmerzliche Erinnerung, durch ein Stichwort zum Leben erweckt. Er sah Laura, die sich setzte, ihn anlächelte: »Erzählen wir uns bitte irgendwas, ich spiele mit mir gerade Wahrheit oder Mutprobe.« Sie hatte aus ihrer Handtasche zwei Kärtchen gefischt und ihm eines davon präsentiert. »Das Speeddating ist die Mutprobe?«, hatte er sie gefragt und auf ihr Nicken gesagt: »Dann lassen Sie uns keine Zeit verschwenden. – Warum fragen Sie mich in der Ratgeberkolumne von ›Klassefrau‹, warum eine Frau, die liebt, die Welt mit ganz anderen Augen sieht, nämlich zurechtgeschnitten?« Wenn Laura Philipp dieselbe Laura Philipp war, wusste sie jetzt genau, wovon die Rede war. Sie tippte sich auf den linken Mundwinkel, Viktor fand es charmant, aber ihr kleines Spiel etwas riskant. Es gab nur einen Augenblick des Überlegens. »Sie sind Sophie Elster?« Laura hatte erst die Luft eingesogen, dann gelacht. »Wahrheit«, sagte sie und pochte mit den Fingerknöcheln auf das Minitischchen zwischen ihnen. »Sophie Elster schrieb mir, dass der Frau eine bestimmte Sache Angst einjagen würde und sie überlegen sollte, ob sie tatsächlich an der Wahrheit interessiert ist oder weiter darüberwegsehen will.«

Sie hatte es behalten, was hieß, sie war dabei, eine Entscheidung zu treffen – hatte sie vielleicht schon getroffen. Bevor Viktor dazu etwas sagte, tastete sie nach seinen Fingern, und er sah das Diamantarmband, das um ihr Handgelenk lag. Sie wollte es ihn sehen lassen.

»Meine Mutprobe ist es, den Kriminalkommissar zu fragen, wie er denkt, dass ein Dieb vorgehen würde, der beispielsweise«, sie deutete mit zwei kreisenden Zeigefingern auf ihr Umfeld, während sie die Augen nicht von ihm nahm, »ein wertvolles Schmuckstück stehlen möchte.« Sie wusste, er spielte nur einen Kriminalkommissar.

»Ein Dieb würde wahrscheinlich für Ablenkung sorgen. Haben Sie Sorge, jemand hat es auf das Armband abgesehen?«, fragte er. Sie schien ihm einen Moment lang traurig, doch beinahe im gleichen Moment nahm ein kleiner Sonnenstrahl den Eindruck mit sich fort.

Nein. Das war es nicht. Was war es dann?

Aber da erschien schon die nächste Dame auf der Bildfläche, und er musste Laura gehen lassen. Sie hatte ihm ins Ohr geflüstert: »Es wäre schön, sich mit Sophie noch ein wenig länger zu unterhalten.«

Viktor hatte ihr seinen nackten Unterarm angeboten, zusammen mit einem Kugelschreiber, auf den sie ihre Nummer schreiben sollte. Verschwörer.

Die nächsten fünf Minuten, die nächste Dame, die ihm gegenübersaß, er bot ihr nicht an, ihre Nummer auf seinem Arm zu hinterlassen. Sie wirkte enttäuscht. Viktor hatte gerade ein paar lange Momente vor sich hingeträumt. Augustin war, wie es klang, schon beinahe am Ende des Plans angekommen. »Ich mache wegen der Schulsekretärin noch mal Druck bei der Agentur.« Der Blick galt Viktor. Der konsultierte gerade seine Uhr und überlegte, ob er vielleicht gleich noch etwas essen sollte. Es wäre klug, denn sonst würde ihm nur wieder sein Magen entgegenknurren.

Der Regisseur löste die Runde auf, wies noch einmal auf die Termine hin: Bestattungsinstitut Graf, Hiero und Frank in der Birkenallee und der Friedhof.

Aus den Augenwinkeln sah Viktor freudig, dass die Tischrunde ihre Gläser wieder stehen ließ. Er brauchte noch einige. Henny hatte ihm heute keine sonderliche Beachtung geschenkt, kam es ihm vor. Jetzt blieb sie als Einzige am Tisch zurück, doch der Zeitpunkt war denkbar ungünstig für ein Gespräch. Er tat beschäftigt, kritzelte etwas auf seinen Block und hätte sich zu gern Egons und Franks Glas gegriffen.

Sie räusperte sich umständlich, als sie zu ihm herüberkam

und vor ihm stehen blieb. »Ich wollte Sie um ein Autogramm für meine Oma bitten.«

Er ließ sich den Satz noch einmal durch den Kopf gehen. »Ist das jetzt ernst gemeint?« Er musste schmunzeln, schien sie verlegen gemacht zu haben. »Es ist mir ernst, ich habe versprochen, danach zu fragen. Oma Linde war ein absoluter Fan der Krimiserie mit Hiero Hart.«

Ihr zurückhaltendes Lächeln wirkte verdammt anziehend, obwohl ihr das sicher gar nicht bewusst war. Viktor stellte sich vor, wie er über ihre Lippen strich, mit einer Hand durch ihre Locken fuhr. Ihren Kopf zu sich heranzog.

»Nein?«, fragte sie.

»Nein was?«, fragte er zurück.

»Sie haben den Kopf geschüttelt«, sagte sie.

»Wegen eines verirrten Gedankens«, gab er zu. »Also, ja natürlich, gerne. Irgendwo muss ich einige Autogrammkarten haben. Warum sagen Sie, *war* ein Fan. Wenn Oma Linde keiner mehr ist, ist sie auf mein Autogramm sicher nicht scharf.«

»Sie lebt nicht mehr«, sagte Henny und fing ihre Unterlippe mit den Zähnen ein.

»Sie sind mir unheimlich, Henny«, sagte Viktor.

»Ein Versprechen ist ein Versprechen. Wenn Sie also so lieb wären …«

»Ich bin so lieb«, sagte er. »Für Hennys Oma Linde von Hiero Hart – in der Art?« Er hatte keine Ahnung, wo er auf die Schnelle Autogrammkarten herbekommen sollte.

»Vielleicht noch einen Filmsatz dazu«, bat sie. »Aus Casablanca, vielleicht? Meine Oma kannte vermutlich alle Dialoge zwischen Bogart und Bergmann. Ich kenne leider keinen einzigen.«

»Lassen Sie mich überlegen«, sagte Viktor. Und genau das tat er, er kannte ein paar Filmzitate, nur aus welchem Film die stammten, hatte er vergessen. »Küss mich, als wär's das letzte Mal.« Der war sicher aus Casablanca. »Der soll es wohl nicht sein.« Er schaute sie an, bis sie den Blick abwandte. »Aber vielleicht: Ich geh mit dem Wind«, schlug er vor. Stammte das überhaupt aus einem Film?

»Das tun Sie sicher«, sagte Henny mit Betonung des ersten Wortes. Für ihn hieß es, dass die Person kein richtiges Ziel haben musste, frei war und unabhängig. Was bedeutete es für Henny? Gerade, als er fragen wollte, verabschiedete sie sich. »Bis später. Bitte vergessen Sie uns nicht.« Sie blies in ihre Ponyfransen. »Mich und das Autogramm.« Ein kleiner Blick zur Seite, als könne sie nicht glauben, was sie da grade gesagt hatte. Henny lief eilig zur Tür, und Viktor wusste gerade nicht, worauf sie angespielt hatte.

»Es wird mir unmöglich sein, dich zu vergessen«, sagte er leise vor sich hin. Viktor griff sich den Schuhsack, riss die Seiten mit den Namen vom Block ab, faltete sie, griff in seine Hosentasche, wo er ein Taschentuch hervorholte, und langte nach den Gläsern.

Frank, Egon, der Spurenleser und die Totenwäscherin. Wenn er die Abdrücke heute auslesen konnte, durfte er stolz auf sich sein.

20. KAPITEL

Bei ihr wird sogar der Kaffee nervös.

Sie hatte danach gefragt, weil es irgendwo bei Lauras Sachen hätte sein müssen. Das Handy mit der metallschwarzen Hülle und den Swarovski-Kristallen. Es war Marlenes Geschenk für Laura gewesen, aber niemand schien etwas über dessen Verbleib zu wissen. Unter den Sachen, die Laura entweder bei sich gehabt hatte wie das Diamantarmband oder die sie in der Pension zurückgelassen hatte wie ihre Kleidung und andere Dinge, fehlte das Telefon. Warum fehlte es? Laura hatte es nicht ständig bei sich getragen. War das vielleicht Uschis Geheimnis – dass sie das schicke Handy ihres Gastes eingesteckt hatte, nachdem der nicht zurückkam. War sie deswegen zusammengezuckt, als Marlene von Mord sprach, und hatte sich beeilt, den Blick abzuwenden?

Jetzt bist du vielleicht unfair.

Bei nächster Gelegenheit würde sie Henny, die Detektivin, fragen, woran man ein schlechtes Gewissen erkannte.

Fakt war, das Edelhandy war weg. Marlene hatte keine Ahnung, wer Lauras Telefonanbieter gewesen war, und somit auch keine, wer das Model angerufen hatte, ihr schrieb und umgekehrt. Hiero Hart, der angeblich ein Freund war? Das hätte sie mir doch erzählt, dachte Marlene.

Sie drehte sich zum Spiegel um. Heute mit einer leichten Stoffhose in gold-weiß und einer weißen Bluse. Ein bisschen viel Weiß?

Marlene klopfte bei Sandra. »Strahlend«, sagte die.

»Wie wär's mit einem kleinen Italiener am Strand?«, fragte

Marlene ihre Assistentin. Der Prozess des Begreifens dauerte ihr ein wenig zu lange. »Cappuccino, Fragezeichen«, verdeutlichte Marlene.

»Mein Weckruf hat heute noch nicht richtig funktioniert ... wenn der kleine Italiener heiß ist, unbedingt.«

Der nächste Blick wanderte zu Marlenes Handgelenk. »Mein Vertrauen, die Unantastbarkeit von fremdem Eigentum betreffend, geht nicht soweit, das Armband im Zimmer zurückzulassen«, sagte Marlene.

»Ein Glück, dass Sie den Schmuck gestern nicht zum Hosenanzug tragen konnten«, fand Sandra, und einen Moment lang wusste Marlene nicht, ob sie es so meinte.

»Das Armband hätte fabelhaft gepasst«, erwiderte sie. Und Hiero Hart hätte sein Geschenk sicher erkannt, wenn er der edle Spender war und mehr als nur ein Freund von Laura. Davon wusste Sandra noch gar nichts.

»Hieronymus Hart hat mich vorher angerufen und ganz dreist zugegeben, dass er Laura gekannt hat. Er nannte es *befreundet*. Laura hat ihn nie erwähnt – glaube ich.«

»Wie hätte sie Ihnen davon berichten sollen, Sie waren doch zu der Zeit fürchterlich schlecht zu erreichen, Marlene. Und wenn es stimmt, dann hat der Schauspieler Laura erst im April kennengelernt«, brachte Sandra sie wieder in die Spur.

»Er geht mir jedenfalls nicht aus dem Kopf. Er sagt, er ist nicht der Typ auf dem Foto. Aber wer soll es bitte sonst sein?« Die Frage war rhetorisch gemeint. »Ich rede mit der Detektivin. Obwohl ich glaube, sie hat eine Schwäche für den ›Bullen vom Ammersee‹.« Marlene traute Henny zu, dass sie trotzdem imstande war klarzusehen.

Uschi stand hinter der Rezeption, verschwand aber schnell, als sie Sandra und Marlene die Treppe herunterkommen sah.

»Womit haben Sie sie eingeschüchtert?«, erkundigte sich Sandra.

Marlene schüttelte den Kopf. »Unschuldig.« Sie legte drei Finger aufs Herz. »Aber ich glaube, ich schlage meine Zähnchen noch in Uschis womöglich diebischen Arm.« Ihr Blick wurde finster.

»Sie verdächtigen sie, was getan zu haben? Was kann sie weggenommen haben?«, wollte Sandra wissen.

»Lauras Smartphone mit der schwarzen Schutzhülle und den Swarovski-Kristallen.«

»Vielleicht auch bloß die Hülle allein, denn ein Handy zu behalten, finde ich nicht schlau. Auch nicht, wenn man die Speicherkarte entsorgt«, sagte Sandra.

»Genau die wäre superinteressant«, sagte Marlene. »Ich passe darauf, dass ein Mörder zum Vorschein kommen möge.« Sie biss sich auf die Unterlippe.

»Der müsste auch an Lauras Smartphone interessiert sein, denn die Verbindungen würden seinen Namen preisgeben«, gab ihr Sandra recht. »Ich werde mich dezent informieren«, sagte sie. »Ich wollte unsere Pensionswirtin sowieso fragen, wer in der ›Alpenwelt‹ noch Quartier bezogen hat, als Laura Philipp hier wohnte. Aber zuerst der kleine Italiener.«

Marlenes Hand sauste auf die Tischklingel an der Rezeption.

»Jetzt muss unsere Pensionswirtin reagieren«, sagte sie.

Uschi hatte einen etwas reumütigen Blick aufgesetzt, als sie um die Ecke kam. »Es kommt nicht gut, wenn ich versuche abzutauchen«, sagte sie, was einer Entschuldigung gleichkam. »Es riefen gestern einige Leute wegen des Zettels an. Ich hab alles notiert, natürlich hätte ich Ihnen Bescheid gegeben.«

»Natürlich.« Marlene war gar nicht überzeugt, dass das stimmte. »Abtauchen, geheimnissen, womöglich mopsen«, zählte eine mürrisch klingende Marlene auf. »Womöglich haben Sie sich hinreißen lassen.«

»Wovon reden Sie?«, fragte Uschi, und diesmal sah das Nichtwissen in ihrer Miene echt aus.

Marlenes Handy klingelte. Sie fischte das Gerät aus der Handtasche. Die Nummer kannte sie nicht, überlegte. Sollte es noch einmal der »Bulle vom Ammersee« sein …

Sandra sagte: »Handzettel«, und deutete ihr, das Gespräch anzunehmen, und signalisierte, sie würde Uschi ein wenig auf den Zahn fühlen.

Marlene war froh, denn ihre Assistentin war sicher diplomatischer als sie. Marlene nahm den Teilnehmer am Telefon an. »Marlene Borstel.« Warum ließ sie es so klingen, als wäre der Anrufer bloß aufdringlich? Sie hatte um eine Information gebeten. Vielleicht hatte hier jemand eine.

»Hier spricht Beatrice Baldoni.« Die Stimme war tief und hörte sich kultiviert und vornehm an. »Darf ich erfahren, wie die junge Dame auf dem Foto zu meinem Diamantarmband kommt?«

21. KAPITEL

Man muss sehr höflich zu sich sein, wenn man etwas Neues lernt.

Viktor hatte kurz einen Blick auf die eingegangene Nachricht geworfen, die Chefredakteurin von »Klassefrau« dankte ihm für seine prompte Erledigung. »Bitteschön.«

Er packte die mitgebrachten Gläser aus. Vielleicht sollte er sie in den Schrank stellen, damit der Housekeeping-Drache sie nicht aufspüren konnte. Viktor bereitete das Zubehör vor, setzte sich damit wieder auf den Boden.

Frank stand auf dem Zettel im Glas. Als er den Klebestreifen abzog und die Spur auf das Papier drückte, war die Schleife linksdrehend, aber ansonsten unauffällig. Frank war der unwahrscheinlichste Kandidat, der Kerl war ein Mordermittler, wahrscheinlich mit einer so was von blütenreinen Weste. »Wenn du mir auch ganz gewaltig stinkst«, sagte Viktor und nahm sich Egon Beusel vor.

Zehn Minuten später hatte er auch diese Spur sichtbar gemacht. – Nichts, obwohl er sich Egon wegen seiner nervigen Situationskomik als Schreiber der Karten gut hätte vorstellen können. Viktor war er manches Mal schon wie MacGyver vorgekommen. Na ja, den Föhn zu manipulieren, war jetzt kein Meisterstück. Andersherum: Viktor konnte froh sein, dass der Täter es an Ernsthaftigkeit hatte fehlen lassen, ihn mit dem Ding tatsächlich umbringen zu wollen. Tote konnten niemanden mehr fürchten. Bene Hotter war auch nicht die Narbe, seine Finger waren bloß irgendwie krumm geraten, man sah die Falten zwischen den Gelenken.

Die Totenwäscherin war die Letzte, deren Fingerabdruck er Grafitstaub entgegenblasen würde. Frauen mordeten vorzugsweise mit Gift, wurde gesagt. Ihm kam es ein wenig antiquiert vor. Viktor war der Meinung, Frauen konnten einen Mann mit etwas persönlichem Einsatz dazu bringen, dass *er* erledigte, was sie selbst gerne tun würden.

Franziska Schön, die Totenwäscherin, hakte er wenig später ebenfalls ab. An sie hatte er nicht wirklich geglaubt, aber wer etwas glaubte, der wusste es trotzdem nicht sicher. Beweis!

Es konnte doch nur jemand von der Crew sein. Jemand, der ihn gut kannte. Komparsen und Statisten wussten über ihn lediglich, was auf seiner Internetseite stand und was am Tisch gesprochen wurde – und das war denkbar wenig außerhalb des Drehplans.

Viktor hatte gerade erst angefangen, einige Dinge richtig seltsam zu finden …

Er hörte den Klingelton der Spezialisten – Peter Lässig. »Papa?«, fragte er. Er wusste, er hörte sich misstrauisch an. Was konnte denn noch sein, was war durchgeschlüpft?

»Ich habe da noch was entdeckt, der Brief muss irgendwo untergegangen sein«, sagte sein Vater. Untergegangen? Als würde Peter massenhaft Post bekommen. Noch ein Brief. Wurde der Unruhestifter größenwahnsinnig? Viktor sah die unliebsame Post schon vor sich, doch er täuschte sich gewaltig. »Der Schreiber ist Günter Dexter«, teilte ihm sein Vater mit.

Viktor behielt den Tod des Drehbuchautors kurz entschlossen für sich. »Was ist denn?«, fragte er, als Peter stockte.

»Na ja, du hattest einige Male mit ihm zu tun. Weiß ich, aber Mannomann, der schreibt Unsinn«, sagte sein Vater.

Viktor hatte begonnen, die Briefe und die andersartigen Karten, die seinen Vater erreichten, zu hassen.

Warum sollte ihm Günter überhaupt schreiben? Wenn er nicht auf der Treppe gestürzt wäre und sich den Hals gebrochen hätte, hätten sie sich gestern gesehen. »Dann lies den Unsinn bitte vor«, gab Viktor vorsichtig zurück.

»Lesen geht nicht, er hat einfach Buchstaben in den Wörtern weggelassen«, sagte sein Vater. »Die muss ich jetzt erraten, oder wie?« Peter gab sich wenig begeistert.

Buchstaben weggelassen; Viktor ließ sich das durch den Kopf gehen. Günter war ein sicherer Schreiber, der vergaß unter normalen Umständen keinen Buchstaben, außerdem sandte er die Post nicht an Peter Lässig, wenn er Viktor etwas mitzuteilen hatte. Der entschloss sich dazu, mitzuschreiben und den fehlenden Buchstaben im Wort zu markieren. Sollte das einen Code ergeben? Er bat den Vater, kurz zu warten. »Ich brauche Block und Stift und ja, du versuchst dich im Raten. Ich stelle dich laut.«

Sein Vater gab ihm stockend durch, was Günter Dexter geschrieben hatte.

»Hiero, ich bin es, wundere dich nicht. Tust du längst, ist mir auch klar – wegen der Story im Drehbuch. Das ist echt ein rasanter Krimi! Sollten wir keine Gelegenheit haben, allein zu reden, schau' dir meine Notizen an. Du musst zugeben, die Schleuder ist die perfekte Zweihandwaffe. Unter dem Siegel der Verschwiegenheit würde ich dir noch mehr verraten, aber die Zeit läuft. Liebe kann einen verwirren oder sie kann böse enden. Also, sei wachsam. Und denk' dran, zu viel Party ist echt ungesund.

Bleib penetrant, Günter«

Peter verkündete, er habe keine Lust mehr. Das war doch alles, oder?

Viktor war einigermaßen ratlos, doch das würde er mit sich ausmachen.

»Warum kannst du diesen Günter nicht fragen, was er meint?«, wollte sein Vater wissen.

Tja. »Günter Dexter hat einen anderen Termin«, sagte er. Viktor hatte die fehlenden Buchstaben gekennzeichnet.

L bei --- längst
a bei --- auch
u bei --- uns
r bei --- rasanter
a bei --- schau
p bei --- perfekte
h bei --- Zweihandwaffe
i bei --- Siegel
l bei --- Liebe
i bei --- Verschwiegenheit
p bei --- Party
p bei --- penetrant

Sein Vater fragte, ob er es kapiert hatte. Wenn zu kapieren bedeutete, dass er lesen konnte, dann schon.

Günter hatte die Buchstaben ausgelassen, die zusammengenommen einen Namen ergaben. Laura Philipp.

Schon wieder. Sie war andauernd in seinen Gedanken, sie war durch Marlene allzu präsent, die in Hiero den Mann sah, der zum Todesumstand beigetragen hatte.

Vor allem hatte Laura seine Frage unbeantwortet gelassen. – Warum sie ausgerechnet einen Filmkommissar fragen musste, wie ein Dieb vorgehen würde, der ein wertvolles Schmuckstück stehlen möchte.

Günter wies ihn auf seine Notizen hin und auf Laura.

Viktor verstand nicht, was das zu bedeuten hatte. Woher kannte Günter sie? Oder hatte er Laura nicht gekannt, nur gewusst, dass Viktor sie kannte? Worum ging es da?

Es musste tatsächlich von Bedeutung sein, denn der Brief an ihn machte sonst überhaupt keinen Sinn, und wie er ihn kannte, war Günter Dexter nicht unsinnig.

»Schau mal nach, ob sonst noch was rumliegt bei dir, das du mir mitteilen müsstest«, sagte Viktor. Er klang knurrig. Sein Vater konnte nichts dafür.

Laura war tot, Günter war tot. Mr. Unbekannt schrieb

gemeine Briefe und Mr. Alleswisser war bestens informiert und versandte Post an den Vater des Hauptdarstellers. Die beiden waren eine Person. So weit war Viktor schon gekommen. Außerdem durfte er sich fragen, woher der Kartenversender die Informationen bezog. Anvertraut hatte er sich niemandem, das fiel schon mal weg. Viktor müsste den Erpresser ertappen, wenn der ein Kuvert unter seinen Frühstücksteller schob. Das wäre ein Job für ganz frühe Vögel oder eine Nachteule.

Besser, du erledigst das gleich morgen, sagte er sich noch immer unsicher, ob er seinen Schlaf opfern wollte. »Von wollen kann ja keine Rede sein«, muffelte er.

»Was meinst du?«, fragte sein Vater.

»Selbstgespräche, die mich zu etwas überreden wollen.«

Peter gab einen undeutlichen Laut von sich. »Da liegt gerade nichts mehr rum, vielleicht bekommen wir in den nächsten Tagen neue Post«, gab er ungerührt zurück.

Wir. Hoffentlich nicht, wünschte sich Viktor.

Konnte man zwei Dinge gleichzeitig erledigen?, fragte sich ein Mann normalerweise nicht, denn zwei Sachen halbherzig waren schlimmer als nur eine gut machen.

Viktor brauchte dringend Zeit zum Nachdenken. Die hatte er nicht. Stattdessen beschäftigten sich seine Hände mit der Suche nach der Autogrammkarte für Hennys Oma Linde, während seine Gedanken ausloteten, was geschickt war, um Günters Order zu befolgen.

Eine Autogrammkarte aber hatte er in seinem Fundus entdeckt. Schöner Zufall, er hatte einige davon mehr oder weniger versehentlich zu seinen Unterlagen gesteckt. Das Foto stammte vom letzten Jahr. Viktor schaute in den Spiegel und fand, damals und heute machte keinen großartigen Unterschied. Nur seine Haare waren ein wenig länger als jetzt. Der Dreitagebart war auch da angesagt gewesen. Er widmete die Karte Hennys Oma, schrieb den vermeintlichen Casablanca-Satz dazu und setzte schwungvoll seinen Namenszug darunter.

Günter wollte, dass er sich seine Notizen anschaute, und die standen im Drehbuch des Regisseurs. Was würde Hiero Hart tun?, war gerade nicht die Frage. Viktor beschloss, er musste sich irgendwie Augustins Drehbuch organisieren. Um Fragen aus dem Weg zu gehen, würde Viktor sein eigenes Exemplar gegen das Original tauschen, möglichst unbemerkt.

Als Nächstes machte er sich daran, sein Drehbuchexemplar aufzumöbeln. Günters Ton und seine Art, sich Dinge aufzuschreiben, kannte Viktor, er würde den Drehbuchschreiber imitieren und hoffen, Augustin würde nicht auffallen, dass es nicht eins zu eins Günters Handschrift war.

Als Viktor auf jeder Seite des Skriptes wenigstens zwei Notizen, die zum Stoff passten, hinterlassen hatte und gerade an eine Kleinigkeit zu essen dachte, klopfte es an seiner Tür.

Als Nächstes bewegte sich der Griff langsam nach unten. Wie in einem billigen Gruselfilm, in dem der Held erstarrte und sich fragte, wessen Hand es war.

Gruslig fand Viktor nur, dass jemand gleich hereinkommen und ihn sehen würde, wie er sich an den Gläsern zu schaffen machte. Es war nicht genug Zeit zum Wegräumen, höchstens genug Zeit, seine Decke vom Bett zu reißen, sie über sein fragwürdiges Arrangement zu legen und sich an dessen Rand zu setzen.

Bevor er »ja bitte« sagen konnte, ging die Tür auch schon auf, und Augustin kam herein. »Hiero, ich muss da noch über eine bestimmte Sache mit dir reden.« Der Blick des Regisseurs ging zuerst auf Augenhöhe, bevor er Viktor am Rand seiner Bettdecke auf dem Boden erblickte. »Was machst du da unten?«

Was machte einer für gewöhnlich auf dem Boden? »Ein paar Lockerungsübungen«, gab Viktor zurück und versuchte, sich auf Hände und Füße zu stützen, die Knie anzuwinkeln, den

Rücken durchzudrücken, möglichst keinen Laut von sich zu geben und nicht auszusehen wie ein Faultier auf Liquid X.

Augustins Gesichtszüge verkrampften. »Sieht gar nicht so locker aus«, sagte er.

Fühlt sich auch alles andere als locker an, dachte Viktor. Er gab die Übung auf und zog sich am Bett in den Stand.

Augustin hatte seine Ledermappe dabei, aus der er das Drehbuch hervorzog. Die ungehefteten Seiten wurden nur durch eine große Klammer zusammengehalten. Augustin zog am falschen Ende, und in der nächsten Sekunde regnete es über 100 Blätter auf den Boden.

Das Gesicht des Regisseurs lief rot an, er schimpfte über seine Blödheit.

»Setz dich hin, ich habe die Blätter im Nu eingesammelt und wieder geordnet«, bot Viktor an. »Erzähl mir, warum du an meine Tür geklopft hast.«

Augustin nahm kurzerhand auf dem Bett Platz und schaute Viktor zu, wie er die Blätter einsammelte. Zum Glück zeigte das jeweilige Blattende eine Seitenzahl. Günter arbeitete ordentlich. »Kopfzerbrechen macht mir die Schulsekretärin – so schnell kriegen wir nämlich keine andere her. Die Agentur redet von einem neuerlichen Castingtermin, und ich rede davon, dass wir schon mittendrin sind. Also habe ich überlegt … Du findest sie doch auch ganz gut. Henny, meine ich.« Augustin wartete auf Viktors Bestätigung.

Der fand sie gut, aber ganz anders, als dem Regisseur recht sein konnte. Wahrheitsgemäß sagte er darum: »Der Typ Frau spricht mich durchaus an, aber eine nette Larve genügt nicht, sie muss in der Rolle überzeugen, und die Schulsekretärin und ich, wir haben einige wichtige Szenen zusammen.« Als er die Seiten wieder zusammenhatte, begann er mit dem Ordnen. »Henny zu küssen, kann ich mir ganz fein vorstellen.« Viktor zuckte eine Schulter.

In seinen Augen blitzte *Idee* auf: »Du gibst ihr das Skript von – wie heißt sie noch? – und lässt Henny ein paar Sätze der Schulsekretärin sprechen.« Viktor sah den unentschlossenen Ausdruck auf Augustins Gesicht und legte nach: »Gut, also Henny und ich. Zusammen. Vielleicht eine Probe, heute nach der Beerdigung. Wenn sie zustimmt, muss sie gut sein, und wir nehmen die Rolle der Kollegin der Lehrerin raus; das wären ohnehin nur zwei Sätze gewesen, die sie mit zwei Schülern wechselt. Die kann die Schulsekretärin mitübernehmen, sie war Melanie Rendls Freundin. Es passt auch ganz gut so. Ich frag' Henny, ob sie sich das zutraut. Und wir hören uns am Nachmittag an, ob wir es ihr zutrauen.«

»Ich wusste, ich werde Günter vermissen. Aber ich vermisse ihn weniger, wenn ich auf dich zählen kann, Hiero.«

»Kannst du«, beruhigte ihn Viktor und hoffte wirklich, es wäre am Ende Henny, die er küssen durfte. Er klopfte die Blätter des Drehbuchs zusammen, sodass die Kanten genau übereinander lagen, und gab sie Augustin zurück.

»Das Skript der Schulsekretärin lasse ich dir raufschicken. Für Henny. Erledigst du die paar Änderungen?«, fragte er. »Bitte handschriftlich, aber anständig.«

»Lässt du mir deins gleich da?«, fragte Viktor und sah seine Chance gekommen. »Dann verlierst du den Überblick nicht, der Regisseur muss wissen, wer zu welchem Zeitpunkt etwas sagt. Ich mache einen Button an die Stellen.« Außerdem könnte er sich die Seiten kopieren, dann hätte er Günters Notizen.

»Nein, ist nicht nötig, wenn es nur ein paar Sätze sind. Da verlass' ich mich. Ich brauche nicht noch mehr davon.«

Wovon mehr?, fragte Viktors Blick.

»Es war dieses Mal irgendwie alles anders, und Günter hat in den letzten Wochen immer mal wieder etwas eingeflickt, etwas anderes rausgenommen. Ich bin schier verrückt geworden mit dem Kram. Als hätte er zwischendurch nachrecherchiert. Günter schien mir nicht Günter, er war kopflos wie nie zuvor, und wir arbeiten immerhin schon geraume Zeit zusammen«, sagte Augustin.

»Ich weiß«, stimmte ihm Viktor zu.

Nachdem Augustin mit seinem Skript in der Mappe verschwunden war, nahm Viktor die Bettdecke vom Boden und legte sie wieder auf die Matratze. Dunkle Flecken zierten den hellen Stoff.

»So schmutzige Bettwäsche!«, hörte er den Housekeeping-Drachen schon giften und drehte die Decke um, so sah man das Malheur wenigstens nicht sofort. Die Gläser räumte er in den Schrank und legte eine seiner Shorts drauf. Viel Platz hatte er wirklich nicht im Zwergenzimmer unterm Dach.

Sein Handy klingelte. Viktor zog es aus der Tasche. Ein unbekannter Teilnehmer versuchte, ihn zu erreichen. Im ersten Moment überlegte er, ob er erreicht werden wollte, aber dann meldete er sich doch. »Hiero …« Stopp. »Viktor Lässig«, sagte er.

»Ich bin's. Du musst mir da was erklären.« Die Stimme klang tränenerstickt. Hinter dem Schniefen war schlecht jemand zu erkennen. »Hiero, hier spricht Liane Westend.« Ein Taschentuch dämpfte die Worte. Liane, wie das Ding zum Schwingen im Urwald. »Westend-Girl. Es tut mir so unendlich leid«, brachte Viktor mühsam hervor und wusste, er hörte sich nach fürchterlich schlechtem Gewissen an. Liane war Günters Freundin. Er hätte sie längst anrufen sollen.

Wie denn?, fragte er sich. Du weißt doch erst seit gestern Abend von dem Unfall. Rechtfertigung. Ziemlich unangenehm, aber doch eng verbunden mit der Wahrheit. Zu einer Erklärung, wie die Filmcrew davon erfahren hatte, kam Viktor nicht, weil Lianes Stimme brach. »Die Polizei sagt, es war ein Sturz!«, schrie sie. »Wie blöd muss man denn sein, über seinen gepackten Koffer zu fallen, hm? Ich versteh' es nicht. Was anderes auch nicht. Warum seid ihr beide euch plötzlich aus dem Weg gegangen, und was soll deine Nachricht auf dem Anrufbeantworter bedeuten?«

Viktor biss sich auf die Lippe. »Du hast mich ganz böse aussteigen lassen. Pass auf, dass ich es mit dir nicht genauso mache.« Seine aufgebrachten Worte. Liane hatte sie komplett falsch interpretiert. Sie hatte sich auch gleich einen Verdacht daraus gestrickt. Eine Verdächtigung mehr oder weniger … Verdammt. Marlene glaubte, Viktor habe etwas mit Lauras Tod zu tun, und Liane nahm an, dass er ihren Freund und seinen Kollegen über einen Koffer hatte fallen lassen, weil er beleidigt war? Das konnte doch nicht wahr sein. Überdies war er nicht mal in der Nähe gewesen. Aber er fand das bloße Anklingen des Verdachts schon komplett haltlos.

»Günter hat das Drehbuch normalerweise mit mir besprochen. Nur diesmal nicht. Ich war stinksauer, als er die Idee eingereicht hat, und bin es immer noch«, gab Viktor zu. »Es war so untypisch für ihn«, sagte er. »Liane, weißt du, wo sein Drehbuch ist?«

»Das Skript hat Augustin. Hiero, ich mochte dich immer, das weißt du, aber jetzt fällt es mir echt schwer. Günter hat gesagt, dass er dir etwas geschickt hat, das alles erklärt.« Ein abgehacktes Auflachen. »Aber du hast bloß die blöde Nachricht auf dem AB hinterlassen.«

Wie alt war der Brief, den ihm Günter geschickt hatte? Er musste seinen Vater fragen. Viktor hatte es die Sprache verschlagen, aber Liane hatte das Gespräch schon abgebrochen.

Sollte er glücklich sein, dass die Polizei seine emotional aufgeladene Nachricht nicht ernst nahm? Oder würden sie es noch tun? Schonfrist?

Frank Weiß hatte Günter gefunden. Viktor sollte vielleicht einmal mit ihm reden. Hätte er die Wahl, würde er allerdings lieber dem Hund seines Nachbarn Sprechen beibringen.

»Hiero, wohin des Weges?«, fragte ihn auch schon der Regisseur, als Viktor ihm mit seinem umsonst angepassten Skript im Hotelfoyer buchstäblich in die Arme lief.

»Einen Happen essen«, sagte Viktor, dabei blieb sein Blick auf dem Drehbuch hängen, das aus Augustins Ledermappe herauslugte. Er hatte seine Chance zum Tausch gehabt, sie aber nicht genutzt. Viktor war völlig unvorbereitet gewesen, zudem wäre die Aktion zu auffällig, denn Augustin würde sich genau an die Situation seiner fliegenden Blätter erinnern.

»Doch nicht jetzt, Hiero, wir legen gleich los – der Happen geht nachher sicher auch noch.« Augustin nahm Viktors Arm und bugsierte ihn mit leichtem Druck zur Tür hinaus.

»Wenn er nicht gestorben ist …«, warf Viktor ein und dachte an die Wildererplatte.

»Ich kann nicht lachen«, sagte Augustin. Er gab Viktor das Skript der Schulsekretärin.

Daraus würde für ihn eine zwischen-Tür-und-Angel-Erledigung werden. Viktor hoffte, es wären wirklich nur zwei oder drei Sätze. Er ließ sich auf den Beifahrersitz des Mercedes fallen. Augustin hatte gerade ein neues Thema angeschnitten, Viktor wollte weghören, weil er an Henny dachte, die ihm heute eine Spur reserviert vorgekommen war, als der Regisseur damit anfing: »Vielleicht bin ich schon vertrottelt oder überarbeitet … erinnerst du dich, dass ich dir vorhin das Drehbuch zeigte und von dir wissen wollte, was Günter mit seiner kryptischen Notiz gemeint hat.«

Viktor nickte kurz. »Ja«, gab er zurück.

»Ich hatte mich geärgert, weil er an jeder freien Ecke irgendwas hingekritzelt hat. Und jetzt steht plötzlich nichts mehr drin.«

Viktor riss den Kopf herum. »Die Notizen sind verschwunden?« Was nicht möglich war. Sicher, es gab diesen Punkt, an dem man sich selbst nicht mehr glauben konnte, aber das war keiner. Er befreite sich aus dem angelegten Gurt, drehte sich um, packte die Ledermappe, die Augustin auf den Rücksitz gelegt hatte, zog das Skript heraus und schlug es auf. Keine einzige Notiz.

Jemand hatte genau das getan, was Viktor vorgehabt hatte. Das Drehbuch ausgetauscht.

»Und ich mache mir noch Arbeit damit«, schimpfte Viktor.

»Hast du mir vorhin dein Skript untergeschoben?«, fragte Augustin.

»Nein.« Viktor war baff und sollte sich weniger gekränkt fühlen, weil er genau das hatte tun wollen. »Da will einer unbedingt das Originaldrehbuch von Günter Dexter in die Finger kriegen. Du bist weder vertrottelt noch überarbeitet«, sagte Viktor.

»So wie der Klau deiner Jeans.« Augustin schüttelte den Kopf. »Lauter Idioten. Wir kriegen es auch so hin.«

Viktors Blick richtete sich nach innen. Er glaubte weniger an Idioten, das Drehbuch würde sicher nicht auf einer Verkaufsplattform im Internet angeboten. Viktor glaubte vielmehr an den, der etwas zu verbergen hatte. Günter fand das auch, nur wen hatte der Drehbuchschreiber im Blick gehabt? Woher kam die unsichtbare Gefahr?

Ein Umtausch war kein Diebstahl. Aber anders als gedacht hatte der Unbekannte wohl doch einen Plan. Und wahrscheinlich außerdem ein finsteres Geheimnis. Scheiße.

»Zeig mir dein Drehbuch, Hiero. Dann kann ich dich wenigstens ausschließen.«

Was jetzt? Viktor schlug sein Skript auf und hoffte, er würde eine Seite erwischen, die nicht vor dümmlichen Notizen strotzte. Augustin warf nur einen kurzen Blick darauf und nickte. »Günters Anmerkungen konnte man wenigstens lesen«, sagte er. Viktor fiel ein Stein vom Herzen. Er rollte seinen Text wieder zusammen. »Wer, glaubst du, hat es?«

»Ich habe es doch bei jeder Gelegenheit dabei. Kann mir schwer vorstellen, dass das eine Art Fanartikel sein soll«, sagte Augustin.

Konnte sich Viktor auch nicht – es war grade mal Tag zwei, und schon kam es einem vor, als hätte sich ein Zeitraffer über die sich langsam abspielenden Ereignisse hergemacht.

»Dir ist aber nichts Seltsames passiert, seit wir im Hotel ›Wassermann‹ sind? Keine kleinen Unglücke?«, hakte er nach.

»Jetzt, wo du davon anfängst …«, begann Augustin, und Viktor sträubten sich die Haare.

»Das kleinste Unglück ist meine Schusseligkeit. Heute kam es mir vor, als wäre meine morgendliche Herztablette wirkungslos. Um Aufregung geht's nicht, nur leider ist meine Pumpe nicht mehr die fähigste und braucht ein wenig Unterstützung. Ich habe ein Schächtelchen mit einer Einteilung für jeden Tag. Die von heute Morgen schmeckte irgendwie süßlich. Medizin ist bekanntlich bitter, schon immer gewesen.«

»… was Schauspielern und dem Regisseur an einem Drehtag alles passieren konnte.« Es wurde weder wörtlich noch konkret gedroht, Viktor hatte die morgendlichen Briefe bislang nicht ganz ernst genommen, ärgerte sich nur sagenhaft, dass er sie überhaupt bekam. Also wurde er gezwungen, besser zuzuhören?

Er würde jetzt nicht den Fehler machen, Augustin aufzuscheuchen, indem er ihm von seiner Morgenpost erzählte, sonst würde der zur Polizei laufen, und die hatten sie auch vor Ort in Gestalt von Frank Weiß.

»Wenn du dich an einige von Günters Anmerkungen erinnerst, schreibe ich die für dich ins Skript«, bot Viktor an. Er hielt es in der Hand, blätterte, ob ihm etwas entgegen sprang.

»Das waren zu viele«, bedauerte Augustin. »Aber eine hab ich mir gemerkt. Im Drehbuch ist es ausgerechnet der Dialog des Spurensicherers, aber Bene Hotter sagt so was eigentlich nicht. An der Stelle ist es auch absoluter Schwachsinn.« Er runzelte die Stirn und stellte den Mercedes am leicht abschüssigen Gehsteig vor zwei markisenüberdachten Schaufenstern in der Mühlfelder Straße ab.

Viktor lachte kurz auf. »Die Tote wurde unter scheinbar unauffälligen äußeren Umständen im Ammersee aufgefunden.« Im Ammersee. Günter hätte sich nicht derart vertan. *Unauffällig*, wo jemandem etwas auffallen musste?

Wer war ermordet worden? Laura Philipp? Von wem? Wie? Viktor hatte Marlenes Frage noch im Ohr: Hast du meine beste Freundin in den Tod getrieben? Was dachte sie denn, was er getan hatte? Er rieb sich übers Kinn.

Augustin scheuchte ihn aus dem Wagen. Sie hatten vor dem Bestattungsinstitut gehalten. Das unentschlossene Rosaorange der Fassade wirkte in jedem Fall freudiger und ausgelassener als das, was hinter diesen Mauern vorging. Vielleicht Absicht. Allerdings eine ganz neue. Viktor rieb sich die Augen, das kannte er anders. Sie waren ja nicht zum ersten Mal hier. Die Deko im Schaufenster hatte etwas Tristes; ein alter brauner Stoff war gespannt worden, davor lag eine umgekippte Amphore, der arrangierte Verhau daneben (Steine und Blätter) kündete von einem lange zurückliegenden Todesfall. Keine Spur bayerisch, dafür sehr griechisch.

»Hat der Inhaber gewechselt?«, fragte er.

»Familienbesitz, soweit ich weiß. Vielleicht hat der ältere Graf an den Jüngeren übergeben und der Sohn hat geheiratet«, mutmaßte Augustin.

»Eine Griechin«, warf Viktor ein.

»Was?«

Viktor schüttelte den Kopf.

»Komm, Hiero, nicht so zaghaft. Die anderen sind schon drin, der Bestatter hat außer uns noch andere Gäste.«

Die keine Eile mehr hatten, oder doch? Viktor wusste, diese Räumlichkeiten wurden, anders als die der Metzgerei, die angebliche Außenstelle der Rechtsmedizin, tatsächlich für Verstorbene jeder Kategorie genutzt. Sie mussten in den Hygieneraum, in dem die Toten im wirklichen Leben, abseits von Kameras und Film, tatsächlich desinfiziert und gewaschen wurden. Wahrscheinlich war es gar nicht so schlecht, dass er außer dem nicht sonderlich opulenten Frühstück nichts im Magen hatte. Die Rolle der Leiche würde er hier nicht um viel Geld spielen wollen.

Augustin steuerte zielsicher den Versorgungsraum an. Er stieß beschwingt die Tür auf, verkündete: »Hiero hat getrödelt«, und begann mit seinen Anweisungen, wo er die Kamera brauchte.

»Hiero kann gleich wieder gehen«, sagte der Kameramann. Er hatte hier keine Szene, genau genommen stand er womöglich im Weg in dem hell gekachelten, klimatisierten Raum. Der glänzende Stahltisch mit einer Waschvorrichtung und die lange Ablagefläche mit Instrumenten sorgten nicht unbedingt für ein Wohlgefühl.

Im Film stimmte zwar das Umfeld, aber die Totenwäscherin wollte es luftig und taghell, die Kamera würde Franziska Schön wie jedes Mal samt ihrer Leiche mit einem geöffneten Fenster im Hintergrund zeigen. Hier ging das nicht, es musste dazugeschummelt werden, was die findige Editorin sicher wie immer exzellent drauf hatte.

Auf dem Stahltisch lag ein weißes Tuch. Wie nur hatten sie die Lehrerin dazu gebracht, sich da drauf zu legen?, fragte sich Viktor.

»Wenn die wüsste, dass sie auf einem sauber geschrubbten Totentischchen liegt …«, nuschelte Augustin und grinste schlitzohrig, als hätte der Regisseur Viktors Frage aufgefangen.

Kamera ab, deutete Augustin.

Franziska, auf deren feinem Gesicht sich jede Regung zeigte, war die Frau mit dem französischen Zopf, der für die Aufnahmen kunstvoll seitlich geflochten wurde. Sie strich über die Haare der Toten, ihr Gesichtsausdruck ein wenig bedauernd, in ihrer Miene spiegelten sich 100 Fragen an die Ermordete. Die Zuschauer mochten die Filmfigur, einige hatten sogar geschrieben, sie wollten sich nur von ihr herrichten lassen, weil sie dem Tod ins Gesicht sehen konnte. Film und Wirklichkeit wurden gar nicht so selten durcheinandergebracht. Für die Schauspieler war das ein Kompliment. Für die Zuschauer ein bisschen viel Fantasie an der falschen Stelle.

Die hatte aber nicht dazu geführt, dass jemand Augustins Drehbuch stibitzte.

»Was hast du dir zuschulden kommen lassen, meine Hübsche?«, fragte Franziska anteilnehmend.

Sie sprühte eine reinigende Flüssigkeit auf die Haut der Toten und tupfte sie anschließend trocken. Dann nahm sie eine Hand und überlegte, die Fingernägel vielleicht abzudecken. »Was meinst du, ich ziehe dir elegante Handschuhe an.« Franziska nickte, als hätte sie eine Antwort bekommen. »Sicher konntest du der Rechtsmedizinerin einiges von dir zeigen, den Rest wird Hiero herausfinden.«

Sie strich mit zwei Fingern den Y-Schnitt nach, der schräg von beiden Schlüsselbeinen zum Brustbein verlief.

»Ahh, das kitzelt«, prustete die Leiche.

»Neeein«, schimpfte Augustin. »Schnitt. Das war jetzt grade so toll atmosphärisch. Die Stimmung ist weg«, klagte der Regisseur.

»Reg dich nicht auf, die Stimmung zaubern wir im Nu wieder her«, versprach Franziska.

Viktor gähnte, er war in eher apathischer Stimmung, hitzig waren im Moment nur die Scheinwerfer. Ein geöffnetes Fenster wäre jetzt wirklich angenehm.

»Wie lange dauert das da drin noch?«, rief eine Bassstimme, und der Bestatter steckte seine breite Nase zur Tür herein. »Weil ich hier einen Fall habe und einen Klienten, der muss noch überführt werden.«

»Der hat doch weder einen Fall noch einen Klienten. Überführen finde ich jetzt auch ganz schön großspurig«, staunte der Mann hinter der Kamera grinsend.

Augustin verkniff sich sicherheitshalber jede Äußerung. Es stand ihm deutlich ins Gesicht geschrieben, was er von solch dummen Bemerkungen hielt. Viktor klopfte ihm aufmunternd auf die Schulter.

»Wir sind hier gleich so weit«, gab Augustin Auskunft und

drückte sich beide Daumen in die Handflächen. Es möge so sein, hieß das. Er wandte sich wieder der Totenwäscherin zu. »Die Handbewegung ist gut, du fährst der Leiche noch mal über die Naht, und die Tote hält die Luft an. Dann erzählst du noch ein paar nette Dinge«, er blätterte im Skript, hielt kurz inne, als er sah, dass dort nirgendwo Notizen standen, und meinte dann: »Du kämmst ihr die Haare zurück, dabei entdeckst du etwas.«

Augustin raunte Viktor zu: »Jetzt gehen mir sogar Günters Kommentare ab, nicht zu fassen!«

Viktor fragte sich, warum der Dieb die so dringend haben wollte. Was stand in Augustins Drehbuch?

Hier im Versorgungsraum war wirklich die genau richtige Umgebung, seine Gedanken wandern zu lassen, bloß kamen die gar nicht erst nach draußen. Ob er unbemerkt verschwinden konnte? Da war er losgezogen, ohne sich um etwas zu trinken und um Verpflegung zu kümmern. Am Ende würde es vielleicht doch eine Fischsemmel werden. Ihm war heiß, seine Kehle staubtrocken. Er sah, dass der Tonmeister sich ein Glas auf die Ablagefläche gestellt hatte. Er trank einen Schluck. Viktor hatte gleich darauf seinen Durst vergessen. Es war die Handbewegung des Mannes. Der Daumen auf der einen Seite, auf der anderen Mittel-, Ring- und kleiner Finger. Der Zeigefinger lag überhaupt nicht auf, berührte das Glas nicht.

Viktor blinzelte. »Ich bin ein echtes Antitalent«, und biss sich auf den Zeigefinger.

»Du hast grade keinen Text«, sagte Augustin zu ihm. Viktor nickte. Den hatte er natürlich nicht und offenbar auch nicht den nötigen Überblick. Er hatte kein bisschen darauf geachtet, wie die Leute ihre Gläser in die Hand nahmen. Auf dem Brief hatte sein morgendlicher Schreiber einen Zeigefingerabdruck hinterlassen; was aber, wenn Viktor die Narbe nicht gefunden hatte, weil sie auf keinem der Gläser auftauchte, weil der seinen Zeigefinger gar nicht benutzte, um ein Glas zu halten; wie der Tonmeister.

Alles umsonst?, durfte er sich ruhig fragen. Er musste sich etwas anderes einfallen lassen. Das milde Lächeln von Franziska galt nicht ihm. Die Totenwäscherin begann ihr Gespräch mit der Frau vor ihr auf dem Tisch. »Ich mache dir die Haare schön.«

Der Kameramann lachte. »Das ist aus einem Liedtext.«

»Da heißt es doch anders«, winkte der Tonmeister ab.

Augustin blies die Backen auf und rieb sich über die Stirn. »Wenn das im Drehbuch so steht, dann hat sich Günter was dabei gedacht.« Er verzog unwillig das Gesicht.

Franziska ließ sich davon nicht beeindrucken, sie wiederholte es, kämmte die Strähnen zurück, stutzte, sah genauer hin, drehte den Kopf der Toten zu sich und ins Licht. »Da stimmt was nicht.« Selbstgespräch: »Es könnte auch ein Schatten sein. Aber was, wenn es keiner ist?« Die Totenwäscherin fasste sich mit einem Finger an die eigene linke Schläfe, schaute anschließend wieder auf die seitliche Stirnpartie der Toten. Dann zückte sie ein Smartphone, brachte sich in Position und machte ein paar Fotos. »Das muss sich noch jemand genauer anschauen. Unter die Erde kommst du mir so nicht«, sagte Franziska abschließend.

»Das war's von der Totenwäscherin.« Augustin schnalzte mit der Zunge, schon war er dabei, erleichtert einen weiteren Punkt abzuhaken. Er zeigte an den Fingern die folgenden Szenen auf. Die erste meinte Franziska. »Du versendest deine Nachrichten samt dem Foto, dass du hier aufgenommen hast. Danach treffen die Rechtsmedizinerin und Hiero am Sarg in der Friedhofskapelle aufeinander. Bisher stimmt die Reihenfolge. Gefällt mir«, sagte Augustin. »Und jetzt auf zur aufgegebenen Gärtnerei. Da sehen wir Bene Hotter und Hiero Hart, die ihrer ersten Spur nachgehen.«

»Mach's gut, du feine Wildererplatte!« Wahrscheinlich mit Spätzle und einer schönen Soße. Viktor bemerkte einige Blicke, gut möglich, dass er gerade enttäuscht aufgeseufzt hatte.

22. KAPITEL

Nimm dich in acht von Aktivitäten, für die man sich neu einkleiden muss.

»Ein Glück, du bist es«, seufzte Marlene erleichtert, als sie Hennys Telefonstimme erkannte. Die Blonde klang atemlos oder schlimmer. Henny hatte keine Ahnung, ahnte aber, dass irgendwas passiert war. Hatte sich jemand wegen der Handzettel gemeldet?

Henny musste gestehen, sie war neugierig, was sich ergeben hatte. Und sie wollte unbedingt herausfinden, was »Madame Wunderbar«, wie Tim sie genannt hatte, und Hiero Hart verband. Sie würde Marlene garantiert nicht so plump darauf ansprechen. Tat sie auch nicht. »Hast du Lust«, fragte sie, »und wir sehen uns gleich zu den Dreharbeiten am Uferweg bei der Gärtnerei, gehen anschließend vielleicht eine Kleinigkeit essen?«

»Dieser Vorschlag gefällt mir von allen am besten«, gab Marlene zurück. »Ich möchte dich außerdem etwas fragen«, sagte sie und wieder meinte Henny, dass das von Marlene nicht bloß so dahingesagt war.

Das Absperrband war wieder angebracht worden. Beobachtet wurde diesmal aus geringerer Entfernung.

Der harte Kern, wie Henny die Fans für sich nannte, hatten sich erneut eingefunden. Sie riefen sich etwas zu, machten Fotos mit ihren Handys, winkten den Schauspielern, einer stimmte sogar eine Art Sprechgesang an, und das war, wie Henny erfuhr, der Spruch des Spurenlesers Bene Hotter. »Nur wo kein Weg ist, hinterlässt man eine Spur.«

Allgemeine Zustimmung. Eine eingeschworene Gemeinschaft, aber das musste man vielleicht sein. Als Marlene sagte: »Hallo, Detektivin«, schluckte Henny. Ich wusste nicht, ob ich dich noch leiden kann, dachte Henny, aber Marlenes Lachen war unwiderstehlich und ehrlich, fand sie.

»Hallo, Schirmherrin«, scherzte Henny, weil Marlene sie am Vortag unter ihr Regendach hatte schlüpfen lassen. »Es hat sich was ergeben?« Damit meinte sie nicht die Episode »Damenklo«. Aber sie hatte einen Nerv getroffen.

»So sieht es aus«, sagte Marlene. »Woran erkennt man ein schlechtes Gewissen?«

Merkte man ihr das an?, fragte sich Henny. Wenn ich so aussehe, dann habe ich mir den falschen Job ausgesucht.

»Ich bin froh, dich zu sehen«, atmete Marlene befreit durch.

Es ging gar nicht um sie, war Henny erleichtert. »Ein schlechtes Gewissen, das sind gerötete Wangen, ein abgewandter Blick, eine schnellere Atmung«, beschrieb es Henny.

Marlene wandte den Kopf. »Ich glaube, ich brauche eine andere Perspektive. Ich möchte deine Dienste in Anspruch nehmen.« Marlene schien eine Spur verlegen. War das die Frage, die sie vorher erwähnt hatte? Henny sah sie eine Hand auf ihr Armband legen. »Was ist das Geheimnis des Armbands?«, fragte sie.

»Dass mich eine Frau anrief und sagte, es sei ihres«, sagte Marlene unglücklich.

Die Behauptung konnte auch eine Lüge sein. »Du triffst dich mit der Frau?«, riet Henny. »Dann finde heraus, wann sie den Schmuck zuletzt trug, seit wann sie ihn vermisst, und lass dir ihren Verdacht erzählen.« Kein Rauch ohne Feuer, aber dem war nicht immer zu trauen; Gerüchte funktionierten auch bloß mit einem kleinen Funken.

»Kenne ich. Feuer im Herzen gibt Rauch im Kopf.« Ein Schmunzeln. »Würdest du mich begleiten?«, fragte sie, und Henny zögerte, was Marlene falsch interpretierte. »Du hast ja recht, ich will nichts Schlechtes über meine Freundin denken.

Ich hoffe, dein Blickwinkel zeigt nichts auf, was ich nicht hören will. Ich hab die ganze Zeit angenommen, es war das Geschenk ihres Liebsten, weil Laura sich die Diamanten nicht leisten konnte. – Sie sich auch nicht geleistet hätte, hätte sie gekonnt. Zu auffällig, nicht ihr Stil«, fügte sie hinzu.

Der Mann auf dem Foto, der den Arm um sie gelegt hatte, vermutete Henny und wusste, genau das glaubte Marlene und nahm an, der Liebste war Hiero Hart. Sie musste Marlene sagen, dass sie womöglich nicht objektiv genug war, um den Auftrag zu übernehmen.

Oma Linde hatte etwas von Geistesblitzableitern gewusst, die man dann und wann durchaus nötig brauchte. Zum Beispiel jetzt gerade, dachte sie. Henny hatte den Mund aufgemacht, da kreischte neben ihr eine Frau: »Hiero!«

Ein Paar aufgerissene Augen und ein offen stehender Mund, als Hiero Hart zu ihnen herübergelaufen kam. Die Menge glitt auseinander, als hätte jemand sie mit einem Stab geteilt.

»Henny.« Über sein Gesicht lief ein Strahlen. Henny schaute Marlene an. »So ist es nicht«, sagte sie und wusste nicht, wofür sie sich da rechtfertigte. »Darf ich Ihnen Marlene Borstel vorstellen?«, sagte sie einen Moment später ein wenig starr und kam sich gerade vor, als wäre sie kilometerweit von der Situation entfernt. Das dazugehörende Gefühl hatte mindestens im Gefrierfach gelegen.

»Ihnen?«, fragte Marlene, meinte die förmliche Anrede, wo sie offenbar dachte, Henny und er wären aufgrund des freudigen Ausdrucks besser miteinander bekannt.

Marlene wandte ihr Gesicht dem Schauspieler zu und reichte Hiero ihre Hand. »Hieronymus Hart … ich bin nicht wirklich fasziniert, Sie schon wieder kennenzulernen.«

»Kennengelernt haben Sie mich doch noch immer nicht, Marlene.« Er gab deren Hand nicht frei, drehte sie nur etwas. Im einen Augenblick klang er belustigt, im nächsten sah Henny, dass sein Blick das Armband ins Visier genommen hatte. »Das gehörte Laura«, sagte er nachdenklich. »Ich dachte, sie hat es getragen, als …« Er beendete den Satz nicht. »Sie bringen sich möglicherweise in Gefahr, Marlene. Damit.« Ein kurzes Tippen auf den Schmuck.

»Drohen Sie mir?«, schoss Marlene zurück.

Er schüttelte den Kopf. »Nein, ich bin das nicht.«

Henny hatte keine Mühe, dem Inhalt des Dialoges zu folgen, sie verstand nur gerade überhaupt nicht, wovor Hiero Marlene warnte.

»Laura wurde …« Was Laura wurde, verstand Henny nicht. Entweder er hatte es nicht gesagt, oder nur leise vor sich hin geflüstert.

»Die Detektivin und ich, wir werden Sie im Auge behalten«, betonte Marlene.

Ein wütender Hiero erwiderte hart: »Sie sind nicht mal ausgefuchst genug zu erkennen, wessen Augen sich in Ihren Rücken bohren. Es sind nicht meine, Marlene.« Betont.

Henny war gerade noch außen vor, da fragte er: »Wo haben Sie Ihre Detektivin versteckt? Die würde vielleicht einige – zielgerichtete – Fragen – stellen – können.« Er unterteilte den Satz, dessen Mitteilung Henny nicht entging. Die Stunde der Wahrheit, auch wenn Henny es auf die Art nicht gewollt hatte. »Henny Ferber, Detektivbüro – Sie wollen etwas wissen, wir finden es für Sie heraus.« Es kam ihr nicht so leicht über die Lippen wie sonst, weil sie in seine Augen schaute und darin pure Ernüchterung erkannte.

»Schön«, erwiderte er, und sie wusste nicht, wie er es meinte.

Dann hatte er sich wieder im Griff. Er wurde geschäftsmäßig. »Hätten Sie Interesse daran, eine bedeutungsvollere Rolle im Film zu übernehmen?, soll ich von Augustin bei Ihnen vorfühlen. Falls ja, dann treffen Sie mich nach dem Termin am Friedhof im Hotel ›Wassermann‹.«

»Sie wollen mich?«, fragte Henny und blinzelte. Kammerflimmern. Er sagte nichts, aber Henny sah sein leichtes Nicken.

»Ich bringe das Autogramm für Oma Linde mit.« Sein Blick senkte sich in ihren, seine Hand berührte vorsichtig ihr Kinn, und ein zärtlicher Finger drehte es in seine Richtung. »Finden Sie heraus, was immer Sie möchten, aber glauben Sie nicht alles.«

Es war so still, man hätte auch ein Blatt zu Boden flattern hören. Hiero wandte sich um, ohne einen Blick zurück. Der Regisseur winkte den Hauptdarsteller zu sich her.

Ein kollektives Ausatmen war zu vernehmen. Getuschel, ein paar Seufzer: »Wie gern wäre ich an deiner Stelle gewesen.«

»Und ob der dich will«, sagte jemand.

»Uhh, was war das denn?« Marlenes Hand fuhr zum Mund.

Henny vermutete, sie war gerade erdbeerrot geworden. »Um zu sehen, was mit dir los ist, braucht es keine Detektivin«, bemerkte Marlene.

»Ich weiß nicht, was mit mir los ist«, gab Henny zurück. »Ich fühle mich zu ihm hingezogen und sollte es nicht. Aber in einem liegt er ganz richtig, ich werde ihm Fragen stellen, und sollten die ihm unangenehm sein, dann ist das einzig Hiero Harts Problem.«

»Jetzt weiß ich wenigstens, warum er mich gestern Nacht keines intensiveren Blickes gewürdigt hat«, lachte Marlene. »Der Typ ist verliebt. Henny – bitte gib auf dich acht. Trau ihm nicht. Er ist ein Schauspieler.«

Genau das hatte Henny vergessen. Viktor Lässig war ein Schauspieler, sogar einer, der für seine Rolle des Asher in »Sprachlos bis zum letzten Tag« eine Auszeichnung bekommen hatte. Über Hiero Hart wurde gesagt, er könne mit seinen Empfindung von einer auf die andere Sekunde umschalten, wie es die Stimmung erforderte, doch Asher, der taubstumm war, brauchte wenig davon; für diese Rolle waren Mimik und Gestik gefordert. Körpersprache.

»Willst du noch bleiben und schauen?«, fragte Henny.

»Natürlich. Ich bin noch an einigen anderen von den Herrschaften interessiert, weil ich mir denke, die Filmleute verbringen Zeit zusammen, reden miteinander. Ich bin scharf auf ihre Erinnerungen, die mir vielleicht einen Hinweis geben«, sagte Marlene. »Das war ich von Anfang an«, bekannte sie. »Mit Hieronymus Hart habe ich es falsch angepackt. Den wollte ich erschrecken, am Ende hat er mich erschreckt«, gab sie zu.

Henny glaubte zu wissen, worauf Marlene anspielte. »Er hat das Armband erkannt, was aber nicht heißt, dass er es ihr geschenkt hat.« Was aber sehr wohl bedeutete, er war Laura Philipp so nahe gekommen, dass er es zweifelsfrei wiedererkannte.

»Er weiß viel mehr«, glaubte Marlene.

Gib den Unschuldigen eine Chance, dachte Henny und hatte keine Ahnung, wie unschuldig der Schauspieler sein konnte.

»Ich frage ihn«, sagte Henny. Jawohl.

»In die Kamera in meinem Kopf ätzen sich manche Bilder tief und deutlich ein. Ausgerechnet das vom gestrigen Abend, wir beide auf dem Mädchenklo. Ich wollte ihm tief in die Augen sehen. Ich dachte wirklich, wenn ich ihn in eine absurde Situation bringe, in seine Augen sehe und ihn über Laura frage, ihm keine Zeit lasse, sich etwas zu überlegen, würde ich am ehesten eine Lüge erkennen. Alles für eine Antwort. Verführung hatte ich nicht vor«, sagte Marlene. »Was meinst du, bist du dabei? Was kostet es, eine Detektivin zu engagieren?«

Henny nannte Marlene ihren Preis, die spuckte sich in die Hand und hielt sie Henny hin. Henny musste lachen, spuckte in ihre und schlug ein. »Einigen wir uns darauf – keine Geheimnisse mehr«, sagte sie.

»Abgemacht«, erwiderte Marlene. »Und weil ich denke, dass es dich vielleicht interessiert. – Ja, Hiero Hart ist sehr attraktiv, charmant, wenn er will, aber meine Kragenweite ist er überhaupt nicht.«

War ihre Zuneigung so offensichtlich?, musste sich Henny fragen. »Wann treffen wir die Dame, die angeblich ihre Diamanten vermisst?«, wollte sie wissen.

23. KAPITEL

Ich wünschte, ich könnte, aber ich will nicht.

Viktor musste das Ding durchziehen und fühlte sich augenblicklich nur von Schatten umzingelt.

An Marlenes Handgelenk schimmerte Lauras Diamantarmband.

Hatte die das Armband nicht getragen in der Nacht ihres Todes? Natürlich erkannte Viktor den Schmuck, und wieder dachte Marlene in die absolut falsche Richtung. Er hatte die Nummer auf seinem Arm am Abend nach dem Speed-Dating gewählt. Das Erste, was Laura am Telefon sagte, war: »Hoffentlich sind Sie es, Sophie Elster.« Spätestens in dem Moment hatte er gewusst, er hatte keine Chance bei ihr, doch das konnte der Beginn einer Freundschaft sein. Es war der Beginn ihrer Freundschaft.

Aber da hatte der Tod schon Fühlung aufgenommen.

Lauras Superheld hatte es ihr geschenkt, wie sie ihm erzählte. Die Liebesgabe hatte sie schon vorher infrage gestellt, sie für ein Versehen gehalten. Als Viktor Laura kennenlernte, war sie dabei, das Geheimnis der Diamanten aufzuschlüsseln. Sie glaubte, der Mann, in den sie sich verliebt hatte, hätte den Schmuck geklaut und ihn ihr geschenkt.

Um zu wissen, was von Wert war, wonach man die Finger ausstreckte, konnte es nicht sein erstes Mal gewesen sein.

Der Superheld war ein Dieb, vielleicht Schlimmeres.

Laura wollte für sich noch etwas mehr herausfinden und es Viktor an jenem Abend erzählen, ihm den Namen des edlen Spenders nennen.

Er hatte sie nicht gedrängt, sich ihm zu offenbaren. Frauen mochten diese direkten Fragen nicht, wenn sie Männer betrafen, was andersherum natürlich nicht galt. Eine Frau durfte einem Mann jede beliebige Frage stellen und ihre Neugier befriedigen. Er lachte kurz auf.

»Hiero, können wir?«, fragte Augustin. »Ist ja prächtig, dass du gut gelaunt bist, obwohl du noch immer nichts gegessen hast.«

»Besser, du hättest das jetzt für dich behalten«, sagte Viktor.

Augustin nahm kein Mindestmaß Anteil. Solange der Hauptdarsteller nicht umkippte, fand Viktors Appetit überhaupt keine Beachtung.

»Der Spurenleser hatte in der letzten Szene den Gedanken geäußert, dass die Lehrerin nicht weit gerannt sein kann. Die Rechtsmedizinerin gibt ihm da recht, denn ihr Knöchel war tatsächlich verstaucht, die Lehrerin war gehandicapt.«

Der Kommissar und Bene Hotter mussten jetzt auch nicht weit laufen. Viktor schaute noch einmal ins Drehbuch. Sie würden Juliane Garaus' Untersuchung und die Ergebnisse der Toxikologie über ein paar pointierte Dialoge voranbringen.

Viktor war mit seinen Gedanken woanders. Augustin riss ihn zurück.

»Neue Szene. Die Kamera geht mit Hiero und Bene mit. Das Gärtnereigelände taucht auf«, beschrieb er, was zu sehen sein musste. Viktor schaltete um auf Hiero Hart.

»Das Schild, das an seinen Ecken ein wenig grünlich schimmert, verkündet ›zu verkaufen‹. Bene ist klar, dort müssen sie sich umschauen«, lautete Augustins Anweisung. »Seid gespannt und vermittelt Spannung. Hier stehen euch die Dialoge nicht zur Seite, hier ist verstärkt Mimik gefragt.« Wunderbar, Hiero. Falsch gelesen, so weit waren sie noch nicht. »Und action!« Augustins Finger sauste herunter, gab das Zeichen zum Start.

Vor ihnen tauchte ein Schuppen auf. Die Tür stand einen kleinen Spalt offen, was Bene dazu veranlasste, vorsichtiger aufzutreten. Hiero hielt ihn mit einer Handbewegung zurück. Es gab einen Riegel mit einem Vorhängeschloss, in dem ein Schlüssel steckte, das locker herunterhing. Sie warteten einen Moment, verständigten sich durch einen Blick, es war kein Geräusch zu hören, weshalb Hiero die Tür aufriss.

»Schnitt«, tönte Augustin. »Gut gemacht. Jetzt fällt Licht ins Innere, zeigt, was Hiero und Bene sehen.«

Eine Gartenliege aus weißem Plastik stand mitten im Raum, und während alles andere staubig war, sah die Liege benutzt aus.

»Jemand war an das Ding gefesselt«, sagte Bene, und Hiero fragte, warum er so sicher sein konnte. »Der Täter hatte Zeit, ein wenig aufzuräumen, aber ihm ist der weiße Kabelbinder entgangen«, er deutete vielsagend darauf. Das Weiß des Kabelbinders machte ihn auf der weißen Liege nahezu unsichtbar.

Bene beugte sich über die Rückenlehne und danach über die Armstützen des Stuhls, roch daran und fuhr mit zwei Fingern darüber. Hiero wartete.

»Jemand hat furchtbar geschwitzt, es riecht nach Angst.« Dem folgte die Erklärung, wie Angst roch. Empfand man sie, wurden Eiweiße, Fettsäuren, Cholesterin und Harnstoff ausgeschüttet, Bakterien machten sich anschließend über den Schweiß her, Buttersäure entstand.

Kamera, Licht und Ton kamen jetzt ins Innere des Schuppens; zuerst änderte sich die Perspektive der Kameraeinstellung, danach die Blickrichtung der Protagonisten. Hiero und Bene wandten sich zur Tür um.

In einem der Bretter hatte sich ein kleiner Ast befunden, den jemand nach draußen befördert hatte. »Kratzspuren auf dem Holz, das Stück eines Fingernagels. Blutig. Die Lehrerin hatte Gelegenheit zu sehen, wo sie gefangen gehalten wird«, sagte Hiero und zog einen kleinen Beutel aus seiner Tasche, wo er den Beweis dafür, dass jemand unbedingt hinauswollte, mit der entsprechenden DNA zweifelsfrei erbringen konnte.

»Die Tür geht nach außen auf, keine Chance die ohne ein Werkzeug aufzuhebeln. Ihr Entführer gab ihr wenig später die Möglichkeit zur Flucht«, kombinierte Hiero. »Warum tut er das, wo er weiß, dass sie sowieso stirbt?« Hiero zog ein Gesicht. »Wo er nur noch ein wenig warten muss. – Er wollte vielleicht nicht warten?«

»Die Dosis macht das Gift; diese war absolut todbringend. Die Lehrerin bekam außerdem ein starkes Schlafmittel, Rückstände davon waren im Blut.«

Bene merkte auf. »Jemand konnte ihre Aktion nicht brauchen, also musste Melanie schlafen, aber beim letzten Mal hat er das Schlafmittel weggelassen, sie durfte aufwachen.« Bene ging um die Liege herum und zur Tür, die er wieder aufstieß.

»Sie darf sich noch ein wenig für ihre Freiheit abmühen, dann wird plötzlich das Schloss geöffnet und der Riegel zurückgeschoben?«, fragte Hiero. »Der Täter hat sie Blumenwasser trinken lassen. Das Labor sagt, die Summe der Alkaloide war brutal, was darauf schließen lässt, dass es eine bestimmte Pflanze gewesen sein muss.«

Bene legte einen Finger auf seinen Mund, deutete dann auf Hiero und sagte: »Herbstzeitlose.«

»Schlaufuchs«, gab Hiero zurück.

Bene grinste. »Der Täter weiß es, sie aber nicht, und hält es für ihre Chance. In einer solchen Situation reagiert das Gehirn in einem Sekundenbruchteil, aber da ist selten differenziertes Denken angesagt. Es heißt, rette dich«, sagte Bene. »Die Tür steht auf – sie will nur raus, vielleicht ist da draußen jemand, der ihr hilft.«

»Vielleicht«, übernahm Hiero. »Für den Täter war es kein Risiko, der konnte sicher sein, die Sache hätte sich schnell erledigt und jede Hilfe käme zu spät. Er öffnete die Tür, wartete, beobachtete.« Der Spurenleser schaut drein, als hätte ihn eine unselige Erleuchtung überkommen. Sein Ausdruck wandelte sich in Begreifen. »Er hat es ihr leicht gemacht, weil er noch etwas vorhatte. Ihm ging es um den Showdown. Dein Job herauszufinden, was das war«, sagte Bene.

»Dein Tipp?« Hiero winkte mit den Fingern einer Hand in seine Richtung.

»Das Motiv ist ein sehr persönliches. Er will ihre Angst sehen, will sie quälen.«

»Und?« Hiero.

»Das ist jetzt aber wirklich der Job des Bullen«, sagte Bene.

»Schnitt«, sagte Augustin, der zufrieden klang. »Next.« Er deutete auf das größere Glashaus. Und wieder gingen die Kamera, der Tonmeister und die Beleuchter in Stellung.

Das gläserne Innere des Gewächshauses schaute ihnen ungeputzt entgegen, die Fenster das Gegenteil von blitzblank, nahezu blind, man konnte kaum durchschauen.

Augustin gab Anweisungen, befand sich einmal mehr ganz in seinem Element, und Viktor musste an dessen polterndes Herz denken.

»Umschauen, sehen, erkennen, hier ist auch eine schöne Tür, die aufgemacht werden muss. Der Ton wird an der Stelle ein Quietschen sein, ein Bonbon für den Geräuschemacher. Dialog – los geht's, wir starten.«

Diese Tür aus hartem Stahl und schwerem Glas quietschte tatsächlich. Hier würden sie auf eine weitere Spur stoßen.

Hiero nahm die seltsame Reihe von sechs dunklen Abdrücken auf dem Arbeitstisch zur Kenntnis. Er deutete darauf. »Es sieht aus, als hätte da etwas eine ganze Weile gestanden. Dann hat es jemand weggenommen. Aufgeräumt. Vielleicht, weil es seinen Zweck erfüllt hatte?«

»Gute Frage. Da hinten sind einige Gläser.« Sie gingen hinüber, schauten sich an, was der Spurenleser meinte und ob die Gläser mit den Rändern auf dem Tisch abschlossen. Es passte.

»Warum stellt jemand die Dinger in einer Reihe auf, sogar in einem bestimmten Abstand?« Hiero stellte sich breitbeinig auf, schlug seine Jacke zurück, griff sich mit einer Hand an die Hüfte, tat, als würde er einen Revolver ziehen, abdrücken, den Hahn mit der anderen Hand wieder spannen, erneut abdrücken. Schnell hintereinander.

»Ho«, machte Bene. Dann: »Netter Gedanke, nur wo sind die ausgeworfenen Patronenhülsen?«

Hiero zuckte die Schultern. »Die Gläser da hinten haben Löcher, und auf dem Boden liegen Scherben, was heißt, es haben nicht alle der Gefäße überlebt. Also wurde was damit angestellt.«

»Sieht so aus«, sagte Bene. »Aber zwischen den Scherben liegen bloß ein paar Kiesel. Der Tisch hat jedenfalls woanders gestanden.«

»Wer schießt auf Gläser und womit?«, fragte Hiero.

»Darauf habe ich grade keine passende Antwort«, gab Bene zu.

Augustin klatschte. »Das war richtig gut. Das nehmen wir so. Hiero, wenn du etwas essen willst, dann bitte gleich, denn als Nächstes haben wir unser Stelldichein mit Frank in der Birkenallee.«

Ja klar. Viktor flüchtete.

Ein Stand an der Seepromenade bot Fischsemmeln an. Viktor holte sich eine ohne Zwiebeln, weil der erste Gedanke war, das konnte er den Kollegen nicht zumuten. Rücksichtnahme. Sein Therapeut wäre hocherfreut ob seines Fortschritts. War es einer?, fragte sich Viktor. Und wie hieß das, was er durch Laura kapiert hatte? – *Häng' dein Herz nicht an jemanden, er könnte morgen schon wieder weg sein.*

Henny war nicht sie und sie nicht Henny. Diese Sache war schlimmer, sie nannte sich nicht Freundschaft, es war womöglich das große Wort mit L. Er setzte sich mit seiner Beute auf eine Bank, legte sich zwei von den kleinen Servietten übers Knie, schob die Gedanken beiseite und biss genussvoll in die Fischsemmel. Ohne zum Essen eine fragwürdige Drohung vorgesetzt zu bekommen, aß es sich angenehmer und mit etwas mehr Geschmack.

Als Viktor in die Birkenallee einbog, war das Team mit der Ausrüstung gerade eingetroffen. Frank lehnte an einer Straßenlaterne und schaute ihm erwartungsvoll entgegen.

»Hiero«, sagte er.

»Weiß ich doch«, sagte Viktor. »Hallo, Frank. Ich wollte mich gestern nicht mehr unterhalten«, lautete Viktors Intro. »Hast du jetzt eine Minute und erzählst mir mehr über Günters Unfall?«

»Ja natürlich«, gab Frank zurück und deutete auf den Randstein unter den Bäumen. Sie setzten sich. Frank zog ein Zigarettenetui aus der Tasche, klappte es auf und bot ihm auch eine an.

»Lange her«, sagte Viktor und griff sich eine Zigarette.

»Interessant«, meinte Frank.

Was? Dass Viktor mit 18 angefangen hatte zu rauchen, nur um es mit 20 wieder aufzugeben, weil höchstens James Dean mit einer Kippe im Mund cool wirkte.

Frank ließ ein Zippo aufschnappen und gab zuerst ihm und dann sich Feuer. Er war Linkshänder. Das war Viktor nie aufgefallen.

»Günter kann nicht lange dort gelegen haben, sein Körper war noch warm. Es sah aus, als hätte er den Koffer oben an der Treppe abgestellt, ihn dann noch mal aufgemacht, vielleicht weil er etwas gesucht oder vergessen hatte. Gestolpert ist er wahrscheinlich über den Henkel von dem Ding. Etwas anderes scheint mir keinen Sinn zu ergeben. Der Koffer lag aufgeklappt auf einer der Stufen, die Hälfte der Sachen rundum verteilt, der Mann auf der Seite, mit dem Kopf im Gang, die Beine auf der letzten Stufe. Überraschung im Blick«, beschrieb Frank das Szenario.

»Du bist morgens dort angekommen, wolltest ihn abholen. Wer hat denn aufgemacht?«, fragte Viktor.

Frank nahm einen tiefen Zug. »Ich hab mir aufgemacht«, sagte er. »Da lief keine Musik, alles war ruhig. Wenn Günter mich nicht hörte, dann musste er einen anderen Grund haben, die Uhrzeit war ausgemacht, er wusste, dass ich komme.«

Ein Kriminalkommissar mit Einbruchswerkzeug?

Viktor formulierte seine Frage anders. »Du hattest wirklich ein Dietrichset dabei?«

»Nein, der Kriminalkommissar hat die Tür aufgebrochen. – Günter hätte geöffnet, wenn er in der Lage gewesen wäre, dass er es nicht hat, reichte mir, um etwas zu unternehmen. Ansonsten … hätten wir uns auf einen Betrag für eine neue Tür geeinigt.«

Jetzt glaubte Viktor wieder zu wissen, warum er den erstklassigen Frank Weiß übertrieben fand. Der Mann hatte eine Lösung für jedes auftretende Problem. So was funktionierte doch bloß im Film; da war es auch nicht logisch, kümmerte aber niemanden. »Boh«, sagte Viktor.

»Bleibt es jetzt bei dem Drehbuch und der Geschichte?«, wollte Frank wissen.

»Ich weiß nichts anderes«, sagte Viktor. »Wäre es denkbar, dass jemand Günter beim Fallen nachgeholfen hat?«

Frank nahm noch einen Zug, blies den Rauch aus, schnippte die Asche weg. »Mord?« Ungläubig.

»Du arbeitest bei der Mordkommission, wen sollte ich sonst danach fragen?« Viktor beobachtete Franks Reaktion.

»Am besten, du lässt das niemanden hören!«, sagte der. »Wie kommst du überhaupt drauf?«, wollte er wissen. Wachsam.

»Weil es schwierig ist, auf dieser Treppe zu stürzen und es nicht zu schaffen, sich aufzufangen, oder wenigstens abzustützen. Sie ist schmal. Günters Statur nicht.«

»Hiero, wenn ich an Mord denken würde, wärst du mein erster Verdächtiger. Deine Stimme war auf dem AB. Übrigens, eine ziemlich geladene Botschaft.«

War das erlaubt, den Anrufbeantworter abhören? Ganz nebenbei? Immerhin wurde verlangt, dass man einige Male auf die Tastatur des Telefons drückte. Aus Neugier?

»Ich war nicht in München, nicht mal in der Nähe, schon gar nicht im Wildrosenweg in Bogenhausen«, gab Viktor zurück.

»Einen Kollegen will ich natürlich nicht ernsthaft verdächtigen«, lachte Frank.

Viktor erwiderte nichts, seinen Spott konnte sich der Kommissar sonst wohin stecken, was Viktor vielleicht gesagt hätte, wenn sie hier nicht entspannt rauchend zusammensäßen und gleich anschließend eine Szene drehen mussten.

Augustin sorgte gerade noch dafür, dass der Teil der Straße abgeriegelt wurde – keine Autos. Der Regisseur machte große Augen, als er Viktor und Frank zusammen dort sitzen sah. »Man erlebt noch Wunder«, stichelte er.

Viktor schenkte es sich, Augustin zu sagen, dass aus ihnen sicher keine besten Freunde würden.

Seine Handbewegung bedeutete ihnen, die Pause wäre vorbei. »Wie war denn die Wildererplatte?«, wollte er wissen.

»Ich hatte nur eine Fischsemmel«, ließ ihn Viktor wissen.

»Bedauerlich.« Es war nicht ernst gemeint. Viktor machte eine Ich-dreh-dir-den-Hals-um-Geste.

Das beeindruckte den Regisseur auch nicht, ihm stand ja ein Kommissar zur Seite. Und schon war er mitten in der Szene. »Maximilian Lentzen, der den Entführungsfall Melanie Rendl bearbeitet, deutet auf das Mietshaus, in dem die Lehrerin gewohnt hat, und erzählt Hiero Hart, was seine Ermittlungen ergaben. Aus dem Haus kommt eine Frau und guckt neugierig, was unser Bild etwas belebt.«

Frank schaute Viktor an; sie hatten offenbar den gleichen »Was, tatsächlich?«-Gedanken.

»Lass mich kurz in dein Skript schauen, ich hab meins nicht dabei«, bat Frank. Viktor schlug ihre Szene auf. Frank fuhr mit einem Finger am linken Rand entlang, um seinen Einsatz zu finden. »Ein bisschen viel Details, oder? Kannst du das noch lesen?«, fragte er.

Augustin schaute Viktor über die andere Schulter und ließ ein lang gezogenes »Ahhh« hören.

Viktor legte sein Skript in die Wiese hinter der Kamera.

»Kamera läuft, Ton ab.« Maximilian Lentzen machte den Anfang. »Zählen Sie die Fenster auf dieser Seite. Dann fragen Sie, wer etwas gesehen hat. Von den Bewohnern gibt jeder an, dass entweder das Badezimmer auf diese Straßenseite rausgeht oder um die Mittagszeit niemand von der Familie im Haus gewesen sein will.«

»Man kann niemanden zum Schauen zwingen«, sagte Hiero.

»Passt«, sagte Augustin. Deutete. »Hier kommt die Frau aus dem Haus – die Kamera dreht, nimmt sie ins Visier und hält fest, wie sie die beiden Männer anstarrt. Von wegen Schauen und Sehen.«

Genau das geschah. Die zwei Männer stoppten.

»Schüler, die ihre Lehrerin nach Hause bringen, weil sie sich den Fuß verstaucht hat, nenne ich nicht gerade alltäglich. Fürsorglich. Ich hab ihnen geglaubt«, sagte Lentzen.

»Ihre Tote ist meine Entführte. Was ist mit dem Fuß der Lehrerin, hat die Rechtsmedizin dazu einen Befund? Dann brauche ich mir wenigstens nicht leichtgläubig und außerdem verarscht vorzukommen.« Die Miene des Ermittlers bat um Erlösung. Hiero konnte ihm den Gefallen tun. Er nickte. »Das Sprunggelenk war überdehnt, Melanie Rendl konnte definitiv keine großen Sprünge mehr machen.«

»Nach Aussage der Schüler war es ein dunkler Lieferwagen, der hielt. Wer fuhr ihn und wer schnappte sich die Lehrerin?« Hiero verzog den Mund und schüttelte den Kopf. »Diese Geschichte taugt nichts«, warf Viktor sie beide aus der Szene.

»Steht nicht so im Drehbuch, oder?«, machte ihn Frank darauf aufmerksam, dass er sich vertan hatte.

»Aber so ähnlich«, gab Viktor zurück.

»Ich hab kein Thema zu improvisieren«, lachte Frank. Viktor salutierte. Augustin deutete ein X an und rief: »Regt mich nicht auf, das könnte gefährlich werden.«

»Wir kriegen es hin, nur einen kleinen Moment«, sagte Viktor, und zu Frank: »Was würde der Kommissar jetzt tatsächlich sagen?«, fragte er.

»Nehmen wir mal den Gedanken. Schüler, die etwas gesehen haben und eine Aussage machen müssen. Von der hängt es ab, wie die Ermittlungen weitergehen. Der erste Punkt geht an die Jungs. Sie haben die Wahrheit gesagt über den verstauchten Fuß. Das ist eine Tatsache und kann belegt werden. Aber womöglich ist das auch die einzige. Die Taktik ist, dass sich die Aufmerksamkeit des Kommissars vielleicht weniger darauf richtet, was danach gesagt wird. Denn das könnte gelogen sein«, sagte Frank. Viktor musste ihm zugestehen, dass der Kriminalhauptkommissar richtig gut war. Die Lüge hinter der Wahrheit.

»Hiero Hart sagt jetzt am besten etwas darüber, dass dieses Rätsel ihm gehört, dann macht Maximilian Lentzen weiter. Schöner Name übrigens.«

Viktor deutete Augustin, sie könnten wieder. Der Regisseur machte eine Drehbewegung. »Uuuund …«, ein Schnippen, Viktor stieg wieder ein.

»In meiner Geschichte würde diesen angeblichen Lieferwagen jemand fahren, der seinen Kragen hochgeschlagen hat, also kein Gesicht oder nur ein kleiner Teil, der zu erkennen ist. Dann geht eine Schiebetür auf, und ein vermummter Typ greift sich die Lehrerin. Zwei 17-jährige Jungs, wehrlos oder so überrascht, dass sie nicht mal versucht haben einzugreifen?«

Der Ermittler neigte den Kopf. »Stimmt. Fast. Vorne saß der mit dem hochgeschlagenen Kragen, hinten ging die Tür auf, und eine vermummte Gestalt stürzte heraus, sprühte ihnen ein Insektenspray ins Gesicht, griff sich Melanie Rendl und zerrte die Lehrerin ins Auto. Jemand wusste, wann sie nach Hause kommen würde.«

»Genau mein Rätsel«, sagte Hiero.

»Genau meine Szene. Geht doch«, freute sich der Regisseur.

Nachdem die beiden Kommissare von Augustin ein Lob für ihre Dialogarbeit eingeheimst hatten, beeilte sich Viktor, sein Skript zu packen und sich möglichst unsichtbar zu machen. Erst einmal außerhalb von Augustins Reichweite.

Im richtigen Leben sah Viktor Lässig in mindestens drei Fällen zutiefst schuldig aus. Verdächtigt, etwas mit Lauras Tod zu tun zu haben. Er war zur gleichen Zeit vor Ort gewesen. Der erste Verdächtige, falls Günter Dexter nicht freiwillig die Treppe heruntergefallen war. Seine Nachricht befand sich auf dem AB. Womöglich noch verdächtig, das Originaldrehbuch des Regisseurs gegen ein anderes getauscht zu haben. Weil er genau das vorhatte und dazu seines frisierte.

Das Schlimmste war: Sogar einige von den Details stimmten.

Warum passte es so fabelhaft, wo der Zufall nur ein kleiner Mann war, der nichts Besseres tun hatte, als auf seinem Brettchen ein paar Steinchen mit der gleichen Farbe zusammenzuschieben?

Das könnte Viktor in Zukunft ein wenig anders über den schneidigen Herrn Zufall denken lassen.

24. KAPITEL

Es ist irritierend, wenn ein Fremder einen klarer sieht als man sich selbst.

Marlene hätte die Frau mit der Hochsteckfrisur und dem bunten ärmellosen Kleid schon an ihrem stolzen Gang und dem erhobenen Kinn erkannt. Sie musste es sein, denn die anderen Damen hatten sich nicht zu einem Prada-Modell im Biergarten hinreißen lassen. Die Marke war jetzt allerdings ein wenig geraten. Sie flüsterte Henny zu: »Nicht der Currywursttyp.«

Frau Baldonis Züge gaben nicht das Geringste preis, als sie auf Marlene und Henny zukam, sie verzog keine Miene.

»Absolut kein Currywursttyp«, stimmte Henny lächelnd zu.

Sie hatten vereinbart, Marlene würde den Anfang machen und Henny sich beizeiten einklinken. Das sollte der Dame einen Eindruck von achtbar und ehrenhaft vermitteln und ihnen wenigstens das Gefühl geben, dass Frau Baldoni fürs Erste nicht mit ihren Anwälten drohen würde. Die hatte das Lokal und den Biergarten vorgeschlagen, warum Marlene dachte, so absolut zugeknöpft und wählerisch konnte sie nicht sein. War sie vielleicht doch.

Marlene trat auf sie zu und streckte ihr die Hand entgegen. »Frau Baldoni?« Besser, sie vergewisserte sich, obwohl sie nicht glaubte, dass sie falsch lag.

»Marlene Borstel?«, wurde ihre Frage erwidert. »Mit großem Genuss lese ich Ihre Reisereportagen«, sagte Frau Baldoni, was Marlene freudig auflachen ließ. Sie bedankte sich, die Frau dankte zurück, weil sie die Abenteuer nicht selbst bestehen müsse, sie dürfe darüber lesen. »Ich begleite Sie, und vor meinem inneren Auge laufe ich durch den Dschungel und über felsige Klippen.«

Marlene stellte Henny vor, nannte sie ihre Freundin und eine Detektivin. Frau Baldoni gab auch ihr die Hand. Sie setzten sich an einen Tisch an der Buchsbaumhecke.

Als die Bedienung kam, bestellte sich nur Henny ein Radler, während sich Marlene und Frau Baldoni Weißbier orderten. Sie studierten die Speisekarte und lachten, weil sie alle Lust auf einen Wurstsalat mit frischem Baguette hatten.

Während sie warteten, zeigte Marlene ihr das Armband. Henny hatte ihr geraten, es nicht abzunehmen und es Frau Baldoni zu überlassen, den Verschluss zu öffnen.

»Sie gestatten?«, fragte diese, und mit zwei Griffen hatte die Frau ihr den Schmuck vom Handgelenk genommen. »Ich weiß, woran Sie gedacht haben, als ich behauptete, es wäre mein Armband. Ich könnte eine Betrügerin sein«, sagte sie. »Zuerst wird der Haken geöffnet und dann drückt man mit dem Daumen auf die kleine Erhöhung. Es ist ein Sicherheitsverschluss«, beschrieb sie es. »Sie haben sich die Diamanten bestimmt genau angesehen. Und jetzt schauen Sie bitte noch einmal drauf.« Sie gab es Marlene zurück. »Der Stein, der direkt auf den Haken folgt, ist kein Diamant, sondern ein Zirkonia. Der Unterschied ist weniger die Farbe als die Härte, außerdem hat ein Diamant mehr Feuer. Mein Mann hat mir das Armband gekauft, und wenig später passierte mir ein Missgeschick, und einer der Steine ging verloren. Ich brachte den Schmuck zum Juwelier, und weil ich meinem Mann nicht sagen konnte, was passiert war, bat ich den Juwelier, den minderwertigen Stein statt eines Diamanten einzusetzen.«

Eine heimliche Affäre? Marlene wusste genau, sie würden hier und jetzt auch keine Antwort darauf bekommen. Das brauchte niemanden zu interessieren, der letzte Stein sah tatsächlich anders aus, nicht so strahlend. »Es tut mir so leid«, sagte Marlene, obwohl sie nicht die geringste Schuld an dieser heiklen Situation trug.

»Wie kommt die Frau auf dem Foto zu meinem Armband?«, wollte Frau Baldoni wissen. »Das sind nicht Sie.« Sanft. Marlenes Gewissen meldete sich, sie hatte die Frau unterschätzt. Und das tat ihr in jedem Fall leid. »Ich kann Ihnen dafür nicht einmal eine gute Erklärung anbieten, mir selbst auch nicht«, sagte sie. »Die Frau auf dem Bild war meine beste Freundin, sie sagte etwas von einem Geschenk. Ich kann sie nicht mehr fragen. Sie starb im vergangenen Frühjahr.«

Bevor Frau Baldoni nickte und im Begriff war, etwas zu sagen, da schaltete sich Henny ein. »Wann verschwand das Armband, wissen Sie es noch?«

»Ich fürchte, ich weiß es sogar ziemlich genau, weil ich gerne an den See komme, wenn ›Bergmann Film‹ die nächste Folge der Krimiserie dreht. Der Bulle vom Ammersee. Ich bin ein Fan von Hiero Hart.« Sie lächelte, Marlene stöhnte. »Es gibt zu jeder Folge ein Fan-Treffen. Wunderbare Idee.«

»Seit dem letzten Fan-Treffen vermissen Sie das Armband?« Marlene sah ein Bild vor sich, nur hatte sie vorher in die Augen des Bullen geschaut und darin einen unbestimmten Schmerz erkannt, der ihrem eigenen gar nicht so fremd war.

Hiero Hart war ein Lügner und Marlene sicher, dass er Laura geliebt hatte. Aber einen gemeinen Dieb in ihm zu sehen? Vielleicht gelang ihr gerade das nicht, weil sie keinen persönlich kannte. Vielleicht kannte die Detektivin einen?

»Ich trug das Armband auf dem Foto, das ich jemanden bei der Veranstaltung bat, von Hiero und mir zu machen.«

»Oh schön«, hatte Marlene gesagt, bevor sie sich ihres Geredes bewusst wurde. Wer wen toll fand, ging sie wirklich nicht das Geringste an, für wen hielt sie sich?

Frau Baldoni nickte. »In dem einen Moment trug ich es noch, dann unterhielt ich mich, trank etwas, und um mein Handgelenk lag plötzlich kein Armband mehr. Meinem Mann habe ich bis heute nicht gesagt, dass ich es vermisse«, gestand sie.

Henny schien kurz zu überlegen. »Werden Sie auch diesmal auf dem Fan-Treffen sein?«

»Ich denke nicht«, sagte sie und wollte noch etwas hinzufügen, aber da brachte die Bedienung den Wurstsalat und einen Korb mit geschnittenem Baguette.

Ausgerechnet jetzt, musste Marlene denken. Danach aßen sie schweigend, jede mit ihren eigenen Überlegungen beschäftigt, und stießen mit ihren Bieren auf »Gute Freunde, die nicht anwesend sind« an. Frau Baldoni wechselte das Thema. »Schreiben Sie diesmal eine Reportage über den Ammersee?«, wurde Marlene gefragt, und Henny tippte ihr kurz auf die Hand. Wenn das so viel heißen sollte wie »Sag einfach die Wahrheit«, dann konnte sich Marlene für ihre Entscheidung beglückwünschen; sie dachte genauso und berichtete Frau Baldoni, was sie wirklich veranlasst hatte, an den See zu kommen. – Keine Reportage.

Henny nahm den Waschzettel aus ihrer Tasche. Marlene warf ihr einen fragenden Blick zu. »Sie haben Ihr Armband erkannt, kennen Sie den Mann?«

Marlene hatte gerade aufgehört zu atmen.

»Sie wissen nicht, wer er ist?«, fragte Frau Baldoni. »Natürlich, die Frage wird hier ja gestellt«, entschuldigte sie sich. »Distinguiert, fesch ... möglich, dass er auch bei dem Fan-Treffen war, vielleicht habe ich mich sogar mit ihm unterhalten, aber sicher bin ich mir dessen nicht.«

Marlene wusste genau, sie machte ein Gesicht, als hätte ihr jemand gerade ihr Bierglas weggenommen. Erstaunt. Ungläubig.

Frau Baldoni nahm ihre Tasche auf den Schoß, aus der sie jetzt ein Notizbuch zog. Sie klappte es auf und nahm ein Foto heraus. »Er war sehr freundlich, weil er an dem Tag bestimmt 100 Mal darum gebeten wurde«, sagte sie.

»Sie, das Armband und Hiero Hart.« Henny warf einen längeren Blick auf das Bild.

»Hiero Hart, das Armband und ich«, änderte Frau Baldoni die Reihenfolge. »Es sollte mein Beweis sein, dass es mein Schmuck ist. Falls Sie mir nicht geglaubt hätten.«

Marlene erkannte das Armband auf dem Foto, das die Frau ihnen zeigte, und den Schauspieler. »Seine Hand auf Ihrer Schulter, der kleine Finger sieht aus, als hätte er ihn sich irgendwann gebrochen, er ist ein wenig schief.« Es war eine andere Hand. Es waren nicht die schönen Finger des anderen. »Er trägt keine Lederjacke«, sagte sie. Marlene schluckte. Zwei Fotos, zwei Männer, aber kein Verdächtiger weniger.

»Außer mir gab es noch zwei Damen, die im Anschluss an das Fan-Treffen ein Schmuckstück vermissten, sich aber nicht sicher waren, wann genau ihnen die Kette und das Medaillon abhandenkamen«, sagte Frau Baldoni.

Marlene fasste den Gedanken nicht in Worte, war sich aber sicher, dass Henny gerade den gleichen hatte. Die Fan-Treffen als Deckmantel für einen Dieb?

25. KAPITEL

Wenn morgen noch heute ist: Aber was, wenn es kein Morgen gibt? Heute gab es nämlich auch keins.

Kelten und Römer besiedelten einstmals die Moränenlandschaft. Bei der Erweiterung des Friedhofs wurden die Grundmauern einer vermutlich aus dem 7. Jahrhundert stammenden Kapelle entdeckt.

Hiero Hart würde laut Drehbuch zusammen mit der Rechtsmedizinerin in der Kapelle auch etwas entdecken.

Henny hatte Marlene mit Frau Baldoni im Biergarten zurückgelassen und sich entschuldigt, sie müsse sich umziehen und anschließend zum Friedhof. Henny hoffte, ihre und Marlenes Vermutung, dass ein Dieb die Damen beim Fan-Treffen um ihren Schmuck brachte, wäre nichts weiter als eine große Luftblase.

Sie würde alle Gedanken freilassen und sich zurechtmachen. Die Lippen rot oder eher rosé, die Augen schwarz umrandet oder nur Lidschatten, ihre Haare zurückgebunden oder offen, zum Kleid Strümpfe, eine Strumpfhose oder nackte Haut. In jedem Fall zu viele Überlegungen. Sie putzte sich die Zähne, trug ein leichtes Make-up auf und einen dezenten Lippenstift, tupfte ein wenig Rouge auf, tuschte die Wimpern, fuhr sich mit dem Kamm durch die Locken, zog sich die Seidenstrümpfe an und schlüpfte in ihr Kleid und die schwarzen Pumps aus Satin mit Fesselband. Sexy genug, obwohl sie es nicht darauf anlegte.

Die Grabsteine waren in Sonnenlicht getaucht, das Filmteam hastete von hier nach dort; man bekam überhaupt nicht den Eindruck, dass hier die Toten wohnten.

Der Regisseur winkte, als er Henny sah. »Hiero war zuversichtlich, dass Sie die Stelle annehmen«, sagte er. »Ich glaube, er würde Sie gerne küssen.«

Henny räusperte sich.

»Wir sehen uns später.« Puff. Schon war er wieder verschwunden.

»Wer sind Sie grade?«, fragte eine Stimme. Hiero Hart lehnte am Stamm der Trauerweide und sah sie gespannt an.

»Keine Detektivin«, sagte sie. Sie saß in ihrem Schneckenhaus und reckte ihre dicken Fühler ein Stückchen hinaus, um zu schauen, was dort los war. Genauso fühlte es sich jedenfalls an. Er brachte sie durcheinander.

»Gut. Was wollten Sie dann von meinem Vater?«

Sie war viel zu perplex, darum gab er sich selbst die Antwort. »Oh, ich weiß, es ist nicht das, wonach es aussieht.«

»Doch, es ist genau das«, widersprach sie. »Ich wollte etwas Persönliches über Hiero Hart wissen. Recherche.« Womit sie ihm ihr Interesse zu verstehen gab. Unfein, aber wenigstens brachte sie nicht das andere Interesse einer Berliner Detektei ins Spiel. Das war Schnüffelei, und das brauchte er nicht zu wissen.

Er stieß sich vom Stamm ab, drückte ihr einen schmalen Ordner in die Hand. »Das Skript der Schulsekretärin. Sie schauen es sich an.«

Das tat Henny. Die drei Sätze der Kollegin waren rausgestrichen; die Schulsekretärin, die auch eine Freundin der Lehrerin gewesen war, übernahm. Die durfte ein paar Tränen vergießen, oder?

Er schlug sein Drehbuch auf und nahm eine Karte heraus. »Ich habe Sie und das Autogramm nicht vergessen. – Für Oma Linde«, sagte er.

Henny würde sich hoffentlich auch nicht vergessen. Verdammt, wer bist du?, wollte sie ihn anschreien.

Er war undurchsichtig, zwei- und mehrdeutig, geheimnisvoll, aber leider anziehend, wie das Schicksal verschwendungssüchtig. Außerdem ein Hingucker.

Er riss den Gedanken auseinander. »Passen Sie auf, mit den Absätzen sinkt man leicht ein. Das war früher mal …«

»Eine Moränenlandschaft«, sagte sie. »Mein Ort, ich lebe schon immer hier.«

»Und haben zum schicken Kleid keine anderen Schuhe?« Er schüttelte den Kopf. »Die sind atemberaubend, aber …« Der Satz wurde nie beendet, denn Augustin winkte den Hauptdarsteller in die Kapelle. Hiero strich Henny über den Arm. »Vergessen Sie mich und unseren Termin nicht.«

Das leichte Schmunzeln hatte sie gesehen. Er war kein Kommissar, aber ein Ermittler. Oder war das mit dem Anruf bei Peter Lässig nur gut geraten?

Er hatte recht, was die Absätze betraf, die waren zum Einsinken. Henny wackelte zur Seite der Kapelle hinüber, dort könnte man durchs Fenster schauen, wenn man etwas sehen würde. Das Fenster war leicht gekippt, so bekam Henny mit, was gesprochen wurde. Wurden die Dinger denn nicht geputzt?

Henny förderte aus ihrer Tasche ein Tempo, spuckte einige Male drauf und rieb übers Glas, um sich wenigstens einen kleinen Durchblick zu verschaffen. »Schon besser«, sagte sie.

Der Raum strahlte Kühle aus, der Sarg stand auf einer Art Tisch in der Mitte. Kerzen brannten auf den Ständern.

Die Kamera hatte sich an den Rand zurückgezogen, von Hennys Standort aus sah man sie nicht. Hiero und die Rechtsmedizinerin standen seitlich am Sarg, Hiero öffnete den Deckel. »Unsere Franziska sagt, ihr ist eine kleine Risswunde an der linken Schläfe der Toten aufgefallen. Auf ihrem Foto sehe ich davon nicht wirklich viel.« Hiero runzelte die Stirn.

Juliane Garaus drängte sich ein wenig vor, drehte den Kopf der Toten und leuchtete mit einer Taschenlampe auf deren linke Schläfe. Hiero zückte eine Lupe, beugte sich in den Sarg hinein.

Die Leiche zappelte. »Jetzt mach doch, es ist sauunbequem hier drin.«

»Ruhe.« Hiero klappte den Deckel wieder zu. Klopfgeräusche aus dem Innern. Die wurden ignoriert. Er drückte eine Hand auf den Sargdeckel und hielt sich die Lupe vors Gesicht. »Dadurch soll man was erkennen?«

»Nein. Ist auch völlig wurscht, ob du was siehst. Und jetzt mach den Deckel wieder auf«, verlangte Augustin.

In Hennys Kopf blitzte es. Erinnerung. Hiero hatte es gerade eine kleine Risswunde an der linken Schläfe der Toten genannt. Bei ihrer ersten Unterhaltung mit der Reiseschriftstellerin hatte Marlene Lauras Verletzung, die von der Rechtsmedizin erkannt worden war, genauso bezeichnet; eine kleine Risswunde an der linken Schläfe. Warum begegneten sie hier der gleichen Formulierung – Wirklichkeit und Drehbuch?

Natürlich, weil der Autor es reingeschrieben hatte. Aber es war seltsam. Günter Dexter konnte Henny nicht mehr danach fragen. Aber Hiero Hart.

Der Regisseur hatte den Kommissar in der nächsten Szene wieder unter die Trauerweide gestellt, weil er fand, Hiero – der mysteriöse Typ im Schatten, das passte. Henny fand den freundlich widersprüchlichen Augustin mögenswert. Sie hatte überlegt, Marlene eine Kurznachricht zu schicken, und sich dann dafür entschieden, sie müsse zuerst in Erfahrung bringen, wie ein Drehbuchautor arbeitete. Und wenn sie es nur tat, um auch hier ein wenig Durchblick zu haben.

Ihre Nachricht ging an Tim, den Hobbydetektiv. »Eilig, vielleicht hochexplosiv«, hatte sie hinzugefügt. Sich gedacht, noch besser: »Es geht um Leben und Tod.« In der nächsten Stunde musste ihr Handy ausgeschaltet bleiben.

Sie warf noch einmal einen schnellen Blick auf ihre Sätze, ein weiterer streifte das Autogramm für Oma Linde. Sollte sie es einschweißen lassen? Sie würde nachher noch an deren Grab vorbeischauen, um ihr die Autogrammkarte wenigstens zu zeigen. Die auf dem Friedhof aufzustellen, selbst eingeschweißt, wäre sicher keine gute Idee.

Hiero Hart sollte mit Oma Linde im Gelben Salon Platz nehmen. »Wenn ich nur wüsste, was du versteckst«, murmelte Henny.

Am Grab der Lehrerin nahmen jetzt die Trauergäste Aufstellung. Henny erntete einige bewundernde Blicke. Die beiden Jungs grüßten, einer zwinkerte ihr zu. Sie waren im gleichen Alter wie Tim. Augustin verlangte »etwas mehr Ernst, das Gackern einstellen.«

Hochwürden im schwarzen Messgewand und der violetten Stola, der einen langen Blick in die Grube und auf den Sarg warf, schien einen anderen Schmerz zu haben. »Ich hätte meine Kirche um Erlaubnis bitten müssen«, sagte er.

Augustin wollte nichts davon hören. »Wir nehmen Sie nur kurz ins Bild für die Rede. Sagen Sie Ihrer Kirche, die Maskenbildnerin hat den Doppelgänger gut geschminkt.«

»Ich halte doch keine Rede, das ist eine Segenshandlung; ich spreche einen Psalm, richte einige Worte an die Trauergemeinde. Begleitend wird Weihrauch geschwenkt, als Sinnbild der Gottesverehrung. Wir tun unser Sehnen und Hoffen kund, zu ihm aufzusteigen, und es folgt ein tröstender Bibeltext …«

Es ging noch weiter, aber Augustin hatte begonnen, den Kopf zu schütteln. Der Pfarrer ließ sich in seiner Aufzählung nicht beirren. »Das Einsenken des Sarges, segnendes Weihwasser als Zeichen der Verbindung zu Gott, stille Gedanken und der Erdwurf, der die Vergänglichkeit des Körpers aufzeigt, das Glaubensbekenntnis wird gesprochen, Fürbitten, ein Vaterunser, Schlusssegen und Abschied, danach folgen die Beileidsbekundungen.«

»Das ist eine Filmszene«, sagte Augustin. »Wir müssen etwas abkürzen und nehmen am besten Anfang, Mitte und den Schluss. Egon, haben wir Weihrauch?«, wollte er wissen.

»Du hättest den Herrn Pfarrer fragen können, denn den Weihrauch muss jemand schwenken, und das sind normalerweise seine Messdiener.« Der Requisiteur verdrehte die Augen.

»Himmel!«, klagte Hochwürden.

»Ich hatte gesagt, das ganze Programm. Wo sind die Sachen?«, verlangte der Regisseur zu wissen. Ungehalten.

»Die Sachen, das ist der Topf mit dem Riesenpinsel«, erklärte Egon.

Die Trauergäste lachten.

»Eine Beerdigung mit lauter Heiden«, schimpfte jetzt der Pfarrer.

Henny fragte sich, wie sie Ernsthaftigkeit hinbekommen sollte, wo sie zuvor noch glaubte, ein heulendes Elend mit Bächen von Tränen auf den Wangen zu sein. Der Regisseur versuchte, den Pfarrer zu besänftigen, und gab dann das Okay für die Szene.

»Du tust mir kund den Weg zum Leben. Vor Dir ist Freude die Fülle und Wonne zu Deiner Rechten ewiglich.« Der Pfarrer nannte den Namen der Verstorbenen, sprach ein paar Worte zu den Trauernden. Henny blendete ihn und die kleine Menschenansammlung aus. Grabesstimmung. Sie dachte an Verlorenes. Sie war eine Freundin der Toten, sie war die Schulsekretärin, Katharina Kress.

Tränen sammelten sich in ihren Augen. Eine Hand schob sich in ihre. Die sanften Augen gehörten dem Rektor der Schule. Sie fand es tatsächlich tröstlich.

Hochwürden legte ein ungeahntes Tempo vor, sie waren beim Schlusssegen angelangt, auf den die Beileidsbekundungen folgen würden. Nur hatte die Lehrerin keine nahen Angehörigen, denen man es aussprechen konnte. Katharina Kress ließ die Hand des Rektors los und reihte sich in die kleine Schlange ein, die zum Topf mit dem Riesenpinsel, wie der Requisiteur es genannt hatte, pilgerte.

Jetzt gleich, Katharina! Die Schulsekretärin stand am Grab,

blickte in die Grube. »Du warst das pure Leben, liebe Freundin. Und jemand hat dich gezwungen, dem Tod zu begegnen. Ich verspreche, ich finde denjenigen«, sagte Katharina und sprenkelte Weihwasser auf den Sarg. Sie sah einen Papierknäuel auf den Blumenschmuck fallen. Ein ungläubiger Blick. Die Wurfhand schnell zurückgezogen, niemand hatte es verfolgt.

Neben ihr drängten sich Alexander Glock und Justus Hasse aus der 10b. Die beiden rempelten sich gegenseitig an. Katharinas Blick richtete sich auf die Jungen. Alexander griff nach ihrem Arm. »Starke Ansage, Frau Kress. Ich muss mit Ihnen reden«, und wurde von Justus in die Seite geboxt. »Schau dir an, was dann passiert«, sagte er und nickte auf den Sarg. Katharina hatte sein Flüstern gehört. Sie wandte sich um, ging einige Schritte, damit Alexander sie einholen konnte, aber der verschwand auf der anderen Seite zwischen den Bäumen. Katharina sah Justus' Blick, der ihr gefolgt war.

Augustin nickte und wollte gar nicht mehr damit aufhören, was auf Zufriedenheit schließen ließ. Katharina hatte ihre Sache demnach gut gemacht.

»Hat mir gefallen. Wie Sie das mit den Tränen gemacht haben«, er schüttelte den Kopf, »alle Achtung. Ich würde sagen, Sie haben den Job. Hiero, das war doch Probesprechen genug, oder?« Kurz nachgefragt.

Am Dafürhalten des Hauptdarstellers schien ihm nicht wirklich gelegen. Augustin lief schon wieder weiter, überlegte laut, ob sich Hiero dreckig machen sollte, oder wie es sonst zu lösen war, an den geheimnisvollen Zettel zu kommen, den einer der Trauergäste ins Grab geworfen hatte.

Der griesgrämige Pfarrer hatte sich derweil selbst entlassen, und Hiero Hart kam aus seiner Deckung. Henny wusste, ihm stand jetzt wahrscheinlich noch die Kraxelei in die Grube bevor. Und ihr hoffentlich ein informativer Austausch mit dem Hobbydetektiv. Sie griff in ihre Tasche und schaltete das Handy wieder ein.

»Ich muss Sie etwas fragen. Die Detektivin«, präzisierte Henny, »muss wissen, wer den Einfall mit der kleinen Risswunde an der linken Schläfe der Lehrerin hatte«, sagte sie. »Im Drehbuch.«

»Günter Dexter«, sagte Hiero. Abgelenkt. »Ich habe die Vermutung, dass meine Gedanken gerade sehr laut sind.« Er ließ sie nicht aus den Augen. Henny war keine Gedankenhörerin. Sein Blick genügte, der hatte ihre Lippen im Visier. Wann küsste Hiero Hart im Drehbuch die Schulsekretärin? Wenn es dich interessiert, dann schau nach!, empfahl sie sich. Hatte sie grade einen Tropfen gespürt?

»Weinen Sie?«, fragte er und nahm den Tropfen auf ihrer Wange mit seinen Fingern auf.

»Nur Regen«, gab sie zurück.

»Regen«, wiederholte er, »Regen!« Er riss die Augen auf, zu Henny sagte er: »Bis später.«

26. KAPITEL

Ich glaube, alles, was aus dem Gewöhnlichen herausfällt, ist der Mühe wert, berichtet zu werden.

Regentropfen. Kaum war die Beerdigung vorbei, fing das Getröpfel an. Die Maskenbildnerin hatte ihm etwas Creme ins Gesicht geschmiert, die würde jetzt womöglich verlaufen und ihn unansehnlich machen.

Das Gel, das Gabi ihm ins Haar eingearbeitet hatte, roch gut, aber das würde den Regen nicht interessieren.

Die Stimmung passt, hörte er den Regisseur wieder sagen.

Musste er wirklich da hineinsteigen? Eine Nachricht aus dem Grab.

Augustin war unerbittlich. Für die Kameraleute und den Tonmeister war in Windeseile ein Zelt aufgestellt worden, aber Hiero Hart …

»Du springst da runter. Lass es einigermaßen locker aussehen und tu dir nicht weh«, rief ihm Augustin zu. »Dann greifst du dir den Zettel und kletterst wieder raus. Oben bekommst du einen anderen und schaust, was draufsteht. So weit.«

»Soweit.« Viktor warf einen Blick in die Grube. Zum Sprung musste die Miene von Hiero passen, der aber dachte bloß: Hoffentlich verstauche ich mir nicht den Fuß. Hatten auch schon andere geschafft. Er stellte sich entschlossen der neuen Situation. Das würde er genau ein Mal machen.

»Leute, ihr müsst da mit«, verlangte der Regisseur von der Kamera, zu ihm sagte er: »Action. Bitte Hiero. Du musst entschlossen aussehen.«

Er sah so was von entschlossen aus. Hiero stützte sich mit

einer Hand am Rand des Grabes ab, sprang und kam neben dem Sarg in der Grube zum Stehen. Dort langte er nach dem Zettel und steckte ihn in die Innentasche der Lederjacke. »Schnitt«, rief er nach oben. »Ich muss mir überlegen, wie ich da wieder rauskomme.« Hiero Hart hätte sich das vorher überlegt. Der Himmel hielt noch zögernd seine Schleusen geschlossen und ließ nur einzelne Tropfen herausfallen, die aber waren dick. Das Make-up würde hoffentlich noch ein wenig durchhalten.

»Willst du da drin überwintern?«, fragte Augustin.

Er schüttelte den Kopf. »Action«, rief Hiero. Der Gedanke war nicht naheliegend, aber hoffentlich machbar. Er nahm den künstlichen Kranz vom Sarg, lehnte ihn zur Wiederverwendung hinten an die Wand aus Erde, wischte die größten Erdklumpen vom Deckel, kletterte hinauf und ging an das Fußende. Dort nahm er Anlauf, sprang ab und kam am oberen Rand der Grube auf dem Grün auf, wo er sich locker die Hände abklopfte.

»Du bist ein Saukerl«, tönte Augustin beeindruckt.

Hiero langte in die Seitentasche und nahm den Zettel heraus.

Der Regisseur deutete, der Requisiteur hatte einen neuen zur Hand, reichte ihn an Hiero weiter.

Die Kamera blickte auf den Zettel, Hiero auch. Die Botschaft war mit einem dicken Stift geschrieben.

Das hast du dir verdient!

»Wir werden sehen, wer noch«, sagte Hiero entschlossen, bevor der Vorhang fiel.

»Gut gelöst, Hiero«, sagte Augustin.

Viktor hoffte, etwas anderes ließ sich genauso gut lösen. Er wollte zur aufgegebenen Gärtnerei (wiederum ein Detail, das stimmte und ihm gerade sehr entgegenkam), um unbemerkt seine Schießübungen zu machen. Der Täter im Film hatte es genauso gemacht. Hiero Hart hatte diesen Hintergrund noch nicht ermittelt, aber immerhin waren Bene Hotter und er auf die kaputten Gläser und ein paar Kieselsteine gestoßen.

Da musste niemand mehr drauf schauen, ob noch mehr angeschlagene Gläser herumstanden, noch mehr Scherben am Boden lagen.

Günter hatte mit keiner Silbe erklärt, wie der Kriminalkommissar überhaupt zu einem präzisen Schützen wurde. Oder Viktor hatte es in seinem Ärger überlesen. Vielleicht war er kein guter Schütze. Im Film war es gleich, er musste eine Sache treffen. Er durfte auf keinen Fall jemanden treffen. Es sollte nur echt aussehen und der Umgang mit der Schleuder wirken, als wäre Hiero damit vertraut. Der Täter, dem er in der Geschichte auf die Spur kam, hatte mit einer Stahlkugel geschossen und die Schläfe der Lehrerin getroffen, was sie ohnmächtig werden ließ.

So weit war Hiero Hart noch nicht. Nicht im Film, nicht in Wirklichkeit, wo er das Ding noch nicht ein Mal geladen und abgefeuert hatte.

Warum fragte Henny, die Detektivin, ausgerechnet nach diesem Detail?

Hiero nahm ein Taxi zurück ins Hotel. Der Fahrer musterte ihn kritisch. Er hatte Erde auf der Hose und sah rundum nicht gerade vertrauenerweckend aus. »Ich komme grade aus dem Grab.«

»Ja genau«, sagte der Fahrer.

Ehrlichkeit war nicht immer zwingend nötig. Es war keine neue Feststellung.

In seinem Zimmer warf er im Vorbeilaufen nur einen kurzen Blick in den Spiegel. Aus dem Augenwinkel sah er sein Gesicht. »Das Make-up hält«, sagte er und ignorierte die Frisur und den dichteren Bart seines Abbilds.

Viktor schnappte sich die Steinschleuder. Und bei der Gelegenheit gab er seinen Schlüssel an der Rezeption ab.

Die Wolken hatten sich verzogen, die Sonne glitt über das ungeputzte Glas. Im Inneren des Glashauses brachte Viktor den langen Tisch in Stellung. Ein Meter von der Rückwand entfernt, wegen der Durchschlagskraft. Mögliche Querschläger hatte er nicht bedacht. Er maß die Entfernung in Schritten, es waren ungefähr sieben Meter, wenn er die Waffe knapp hinter der Tür abfeuern würde. Für Munition hatte er gesorgt und sie wieder in einen Waschlappen gepackt.

Er arrangierte die Gläser, wenigstens sah ihn hier niemand hantieren. Die Schleuder lag gut in seiner Hand, er lachte über den Gedanken. Er ließ das breite Gummiband einige Male schnappen, testete den Zug. Alles Übung. In seiner Erinnerung sah er sich wieder der unseligen Frau Sagenschmieder gegenüberstehen, seiner ehemaligen Lehrerin, die ihn furchtsam anglotzte. Auf sie hatte er damals nicht angelegt, hätte es aber zu gerne getan.

Viktor griff in den Beutel, legte einen Kiesel in die Mulde des breiten, elastischen Gummibandes ein. Er hielt mit der linken den Plastikgriff fest, umschloss den Stein mit dem Band, zog ihn mit der anderen Hand mit Daumen und Zeigefinger zurück, schickte einen Blick zum ersten Glas auf der linken Seite und versuchte, eine Gerade hinzubekommen. Plong. Der Kiesel traf das Holz des Tisches. Nicht schlecht, wenigstens stimmte die Richtung, aber längst nicht gut genug. Nachdem ungefähr die Hälfte der gesammelten Kiesel verschossen war, ohne nennenswerten Erfolg und keine einzige Scherbe, beschloss er, die Sache noch einmal zu überdenken.

Bei einer Pistole brauchte man eine ruhige Hand, ein Auge zugekniffen, um Kimme und Korn in eine Linie zu bringen. Er legte wieder an, drückte ein Auge zu, fokussierte sein Ziel auf Schleudermitte und zog ab. In ungefähr sieben Metern zersplitterte der Rand von Glas Nummer eins. Er schaute es sich an. Um es genau hinzubekommen, musste er Gummiband und Kiesel vielleicht eine Kleinigkeit justieren.

Wie konnte jemand einen präzisen Treffer landen?, fragte er sich. Der Täter in der Geschichte hatte es offenbar gekonnt.

Viktor würde noch einmal herkommen, die Sachen einstweilen stehen lassen.

Sein persönlicher Tagesplan sah vor, sich ein wenig unter der Bettdecke im Zwergenzimmer einzurollen, sich anschließend frisch zu machen und Henny zu treffen, unbedingt etwas zu essen, vielleicht etwas Proviant einzupacken, denn er hatte vor, sich irgendwo im Frühstücksraum zu verstecken, um den Schreiber zu erwischen, wenn der wieder Viktors Tellerchen anhob, um ihm sein neuestes Werk unterzuschieben.

27. KAPITEL

Nicht versuchen! Tu es oder tu es nicht.

Marlene drehte ihr Handgelenk, an dem jetzt keine Diamanten mehr schimmerten. Sie fühlte sich ein wenig nackt. Ein erneuter Blick, diesmal ganz ohne Theatralik – sie fühlte sich weniger glänzend. Frau Baldonis Erzählung ging ihr im Kopf herum; ein Fan-Treffen und die Chance, die Person kennenzulernen, die man so gerne im Fernsehen sah. Ein Dieb, der sich genau diese Möglichkeit zunutze machte, denn man wollte gut aussehen und trug etwas Hübsches, dazu eine Kette, Ohrringe, ein Armband, eine teure Uhr. Die Leute achteten auf alles, wollten selbst beachtet werden, rechneten aber sicher nicht damit, dass jemand lange Finger machen würde. Der Verschluss des Armbands schnappte nicht eben auf, den musste jemand gezielt öffnen.

Würde jemand, der nicht dazugehörte, nicht sofort auffallen?, fragte sie sich. Sie hatte von Diebesbanden gelesen, die waren schnell und äußerst geschickt, aber diese Jungs und Mädchen trugen weder Designerkleidung noch einen Trendhaarschnitt.

Frau Baldoni wollte sich beim Fan-Treffen von »Bergmann Film« nicht sehen lassen, verständlich. Marlene schon, die wollte unwiderstehlich sein und spielte mit dem Gedanken, sich interessant zu machen, sie hatte Hiero Hart noch nicht von der Angel gelassen, ihm nur etwas mehr Schnur gegeben. Etwas verbergen, war nicht lügen, aber die Wahrheit war es auch nicht.

Sie saß mit Sandra unter der Kastanie im Garten der Pension. Jede hatte eine Tasse Cappuccino vor sich. Den hatten sie eigentlich viel früher zusammen genießen wollen. Am Strand. Aber besser jetzt als überhaupt nicht.

Sandra erzählte ihr von den Anrufen, die wegen des Handzettels eingegangen waren. Es wurde sich erkundigt, was man für eine gute Info rausrücken wollte. Sie hätte sich so was denken können. Eine Belohnung schwebte Marlene nicht vor. »Sollen sie doch daran ersticken«, sagte sie giftig. Und Sandra berichtete, was wirklich hässlich war. Uschis Tat. Unüberlegt, schändlich, charakterlos und erbärmlich. Sie gab zu, sie hatte eine Tote bestohlen, die Schutzhülle des Handys eingesteckt. Das Telefon hatte sie nicht. Es war da schon weg.

»Was besagt, sie weiß, dass es vorher da war. Diesem ›vielleicht‹ bin ich auf den Fersen geblieben«, sagte Sandra. Ihre Unterhaltung mit der Pensionswirtin warf wenigstens ein winziges Licht auf die Sache. »Uschi sprach davon, jemand war nach Lauras Tod in deren Zimmer. Ein Kriminalkommissar. So jedenfalls nannte er sich. Keinen Namen, er zeigte eine Marke vor. Sie interessiert sich nicht für Krimis, sie schaut sich die Serie nicht an, sagt sie, also habe ich ihr am Handy das Foto der Website gezeigt, und sie erkannte Hiero Hart.«

Was Marlene nicht staunen ließ. Einmal mehr Hieronymus Hart. »Sie konnte der schicken schwarzen Hülle mit den Swarovski-Kristallen nicht widerstehen«, sagte Sandra. »Der hübsche Bulle könnte das Telefon haben – Originalton.«

Das war vielleicht der Blick, der Marlene an Uschi aufgefallen war. Geheimnis. Und ihr schlechtes Gewissen? Marlene hatte Henny danach gefragt, wie eines aussehen kann, wodurch es sich bemerkbar machte.

Wenn da jemand in Lauras Zimmer gewesen war, hatte die Person etwas gesucht. Jemand. Ein Kriminalkommissar. Marlene konnte nicht anders, sie sah Hiero Hart vor sich. Das Handy hätte seine Verbindung zu Laura verraten; was er Marlene gegenüber nicht geleugnet hatte. Aber womöglich ging es um den Inhalt der Nachrichten. Oder er hatte das Smartphone nur eingesteckt, weil es zu haben war, und vielleicht den Schmuck gewollt. An diesem Ende konnte sie ansetzen.

»Es wird noch eigenartiger.« Marlene berichtete ihrer Assistentin vom Verdacht der Dame im Prada-Kleid.

Klar war, das Armband gehörte Frau Baldoni, und es war ihr gestohlen worden. Marlene glaubte der Frau ihre Geschichte. Auf dem Foto mit Hiero hatte sie es noch getragen. Aber da war es Hieronymus Hart vielleicht aufgefallen.

»Das wäre der Knaller«, sagte Sandra. »Händeschütteln, eine Umarmung, und weil man es an solch einem Tag öfter tut, weiß man nicht mehr, zu welcher Zeit das gute Stück wegkam.«

»So klingt es an den Haaren herbeigezogen«, musste Marlene zugeben. Es war eine Spur zu ungewöhnlich. Sie löffelte den Schaum von ihrem Kaffee. Sie musste sich vergewissern, mit den Leuten reden – war morgen nicht schon das Fan-Treffen?

Henny wäre sicher dabei, ihr war die Rolle der Schulsekretärin angeboten worden; vielleicht würde sie die annehmen. Sie stand auf Hiero Hart, aber für blauäugig hielt Marlene sie nicht. Blind vertrauen war nicht Henny, sie wägte ab. Nicht Herausforderung, sondern Idee.

»Marlene Borstel hat vor, eine Reportage über die Stars der Krimiszene zu schreiben. Es würde diesmal keinen Kurzfilm geben, die kleine Digitalkamera sollte für ein paar Bilder genügen, dazu wollte sie Fragen, Fragen, Fragen stellen – sachlich, professionell und nicht bloß neugierig.« Vielleicht würde sie auf diese Art mehr erfahren.

Sandra hob unmerklich das Kinn.

Die Stars interessierten Marlene herzlich wenig, doch was deren Fans zu erzählen hatten, damit ließe sich vielleicht etwas anfangen. »Du bist mein ›eagle eye‹«, sagte Marlene.

»Sie brüten doch etwas aus«, riet Sandra. »Ich bin gerne Ihr Adlerauge, schaue mir an, wer was trägt und ob es am Ende der Veranstaltung noch an Ort und Stelle ist. Es wird niemanden wundern, wenn die Assistentin ein paar Notizen macht.«

Marlene nickte. Diese Assistentin beherrschte, was kaum noch eine konnte. »Du bist die Steno-Königin. Gut, dass niemand lesen kann, was du notierst.«

»Wusste ich's doch. Sie bewundern mich«, lachte Sandra.

Marlene musste ihr zustimmen. »Mich bewundert hoffentlich auch jemand. Ich habe da ein Collier im Blick – Weißgold, ein herrlicher Aquamarin in Tropfenform, 34 Karat. Preislich unter 20.000 Euro, nicht zu auffällig, etwas für Kenner. Und es passt zu meinen Augen.« Im Schaufenster des Juweliers in der Seeuferstraße war es nicht zu übersehen gewesen. An ihr wäre es das auch nicht. Sie würde etwas mit Ausschnitt tragen.

»Jetzt wollen Sie auch noch eine Fallenstellerin sein«, sagte Sandra. Ihrer Miene war zu entnehmen, was sie von dem Plan hielt.

28. KAPITEL

Alles Reden über Liebe ist wie Tanzen über Architektur.

Sie hatte kurz überlegt, Marlene anzurufen – was hättest du ihr sagen wollen?

Dass sie guten Grund hatte anzunehmen, dass Laura ermordet worden war und ihr Gespür sie wahrscheinlich nicht trog?

Trotzdem blieb da eine finstere Grauzone, und die Fragen, die beantwortet werden konnten, waren derzeit in der Minderzahl. Henny musste zuerst noch einige Dinge in Erfahrung bringen, bevor sie Marlene irgendetwas erzählte. Sie war hellhörig geworden wegen der Formulierung: die kleine Risswunde an der linken Schläfe. Marlene hatte es aus einem Autopsiebericht, aber woher hatte es Günter Dexter?

Eine Detektivin war nicht planlos unterwegs, sie übertrug die Recherche eigentlich auch nicht einem, der sich anschauen wollte, wie es war, Detektiv zu sein.

Sicher stellte es sich Tim spektakulärer vor, spannend. Das war es hin und wieder auch, aber meist saß man irgendwo herum, beobachtete, reimte sich Dinge zusammen, kombinierte schlau, theoretisierte und stellte viele Fragen. Manches Mal tat man auch gar nichts und ging nicht einmal der Anfrage einer Berliner Detektei nach.

Nein, stattdessen verguckte man sich in einen Schauspieler, glaubte an ein paar Heimlichkeiten, aber weder an Verschleierung noch an ein Doppelleben und nahm eine Rolle in einem Film an. So grotesk es klang, so wahrhaftig war es. Henny konnte in ihrem Beruf mit Nichtgegenständlichem wie dem Glauben an etwas oder jemanden nicht arbeiten.

Und kaufte ein Kleid von Valentino, fehlte in ihrer Aufzählung.

Ich hätte das Kleid auch ohne den Vorschuss kaufen können, beruhigte sich Henny.

Sie würde die Nummer der Berliner Detektei anrufen, den Vorschuss irgendwie zurückerstatten. Die erfolglose Detektivin – was Henny unter anderen Umständen fürchterlich gewurmt hätte. Aber gerade würde sie lieber behaupten, nichts weiter über den Schauspieler herausgefunden zu haben, als weiter zu stochern und am Ende noch Persönliches zutage zu fördern.

Wozu du dir sonst auch nicht zu schön warst, würde Oma Linde bemerken.

Henny lenkte ihren Toyota auf den Parkplatz des Hotels. Tim hatte geschrieben, er würde sich kümmern: »*Treff mich nach deiner Friedhofsmission im Hotel Wassermann, ich habe deine Antworten.*«

Wenigstens einer, dachte sie und rief sich ihre Frage wieder ins Gedächtnis.

Der Hobbydetektiv steckte in ernsthaften Schwierigkeiten. Henny sah Mama, die hinter der Rezeption hervorgetaucht war, den 17-Jährigen am Ohr zog und schimpfte. Maries Gesicht war gerötet, Tim biss die Zähne zusammen, und ein Gast nickte, man müsse hin und wieder durchgreifen, die würden einem sonst auf dem Kopf rumtanzen. »Er tanzt nicht«, verteidigte ihn Henny.

»Ha, das wäre harmlos, der sperrt sich nur die Türen zu den Zimmern der Gäste auf und schaut nach, was die dabeihaben.«

»Nur das Zimmer eines Gastes«, betonte Tim, was Marie mit einem giftigen Lächeln quittierte.

»Es ist meine Schuld, ich habe ihn dazu angestiftet«, bekannte Henny. Sie hatte keine Ahnung, wozu genau, vermutete aber, dass es um Hiero Hart ging.

»Hat sie nicht«, stellte Tim richtig. Ein Gentleman. Marie sah Hennys feines Lächeln und ließ das Ohr des Burschen los. »Verschwörung. Liebe Freundin, du übst grade keinen so tollen Einfluss auf meinen Sohn aus. Ich verlange eine Erklärung – die sollte richtig gut sein.«

»Mama, bitte dreh den Ton mal runter.« Tim verzog das Gesicht und rieb sich sein Ohr. Hennys Blick fragte: Was hast du angestellt? Sie bekam ein Schulterzucken.

»Wir sind da an einem Fall dran – gemeinsam mit einer Detektei aus Berlin. Vielleicht überziehen wir die Sache gerade ein wenig?«

Tim deutete etwas, Henny verstand es nicht.

»Überziehen«, sprach ihr Marie nach. »Aber so was von«, bestätigte sie. »Er hat sich den Schlüssel von Zimmer 33 genommen und dort herumgeschnüffelt.« Die Übersetzung ließ nicht auf sich warten. »Das Zimmer von Viktor Lässig im dritten Stock«, sagte Marie.

Tims Augen baten Henny: Sag jetzt nichts.

»Was?«, fragte die und schob ihn auf die Tür zu. Zu Marie sagte sie: »Ich kläre das mit Tim und wenn nötig auch mit Viktor Lässig.« Oder ich lasse das Ungemach schnell unter dem Teppich verschwinden.

»Mein Fehler, sie hat mich nämlich gesehen, wie ich den Schlüssel zurück an den Haken gehängt hab«, raunte der 17-Jährige.

»Jetzt zeig aber ganz schnell ein wenig Reue, sonst reißt Marie mir den Kopf ab.«

»Also, ich bin hier nicht der Schauspieler«, verteidigte sich Tim. Henny hörte heraus, dass er die Aktion bis auf den kleinen Schönheitsfehler völlig in Ordnung fand. Schuldlos, was war schon dabei? Wenn man etwas wissen wollte, musste man auch Umwege nehmen. Hatte sie ihm das gesagt? Au weia, denn das war wenigstens unbefugtes Betreten, ziemlich sicher noch ein paar Kleinigkeiten mehr.

»Du errätst nicht, was ich entdeckt habe …« Stopp. Abwartend. Wenn sie darauf reagierte, dann müsste sich Henny selbst an den Ohren ziehen. »Ja, ich will natürlich wissen, auf was du gestoßen bist, aber … das zeichnet keinen Detektiv aus.«

»Schon klar, der hätte sich nicht erwischen lassen«, gab er zurück. »Es war nicht geplant, ein Wink des Schicksals«, begann er. »Hiero kam grade runter, gab seinen Schlüssel ab, niemand an der Rezeption. Ich hab ihn einfach genommen.« Er leerte demonstrativ seine Taschen aus. Henny wusste, Marie hatte sie im Blick. »Jetzt scheuerst du mir eine«, er reckte das Kinn. »Dann erklärst du Mama, du hast es geklärt, sie ist zufrieden und lässt mich in Ruhe.«

Er schaute definitiv die falschen Filme. Sie streckte eine Hand aus, griff sich sein Ohr und drehte. Henny schaute zu Marie, die ihr zunickte.

»Aua«, machte Tim.

Das musste genügen. »Bring dich nie wieder in so eine Situation«, sagte Henny.

Er hob eine Augenbraue, schien sie nicht gehört zu haben, beschäftigt mit seiner Entdeckung. »Also, wo fange ich an? Vielleicht, dass in Zimmer 33 eine Frauenzeitschrift liegt.« Tim legte sich einen Finger unters Kinn. Bedeutungsvoll. »Dann wäre da noch deine Frage, was der Job eines Regisseurs ist?«

Sie musste darauf achten, dass ihr Mund nicht aufklappte. »Was macht ein Regisseur?«, war die harmloseste Frage.

»Veraltet heißt es Spielleiter. Der Regisseur ist dabei der kreative Kopf einer Filmproduktion. Das geht von der Stoffentwicklung, worunter auch die Bearbeitung von Drehbüchern in Zusammenarbeit mit dem Autor fällt. Außerdem die Planung des Ablaufs. Er kümmert sich um die Inszenierung, die Auflösung der Szenen eines Drehbuches in einzelne Kameraeinstellungen und die Anleitung der Darsteller.«

Augustin Nagel könnte demnach mit Günter Dexter die Geschichte erarbeitet haben. Kaum gedacht, da sagte Tim:

»Hiero Hart arbeitete für die letzten beiden Geschichten mit dem Drehbuchautor zusammen – steht irgendwo.«

Wahrscheinlich auf dessen informativer Website, dachte sich Henny.

»Er hat aber echt schicke Klamotten im Schrank. Und ein paar Gläser mit schwarzen Rändern, die waren allerdings zugedeckt, sollte niemand sehen. Henny, ein Typ, der keinen ›Playboy‹, aber eine Frauenzeitschrift neben dem Bett liegen hat, dessen Haltung ist mindestens …« Er schaukelte eine Handfläche hin und her, entschloss sich dann für »überdenkenswert.«

Das Doppelleben? Henny überlief ein Schauer.

29. KAPITEL

Ich vertraue nur zwei Leuten: Der eine bin ich, der andere sind nicht Sie.

Sein Kopf fühlte sich an wie eine Wassermelone; bloß Flüssigkeit, wenig Substanz und die noch mit Kernen.

Viktor hatte die Lederjacke übers Cabriodach gehalten und sie ausgeschüttelt, die Jeans ins Waschbecken gelegt und ein wenig Seife aus dem Spender drüber gegeben, mit den Erd- und Pflanzenresten konnte die Hose nicht in den Wäschebeutel.

Es war ihm nicht sofort aufgefallen, doch da war jemand an seinem Schrank gewesen, hatte sich für seine Hemden interessiert und die Gläser abgedeckt. Der Housekeeping-Drache beschränkte sich sonst für eine geordnete Handtuchpositionierung in seinem Bad und darauf, das Bett zu machen. Es war zwar noch alles da, aber er hatte trotzdem nichts übrig für Schnüffelei.

Ihm war etwas eingefallen, als er im Glashaus der Gärtnerei mit den Kieselsteinen auf die Gläser gefeuert hatte. Was ihm durch den Kopf spazierte, müsste er erst genauer in Erfahrung bringen. Es würde Sinn machen, das Westendgirl anzurufen und Liane zu fragen, wie Günter recherchiert hatte. Wo.

»Gleich«, überzeugte er sich. Unbekannte Nummer einmal hin und zurück; es klingelte am anderen Ende. Das musste er jetzt irgendwie hinkriegen.

»Hiero.« Als wäre gerade eine Kugel an seinem Ohr vorbeigezischt. Haarscharf. Sie klang eine Spur gereizt, als würde er etwas von ihr wollen. Er wollte etwas von ihr. »Hey, Westendgirl. Schließ mich bitte nicht aus. Ich bin da, wenn du etwas brauchst«, bot er an. »Zugegeben, ich war richtig wütend auf Günter, weil ich dachte, er sei zu hasenherzig, um mir seinen neuen Stoff zu verkaufen. Das war er nicht.«

Viktor hörte sie schniefen. »Ich weiß nicht genau, was der neue Stoff war«, betonte Liane. »Er wollte eine Geschichte, die sich tatsächlich am Ammersee ereignet hatte. Er hat etwas entdeckt, aber plötzlich wurde Günter geheimnisvoll. Er meinte noch: Hiero wird sagen, der Fall muss aufgeklärt werden.«

»Ein Fall, welcher?«, fragte Viktor.

»Frag nicht mich«, sagte sie. »Frag dich.«

»Werde ich«, versprach er sich und ihr genauso. »Günters Recherche«, schnitt er das eigentliche Thema an, über das er etwas zu erfahren hoffte. »Was hat ihn genau interessiert, und mit wem hat er gesprochen? Weißt du was drüber, Liane?« Er würde ihr nicht sagen, dass es wichtig war, denn sie würde zurückfragen, warum, und darauf hätte er keine gute Antwort. Nur ein saublödes Gefühl, das an Intensität zunahm, als sie ihm erzählte, dass Günter sich den Tod eines Fotomodels vorgenommen hatte. »Er wollte die Unterlagen dazu, hat die Behörden in Baden-Württemberg gebeten, denn da war die Frau scheinbar gemeldet. Dann sagte er, die Sache wäre heißer als gedacht, und ab dem Zeitpunkt verschloss er sich komplett.«

Genau. Das war auch der Zeitpunkt, als Günter Dexter dem Hauptdarsteller einen Brief mit Auslassungen schrieb.

Dazu allerhand Anmerkungen im Drehbuch.

Die Behörden in Baden-Württemberg hatten dem Drehbuchautor die Unterlagen zum Tod von Laura Philipp zukommen lassen? Das konnte Viktor nicht glauben.

»Würdest du für mich die Unterlagen zusammenpacken und mir schicken?«, bat er Liane.

»Ich hab schon danach geschaut, aber die sind nicht mehr da. Vielleicht hat Günter sie auch nur irgendwo anders hingesteckt.«

Vielleicht hatte sie auch jemand mitgenommen?

Viktor wäre jetzt gerne auch im wirklichen Leben der Kriminalkommissar, der sich einmischen durfte und den Dingen auf den Grund ging.

Besser bei Stimme als beim letzten Mal verabschiedete sich Liane.

Wenn Günter von einer heißen Sache sprach, dann war es eine. Der konnte Fiktion und Wirklichkeit durchaus unterscheiden, lebte mit seinen Geschichten, aber nicht in ihnen.

Viktor ließ sich aufs Bett fallen, in Hemd, Shorts und Socken, und als er die Augen schloss, schloss sich auch die in Gedanken angefangene Akte mit den Überlegungen.

Es war ein bekanntes Geräusch, doch beim letzten Mal hatte niemand geklopft, sondern die Klinke bewegt, Augustin war hereingekommen, und Viktor hatte sich mit seinen Verrenkungen zum Affen gemacht.

Die Lider waren schwer, er drückte sie auf. Tatsächlich, es klopfte an der Tür. Er bewegte die Beine über den Rand, hievte den Rumpf auf und ließ es noch einige Male klopfen, bevor er den Rücken durchdrückte, aufstand und öffnete. Als er Hennys Befangenheit sah, fiel ihm auf, er stand in Hemd und Unterhosen vor ihr.

»Zimmer 33«, sagte Henny. Hatte sie jemand anderen erwartet?

»Ich werde mir jetzt keine Hand vorhalten, ich hab was an«, erwiderte er. »Kommen Sie rein, wenn Sie möchten.«

Viktor sah sich im Spiegel und sah sie im Spiegel. Sie trug Jeans und ein T-Shirt und sah genauso sexy aus wie vorhin in ihrem Kleid, während sein Hemd verknittert war, passend zu seinem Gesicht. Er fuhr sich durch die Haare, warf ihr einen Blick zu und wusste, er hatte etwas vergessen.

Höflich wäre, ihr einen Platz anzubieten. Viktor holte sich eine Hose aus dem Schrank und stieg hinein. »Setzen Sie sich, wo es geht. Sie haben mich grade bei einem Entspannungsschlaf erwischt.«

»Wir sind verabredet.« Henny rückte sich den Stuhl vor dem Schreibtisch zurecht. Sie strich über ein Ohr von Herrn Bär.

»Habe ich nicht vergessen. Sie waren richtig gut heute.« Vor allem war sie fantasievoll; um ein Auge zum Tränen zu bringen, hatte Egon sonst ein Fläschchen mit Kochsalzlösung parat. Die hatte sie nicht gebraucht.

»Gut genug?«, fragte sie. Jetzt sah er sie an.

»Ja.« Einfach und wahr. Viktor zog sein Hemd aus, versuchte, sie dabei nicht anzusehen, es ging ihm nicht darum, sich zu vergewissern, dass er sich sehen lassen konnte. Er nahm sich ein neues in Weiß vom Bügel, zog es an und krempelte die Ärmel bis zu den Oberarmen.

Er setzte sich ihr gegenüber auf den Bettrand, mit der Knopfleiste beschäftigt. Sie wirkte, als hätte sie etwas auf dem Herzen, brächte es aber nicht über sich, es auszusprechen. Dabei steckte es ihr ganz unangenehm in der Kehle. Jetzt schlug sie ihr Skript auf, suchte eine Stelle, deutete darauf, ließ sie ihn sehen und fragte: »Nehmen wir die?«

»Sagen Sie mir lieber, was Sie mit sich herumtragen, es geht doch gar nicht um eine Szene, die Sie unbedingt mit mir lesen wollen, um mein Urteil zu hören.« Er wartete.

»Warum liegt da kein Männermagazin auf dem Nachttisch?«

Klang sie verzweifelt? Er zog ein Gesicht. »Das belastet Sie?«

»Überhaupt nicht, was sollte es mich kümmern, wenn Hiero Hart ein geheimnisvolles Doppelleben führt. Aber andere kümmert es.«

Nicht genug, wessen man ihn schon verdächtigte. Er musste sich zusammenreißen, nicht zu lachen. »Entrüstung steht Ihnen wirklich nicht, Henny.«

»Ich bin nicht ...«

Sie schien gerade keine Ahnung zu haben, was sie nicht war.

»Ich möchte bitte niemanden attraktiv, abenteuerlich, anziehend und reizvoll finden, der in eine ganz andere Richtung schaut. Was ich natürlich unter gar keinen Umständen laut sage.« Sie schüttelte den Kopf.

»Anrüchig wäre, wenn Hiero Hart auf Männer steht und sich informiert, was Frauen über sie denken. In Wahrheit ist es noch viel schlimmer. Manche Männer geben sich als Frauen aus«, sagte er ihr.

Henny senkte die Augen, nickte. »Ich hab's verstanden.«

»Glaube ich nicht«, sagte er, nahm die Zeitschrift und suchte nach der Ratgeberkolumne, blätterte die Seite auf und gab sie ihr. »Sophie Elsters Ratschläge sind wirklich gefragt, aber tun Sie mir einen Gefallen, und behalten Sie's für sich.«

»*Herzschmerz und Sternensummen*«, las Henny. Sie brauchte einen unwesentlichen Moment länger als Laura beim Speed-Dating, bis es ihr klar wurde, und sie lächelte.

»Und, sitzt jetzt ein anderer hier als noch vor fünf Minuten?«, wollte er wissen. Es interessierte ihn wirklich.

»Ich hab Sie wütend gemacht, aber wie soll ich etwas über Sie herausfinden, wenn ich nicht jemanden frage, der Sie gut kennt. Irgendwo herumstöbern, bringt nicht viel.«

»Nicht irgendwo, sondern in meinem Zimmer«, gab er zurück.

Henny war sichtlich erblasst. »Ich war nicht in Ihrem Zimmer.«

»Ist das die Wahrheit?«, fragte Viktor. Sie vielleicht nicht. Jemand anderer schon. Das hatte man jetzt davon, wenn man arglos seinen Zimmerschlüssel abgab. »Ich habe mir sagen lassen, die Wahrheit findet man am besten heraus, wenn man jemandem bei Licht in die Augen sieht.« Es war kein plumper Wink gewesen. Viktor stand auf, stellte sich vor sie, zog sie hoch, hielt sie fest, bis auch ihre Arme sich um ihn legten. Dann senkte er den Kopf, zog ihr Gesicht zu sich. Sie hielt seinem Blick stand, doch Viktor schloss die Augen, sein Mund legte sich vorsichtig auf ihren, ihre Lippen öffneten sich unter seinen, er schmeckte sie, berührte ihre Zunge, wollte mehr … und gab sie wieder frei.

Henny strich über ihren Mund. »Das war unfair.«

»Das war nur der Beweis, dass mir deine Augen gerade nicht verraten konnten, ob du an meinem Schrank warst«, gab er zurück. »Außerdem will ich dich schon die ganze Zeit küssen.«

Und du mich auch, brauchte er ihr nicht zu sagen, denn Leidenschaft schmeckte man. »Doppelleben.« Wegwerfend.

»Was ist das für ein Ding zwischen Marlene Borstel und dir?«, wollte Viktor wissen. Und als Antwort auf Hennys unausgesprochene Frage: »Zurückgeküsst. Das heißt, wir sind mindestens beim Du.«

Henny blieb stehen, Viktor strich ihr durchs Haar, wusste, dass er sich gerade offenbart hatte und es für ihn übel ausgehen konnte.

»Marlene hat die Detektivin verpflichtet herauszufinden, ob es stimmt, dass ihre beste Freundin sich umbrachte, und mit wem es zu tun hat.«

»Nett umschrieben, und gerade bist du dabei, dir Hiero Hart vorzunehmen und hast ihn dazu gekriegt, dir sein Geheimnis anzuvertrauen.«

»Das bringt die Detektivin nicht weiter, aber die Frage, ob Hiero Hart und Laura ein Paar gewesen sind.«

Hielt sie die Luft an?

»Detektivin, das ist die falsche Frage. Liebe ist eine Welt für zwei«, erklärte er, wollte, dass sie es begriff. »Laura war die eine, aber wenn du die zwei aufspüren willst, klopfst du an der verkehrten Tür.«

»Eine Hotelangestellte hat dich gesehen«, sagte Henny. »Pitschnass bist du am frühen Morgen des 20. April zurückgekommen. In der Nacht zuvor starb Laura.«

»Du küsst einen Mann, der vielleicht ein Mörder ist. Also wirklich!«, tat er entsetzt.

»Ich wollte dich schon die ganze Zeit küssen«, nahm Henny ihm seine Worte aus dem Mund. Viktor fragte sich, was sie jetzt damit anfangen würden, und er fragte sie.

»Dass der Mann ein Mörder sein könnte, will ich nicht glauben. Aber sollte er, ist es der Fehler meines Lebens.«

Viktor löste die Umarmung.

»Laura und ich hatten uns verabredet, ich war spät dran.« Er erzählte Henny, dass er sicher war, Laura am Steg stehen zu sehen, seinen Namen gehört zu haben. »Dann … war da niemand mehr. Es konnte nicht sein, sie konnte nicht weg sein. Ich sprang, tauchte, viele Male. Ich konnte sie nicht finden.«

Gut, dass Henny nichts sagte. Das hätte er jetzt auch nicht gebraucht. Da war kein bisschen Erleichterung. Er erzählte ihr auch noch den Rest. »Der Typ, der ihr Herz geklaut hatte, um den machte sie ein Geheimnis. Mit ihm stimmte was nicht, aber sie hat nicht viel verraten. Auch nicht seinen Namen.«

»Dieser Handzettel, den Marlene hat drucken lassen«, begann Henny. »Erinnerst du dich, wann das Foto gemacht wurde, und wer es gemacht hat?«

»Laura trug das Armband, als wir uns kennenlernten, aber da gab es die Zweifel schon, dass ihr Liebster ein Doppelleben führt. Anders als Hiero Hart, weniger harmlos. Ich bin nicht der Mann auf dem Foto.« Es begann allmählich, ihm egal zu sein. Er konnte es schon nicht mehr hören, und von den Zetteln waren bestimmt noch genügend im Umlauf.

»Das höre ich heute nicht zum ersten Mal«, sage Henny. Sie nahm seine Hand, seine Finger, hob den kleinen der rechten Hand. »Er ist ein bisschen schief.«

Interessant, dachte Viktor. Der kleine Finger, ein Beweis dafür, dass er nicht der Typ auf dem Bild sein konnte.

»Jemand, der versucht, du zu sein?«, wollte Henny wissen.

Daran glaubte Viktor nicht, nur an einen Mann, der kein Foto von sich gewollt hatte, eine Sonnenbrille trug, sein Gesicht abwandte, dass es aussah, als gelte seine Aufmerksamkeit allein Laura.

»Die Detektivin findet den gut aussehenden Mann sicher«, sagte Viktor.

»Der Kriminalkommissar darf sich nicht geschlagen geben. Würde nicht zu ihm passen.« Ein feines Lächeln von Henny, vielleicht aufmunternd gedacht.

»Der hat keine Lust mehr, Verdächtigungen auszuräumen. Sag' das auch deiner Klientin.« Viktors Müdigkeit war nicht ein paar Mützen zu wenig Schlaf geschuldet, ihm war vielleicht endlich klar geworden, dass es da einen geben musste, der sein schönes Leben mit Zähnen und Klauen verteidigte und dafür gemordet hatte.

Jemandem außer sich selbst zu vertrauen, wäre wahrscheinlich schon zu viel. Henny hatte weitergeredet, Viktor hatte weitergedacht, allerdings nur für sich. Jetzt versuchte er, ihr wenigstens ein Ohr zu leihen.

»… machte eine Bemerkung über die kleine Risswunde an ihrer linken Schläfe. – Es ist ein Drehbuch, aber was, wenn es außerdem die Wahrheit ist?«, fragte Henny.

»Was?« Noch eine Wahrheit, welche? Viktor musste ihr gestehen, dass er nicht zugehört hatte.

»Im Drehbuch nimmt jemand Rache an der Lehrerin – dafür ist der Gifttrank. Aber die Person will sehen, dass es vorbei ist. Tatsächlich und unumkehrbar. Er will sie treffen und legt auf sie an.«

Henny beschrieb die Anfangsszene, die die Zuschauer erst am Ende bekamen – als Rückblende. »Die Stahlkugel der Steinschleuder trifft die Lehrerin genau an der Schläfe. Sie bricht zusammen. Es ist für sie vorbei, auch für den Täter.«

Worauf wollte sie hinaus? Für den Täter war es überhaupt nicht vorbei. Für den begann das Drama erst – nämlich sein eigenes.

Der Fall im Drehbuch sollte keine wahre Begebenheit zeigen, aber wie Viktor von Liane gehört hatte, hatte Günter genau davon gesprochen; von einem Fall. Heiß. Der Drehbuchschreiber hatte dafür gesorgt, dass ausgerechnet eine Steinschleuder in der Geschichte vorkam, mit der geschossen wird, und dass es jemanden gab, dem eine Wunde auffiel.

Viktor hatte dem Ganzen offenbar bislang zu wenig Aufmerksamkeit geschenkt. Da kapierte gerade jeder in seinem Umfeld irgendwelche Zusammenhänge besser als er.

Er wollte die Sequenz nicht aufrufen, konnte es nicht wirklich, weil es das Bild nicht gab. Aber in seiner Vorstellung sah er, wie Günter an der Treppe stand, sah die Schattengestalt neben ihm.

Einen Arm, der ihn zu Fall brachte, keinen Fuß, der sich im Koffer verhakte. Ein Gepäckstück konnte man aufmachen, ihm einen Tritt versetzen. Schon polterte das Ding nach unten, und sein Inhalt verteilte sich auf den Stufen. Erledigt.

Günter musste bei seiner Recherche über den angeblichen Suizid des Models irgendwo auf die Wahrheit gestoßen sein. Als er die Geschichte dazu schrieb, ausgerechnet ein Filmstoff, hatte er den Täter damit zum Handeln gezwungen.

Es war einer von ihnen, und der tat es nicht für einen Film. Viktor wollte sich nicht ausrechnen, was noch passieren konnte. Henny hätte er beinahe vergessen.

»Marlene sagte, an Lauras Stirn wäre eine kleine Wunde gewesen. Die Rechtsmedizin hatte offenbar keine schlüssige Erklärung dafür, keine, die Marlene gelten ließ. Es hieß, sie muss sich gestoßen haben, kurz, bevor sie ins Wasser ging.«

»Und genau das hat sie nicht«, sagte Viktor. Aber es war nirgendwo eine Spur von Mord. Schlau, musste er zugeben.

»Ich übe mit der Schleuder, das Ding muss jemand wirklich beherrschen.«

»Diesen jemand werden wir ermitteln«, sagte Henny, wandte sich zur Tür. Der Abschluss ging ihm zu schnell, er fing ihre Hand ein und wirbelte sie herum. »Das Honorar der Detektivin ist viel zu mager, um eine Lebensversicherung abzuschließen.« Sie hatte ihn hoffentlich verstanden, und wenn nicht, dann vielleicht den finsteren Blick.

30. KAPITEL

Wenn man die Natur einer Sache durchschaut hat, werden die Dinge berechenbar.

Sie wollte es nicht aufschieben, am Ende käme noch jemand auf den Gedanken, ihr das schöne Ensemble im Schaufenster des Juweliers vor der Nase wegzukaufen.

Dann gäbe es ein anderes, das sie erstehen konnte … sicher, doch der Aquamarin zog Blicke auf sich, und die brauchte sie.

Beruhigend, wenigstens für eine Sache einen Plan zu haben, fand Marlene.

Henny hatte sie angerufen, irgendwie klang ihre Stimme eigenartig aufgekratzt. Zum Thema passte ihr Ton überhaupt nicht, denn das war etwas von wegen Leben und Tod. Sie wollten sich im Biergarten zusammensetzen, in dem sie auch Frau Baldoni getroffen hatten.

»Ein knuspriges Hendl wäre mir jetzt gerade recht«, sagte die Detektivin, aber auch das knusprige Hendl rief normalerweise keine Euphorie hervor. Es war etwas Ernsteres. Man durfte gespannt sein.

Sandra wollte ein paar Informationen zu diesen Fan-Treffen beschaffen, wie sie sagte. Es könnte später werden. Ihre Assistentin hatte demnach auch einen Plan, vermutete Marlene. Die hatte sich in einen aufsehenerregenden Rock mit Gehschlitz und Spitzendesign geworfen, eine Bluse zum Knoten und Schuhe zum Schnüren. Es war noch nicht spät, und ihr Weg führte sowieso am Geschäft vorbei. Ihre edle Aufmachung ließ einige Köpfe herumfahren.

Der Juwelier war gerade dabei, die Gitter am Laden herunterzulassen, als Marlene ihn bat, ob er vielleicht noch eine Minute damit warten würde. »Wenn das Weißgold-Aquamarin-Collier«, sie deutete vielsagend ins Schaufenster, »meiner Erwartung entspricht, kaufe ich es und möchte Sie bitten, es mir gleich anzulegen.«

»So schnell entschlossen?«, bezwang der ältere Herr seine Begeisterung und musterte Marlene eingehend. Er hob eine Augenbraue, auf der eine dicke Warze saß. Die Botschaft in seinem Blick: Junge Frauen haben normalerweise nicht so viel Geld.

»Unbedingt, ich habe eine Verabredung und finde, der Aquamarin passt ganz wunderbar zu meinen Augen.« Sie legte nachdenklich einen Finger auf ihren Mund. »Oder glauben Sie, ich kann dazu kein Diamantarmband tragen – es könnte … zu viel sein? Stattdessen vielleicht Ohrringe. Haben Sie etwas anzubieten?« Sie übertrieb, aber offenbar sprach Warzenaugenbraue gerade das an. »Treten Sie bitte näher und schauen sich in Ruhe um.« Das Gitter ratterte wieder hinauf, die Tür wurde aufgeschlossen, und sie betraten den Laden.

Es duftete im Inneren umwerfend nach Rosen. Was hatte er gesprüht?

Er beeilte sich, die Kette aus dem Schaufenster zu holen, und legte sie sich über die Hand, damit Marlene sie anschauen konnte.

»Herrlich«, sagte sie, öffnete ihre Tasche und nahm ein Bündel Geldscheine heraus, die von einer großen Klammer gehalten wurden. Das Ding hatte noch immer Aufmerksamkeit erregt. Sie zählte den Betrag ab, legte die Scheine auf den Tresen. Marlene deutete auf ihr Dekolleté. »Bitte.« Auffordernd.

Warzenaugenbraue wusste nicht, was er zuerst machen sollte, das Geld an sich nehmen oder ihr den Schmuck anlegen.

»Sie bekommen natürlich ein Zertifikat«, versicherte er ihr.

»Natürlich«, gab Marlene zurück. »Wir sprachen grade über Ohrringe«, lächelte sie ihn an, diesmal lächelte er zurück, was ihm eine freundliche Ausstrahlung verlieh; der Mann sollte öfter lächeln und weniger Rosenduft versprühen.

Fünf Minuten später trat eine zufriedene Marlene, um ein paar 1.000 Euro leichter, aus dem Juweliergeschäft. Auf ihrem Dekolleté schimmerte es, die Ohrhänger blitzten brillant und hellblau.

Eigentlich zu heftig, um im Biergarten zu sitzen.

Das meinte auch Henny. »Bist du sicher, dass wir nicht besser woandershin gehen sollen? Das Gänseblümchen bemerkt niemand, aber die schönste Rose«, sagte sie.

Die Detektivin mochte offenbar Märchen. »Einkaufen macht hungrig. Der Schmuck war ein schneller Entschluss. Ganz offen? Ich möchte damit jemanden anlocken«, sagte sie. Marlene hätte sich keinen Deut besser gefühlt, wenn sie sich den Schmuck hätte einpacken lassen. Mit einer Handtasche war eine Frau verwundbar. Sie setzten sich.

»Ich hatte auch schon daran gedacht, als Frau Baldoni von den Diebstählen erzählte. Ein schönes Schmuckstück zu kaufen. Aber ich hätte mir das Geld irgendwo leihen müssen, und wehe der teure Einkauf wäre dann tatsächlich weg …«

Marlene erfuhr nicht, was dann passieren würde.

Die Bedienung kam, und sie fragten nach einem knusprigen Hendl. Ein leichtes Verneinen. »Nehmen Sie lieber das Spanferkel«, lautete die Empfehlung.

»Wir nehmen das knusprige Spanferkel mit dem Kartoffelsalat«, übernahm Henny die Bestellung. »Zwei dunkle Kellerbiere«, legte Marlene nach.

»Perfekt, Mädels«, lachte die Bedienung.

Die tief stehende Sonne färbte den Himmel und die Spitzen der Berggipfel in einem Purpurton. Alpenglühen. Beeindruckend.

»Wie war's auf dem Friedhof?«, fragte Marlene jetzt Katharina Kress alias Henny Ferber.

»Traurig«, gab die mit einem Schmunzeln zurück. »Ich übernehme die angebotene Rolle.«

»Und Hiero Hart?«, fragte Marlene.

»Ich war auf seinem Zimmer und wollte eine Szene mit ihm lesen. Er hatte den Termin verschlafen, bat mich herein und musste wahrscheinlich erst seine Gedanken sammeln. Er schlüpfte in ein frisches Hemd, und ganz sicher starrte ich ihn lüstern an.« Henny verdrehte die Augen. »Ich habe ihn geärgert, er hat mich geküsst. Ich hab mir gewünscht, er würde nicht aufhören – und wie ich mir das gewünscht habe.« Sie fing die Unterlippe ein.

»Klingt gefährlich«, fand Marlene.

»Es war nur ein Kuss, aber der war …« Henny deutete mit ihren Händen ein Feuerwerk an, das zum Himmel funkte. »Er hat aufgehört, bevor ich aufhören wollte.« Sie atmete aus, und als wäre sie jetzt bereit, berichtete sie Marlene, was sie vom Feuerwerksküsser erfahren hatte.

Henny hatte ihm, wie sie Marlene versicherte, einige brennende Fragen gestellt und Antworten bekommen. Aber das warf noch mehr Fragen auf, vielleicht hatte sich bloß die Richtung ein wenig geändert. Wen könnte man sonst noch verdächtigen, Laura Philipp derart beeindruckt zu haben?, fragte sie sich. Dann war da noch der Schmuck, den erst einer klauen musste, um ihn ihr zu schenken. Was, wenn Laura überhaupt nicht die Filmleute meinte, wenn der Typ jemand anderer war?

Marlene sprach es aus. »Was wäre, wenn.«

»Hiero Hart erzählte, Laura hätte es ihm verraten wollen, kam aber nicht mehr dazu«, sagte Henny.

»Wie passend.« Marlene schüttelte den Kopf. »Der Unschuldige ist vielleicht nicht unschuldig und gibt es nur vor.«

Uschi hatte ihn erkannt, der Kriminalkommissar war in der Pension gewesen, hatte sich in Lauras Zimmer umgeschaut, was sollte er da gewollt haben, wenn nicht das Handy? Oder etwas anderes, von dessen Existenz Marlene überhaupt nichts wusste? Wenn es stimmte, was ihr Henny grade erzählt hatte, dann schien Hiero Hart weitgehend harmlos, außer er küsste gerade. So wirkte der Mann aber kein bisschen, wandte sie ein.

Die Bedienung brachte die Kellerbiere.

»Er könnte einen Teil der Wahrheit erzählt und den Rest in einer großen Lüge verpackt haben.« Die unstimmigen Punkte waren zahlreich. Vor ihrem inneren Auge tauchte eine Schiffsanlegestelle auf und Laura am Ende des Stegs. Warum sollte sie überhaupt dorthin gelaufen sein?

»Er sagte wirklich, er wollte Laura retten? Wenn da jemand bei ihr war an jenem Abend am Steg, dann hätte er diesen anderen doch sehen müssen«, war Marlene überzeugt.

»Mit einer Steinschleuder muss man treffen, ein Stein, eine Chance. Vielleicht funktioniert es auf ein paar Meter Entfernung. Aber eine Schleuder ist kein Gewehr, mit dem man anlegt und gemütlich zielt.« Sie wollte es so gerne glauben, doch dazwischen standen einige Fakten, um die auch eine Gläubige nicht herumkam.

»Ich hab in seine Augen gesehen«, sagte Henny. »Ich glaube ihm.«

Das hatte Marlene auch bei ihm probiert. Ein Ausdruck in den Augen sagte vielleicht etwas über ein Gefühl, aber über Wahrheiten sagte es nichts. Das Spanferkel wurde gebracht, Marlene war ein bisschen der Appetit abhandengekommen. »Ich glaube ihm nicht«, sagte sie und würde die Spur in jedem Fall weiterverfolgen.

31. KAPITEL

Auf zu neuem Missgeschick!

Natürlich hätte er gerne mehr riskiert, da stand das Bett und hatte ihn angeschrien. Aber das wäre ein Risiko gewesen. Weil er sie ehrlich mochte. Außerdem war er nicht der Typ, der sich schnell etwas nahm.

Pech, Viktor, jetzt darfst du allein was essen gehen, dir Gedanken machen, dass der Geschmack der Leidenschaft auf deiner Zunge haftet und du nicht mehr davon bekommst. Zumindest heute nicht mehr.

Er wollte kurz duschen, sich abkühlen und seine Friedhofsjeans, die im Waschbecken dümpelte, gleich mitnehmen. Eingeweicht war da im Becken im Bad nichts mehr, das Seifenwasser ausgelaufen. Er müsste sie in die Dusche hängen. Später.

Er shampoonierte die Haare, rieb sich mit einem Waschlappen übers Gesicht, geschminkt würde ihn heute niemand mehr sehen. Kurz ließ er den Föhn ein bisschen pusten, nicht ohne einen prüfenden Blick auf das Kabel geworfen zu haben. Aktuell war in ihrem Team nichts Größeres passiert. Nicht am Ammersee. Ihm nicht, Hiero Hart nicht, und auch der Regisseur benahm sich gewohnt flipperkugelmäßig. Günters Unfall stand auf einem separaten Blatt.

Mister »Tu, was ich dir sage« würde wieder zuschlagen, ahnte Viktor, und noch immer hatte er keinen Schimmer, worum es dem ging. Hiero Hart würde auf ihn warten, denn der Typ müsste das Kuvert unter seinen Teller legen. Nachts. Jemanden bitten, es für ihn zu tun, könnte er sich nicht leisten, denn dann wüsste man, wer dahintersteckte.

So dachte es sich Viktor. Er schob sein Hemd in die Hose, zog einen Gürtel durch die Schlaufen und schlüpfte in seine bequemen Lederschuhe. Das tasmanische Flechtmuster war ihm herzlich gleich, aber sie waren leicht, und ihr Leder wasserabweisend.

Er zog die Lederjacke an und stellte den Kragen auf, nahm die Treppe, verzichtete auf einen Schirm, gab seinen Schlüssel ab und ging hinaus in den Sonnenuntergang. Wenn jemand herumgeschnüffelt hatte, dann war dieser jemand hoffentlich durch damit.

Colin in seiner Höhle hätte vielleicht wieder etwas Leckeres im Angebot. Und etwas, das ihn wachhalten würde. Er hatte noch einiges vor.

Bei ihren letzten beiden Begegnungen hatte er bemerkt, dass sie hübsch war, doch jetzt sah Marlene Borstel bestechend gut aus, vor allem verdammt angriffslustig.

Viktor hätte vielleicht Herrn Bär mitnehmen sollen.

Hatte sie auf ihn gewartet? Sie wählte sich immer den Zeitpunkt Hunger aus. Klug war das nicht. Er versuchte, an ihr vorbeizuschauen. Sie stellte sich ihm in den Weg. »Wir haben keine Verabredung«, sagte er. Er sollte ihr vielleicht auch etwas anderes sagen. »Sie haben es absolut nicht nötig, sich mir für eine Antwort – irgendeine – anzubieten.«

»Und Sie haben kein Geheimnis mehr«, sagte sie.

Na ja, hätte er geantwortet. Das wurde überbewertet. Diese Pakete, in die man nicht hineinschauen durfte, die jeder hütete und dachte, er müsse sie nicht aufmachen. Henny hatte jedenfalls an der Kordel herumgefingert, bis sie offen war.

»Würden Sie mich bitte zurückbegleiten?«, fragte Marlene.

Wohin zurück? »Fürchten Sie sich, weil Sie ein bisschen viel«, Viktor deutete auf Hals, Ohren, »Schmuck angelegt haben?« Ein Schluss ins Blaue war das nicht, auch keine Ahnung. Ihre Miene schimpfte ihn sogleich Vollidiot.

»In meine Pension«, sagte sie.

»Erst soll es die Damentoilette sein, jetzt Ihre Pension. Ich bringe Sie vor die Haustür, wenn Sie Wert darauf legen«, bot er an.

»Sie haben nämlich Hunger und müssen unbedingt etwas essen.« Sie schnappte sich seinen Arm. Viktor kam sich vor wie in einem Déjà-vu, nur Herr Bär fehlte.

Er hatte erst eine Ahnung, wohin sie ihn führte, als sie in die Andechsstraße einbog. Das bekannte Kloster war noch ein ganzes Stück weit entfernt. »Laura hatte sich, als sie hier war, ein Zimmer gemietet. Was wollen Sie diesmal wissen, welche Antwort habe ich Ihrer Meinung nach?«

»Diese Antwort hat jemand anderer.« Kühl, sicher, überlegen.

»Wenn Sie unbedingt meinen«, gab er zurück. Es war nicht so, dass er sich nicht ein wenig schuldig fühlte, aber nicht so schuldig, sich jeder ihrer Erleuchtungen anschließen zu müssen.

Er war sicher, Henny hatte mit ihr geredet. Genauso sicher konnte er aber sein, dass Marlene ihn noch immer als zweifelhaft empfand, sie glaubte ihm nicht. »Wir sind nicht zum Essen hergekommen«, sagte sie.

»Das ist eine Pension, kein Gasthof«, wusste er. Sie setzten sich in den Garten. Marlene stellte ihn ihrer Assistentin vor. »Hiero Hart – Sandra Bruckner.« Kurz verblüffte ihn, dass eine Reiseschriftstellerin eine Mitarbeiterin hatte. Vielleicht verdienten Journalistinnen mehr als ein Schauspieler.

So, wie sie ihn begutachtete, hatte sie den Handzettel im Blick. Sie verglich. Er reckte das Kinn und drehte sich einmal nach rechts, dann nach links. »Haben Sie jetzt auch alles gespeichert?«, fragte er freundlich.

»Entschuldigung, so war es nicht gemeint. Ich war vorhin noch auf der Gemeinde, und da lief ich Harald Wagner, dem Bürgermeister, über den Weg«, sagte sie. »So von der Seite sieht er ein bisschen aus wie …«

Er konnte beinahe sehen, wie sich Marlenes Gedanken überschlugen.

»Prima, ein neuer Verdächtiger«, beglückwünschte Viktor sie. Er kannte Wagner, der wäre bestimmt auch wieder beim Fan-Treffen dabei. Aber dass der Schlipsträger eine Lederjacke anzog, konnte er sich beim besten Willen nicht denken und verzog das Gesicht. »Ich stelle Ihnen den Bürgermeister bei Gelegenheit gern vor, dann können Sie darüber nachdenken, sich ein Bild machen.« Er deutete mit vier Fingern einen Rahmen. »Aber …« Viktor schüttelte den Kopf. Das war allerdings nur seine persönliche Meinung. Jetzt hatte er ihr vielleicht einen Kandidaten für die Rolle des Freundes von Laura Philipp weggeschnappt.

»Uschi«, sagte Marlene und winkte eine mollige, gemütlich aussehende Frau zu ihnen herüber. Darum war er also hier.

Na dann. Es gab keine Vorstellung.

»Es geht um ihn?«, fragte Uschi. »Ich habe sein Foto im Internet gesehen.«

Es ging um Hieronymus Hart, nicht um Viktor Lässig. Marlene nickte, ihre Assistentin wartete gespannt, und Uschi grüßte ihn. »Ich schaue keine Krimis.« Schulterzuckend. Zu Marlene: »Aber schmuck ist er wirklich.«

Hurra, wenn sich Leute über einen unterhielten, man anwesend war und zuhören durfte. »Wenn Sie jetzt bitte zu einem Schluss kommen würden, egal welchen …«, sagte Viktor. »Ich bin am Verhungern.«

»Ist er der Kriminalkommissar, der Laura Philipps Zimmer durchsucht hat?«, wollte Marlene wissen.

Viktor blinzelte, Uschi lachte. »Er spielt doch bloß einen Kriminalkommissar, oder? Er hat sicher keinen Ausweis und keine solche Dienstmarke.«

Viktor hatte ganz sicher keinen solchen, das wäre auch Amtsanmaßung. Der Requisiteur hatte von beidem eine Kopie für ihn, aber das war Spielzeug, auf der Marke kein Wappen, wo sich die Dienststelle befand, und die Kamera zeigte beides nie hochauflösend.

Marlene war verwirrt. »Das ist nicht der Mann?«

Viktor war erleichtert.

»Der Typ, der mir seine Marke zeigte, war ein Kriminalkommissar. Tatsächlich. Er sagte, es geht um den Tod von Laura Philipp. Möglich, dass seine Behörde Ermittlungen einleiten würde. Ich ließ ihn allein. Er war nur einmal da.«

»Natürlich, wenn er gefunden hat, wonach er suchte. Ermittlungen. Welche Ermittlungen?« Marlene schüttelte den Kopf, dass die Ohrringe flogen. Viktor sah es blitzen. Schöner Schmuck.

Ihre Assistentin war ratlos, sie hatte offenbar etwas anderes erwartet. »Ich hab Ihnen sein Foto gezeigt. Sie sagten, Sie würden ihn wiedererkennen …« Jetzt ließ sie das Ende offen.

»Aber nicht als den Kripobeamten im Zimmer des Models. Der Filmkommissar hat an einem der Abende auf sie gewartet, da haben wir uns kurz gesehen.«

Stimmt, hätte Viktor ihr sagen können. »Warum hatten Sie ihr Armband?«, fragte er Marlene. Eine Antwort schuldete sie ihm wenigstens.

»Es war nicht Lauras Armband, und wenn Sie es ihr geschenkt haben, wissen Sie genau, wem es vorher gehört hat.«

Vorher gehört hat. Viktor sah den Schleier über seinen Augen verschwinden. Darum Lauras Frage, wie ein Dieb vorgehen würde. Statt überhaupt etwas zu erwidern, stand er auf, hob die Hand und drehte sich um. Er war unhöflich, Marlene war es sicher gleich, sie hatte nicht, was sie wollte.

»Schönen Abend allerseits«, wünschte er, bevor er wirklich ins Unheimliche abdriftete. In Viktors Kopf pochte es, als würde jemand anklopfen. Es gäbe etwas zu erledigen, hieß das. Jemand war in Lauras Zimmer gewesen; kein Wunder, dass Marlene vorher nichts von Viktor Lässig wissen wollte; es gab ihn für sie gar nicht. Lauras Handy war nicht unter ihren Sachen gewesen, dafür ein gestohlenes Diamantarmband, was für eine Ironie.

Er könnte den Bürgermeister anrufen, der gerade erst am Horizont der Reiseschriftstellerin aufgetaucht war und möglicherweise als Verdächtiger galt, der Typ auf dem Foto zu sein. Er könnte auch in der Polizeiinspektion vorbeischauen; eine Einstellung würden sie wahrscheinlich auch dort wieder drehen, wenn Hiero Hart ermittelte.

Jetzt hatte Viktor Lässig die Fährte aufgenommen, und der würde in Erfahrung bringen, welcher Beamte im Anschluss an Lauras Tod im See in der Pension in der Andechsstraße gewesen war.

Um weiter zu überlegen, musste er wirklich etwas essen. Im »American Bistro« herrschte nicht ganz so viel Betrieb wie am Wochenende. Viktor grüßte, woraufhin Colin freudig »Hiero Hart« durch den ganzen Laden plärrte und ihm ungefragt ein Bier zapfte und das Glas über den Tresen schlittern ließ. Viktor fing es auf. Besser als im Film, dachte er. »Wenn du einen Cowboy-Burger hast, nehme ich den.«

»Jo, John Wayne und dazua an Tequila – der is echt mexikanisch.«

Jo. John Wayne und Mexiko. Irgendwann war Texas ein freier Staat, der drohte, von Mexiko erobert zu werden und John Wayne ein Soldat mit einer Mission. Im Film. Viktor wusste nicht, was für einer verwegenen Kombination er gerade zugestimmt hatte.

Colin stellte ihm ein Schnapsglas mit einem Schnitz Zitrone hin. »Da Johnny kimmt dann.«

Bis der Johnny dann kam, hatte Viktor sein Bier und den Tequila getrunken, einzig die Zitrone war übrig. Sein Blick glitt ganz sachte ein wenig seitwärts. Er hätte vorher etwas essen sollen und nachher trinken.

Aber der »John Wayne Burger« schmeckte cowboymäßig gut mit einer würzigen Barbecuesoße.

Viktor rutschte von seinem Barhocker herunter. Es ging

darum, bestimmte Dinge herauszufinden und sich dabei nicht zu verrennen wie Marlene. Sie verstand die Sackgasse nicht einmal, wenn sie an deren Ende schon mit der hübschen Nase ans Schild stieß.

Viktor bemerkte erst, dass er wieder im Hotel »Wassermann« war, als er dort vor der Aufzugtür stand. In Gedanken war er in der Polizeiinspektion Herrsching gewesen und hatte nach dem Beamten gefragt, der ihm etwas zu Laura Philipp sagen konnte. Nicht mehr heute, morgen wahrscheinlich. Denn das Drehbuch sah eine Szene mit Hiero Hart im Büro vor, wo der Kriminalkommissar einige Telefonate erledigte.

Er drückte auf den Knopf, eine halbe Sekunde später öffneten sich die Türen. Der Spiegel im Inneren zeigte ihm die Situation desjenigen, dem jetzt ein Hauch Make-up sicher gut getan hätte. Etwas an dem Tequila war schlecht gewesen.

Noch war Zeit, die Sache umzudrehen, bevor das sein Magen tun konnte, noch war es nur später Abend. Das Sich-Hinunterbücken zum Palmenwedel, der auf seinen Zimmerschlüssel aufpasste, machte ihn schwindelig. Entweder ein Zeichen, dass er schleunigst das Versteck ändern sollte, oder eines, dass er diese Annäherung zu Mexiko nicht gut vertrug.

Er legte sich in voller Montur aufs Bett und machte die Augen zu. Schnell war er abgedriftet, kein Schlaf, an den man sich hinterher nicht mehr erinnert, sondern einer, in dem man alles noch wusste. Auch dass Henny ihn küsste. Was sich gut anfühlte, war schnell vorbei, dann waren es Marlenes Lippen und seine Hand in ihrem Haar. Erschrocken schnappte er nach Luft. Wach. Viktor schaute auf die Uhr. Zehn vor zwölf. Er hatte sich erholt und fühlte sich nicht mehr so elend, doch seinen Entschluss hätte er gern gekippt, nur würde er sich anschließend dafür verachten.

Aufgestanden, eine Ladung kaltes Wasser ins Gesicht, einen Energyriegel eingesteckt und eine Flasche Wasser unter den Arm geklemmt. Das Handy ließ er im Zimmer.

Von Mitternacht bis ein Uhr war die einsamste Stunde. Jedenfalls war sie es ganz sicher, wenn man allein irgendwo ausharren musste.

Diesmal ließ er den Aufzug Aufzug sein und nahm die Treppe. Auf leisen Sohlen tappte er in den Frühstücksraum. Für den nächsten Morgen war dort bereits alles eingedeckt. Er sah sich um, ging zurück zur Tür, schaute noch mal. Die Ecke seitlich hinter dem Kamin war am schwersten einsehbar, wenn jemand in den Raum käme. Da würde er es sich bequem machen.

Viktor nahm ein paar Kissen von den Sitzmöbeln und baute sich am Boden ein Lager. Mit seinen Gedanken allein versuchte er, die tieferen Schatten zu erkennen. Hoffentlich kam der elende Briefschreiber bald, um seinen neuesten bösen Einfall zu hinterlegen.

Der einsamsten Stunde folgte eine weitere und noch eine.

Viktor rutschte auf seinen Kissen hin und her, stand auf, trat ein wenig auf der Stelle und packte den Energyriegel aus.

Die Unkenrufe der hinterhältigen Stimme hatten sich wiederholt gemeldet: Wirst schon sehen, da passiert gar nichts, und setzten gerade noch eins drauf: Du hast vorher nicht geschaut, ob da unter deinem Teller nicht schon was gelegen hat.

Viktor hatte sich gerade in die Höhe gestemmt, um genau das zu tun, da rührte sich etwas, und er machte sich wieder unsichtbar. Ein Schatten. Jemand kam in den Raum, bewegte sich leise.

Dass derjenige den Lichtschalter nicht benutzte, konnte nur bedeuten, die Person hatte etwas vor.

Viktor atmete nicht einmal laut. Gleich würde er wissen, wer ihm drohte.

32. KAPITEL

Nichts ist notwendiger als das Überflüssige.

Du meinst es *womöglich* ernst, ich meine es tatsächlich ernst, du wirst sehen.

Gibst dir Mühe, gemocht zu werden, beantwortest dämliche Fragen von Leuten, die sich keine Psychotherapie leisten können, gibst dich als Frau aus – wie erbärmlich, oder wie heroisch? Natürlich, Hiero.

Als Nächstes verlange ich von dir, etwas zu tun, weil *ich* sonst etwas tun muss. Zu deinem besonderen Nachteil.

Ich bin vorbereitet, war es auch, als Günter Dexter entdeckte, wer schon immer mit einer Schleuder umgehen konnte. Der Typ mit der Porschebrille hatte zuerst dich im Verdacht und brachte mich darauf, das zu übernehmen. Die Idee war nicht meine, aber eine gute nehme ich auch geschenkt.

Das Armband habe ich in der Pension gesucht und mir gedacht, sie hat es in den See geworfen. Hier ist die Polizei, kann jeder behaupten, dafür ist ja die Requisite da. Ihr Handy fiel mir ganz zufällig in die Hände. Sie hatte einiges gelöscht, vor allem meine Nachrichten, aber sie hatte das verdammte Foto an ihre Freundin geschickt.

Zuerst ärgerte mich, dass ich von der Seite aussehe wie Hiero Hart. Aber als der Handzettel rumging, konnte ich es plötzlich gar nicht mehr schlecht finden.

Ich müsste schon blind sein, die Fallgrube nicht zu bemerken. Unentschlossen, ob ich mich an der Weißgoldkette mit dem hübschen Aquamarin vergreife, der laut Sage angeblich aus einem geheimen Tresor der Seejungfrauen stammt.

Sie hat ihn für mich gekauft, aber … vielleicht behaltet ihr den besser, Ladys. Er soll Kraft geben und gleichzeitig die Fähigkeit, Lüge und Betrug zu erkennen. Das wäre jetzt nicht in meinem Sinn.

Geheimnis, Hiero. Und du hast erst die Hälfte ausgebuddelt. Die Wahrheit: Jemand, der zu viele Fragen stellt, wird mundtot gemacht!

Steigst du auf ein Spiel ein? Herausforderung. Ich nehme die Mutprobe.

Ich wollte nicht zurückschauen, wirst du mir nicht glauben. Das Morden sein lassen kann ich vielleicht nicht. Hätte ich gern. Einmal ist keinmal, und öfter hört auf, eine Bedeutung zu haben.

33. KAPITEL

Freiheit ist, sich nicht entschuldigen zu müssen.

Draußen verleibte sich die Dämmerung auch noch die letzten Lichtflecken ein, in den Straßen waren längst die Lichter angegangen. Henny saß wieder am Schreibtisch, dachte kurz über den Tag nach und schrieb die Mail an die Berliner Detektei. Sie redete drumherum, entschuldigte sich für die Zeit und meinte, sie würde den Vorschuss zurückzahlen, weil sie bezüglich des Schauspielers bislang kaum etwas erreicht hatte.

Viktor Lässig führt, wie es sich mir dargestellt hat, kein Doppelleben. Um ein Sprichwort zu zitieren: Das Gerücht ist blind, aber es läuft schneller als der Wind.

Davon ausgehend hätte die Filmcrew, die in diesen Tagen sehr eng zusammenarbeitet, es weitergetragen.

Sollte sich dennoch etwas anderes ergeben, werden Sie es natürlich als Erste von mir erfahren.

Freundliche Grüße

Sie schickte die Mail ab, bevor sie sich wegen der Halbwahrheiten noch schlecht zu fühlen begann. Sie würde versuchen, morgen jemanden bei der Detektei Prentz zu erreichen. Sie musste das Geld loswerden.

Das Doppelleben war unglaublicherweise Viktor Lässigs Ratgeberkolumne. Nicht das, was seine Agentur erwartete, aber etwas, das allein ihm gehörte – Henny wollte ihn nicht auffliegen lassen. Viktor hatte angeboten, dass sie die Zeitung mitnehmen könne, und Henny hatte zugegriffen. Sie wurde schon rot, als sie nur die Fragen las und seine Antworten dazu. Viktor Lässig war ein mutiger Ratgeber, und Sophie Elsters Meinung wurde geschätzt.

Henny hatte ihn nicht gefragt, warum er ausgerechnet für eine Frauenzeitschrift schrieb. Eine Offenbarung war es gewesen, aber fraglich, ob er ihr vertraute oder bloß einer Verdächtigung entgehen wollte?

Die Detektivin konnte es mit ihrem Gewissen nicht vereinbaren nachzuforschen, wie idiotisch war das denn? Sie hatte schon so viele Leben durchleuchtet, und dieses Mal zuckte sie zurück. So viel zu Hennys Credo, nichts unmittelbar und nahe an sich heranzulassen. Da war mehr passiert. Hiero Hart musste es wissen, weil der Kuss nicht einfach nur ein Kuss war, sie hatte es ihn spüren lassen.

Morgen würden sie sich alle wieder zur Besprechung des Drehplans im Hotel »Wassermann« einfinden, und Henny konnte dieses Morgen kaum erwarten.

Wenn sie diesen Bullen mit Samthandschuhen anfassen wollte, dann blieb immer noch die Nacht, in der Laura Philipp gestorben war, und der nächste Morgen, als ihre Leiche geborgen wurde. Hieros Erzählung hatte Löcher, und obwohl sie nicht erfunden klang, war da einiges, was einen nachdenklich machte. Wenn der eine, wie er sagte, nicht wusste, was genau passiert war, musste ein anderer einen Bericht geschrieben haben. Die Wasserwacht hatte Lauras Körper aus dem See geholt, der Notarzt den Tod bestätigt, die Polizei die Ermittlungen aufgenommen, die Rechtsmedizin konnte laut der Spurenlage nur auf Suizid verweisen.

Die Detektivin käme so einfach nicht an ein Protokoll. Es musste einen anderen Weg geben.

Bevor Henny es zu Ende denken konnte, klopfte es an ihrem Fenster, und eine Taschenlampe wurde eingeschaltet.

Sie hatte eine Haustür, es gab sogar eine Klingel.

Tim brauchte meist nur eines davon. Er hatte noch nie geklopft. Nach einem erneuten Blick sah sie, wie der Hobbydetektiv im Schimmer der Lampe ein weißes Taschentuch schwenkte, das er über ein kleines Ästchen gehängt hatte.

Entweder hatte er ihr nicht alles gesagt, und es fehlte ein Teil seines Geständnisses, oder es gab ein ganz frisches Debakel. Henny lief hinaus in den Garten. »Tim, was ist los?«

»Können wir rein?«, fragte er. Das war auch neu. Ein ziemlich fragender Blick, eine Hand, die ihn mit seiner Friedensflagge durch die Tür schob, und ein Aufseufzen. Dem kleinen Ästchen war seine Last zu schwer, es brach, und das Taschentuch hing nurmehr auf Halbmast.

»Hoffentlich ist das kein Omen.« Henny musste lachen. Tim zog die Brauen zusammen. »Mama meinte, wenn ich dir bloß Ärger mache, kann ich den Detektivjob vergessen. Aber ich finde es wirklich spannend, und irgendwo sind da vielleicht auch mal echte Verbrecher zwischen den Ehebrechern und Betrügern.« Er zuckte vielsagend mit der Schulter.

»Du könntest dich revanchieren«, schlug ihm Henny vor. Tims Augen leuchteten.

»Morgen findet das Fan-Treffen der Produktionsgesellschaft ›Bergmann Film‹ statt. Die Gemeinde ist riesig stolz auf ihre Mitwirkung, es dürfte einen ganz schönen Menschenauflauf geben. Wenn ich es richtig in Erinnerung habe, wieder im Kurpark. Du könntest die Augen offenhalten.«

»In welcher Richtung?«, wollte er wissen.

»Am besten in jeder.« Henny grinste.

Tim hatte zugestimmt, den Wächterjob zu erledigen. Sie hatte ihm gesagt, dass er nichts und niemanden be- oder überwachen musste. Es ging darum, zu schauen und aufmerksam zu sein. Kein Ton von ihr, dass es vielleicht darum ginge, einen Dieb zu stellen. Und sie fürchtete tatsächlich um Marlenes Geschmeide.

»Die Leute mögen es nicht, wenn sie beobachtet werden.«

»Dann beobachtest du halt unauffällig«, hatte Hennys Antwort gelautet.

»Ich schulde dir was«, war für ihn klar gewesen. Henny hatte ihn in dem Glauben gelassen.

Sie warf einen Blick auf die Zeit und dachte sich, Journalisten reagierten nicht verschnupft, wenn man sie nach neun Uhr abends anrief. Diesen hatte Henny das letzte Mal angerufen … lange her. Sie wusste es nicht einmal mehr. Nick Sommer war der Laute in ihrer Klasse gewesen. Einer, der immer für Ärger gut war – aber auch der, auf den Verlass war und der nie einknickte, egal, womit man ihm drohte.

Er hatte einige Jahre als Kriegsberichterstatter gearbeitet, heute schrieb er für den »Ammersee Anzeiger«. Die letzte Information war, dass er sehr zufrieden war, der weiten Welt entkommen zu sein. Henny kannte seinen Schwachpunkt, aber darauf würde bestimmt nie jemand kommen. Sie suchte sich Nicks Nummer heraus.

»Sommer-Time«, meldete er sich.

»Hast du immer noch Angst vor Traktoren?«, fragte sie. Er war mit einem solchen Riesen als Kind umgestürzt und damit in einem Bach gelandet. Es gab nicht viele, die diese Geschichte kannten.

»Wer traut sich, mit so was anzukommen?«, fragte er. Wach und misstrauisch, bis seine Erinnerung einschaltete. »Henny Ferber. Warum packst du da einen meiner schwarzen Momente aus?«

»Entschuldige. Ich wollte mich vielleicht etwas aus der Menge hervorheben.« Unüberlegt.

»Volltreffer. Alte Geister sind richtig anhänglich«, gab Nick zurück. Genauso wie alte Ängste, hätte Henny gesagt. Vielleicht waren die Neuen genauso schlimm, nur weniger intensiv.

»Wie geht's dir, was beschäftigt dich, und warum wählst du ausgerechnet meine Nummer?« Ein Haufen Fragen.

Henny gab Nick auf jede eine Antwort und kam dann zum Kern des Anliegens. »Es gibt da eine Sache. Es ist fünf Monate her. Hat der ›Anzeiger‹ etwas über den seltsamen Tod einer Frau berichtet, deren Leiche man am Morgen des 21. April im Ammersee fand?«

»Ein seltsamer Tod?«, fragte Nick. Henny hörte ihn etwas tippen.

»Offiziell hieß es Selbstmord. Laura Philipp, ein Fotomodel«, half sie. Er brauchte sich nicht erinnern, er sollte nur nachschauen, was berichtet worden war.

»Ist das der Köder?«, wollte Nick wissen. »Dass du Infos hast, der Selbstmord war keiner.«

»Nein, die habe ich nicht. Die Detektivin hat einen Auftrag, etwas über Lauras Zeit am Ammersee herauszufinden«, schloss Henny die Gedankenlücke. Dass ein Journalist etwas vermutete und einer Sache nachjagte, das konnte sie nicht gebrauchen. Sie war nur an dem Bericht interessiert.

»Da gibt's was. Ich lese es vor. Kann mich erinnern, du hast ein Hammergedächtnis. Der Artikel erschien ein paar Tage später, ereignet hat es sich tatsächlich am 21. April.

Am Samstag kurz nach 9.30 Uhr hatte eine Zeugin im Gestrüpp am Ostufer des Ammersees im Landkreis Starnberg einen weiblichen leblosen Körper entdeckt und daraufhin den Rettungsdienst verständigt. Als der Notarzt vor Ort eintraf, konnte er nur noch den Tod der Frau feststellen. Inzwischen ist auch die Identität der Verstorbenen geklärt. Es handelt sich um eine 28-jährige Urlauberin. Warum die Person in dem Gewässer zu Tode gekommen ist, ist nun Gegenstand der laufenden Ermittlungen, die von der Kriminalpolizei geführt werden. Es gibt keine Hinweise, die auf ein Fremdverschulden hindeuten.«

»Das ist nicht dein Ton«, entfuhr es Henny.

»Ich habe diesen unbewegten Artikel nicht geschrieben, weil ich angehalten war, meinen Mund zu halten. Und das ist hirnrissig. Mit mir nicht zu machen, lieber schreibe ich gar nichts.«

Typisch Nick. »Worüber solltest du stillschweigen?«, wollte sie wissen. Henny fröstelte.

»Ich war vor Ort an jenem Morgen, ja, ich höre verbotenerweise den Polizeifunk ab. Die blonde Schönheit hatte etwas eingesteckt; in der Tasche ihrer Jeans. Ich kam zufällig dazu, als einer der Beamten nach einem Ausweis suchte, ihr in die Hosentasche fasste und ein Diamantarmband herauszog. Ich wurde *gebeten*, das im Artikel unerwähnt zu lassen. Niemand kam mit einer Drohung um die Ecke. Ich wollte den Artikel bloß nicht mehr schreiben.«

»Eine Bitte hat dich dazu gebracht, eine Schlagzeile aufzugeben?« Henny riss die Augen auf.

»Tja, es geschehen noch Zeichen und Wunder«, sagte Nick. »Wenn eine Frau ihr Armband abnimmt, bevor sie ins Wasser geht, dann schließt sie in jedem Fall mit mindestens einer Angelegenheit ab. Mit dem Typen, von dem sie's hat, schätze ich mal grob.«

Da gab ihm Henny recht. Laura hatte mit etwas abgeschlossen, aber sicher nicht mit ihrem Leben. Was einen Mörder zurückließ.

»Was ganz anderes«, sagte sie. »Es geht um den Hauptdarsteller der Krimiserie ›Der Bulle vom Ammersee‹. Wenn es da was gäbe, das wüsstest du doch bestimmt.«

Sie feuerte ins Blaue, hoffte, es gäbe nichts. Warum fragst du, wenn du die Antwort fürchtest, hörte Henny Oma Linde sagen. Weil ich vorgespielte Taubheit hasse, antwortete sie ihr in Gedanken.

»Der es aus dem Arme-Leute-Viertel zum Film geschafft hat? Schätze, das ist eine Sache von mögen und nicht leiden können. Hat beides mit Erinnerungen zu tun«, sagte Nick. Es hörte sich an, als gäbe es da was. Musste sie fürchten, eine Lawine losgetreten zu haben?

Nick lachte, und Henny erfuhr, was ihn amüsierte. »Das wäre seine alte Lehrerin, Frau Sagenschmieder, die mochte ihren Schüler nicht, weil er mit einer Schleuder auf seine schlecht benotete Klassenarbeit losging, der ein paar Löcher verpasste – den Blättern und sicher auch dem Stolz der Frau. Ein echter Scharfschütze.«

Henny sah die Beschreibung vor sich und den Jungen, der anlegte und feuerte. Ihr hatte es mindestens die Sprache verschlagen.

»Dann habe ich noch eine Exfreundin im Angebot, die erzählte etwas von Zurückhaltung und Freundlichkeit – übersetzt mit ›Der Typ war ein Langweiler‹. Was interessiert dich an Hiero Hart?«, fragte Nick.

»Er«, beantwortete sie die Frage. Bis gerade jedenfalls.

Henny dachte an eine durchlöcherte Schularbeit.

34. KAPITEL

Es gibt kein Problem, das wir nicht ignorieren können, wenn wir uns genug Mühe geben!

Er hatte sich zurück in den Kissenberg begeben. Wenn er mehr als nur einen Schatten sehen wollte, musste er aufstehen. Für sein Frühstücksgedeck interessierte sich aber niemand.

Da kam noch jemand. Groß und schlank, soviel konnte Viktor auch von weitem erkennen. Doch bevor die Person den Frühstücksraum betreten konnte, bemerkte sie, dass jemand anderer gerade hineingegangen war. Ein Schatten verschwand. Vielleicht hatte Viktor gerade den Briefschreiber verpasst. Verdammt!

Viktor überlegte sich eine Strategie, da sagte eine leise Stimme: »Hey.« Zärtlich, schnurrend, wie eine Katze.

Zu wem diese Stimme gehörte, war leicht zu erraten, die hörte er jeden Morgen. Der andere hatte nichts gesagt, wandte sich um und breitete die Arme aus.

Nicht wahr! Viktor strich sich über die Stirn. Zwei Liebende, die nichts Besseres zu tun hatten, als sich im Frühstücksraum zu vergnügen? Der Boden war unbequem, wie er wusste. Wie die Tische waren, dazu konnte Viktor nichts sagen; aber gedeckt waren sie alle.

Die Geräusche wurden eindeutiger. Wahrscheinlich hatten Gabi und Mr. X denjenigen, auf den Viktor seit Stunden wartete, verjagt. Der große und schlanke Schatten. Das Glück war überhaupt nicht auf seiner Seite. Er sollte Bene Hotter vielleicht mal fragen, was die Indianer über Karma wussten … wenn der etwas wusste.

Günter war es, der die Figuren zum Leben erweckt hatte. Viktor verhielt sich ruhig, lehnte den Kopf gegen die Steinfassade des Kamins.

»Oh, ich kann dir nicht sagen, wie sehr ich es vermisst habe.«

Was auch immer es war.

Das ging so nicht, beschloss er, denn sollte es gleich intensiver werden, wollte er nicht Zeuge sein. Er schob die Kissen weg, stand auf und knipste die Taschenlampe an. Sie befanden sich im Hotel, es gab Betten, und sie hatten alle eins.

»Hiero«, wie aus einem Mund, die Augen aufgerissen, ertappt.

»Guten Morgen«, gab der zurück.

Das Licht seiner Taschenlampe zeigte gerade erschütternde Wahrheiten, und Viktor fiel ein, dass er nicht einmal wusste, ob der Spurenleser verheiratet war. Benes Männlichkeit sah jedenfalls fürchterlich erschrocken aus, und Gabi hatte einen Exmann, den es nicht kümmern dürfte, dass ihr BH aufgehakt war.

Viktor schüttelte den Kopf. »Dich wollte ich sowieso noch was fragen«, sagte er zum Spurenleser.

»Was fragen?« Bene räusperte sich, schluckte.

»Geht später auch.« Viktor knipste die Taschenlampe wieder aus und räumte die Kissen auf.

»Was machst du denn im Frühstücksraum um die Zeit?«

Gabi stellte wenigstens die naheliegende Frage.

»Eine persönliche Angelegenheit«, gab er zurück. »Ich wollte etwas überprüfen.« Unter seinem Frühstücksteller lag noch keine Nachricht, aber er wollte jetzt nicht mehr warten.

»Ihr verratet mich doch sicher nicht.« Er konnte sich das Grinsen nicht verbeißen.

»Sicher nicht«, bekräftigte Bene. »Wir reden morgen«, Pause, »heute dann später über deine Frage.«

Morgen, heute, später, dann war es wirklich allzu schnell. Viktor hatte gemeint, er hätte sich gerade erst bettfertig gemacht, da nervte der ansteigende Ton des Weckrufs schon wieder.

Er würde sich rasieren, einen Wald im Gesicht wollte er nicht, das konnte auch Augustin nicht wollen; jenseits vom verabredeten Dreitagebart.

Zufrieden mit dem Ergebnis, es fühlte sich frischer an, fuhr seine Hand über die glatte Wange, er griff nach dem Föhn, kämmte die Haare in Form und fragte Herrn Bär, wie er es fand. Der schien zuzustimmen, es gab kein Widerwort.

Heute wählte Viktor ein T-Shirt und ein grafitgraues Sakko. Er vermied den genaueren Blick in den Spiegel, Gabi würde ihn sicher wieder auf die Zerklüftungen in seinem Gesicht aufmerksam machen. Zu wenig Schlaf. Viktor versteckte den Schlüssel, lief die Treppe hinunter und betrat den Frühstücksraum.

Er wollte nicht daran denken, dass Bene Gabi auf einem der Tische sprichwörtlich flachgelegt hatte. Er wollte auch kein Bild, wie Gabi auf Bene herumrutschte. Ich gönne euch jeden Spaß und hätte den auch gern. Aber dieser Film war doch zu viel.

War er früh dran oder die anderen spät? Augustin erschreckte ihn mit seinem gequälten Ausruf »Hiero. Ohh, glatt wie ein Babypopo.«

Fehlte noch, dass Augustin ihn in die Wange kniff.

»Gerade jetzt kommt doch der Teil, an dem der Kriminalkommissar richtig in den Fall einsteigt. Der Bart muss schnell wieder dran«, befahl Augustin.

Als hätte Viktor sich das Ding aufgeklebt. »Der kommt wieder. Schon morgen sieht man die dunklen Schatten.«

»Aber heute ist das Fan-Treffen«, sagte der Regisseur. Viktor durfte ihm nicht damit kommen, dass er das jetzt glatt vergessen hätte. »Ich sag ihm, er soll schneller wachsen.«

Er warf einen Blick aufs Buffet, sah Frank, wie er sich den Teller füllte, ging an den Tisch und hängte sein Sakko über den Stuhl; er sah aus wie ein gewichtiger Mann, der einmal mehr richtig gut gegessen hatte.

Gabi schlief wahrscheinlich noch, die Maskenbildnerin hatte auch eine anstrengende Nacht gehabt. Heute war die Rose gelb, das Herz neben dem Namen des Hauptdarstellers schien kleiner geworden, das Kärtchen für die Schulsekretärin verschwunden zu sein, stattdessen stand ein neues dort.

Bevor er den Namen las, fiel sein Blick auf die vier Ecken, die unter seinem Teller hervorspitzten. Der Schreiber hatte sein ziemlich sicher böses Vermächtnis doch noch hinterlassen. Viktor zog das Kuvert heraus. Ein Blick zur Seite; die neue Tischnachbarin war ein Tischnachbar. »Frank Weiß« stand auf dem Kärtchen. Viktor ließ das Kuvert schnell unter dem T-Shirt verschwinden und zog das Sakko wieder drüber. Diesmal wollte er nicht gleich am ersten Bissen an etwas denken, über das er sich auch später noch ärgern konnte. Er nahm seinen Teller und ging hinüber, um sich eine Semmel aufzuschneiden. Eine Seite mit Käse, die andere mit Wurst. Eine Tasse Milchkaffee dazu.

Beide Hände voll, auf dem Weg zurück zu seinem Platz, winkte ihm Bene zu. Der sah wirklich aus, als hätte er etwas angestellt. Einen Mitwisser zu haben, war freilich unangenehm, aber was erwartete er, dass Viktor überall herumtratschte, was sich in der vorigen Nacht im Frühstücksraum ereignet hatte? Der wusste ja nicht mal sicher, ob noch was passiert war oder der Schock so etwas unmöglich gemacht hatte.

Viktor stellte den Teller an seinen Platz und nahm den Milchkaffee mit, deutete Bene, sie würden sich draußen unterhalten.

»Hiero, die ungute Sache gestern …«, begann er. Als ungut würde der Schüler eines Indianers körperliches Verlangen sicher nicht bezeichnet haben. »Bene, ich hab dich für jemanden gehalten, der keinen solchen Unsinn verzapft. Ich wollte dich tatsächlich fragen, wie ein Mensch schlechtes Karma loswird, ich hatte völlig übersehen, dass es nur deine Filmbiografie ist und du wahrscheinlich nicht mal einen Indianer kennst; genauso wie ich keine Kriminalfälle löse; das hat sich irgendwie verselbstständigt«, sagte Viktor und trank einen Schluck vom Kaffee.

»Ich bin nicht der mit den schlauen Sprüchen, aber du bist der coole Typ. Wenn du dir jetzt Sorgen um dein Karma machst, dann hast du irgendwas getan. Karma ist ein spirituelles Konzept, nach dem jede Handlung physisch wie geistig unweigerlich etwas zur Folge hat. Aktion und Reaktion. Ich hab darüber gelesen, weil mir die Filmbiografie richtig gefällt.«

Es hatte keine Aktion stattgefunden, nicht von seiner Seite, warum sollte jemand denken, reagieren zu müssen? Viktor nickte bedächtig. »Merkst du, dass du auf einem toten Pferd reitest, steige ab.« Viktor hatte es nicht gemerkt. »Danke«, sagte er zum Spurenleser, der ihn eher verdattert anschaute.

»Ich bin eigentlich mit jemandem zusammen und wurde schwach. Gabi ist eine tolle Frau.« Bene schien Viktor ein klein wenig durcheinander zu sein.

Sie redeten aneinander vorbei. So viel stand fest. Indem er mit Daumen und Zeigefinger von links nach rechts über seine zusammengekniffenen Lippen zog, gab Viktor vor, seinen Mund zu verschließen, dann drehte er auch noch einen imaginären Schlüssel um und warf ihn sich über die Schulter. »Alles klar«, sagte Bene, und Viktor registrierte etwas wie Dankbarkeit in dessen Blick.

Das mit den guten Taten war sicher ganz anders gemeint. Viktor holte sich noch einen Milchkaffee und ging damit zurück zum Tisch.

Sich wegen des Namens auf dem Kärtchen geirrt zu haben, wäre wunderbar gewesen, doch leider saß da Frank Weiß an seinem Fenstertisch und war damit beschäftigt, Viktor von unten nach oben zu mustern. Absicht. Auf seinem Rücken brachte sich das Kuvert in Stellung. Er bekam die giftigen Worte schon jetzt zu spüren.

»Morgen«, sagte Frank, der zur schwarzen Hose einen grünen V-Pulli trug. Siehst extrem gut aus, passt aber nicht zu deinen Augen, dachte Viktor. »Du konntest echt nicht ohne mich, oder?«, fragte Frank.

»Schwer«, gab Viktor zurück. »Du bist eben absolut meine Wahl«, machte er ihm und sich Angst und zwang ein Grinsen auf sein Gesicht. Frank an seiner morgendlichen Seite bis zum Ende des Drehplans? Welch unvorstellbare Grausamkeit. Huh. Wo blieb denn Gabi?

Viktor nagte an seiner Wurstsemmelhälfte, und als er die gegessen hatte, kam die Maskenbildnerin zur Tür herein in einer blauen Chiffonbluse, pinkfarben geschminkte Lippen.

»Guten Morgen, Jungs! Eine schöne Nacht verbracht?« Viktor hörte das Fragezeichen, es war also keine Aussage ihrerseits.

»Seite an Seite mit Hiero. Der schnarcht, dass sich die Balken biegen.« Frank nickte.

»Oho«, machte Gabi. »Gab's Krach, weil einer von euch herumstreunte?«

Frank sah ihn an, Viktor verdrehte die Augen in Ermangelung eines besseren Blicks und einer Erklärung. Seite an Seite, was sollte der Scheiß? Hieß das vielleicht Zimmer an Zimmer? Viktor verzog bestürzt den Mund. Gabi hatte sich auf den Weg zum gut bestückten Buffet gemacht.

»Ist die Frau so ausgelassen?«, erkundigte sich Frank und trank Viktor mit seinem Kaffee zu.

»An jedem Morgen«, bestätigte Viktor. Die ausgelassene Frau brachte eine Schüssel mit Milch und irgendwelchen darin eingeweichten Cerealien an den Tisch, stellte die Schüssel ab, zog den Stuhl zurück, machte eine Bemerkung über die Kissen, die wieder sauber an Ort und Stelle lagen, und setzte sich. Sie streckte eine Hand nach der Rose aus. »Gelb für den Hauptdarsteller.« Ihre Finger strichen über die Blätter.

»Für den mit der Minirolle gibt's keine«, bestätigte Frank. Viktor hatte gerade schweigend in die Käsesemmelhälfte gebissen, da hörte er die Klänge von »Misfits of Science« – die Spezialisten grüßten. Er legte die Semmel wieder hin, stand auf, sagte: »Ist mein Vater«, zog das Handy aus der Tasche und lief Richtung Tür. »Hiero …« Er stoppte die angeschnittene Ansage. »Papa?«

»Jaaa, ich wollte mal hören, ob du auf bist«, gab Peter Lässig zurück.

»Ich bin auf«, sagte Viktor. »Wir haben aber nicht wieder irgendwelche Post?«, wollte er wissen.

»Post.« Wegwerfend. »Warum sagst du keinen Ton, stattdessen muss ich es aus der Zeitung erfahren. ›*Dramatische letzte Minuten eines Drehbuchautors*‹.

Viktor schnaufte. Der Hauptdarsteller hatte heute noch nicht einmal seine dramatischen ersten Minuten gehabt und noch keine Silbe gelesen.

So wie sich das anhörte, hatte Günter gelitten. War die Meldung aufgemotzt, oder hatte da jemand gute Kontakte zur Rechtsmedizin?

»Machst du darum so ein Wesen, dass etwas passiert?«, wollte Peter wissen.

Ein Wesen. Der war wirklich gut, und Viktor hatte sich nicht mal um eine Zeitung gekümmert, es völlig vergessen. Als würde die Berichterstattung schlafen. »Liest du mir den Absatz mit der Dramatik bitte vor?«

»Also wirklich, was du immer dran findest. Spiel doch Shakespeare, wenn dich das begeistert.«

»Ich kannte Günter gut, kenne seine Freundin. Ich möchte einfach wissen, was die Presse daraus gemacht hat. Ich bin nicht der Drama-King.« Das Ende betonte er, hart zurechtgeschnittene Worte.

»*De omnisbus dubitandum, man muss mit allem rechnen*«, las Peter. »Finde ich jetzt dramatisch.«

Viktor biss sich auf die Unterlippe, spreizte seine Hand, schloss die Augen. Sein Vater war aufregend.

»*Weil es noch kein Auftreten der Totenflecken gab, geht die Rechtsmedizin davon aus, dass Günter D. erst kurz vor der Auffindung verstarb und nach dem Treppensturz noch einige Minuten bei vollem Bewusstsein gewesen ist. Der Unfalltod des Drehbuchautors* … hier kommen noch einige nette Worte«, sagte Peter.

Viktor wusste alles über Totenflecken – der Kriminalkommissar wusste es – sie traten 20 bis 30 Minuten nach Todeseintritt auf und waren dann noch wegzustreichen. Wenn es sie noch nicht gegeben hatte, war Frank vielleicht nur einige Minuten später da gewesen.

Was war das überhaupt für eine Meldung? So eine Beschreibung fand sich normalerweise nicht in einer Tageszeitung. »Papa, in welcher Rubrik steht das?« Er musste einfach fragen.

»Das ist neu, nennt sich *picking autopsy*. So erfährt man, wie das Sterben funktioniert. Will man das unbedingt wissen?« Ein Murren. »Ich werde mir das Blatt nicht mehr kaufen«, gab Peter bekannt.

Autopsie-Schnipsel, wie feinsinnig. Jetzt interessierte den Kommissar, ob Günter Schuhe getragen hatte. Du hast dir dein Bild doch längst gemacht!, brachte er sich scharf in Erinnerung. Es war ein Mörderbild.

»Schickst du den Angehörigen und der Freundin eine Trauerkarte?«, erkundigte sich sein Vater.

»Sicher nicht. Das würde Liane traurig machen.«

»Das war sie schon vorher, die Karte sagt ihr, dass du den Mann geschätzt hast und an sie in ihrem Schmerz denkst.« Peter kannte sich mit den Gegebenheiten der Trauer scheinbar besser aus als er. Viktor würde trotzdem keine schicken; allein der schwarze Rand war deprimierend.

»Jemand erklärt nur vorgegeben trauernd schriftlich das Ableben von Hiero Hart, und Günter Dexter ist tot. Für die nächste Zeit ist hoffentlich Ruhe.« Er verabschiedete sich von seinem Vater.

Die Karte zog er nicht heraus, sondern ging zurück an den Tisch und zu seiner Semmel, und bevor jemand etwas sagen konnte, fragte er Frank, ob Günter Schuhe getragen hatte, als der ihn fand.

»Augenblick, lass mich nachdenken. – Ja, trug er. Ich glaube irgendwas aus dunklem Leder.«

»Wo bist du dran, Hiero?«, wollte Gabi wissen.

»Bloß ein Gedanke, der sich irgendwo festgehakt hat.« Er zuckte entschuldigend die Schulter. Wenn Günter Schuhe getragen hatte, wäre es ihm wohl ziemlich schwergefallen, sich damit irgendwo im Griff seines Koffers zu verhaken. Das hatte der Mörder nicht erwogen?

Viktor aß den Rest der Semmel, dachte an Augustin und die Drehplanbesprechung und beschloss, er sollte lieber noch etwas essen, weil davon auszugehen war, dass der Regisseur die Termine ganz eng legen würde.

»Welcher Catering-Service wurde diesmal mit der Verpflegung beauftragt?«, fragte Gabi. Als sie Viktors fragenden Blick bemerkte, setzte sie ihn ins Bild. »Heute ist das Fan-Treffen.«

Es würde Verpflegung geben (müssen). Er strich sich über den Babypopo in seinem Gesicht. »Habe davon gehört, es aber schnell wieder vergessen«, gab er zu.

»Komm' nicht auf den Gedanken zu schwänzen«, warnte ihn Gabi vor.

»Augustin würde mich teeren und federn«, sagte er.

»Kommt dein alter Herr auch an den Ammersee?«, fragte ihn Frank. Das war jetzt blöd. Viktor hätte Peter etwas sagen müssen?

Frank sah ihn unentschlossen über die Stirn wischen. »Also, einladen solltest du Peter Lässig schon. Er kann dir doch nicht peinlich sein.«

»Der König der Unterwelt ist mir kein bisschen peinlich!«, erklärte Viktor fest. Besser gleich, als sich wieder dem Vorwurf aussetzen, kein Wort darüber verloren zu haben.

Er zog das Handy wieder heraus und wählte seinen Vater an.

»Viktor, was ist denn los?«, wollte der wissen. Er brauchte nicht zu fragen, wen Peter Lässig damit nachahmte.

»Heute Nachmittag ist das Fan-Treffen von ›Bergmann Film‹«, sagte Viktor.

»Ja schön – wen triffst du da?«, interessierte sich Peter.

»Jeden, der mich schon immer mal näher kennenlernen wollte«, gab Viktor zurück.

»Soll ich vorbeischauen, dass du da nicht allein rumstehst?«

Das war absolut ernst gemeint, ging ihm auf. Wo hatte Viktor da gerade Interesse erahnt?

»Ein Opfer brauchst du keines zu bringen. Ich wollte nur einen Ton darüber verloren haben.« Viktor wollte nicht beleidigt klingen, aber er vermutete, gerade hörte er sich genauso an.

»Du findest sicher nettere Unterhaltung.«

Mit nett lag er wohl goldrichtig. »Überleg's dir«, sagte Viktor. »Herrsching hat einen Bahnhof. Das Treffen ist im Kurpark.« Bevor er hörte, dass er ihm das nicht eigens erklären musste, weil Peter sich auskannte, wünschte Viktor ihm einen lässigen Tag.

Eine Sohn-Vater-Beziehung war tückisch; aber Viktor hatte keine andere. Die Familie, das waren sie beide, die bissige Tante hatte er nie dazugerechnet.

Er steckte sein Telefon wieder weg. Vielleicht gab es noch ein Croissant am Buffet. Dazu könnte er sich vom Kaffeevollautomaten etwas gepflegtes Aufgeschäumtes zubereiten lassen. Er hatte Glück; braun gebrannt und knusprig gebacken lachte ihn das letzte Croissant an. Als Nächstes schnappte er sich eine Tasse und brachte den Automaten in Stellung. Röchelnd erledigte der seinen Auftrag.

Erwartung in den Gesichtern, als er zurück zum Tisch kam. Viktor sah sich nicht genötigt, etwas zu sagen, tat es aber dann doch. »Er überlegt es sich, sagte er, aber die mitschwingende Botschaft war ein ›eher nicht‹«, sagte Viktor.

Gabi gab ihm ein: »Schade, ich hätte deinen alten Herrn gern getroffen«, und als Nächstes zog sie schon wieder diesen elenden Handzettel hervor, auf dem er gar nicht abgebildet war.

»Ich hätte noch eine Ahnung, wer der Typ sein könnte«, sagte sie.

35. KAPITEL

Einfache Logik ist die beste.

Alte Häuser geben manches Mal Geräusche von sich. Vielleicht waren es auch bloß die kleinen Rädchen in Hennys Gehirn, die sich ins Zeug legen. Nachdem sie zum 100. Mal die Blätter der Sonnenblumen auf dem Bild im Schlafzimmer gezählt hatte, war sie es satt und schwang die Beine über den Bettrand.

Es war noch früh. Oma Linde hätte Kaffee aufgesetzt, der durch die Zimmer duftete, ihr in die Nase stieg und sie weckte. Jetzt müsste sie entweder selbst dafür sorgen, es die Maschine tun lassen, im Hotel Wassermann frühstücken, weil sie zum Filmteam gehörte, oder ins Café gehen.

Sie würde es die Maschine erledigen lassen. Bevor sie mit sich selbst redete, schaltete Henny das Radio ein. Nachrichten; nichts Neues und nichts Gutes, dafür eine freudige Stimme, die ihr sagte, was für eine tolle Idee es sei, am heutigen Nachmittag im Kurpark in Herrsching mit den Schauspielern und dem Regisseur des »Bullen vom Ammersee« zusammenzukommen. »Freunde und Fans werden freudig erwartet«, hieß es.

Hennys Freude war gestern mit dem Hinweis, dass Hiero Hart mit der Schleuder ein Meisterschütze war, eilends davongestürzt. Du hast es wissen wollen, sagte sie sich. Zugegeben, sie hatte nicht damit gerechnet, ein weiteres Mal auf die Steinschleuder zu treffen. Überraschung.

Aber diese Waffe würde auch nur jemand benutzen, der damit umzugehen wusste. Es hatte ganz den Anschein, als wäre Hiero Hart alias Viktor Lässig der Mann für alle Fälle. Denk kriminalistisch und fürchte nicht das Unterwartete, kam sie mit einer ihrer Weisheiten um die Ecke.

Während sie sich vom Kaffeeautomaten einen Café Crema zubereiten ließ, machte sie sich ein Honigbrot und schaute im Kühlschrank, ob der einen Joghurt für sie hätte. Sie wusste ganz sicher, dass es keine gute Idee war, ihr Frühstück mit ins Büro zu nehmen. Honigfinger, und wenn sie unvorsichtig wäre, Kaffeeflecken.

Sie schaltete den Computer ein. Das System fuhr hoch, Henny drehte mit dem Bürostuhl hin und her; ihr Blick fiel ausgerechnet auf das Autogramm von Hiero Hart, das sie gestern in einen Rahmen auf das Vertiko gestellt hatte. An diesem Ort machte es ganz den Eindruck, als wäre er ein Freund. Oma Linde hatte ihr beigebracht, dass Freundschaft etwas war, das man sich erst verdienen und dann erhalten musste. Vielleicht war dieser Mann viel weniger als ein Freund.

Henny hatte alles durcheinandergeworfen, und das hatte sie jetzt davon, sie traute ihrem eigenen Urteil nicht mehr.

Sie biss in ihr Honigbrot, den sauren Gedanken zum Trotz, und klickte ihr E-Mail-Programm an. Nach einem Schluck Kaffee schaute sie sich an, welches Geschreibe unbeachtet in den Abfall konnte und was sie lesen sollte.

Die dritte Nachricht stammte noch vom gestrigen Abend. Der Absender war Berlin, die Detektei Prentz.

Henny leckte ihre Finger ab und öffnete die Post.

Normalerweise kapierte sie schon beim ersten Mal, worum es ging oder nicht ging – hier aber las sie es dreimal. Prentz hatte in *keiner* Angelegenheit bei ihr angefragt, ihr sicher *keinen* Vorschuss bezahlt, erklärten sie. »Wir schimpfen uns keine Detektive, wir sind es.«

Die freundlichen Grüße am Ende klangen höchst unfreundlich.

Henny rief die andere Nachricht auf, in der sie gebeten worden war, den Auftrag zu übernehmen. Vergleich. Das Logo stimmte, in der Adresszeile wurde der Absender mit Namen genannt – Prentz-Detektei.de. Leicht zu machen. Es war einfach vorzugeben, jemand anderer zu sein.

Wofür hatte jemand die 200 Euro zum Fenster rausgeworfen? Denn sobald sie wie jetzt eine Nachricht gesandt hätte, wäre die gleiche Antwort gekommen. Nämlich, dass es diesen Auftrag nicht gab.

Warum wollte jemand, dass sie sich unbedingt mit Hiero Hart beschäftigte?

Henny aß gedankenvoll ihr Honigbrot und ließ den Kaffee kalt werden.

36. KAPITEL

Manchmal wünschte ich, ich wäre wieder so, wie ich war, als ich das werden wollte, was ich jetzt bin.

Wenigstens hatte Gabi nicht versucht, ihm wegen der Situation von vergangener Nacht irgendwelche löchrigen Ausflüchte zu präsentieren. Viktor fand Benes Reaktion schäbig und brauchte glücklicherweise nicht darüber nachdenken.

Frank hatte laut gelacht, als die Maskenbildnerin ihnen damit kam, der Mann auf dem Foto könnte der Bürgermeister sein.

Sahen jetzt alle Gespenster? Das hatte die Assistentin der Reiseschriftstellerin gestern schon für möglich gehalten.

Helmut Wagner wäre gar nicht erfreut, wenn das mehrere Leute für möglich halten würden; neben einem toten Model zu posieren, konnte einem ganz schön die Karriere verhageln.

Viktor lachte nicht, er hatte die Spekulationen gründlich satt. »Behalt' es für dich«, riet er Gabi.

»Könnte doch auch Hiero sein«, hatte Frank locker aus dem Ärmel gezaubert.

»Könnte nicht«, hatte Gabi erwidert und ihm aufgeschlüsselt, warum.

»Könntest auch du sein«, war Viktor dazu eingefallen, er deutete auf den Kommissar. Er hatte nicht mehr darauf geachtet, was danach kam, und sich auf den Weg in sein Zimmer gemacht. Um halb zehn hieß es Drehplanbesprechung, und er wollte sich vorher noch ausgiebig über den Schreiber ärgern.

Er drehte den Schlüssel um, zog das Sakko aus, dem folgten die Schuhe, dann griff er in den hinteren Hosenbund und zog das Kuvert heraus. Er ließ sich aufs Bett fallen. Du könntest es zerreißen und in den Abfalleimer werfen. »Genau, was du nicht weißt, macht dich nicht heiß.« Sich selbst von etwas überzeugen zu wollen – das war nicht sein Spezialgebiet. Er zog die Lasche vor, holte den Inhalt heraus.

Kann es sein, dass du auf die falschen Antworten scharf bist?

Viktor feuerte zurück: »Kann es sein, dass du die falschen Fragen stellst, Blödmann?«

Ich hab dich gewarnt. Du spielst nur den Kriminalkommissar. Ermittlungen sind unerwünscht.

Ihn gewarnt, etwas herausfinden zu wollen. Was glaubte der Kerl? Dass er jeden Morgen nur auf seine Post warten und nichts tun würde, außer den Kommissar zu spielen?

Du Wichtigtuer wirst diese Dreharbeiten nie vergessen – versprochen. Ist jetzt negativ gemeint. DAS auch. Schau mal ... macht sich nicht gut, oder?

Auf den ersten Blick sah er ein bekanntes Gesicht – Paulas – und seine Zimmertür. In ihrer Hand seinen Schlüssel. Die 14 auf dem Messing richtig gut zu sehen. Dass es getürkt aussah, mochte daran liegen, dass die 15-Jährige halbschräg in die Linse schaute. Paula hatte sich beim Entern seines Zimmers fotografiert. Selbstauslöser.

»Ist das dein ›ich mag dich einfach‹?«, raunte er. »Die sperren mich ein.«

Davon war sicher auch der Schreiber überzeugt; eine 15-Jährige auf dem Zimmer ... wuhhh. Schande.

Kapierst du mich?

Die Füße stillgehalten, freundlich sein, die Freunde vor sich selbst schützen, den Vater ehren ...

Beste Grüße.

Scheißaufzählung. Aktion und Reaktion. Die eine hatte der Schreiber losgetreten, jetzt musste sich der Viktors Entgegnung gefallen lassen.

Eine Idee hatte er und brauchte noch einen Helfer.

Heute Nachmittag wäre die Presse vor Ort und würde Aufnahmen machen. Er wollte einen der Journalisten zu einem Gefallen überreden. An den Briefschreiber gewandt: »Du wirst mich kennenlernen!«

Viktor marschierte mit einem entspannten Gesichtsausdruck in den Seminarraum. Wenn da einer mit seiner Verstimmung gerechnet hatte – die konnte er niemanden sehen lassen, weil er sie nicht empfand.

Er schnappte sich den Platz neben Henny, griff nach ihrer Hand und behielt sie in seiner.

»Hiero ...«

Keine Begrüßung, auch keine Frage, nur sein Name. Sie

hatte es klingen lassen, als läge sie wegen irgendetwas mit sich im Clinch. Was war es? Dass Viktor als Frau für das Magazin schrieb, sicher nicht. Melanie Borstels Festhalten, dass Hiero Hart Lauras Liebhaber gewesen war, schon eher. Oder hatte die Detektivin vielleicht irgendeine beunruhigende Entdeckung gemacht?

Für beunruhigend war gerade aber nicht mal in Gedanken Zeit, Augustin hatte sein Skript, in dem sich keine Notizen mehr befanden, geknickt und wies damit in die Runde wie ein Lehrer vor seinen Schülern.

»Beginnen wir mit dem Morgen heute«, warf er in die Runde.

»Wir wären schon zufrieden, wenn wir mit dem Heute jetzt begännen«, fand Egon Beusel.

»Egon, ich brauche bitte nachher noch was von dir.« Viktor musste dem Requisiteur eine seiner gut gehüteten Sachen abschwatzen. Wenn er ihn nur ein kleines bisschen besser leiden könnte …

»Er hat bitte gesagt«, meinte Egon großartig. Viktor grinste mit ungeöffneten Lippen, er würde den Mund halten, Egon ihn damit aufziehen, ihn reizen, was auch immer. Aber er würde ihn seinen Feuerblick nicht sehen lassen und eine Entgegnung runterschlucken.

Viktor hatte keine Ahnung, woher er auf die Schnelle eine Lupe herbekommen sollte, und die würde er brauchen, wenn der Journalist ihm den Gefallen tun würde.

»Er hat *nachher* gesagt«, lachte Augustin. »Hiero, fühlst du dich wohl? Muss doch sonst alles gleich und auf der Stelle sein.«

Viktor kam nicht zu einer Erwiderung, weil der Regisseur ein anderes Thema ansprach. »Übst du auch fleißig mit der Schleuder? Triffst du was?«

Von ihm wurde im Grunde verlangt, dass er nur so tat. Fürs Treffen waren die Kamera und der Ton verantwortlich. Den Schusswinkel verfolgte niemand, aber Viktor hatte wenig Lust, wirklich nur daneben zu feuern.

Henny warf ihm einen seltsamen Blick zu. »Frau Sagenschmieder weiß alles über diesen Scharfschützen. Man könnte sie fragen.« Henny löste ihre Hand aus seiner.

Wie hätte er auch denken können, dass genau die Geschichte ihr Ziel verfehlte. Wiederum passte es perfekt ins Bild eines Verdächtigen.

»Solide Detektivarbeit, Henny Ferber«, lobte Viktor.

»Wer ist Frau Sagenschmieder, und wofür brauchen wir sie?«, wollte Augustin wissen.

»Frau Sagenschmieder hat schon vor ein paar Jahren das Zeitliche gesegnet. Sie kann man gar nichts mehr fragen«, erklärte Viktor. Erklärend: »Ich dachte mal, ich erschieße meine Lehrerin.« Er nickte. »Die hatte es verdient.«

Blicke flogen hin und her, Viktor beachtete keinen.

»Du bist ein Schmalspurermittler, aber ein Mörder …« Frank verdrehte die Augen. »Ganz sicher, alle deine ehemaligen Lehrer sind eines natürlichen Todes gestorben.«

»Wüsste ich jetzt nicht. Hast du recherchiert?«, fragte Viktor und konnte sehen, dass er gerade richtig gut darin war, die anderen gegen sich aufzubringen.

»Hiero, halt die Füße still.« Die Empfehlung eines Kriminalkommissars. Hatte ihm schon ein anderer wärmstens empfohlen. Viktor schaffte nur ein durch die Zähne gestoßenes Lachen.

Er zog sich den Krug mit dem Wasser heran, dazu ein Glas und schenkte sich ein. Frank hatte vielleicht gerade versucht, ihn wieder in die Spur zu bringen. Aber Henny wollte, dass er wusste, dass sie es herausgefunden hatte. Bravo.

An die ältere Dame hatte er erst einmal gedacht. Aber Hennys Gedanken schlugen einen völlig anderen Kurs ein. Einige der Blicke wandten sich ab, andere waren gespannt zu erfahren, wie es weiterging. Würde es nicht. Augustins Blick warnte ihn; ehrlich. Auf den würde er hören.

Viktor war zu Schulzeiten gerade mal wütend genug gewesen, auf ein Papier am Boden zu feuern.

Die Lehrerin hatte die Arbeiten aus ihrer Mappe genommen. Großspurig, wichtig, Deutschlehrerin. Sie ging zwischen den Bänken durch, las die Namen vor. Als sie Viktors Arbeit hochhielt, hatte sie kurz innegehalten und ließ sie dann auf den Boden segeln, mit dem Kommentar: »Sechs, Lässig.« Verachtung im Blick. Sie hatte gewohnheitsmäßig jede Sechs auf diese unnachahmliche Art kommentiert, und mit dem Blatt gleichzeitig auch den *Schüler fallen lassen*.

Viktor hatte sich zusammengerissen, um nicht »Miststück« zu flüstern. Stattdessen hatte er seine Schleuder aus der Schultasche geholt und einige Kiesel auf das Blatt am Boden abgefeuert. »Danke vielmals. Das Ungenügend hier ist Ihres, Frau Sagenschmieder.«

Seine Deutschlehrerin hatte die Botschaft, dass sie es nicht schaffte, ihren Schülern etwas beizubringen, nicht verstanden und die Geschichte anders erzählt.

Augustin warf jetzt einen demonstrativen Blick auf die Uhr. Jeder sollte wissen, sie hatten heute noch was vor, sie mussten Gas geben, und er wollte außerdem zufriedengestellt werden. »Es geht weiter im Programm. Folgerichtig müssen wir kurz in die Polizeiinspektion. Hiero begibt sich dort an seinem Schreibtisch und erledigt ein paar Anrufe – er erfährt ein paar Details zum Grundstück der ehemaligen Gärtnerei. Dann würde ich gern den Spurenleser und Hiero in der Wohnung von Melanie Rendl, der Deutschlehrerin, schicken. Bene findet dort einige Hinweise. Nicht allen ist zu trauen. Melanies Wohnung – die, die die Produktionsgesellschaft für solche Zwecke angemietet hat, ist in der Dillizerstraße 37«, sagte Augustin.

»Und die Adresse der Polizeiinspektion?«, erkundigte sich einer der Kameraleute.

»Ruf die Polizei, dann weißt du's genau.« Augustin hatte für derlei Einwürfe gar nichts übrig.

»Rieder Straße 32. Du nimmst mich mit?«, fragte Viktor. Er bekam ein dankbares Nicken.

»Was ist jetzt mit der anderen Lehrerin?«, wollte einer der Schüler wissen. Schmunzelnd. »Die, die Hiero Hart erschossen hat.«

»Kommissare erschießen keine Lehrkräfte. Das ist jetzt eine andere Fiktion. Wir brauchen unsere.« Augustins Gesichtsfarbe war dunkelrosa überhaucht. »Schluss mit dem Unsinn. Hiero übt weiter, und schießt nicht auf Hotelgäste, auch nicht auf Lehrerinnen.«

»Ich kann mich in die ehemalige Gärtnerei zum Üben zurückziehen«, sagte er. »Da interessiert es keinen, dort gibt es nur Glas zum Erschießen.« Wie lächerlich sollte er das Ganze denn finden?

»Das ist gut«, erklärte sich Augustin einverstanden. »Die Schulszene ist noch drin. Die Sekretärin hat ihrer Freundin Melanie versprochen, sie wird denjenigen finden, der ihren Tod verschuldet hat.« Er nickte Henny zu.

»Hiero kommt mit dem Zettel an, der ins Grab geworfen wurde. Katharina Kress kann vielleicht herausfinden, wer ihn verfasst hat. Es geht um eine vergleichende Schriftprobe. Sie hat bereits einen Verdacht. – Einer der Schüler war in seine Lehrerin verknallt. Auf dem Grabzettel steht aber nichts von Liebe, im Gegenteil. Und wenn wir schon in der Schule sind, könnte Hiero, wenn er schnell macht, auch noch dem Hausmeister ein paar Fragen stellen.« Augustins Finger wollte auf jemanden deuten, dann ging ihm auf, der Hausmeister hatte sich nicht zur Runde gesellt. Er warf einen Blick in sein Script. »Bernhard Reiner ist tatsächlich Hausmeister an der Realschule, der kann natürlich nicht weg – aber er hat versprochen, er steht zur Verfügung.«

»Der Pfarrer ist ein Pfarrer, das Bistro ein Bistro, der Bestatter ist ein Bestatter, der Hausmeister ein Hausmeister … raffiniert«, fand Juliane Garaus, die ein wenig unzufrieden dreinschauende Rechtsmedizinerin.

»Und die Geschichte ist eine Geschichte«, sagte der Regisseur. Was Viktor nicht so recht glaubte. Diese Geschichte war mehr als nur eine solche, und er hätte sich darüber gerne mit dem Urheber unterhalten wollen.

Die Schulsekretärin Katharina Kress hatte am Grab ihrer Freundin etwas versprochen. Viktor hatte das Gleiche getan – einem Freund sein Wort gegeben.

Augustin schaute über sein Skript hinweg. »Hiero, für dich dürften es hier und da ein paar Sätze sein – die Nachbarin der Lehrerin kann dir von opulenten kleinen Ereignissen berichten.«

»Da wird übers Essen geredet?«, wollte Bene Hotter wissen.

»Weiser Indianerschüler – da wird über Sex geredet«, erklärte der Regisseur. Sein Blick drehte einmal von rechts über links, was hieß: Nachgedacht, weil reichhaltiges Essen kommt im Film nicht vor.

»So viel zu den einzelnen Szenen. Jetzt noch was zum Fan-Treffen. Dafür wurde g'scheit Werbung gemacht, also bitte, Herrschaften, wer frei ist, keinen Klumpfuß und keine Hühneraugen hat, findet sich gegen 14 Uhr im Kurpark ein. Herrschings Bürgermeister hat sich extra was für ›Bergmann Film‹ und unsere Crew einfallen lassen. Und falls einer doch einen bösen Fuß und einen garstigen Zeh hat, kann er sich hinsetzen; ein großes Möbelhaus stellt Gartenmöbel aller Art in den Park, es wird eine rundum gemütliche Angelegenheit.«

Prima, vielleicht sah grade nur Viktor vor seinem inneren Auge einen Dieb herumspazieren, der seine Beute auskundschaftete. Es gäbe sicher einiges mehr als bloß die schönen Preziosen von Melanie Borstel.

»Außerdem ist für Getränke, Toilettenhäuschen und Essen gesorgt«, fügte Augustin gewichtig hinzu.

»Bei der Aufzählung meinst du, jemand bekommt Hunger?«, fragte der Hausarzt. Thomas Wächsing kaufte auch keine Wurstsemmel mehr in der Metzgerei wegen seiner Aversion gegen Totes.

Augustin hatte keine Lust, sich da etwas einzuhandeln, er wählte sich ein anderes Opfer. »Hiero, warum bist du ausgerechnet heute rasiert und schaust trotzdem aus, als hätte dich jemand durch die Hecke gezogen?«

Der erste Teil war zu erläutern, und er hatte geglaubt, das schon getan zu haben. Der zweite war eine Gemeinheit. »Ach Augustin, ein Sechstagebart ist jenseits von tadellos und ansprechend, und wo sich heute sogar der Bürgermeister rasieren wird, dachte ich mir, gehst anständig zum Fan-Treffen.«

»Der Bürgermeister rasiert sich immer«, wusste Augustin.

»Gabi kümmert sich um dich.«

Die Maskenbildnerin zwinkerte ihm zu. Gabi würde nichts tun, wovon er nicht wollte, dass sie es machte. Viktor ließ sich den blöden Vergleich gar nicht durch den Kopf gehen, schob den Stuhl nach hinten und stand auf. Heute war er der Erste. »Wir sehen uns gleich«, sagte er zu Henny.

»Gabi hast du was in deinem Wunderköfferchen, das mir das Leben rettet?«, lächelte er sie an. Ein Blick zu Egon, der die Aufforderung verstand, sich gleichfalls erhob.

»Hiero braucht noch was von mir«, sagte er.

Als die Tür geschlossen war und es keine Mithörer gab, verlangte der Requisiteur zu wissen, was denn so dringend gebraucht wurde.

»Etwas zur Vergrößerung«, sagte Viktor.

»Nimm dein Handy oder eine Bildschirmlupe zum Zoomen«, schlug Egon vor.

Viktor erklärte ihm, dass er noch gar nicht genau wusste, ob er überhaupt kriegen würde, was er wollte. »Aber falls … brauche ich vielleicht eine Lupe. Nicht das antike Sherlock Holmes-Modell von gestern.«

Egon grunzte etwas. Viktor ging davon aus, die Requisite würde sich darum kümmern. »Wunderbar«, sagte er. »Du drückst mir das Ding später einfach in die Hand. So, dass nicht gleich jeder neugierig wird.«

»Jeder ist anders albern«, schickte Egon ihm hinterher, schüttelte den Kopf.

37. KAPITEL

Auch wenn der Sinn euch verborgen bleibt: Befolgt meine Anweisungen!

»Er hat schon seine ganz besondere Note«, sagte der Kameramann und meinte Augustin, der manches Mal gerne speziell wurde. Viktor konnte ihm da nur zustimmen.

Gabi hatte sich schnell den grünen Koffer geschnappt und erklärt, sie müsse auch mit, denn im Büro der Polizeiinspektion könne sie unmöglich Hand an ihn legen. Dass sie immer so direkt sein musste.

»Da vorn«, wies Viktor ihrem Fahrer den Weg. Er konnte noch nicht lange dabei sein, sonst hätte er gewusst, wo die Dienststelle war. »Der Bau sieht ja aus wie ein großes Bonbon mit Verpackung.« Überrascht.

Farbe war anders als Weiß. Lebendiger? In jedem Fall hatte dem Fassadenmaler unauffällig nicht gefallen, und er griff zum

Äußersten. Wenn man aber drinnen am Schreibtisch saß, kümmerte das satte Goldorange sicher niemanden.

»Du bleibst sitzen, ich schau mal genau, was nötig ist, und am Ende kreieren wir die Frisur«, sagte Gabi.

»Sieht nach einer schnellen Nummer aus«, scherzte der Kameramann.

»Wird es nicht, wenn ich mich um Hieros Bart kümmern muss.«

»Wozu denn?«, gab Viktor zurück. Sie konnte doch nicht ernsthaft vorhaben, ihm Stoppeln aufzumalen? »Jetzt bin ich in Sorge«, begann er, und die Maskenbildnerin legte ihm einen Finger auf die Lippen.

Knapp zehn Minuten später, und Gesicht und Haare waren zu Gabis Zufriedenheit. Augustin fuhr gerade mit den anderen auf den Parkplatz, als Viktor sich im Spiegel begutachtete.

»Das sieht nicht mehr aus, als hätte ich mich rasiert«, sagte er.

»Ist nur ein Spiel von helleren und dunkleren Farbnuancen in deinem Gesicht.« Sie klopfte ihm ermunternd auf die Wange. »Du siehst richtig gut aus!«

»Offensichtlich«, zwinkerte er. In der nächsten halben Stunde sollte er sich nicht übers Gesicht fahren.

Er wollte gerade die Tür schließen, als der Requisiteur ihm eine kleine Schatulle übergab. »Stell nichts damit an, falls wir sie noch brauchen.« Geheimnisvoll. Viktor hatte nur das mit dem *Anstellen* vernommen, ignorierte die fragenden Blicke.

»Kannst du es für mich einstecken?«, bat er Gabi und deutete auf ihren Koffer.

»Ich muss auch nicht wissen, was da drin ist?«, sagte sie.

»Wirklich nicht«, betonte Viktor. Gabi nahm das Kästchen entgegen und legte es in den Koffer. »Sag mir, wenn du das Ding brauchst.«

In der Polizeiinspektion begrüßte man den »Kollegen«, Schulterklopfen, Aufmunterungen und ein paar anerkennende Bekundungen: gute Krimiserie.

Viktor tauschte mit einem Beamten den Platz und die Requisite das Foto der Frau am Schreibtisch gegen ein anderes aus.

Viktor fand, es war vielleicht der richtige Zeitpunkt, seine Frage loszuwerden, am besten sprach er Karl Lehmann an, dem die Krimiserie gefiel, während sich Kamera und Ton um ihre Einstellungen kümmerten.

»Der Filmkommissar fragt sich, was bringt die Ermittler dazu, sich einen Fall genauer anzuschauen? Ihr habt doch vor ein paar Monaten eine tote Frau aus dem See geholt.« Viktor redete einfach weiter, sonst würde er womöglich ins Stocken geraten. Persönliche Betroffenheit sollte hier nicht durchscheinen. »Jung, schön, ein Fotomodel – wie ging es weiter? Die Polizei durchsucht außerdem das gemietete Zimmer der Frau, schaut ihre Sachen durch …«

Er sah sein Gegenüber verneinen. »Ich erinnere mich gut, aber darum hat sich gleich eine andere Behörde gekümmert. Der Kollege hat übernommen.«

»Der Kollege«, sprach ihm Viktor nach.

»Frank Weiß war vor Ort, die Tote wurde nach München ins Rechtsmedizinische Institut gebracht, obduziert und nach Stuttgart überführt.«

Frank war vor Ort, als Laura starb, Frank war der Erste, der auf den toten Günter traf. Frank war vielleicht derjenige, der seine Marke rausgeholt hatte, um die Pensionswirtin zu beeindrucken. Frank Weiß schien jedes Mal da zu sein. Zur rechten Zeit?

Was mit den persönlichen Dingen einer Toten passierte, musste Viktor nicht fragen. Im Normalfall wurde die Kleidung eingepackt, alles, was jemand bei sich hatte, was er zu dem Zeitpunkt trug. Auch Schmuck, eine Uhr, eine Geldbörse. – Wenn es kein Fall war und keine Ermittlungen angestellt wurden, gingen diese Sachen an den nächsten Angehörigen.

Etwas anderes beschäftigte Viktor, er vergewisserte sich noch einmal. »Von euch war also niemand in der Pension, in der die Frau ein Zimmer gemietet hatte?«

»Nein«, wurde betont. »Wir waren raus.«

Auf den Gang drang jetzt Augustins Stimme: »Einen der Kommissare will ich jetzt aber schon vor der Linse haben.«

Viktor hob eine Hand und wandte sich um.

Hiero Hart meldete sich zur Stelle. Er fuhr sich ganz automatisch übers Kinn, was Gabi aufseufzen ließ. »Nimm die Finger weg«, raunte sie.

Für die erste Szene gab Hiero vor, eine Nummer zu wählen, jemanden anzurufen. Seine Frage: Wem gehörte die alte Gärtnerei und das Grundstück? »Ja … hmhm … das ist interessant. Danke.«

So was hatte er gerade doch auch schon gesagt.

»Du machst jetzt noch ein paar Notizen, rufst etwas auf dem Bildschirm links von dir auf. Ein Drehen des Kopfes, ein Nicken. Und los«, sagte Augustin.

Kurz und schmerzlos wurden die Vorgaben erfüllt.

Als Nächstes mussten sie in die Dillizerstraße, in die Wohnung der Lehrerin.

Bene hatte sich schon in Position gebracht. Viktors Blick fiel auf die Kette an seinem Hals, an der etwas Helles baumelte, das wie Knöchelchen aussah mit Federn. Seine silberne Gürtelschnalle war einer Bärentatze nachempfunden.

Was für ein Glück, dass es nicht Winter war, sonst müsste der Arme noch eine Fellmütze tragen.

Die Wohnung war schön hell mit Balkon. Pflanzen auf jedem freien Fleckchen. Viktor sah sich um. Die Ausstattung wurde von Mal zu Mal angepasst, es wohnte auch nicht immer eine Lehrerin hier.

»Wir brauchen Wohn- und Arbeitszimmer«, sagte Augustin. »Und ein kurzer Schwenk ins Schlafzimmer. Zuerst sind wir im Wohnbereich. Die Kamera nimmt den Blick aus dem Fenster, der vermittelt den Eindruck: schön und gemütlich. Bene lässt es kurz auf sich wirken.

Wir erfahren, etwas stimmt nicht, aber wie Hiero sehen wir

nicht, was die Unstimmigkeit sein soll. Der Kommissar kann nur Physisches wahrnehmen. – Männer, es geht los. Action.«

»Es fühlt sich an, als hätte es hier einigen Ärger gegeben«, sagte Bene und blickte sich um. »Da ist noch die Spannung in der Luft, und Angst«, betonte der Spurenleser.

»So schaut es nicht aus«, erwiderte Hiero. »Alles scheint an Ort und Stelle zu sein, und das ist komisch?«, fragte er.

Der Spurenleser deutete auf den Schreibtisch. »Da liegt ein Stein, der aussieht wie ein Herz. Daneben hat sie den Brieföffner hingelegt, eine Klinge.«

»Wenn es bedeuten soll, dass jemand sie verletzt hatte, dann hätten wir jetzt einen männlichen Toten.« Hiero nahm den Stein in eine Hand.

»Nicht, wenn sie die Angreiferin war«, erwiderte Bene.

»Für die Schlussfolgerung allein heimsen wir kein Lob ein«, wusste Hiero.

»Was ist mit dem Zettel aus dem Grab?«, erinnerte ihn Bene.

»*Das hast du dir verdient* – was genau, ermordet zu werden, oder ganz pauschal den Tod?« Hiero klopfte mit den Fingerknöcheln auf den Schreibtisch. »Finden wir den Verletzten!«, sagte er. »Nimm du dir ihren Computer vor, und ich läute bei den Nachbarn. Das Tagebuch lässt du aber mir, im Lesen bin ich gut.«

Augustin richtete den Daumen auf. »Hiero, du kürzt grade ab, aber das passt so weit«, fand Augustin. »Wo ist jetzt unsere Frau Nachbarin? Nur die eine«, betonte er und sah sich um. Fehlte noch zu fragen, ob sie die eingepackt hatten.

Bene machte ein Gesicht. »Ich finde was auf dem PC?«, fragte er.

»DIE Spur, Bene«, versicherte ihm Augustin. Als Nächstes hatte er die Kameraleute im Blick. »Jetzt müssen wir schummeln«, erklärte er. »Der Blick vom Gang aus zur Tür und zur Nachbarklingel, auf die der Kommissar drückt. Mehr als einmal, weil es dahinter laut zugeht. Hier müssen wir ausweichen, in Wirklichkeit öffnet uns ein Handwerker. Es ist seine Wohnung, aber er hat mit den Dreharbeiten nichts zu tun, er macht nur netterweise für den ›Bullen vom Ammersee‹ gerne mal seine Tür auf.«

»Wieso nicht die gegenüber?«, fragte Bene.

»Im Feuer der Leidenschaft donnert die Rückwand des Bettes vielleicht mal gegen die Wand; der nächste Nachbar bekommt es am ehesten mit. Wand an Wand.« Augustin schüttelte den Kopf. »Wo steckt denn deine Leidenschaft?«

Bene schaute alarmiert zu Hiero. Augustin rümpfte die Nase. »Ah so.« Er deutete der Kamera, ans Ende des Ganges zu gehen. Hiero drückte auf die Klingel. Mehrmals. Die Tür des Handwerkers öffnete sich. »Hiero Hart. Gfreit mi«, grüßte er.

Viktor nickte. »Danke.«

»Frau Nachbarin, los geht's.« Augustin wedelte den Mann weg und Frau Nachbarin her. »Wir brauchen Kinderlachen und Lärmen im Hintergrund.«

Auf der hellen Bluse der Frau waren rote Flecken, die nach Ketchup aussahen, ein paar Strähnen ihrer Haare hatten sich aus dem Pferdeschwanz gelöst. Sie entschuldigte sich, das Klingeln nicht gehört zu haben. »Die Zwillinge meiner Schwester sind zu Besuch.«

Hiero nickte verständig. »Laut geht's zu bei Ihnen. Die Zwillinge sind öfter da?«

»Ja. Sie sind auch nicht immer so unmöglich«, versuchte sie zu beschwichtigen.

Kein Kommentar dazu, aber Hieros Miene war zu entnehmen, dass er daran keine Sekunde glaubte. »Ihre Nachbarin war Lehrerin, es heißt immer, die haben Nerven wie Drahtseile.«

»Rambazamba«, ein Herumrucken des Kopfes. »Aber die Melli hat's laut getrieben. Da hab ich schon mal um die Ecke gelinst, wer kam – also, wer da bei ihr klingelte, bevor es richtig losging.«

»Und wer kam da?«, wurde Hiero vertraulich.

»Von der Seite hab ich ihn gesehen. Groß, schlank, dunkelblond, wahrscheinlich gut aussehend, Jeans und T-Shirt, auf jeden Fall verliebt, hat Rosen mitgebracht, und die müssen richtig teuer gewesen sein.« Ein schwärmerischer Blick.

»Schnitt. Pfundig. Danke«, entließ Augustin die Nachbarin und suchte den Gang ab. »Der Entdecker kommt jetzt zu Wort.« Er drehte Hiero um und schob ihn wieder Richtung Wohnungstür der Lehrerin.

Bene schaute etwas ratlos drein, Hiero deutete eine Spule an. Weiter im Text. »Hat sich was ergeben, hat die Lehrerin etwas auf dem Rechner? Fingerabdrücke auf den Tasten?«

»Requisite«, brüllte Augustin. »Wir brauchen einen Zettel, auf dem der Spurenleser eben diese festmachen kann. Die fette Spur ist hier die letzte Person, die auf der Tastatur tippte.«

Egon hielt Bene den Zettel hin, der ihn wiederum an den Kommissar weiterreichte. Hiero klaubte den Erinnerungsblick aus seinem persönlichen Sortiment.

»Da war jemand dran«, meinte Bene. Die Abdrücke waren mit Grafitstaub eingepinselt worden, Bene hatte sie mit Klebestreifen abgenommen und auf das Blatt Papier gedrückt.

»Keine Ahnung, wessen Abdrücke es sind, aber jemand hat am Tag der Entführung etwas gelöscht. Die Datenmenge sagt, es waren vielleicht Fotos.«

»Die Abdrücke der Lehrerin hat Juliane«, war Hiero überzeugt. Sie hatten also einen Vergleich. »Die Garaus ist da ganz akribisch. Werden wir im Nu wissen. Und die Nachbarin redet von einem Hengst im Bett von Melli, der sich teure Rosen leisten konnte.«

»Hiero, die Fotos sind weg, aber was noch da ist, irritiert mich. Mails. Zahlreich. Jemand wollte, dass die gelesen werden.«

»Und wenn einer etwas löscht, aber etwas anderes vergisst, nennt sich das Absicht«, sagte Hiero. »Können wir das ignorieren?«

»Nur anders beurteilen«, sagte Bene. »Vielleicht verrät sich jemand. Alles, was einmal war, ist immer noch, nur in einer anderen Form.«

»Genau. Wo ist das Tagebuch?«, wollte Hiero wissen.

»Haben wir nicht. Oder sie hat keins geführt. Frag doch mal die Schulsekretärin, die Freundin der Rendl. Kann ja sein, die weiß mehr«, empfahl ihm Bene.

»Ich bin mir sicher, die weiß mehr.«

»Oh, oh – der Blick sagt zwar, dass der weiße Mann die Uhr hat – aber die Zeit hat er vielleicht nicht.«

»Der Blick sagt, der weiße Mann wird die Zeit richtig verwenden. Die Dame ist die erste Schulsekretärin, die mir auch außerhalb der Schule gefallen würde.« Und genau den Blick ließ ihn Hiero sehen.

»Das war klasse, Männer.« Augustin drehte sein Handgelenk, spitzte nach der Uhr. »Die Schule, den Hausmeister und die Sekretärin kriegen wir doch auch noch hin?«

Er trieb seine Leute nicht an, er fragte, ob die Szenen zu machen waren. Ungewöhnlich. Viktor hoffte, dass mit Augustin alles in Ordnung war. »Du hast heute Morgen deine Tabletten genommen?«, fragte er leise, damit niemand etwas mitbekam. Augustin gab ihm ein vages

»Hm, nach einem Bissen hier und da könnte ich sie vergessen haben.«

Ein Bissen hier und da. »Von den Tabletten?« Viktor wandte ihm das Gesicht zu. Wenn der Briefschreiber mit seinen blöden Andeutungen von Gefahr erreichen wollte, dass Viktor sich sorgte, dann hatte er genau das erreicht. Der hörte sogar das Gras wachsen. Der Regisseur sollte seine Pillen nicht irgendwo herumliegen lassen, für jeden greifbar. Wenn ein Drehbuch wegkam, dann war das eine andere Hausnummer, unerfreulich, aber höchstwahrscheinlich ungefährlich.

»Auf zu neuen Ufern«, hieß es. In der Tat!

In der Jahnstraße herrschte der ganz normale Schulwahnsinn. Und wo fand man einen Hausmeister in einem Gebäude, das sich von Hausnummer 4–6 in dieser Straße breitmachte?

Augustin ließ das Schulsekretariat eine Durchsage machen. »Bernhard Reiner für die Krimidreharbeiten bitte ins Büro.«

»Hätte ich lassen sollen«, gab der Regisseur zu, als sich auf den Gängen plötzlich alles neugierig drängte.

Zuletzt zwängte sich auch der Hausmeister mühsam durch.

Der Regisseur schob sich erneut ins Sekretariat und verlangte die Entfernung der Schüler. Viktor fand, gerade das war ein Szenario, das in einer Schule völlig normal war; sie hatten alles, was sie brauchten. Das sagte er auch Augustin und den Schülern. »Ihr bleibt kurz da und macht, was ihr sonst auch tut, wenn keine Kamera an ist«, rief er. »Nur ein bisschen leiser.«

»Gut gelöst«, lobte Augustin, dessen Blick auf den Hausmeister fiel. »Requisite, haben wir einen Werkzeugkoffer? Der Mann kann nicht einfach nur rumstehen.«

»Ich hab natürlich einen eigenen Werkzeugkoffer«, sagte der empörte Hausmeister. »Zeug aus der Requisite brauch ich keines.«

Was Augustin viel besser gefiel. »Wunderbar.«

Bernhard Reiner holte sein eigenes Zeug.

Einige Minuten später, der Hausmeister sah ein wenig atemlos drein, was dem Regisseur gut gefiel, weil es irgendwie authentisch wirkte, ein Hausmeister hatte zu arbeiten. »Er hat Schweiß auf der Stirn«, bemerkte Gabi.

»Das geht gar nicht«, sagte Augustin.

»Na ja, ich hab mit Bluthochdruck zu kämpfen«, gab Bernhard Reiner Auskunft.

»Das geht auch nicht«, kam es von Augustin.

Gabi tupfte ihm Stirn, Nase und Wangen ab. Dann kam sie auf Hiero zu, der das Gesicht verzog. Nachdem sie mit einem Kosmetiktuch über seine Nase gewischt hatte, sagte sie: »Jetzt geht es sicher.« Mit einem Lächeln.

»Na warte, Gabi Deutmann«, raunte ihr Viktor zu.

»Du vergisst doch nicht, ich habe deinen Schatz«, flüsterte sie zurück.

Augustin hatte nur das letzte Wort verstanden. »So, Privates ist privat. Verschiebt das auf später. Viktor, du bist Hiero Hart, und der Kommissar will jetzt vom Hausmeister etwas erfahren.«

Musste er ihm nicht erst in Erinnerung rufen.

Die Schüler liefen immer noch hin und her, und Hiero stellte sich seitlich zu Bernhard, der den Werkzeugkoffer aufklappte. Die Kamera fing die beiden ein, Augustin dahinter. Ein Fingerschnippen. Start.

»Ein geschäftiger Hausmeister ist immer zur Stelle, wenn etwas gebraucht wird. Außerdem sieht und hört er alles.«

Bernhard nickte eifrig.

Hiero sagte: »Der könnte den Eltern der Kids sicher einiges verraten.« Pause, ein direkter Blick. »Und die Lehrer ...«

Ein Grinsen. »Stimmt aber wirklich«, verkündete Bernhard mit einigem Stolz. Augustin sah drüber weg, dass es nicht zum Text gehörte.

»Es geht um Melanie Redl, oder? Und wenn Sie schon so fragen, geht's darum, ob sie mit einem der Kollegen was hatte.«

Hiero nickte. Darum geht's.

»Sicher weiß es nur ihr Bett. Dass einer der Kollegen gern hätte, war nicht zu übersehen. Hirschte ihr hinterher, passte sie ab. Schlimmer als der verliebte Junge.«

»Zwei, die versuchten, ihr zu gefallen. Wer war der Aggressive?«, wollte Hiero wissen.

»Wer hat sie bedrängt, und wer bekam von Melanie den Eisblick?«

»Genau. Bernhard, Sie sind aufmerksam und jederzeit zur Stelle!« Es sollte sich wie ein Kompliment anhören, aber Hieros Blick flackerte – aufmerksam sein und die Leute beobachten –, der Kommissar wusste, dass es ihm half. Privat hätte er es weniger gut gefunden.

»Die Geschichte hat ja noch eine richtig würzige Zutat«, nickte der Hausmeister und klaubte wichtigtuerisch einen Schraubenzieher aus dem Koffer. »Der Junge hat sie mit einem Klassenkameraden ausgerechnet am Tag ihrer Entführung heimgebracht, weil sie sich den Knöchel verstaucht hatte. So wie sie sich auf ihn aufstützte, dazu der Blick, da hätte man schon auf Ideen kommen können.«

Hiero grinste, jetzt kam sein absoluter Lieblingssatz. »Wenn Sie auf falsche Ideen kämen, wär's vielleicht die richtige falsche Idee.«

Augustin kniff die Augen zusammen. Ihm passte etwas nicht. »Dazu kein Grinsen, Hiero. Das ist doch grade ernst und die Frau tot.«

Also noch einmal, ohne ein Verziehen der Mundwinkel.

»Das war's. Das Filmteam dankt dem Facility Manager«, tönte der Regisseur. Der Hausmeister zog die Nase hoch.

»Ist die Schulsekretärin da, können wir weiter?«

Henny ob die Hand. In Jeans, einer Bluse mit Ausschnitt und der dezenten Kette, die um ihren Hals lag, wäre Viktor nur allzu gern persönlich geworden. Er strich über ihren Arm, seine Finger wanderten zu ihrer Hand, sie verschränkte sie mit seinen.

Seine Augen fragten nach der Bedeutung der Geste. Er hatte Sorge, dass es die vielleicht überhaupt nicht gab.

Im nächsten Moment tippte ihm Augustin auf die Schulter, und die offizielle Schulsekretärin machte ihren Platz hinter dem Schreibtisch frei für die andere Schulsekretärin.

Henny setzte sich, ihr Blick wurde konzentriert. Sie drehte den Bildschirm des Computers in ihre Richtung.

Viktor sagte sich, es war nur eine Szene, keine Annäherung, kein Kuss. Er war sicher, er hatte sich verliebt, und fast sicher, sie hatte sich auch verliebt – wenn sie es mit ihrer Detektei ernst nahm, sollte man annehmen, sie besaß ein wenig Menschenkenntnis.

Du kommst immer da vor, wo sich Schlimmes oder Kurioses ereignet, musste er sich eingestehen. Und an der Stelle ist Menschenkenntnis nicht mehr gleichzusetzen mit Vertrauen.

Der Requisiteur gab Katharina Kress eine Mappe mit irgendwelchen Blättern. So tun als ob, hieß es.

Augustin erklärte die Szene. »Katharina schaut einige Papiere durch, schweift aber immer wieder ab. Etwas anderes beschäftigt sie. Der Kommissar klopft an ihre Tür, er muss ihr einige Fragen stellen. Es geht außerdem um den Zettel aus dem Grab und die Handschrift. Hiero muss den Verfasser ausfindig machen und glaubt, der könnte in der Schule zu suchen sein. Die Kamera ist im Büro, die Tür ist zu«, sagte der Regisseur und blieb mit dem Kommissar auf der anderen Seite. »Sie macht das schon«, war er überzeugt.

Hieros Einsatz. Der klopfte zweimal hintereinander an die Tür und wurde hereingebeten.

»Der Schüler aus der 8a, der zum Direktor soll, sind Sie nicht. – Wie kann ich helfen?«

»Mit ein paar Antworten«, Hiero zückte seinen Ausweis. »Es geht um Melanie Rendl. Auf dem Friedhof hatte ich den Eindruck, Sie kannten sie gut. Wenn das stimmt, wussten Sie vielleicht Bescheid; die Beziehung zu einem ihrer Schüler.«

»Wer hat sie schlecht gemacht?«, wollte Katharina wissen. »Ihre Schüler liebten sie.«

Katharina begriff den Fehler, schüttelte den Kopf. »Doch nicht so.« Dann flirrte ihr Blick, als wäre ihr etwas in den Sinn gekommen, als hätte sie vielleicht eine Situation nicht richtig verstanden, oder genau richtig. Hiero fingerte einen Zettel aus seiner Tasche. »Das ist nur eine Kopie, aber ich dachte, Sie erkennen vielleicht die Schrift wieder.« Er gab ihn ihr.

»Das denken Sie gar nicht«, sie nahm das Papier. »Sie wollen, dass ich nachschaue, weil Sie an Melanies Grab meine flammende Rede hörten.« Katharina schaute auf die Schrift.

»Flammend. Genau. Sollte mir das Sorgen bereiten?«, fragte

Hiero. »Ich bin der Ermittler, aber für jede kleine Information dankbar – wenn es die Wahrheit ist«, betonte er.

»Die Wahrheit kenne ich offenbar gar nicht, sonst hätte ich gesagt, Melanie hätte sich nie mit einem Schüler eingelassen. Dem Vater eines Schülers vielleicht.«

»Wäre mir auch lieber, aber wenn der Schüler davon wusste, wäre der Kommissar wieder am selben Ausgangspunkt. Sagen Sie es mir, wenn Ihnen etwas einfällt? Muss nicht gleich sein, aber bald.«

Die Szene war im Kasten, wie Augustin verkündete. »Ich glaube, wir kriegen das richtig spannend hin.«

Er bedankte sich bei allen, die mitgewirkt und ihren Raum zur Verfügung gestellt hatten; Lehrkräfte, Schüler, der Hausmeister, die echte Schulsekretärin.

»Liebe Leute, den Rest des Tages verbringen wir mit Freunden und Fans. Wir machen uns frisch und anschließend auf den Weg in den Kurpark.« Es war nicht weniger als eine Anordnung.

Viktor schaute, wo Henny blieb. Wartete. Sie hatte vielleicht den anderen Ausgang genommen, an ihm war sie nicht vorbeigekommen. Er hätte ohnehin nicht gewusst, was er sagen sollte.

Kaum hatte er sein Handy wieder eingeschaltet, hörte er einen bekannten Ton. Die Spezialisten waren wieder unterwegs; vielleicht tatsächlich, Viktor hatte seinem Vater die Zeit durchgegeben, vielleicht war der jetzt auf dem Weg an den Ammersee.

»Papa, hängst du irgendwo fest?« Die Bahn war nicht gerade für ihre Pünktlichkeit bekannt.

»Wo denn, vielleicht in einem der Abwasserkanäle?«, fragte Peter Lässig etwas unwirsch.

»In einer S-Bahn auf dem Weg nach Herrsching«, gab Viktor zurück. Hätte natürlich gar nicht sein können.

»Die Filmsache.« Sein Vater seufzte. »Ich hab's mir überlegt, aber«, ein Zögern folgte, das Viktor für sonderbare Strategie hielt, dann: »Hat man dir gesagt, dass zum Fan-Treffen dieser Franzose mit Schnurrbart da sein wird und der Londoner, Miss Marple auch, heißt es und … genau, Matula und Columbo?«

Der Franzose mit dem Schnurrbart war ein Belgier, wie Hercule Poirot stets betonte, mit dem Londoner war wahrscheinlich Sherlock Holmes gemeint, Miss Marple und Matula. Columbo? Filmfiguren. Peter Lässig gehörte nicht zur Zielgruppe dieser Streifen. Worauf konnte er sich jetzt gefasst machen?, fragte sich Viktor. Die Überraschung des Bürgermeisters. Geraten.

Darum rief Peter ihn aber nicht an, auch nicht, um ihn über sein Nichtkommen zu informieren.

»Papa, ganz egal, wer da sonst erscheint, von mir wird das auch erwartet. Und wenn du mir jetzt nicht sagst, warum du anrufst, weise ich dich darauf hin, dass ich arbeiten muss.«

Ein Laut, einem Glucksen nicht ganz unähnlich. »Da hat jemand was geschickt, und diesmal habe ich es nicht aufgemacht«, bekam Viktor zu hören.

»Warum nicht?« Erstaunt. Sein Vater fürchtete weder Tod noch Teufel, hätte er gesagt.

»Es ist eine Schachtel, und da ist etwas drin. Vielleicht will ich nicht wissen, was.«

Aber ich will vielleicht wissen, was. »Nur die Schachtel, keine Nachricht? Wie sieht sie aus?«

»Für Hiero – Spaß muss ins Haus. Buchstaben, fein säuberlich auf den Karton geschrieben. Ich habe sie geschüttelt, etwas springt rum.«

»Wenn du das Ding geschüttelt hast und es irgendwas wäre, das Bumm macht, dann hätte es das schon getan.« Viktor war fast sicher. Im Postwagen wurde ein Päckchen auch nicht nur geschaukelt.

»Der Kriminalkommissar könnte sich täuschen«, sagte Peter.

»Wenn du Angst hast, bring es zur Polizei – und sag, du hast Angst.«

»Niemals.«

Er hörte seinen Vater eine Schublade aufziehen, etwas herausholen und die Schachtel öffnen. »Ahhh!« Stille.

»Papa«, schrie Viktor in die übertragene Stille hinein.

38. KAPITEL

Gestern standen wir am Abgrund, und heute sind wir einen Schritt weiter.

Sie war richtig gespannt. Keine aufgeregte Stimmung, aber Marlene erwartete sich tatsächlich etwas von diesem Fan-Treffen. Sandra hatte den Bürgermeister ins Spiel gebracht, mit ihm wollte Marlene sich unbedingt unterhalten. Ob so jemand ein Superheld sein konnte …

Sie wischte den Gedanken beiseite, mit Hypothesen und Annahmen wurde selten eine Wahrheit besiegelt.

Der Kurpark – das hieß ziemlich sicher auch ein Stück Wiese und einige Wege. Wenn sie schlau war, würde sie auf die richtig hohen Absätze verzichten. Weiße Jeans mit Golddruck und einem dekorativen Spitzeneinsatz an den Seitennähten, von der Hüfte bis zum Bein reichend, ein Bustier wegen des Dekolletés, darüber eine leichte Chiffonbluse. Ansonsten mussten die Kette und die Ohrringe wirken. Ihre Hand hatte sich um den Aquamarin gelegt. Im Spiegel sah sie den Tropfen einladend aufblitzen und drehte ihn bewundernd. Der Stein war etwas Besonderes, und sie hoffte, ein Dieb würde genauso denken.

Ihr Handy, das auf dem Nachttisch lag, hatte sich in Bewegung gesetzt. Sie hatte den Ton leise gestellt. Jetzt ließ sie sich aufs Bett fallen und griff danach. Vielleicht war jemandem ja noch etwas zu dem Foto von Laura und dem Typen eingefallen.

»Marlene, du bist wahrscheinlich wirklich am Ammersee.«

Wahrscheinlich wirklich. Das hatte sie Klaus Klonski angekündigt. Aus Wut, weil der Stuttgarter Kommissar nichts unternehmen wollte. »Überraschung«, sagte sie und war tatsächlich überrascht. Er rief sie an, er hatte noch nie angerufen.

»Machst du dir Sorgen?«, wollte sie wissen.

Ein sanftes Lachen. »Die Reiseschriftstellerin wagt sich sonst in ganz andere Regionen. Am Ammersee werden die Kurgäste allerhöchstens beklaut, aber sonst dürfte da herzlich wenig geboten sein.«

Du hast keine Ahnung, dachte Marlene. Hatte er »beklaut« gesagt? War es bloß geraten, oder was war das?

»Am Ammersee wird auch gestorben, wie du dich bestimmt erinnerst.«

»Marlene, der Tod ist keine Eröffnung für ein Gespräch. Ich möchte zuerst wissen, wie es dir geht. Danach frage ich, ob du etwas herausgefunden hast, und dann sage ich dir, was ich anzubieten habe.«

So viel am Stück redete Klonski sonst nicht. Jetzt hatte Marlene Mühe, ihm zu folgen. »Es könnte kaum interessanter sein«, ließ sie ihn wissen. »Mir geht es gut, was du dir bestimmt gedacht hast. Wie war das mit dem Angebot?«, fragte sie.

»Du bist doch sonst nicht so zurückhaltend«, fiel ihm auf. Nein, sie war sonst alles anderes als das – und es hatte ihr nicht das Geringste gebracht. »Du hast mich doch gar nicht ernst genommen. Auch nicht meine Sorge, dass der Selbstmord keiner war«, sagte sie ihm. »Und rufst mich jetzt an, um mir was zu sagen?«

»Du hast es mit deiner Zähigkeit geschafft, mich Laura nicht vergessen zu lassen, es hat mir keine Ruhe gelassen – vielleicht weil du so plötzlich Ruhe geben wolltest, und das hat mich irritiert«, bekannte er. »Was mich außerdem irritierte, war die Notiz eines Kollegen, den ein Drehbuchautor um Informationen zum Tod von Laura Philipp gebeten hatte.«

Das fand man alles heraus, wenn man nur ein wenig konsequent war, hätte ihm Marlene sagen können. Sie musste zugeben, dass sie sich über ihn ärgerte.

»Du fragst gar nichts«, sagte er.

Marlene gab nur ein unbestimmtes Geräusch von sich. Sie würde sich selbst ohrfeigen, wenn sie nichts fragen würde.

»Hier wird gerade der Kriminalfilm abgedreht. Es ist eine völlig andere Geschichte, niemand stirbt im See«, sagte Marlene. »Was konnte den Autor da interessieren, wenn er letztlich gar nichts darüber schrieb?« Jetzt hatte sie gefragt.

»Genau das hat mich auch gewundert. Wenn jemand einen Kriminalfall konstruiert, dann erfindet er etwas und braucht keine Tatsachen. Die stören bloß. Dieser Schreiber hat sich dafür interessiert, ob die Leiche, die man aus dem See gefischt hat, irgendwelche Verletzungen hatte und wo. Der Kollege hat sich mit ihm unterhalten. Das ist Monate her – aber vor Kurzem setzte sich ein Münchner Mordermittler mit unserer Dienststelle in Verbindung und war neugierig, ob wir wirklich vorhätten, Laura Philipps Tod genauer zu untersuchen. Das hat aber niemand gesagt, weil es niemand vorhatte«, stellte er klar.

Wo war der rote Faden?, fragte sich Marlene. »Was stört dich plötzlich?«

»Zu viel Zufall«, sagte Klonski. »Und viel zu viele Fragen zu einem angeblichen Selbstmord.«

»Wird Laura Philipps Tod genauer untersucht?«, wollte Marlene wissen. Von seiner Antwort hing überhaupt nichts ab. Schon gar nicht, ob sie noch länger am Ammersee bleiben, indiskrete Fragen stellen und eine Detektivin beschäftigen würde.

Klonski konnte sagen, was er wollte – ihre Entscheidung würde das nicht beeinflussen. Es dauerte zu lange, bis er sich seine Antwort überlegt hatte.

Marlene sagte: »Wenn ich dir noch etwas in die Hand gebe, das dich überzeugt, muss es einen Fall Laura Philipp geben.«

Und wieder wusste Marlene, es war übertrieben, denn sie hatte gar nichts – nicht für ihn, nicht einmal für sich selbst. Sie wünschte Klaus Klonski einen schönen Tag, schnitt ihm das Wort ab, wollte nichts mehr hören, brauchte nichts mehr zu hören. Es waren wirklich zu viele Zufälle und keine Kunst für einen Schauspieler, der einen Kommissar spielte, sich auch am Telefon als solcher auszugeben. Der konnte durchaus überzeugen. Ein Münchner Mordermittler, wie verdammt unbescheiden.

Marlene hatte die Ermittler echt satt, sollte sich die Detektivin mit denen herumschlagen. Sie legte das Handy weg.

Sandra war Marlenes Missstimmung nicht entgangen, auch nicht, dass etwas sie bedrückte. »Ein Kriminalkommissar aus Stuttgart hat sich gemeldet.« Marlene berichtete Sandra, dass Klonski sich allmählich fragte, warum ein Selbstmord so viele Fragen aufwerfen konnte – und so viele Fragesteller. »Ich hab vielleicht ein wenig hochgestapelt mit der Bemerkung, Klonski einen überzeugenden Beweis zu liefern, dass Laura Philipp ermordet wurde«, gab sie zu. »Wenigstens ist ihm aufgefallen, dass etwas nicht stimmt.«

»Es fällt ihm ziemlich spät auf«, sagte Marlene. »Ich werde Hiero Hart einmal mehr über den Weg laufen müssen, denn es würde auffallen, wenn ich für meine Reportage ausgerechnet den Hauptdarsteller außen vor ließe.«

»Diesmal können Sie einen Ausweis zücken«, gab Sandra zurück.

Das würde sie tatsächlich ohne Zögern tun. Sandras Gedanke, sich an das Büro des Bürgermeisters zu wenden und um ein entsprechendes Dokument zu bitten, weil die Reiseschriftstellerin für eine Reportage den Schauspielern der Krimiserie ein paar Fragen stellen wollte, war eine richtig gute Idee. Die Akkreditierung war leider etwas unhandlich im Format, sodass Marlene eine Handtasche mitnehmen musste, aber sie wollte um keinen Preis ein Band mit einem eingeschweißten Ausweis samt Foto um den Hals tragen. Dort sollte ihr Schmuck glänzen.

Die Stars der Krimiszene waren überall verstreut, stellte Marlene mit Schaudern fest. Hiero Hart war doch sicher nicht als Charlie Chan verkleidet? »Miss Marple stünde dir besser«, flüsterte sie.

Sie sah Sandras Miene und konnte sich denken, was ihre Assistentin sich dachte. »Herausforderung«, sagte sie und ließ ein Lächeln über ihre Züge gleiten. »Stimmung. Ich will ja niemanden fressen. »Außerdem bin ich ein absoluter Fan von …« Marlene neigte den Kopf.

Sandra sagte: »… von Hieronymus Hart.«

»Schande«, lachte Marlene.

Sandra trug das wichtige Papier aus dem Rathaus wirklich am Band um den Hals. Sie hatte Block und Stift dabei und notierte sich Stichpunkte? Marlene konnte die nicht lesen.

»Ich beschreibe das Umfeld, denn diese Reportage schreiben Sie tatsächlich«, sagte Sandra. »Glaubwürdigkeit.«

Marlene schnaufte. Also gut, sonst würde noch ein erzürnter Bürgermeister über sie herfallen. Sie überlegte sich, wie es wäre, vielleicht über ihn herzufallen. Sie hatten noch nicht …

»… das Vergnügen.« Marlene reichte ihm die Hand und verglich den Mann, der selbst an einem sonnigen Septembertag Anzug und Krawatte trug, mit dem smarten Typen auf dem

Handzettel. Verkleidung? Eher nicht, meinte sie. Obwohl er im Profil durchaus der Superheld sein könnte. »Darf ich Sie für immer und ewig festhalten?«, fragte sie und nahm die kleine Kamera aus ihrer Tasche, bevor der Mann auf eine andere Idee kommen konnte.

»Das ist aber schön«, fand er. »Ich dachte, für Sie wären nur die Schauspieler und der Regisseur interessant.«

In diesem Augenblick klang er bescheiden, als Bürgermeister von Herrsching konnte er das nicht wirklich sein. Marlene würde es unauffällig so aussehen lassen, dass seine Hand auf dem Foto gut zu sehen wäre. Jetzt gehst du nicht mehr auf Gesichter, sondern auf Hände los, zog sie sich auf. Marlene und der Bürgermeister waren ungefähr gleich groß. »Darf ich?«, fragte sie und nahm seinen Arm, legte ihn sich über die Schulter. Die Kamera übergab sie an Sandra.

Wahrscheinlich sollte sie von Harald Wagner wissen wollen, wie er auf den Gedanken gekommen war … gerade lenkte sein Blick ihre Gedanken etwas ab. Der Bürgermeister lachte sie an, zog Marlene ein wenig zu sich her und flüsterte an ihrem Ohr: »Das Blau des Aquamarins passt wunderbar zu Ihren Augen.«

Sandra hatte das Foto geschossen, wahrscheinlich mehr als eins. Marlenes Hand fuhr an den Anhänger. Vielleicht nur ein freundliches Kompliment, sagte sie sich. Aber sie löste sich eilig aus der Umarmung des Bürgermeisters, als hätte der Mann unangenehmen Mundgeruch. »Woher wissen Sie, dass der Stein ein Aquamarin ist?«, konnte sie sich nicht verkneifen zu fragen.

»Ist er nicht? Es könnte natürlich auch ein Topas sein«, kamen Frage und Antwort.

»Möchten Sie ihn sich genauer anschauen?«, fragte sie.

»Ich glaube, das läuft jetzt etwas in die verkehrte Richtung. Ich bin verheiratet.«

Versuchte er gerade sich zu retten? Verheiratet. Zudem einer, der erkannte, was sie für Schmuck trug.

Waren Sie eng genug mit Laura Philipp bekannt, um ihr ein Diamantarmband zu schenken? Sie hatte die Frage nur gedacht. Aber sein Blick entfernte sich, wie der Mann das auch gleich vorhatte.

Sandra gab Marlene die Kamera zurück.

»Es ist eine gelungene Veranstaltung«, lobte die Assistentin das Engagement des Bürgermeisters. Ihr Blick sagte Marlene, Distanz nach einer Annäherung musste schiefgehen. »Marlene, Sie wollten doch unbedingt wissen, wie sich die Idee ergab, allseits bekannte und beliebte Romanfiguren hier auf dem Fan-Treffen erscheinen zu lassen. Ich sehe Sherlock Holmes irgendwelche kriminellen Teilchen verkaufen.«

Der Bürgermeister wandte sich zuerst Sandra zu, dann wieder Marlene, die so tat, als ob ihre Frage kein bisschen hintergründig, schon gar nicht anzüglich und ungehörig war, und sie ihm nicht vor einem Moment die absolut kalte Schulter gezeigt hatte. »Es ist ausgesprochen freundlich von Ihnen, meinen Schmuck zu bemerken«, sagte sie. »Sie schmücken den Kurpark mit Ihrer werten Anwesenheit. Ein Bürgermeister mit dem richtigen Gespür. Er bietet heimischen Mördern und Ermittlern eine tolle Plattform.«

»Übertrieben«, raunte Sandra zwischen schmalen Lippen.

Diesmal lachte Wagner sie nicht an, verzog die Lippen, als hätte er auf etwas gebissen, dessen Geschmack ihm nicht sonderlich behagte.

»Was meinen Sie – ich würde gerne ein Foto von Ihnen allen machen. Der Bürgermeister zusammen mit den Filmleuten.« Marlene nickte ihm zu, aber Wagner wollte sie gar nicht mehr anschauen, der sah aus, als wollte er nur noch fliehen.

39. KAPITEL

Jedes Leben muss seine Kräfte ausprobieren. Wenn nicht die kämpferischen, dann die seelischen.

Er hatte gewartet – auf sie. Henny wollte nicht mit ihm reden, zuerst musste sie noch ein paar Dingen nachgehen.

Hiero Hart war entweder eine gespaltene Persönlichkeit oder ein erstklassiger Schauspieler. – Wahrscheinlich war er beides.

Sie wollte unbedingt den Weg zurücklegen, den Marlenes Freundin in der Todesnacht zum Seeufer genommen hatte. Nahm sie Hiero beim Wort, hatte Laura den Schauspieler zur nördlichen Schiffsanlegestelle gelotst.

Es war nicht weiter schwierig gewesen, Augustin Nagel nach dem Drehplan des vergangenen April zu fragen, aber der Regisseur meinte, schwierig wäre, dass er an diesen Plänen nicht hartnäckig hatte festhalten können, wo er doch mit dem Tagesgeschehen und dem Wetter pokern musste.

Die Detektivin musste wissen, ob das Team am 20. April länger gedreht hatte. Hiero hatte angegeben, dass er sich deshalb zur Verabredung mit Laura verspätet hatte. Und Augustin wusste tatsächlich noch, dass Hiero es an einem der Abende besonders eilig gehabt hatte und am Tag danach abgeschossen aussah, fahrig war, seine Textstellen versaubeutelte. Augustin konnte sich noch gut an seinen Ärger erinnern.

Tim war ihr eingefallen, den Henny unlängst sagen hörte, dass die Erinnerung komisch funktionierte. Komisch konnte sie gerade gar nicht gebrauchen. Es war ein schöner Tag, die Bäume trugen noch ihre Blätter und Henny Sneakers, um die Strecke schnell zurückzulegen. Sie wollte sie mit Hieros Augen sehen. Was nicht passte, denn im Frühling hatten die Bäume erst Knospen, dann bildeten sie ihr Blattwerk. Zudem war es nicht schon Abend. Aber Henny interessierte die Strecke; was begegnete einem, führte dieser Weg durch den Wald, wo konnte sich jemand verbergen, wie einsehbar war das Gelände, vor allem das Ende des Stegs vom Ufer aus.

Die Laubbäume hielten dicht und schirmten den Weg ab, so gut sie es vermochten. Eine der Villen verbarg sich hinter einer breiten Hecke, sie hätte sie überhaupt nicht entdeckt, gäbe es das Eingangstor nicht. Hier durften sich die Schatten sammeln, was ihr ein Gefühl von Rückzug und Abgeschnittenheit vermittelte. Auf dieser Seite reihten sich die Villen nicht gerade eng aneinander, aber allzu groß waren die Abstände der Grundstücke nicht. Sie ging weiter, und nur einen Steinwurf entfernt öffnete sich das Gelände, die Sonne ließ sich sehen.

Die nächste Hecke, dezenter, nicht breit und massiv, kein Tor, nur ein Durchgang. Henny hörte jemanden ins Wasser springen, aber als sie schaute, lag der Abschnitt des Sees verlassen da. Dort vorne hatte Henny auch schon den Steg durch die Bäume vor Augen.

Niemand schwamm, kein Mensch war im Wasser. Sie konnte sich doch nicht so getäuscht haben. Das Platschen war vielleicht gar nicht vom See gekommen. Henny kam sich ein wenig vor wie eine Spionin, als sie jetzt ihre Hände zwischen die Eibenhecke schob, sie ein wenig auseinanderzog und ihren Kopf hindurchsteckte.

Es gab einen Pool. Wie konnte man an einem See wohnen, noch dazu gleich auf der gegenüberliegenden Seite, und lieber im chlorgeklärten Swimmingpool schwimmen?

Sie dachte sich das Kopfschütteln nur, schaute genauer. Nicht auf die Schwimmerin und das Wasser, sondern auf die Kameras, die für Sicherheit sorgen sollten und das Grundstück gut überblickten. Wie es aussah, noch einiges mehr, denn sie spitzten über die Hecke und hatten außerdem ein ganzes Stück des Weges im Blick.

Interessant wäre gewesen, was die Kameras vor fünf Monaten erblickt hatten.

Sie hatte darüber vor einiger Zeit einen Bericht gesehen. Da wollten die Bewohner einer Villa, die sich im Urlaub befanden, sichergehen, dass sich keine Fremden in ihrem Pool tummelten, dass sich niemand Zutritt zum Gelände und zum Gebäude verschaffte, zu dem auch ein Stück vom Uferweg gehörte. Darum zeichneten ihre Kameras auch aus diesem Winkel noch einiges auf – und zeigten demjenigen, der es wissen wollte, wer dort spazieren ging oder etwas anderes tat.

Henny nahm ihre Hände aus der Hecke. Sie würde es im Blick und im Sinn behalten, versprach sie sich. Sie ging weiter. Jetzt sah sie den Steg nicht mehr, die Bäume nahmen ihr keine Sicht, sondern das Bootshaus.

Hiero Hart hätte nur aus einer Perspektive den gesamten Steg überblicken können, und da hatte sie gerade gestanden. – Am Durchlass zur Villa, direkt auf dem Uferweg.

Seine Geschichte konnte stimmen.

40. KAPITEL

Furchtlose Anführer sind schwer aufzuhalten.

Eine kalte Hand hatte ihm in den Nacken gegriffen. Der kurze Moment der Stille nach dem Ausruf des Schreckens.

Viktor hatte in sein Handy geschrien, bis sein Vater schließlich zurückbrüllte: »Sag deinen Kollegen, ich habe es satt. Der Spaß ist mir gerade ins Gesicht gesprungen. So ein kleiner Teufel auf einer Feder.« Es klang zornig. Peter Lässig war nichts passiert. Viktor stieß die Luft aus. »Spaß«, wiederholte er erleichtert. Spaß war es keiner, würde er seinem Vater nicht sagen können. Nur eine weitere Warnung für deinen Sohn. »Ich kümmere mich darum«, versprach Viktor.

»Jaja. Das hast du neulich auch schon gesagt«, erinnerte Peter ihn.

Für den Moment war es gut, aber morgen läge wieder ein Kuvert vom Spaßmacher unter Viktors Frühstücksteller.

Wie hatte Augustin vorher gemeint? »Beginnen wir mit dem Morgen heute.« Auf jeden Fall und das hieß, er musste schneller sein und endlich denjenigen mit der Narbe am Finger finden.

Die Filmcrew war sicher schon im Kurpark.

Er duschte kurz, wusch sich Gabis Kunst vom Gesicht, strubbelte die Haare durch, stand vor dem Schrank, griff sich die weißen Jeans und wählte dazu ein hellblaues Hemd. Sein Finger tippte auf das schmal geschnittene, lange dunkelblaue Sakko. Er machte die Knöpfe zu und wieder auf. Offen sagt locker, befand sein Spielbild. Viktor nickte. Er sah teuflisch gut aus. Das würde hoffentlich auch jemand anderer so sehen.

Dass er Appetit hatte, fiel ihm erst auf, als er dem Chinesen mit dem Bauchladen über den Weg lief, auf dessen Schild »pikante Hähnchenspieße« stand. »Zwei bitte«, sagte Viktor. Auf die Bezahlung folgte das allseits bekannte: »Danke sehr vielmals.«

Er würde die Spieße essen, sich etwas zu trinken holen und anschließend herumschlendern, hoffen, einem Pressevertreter über den Weg zu laufen und alle Kollegen für ein Foto zusammenzubekommen. Vielleicht hätte er sich lieber eine Verkleidung besorgt und sich als Handleserin ausgegeben. Da wäre er einfacher und schneller an Hände gekommen, um die Finger nach einer Narbe zu untersuchen.

Sessel, Gartenstühle, Bänke, sogar eine Hollywoodschaukel hatte man aufgestellt. Viktor sah Miss Marple vorbeigehen, die »Süßkram« in ihrem Bauchladen anbot.

Unbemerkt wollte er nicht bleiben, vielleicht nach dem Bürgermeister Ausschau halten, der wäre doch sicher mitten im Geschehen. »Hieronymus Hart.« Er hatte natürlich mit ihr gerechnet.

»Heute müssen Sie sich keine Sorgen machen, dass nur eine Frau Sie von der Seite anspricht«, sagte Marlene Borstel.

»Aber Sie sind die erste«, erwiderte er. Im Hintergrund hörte er ein Seufzen. »Hiero Hart«, und sah die leuchtenden Augen einer Mittdreißigerin. Wenigstens eine Frau in seinem Alter, wenn auch ihr Lippenstift lilafarben aus dem blassen Gesicht hervorstach.

Marlene kommentierte es mit einem schnippischen »wie er leibt und lebt.«

»Es war mir eine Freude, Marlene«, sagte er. »Achten Sie gut auf sich.« Und auf ihren Schmuck, hätte er ihr geraten.

»Wissen Sie, ich schreibe eine Reportage über die Schauspieler der Ammersee-Krimiserie, und da möchte ich doch mit dem Hauptdarsteller beginnen«, erklärte sie ihm, griff in ihre Handtasche und förderte ein eingeschweißtes Stück Papier mit einem kleinen Lichtbild zutage.

Viktor entschuldigte sich bei der anderen Dame, sie würden sich vielleicht später noch einmal treffen.

»Das ist doch eine Farce – also, worum geht's?«, fragte er Marlene.

»Was gefällt Ihnen an der Rolle des Hieronymus Hart? Wie gelingt es Ihnen, sich mit der Figur zu identifizieren?«

Zwei Fragen für die Reportage? »Hiero Hart ist ein Typ, der sagt, was er denkt, und Viktor Lässig fällt die Verwandlung leicht, weil es keine ist.«

»Hat Viktor Lässig Angst vor der Zukunft? Es ist einiges passiert, auch ein Todesfall. Da kann man schon zum Nachdenken kommen. Oder hat er mehr Angst vor der Gegenwart?«

Da kam auch schon die Assistentin der Reiseschriftstellerin, die sich drei Crostini und einen Fruchtspieß geholt hatte. Sie lächelte ihm wenigstens zu.

»Wer sich dann und wann so ein bisschen Angst gönnt, der kippt nicht gleich aus den Latschen, wenn es ernster wird. Und jetzt entschuldigen Sie mich … heute habe ich übrigens schon gegessen und denke daran, mich ein wenig unters Volk zu mischen. Wenn ich mich mit Ihnen aufhalte, wird der Regisseur fragen, was ich an der blonden Frau finde … tja, leider überhaupt nichts. An ihr strahlt bloß der Schmuck.« Er wusste, er war beleidigend, aber darauf konnte er grade überhaupt keine Rücksicht nehmen. »Diesmal ohne die Detektivin?« Er hakte einen Daumen in die Tasche seiner Jeans und ging an ihr vorbei.

»Hiero«, jetzt klang sie anders. Er stoppte. Sie redete weiter, bevor er sich umwandte. »Vielleicht sollten Sie beunruhigt sein, was die Detektivin gerade entdeckt.«

»Und vielleicht sollten Sie wegen meiner Unruhe beunruhigt sein.«

Er war nicht der Wortwandler, aber von Günter hatte Viktor gelernt, wie sich Gesagtes wiederverwenden ließ. Er trug keine Kopfbedeckung, sonst hätte sich Viktor an den Hut getippt. Stattdessen ließ er sie einfach stehen.

Bitte keine blöden Überraschungen, wünschte er sich und beeilte sich, unangesprochen bis zum Schlössel zu kommen und dort im hinteren Garten möglichst ein ruhiges Fleckchen zu finden.

Man konnte das Kurparkschloss für Veranstaltungen mieten. Für diese Veranstaltung hatte den Blickfang im Neurenaissance-Stil wohl niemand gemietet. Das Zierschlössel war tatsächlich erst im 19. Jahrhundert erbaut worden, mit einer Historie konnte es nicht aufwarten. Viktor überfiel der Gedanke, dass man manches Mal vielleicht besser mit weniger Geschichte zurechtkam. Er hatte Marlene nach der Detektivin gefragt, die Reiseschriftstellerin versuchte gleich wieder, sich etwas zusammenzuzimmern. Die Dame war eine echte Nervensäge.

Henny war noch nicht da, er hätte sie bestimmt gesehen, und sie hatte keinen Grund, sich zu verstecken. Glaubte er wenigstens.

Wer sich auch nicht verstecken musste, war Paula, aber die stand unter einem Baum hinter den Blumenrabatten im Schatten eines der Nebengebäude des kleinen Kurparkschlösschens. Sie hielt einen Ordner unter dem Arm, machte jemandem schöne Augen und sagte ihm, sie würde alles für ihn tun.

Dieses *Alles* fand Viktor durchaus interessant! Vielleicht gehörte dazu auch, ein Foto beim Betreten von Zimmer 14 von sich zu machen?

Aus seiner Position konnte er nicht sehen, wen die 15-Jährige da bezirzte, aber er sah die Hand, die vertraulich auf Paulas Rücken lag. Sie kam ihm bekannt vor.

War er gerade auf Hände und Finger im Besonderen scharf, konnte Viktor mit dieser Ansicht wenig anfangen. Der Auftritt hatte gerade erst begonnen, er durfte eine große Runde drehen, hoffen, dass die Herausforderungen klein blieben, aber verschwinden, das durfte der Hauptdarsteller nicht. Die Hollywoodschaukel war leider besetzt, dort hätten ihn vielleicht die Schatten ein wenig gedeckt. Er wandte sich wieder dem Hauptgeschehen zu. Es war offensichtlich, dass die Fans und Freunde Spaß hatten – damit sollte er es auch probieren.

»Echt?« Ein Flüstern. Eigenartig.

Das dichte graue Haar, die Haltung, es war die Rückenansicht seines Vaters, der an einem Bistrotisch stand und sich mit dem Spurenleser unterhielt.

Viktor hatte ihn schon fast erreicht, da fiel dem Grauen etwas aus der Hand, er lachte und bückte sich, nur war Viktor unwesentlich schneller und hob das Feuerzeug auf. Sein Vater lachte nicht auf die Weise, sein Vater rauchte nicht. Peter Lässig trug auch keine Fliegeruhr, auf die Viktors Blick fiel, als er das Handgelenk des Mannes sah.

»Sie sind flink – und ich sollte mir keinen Sargnagel anzünden; wenn das jetzt kein zarter Hinweis war, weiß ich es nicht. Ich will schon seit Tagen damit aufhören.«

Seit Tagen. Viktor streckte ihm seine Hand entgegen. »Hiero Hart.«

»Sie müssen sich doch nicht vorstellen«, sagte der Graue. »Außerdem hätte ich als Nächstes versucht, Sie kennenzulernen. Ich bin Ferdi Kramer.« Er griff nach seiner Jacke, die er über den Tisch gelegt hatte.

Bene Hotter dachte offenbar, er wäre jetzt die Ablösung, sagte, er hätte sich gefreut, und bedankte sich bei dem Grauen für das nette Gespräch.

Hatte Viktor wirklich angenommen, sein Vater hätte sich auf den Weg gemacht? Er wischte die Überlegung beiseite.

»Ich habe eben Ihre Uhr bewundert«, sagte Viktor. Lohnte sich die für einen Dieb? Er wollte es nicht wirklich herausfinden, noch weniger aber wollte er sich über den Hauptdarsteller und seine Rolle unterhalten. Über Uhren wusste er so wenig wie über die Feinstrümpfe von Damen. Nur war es ihm vorgekommen, als hätte das Ding gefährlich gelb leuchtende original Radium-Zeiger auf dem Ziffernblatt.

»Sie gehörte meinem Großvater«, verriet ihm sein Gegenüber.

»Ist ja spannend«, sagte Viktor. »Man erzählt sich allerhand Geschichten über diese Pilotenchronografen.«

»Sie haben keine Ahnung, oder?« Der Graue hatte ihn erwischt, er lachte. »Cartier hat die ersten hergestellt, einfach und schmucklos, weil sie über der dicken Fliegerkluft getragen wurden. Sie mussten vor starken Magnetfeldern geschützt werden, darum das Innengehäuse aus Weicheisen. Die hier«, er deutete auf seine Uhr, »ist von Longines. Charles Lindbergh ist die Stundenwinkeluhr mit Navigationshilfe zu verdanken.«

Viktors Blick entlockte ihm ein Schmunzeln. »Der, der als Erster den Atlantik überquerte, war ehemals ein US-Postflieger und lieferte dem Hersteller die Pläne.«

Er wollte sagen, dass er ein Original trug? »Aus welchem Jahr stammt die Uhr?«, erlaubte sich Viktor zu fragen.

»1937.«

»Darf ich noch mal?« Er schob den Ärmel des Grauen nach oben. »Sie sind Pilot?«, fragte er. Viktor warf einen Blick auf die Jacke, die sich Ferdi Kramer übergeworfen hatte. Er bemerkte ein paar Abzeichen auf Brust und Ärmeln.

»Das war ich, ja. Zur Freude meines Großvaters.«

»Behalten Sie die Zeit immer gut im Auge«, riet ihm Viktor.

»Hat Hiero Hart einen Fall, in dem es um Diebstahl geht?«

»Nicht in der aktuellen Folge, aber zum Klauen sind manche Gelegenheiten einzigartig«, gab er zurück. Und gerade hätte er wirklich gerne gewusst, wie viel eine solche Uhr kostete. Bevor er sich überlegen konnte, wie er unauffällig ein wenig drumherum fragen konnte, meinte der Graue: »Nicht alle Kommissare sind so gut informiert wie Ihr Kollege. Der hat die Uhr auch bewundert, wusste aber alles darüber.« Ein leichtes Lächeln. »Er kannte sogar ihren Preis, und ich hab mich gefragt, ob ein Kriminalhauptkommissar seit Neuestem anständig verdient.«

»Ja«, sagte Viktor und meinte das Gegenteil. Kriminalhauptkommissare verdienten immer noch zu wenig, hätte er gesagt.

»Es war spannend, Ihre Geschichte zu hören, Ferdi«, sagte

Viktor. Sie entschuldigen mich bitte.« Viktor hob eine Hand, verabschiedete sich, gruselte sich und wollte etwas trinken. Seine Kehle war ausgedörrt.

Er stellte sich am Getränkestand an, war dankbar, als er schließlich ein kühles Bier in der Hand hielt, und zog das Etikett von der Flasche ab, bevor ihn der Regisseur damit erwischen konnte. Der erste Schluck war belebend. Viktors Blick fiel auf den Bürgermeister, der aussah, als wüsste er nicht so recht, was als Nächstes zu tun war. Die beste Gelegenheit, womöglich die einzige. Viktor brauchte dieses Foto unbedingt, und Harald Wagner würde sicher einen der Journalisten kennen.

Er besorgte noch ein Bier, pulte das Etikett ab und schlenderte hinüber zum Bürgermeister. »Ich dachte mir, wir könnten eine kleine Pause brauchen und einander bei einem kühlen Bier Gesellschaft leisten.« Viktor gab Wagner die Flasche, der dankbar danach griff. Einen Augenblick schaute Viktor auf dessen Finger. Schlank und lang, nicht die auf Paulas Rücken, nicht die des Typen auf dem Handzettel.

»Sie sind meine Rettung«, bedankte sich Wagner.

Und du bist hoffentlich meine, dachte Viktor.

Sie redeten, tranken, und Viktor ließ ganz nebenbei einfließen, »Bergmann Film« sei hocherfreut, dass diese tolle Veranstaltung dokumentiert wurde. Übersetzt: Nenn mir den Namen der Zeitung und des Fotografen.

»Nick Sommer ist zwar nicht meine erste Wahl, der findet immer irgendein Haar in der Suppe, außerdem ist der richtig eigen«, sagte der Bürgermeister. Es fehlte noch das Aber, das Viktor freilich erwarten konnte. In den verdammten Suppen waren doch immer irgendwelche Haare zu finden.

»Aber Sommer ist ein begnadeter Fotograf.« Der Bürgermeister sandte seinen Blick aus. Meinte der jetzt wirklich, er müsste Nick Sommer herbeizaubern? »Ich muss mich sowieso kümmern, eine Reiseschriftstellerin hat sich auch schon erkundigt. Beeindruckende Frau.«

Viktor hätte sich fast an seinem Bier verschluckt.

Einige Blicke später kam da wirklich ein Typ auf sie zugeschlendert; Viktor registrierte als Erstes die Profikamera, die er sich über die Schulter gehängt hatte. Danach den »ach, was soll's-Blick« und die schwarzen Cowboyboots. Das Hemd hing ihm aus der Hose, die Haare hatten schon länger keinen Frisör mehr gesehen, aber er hatte wache Augen, denen nichts entging.

»Ich dachte, es heißt, kein Bier vor vier«, sagte er. Der Bürgermeister stöhnte und stellte ihn vor. »Der aufdringliche Nick Sommer vom ›Ammersee Anzeiger‹.«

»Wenn ich Ihnen eines besorge, kommen wir nicht in die Zeitung?«, wollte Viktor wissen.

Sommer schüttelte den Kopf. »Das ist jetzt ganz dumm, ihr hättet das Etikett dranlassen sollen; das wäre Werbung gewesen. Darf ich nicht. – Aber so … theoretisiere ich, was der Bürgermeister und Hiero Hart sich erzählen, und dass die bestimmt kein Kracherl dazu trinken.« Er war schnell mit seiner Kamera. Es klickte einige Male hintereinander, da überlegte Viktor noch, wie er die Flaschen verschwinden lassen konnte.

»Du bist ja so genial, Sommer«, stichelte Wagner.

»Genau«, bestätigte der.

»Und darum kriegen Sie jetzt auch Ihr Foto – die Schauspieler samt dem Regisseur, mit dem Bürgermeister«, sagte Viktor. Womit lockte man einen Journalisten? »Augustin Nagel verrät Ihnen sicher noch ein paar seiner besonderen Geheimnisse.«

Jetzt leuchteten die Augen des Journalisten.

Hiero Hart, du bist spätestens morgen mausetot, weil Augustin dir bös auf den Kopf haut, war Viktor überzeugt. Gerade grinste er noch.

41. KAPITEL

Willst du glücklich sein oder recht haben?

Nach ihrer Seeweg-Exkursion hatte sich Henny für das Fan-Treffen zurechtgemacht. »Ich gehöre zum Team, ich bin die Schulsekretärin«, sagte sie sich vor. In Wahrheit fürchtete sie, dass es komplizierter werden würde als vorgesehen. Nicht die Rolle, aber ihre Verbindung zum Hauptdarsteller.

Ein strahlend frisches Gesicht schaute ihr aus dem Spiegel im Badezimmer entgegen, sämtliche Überlegungen hatte Henny sprichwörtlich abgelegt. Ihre Notizen und die Textdatei erst einmal ihrem PC zur Verwahrung überlassen. Was sie mit den Erkenntnissen anfangen wollte, war ihr noch nicht wirklich klar.

Erst einmal wollte sie sich unter die Leute mischen. Sie würde nur ihre Perlenohrringe tragen und damit überhaupt nicht auffallen. Sie lächelte, sah vor ihrem inneren Auge Marlene vor sich. Die Reiseschriftstellerin würde sicher die Aufmerksamkeit auf sich ziehen. Hoffentlich nicht die falsche. Henny hatte Marlene nicht erreichen können, aber sie konnte sicher sein, dass die schöne Blonde im Kurpark wäre. Sie und ihr Schmuck, präzisierte Henny für sich.

Mit Tim, dem Hobbydetektiv, hatte sie vereinbart, sie würden sich an der Parkbank beim Schlössel treffen. Denn die wäre selbst dann noch genau dort, wo sie immer stand, auch wenn einiges vielleicht im Zuge der Veranstaltung umgestellt worden war.

Sie sah Tim nervös auf der Bank herumrutschen und nach ihr Ausschau halten. Henny machte einen weiten Bogen, um von der Rückseite zu kommen. Sie pirschte sich an ihn heran und legte ihm eine Hand auf die Schulter. Sie hatte noch nichts gesagt, da legte er schon los: »Vielleicht bin ich gleich weg, aber gerade sitze ich hier. Schauen Sie nachher noch mal und drehen derweil eine Runde.« Er wandte sich nicht einmal um.

»Ich glaub nicht, dass ich mich dazu entschließen kann«, sagte Henny. Sie musste lachen.

»Endlich.« Erleichterung. »Das ist ein Kampf, hier zu sitzen.«

»Du hättest auch stehen können«, zog sie ihn auf.

»Und mich schief angucken lassen, hey, da steht einer vor der Bank.«

»Wer ist denn alles da?«, fragte Henny.

»Wie soll ich das sehen, ich sitze hier«, gab Tim zurück. Jetzt musste auch er lachen.

Man sah einige Leute in Verkleidungen; Henny hatte gerade schon die zweite Miss Marple mit »Süßkram« gesehen. Die Schauspieler waren nicht verkleidet, die trugen nur ihre üblichen bekannten Film-Mienen zur Schau.

Verwundert sah Henny, wie Nick Sommer ein paar Bilder schoss.

Sie schmunzelte. Wenn er den Artikel über das Fan-Treffen schrieb, durften sie sich auf etwas gefasst machen.

Tim wollte wissen, wem man in dem Gewumsel auf den Fersen bleiben sollte. Genau das war ihr Vorschlag gewesen, als Gegenleistung für seine gestrige Verfehlung.

»Hiero Hart«, sagte Henny, worauf der Hobbydetektiv mit einem wenig freudigen »Mmm« reagierte.

»Ich schau dann mal in die Runde«, sagte er, räumte seinen Platz auf der Bank und deutete auf die Sekretärin des Bürgermeisters, die mit einem Glöckchen bimmelte und ein Schild mit einer Information in die Höhe hielt. »Schauspieler und Komparsen bitte zum Seeufer«, lautete der Text. Eine Kurzinformation, doch Henny betraf die auch.

»Wissen Sie, worum es geht?«, fragte sie die Sekretärin und

erfuhr, dass vom Filmteam ein paar Fotos gemacht werden sollten.

Nick Sommer und der Bürgermeister – neue beste Freunde? Sie konnte es sich nicht vorstellen. Die Sekretärin des Amtsträgers bimmelte weiter. Henny lief zum Seeufer hinunter.

Es war ganz ähnlich wie bei den Drehplanbesprechungen an den Vormittagen – nach und nach trudelten das Filmteam, die Casting-Leute samt den Helfern ein.

Sollte es sie verwundern, dass Hiero zusammen mit Harald Wagner und Nick Sommer anspaziert kam? Du bist nicht die bestinformierte Detektivin, musste sich Henny gestehen. Das Bild war wirklich eigenartig, denn als sie mit Nick telefoniert hatte, klang der nicht so, als wäre er besser bekannt mit Hieronymus Hart. Jetzt sah das aber genauso aus.

Als sich schließlich alle eingefunden hatten, nach denen verlangt worden war – den Kern bildeten Hiero, der Spurenleser, die Rechtsmedizinerin, die Totenwäscherin, der Hausarzt –, warf Nick seine Hände in die Luft und rief ihnen zu: »Genauso will ich euch sehen. Hier wird ein Krimi gedreht. Hände hoch.«

Kurz und schmerzlos, hätte es Henny genannt. Der Fotograf drückte in Serie ab, innerhalb einer halben Minute war alles erledigt.

Henny wollte Nick gerne noch eine brennende Frage stellen, aber Hiero war schneller. Dem Hauptdarsteller auf den Fersen geblieben, war, wie abgemacht, der Hobbydetektiv.

Tim prostete Henny mit einer Flasche irgendwas zu und balancierte auf einer Serviette etwas Essbares. Henny nickte. Sie würde sich auch ein Getränk holen, Nick konnte sie ein wenig später noch über den Weg laufen.

Viel später war es nicht, als sich Nick Sommer hinter Henny in der kleinen Schlange vor einem der Getränkewagen einreihte. »Lange nicht gesehen, aber gleich erkannt«, sagte er. »Lädst du mich zu einem Bier ein? Hiero und der Bürgermeister hätten sich auch überreden lassen.«

Hiero und der Bürgermeister. »Ein Bier für eine kleine Information«, sagte sie.

»Ah, heute wollen wieder alle was«, klagte Nick.

Es war ein guter Einstieg, fand Henny. »Was wollte Hiero Hart?«

Nick grinste, begann zu verhandeln. »Dafür kriege ich dann aber auch noch zwei Fleischspieße, ein paar von den Schnittchen, die Sushi-Rollen müssen außerdem probiert werden und dann noch etwas Süßes«, lautete die unbescheidene Forderung.

»Du und dein Bandwurm«, gab Henny zurück.

»Alles hat seinen Preis«, erklärte Nick, und erst als Henny ihr Okay zu seiner Bestellung gab, rückte er damit heraus, dass die Bitte mit den erhobenen Händen vom Hauptdarsteller kam.

»Er wollte die Fotos gleich, also habe ich ganz schnell was ausgesucht und ihm drei der Bilder geschickt. Der Typ ist ein bisschen undurchsichtig, der interessiert sich nicht für die Gesichter der Leute, der braucht ihre Hände.« Erhobene Augenbrauen. Seit wann drückte sich Nick Sommer so dezent aus, wenn er etwas ganz anderes meinte? Einzig plausible Antwort, der Journalist hatte vielleicht keine Ahnung, oder möglicherweise nur eine Witterung.

Henny tingelte mit ihm als Erstes zu Charlie Chan, der die Fleischspieße verkaufte, danach gingen sie zum Anbieter der Schnittchen. Nick brachte es fertig zu trinken, zu essen und sich nebenbei mit ihr zu unterhalten. Gerade hatte er die Servietten weggeworfen, da schrie jemand lauthals: »Diebstahl!«

Die Welt um sie herum schien einen winzigen Augenblick zu erstarren. Henny wandte sich in die Richtung, aus der der Schrei gekommen war, und fing an zu laufen, Nick blieb an ihrer Seite. »Das ist mein Aufhänger«, erklärte er.

Es hätte meiner sein müssen, dachte Henny, sie griff sich unbewusst an ihre Ohrläppchen, fühlte die Perlenstecker und schüttelte den Kopf wegen des unsinnigen Gedankens.

Die Starre hielt nicht lange vor, laute Stimmen verlangten nach der Polizei, andere nach einem Arzt. Letzteres verwunderte Henny nicht, die Bestohlene war vielleicht in Ohnmacht gefallen. Noch ein unsinniger Gedanke.

»Da prügeln sich welche«, sagte Nick. »Der Nachmittag ist echt jede Mühe wert.« Er lachte.

Welche? Henny verzog das Gesicht. »Rumstehen geht nicht«, sagte sie. »Auf keinen Fall«, gab er ihr recht, nahm seine Kamera von der Schulter, drehte am Objektiv, brachte sich in Stellung und drückte auf den Auslöser.

Zu sehen waren ein Knäuel Arme, ausholende Fäuste. Drei Männer und eine Frau, die versuchte schreiend sich einzumischen.

Henny ging dazwischen, zog den einen an der Jacke nach hinten. »Schluss, Herrschaften!«

Der erste Schlag war ein Treffer, und sie fuhr sich staunend über die Wange. Jemand griff nach ihrem Arm und zog Henny aus dem Pulk. »Detektivin, wenn du nicht zuschlagen willst, ist das nicht dein Einsatz!« Hiero wischte mit dem Finger unter seiner blutenden Nase entlang.

»Wer wurde bestohlen?«, wollte Henny wissen. Hast du jemanden beklaut?, fragte sie nicht.

»Linke Tasche bitte«, deutete er und legte den Kopf zurück.

Hennys Finger wanderten in jede Tasche. Hätte er gerade etwas an sich genommen, musste er es eingesteckt haben. »Das andere Links«, sagte er. In keiner der Taschen wurde sie fündig. Er lachte verhalten. »Ich soll derjenige sein?«

Aber der Gedanke drängte sich förmlich auf. Henny angelte sein Taschentuch heraus und drückte es ihm in die Hand.

»Ich bin nicht sicher, wer beklaut wurde«, sagte er und schnüffelte in sein Stofftuch. »Ich kam erst dazu, als die Dame Diebstahl geschrien hat. Der Dunkle hat sich die Fliegerjacke gegriffen. Die Dame war völlig aufgelöst, sagte, der Pilot hat ihre Ehre verteidigt, also war der Anlass der Auseinandersetzung eine Beleidigung. Ich wollte die beiden trennen, der Dunkle hat ausgezogen. Handgreiflichkeiten sind mir zuwider, aber eins auf die Nase geben lasse ich mir nicht. Die ist vielleicht nicht versichert.«

Hatte er einen Witz gemacht? Henny hätte gerade nicht darauf gewettet. »Der in der Fliegerjacke ist der Anständige?«, fragte sie.

»Der mit der Lindberghuhr hat jedenfalls Charakter; mit ihm unterhielt ich mich kurz vorher«, gab Hiero zurück, und auf Hennys fragenden Blick hin erklärte er: »Eine Beleidigung ist kein Diebstahl. Fliegerjacke trug eine edle, teure Uhr. Anders als der Onyx-Diamant-Anhänger der Dame wäre die eine wirklich gute Beute, falls jemand es darauf abgesehen hat.«

Henny schluckte. Er musste das Dekolleté der Dame sehr aufmerksam betrachtet haben.

Wer nicht so aufmerksam gewesen war, war der Hobbydetektiv. Ihn konnte Henny nirgends entdecken. Hatte Tim nicht gesagt, er wolle Hiero auf den Fersen bleiben? Das war er offenbar nicht.

Sehr zufrieden sah dagegen ein anderer aus; Nick Sommer hatte genug Fotos. Die Miene des Bürgermeisters glich einem Vulkan, der kurz vor dem Ausbruch stand. »Das schöne Fest!« Er knirschte mit den Zähnen. »Wer zum Teufel hat angefangen? Was ist passiert? Wer wurde bestohlen?« Harald Wagners Blick blieb an Hiero Hart hängen. »Das ist kein Film, und Action ist nicht gefragt«, betonte er.

Der schüttelte den Kopf, legte einen Arm um die erschütterte Dame und fragte: »Sie wurden nicht bestohlen, wer dann?«

So viel zu seiner Aussage, er wüsste es nicht. Henny wollte nicht als Lauscherin dort stehen, sie wandte sich ein wenig ab.

»Der Dunkelhaarige hatte mich angesprochen, hat mir ein eindeutiges Angebot gemacht. Ich stieß ihn weg, er hielt meinen Arm fest. Ferdi Kramer, der in der Fliegerjacke«, sie deutete, »kam mir zu Hilfe. Als der Rüpel ihn anschrie: ›Ich schwör dir, du gehst mit einer blutigen Nase heim‹, hat er seine Uhr abgenommen und sie mir gegeben.« Sie legte den Kopf schief. »Dann die Ärmel hochgekrempelt. Da war mir klar, es wird ernst. Ich habe die Uhr auf den Bistrotisch gelegt. Sie nur ein paar Sekunden aus den Augen gelassen.«

»Sie wollten nicht, dass jemand sich für Sie schlägt«, verstand Hiero. »Ich wollte, dass die beiden mit dem Unsinn aufhören. Als ich das nächste Mal hinschaute, war die Uhr weg, und ich schrie. – Jetzt sind Sie der mit der blutigen Nase. Es tut mir so leid!«

»Dem Schläger wird es richtig leidtun«, betonte Hiero.

Jemand hatte einen Arzt geholt. Hiero winkte ab, er wollte die Aufmerksamkeit nicht. »Nicht schwer verletzt«, sagte er.

Zwei Polizeibeamte kamen dazu. Der Bürgermeister griff sie sich.

»Wir haben doch eine Zelle im Polizeigebäude, oder? Dann nehmt den mal mit.« Er zeigte auf den Boxer. »Der hat angefangen …«

Henny musste an ihre Schulzeit denken, genauso hörte sich gerade Harald Wagner an, der den Schuldigen mit finsterer Miene am Kragen gepackt hatte.

Der in der Fliegerjacke durchkämmte das nähere Umfeld nach seiner Uhr, suchte das Gras ab und sah elend aus. Nick Sommer hielt mit seiner Kamera auch noch fest, wie der Bürgermeister an der Spitze des kleinen Zuges marschierte, um zusammen mit den Beamten den Unruhestifter einzusperren. Die unschöne Situation würde in Wort und Bild sicher genauso in die Annalen des »Ammersee Anzeigers« eingehen. »Bergmann Film« wäre nicht erfreut, vom Einsatz des Hauptdarstellers zu lesen und begleitend ein Foto mit der blutenden Nase in der neuen Ausgabe des Blattes zu sehen.

Hiero flüsterte etwas vor sich hin. Henny bekam nicht mit, worum es ging, doch sie bemerkte, wie sein Blick zum Mann in der Fliegerjacke hinüberwanderte.

Marlene kam über die Wiese auf sie zu. An ihrer Seite Sandra, die einen Block in der Hand hielt. »Da will man kurz einen Happen essen, und schon bricht am anderen Ende des Parks das Chaos los. Die Leute erzählen, dass es eine Schlägerei gab und jemand bestohlen wurde.« Sie sah Hiero sein Taschentuch einstecken.

»Interessant. Hieronymus Hart mitten im Auge des Hurrikans.«

Der Vergleich hatte was, musste Henny ihr zugestehen.

Sie hielt ihren Aquamarinanhänger hoch. »Der war nicht interessant genug«, sagte sie.

Die Detektivin hatte ein Fragezeichen gehört.

»Wenn der Dieb dieser Schönheit gegenüber blind war, dann hat er den Braten gerochen«, sagte Hiero. »Ihr Spiel war zu auffällig, Marlene.«

42. KAPITEL

Houston – wir haben ein Problem!

Er hatte definitiv genug für heute.

Der Fotograf hatte sich regelrecht auf ihn gestürzt; Hiero Hart, der sich das Blut von der Nase wischte, das würde ein ganz blödes Bild geben. Seine Fingerknöchel taten weh, waren aufgeschrammt und gerötet. Sein rechter Haken taugte nicht. Als Nächstes griff ihn eine Detektivin ab, weil sie ihn für den Dieb hielt, durchkämmte seine Taschen. Die Beamten hatten wissen wollen, ob er etwas gesehen hatte. Hatte er nicht, wie auch? Und dann kam auch noch Marlene an mit einem Blick, der ihn wie ein seltenes Insekt aufspießte. Viktor hatte wahrlich keine Lust mehr und machte sich auf die Suche nach Gabi mit seinem Kästchen in ihrem Köfferchen.

Zuerst lief er Paula über den Weg, die aussah wie eine Katze, die Sahne geschleckt hatte. »Hiero.« Ein freudiger Gruß, den er mit Vorsicht genoss. Weil sie für diesen anderen ja alles tun würde.

»Was machst du auf dem Fan-Treffen?«, konnte er sich nicht verkneifen zu fragen.

»Klassefrauen nach ihren geheimen Sehnsüchten fragen.« Sie zwinkerte anzüglich. »Nein, ich mache fürs Magazin ein paar Interviews und frage Klassefrauen, was ihnen lieb und teuer ist. Findest du das Thema zu lauschig?«

»Richtig lauschig würde ich es finden, wenn mir gerade eine Frau anvertraut hätte, sie würde alles für mich tun.«

In Paulas Augen hatte es einen Augenblick geflackert.

»Weiter so, Kleines. Deine Mühe wird bestimmt honoriert.« Er drückte sie an sich, seine Hand strich über ihren Rücken, wie der andere es gemacht hatte. »Und jetzt, fürchte dich.« Viktor ließ sie stehen.

Sein Handy zeigte ihm an, dass Nick Sommer die Fotos geschickt hatte.

Über Paulas Auftritt würde er vielleicht später nachdenken, auch, was die 15-Jährige mit dem Briefschreiber zu tun hatte und ob sie für den alles tun würde.

Er musste sie nicht retten, sie wollte sicher nicht gerettet werden. Wie stellte es einer an, jemanden in sich verliebt zu machen? Interessiert war Viktor bloß an der Taktik, nicht an dem Mädchen.

Die Maskenbildnerin hatte sich hoffentlich nicht irgendwo in die Büsche geschlagen und machte mit dem Spurensicherer rum. Sie flirtete zum Glück nur mit Sherlock Holmes. »Gabi, ich bräuchte jetzt mein Kästchen«, sagte er. Holmes schaute ihn komisch an.

»Das findest du im kleinen grünen Koffer im Raum mit unserem Filmequipment. Ist nicht zu übersehen. Was ist denn jetzt drin?«, fragte sie.

Er deutete auf Holmes. »Er hat immer eine, wird uns weisgemacht. Ich hoffe, mit dem Ding ist überhaupt was zu erkennen. Sonst komme ich wieder und frage nach seiner«, erklärte Viktor und hörte Gabi Sherlock Holmes erläutern, der Kollege habe eine Vorliebe für Mehrdeutigkeiten und Wortspiele.

»Du solltest dich vielleicht ein wenig hinlegen«, empfahl sie ihm.

»Hinlegen?«

»Du siehst aus, als könntest du's brauchen. »Mensch, Hiero – kannst du dich nicht einmal einfach nur raushalten?«

Er zuckte die Schultern, er hatte schon beschlossen, dass es ihm für heute reichte.

Allgemein war mehr ruiniert als bloß die Stimmung. Nach dem Dämpfer für den Bürgermeister, den beginnenden Ermittlungen in Sachen Diebstahl, den Fans, von denen einige schon verschwunden waren, weil sie auf den Tumult nicht gefasst waren, sich eigentlich nur einen schönen Nachmittag hatten machen wollen. Blieben noch die Schauspieler, die niemand mehr etwas fragte – da konnte Augustin nichts gegen ein kühles Bier haben.

Viktor nahm es mit. Es machte nicht den allerbesten Eindruck, mit einer Flasche durch die Gegend zu laufen, aber lieber wurde er deswegen angesprochen als gelöchert, was da vorher passiert war, wie er in eine Schlägerei geraten konnte.

Man sollte sich nicht für den Schmuck anderer Leute interessieren. Ihm hatte der Anhänger gefallen, und er fragte die Frau, was sie trug. Da hatte sie ihn aber schon angesprochen, und sie unterhielten sich über Krimis; sie mochte besonders die bayerischen, denn die wären amüsant, nicht *Noir* und *alte Schule* wie die französischen. Sie lebte seit Jahren in der Provence und wäre eigens für den »Bullen vom Ammersee« und das Fan-Treffen nach Herrsching gereist.

Das Onyx-Diamant-Amulett war sicher billiger zu haben als eine Lindbergh-Uhr, auch wenn Viktor deren Preis noch immer nicht kannte. Er hatte nicht gesehen, wie Ferdi Kramer seine Uhr ablegte, er war erst dazugekommen, als es bereits übel zur Sache gegangen war.

Der Dieb musste unmittelbar am Bistrotisch gestanden haben, um sich den Chronometer zu greifen.

Viktor kam Bene Hotters Text wieder in den Sinn. *Wenn niemand sonst etwas gesehen hat, dann war da nichts.* In dem Fall niemand. Außer ihm. Moment. Viktor setzte sich mit seinem Bier auf eine Bank an der Strandpromenade.

Der originale Kriminalkommissar war an der Frau mit dem Onyx-Diamant-Amulett vorbeigegangen. Viktor wischte sich über den Mund. Das war so verquer, dass er das Gedankenspiel sein ließ.

Viktor nahm sein Handy und klickte auf das erste Bild. Er hatte keine Vorstellung, ob mit den Fotos etwas anzufangen war. Er würde es herausfinden.

Nick Sommer hatte das Kunststück fertiggebracht, alle auf ein Foto zu kriegen. Die Darsteller und Komparsen des neuesten »Bullen vom Ammersee« hatten sich versammelt, um dem »Ammersee Anzeiger« die Ehre zu geben. Sommer war der Mann mit der Kamera, aber Viktor hatte ihm seine Idee schmackhaft gemacht: »Es geht um einen Kriminalfilm, und hier laufen alle herum, die in Büchern und Filmen auftauchen – wir könnten die Hände hochheben; uns bildhaft ergeben«, schlug Viktor vor.

»Das ist gut«, fand Sommer. »Leute, jetzt heißt es für alle ›Hände hoch!‹«, lautete die Anweisung, die lachend befolgt wurde. Viktor wollte sich an den Rand stellen, aber Augustin griff ihn sich und schob ihn nach vorne.

Nachdem Sommer eine Serie geschossen hatte, löste sich die Zusammenkunft wieder auf. »Sommer, würden Sie mir einen Gefallen tun? Gleich?«, hatte er gefragt.

»Ich wollte mir grade den Regisseur schnappen – wegen des Geheimnisses«, gab der augenzwinkernd zurück.

Ob diese Sache sich tatsächlich ergeben hatte, bezweifelte Viktor. Es war nur ein Hinweis gewesen, Nick Sommer hatte das doch bestimmt gewusst.

An der Rezeption im Hotel bat Viktor die rothaarige Dame mit Zopf als Erstes, ob es möglich sei, im Büro ein Foto auszudrucken. Bitte gleich, denn er müsse da noch einmal drauf schauen. Bevor es veröffentlicht wurde, wolle er sehen, ob das so in Ordnung ginge. »Wenn es erst mal abgedruckt ist, ist der Krug am Brunnen schon zu Bruch gegangen.«

»Was meinen Sie?«

Nicht, oder? Manche Sprichwörter klangen nicht bloß dämlich, sondern waren auch noch undurchführbar. Kam es ihm nur vor, oder schaute die Frau ihn mitleidig an?

»Falls etwas nicht passt, muss ich die Herrschaften um eine Wiederholung bitten. Die Produktionsgesellschaft mag keine halben Sachen.« Er lächelte, hoffentlich überzeugend.

Die Antwort, ob es möglich war, kam etwas verspätet, der Blick war vorsichtig. Er hatte die Bierflasche noch in der Hand. »Es gab auf dem Fan-Treffen im Kurpark einen …«, Viktor beendete den Satz nicht, die Rothaarige hatte nicht die Flasche gesehen, sie schaute ihm ins Gesicht, auf seine Nase, »… einen kleinen Zwischenfall«, sagte er. Sah er so furchtbar aus?

»Natürlich kümmere ich mich sofort darum«, wurde ihm zugesagt.

»Sie senden die Bilder, die Sie ausgedruckt haben möchten, bitte an die Mail-Adresse des Hotels, und sobald sie eingegangen sind, werde ich Sie aufrufen und Ihnen ausdrucken. Es sind doch nicht allzu viele?«

»Drei Bilder«, beruhigte er sie.

Viktor erledigte den Versand und die rothaarige Dame den Ausdruck. Es war ein ganzer Stapel. »Und das nennen Sie keine halben Sachen«, sagte sie kopfschüttelnd und gab ihm die Blätter. Als Viktor es kurz durchging, grinste er höchst zufrieden. Er hatte Nick Sommer um eine Großaufnahme der Hände gebeten, und der Fotograf verstand sich auf die Einstellung Weitwinkel. Der Drucker nicht, darum hatte er eine fortlaufende Serie gedruckt. »Perfekt.« Er bedankte sich, ließ die Bierflasche hinter den losen Blättern verschwinden und begab sich mit dem Aufzug ins Untergeschoss und in den Raum hinter der Stahltür am Ende des Gangs.

Gabi hatte das Köfferchen mit den Tiegeln und Tuben gut sichtbar gleich links hinter der Tür abgestellt.

Mit dem Kästchen, den Blättern und dem Bier ließ sich Viktor in den dritten Stock hinauffahren.

Er schüttete als Erstes das schale Bier ins Waschbecken im Bad und ließ genügend Seifenwasser nachlaufen. Als er aufschaute, zuckte er zurück. Der Typ, der ihm da aus dem Spiegel entgegen blickte, konnte einen echt erschrecken.

Als wäre er durch die Hecke gezogen worden, genauso sah er aus. Jetzt ja. Sein Hemdkragen war zerknittert, das Revers des Sakkos eingerissen.

Eine Blutkruste an der Oberlippe, die ein wenig geschwollen aussah. Sein linkes Auge zeigte ihm einen Hauch Violett, seine Nase wirkte da im Spiegel auch ein wenig anders. Er nahm sie zwischen die Finger und überprüfte, ob sie in Ordnung war. Nicht so ganz, Blut tröpfelte ins Waschbecken. Viktor angelte nach den Kosmetiktüchern und fing das Rinnsal auf. Er ließ sich auf den Boden sinken und legte den Kopf in den Nacken.

Wenn Augustin ihn so sähe, bekäme der Regisseur einen Anfall. Da hätte Gabi morgen einiges zu kaschieren.

Er hatte sich ausgezogen, sich eine Dusche gegönnt, danach das aufdringliche Licht im Bad ausgemacht, denn die Verheerung musste er sich nicht in aller Deutlichkeit zeigen lassen. Wenigstens fühlte er sich wieder wie ein Mensch; ein sauberer Mensch.

Er hätte gern ein Bier gehabt, aber da jetzt noch mal runterzugehen und sich eines aus der Kühlung zu holen … eher nicht, beschloss er und schenkte sich aus der Wasserflasche ein, die auf einem Tablett auf der Ablage stand.

Viktor sorgte für Festbeleuchtung im Zimmer, öffnete das Cabrio-Dach, legte die ersten drei Blätter auf dem Boden vor sich aus, holte die Lupe aus dem Kästchen und setzte sich, als würde er die nächste halbe Stunde nicht aufstehen wollen.

Das erste Foto zeigte sie alle; es waren viele Paare Hände. Wenn er das System richtig verstand, schaute er von links nach rechts; das linke Paar Hände war jugendlich, einer der Schüler in der Krimifolge. Viktor verglich. Es passte. Ihn konnte er sich vielleicht noch aufsparen, dachte er und begann ein Stück weiter links mit dem Requisiteur. Die Leselupe zeigte ihm alles, was er sehen wollte; kleine und größere Linien, Handfalten. Wenn er hier nicht auf den Mann mit der Narbe stieß, dann kam der von außerhalb, und das glaubte er keine Sekunde lang.

Die Dunkelheit war draußen unbemerkt über den Tag hergefallen. Manche der Handlinien sahen interessant aus. Leider hatte er keine Zeit dafür, die Zukunft der Herrschaften herauszulesen. Nur die Zukunft des hinterhältigen Briefschreibers, die würde er wagen, demjenigen vorherzusagen.

Viktors Augen wurden langsam schwer, er starrte seit mehr als einer Stunde durch das Vergrößerungsglas auf die Ausdrucke.

Blieben noch die Jungs, die hatte er außen vor gelassen, und Frank Weiß.

Auf der Hand des Kommissars, dem Finger der linken Hand, zog sich eine lange weiße Linie von der Spitze bis hinunter zum zweiten Glied. »Du?« Er flüsterte es ungläubig.

Irgendwo hatte er den Handzettel hingesteckt. Was wollte er noch, sich vergewissern? Wo er schon beim Händevergleichen war …

Viktor kramte nach dem Handzettel, praktisch, wenn einem der vom Erpresser gleich mitgeliefert wurde. Die Hand, die Laura festhielt, war feingliedrig. Frank hatte schöne Hände.

Man hatte geglaubt, Hiero Hart auf dem Foto zu sehen, rätselte, ob es vielleicht der Bürgermeister sein konnte, niemand hatte auf Frank Weiß getippt. Weil ein Kommissar nicht stahl und schon gar nicht mordete.

»Was würde Hiero Hart tun?« Er schaute ins Leere, überlegte.

»Der würde dich überraschen«, sagte Viktor, legte die Blätter zusammen und stand auf.

Jetzt brauchte er tatsächlich ein Bier.

43. KAPITEL

Du brauchst keinen Mann. Du brauchst einen Helden!

Sie hatte kurz darüber nachgedacht, ob sie ihm folgen sollte. Eine andere vielleicht auch. Keine von ihnen hatte sich auf den Weg gemacht.

Der Einzige, der ziemlich vergnügt schien, war Nick Sommer. Der hatte seine Schlagzeile und ein paar richtig deftige Fotos.

»Wir sehen alle nicht besonders zufrieden aus.« Marlene legte einen Arm um Henny und streckte eine Hand nach ihrer Assistentin aus. »Wie unzufrieden kann man sein, wenn man seinen wunderschönen Schmuck noch trägt?«, fragte Henny.

Marlene nickte. »Er hat recht mit dem, was er sagte. Dem Dieb war klar, das Ding ist ein Köder.«

»Hiero Hart ist nicht der Dieb«, sagte Henny. »Ich habe in seinen Taschen nachgeschaut.«

»War es nicht eine Uhr, die gestohlen wurde?« Sie drehte ihr Handgelenk. »Wo wäre die besser aufgehoben als dort, wo man sie trägt.«

»Ich musste einen Schlag einstecken, vielleicht kann ich nicht mehr so klar denken«, verteidigte sich Henny. Hiero hatte keine Uhr getragen, oder?

»Er wird sicher seine Wunden lecken«, sagte Marlene. »Vielleicht sein Diebesgut in Sicherheit bringen«, fügte sie hinzu. »Gerade ist aller Tage Abend, und Fragen stellen macht eine fürchterlich trockene Kehle.« Die Reiseschriftstellerin hatte ihre Interviews bekommen.

Marlene lotste sie zum Getränkestand.

Der Bürgermeister war gerade dabei, seinen Durst mit einer

Fassbrause zu löschen. Als er Marlene bemerkte, ergriff er die Flucht in die entgegengesetzte Richtung.

»Kann es sein, dass ich ihn verschreckt habe?«, fragte sie unschuldig. Sandra musste lachen. »Kann es sein, dass Sie zu direkt waren?«

»Ich möchte etwas erfahren, ich bin immer direkt, sonst gebe ich meinem Gegenüber doch nur Zeit, sich eine Ausflucht zu überlegen.«

»Wer glaubst du, ist der Mann auf dem Handzettel, wer ist Lauras Liebster?« Henny kam es so vor, als wäre die eigentliche Frage, auf die Marlene unbedingt eine Antwort haben wollte, noch immer nicht geklärt.

»Der Bürgermeister ist ein Waschlappen, der kann es nicht sein«, war Marlene überzeugt. »Ich glaube, derjenige, den Laura meinte, ist wie vom Erdboden verschwunden. Wie viele hübsche Männer, bei denen auch nur die Möglichkeit besteht, sie könnten es sein, gehören zur Filmcrew?«

»Da gibt es noch einen. Er ist allerdings ein Kriminalkommissar, arbeitet für die Münchner Mordkommission und stimmt in den Folgen für die Krimiserie die Geschichte im Drehbuch mit der Wirklichkeit ab; so ein bisschen ›passt oder ist an den Haaren herbeigezogen und funktioniert nicht‹. So hab ich es jedenfalls verstanden«, sagte Henny. »Er sieht wirklich gut aus. Hast du Frank Weiß noch nicht kennengelernt?«

»Der ist mir entgangen«, sagte Marlene. »Ein Mordermittler, Lauras Superheld.« Sie biss sich auf den Fingernagel. »Das könnte sein. Aber ein Mordkommissar, der einen Mord begeht?«

Da fing es an, nicht mehr so gut zu passen, fand auch Henny. Eine Recherche kostete sie nur ein wenig Zeit, und sie musste zugeben, es interessierte sie, denn Hiero Hart wollte sie noch weniger in der Rolle des Täters sehen. Sie übersah das Funkeln in Marlenes Augen, sonst hätte sie gewusst, dass die schöne Blonde gerade »Herausforderung« für sich beschlossen hatte.

Henny hatte mit Marlene und Sandra einen »Squeezer« getrunken.

Der Cocktail war mörderisch und Henny froh, als sie schließlich die Tür des Taxis zuschlug. Angekommen. Sie kramte ihre Hausschlüssel aus der Handtasche.

»Wo steckst du denn so lange? Ich dachte schon, ich muss hier campieren«, beklagte sich Tim.

»Wo bist du denn auf der Strecke geblieben?«, erkundigte sie sich. Sie würde sich einen Kaffee machen, um den Kopf freizubekommen.

Der Hobbydetektiv schloss sich der Idee an.

Henny und Tim setzten sich mit ihren Tassen auf die Eckbank im gelben Salon. »Ich war ganz verdattert, sie wieder zu sehen. Dabei hab ich glatt Hiero Hart aus den Augen verloren.«

Nach einem inhaltvollen Gespräch stand Henny gar nicht der Sinn.

Tim verdrehte die Augen. »Das Mädchen, das im Hotel war, war die minderjährige Besucherin von Hiero?«, erkundigte er sich, ob Henny das Gesagte nachvollziehen konnte.

»Die Esche«, lachte sie. Das hatte sie sich gemerkt. Henny trank einen Schluck von ihrem heißen Kaffee.

Er nickte. »Also, sie heißt Paula und arbeitet für das Magazin ›Klassefrau‹. Ihre Mutter ist die Chefredakteurin. Sie kennt Hiero schon ewig, er hat seine eigene Kolumne«, fasste er seine Unterhaltung zusammen. Henny musste lächeln: Sophie Elster.

Dann verdüsterte sich Tims Miene. »Ich soll mir keine Mühe geben, weil ich keine Chance bei ihr habe. – Eiskalt.«

Henny überlegte sich, was sie einem, der zurückgewiesen wurde, am besten sagen konnte …

»Ich war abgelenkt, aber Hiero war zu dem Fototermin, du ja auch. Und da tauchte sie plötzlich auf, ich musste sie ansprechen – ich dachte, ich sterbe.« Ein Verziehen der Mundwinkel. »Dass du nicht sagen kannst, dass man mir nichts auftragen kann, weil ich es vermassle – wo ich Hiero erst mal verloren habe, bin ich dann dem anderen Mayday-Typen hinterhergezockelt. Wahrscheinlich gefällt der Paula auch; schmachtende Blicke sind ekelhaft, wenn man nicht gemeint ist.« Tim stoppte, fragte: »Bin ich dir zu schnell?«

»Nein, aber mir fehlt da eine Information«, hatte Henny bemerkt. »Wer ist der andere Mayday-Typ?«, fragte sie.

»Der Tolle ist ein Kriminalhauptkommissar. Wirklich. Spielen muss er den nicht.«

»Frank Weiß«, sagte Henny.

»Keine Ahnung, wie er heißt. Hat mich auch gar nicht interessiert«, gab Tim zurück.

Sie breitete die Hände aus. Was dann? Wie beim letzten Mal hatte der Hobbydetektiv das dazugehörige Drumherum in sich hineingefressen.

»Der hatte was vor, der war so richtig zielorientiert. Bloß habe ich keine Ahnung, was das gewesen sein sollte, so nah aufschließen funktioniert nicht, er hätte mich bemerkt. Ich sah ihn sich bücken, er hob etwas auf, lief weiter. Da könnte er mich gesehen haben. Dann schrie irgendwo hinter uns eine Frau ›Diebstahl‹. Er drehte sich nach dem Schrei um … Henny, ich schwöre, so einem würde ich nicht meine Sicherheit, schon gar nicht mein Leben anvertrauen wollen. Der grinste übers ganze Gesicht.«

44. KAPITEL

Welchen Teil von *schweigend* haben Sie nicht verstanden?

Viktor ließ sich wieder entsprechend zeitig aus den Federn trommeln. Zufrieden war er gestern eingeschlafen. Spät.

Der Ton klang, als befände er sich im Krieg. Hatte er das eingestellt? Er tastete nach dem Handy, schaltete den Weckruf aus. Sein erster Blick wollte nur überprüfen, wie der Bart sich heute ausnahm. Der war kein Thema, dafür der Rest von seinem Gesicht. Er drehte seinem Spiegelbild den Rücken zu, stieg in die Dusche. Abzuwaschen war da nichts. Er konnte sich vorstellen, wie Gabis Wertung ausfallen würde. Die Ausflucht, der andere sähe schlimmer aus, war fern der Wahrheit.

Viktor hielt sich nicht lange mit seinem Äußeren auf, da war alle Mühe umsonst. Er wählte ein schmales Hemd. Ließ die obersten beiden Knöpfe offen, stopfte es in seine Jeans und zog eine Weste drüber, die er zuknöpfte.

Mit einer Karte unter seinem Teller war sicher wieder zu rechnen, auch damit, dass er sich die in den Hosenbund schieben würde, damit keiner der Kollegen etwas mitbekam.

Er hielt den Kopf gesenkt. Im Frühstücksraum tanzten kleine Sonnenstrahlen auf dem Boden. Eine Hand legte sich auf seine Brust. »Wer hat dir das angetan?« Augustin war schockiert. Oder wollte er bloß wissen, wessen Versicherung man haftbar machen konnte?

»Aufmöbeln ist anders gemeint«, scherzte Viktor.

Der Regisseur zog ein Gesicht. »Gabi wird das hinbekommen«, war er überzeugt. Das Raunen und Flüstern der anderen begleitete ihn bis zu seinem Platz. Gabi war noch nicht da, Frank auch nicht.

Aber die vier Spitzen erwarteten ihn schon, Erpresserpost. Er nahm seinen Teller hoch, griff sich das Kuvert, wandte sich um, versteckte die Nachricht unter dem Hemd und zog die Weste darüber. Am Platz des Hauptdarstellers stand heute eine pinkfarbene Rose. Viktor schmunzelte.

Er machte sich erhobenen Hauptes auf den Weg zum Buffet, konnte sicher sein, er würde angesprochen werden. Der Spurenleser ließ sich einen Kaffee zubereiten. »Hiero, du musst diese Karma-Kiste aus der Welt schaffen.« Er drückte seine Schulter.

Was für ein Unsinn. Viktor nickte und holte sich allerhand Ungesundes auf seinen Teller. Dazu ließ er sich am Kaffeeautomaten einen Cappuccino zubereiten. Sein Blick fiel auf den frisch gepressten Fruchtsaft. Er sah ein wenig grünlich aus. Doch wem wollte er hier mit Farbe kommen … er goss sich ein Glas ein und organisierte sich ein Tablett.

Egon schnitt ihm den Weg ab, und Viktor rechnete mit irgendeiner Breitseite, aber der Requisiteur sagte ihm nur, dass er das Kästchen wieder brauchte. »Bringe ich zur Drehplanbesprechung mit. Danke fürs Kümmern«, sagte Viktor, womit er Egon überraschte.

Viktor stellte sein Tablett auf dem Tisch ab.

»Morgen, Hiero«, Frank zog seinen Stuhl heraus. Dann fiel sein überraschter Blick auf die Karte unter seinem eigenen Teller. Ein Moment der Ratlosigkeit, dann setzte er sich und bog die Lasche auf. Viktor wandte sich ab und gab sich desinteressiert. Er wusste, worauf sich Franks Blick jetzt richtete.

Du hast mich doch schon erwartet …

Handeln wird allgemein besser verstanden als Worte. Also, rechne mit mir!

Par pari referre, Mistkerl! Alles, was Viktor wollte, war, Franks Gesicht sehen, wenn der das Kuvert unter seinem Teller fand.

Dafür hatte er sich gestern noch die Mühe gemacht, sich etwas für ihn auszudenken. Seine Aussage: Ich weiß, wer mir schreibt. Zurückzuschlagen hatte sich gestern nicht gut angefühlt, die Knöchel seiner rechten Hand schmerzten. Aber den Umschlag unter das Gedeck des Kommissars zu schieben, das war die pure Wohltat. Die Überraschung schmeckte ihm. Was auch immer darauf folgte, Gleiches mit Gleichem zu vergelten, hatte sich gelohnt. Er nahm das Tablett und brachte es zurück zum Tresen. Frank hatte sich nicht bewegt, der starrte auf die Karte. »Schlechte Nachrichten?«, fragte Viktor.

Franks Eisblick ließ keinen Zweifel an seinem Gefühl. »Schauen wir doch, für wen.«

Viktor wusste, er sollte die Drohung darin nicht überhören. Andererseits hob *das* seine Stimmung deutlich. Kindisch, sagte er sich. Wunderbar kindisch. Er würde dafür bezahlen und Frank reagieren, wenn Viktor mit seinem Verdacht richtig lag, dass er der Briefschreiber war, dazu ein Dieb und Mörder. Der Hauptdarsteller sollte künftig Augen im Rücken haben.

Aber dem Kommissar war der Appetit vergangen, Frank stand auf. Gabi klopfte auf den Tisch und wünschte Viktor einen guten Morgen. »Leidet Frank mir dir, oder macht ihm dein Anblick Angst?«, fragte die Maskenbildnerin. Viktor trommelte mit seinen Fingern auf das Tischtuch. »Und wie dem mein Anblick Angst macht«, gab er zurück, lächelnd.

Er hatte seine Karte noch nicht gelesen, aber sein Frühstück genossen. »Gestern gefiel ich mir auch schon nicht, aber es scheint sich zu entwickeln.« Viktor deutete auf sein Gesicht.

»Wir sehen uns nach dem Frühstück bei dir, und ich probiere was.«

Das hörte sich umständlicher an, als es sein konnte. Viktor trank einen vorsichtigen Schluck von dem grünen Fruchtsaft.

»Hast du nichts gefunden, was deinem Teint etwas mehr schmeichelt?«, lachte sie.

Viktor kam nicht zu einer Erwiderung, sein Handy bewegte

sich in der Tasche. Er zog es heraus. »Kenn ich von irgendwoher«, sagte Gabi.

»Die Spezialisten.« Viktor nahm seinen Vater im Empfang. »Papa?«

»Da wollte ich fragen, wie du dich beim Fan-Treffen geschlagen hast«, lautete Peters Intro. Kein Guten Morgen. Außerdem war der Satz angeschnitten. »... und dann sehe ich es in aller Farbigkeit in der Zeitung. Junge, bist du noch zu retten!«

Die Zeitungen hatten über das Fan-Treffen berichtet? Wahrscheinlich Nick Sommer, wie Viktor sich denken konnte. Und der hatte ziemlich sicher über die Schlägerei geschrieben.

Viktor sah sich, wie er mit dem Taschentuch die Nase abwischte.

»Das ist völlig anders, als es aussieht«, sagte er und hatte keinen Schimmer, wie was aussah.

»Hiero Hart, ein Schläger«, jammerte Peter Lässig.

»Das ist der Titel? Ich bin bloß dazwischengegangen«, erklärte er.

»Das ist nicht der Titel. *Der ›Bulle vom Ammersee‹ mischt das Fan-Treffen auf.* Das ist der Titel.« Sein Vater schrie es ins Telefon, dass Viktor es weghielt. Die Kollegen bekamen den Anpfiff mit, weil er nicht schnell genug auf dem Gang war.

»Was ist auf dem Foto?«, fragte er.

»Wie du dir lachend die Knöchel reibst.«

»Nicht gut«, gab Viktor zu.

»Ach?«, höhnte Peter. Der Sauertopf schaltete ihn weg, bevor er noch etwas bemerkte. Er konnte sich nicht erinnern, sich lachend die Knöchel gerieben zu haben. Viktor steckte das Handy wieder ein, ging zurück an den Tisch. »Schlechte Nachrichten?«

Das hatte er vorhin auch jemanden gefragt.

»Ja, in einer umwerfenden Auflage«, sagte er. Einsilbig verlief das Frühstück. Viktor hätte sich nicht gedacht, dass so viele Muskeln nötig waren, um etwas zu kauen. Es war anstrengend.

»Wir sehen uns dann?«, fragte er, nachdem er sich abgemüht hatte und ihm schließlich die Lust am Essen vergangen war.

Sie nickte. »Lass den Kopf nicht hängen, Hiero.«

Etwas Netteres würde er wahrscheinlich den ganzen Tag nicht mehr hören.

Viktor hätte sich gerne all die abgestandenen Gedanken aus dem Kopf gerissen. Als er dieses Mal die Lasche des Kuverts aufklappte und die Karte herauszog, kannte er ihren Absender.

Du willst eine Auflösung?

Treffe mich heute um Mitternacht am nördlichen Schiffsanleger. Beschreibung brauchst du keine, du kennst den Ort.

»Eine Auflösung«, höhnte er. Fein, Frank.

Viktor war nicht dumm genug zu glauben, dass der Kommissar keinen Plan hatte. Und er wusste genau, der Plan eines Mordermittlers wäre besser als der eines beliebigen Mörders. Er musste es sein.

Viktor mangelte es schon an der Vorstellung, wie er es geschafft hatte, etwas zu sehen. Laura starb in einer Vollmondnacht. Genügte das Licht, um auf ihre Schläfe zu zielen? Wie gut musste jemand mit einer Schleuder umgehen, um das hinzubekommen. Beängstigend gut, war ihm klar.

Er legte das Kuvert zu seiner kleinen Sammlung. Eigentlich könnte er die Dinger auch wegwerfen, die bewiesen gar nichts, und wer hätte schon einmal die Fingerabdrücke eines Kriminalkommissars gesichert. In welcher Datenbank waren die?

Viktor lachte. Dass sein Kiefer auch davon wehtat, war zu witzig!

Es klopfte. Gabi ließ ihn das Köfferchen sehen, fragte: »Bei was störe ich gerade?«

Viktor zog die Tür auf. »Beim Gedanken, wie langweile ich mich am besten.« Er versuchte ein Zwinkern.

»Oh Hiero.« Sie strich ihm über die Wange. Dann zog sie den Schreibtischstuhl unters Cabrio-Dach. »Ich muss in Schichten arbeiten, aber anschließend wirst du nicht mehr sehen, wo dich die Fäuste erwischt haben.«

Schichten klang, als würde sie mit einem Spatel arbeiten. »Ich nehm' dich beim Wort.«

Es war eine Art Spatel. »Du hältst den Mund«, wurde er angewiesen. »Es muss aufgetragen werden und einziehen. Unterhalten können wir uns später.«

Viktor schloss die Augen, es war zu gruslig. Nachdem er dachte, es wäre schon einige Zeit vergangen, machte er ein Auge wieder auf, doch nach einem Blick auf das braune Zeug in dem Topf wollte er gar nicht mehr genau wissen, was sie damit veranstaltete.

Als die Maskenbildnerin schließlich sagte: »Du machst mich zufrieden«, und ihn aus einem Meter Entfernung musterte, wagte er eine Bewegung, stand auf und ging zum Spiegel. »Also … sonst sehe ich nicht so tadellos aus. Wer ist der Kerl da?« Viktor deutete auf das Spiegelbild. Überlegte. »Habe ich eine Szene, in der ich die Schulsekretärin küsse?«

Heute war er tatsächlich einer der Ersten im Seminarraum. An Egons Kästchen hatte er auch gedacht.

»Teufel«, rief Augustin. »Wo ist Hiero?«

Viktor sah dessen Hand schon tätschelnd an seiner Wange und duckte sich weg. »Gabi hat da fast eine Stunde gepinselt und gemacht. Ich sollte darauf aufpassen.«

»Du solltest bei ganz was anderem aufpassen!«, schimpfte der Regisseur. »Mensch, der Reporter hat eine ganze Serie gebracht. Rate mal, wem er die Fotos verkauft hat.«

Er ließ ihn nicht raten. »Einer amerikanischen Fotoagentur. Die mögen bayerische Filme, und Hiero Hart ist bei denen ausgesprochen beliebt. Bayerisches Bier übrigens auch.« Augustin schüttelte den Kopf. »Säufst in der Öffentlichkeit mit dem Bürgermeister, ich fass' es nicht.«

»Wir haben bloß Fassbrause getrunken«, sagte Viktor. Einen anderen Beweis gab es nicht, weil auf den Flaschen kein Etikett zu sehen war. »Harald Wagner würde niemandem einen Grund geben, gegen ihn zu wettern.«

»Hm«, muffelte der Regisseur. Augustin ließ ihn von der Angel. Henny betrat den Raum, schenkte ihm wenigstens ein kleines Lächeln. Und Viktor schenkte jemandem seins. Frank ließ sich nichts anmerken, nur lächelte er nicht zurück.

Das war ihm jetzt nicht entgangen, er hatte Hennys Blick bemerkt – die Detektivin musterte den Kommissar und tat es ausgiebig. Welches Interesse hatte sie an dem Mann? Bitte kein persönliches, bitte kein berufliches. Er spürte, wie sich die kleinen Härchen auf seinen Armen zu einer Gänsehaut aufrichteten.

»Ein Wunder«, rief der Requisiteur und starrte ihm ins Gesicht. Viktor schob ihm das Kästchen hin. »Nur eine phänomenale Maske«, gab er ehrlicherweise zurück.

»Alles auf Anfang«, ließ sich Augustin jetzt vernehmen.

»Das kannst du nicht wollen«, flüsterte Viktor. Er warf einen Blick in die Runde. Der Tisch war gut besetzt. Frank hatte sich wieder verabschiedet? Viktors Augen suchten den Kriminalkommissar, fanden ihn nicht. Musste der erst seinen Plan optimieren?, fragte er sich. Er konnte nicht vorhaben, ihn nur zu treffen. Er hatte vor, ihn zu töten.

»Wir schlagen heute eine Klappe für die Szenen, dass die Film-Editorin den richtigen Anschluss findet und uns nichts dazwischenkommt. Die zweite Kamera ist heute nicht dabei.«

Szene, Klappe – damit sähen sie richtig interessant aus.

Eine Kamera bedeutete, es mussten zwei Einstellungen aus verschiedenen Positionen gedreht werden. Die sprechende Figur in der Szene müsste von der Kamera begleitet werden, und so waren zwei Kameras praktisch, weil nicht hin und her gewechselt werden musste. Augustin erklärte, was er von ihnen erwartete. Den ersten Satz verlor er über das Fan-Treffen. »Einerseits erfolgreich, andererseits ein echtes Debakel. Jemand wurde festgenommen, denn einigen Damen und Herren kamen ihre Wertsachen abhanden. Richtig dick kam es für den Herrn mit der teuren Uhr. Einer fing Streit an, er nahm die Uhr ab und … Hiero trägt noch die Spuren seiner kindischen Einmischung im Gesicht.« Er schaute ihn an. »Trug die Spuren. Gabi hat sich seiner erbarmt.«

Das war zu viel Information an der falschen Stelle, fand Viktor, aber Augustin war noch nicht fertig. »Am Ende stand der Verdacht im Raum, Hiero Hart könnte sich die Uhr gegriffen haben. Ihm ist sie aufgefallen, sagte der Besitzer, fand es aber unwahrscheinlich, dass Hiero sie genommen haben könnte. Der kannte sich mit Uhren überhaupt nicht aus.«

Ferdi Kramer hatte ihn aus der Schusslinie genommen. Viktor würde den Gefallen retournieren, wenn er konnte, und ihm seine Uhr wieder beschaffen. Ein dreister Dieb trug vielleicht seine Beute tatsächlich am Handgelenk. Da würde sie am wenigsten auffallen.

Er beschloss, sich noch ein paar Gedanken zu machen, wenn es gegen Mitternacht ging, musste sein Vorhaben sitzen. Eine zweite Chance würde er nicht bekommen. Der Gegner war ein Kommissar der Mordkommission, sagte er sich vor. Vergessen sollte er gerade diesen Aspekt keinesfalls.

Augustin musste den Unaufmerksamen gesehen haben, denn der schnippte nahe an Viktors Nase mit den Fingern. »Heute werden die Informationen verwertet. Hiero hat seine Recherche erledigt und weiß, wem die Gärtnerei gehört hat. Die Presse wusste nicht, wo die Lehrerin festgehalten wurde, darum gab es auch keine entsprechende Meldung in der Zeitung. – Hiero, das wünschen wir uns doch auch manches Mal.« Betont flapsig.

Viktor würde jetzt so tun, als hätte der Regisseur nichts gesagt. Er bewegte keinen Muskel.

»Hiero ist doch kein Schläger, der macht sich Sorgen um sein Karma«, warf jetzt der Spurenleser ein.

»Macht der sicher nicht«, gab der Regisseur überzeugt zurück.

»Macht der hin und wieder doch«, sagte Viktor.

»Für den spiritistischen Dingsbums haben wir gerade keine Zeit. Zurück zum Film. Hiero muss dem Gärtner ein paar Fragen stellen. Weiß er, was in seiner Gärtnerei passierte und wem es passierte?« Er unterbrach sich. »Karma«, muffelte er.

Bene Hotter tat so, als würde er etwas hinter sich werfen. Von Augustin keine Regung, er hatte das Wort. »Natürlich ist der Gärtner ein A-Verdächtiger. Konstantin Hasse arbeitet als Fahrer für eine Postfiliale. Ein Fahrer, ein Wagen. Möglich, dass er einer der Kidnapper war. Hiero muss nach Breitbrunn.«

Wer war dann der B-Verdächtige? Viktor fand Augustin nicht selten wirklich seltsam.

»Hasse. Der Familienname kommt Hiero bekannt vor, der Kommissar hat ihn im Protokoll von Maximilian Lentzen über die Entführung der Lehrerin gelesen. Justus Hasse ist einer der Schüler, die Melanie Rendl an besagtem Tag nach Hause begleiteten und die Kidnapper im Lieferwagen gesehen haben.«

Augustin warf einen Blick in sein Skript, verzog den Mund. Viktor konnte sich denken, was ihm fehlte. Genau das, worüber er sich zuvor noch beklagt hatte.

»Einige kleine Szenen«, sagte Augustin. »Die Reihenfolge der Geschichte ist nicht die der Dreharbeiten.

Katharina Kress, die Schulsekretärin, erinnert sich, dass Alexander Glock mit ihr reden wollte. Justus und er haben die Entführung beobachtet. Vielleicht war Alexander bei der Beerdigung deswegen so paralysiert, weil er seiner Lehrerin nicht helfen konnte, glaubt sie. Hiero hat Katharina Kress nach einem Verhältnis gefragt, ob Melanie eines mit einem Schüler hatte.«

Viktor fragte sich auch so einiges.

»Hiero passt den Lehrer nach seinem Unterricht ab. Der war in Melanie verliebt und hat den bösen Zettel ins Grab geworfen. Dass die Schrift passt, bestätigt die Schulsekretärin. Hiero gefällt die Frau, warum er auch gern in die Schule geht.« Augustin grinste ihn an.

Wenigstens gefiel dem Regisseur diese Einstellung.

»Der, der Melanie Blumen brachte, ihr Verhältnis, war der Lehrer nicht; der Beschreibung der Nachbarin sieht er ihm nicht mal ein bisschen ähnlich. Aber da erscheint ein anderes Bild vor Hieros innerem Auge. Hiero Hart weiß, wer Melanies Liebhaber war.

Katharina schaut sich die Akten von Justus und Alexander an. Sie entdeckt etwas.«

»Du machst es spannend«, sagte Bene Hotter.

»Das ist bitte euer Beitrag«, hakte Augustin ein. »Jetzt wird es schaurig.« Er tippte auf einen Absatz im Skript.

Hatte er sich gerade geschüttelt? Viktor warf einen Blick in sein eigenes. Es gab wieder eine Abendvorstellung in der Metzgerei, wahrscheinlich mit einem Arrangement im kühlen Schlachthaus, und Viktor ging seine Mitternachtsverabredung durch den Kopf.

»Der Kriminalkommissar muss am Abend in die Rechtsmedizin; nebenbei geht es um die Fingerabdrücke des Mordopfers und den Vergleich mit denen auf der Tastatur von Melanie Rendls Computer. Und ganz nebenbei kommen da die Fotos auf ihrem Rechner ins Spiel. Der Spurenleser hat sich alles angeschaut, und dazu gibt es natürlich etwas zu bemerken.

Auf Hiero wartet aber etwas anderes, der Kommissar will eine bestimmte Sache überprüfen, und Bene Hotter musste ihm einiges dafür besorgen. Die Garaus hat das Beweistütchen mit der Stahlkugel. Die kommt auch zum Einsatz. Wenn Hiero fleißig geübt hat mit der Schleuder, dann sollten wir die Szene gut hinbekommen.« Ein Blick flog zu Viktor.

»Ich lege mich ins Zeug. Seit dem Abschuss meiner Klassenarbeit sind ja schon ein paar Jahre vergangen.«

»Du warst immer schon für eine Schlagzeile gut, Hiero«, sagte der Regisseur und klang gerade nicht, als fände er das durchweg positiv. »Und die Totenwäscherin; Franziska Schön soll Zeugin der Anklage sein. – So in der Art. Die Sache ist etwas delikat«, warf Augustin ein, dann fiel ihm seine Formulierung auf, und er musste lachen.

Der, der das Drehbuch nicht gelesen hatte, durfte jetzt rätseln, was der Regisseur meinte. Viktor brauchte nicht überlegen. Über Delikates könnten sie später am Abend noch philosophieren.

»Wo ist der andere Kriminalkommissar hin?«, wollte Juliane Garaus wissen. »Der muss doch unserem Hiero zur Seite stehen, sonst gerät der unter die Räder.«

Hiero verzog zwar den Mund, aber wohin sich der andere Kommissar verzupft hatte, interessierte ihn auch.

»Der Job ruft, sagte Frank.« Augustin bekam nahezu glänzende Augen. »Er muss sich um eine Drohung kümmern. Angeblich soll jemand umgebracht werden.«

»Was?«, entfuhr es Viktor.

»Nichts für dich, Hiero.« Augustin wischte es mit einer Hand fort.

Viktor kaute auf seiner Unterlippe. Frank wusste, Augustin würde es dem Team mitteilen. Vor allem sollte sich der Regisseur eigens gut erinnern, wenn Frank Weiß angeblich Interna ausplauderte und von einer Ermittlung berichtete, die sein Eingreifen erforderte.

Saukerl.

Viktor durfte sich fragen, ob diese Drohung gerade ihn meinte.

45. KAPITEL

Es endet immer im Streit, sonst würde es ja nicht enden.

Der erste Drehtermin war wieder einmal ganz wunderbar zur Mittagszeit angesetzt. Die Szene betraf den Gärtner und ihn, es müsste schnell erledigt sein. Für die Übrigen hieß es Freizeit.

Außer der Maskenbildnerin, dem Requisiteur, dem Kamera- und dem Tonmann samt dem Regisseur, dem Gärtner und dem Hauptdarsteller brauchte niemand vor Ort zu sein. Vielleicht würden wieder einige Fans dabei sein wollen.

Viktor fragte in der Hotelküche, ob es möglich sei, ihm eine Schnitzelsemmel zu machen; es war möglich.

Im Anschluss tupfte er sich mit der Serviette den Mund ab und überprüfte, ob er nicht eine der Farbschichten zusammen mit der Semmel gefuttert hatte.

Spieglein, Spieglein … er war relativ unbekümmert, als er bemerkte, dass seine Oberlippe wieder ein wenig dicker aussah. Gabi fiele etwas ein. Wenn er verhungerte, wäre niemandem geholfen.

Augustin winkte ihm, ins Auto zu steigen, er schaute weg und stieg beim Kameramann ein. Dem Regisseur würde nur wieder einfallen, was ihm gerade wirklich Probleme bereitete – sicher eine der Zeitungsmeldungen, und darüber war heute schon genug gemotzt worden.

Sie fuhren das kurze Stück nach Breitbrunn ins Gewerbegebiet, zu einer Lagerhalle und einem großen Parkplatz.

»Also, kusstauglich sind die heute nicht unbedingt«, sagte Gabi. Ihr Finger zeichnete seine Lippe nach.

»Ich hab nur was gegessen«, verteidigte sich Viktor.

Während Augustin sich darum kümmerte, wo sich die Kamera am besten positionierte, mischte Gabi zwei Cremes zusammen und tupfte Viktors Lippe ab, bevor sie mit einem Schwämmchen Puder auftrug und ihm zum Schluss noch einen Tupfen Gloss draufgab. Er stöhnte: »Ich sehe wahrscheinlich aus, als hätte ich es auf den Gärtner abgesehen.«

Sie sagte, er sollte die Lippen einmal leicht rollen.

Augustin gab Anweisung, womit die Szene startete. »Konstantin belädt gerade seinen Wagen, dann fischt er ein Päckchen Zigaretten aus der Tasche des Jeanshemdes und ein Feuerzeug. Er zündet sich eine Zigarette an. Die Kamera schwenkt zu Hiero, der neben dem Wagen auftaucht und ihm seine Marke hinhält. Dann sind beide im Bild.«

Egon verteilte die Requisiten, für Konstantin die Zigaretten und das Feuerzeug, für Hiero die Polizeimarke.

Während die Zigaretten echt waren, fand Viktor seine Marke nur wenig überzeugend. Die Kamera würde das Ding sowieso entschärfen.

»Und los«, deutete ihnen Augustin.

Konstantin schnippte sich eine Zigarette aus der Packung. »Bekomm ich auch eine?«, fragte Hiero.

Der Regisseur bekam große Augen. »Hiero Hart raucht nicht«, donnerte er.

»Jetzt schon, denn Verdächtiger Nummer eins muss bei Laune gehalten werden.« Er erlaubte sich ein Grinsen.

»Hiero, ich hasse dich.« Augustin rang die Hände.

Hiero Hart war im Spiel, und der stellte sich auf die Situation ein.

Die Kamera übernahm, der Gärtner gab ihm eine Zigarette, klickte das Feuerzeug auf.

»Hieronymus Hart«, sagte er, nahm einen Zug und zog die Marke aus der Tasche.

»Polizei. Was gibt es?«

»Das erfahre ich von Ihnen«, sagte Hiero. Sie setzten sich

auf die Ladefläche mit den Kartons. »Sie sind Gärtnermeister. Wie kommt es, dass Sie den Job hier machen? Muss Ihnen grau vorkommen, wo Sie doch farbig und blühend gewohnt sind.«

»Sie haben keine Ahnung«, regte sich Konstantin auf. »Farbig und blühend sind mit meiner Frau gestorben.«

»Auf wen sind Sie so wütend?«, wollte Hiero wissen. »Auf sich selbst oder vielleicht auf Melanie Rendl?«

Dem anderen ging kein Licht auf, aber er begann allmählich zu begreifen. »Die Polizei kommt nicht bloß vorbei, um zu fragen, wie es dem ehemaligen Gärtner geht, der alles verloren hat – die Polizei will etwas wissen. Was?«

»Welchen Grund Sie hatten, die Lehrerin Ihres Sohnes zu Tode zu quälen.« Hiero sagte es, als würden sie sich über die Wetteraussichten austauschen. Er schnippte seine Zigarette weg.

»Sie sind ja irre.« Ungläubig aufgerissene Augen. Er sprang auf.

Hiero verzog leicht den Mund. Anklagen wie diese kannte er gut.

»Melanie hat uns oft in der Gärtnerei geholfen, wenn die Leute wieder mal alle auf die Idee kamen, sie möchten morgen ihre Balkonblumen haben.«

»Nutzen Sie den Lieferwagen auch privat?« Hiero klopfte auf die Seite des Wagens.

»Den – nein.«

Ein nachdenklicher Hiero Hart versprach wiederzukommen.

»Es sieht nicht gut für Sie aus, wissen Sie. Es sieht sogar richtig übel aus, und beim nächsten Mal erfahren Sie dann auch warum. Bleiben Sie im Lande und versuchen Sie nichts Dramatisches, die Polizei sitzt in der ersten Reihe.«

»Die Polizei sitzt in der ersten Reihe – au, au, au, Günter«, sagte Viktor.

»Im Kasten. Ihr wart überzeugend. Aber Hiero, die Fans werden wissen wollen, ob der Bulle wirklich raucht. Denk doch bloß an die Jugend, du bist ein verteufelt schlechtes Beispiel.«

»Genau«, sagte er. »Als Nächstes muss ich zum Nachsitzen.« Er nickte gewichtig.

Schule. Hiero traf Katharina Kress, die Schulsekretärin, wieder im Büro an. Er fragte sich, wie es möglich war, die Szenen mitten im Schuljahr bei laufendem Betrieb drehen zu dürfen. Ein Filmteam war unter Umständen störend und der Hauptdarsteller höchst interessant, was die Blicke der Lehrerinnen, die Augen der Schülerinnen verkündeten. Augustin scheuchte ihn den Gang entlang. »Nur nicht trödeln. Du bist sowieso die Attraktion.«

Als müsste er das sein. Als würde er das dringend brauchen.

Sein Blick suchte Henny. Er brauchte etwas anderes.

Augustin unterbrach seine Vorstellung. »Diesmal sind die Türen des Büros geöffnet. Die Schulsekretärin macht ein Fenster auf, ordnet die Blumen auf dem Brett, ihre Hand berührt eine Blüte der Orchidee, bevor sie sich eine Träne von der Wange wischt. Hiero klopft kurz, sie hört ihn nicht, er geht in den Raum, stellt sich an den Schreibtisch. Sie wirbelt herum, er entschuldigt sich, sieht die nasse Spur auf ihrer Wange und gibt ihr sein Taschentuch. – Requisite bitte«, sagte Augustin. »Wir brauchen eine Tränenhilfe.«

»Eine aufgeschnittene Zwiebel hab ich mit«, erklärte Egon.

»Wir wollen doch nicht die Bude vollstinken!«, meckerte der Regisseur.

Henny musste lachen. Egon zuckte die Schulter. »Ich hab halt gerade nichts anderes. Wenigstens hab ich irgendwas.« Er packte seine Zwiebel aus, ließ die Schulsekretärin sich drüber beugen und einige tiefe Atemzüge nehmen. »Gut?«, fragte Egon.

»Perfekt«, bestätigte Henny, deren Augen sich ein wenig röteten.

»So, jetzt steck die Zwiebel wieder weg«, wurde Augustin ungeduldig. »Alles auf los.«

Fenster auf, der Blumen-Touch.

Hiero klopfte, keine Reaktion, er ging in den Raum, lehnte sich an den Schreibtisch. Die Schulsekretärin wandte sich um, erschrak, ihn so nah bei sich zu sehen. »Ich habe angeklopft.« Hiero wischte mit den Fingern über ihre Wangen (was nicht im Drehbuch stand) und gab ihr ein Taschentuch. Dann beugte er sich zu ihr, flüsterte: »Es muffelt ganz entsetzlich, aber wenn eine Zwiebel solche Tränen hinkriegt …« (Das stand ebenso wenig im Drehbuch.) Die Schulsekretärin konnte nicht anders, sie musste schmunzeln.

Augustin würde nicht unterbrechen, wenn die Szene nicht völlig aus dem Ruder lief. »Haben Sie eine Antwort für mich?« Hiero schaute Henny an, nicht die Schulsekretärin, und sein Blick wurde erwidert. Nicht von der Schulsekretärin.

»Leute, Unterbrechung – dafür habt ihr später Zeit. Jetzt will ich Hiero sehen, keinen verliebten Kater. Und die Schulsekretärin, keine Frau, die grade schwach wird.«

Henny war rot geworden, straffte sich. »Der Kollege verehrte Melanie, sie nahm ihn nicht ernst. Sie fand, Bruno hatte überhaupt keine Fantasie.«

»Bezogen auf …« Hiero ließ den Satz offen.

»Melanie wollte erobert werden, sie hat sich jemanden gewünscht, der sich etwas einfallen lässt, um ihr zu gefallen, um sie zu … bekommen.« Die Schulsekretärin sah zur Seite.

»Ist Bruno ganz allgemein ein Typ, der Frauen anzieht?«, wollte Hiero wissen.

»Ganz allgemein – er ist angenehm und freundlich, aber eine Frau bemerkt ihn vielleicht gar nicht, wenn sie nicht nach ihm gesucht hat. Nachdem Sie mir die Kopie des Zettels aus dem Grab gezeigt haben, versuchte ich, eine Schriftprobe von Bruno zu kriegen.« Sie wandte sich zum Schreibtisch, zog eine Schublade auf, schlug darin einen Ordner auf, und in dem Ordner zog sie aus einem Seitenfach den Zettel und die Schriftprobe des Lehrers hervor.

Hieros Blick schob die beiden Schriften übereinander, verglich. Andere hatten eine entsprechende Ausbildung, er hatte seine Ahnung, und die war gerade mehr als bloß vage.

»Was sagt jemand, der viele Schriften sieht?«, fragte Hiero und wollte in Wahrheit etwas ganz anderes erfahren.

»Die Polizei hat eigene Grafologen«, erwiderte Katharina. »Es ist eine Schrift. Aber Sie möchten wissen, ob ich das zum Anlass nehme, jemanden an den Pranger zu stellen, derjenige könnte Melanies Mörder sein.«

»Gut erkannt«, gab Hiero zurück.

»Sie werden alles, was Sie können, unternehmen, um Melanies Tod aufzuklären«, sagte sie. Überzeugt.

Hiero löste sich von Katharina. Augustin ließ ein Seufzen hören. »Hiero, diesmal sollte ›Bergmann Film‹ die Werbung anders aufziehen. Wenn sogar ich das Knistern bemerke, dann hat es die Kamera vielleicht auch einfangen können?«

»Wir reden nicht von sprühenden Funken. Aber ich sag euch was, das lenkt ganz schön ab«, erklärte der Kameramann.

»Was du dir wieder vorstellst«, sagte Augustin.

»Was sich gerade alle vorgestellt haben«, lautete die Antwort.

Alle. Hiero auf jeden Fall, und das machte es leichter, die Dialoge glaubhaft und unverhüllt zu bringen.

Er hätte Henny gern gefragt, ob sie später ein wenig Zeit hätte, aber er war der, der keine hatte. Also fragte er nicht.

Augustin ließ ihm seinerseits keine, der brauchte die Schulsekretärin für eine eigene Szene. Hiero war für die nächste Einstellung wieder gefragt. Er ging auf den Gang hinaus. Augustin umriss für die Schulsekretärin kurz, was gleich passierte.

»Katharina klickt im Postfach der Schule eine Nachricht an – im Anhang sind Fotos von der Beerdigung, ein Bild, auf dem Alexander sich verstohlen die Augen wischt, der Blick von Justus neben ihm fast gehässig, ein kleines Lächeln spielt um dessen Mund. – Wir haben sie doch verschickt, diese Fake-Mail?«, erkundigte sich Augustin.

Egon nickte.

»Darauf geht die Kamera. Dann Katharinas Text und Mimik, es ist eine Situation, in der du auf dich selbst angewiesen bist«, betonte Augustin an die Schulsekretärin gewandt. Hiero wurde hereingewunken, die Tür hinter ihm wieder zugemacht.

»Die Kamera bleibt zuerst im Rücken von Katharina. Dann dreht sie eine Runde, wir laufen mit.«

Als die Kamera das Foto auf dem Bildschirm brachte, zeichnete Katharina Justus' Lächeln nach. »Was ist dein Geheimnis?«, fragte die Schulsekretärin. Der Zuschauer verfolgte ihre Recherche in den Dokumenten der Schule. »Justus Hasse« lautete der dick markierte Name auf einem Papier. Katharina fand das Schreiben einer Arztpraxis.

»Kamera gegenüber«, gab Augustin Anweisung. »Es geht um Katharinas Reaktion, als sie das liest.«

Der Doktor hatte den Schüler im letzten Schuljahr 14 Tage von der Schule freigestellt. »Ein Todesfall«, las Katharina »Oh mein Gott.« Sie schloss einen Moment die Augen.

»So weit, so gut – danke«, winkte der Regisseur, Katharina Kress bekam ein zufriedenes Nicken.

»Hiero, wie siehst du aus? Muss an dem Mann noch gebastelt werden?«, ging die anschließende Frage an Gabi.

Die kam wieder mit dem Lipgloss und tupfte, und Hiero sollte »einmal die Lippen rollen«.

Hiero gähnte, hielt sich die Hand vor den Mund. »Jetzt wäre ein Kaffee nicht übel«, fand er.

»Wir sind hier in einer Schule«, deutete der Regisseur. »Hinterher gibt's Kaffee. Ein Stück Kuchen wäre auch nicht schlecht. Noch diese Szene, dann machen wir Pause.« Augustin übernahm Hieros Gähnen.

Die Schüler hingen an den Fenstern ihrer Klassenzimmer, um die Szene zu verfolgen. Augustin schob sich wieder hinter die Kamera, die kurz das Gebäude aufnahm, dann den Kriminalkommissar zeigte, der mit übereinandergeschlagenen Beinen entspannt auf einer Steinbank saß und die breiten Glastüren im Auge behielt. Schwenk. Bruno Zappel, der verknallte Lehrer. Eine Hand an der Tür, zögernd, wissend, da wartete jemand auf ihn.

»Was kostet hier so viel Überwindung, oder haben Sie eine Sonnenallergie?«, interessierte Hiero. Er klopfte auf die Bank. Setzte sich. »Hieronymus Hart«, sagte er. »Wir unterhalten uns ein bisschen.« Kein Grinsen. »Sie hat sie richtig böse gemacht«, sagte Hiero. »Melanie hatte kein Herz, oder das saß nicht am rechten Fleck. Sie wollten sie, und Melanie wollte sie nicht. Gab es einen Probedurchlauf?«

»Einen …« Bruno schlug die Augen nieder. »Wir haben nicht beieinandergelegen, wir waren nicht zusammen. Überhaupt nicht.«

»Wahrscheinlich hat sie sich darum nicht für Sie interessiert. Sie konnten ihren Wünschen, ihrer Sehnsucht nicht mal einen Namen geben.« Hiero ärgerte ihn. Es wäre spannend, wie lange er es konnte, bis der Mann reagierte. Und wie er reagieren würde.

Er entschloss sich für etwas anderes. »So viel Zeit habe ich nicht. Sie schrieben eine böse Botschaft, warfen die in Melanies Grab. Der Kommissar musste dort runter und sie aus den Blumen fischen. Und jetzt reden Sie!«

»Hiero, du machst mich wahnsinnig«, rief Augustin. »Du kürzt wieder ab. 120 Minuten Film«, rief er ihm in Erinnerung. »Mehr wäre besser, weil hier und da gestrichen wird. Bleib beim Text. – Aber der Blick des Lehrers, den behalten wir.«

»Was sage ich jetzt?«, wollte Bruno wissen.

Hiero betätigte sich als Souffleuse. »Danke, das war jetzt wirklich nett«, sagte der Lehrer.

»Hiero ist nett. Unglaublich«, fand Egon. »Ich hab den Verdacht, der wurde irgendwann in den letzten Tagen ausgetauscht.«

»Ich tausch dich auch gleich«, drohte ihm Augustin. »So, Kamera ab!«

»Ich liebte Melanie, sie hat mich nicht zurückgeliebt. Ausgerechnet an einen der Schüler schmeißt sie sich ran. Der hat um sie geweint. Haben Sie's gesehen?«

»Sie dachten, Ihren Zorn losgeworden zu sein, aber das hat nicht geklappt, und mir präsentieren Sie sich als Verdächtiger. – Was ist mit dem Jungen?«, fragte Hiero.

»Alexander Glock. Süße 17. Ein Einser-Schüler und einer, auf den die Mädchen fliegen. Er ist nicht hart, er ist nicht weich, er ist … grauenhaft kompromissbereit.«

»Nennt sich auch vernünftig«, sagte Hiero. Der Lehrer war ihm zuwider. Mal schauen, wie ihm Alexander Glock schmeckte.

»Pause.« Augustins Hand deutete einen Schnitt an.

46. KAPITEL

Sehr gefährlich. Du gehst am besten zuerst.

Es war eine gefühlte Ewigkeit her, dass sie einen Mann derart anziehend fand. Als Henny ihn in der Sekretärinnen-Szene mit zwiebeldampfgeröteten Augen anschaute, hatte etwas Klick gemacht. Zudem war sie sicher, auch die anderen mussten das Klicken gehört haben.

Das Team wollte in der Pause einen Kaffee trinken. Sie würden in ein Café gehen. Henny würde ihren Automaten in Betrieb nehmen.

Sie wollte sich nicht anschließen, sie musste zuerst einer bestimmten Sache auf den Grund gehen, und die Zeit hatte begonnen, schneller zu laufen. Als sie gestern zu Marlene sagte, es gäbe da noch jemanden, den Laura gekannt haben und der ihr gefallen haben könnte, da hatte Henny zwei wesentliche Dinge nicht bedacht: Marlene war eine Abenteurerin und Gefahr etwas, das für die Reiseschriftstellerin einen anderen Stellenwert einnahm.

Außerdem würde die schöne Blonde mit Zähnen und Klauen um eine Antwort kämpfen, wer den Tod ihrer besten Freundin verschuldet hatte. Henny hörte Marlene »Herausforderung« sagen. Sie konnte sich denken, was darauf folgte. Marlene würde versuchen, Frank Weiß kennenzulernen. Auch durch Hennys Gedanken spukte der eine, der plötzlich verschwunden war. »Wenn ich mich nicht täusche …«, und selbst, wenn sie sich täuschte und die Uhr an seinem Handgelenk keine Fliegeruhr war, dann hatte der Chronograf statt einer arabischen Zwölf ein Dreieck mit zwei Punkten. In jedem Fall ungewöhnlich. Sie hatte den Kriminalkommissar nach der Zeit schielen sehen. Die Art, wie er den Ärmel seines Hemdes nur leicht zurückschob, hatte sie aufmerksam werden lassen; es war ein vorsichtiges Schauen.

Dass es ihr aufgefallen war, hatte er nicht bemerkt. Trotzdem war er unvermittelt aufgestanden und gegangen. Nach Oma Lindes Überzeugung sollte sich Henny rechtzeitig um ein Gegengift gegen das Gift von Zeugenaussagen kümmern.

Die Detektivin hatte nichts in der Hand und würde vielleicht auch auf nichts stoßen, immerhin war der Typ ein Kriminalkommissar. Wenn jemand »Tarnung« verstand, dann doch er.

»Wenn du nur einmal unvorsichtig warst … einmal«, flüsterte sie, gab die erste mögliche Kombination in die Suchmaschine ein. Es war erst später Nachmittag, doch ihre Augen schienen schon annährend viereckig. Sie ließ sich noch eine Tasse Kaffee zubereiten. Im Kühlschrank hatte Henny ein Süßigkeitenfach – im Augenblick war es ziemlich überschaubar. Sie nahm sich einen Schokoriegel. Sie müsste es dringend wieder auffüllen. Die Anfänge waren ein Kampf, aber Oma Linde hatte dafür gesorgt, dass immer ein paar Süßigkeiten im Fach und eine Dose Cola im Kühlschrank waren. Als sie Hennys Eltern erklärte, es sei wichtig, war das Fach beschlossene Sache.

Henny biss von dem Schokokeksriegel ab, ihr Blick durchdrang die Materie – »die Anfänge«, wiederholte sie, schnappte sich ihre Tasse und setzte sich wieder an den Schreibtisch und vor den Bildschirm. 30 Minuten später hatte sie es gefunden: ein Foto von einem jüngeren Frank Weiß, um den ein älterer seinen Arm gelegt hatte. Beide lachten in die Kamera. Frank war Zollfahnder gewesen, sein Chef hatte ihn als »den mit der Spürnase« beschrieben. Henny gab den anderen Namen ein und hoffte, sie würde auf ein paar Daten stoßen. Severin Württenberger müsste bereits im Ruhestand sein. Ihr Glück, dass er heute als Berater für eine große Sicherheitsfirma arbeitete.

Sie probierte die Telefonnummer. Es meldete sich eine kühle Bürostimme – Herr Württenberger sei außer Haus. »Es ist sehr wichtig«, versuchte Henny zu erklären.

»Das ist es doch immer«, meinte die spröde Dame.

»Es geht um einen ehemaligen Kollegen. Bitte, Herr Württenberger soll mich anrufen.« Sie hinterließ ihre Nummer. Sollte sie einen Köder auswerfen? »Die Sache hat mit einem alten Fall zu tun.«

Der Köder war nicht weniger als eine Erfindung. Was wollte sie dem Mann sagen, wenn er zurückrief?

47. KAPITEL

Konsequenz ist der Kobold beschränkter Geister!

Überraschung kannst nicht bloß du.

Aber du bist von uns beiden der Schauspieler. Dir muss man eigentlich sagen, was du tun sollst – meine ›To do-Liste‹ für dich war dir nicht gut genug, und jetzt schau dir den Scheiß an!

Nie davon gehört, dass einen Mut auch das Leben kosten kann? Hiero, zuletzt hätte ich dich fast schon cool gefunden. Aber du hast ein bisschen zu viel gesehen, du kombinierst wild in der Gegend herum, landest so manchen Treffer, trittst mir auf die Füße.

Bist ein Kriminalkommissar, wo nur dessen Rolle gefragt ist.

Wir sehen uns … Mitternacht, am See. Aber ich sehe dich zuerst.

Du wirst tauchen gehen, und danach wird nichts mehr sein wie vorher.

48. KAPITEL

Paranoia – das heißt doch nur, die Wirklichkeit realistischer zu sehen als andere.

Die Rettung in Gestalt von Kaffee und Kuchen. Das hatte er geglaubt, dann die Blicke gespürt und Gabi zugeflüstert: »Ist was mit meinem Gesicht?«

Die Maskenbildnerin tätschelte sein Knie, verneinte. »Was dann?«, wollte er wissen. Die Frage beantwortete Augustin, der neben seinem Teller beide Hände zu Fäusten geballt hatte. »Blöde Idee, sich mit euch in ein Café zu setzen. Die haben hier alle die Zeitung gelesen.«

Vom Nebentisch stand ein Mann auf, kam zu ihnen herüber, klopfte Viktor auf die Schulter. »Tolle Aktion! Jetzt weiß ich, Hiero Hart ist ein Typ, der sich nicht raushält, auch wenn es blutig wird.«

Blutig. Nasenbluten. Viktor würde jetzt nicht lachen, denn das würde Augustin erst richtig aufregen. Der Regisseur entspannte seine Fäuste und nahm die Schultern zurück.

»Die Leute lesen Zeitung, manche verstehen auch, was drinsteht.«

»Ich muss noch üben – wir sehen uns später.« Viktor hatte Sorge, wenn er jetzt nicht ging, stand er im Mittelpunkt, und diese Rolle war mindestens zweideutig.

»Um 20 Uhr in der Metzgerei. Egon, du kümmerst dich um das Schnitzel. Kalb, weil fettarm und zart. Es darf auch eine Sehne drin haben, das macht das Ganze glaubhafter.«

Jemand brach in Gelächter aus, Viktor beeilte sich davonzukommen, das würde sonst zur Comedy werden.

»Vielleicht nehme ich zwei Schnitzel«, sagte der Requisiteur, woraufhin Augustin zustimmte und Egon explodierte: »Ja geht's noch? Ich bin für die Requisite zuständig.«

»Die Sache mit der Befestigung muss auch überprüft werden«, fiel dem Regisseur ein, der Egons Ausbruch nicht beachtete.

Der Plan war wirklich fabelhaft; der Drehbuchschreiber hatte mit seiner Idee den Bock abgeschossen. Viktor konnte Egon verstehen, wenn der sich weigerte, das Schnitzel zu besorgen. Am Vormittag hatte Augustin keine Details zum Dreh in der Außenstelle der Rechtsmedizin offengelegt. Da war es nur um Spuren und Fingerabdrücke gegangen – ganz allgemein. Viktor durfte gespannt sein, ob der Regisseur die Sache wie geplant durchziehen konnte. Egons Gegenstimme hatte er sich schon eingefangen.

Der Wetterbericht hatte klar und schön wolkenlos gemeldet. Viktor wollte der Prognose vertrauen, nur sah es nicht danach aus. Er steckte den Waschlappen mit den Kieselsteinen in Ermangelung eines anderen Behältnisses in den Schuhsack und klemmte sich einen Schirm des Hotels unter den Arm.

Die ehemalige Gärtnerei und das Grundstück lagen verwaist da. Nachts wäre es unheimlich hier draußen. Für Viktor lag die Herausforderung im Inneren. Durch die Scheiben fiel wenig Licht, Schatten in den Ecken. Er stellte die Gläser auf dem langen Tisch auf, nahm großzügig Maß, bis er nur noch einen Schimmer an den Rändern der Gläser erkennen konnte.

Er senkte seine Hand in den Waschlappen, legte den Kiesel in die Schleuder, überlegte, wie einer damit im Mondschein präzise abfeuern konnte, zielte und zog das Gummiband zurück. Es gab ein Geräusch, irgendetwas hatte er getroffen, nicht das Glas, das er hatte treffen wollen.

So funktionierte es nicht, wurde ihm klar. Der Schütze bräuchte ein Hilfsmittel. Der Requisiteur hatte sicher keines,

Hiero Harts Finale fand im Schuppen statt. Für Erleuchtung sorgte die Kamera.

Ein anderer Showdown würde sich aber nachts abspielen. Mitternacht. Er ließ die Schleuder sinken, lehnte sich gegen die Tür und schloss die Augen, versuchte, die Situation von vor fünf Monaten abzurufen. Er war sich nicht sicher, was er tatsächlich gesehen hatte, vielleicht etwas völlig anderes, und sein Kopf hatte ihm einen Streich gespielt. Warum sollte seine Erinnerung jetzt bereit sein, sich zu öffnen? Weil er verstärkt an Laura dachte, weil er versuchte, Günters mögliche Hinweise im Text zu kapieren, weil er bereit war, auch das Ungeheuerliche in Betracht zu ziehen.

Viktor sah sich wieder laufen, und von einer Stelle am Ufer aus konnte er am Bootshaus vorbeischauen. Da war jemand auf dem Steg. Laura. »Falsch«, flüsterte er. Falsch.

Ob er die Antwort hatte, würde sich erst zeigen. Ob er die Lösung hatte, auch.

Heute Nacht würde er jemanden überraschen müssen, was für ihn hieß, er musste vor der vereinbarten Zeit am See sein, und er musste abwehrbereit und schlagkräftig sein. Frank hätte sicher für den kommenden Morgen keine Frühstückspost für ihn geplant, denn der hatte vor, den Hauptdarsteller noch in dieser Nacht abzuservieren.

49. KAPITEL

Wenn Du vorhattest, mir das Leben zu versauen, hättest Du früher kommen müssen!

Was wusste sie? Was hatten Henny, Sandra und sie herausfinden können? Was galt als gesichert?

Es war eine überschaubare kleine Liste mit Punkten. Sogar Marlene musste bemerken, dass die Spuren allesamt auf Hieronymus Hart deuteten, plakativ. So viel Dummheit wäre abnorm.

Hieronymus Hart war nicht der Schenker des Diamantarmbands, er war nicht der Typ auf dem Foto, nicht Lauras Liebster. Hiero Hart war wahrscheinlich nicht der Dieb, der die teure Uhr auf dem Fan-Treffen gestohlen hatte und den die Polizei suchte. Er wusste mit einer Steinschleuder umzugehen, aber mördercool wirkte er nicht auf sie.

Der Bürgermeister hatte Sorge, seine Frau könnte hinter irgendwas kommen, darum schloss er das »irgendwas« schon vorher aus. Seine Art hätte Laura sicher nicht anziehend gefunden. Ein Pokerface hatte er nicht.

Irgendwo verbargen sich die Lösung und der Name desjenigen, der Marlenes Freundin töten musste. Musste, wie ihr die Detektivin gesagt hatte, weil die Person fürchtete, entdeckt zu werden.

Sandra wollte noch ein wenig zu den Diebstählen in der Vergangenheit recherchieren, von Henny wusste sie, die war bei einem Drehtermin. Sie hatte Marlene gestern noch einen Namen genannt. Und dem Mann würde sie jetzt versuchen näherzukommen.

Sie fragte sich lieber nicht, was sie da tat. War er der eine, in den sich Laura verliebt hatte? Marlene sollte sich das noch mal fragen, wenn sie ihn getroffen hatte.

Die Filmleute wären nur noch ein paar Tage vor Ort, und sie wollte nicht die Hände in den Schoß legen. Das könnte sie noch, wenn sich für sie nichts ergab. Marlene zog sich an, als wäre Verführung der Plan, dann – nach einem prüfenden Blick in den Spiegel – zog sie einen Blazer über die Bluse. Kein auffälliger Schmuck.

Im Hotel »Wassermann« erkundigte sie sich an der Rezeption nach Frank Weiß. Es wäre schön, wenn er kurz Zeit hätte. »Ich möchte nicht unbedingt mit der Tür ins Haus fallen, aber es ist das einzige Interview, das mir noch fehlt. Ich arbeite für ein namhaftes Reisemagazin, und wir haben uns gestern verpasst«, erklärte sie.

Die Rezeptionistin durfte Zweifel anmelden, der Kriminalkommissar sollte es nicht tun. Als die Dame hinter dem Tresen den Anruf getätigt hatte und zu Marlene sagte, Frank Weiß wäre gleich bei ihr, würde sich freuen, sie kennenzulernen, veränderte sich das Gesicht der Frau, sie schickte ein Lächeln über den Tisch, das direkt an Marlene vorbeistrahlte, und rief: »Hiero Hart.«

Ausgerechnet, hatte sie gedacht. Die Unterhaltung war nur ein kurzer Austausch von Unsinnigkeiten, der Filmkommissar hatte etwas vor, und Marlene sah ihn binnen Sekunden nur mehr von hinten, während Frank Weiß aus dem Aufzug stieg und ihr entgegenkam. Blendend, musste sie denken, er war ein gut aussehender Mann mit einem gewinnenden Lächeln, das mitten ins Herz traf, wenn man es zuließ.

»Wie kommt es, dass wir uns vorher nie begegnet sind?« Charmant. »Es geht um ein Interview?«

Marlene stellte sich vor, sagte, sie wäre zum ersten Mal am Ammersee, ihre Freundin habe von Land und Leuten geschwärmt. »Ich nahm die Filmaufnahmen zum Anlass. Nennen Sie es mein Alibi, um meinem Büro in Stuttgart eine Weile zu entfliehen.« Ihre plumpen Anspielungen könnte man sogar mit einem Messer schneiden. »Ich schreibe eine Reportage über die Stars der Krimiszene und den polizeilichen Berater.«

»Zeichnen Sie die Antworten auf?«, fragte er. »Wir könnten zum See gehen. Oder Sie ködern mich mit einem Kaffee«, schlug er vor.

Ihr Handy konnte ein Gespräch aufzeichnen, aber das hatte sie eigentlich nicht vorgehabt. In ihrem Beitrag könnte der Berater natürlich am Rande vorkommen. »Ich habe eine bessere Idee. Was halten Sie von Waffeln mit Sahne und einer Kugel Eis?«

Ablehnen wäre unhöflich. Er lehnte nicht ab.

Sie hatte es sich so gedacht: zu bestellen, zu essen, das Interview zu machen, um ihm dann ihre Frage zu stellen und in seiner Miene zu lesen.

Sie ließen sich die Waffeln schmecken, Frank erzählte, welche Rolle er im Team spielte; in einer Kurzszene mit Hiero Hart und als Berater. »Es ist ein Nebenjob, der Spaß macht.«

»Im wirklichen Leben widmen Sie sich den eisigsten Mordfällen«, warf sie ein, wie sie meinte mit einem bewundernden Unterton. »Wo würde Ihre Ermittlung ansetzen, wenn …« Und sie erzählte vom Tod ihrer besten Freundin im Ammersee.

Wenn Marlene eine Reaktion – Erkennen, Erschrecken – erwartet hatte, gab es sie nicht.

»Wenn Sie möchten, stellen wir den Fall an Originalschauplätzen nach«, schlug er ihr vor. »Kennen Sie den Ort, an dem Ihre Freundin zuletzt gesehen wurde?«, fragte er.

»Es gibt jemanden, der ihn kennt. Von ihm weiß ich, dass es der Nordsteg mit dem Bootshaus am Weg mit den schönen Villen auf dieser Uferseite gewesen sein muss.« Was für eine tolle Beschreibung. Mit einem solchen Vorschlag hatte sie nicht gerechnet.

»Um welche Zeit starb die Freundin – ungefähr?«

»Vor fünf Monaten, in der Nacht zum 21. April. Es war eine Vollmondnacht.«

»Heute wird es auch eine Vollmondnacht sein«, sagte Frank. »Treffen Sie mich um Viertel vor zwölf am Steg. Ich bringe jemanden mit. Ein bisschen wie im Film, nur ohne Kamera.«

»Und ich werde das Opfer sein?«, fragte Marlene.

»Das Opfer ist derjenige, den ich dazu bitte«, ließ er sie wissen.

»Fantasie darf nicht der Lückenfüller zwischen einer Theorie und dem schlussendlichen Beweis sein. Ich habe die Erfahrung gemacht, die besten Antworten erhält man, wenn man überprüft, ob und auf welche Art etwas funktioniert.«

Eine bestechende Philosophie, nur hatte Marlene keinen Schimmer, von welchen Erfahrungen er da gerade sprach.

»Sie haben doch keine Angst?«, scherzte er.

»Wo denken Sie hin. Sie sind derjenige, der etwas riskiert«, sagte sie. »Mindestens Ihren guten Ruf. Ich vertraue darauf, dass Sie diesen Fall aufklären werden.«

Marlene, das könnte gefährlich sein!, sagte sie sich. Ihre Assistentin hätte ihr das Gleiche gesagt.

50. KAPITEL

Wissen Sie, wer Ihnen den Hintern versohlen will?

Da stand Marlene Borstel an der Hotelrezeption.

Er hatte sie zuerst gesehen, sie ihn noch nicht. Er könnte sich hinten herum schleichen.

»Hiero Hart«, sagte da schon die Dame hinter dem Tresen, und Marlene wandte sich prompt zu ihm um. »Oh, Ihnen ist aber wirklich Übles widerfahren!«

Sie klang wie eine Autorin von historischen Romanen. Und da war das Lächeln. Das wirklich Üble hatte Gabi schon geglättet. »Ist die Reiseschriftstellerin auf der Pirsch?«, fragte er und imitierte ihr Lächeln.

»Sie habe ich gar nicht im Blick«, betonte Marlene.

Er schaute auffällig an Marlene vorbei zur freundlichen Rezeptionistin, sagte, er wäre am späten Abend wieder zurück, falls jemand nach ihm fragen sollte.

Ein perlendes Lachen von Marlene.

Erst später würde ihm siedend heiß aufgehen, wen Marlene im Blick hatte, wen sie in seinem Hotel erwartete.

Es tröpfelte, als sich Viktor auf den Weg zur Metzgerei, der Außenstelle der Rechtsmedizin, machte. Er hielt einen Schirm, obwohl er kein Schirmtyp war, aber das war er Gabi schuldig, die hatte sich mit seiner Maske alle Mühe gegeben. Vergeblich schaute er sich nach Henny um. Wenn es heute Nacht schiefging, der Kommissar bewaffnet und Viktor mit einem Loch im Pelz dumm aus der Wäsche schaute, hätte er keine Chance mehr für irgendwas. *Dann sorg du dafür, dass du nicht der mit dem Loch im Pelz bist.*

Verschweige, was du willst, so kommt dir niemand dazwischen. Tja, er wollte nichts, Frank musste etwas wollen. Und Viktor würde alles versuchen, ihm dazwischenzukommen.

Diesmal war die Tür der Metzgerei abgesperrt, er lief hinten herum zum Schlachthaus, schloss den Schirm, schüttelte ihn aus und stellte ihn draußen ab.

Drinnen ging es bereits hitzig zu. Der Requisiteur fädelte schimpfend mit einem Nylonfaden etwas auf, und Augustin deutete, wohin er es haben wollte. »Hängend geht gar nicht. Es soll sich nicht bewegen. Ich überlege mir was. Aber ich schwöre, wenn die nächste Idee wieder so haarsträubend ausfällt, bin ich nicht mehr dabei«, maulte Egon.

Ein Schnitzel aufhängen war tatsächlich ein haarsträubender Gedanke, da musste ihm Viktor recht geben.

»Die nächste Idee wird eine andere sein«, sagte er. »Weil auch der Drehbuchautor ein anderer sein wird.«

»Freilich«, stimmte ihm Egon zu und fädelte weiter.

»So, Männer und Frau. Wir lassen den Egon schön hängen, derweil ich euch die Szene kurz erkläre«, rief Augustin und winkte Hiero, die Garaus, die Totenwäscherin und den Spurenleser zu sich her. »Hat dich der Regen erwischt?« Er begutachtete den Hauptdarsteller.

»Kein bisschen«, erklärte Viktor.

»Gabi, du tüpfelst ein bisschen was. Seine Lippe sieht aus, als hätte er was drunterspritzen lassen.«

Augustin war anstrengend. Aber ausnahmsweise würde Hiero Hart ihn und seine Entscheidungen folgsam und ohne Widerwort über sich ergehen lassen, Hauptsache, er käme hier pünktlich raus.

Die Maskenbildnerin tüpfelte ein bisschen was. In sein Ohr flüsterte sie: »Das Licht macht den Rest, niemand sieht deine angeschwollene Lippe.«

»Natürlich ist die Sache mit dem Schnitzel auf Hieros Mist gewachsen, sagt die Filmgeschichte.« Der Blick des Regisseurs sauste zum Requisiteur, der das Fleisch auf einer Ablage flach presste. »Für den, der sie nicht gelesen hat«, fügte er lauter hinzu.

»Du kannst davon ausgehen, Egon hat sie gelesen«, sagte Viktor.

Ein Zucken der Mundwinkel von Augustin. »Der Kriminalkommissar hat das Fleisch vom Spurenleser besorgen lassen. Bene Hotter hat die Stahlkugel bei der Leiche gefunden, Hiero will wissen, ob eine solche Kugel, gezielt abgeschossen, eine kleine Risswunde hinterlässt wie die an der Schläfe des Opfers. Die Totenwäscherin soll es sich anschauen, und Juliane Garaus, die Rechtsmedizinerin, muss es überprüfen.«

»Ein Schnitzel, getroffen von einer Stahlkugel, und Menschenhaut getroffen von einer Stahlkugel. Was sagt denn Frank Weiß dazu, die Kombination kann doch gar nicht sein.« Egon schüttelte den Kopf. Das Schnitzel war irgendwohin verschwunden und der Requisiteur nicht zu überzeugen.

»Das ist ein Film«, versuchte es Viktor. Günters Art und Weise, ihn mit der Nase auf den Zusammenhang zu stoßen, wenn er den noch nicht verstanden hatte. *Du hast nicht geahnt, dass du dafür sterben wirst, mein Freund.*

Viktor hatte sich tatsächlich gefragt, wie er es hinbekommen sollte, dass ihn jemand auch nur ausreden lassen würde, wenn er »schlimmer Verdacht« und »Kriminalkommissar als Mörder« in einem Satz verwendete. Die Polizei zu informieren, das war ein Witz. Den Gedanken hatte er nicht einmal zu Ende gebracht.

Ihm war etwas eingefallen. Jemand.

Viktor hatte nur die Mailbox erreicht, und was er draufsprach, klang selbst in seinen Ohren wie eine Geschichte, die sich jemand ausdenkt, der gerade eine verdammt schlechte Presse eingefangen hat.

»Frank fand das Drehbuch von Anfang an richtig gut«, erklärte Augustin. »Kein Rumgeballere, und Hiero trägt kein Holster, hat seine hitzige Greta nicht mit. Obwohl«, Augustin schaute Hiero an, »die Zuschauer mögen deine Greta.«

»Ich mag meine Greta auch«, sagte Viktor. »Können wir jetzt?«

»Ohhh, hat er's eilig?«, wollte Augustin wissen. Jetzt bloß keine dumme Antwort, Viktor. »Ja«, sagte er nur.

Das war der Regisseur nicht gewohnt. Er hob die Brauen, wandte den Kopf. »So leise bin ich dich nicht gewohnt, Hiero. Da steckt mehr dahinter.«

Viktor wusste, Augustin würde es nicht einmal raten können, und er wünschte dem Regisseur, dieses »mehr« nicht Aug' in Auge mitzubekommen. Viktor zuckte die Schultern; sollte Augustin glauben, was er glauben wollte – und das wäre wahrscheinlich eine beginnende Beziehung zu Henny Ferber.

Als Nächstes hatte er den Gedanken zusammen mit seiner Neugier zur Seite geschoben, Augustins Blick professionell auf die Sache gerichtet. »Die Kamera geht in den Raum, kurz sieht man den leeren Obduktionstisch. Die Rechtsmedizinerin nimmt die Stahlkugel aus dem Beweistütchen. Juliane Garaus ist von der Idee gar nicht überzeugt.

Der Spurenleser weiß etwas; für ihn stimmt es nicht zusammen. Es geht um Lust, es geht um Liebe, es geht um Zurückweisung, es geht um Rache. Nur sind es ihm zu viele Protagonisten.

Hiero auch, der Kriminalkommissar ist sicher, dass da vorher ein merkwürdiges Spiel im Hintergrund stattfand. Darauf muss er kommen. Darum die Präsentation. Hiero will etwas probieren, der Kommissar kann damit nirgendwohin, man würde ihn verlachen. Er schießt mit einer Handschleuder die Stahlkugel auf ein Schnitzel ab. Es geht ihm um den Abdruck, den die Kugel auf dem Fleisch hinterlässt.«

»Ich weiß wirklich nicht, ob ich ernst bleiben kann«, sagte die Rechtsmedizinerin.

»Mir wurscht, ob du kannst«, gab Augustin zurück. »Und wenn es die ganze Nacht dauert, die Szene wird fertig.« Keine Gnade, deutete der Regisseur an. »Die Totenwäscherin soll mitschauen, weil sie das Original an der Schläfe von Melanie Rendl gesehen hat. – Hiero will heute noch wohin, drum seid nett!«, regte Augustin an. »So, hat jeder seins parat?« Der Regisseur stellte sich auf. »Abendszene Rechtsmedizin.« Er schlug die erste Klappe.

Viktor hoffte, sie könnten das zügig durchziehen. Er gab sich eine Sekunde, sagte sich, Hiero Hart war überzeugt von seiner Schnitzelaktion.

Juliane Garaus kippte den Inhalt der Tüte in ihre Handfläche. Die Kugel schimmerte. Sie nahm sie zwischen zwei Finger. »Schuldig?«, fragte sie. Ihr Blick sagte »nicht überzeugt«. Es war nicht ihre Spur, die hatte eine andere entdeckt.

»Ich weiß nicht, was ihr euch dabei denkt«, sagte sie zu Bene Hotter und gab dem die Kugel. »Ich weiß nicht einmal, was sich Hiero davon verspricht.«

»Er verspricht sich eine Lösung«, sagte der Spurenleser.

»Noch eine«, machte Juliane deutlich.

»Hiero betritt die Szene«, sagte Augustin.

»Ich suche die Tatwaffe«, erklärte Hiero.

»Todesursächlich war es das Blumenwasser, das die Frau getrunken hat. Dieses Zwiebelgewächs ist eine der giftigsten einheimischen Pflanzen. Natürlich findest du Herbstzeitlose in jeder Gärtnerei. Und jetzt hab ich noch was Besonderes für dich. Im 16. Jahrhundert nannte man die Pflanzen auch ›Nacket huren, on Kleider, on Kraut‹. Die Wurzeln sind gemeint, Blätter und Blüten bilden sich erst. Zauberinnen und Giftmischerinnen fanden sie ganz toll.«

»Die nacket Hur. Weil einer vielleicht Melanie Rendl dafür hielt?«, Hiero verzog das Gesicht.

»Die Fingerabdrücke, die ich von der Lehrerin genommen habe, sind ganz normal. Aber auf der Tastatur an Melanies

Computer waren keine normalen. Gib acht, Hiero, das ist jetzt mein Highlight«, sagte die Garaus.

Normal, nicht normal. Die Rechtsmedizinerin wollte nicht, dass Hiero jetzt schlau tat – sie wollte wegen des Highlights gefragt werden, das sich vielleicht der Spurenleser denken konnte.

Hiero schaute Bene an, aber der wirkte unwissend.

»Es ist merkwürdig. Die Fingerspuren auf der Tastatur sehen aus, als wären sie zuerst von etwas abgenommen und dann dort draufgedrückt worden. Nur ein einziger Abdruck ist klar und deutlich, und der passt nicht zu den anderen«, betonte Juliane Garaus. Die Rechtsmedizinerin sah zufrieden aus, weil der Ansatz ihr zu verdanken war.

»Was sagt uns das?«, Hiero machte eine Geste, als würde er ein paar Musiker dirigieren.

»Erst einmal schauen, wer da dran gewesen ist«, ließ sich Bene nicht hinreißen. »Ohne Erkenntnis keine Erkenntnisse.«

»Und im Nichts hoffe ich was zu finden …« Hiero blies die Backen auf. »Das muss ein echt böses Versehen gewesen sein. Einer, der unerkannt bleiben will, hat eine Spur hinterlassen.«

Er wusste, der tiefstapelnde Spurenleser hatte wenigstens eine Kleinigkeit. »Du warst an den Dateien dran. Wenn es kein Tagebuch gibt, brauch ich was anderes«, sagte Hiero zu Bene.

»Die Fotos, die nicht gelöscht wurden, zeigen uns das, was wir sehen sollen. Konstantin Hasser mit Melanie, Melanie mit Konstantin Hasser.«

»Beim Liebesspiel, oder was?«, fragte Hiero.

»Nicht so spannend«, erklärte Bene.

»Das gebrochene Herz haben wir jedenfalls.« Hiero meinte den Stein am Schreibtisch, der aussah wie ein Herz, und den Brieföffner daneben. Eine Klinge. Schneiden. Stechen. Nacket Hur. Der enttäuschte Lehrer.

»Ein Indianer würde die Liebe in etwa so beschreiben: Eine Wolke hängt an der Spitze des Berges, mein Herz hängt an ihr.«

»Schönes Bild, aber hängen zu bleiben kann einen ganz schön sauer machen.«

»Also, noch mal für den Kommissar«, gab Bene zurück. »Das gebrochene Herz war ihr egal, es war ja nicht ihres. Den Stein hat sie vielleicht bloß behalten, weil er ihr gefallen hat, und die Klinge – sie hielt die Dinge vielleicht nur gern voneinander getrennt.«

»Wie auch immer die Frau gewesen ist … wenn sie nicht nur mit einem gespielt hat, wenn es noch andere Männer gab, dann wurde aus dem Spiel ernst.« Juliane Garaus legte sich überlegend eine Hand unters Kinn.

»Ein Rache-Ding«, nickte auch der Spurenleser.

»Wenn du theoretisierst, fehlt dir die Antwort«, war Hiero überzeugt. Das gefiel ihm gar nicht, sagte sein Blick.

»Und deiner Theorie verdanken wir die Vorstellung hier. Ein Schnitzel aufhängen …« Bene rümpfte die Nase.

Augustin deutete. »Die Kamera nimmt jetzt das Schnitzel ins Visier.« Er schaute sich um. Ratlos. Der Kameramann war es auch. »Wo ist das Schnitzel hin?«

Alle wandten sich um, Viktor war sicher, die bissen sich gerade schmerzhaft auf die Lippen, um nur ja nicht mit einem Lachen herauszuplatzen; wenn einer anfing, würden sie nicht mehr aufhören können. Die Requisite hatte es geschafft, dass das Schnitzel auf den Wandfliesen haftete.

»Es ist angerichtet«, sagte Bene. Er hielt sich die Hand vor den Mund, es half nicht. »Das steht so im Drehbuch«, verteidigte er sich prustend. Jetzt war der Punkt der eisernen Zurückhaltung überschritten, niemand bemühte sich mehr, sich das Lachen zu verbeißen. »Hört auf, meine Maske reißt«, grinste Hiero und kniff sich den Mund mit Daumen und Zeigefinger zu.

»Seine Maske reißt«, wiederholte Gabi, der schon die Tränen in den Augen standen.

Juliane Garaus hielt sich am Stahltisch fest, Augustin ließ

sich an der Wand entlang auf den Boden sinken. Der Kameramann stellte sein Equipment sicherheitshalber auf das Stativ.

Es dauerte, bis sich alle einigermaßen erholt hatten. Augustin fand, dass es so nicht weitergehen konnte. »Ihr seht alle aus, als hättet ihr was geraucht. Das Schnitzel soll etwas aufschlüsseln. Eine Antwort bringen. Es ist eine ernste Szene.«

Wieder begann ein Sturm von Gelächter.

Hiero winkte ab. »Wir gehen raus, laufen ein paar Schritte, trinken einen Schnaps und beruhigen uns.«

»Genau«, stimmten ihm die anderen zu. »Keinen Schnaps«, betonte Augustin, »sonst werdet ihr noch lustiger.«

»Wir lassen alles stehen und liegen?«, vergewisserte sich der Kameramann.

»Und schließen ab«, nickte Augustin.

»Colin's Cove« hatte niemand absichtlich angesteuert, aber genau dort landete die Truppe schließlich. »Ich glaube, dass das keine gute Idee ist«, fand der Regisseur.

»Für die Filmcrew eine Runde von deinem besten Edelbrand«, bestellte Viktor. Augustin hielt sich beide Hände an die Schläfen.

»Des ist g'scheit«, fand Colin, er grinste.

»Von wegen«, widersprach ihm Augustin.

»Alte Zwetschge«, sagte Colin.

»Jetzt aber, keine Beschimpfungen.« Augustin reckte einen Finger.

»Wos?« Colin schüttelte verständnislos den Kopf. »Alte Zwetschge, Himbeergeist, Birne oder Marillenbrand«, zählte der auf, was er anzubieten hatte, und wandte sich an Viktor. »Nix zum Essen?«

»Nix zum Essen«, bestätigte Viktor. »Wir sind am Drehen.«

»Was darf's sein?«, fragte der Hauptdarsteller in die Runde.

»Nicht die alte Zwetschge«, sagte Bene Hotter.

»Vielleicht den Himbeergeist?«, übernahm Gabi die Auswahl. Die anderen nickten.

Viktor bestellte eine Runde von dem Geist. »Der Chef bezahlt«, erklärte er.

»Den einen«, bestätigte Augustin. Colin brachte ihnen den Himbeergeist, und Augustin beglich gleich darauf die Rechnung. Der riss die Augen auf und schnaufte. »Ein Schnaps für jeden, das liest sich mindestens wie zwei pro Person.«

»Edelbrand«, erinnerte ihn Colin.

Sie hoben ihre Gläser, tranken auf den Abend und eine gelungene Szene. »Hiero, du hast mich überfahren«, maulte Augustin.

»Kaum, wir sind noch alle in der Spur«, erklärte der, deutete zur Tür und verabschiedete sich von Colin. »Immer gern.« Er hob die Hand.

Viktor glaubte ernsthaft, die Aufregung hätte sich erst einmal gelegt, der Schnaps würde irgendwie beruhigend wirken, und jetzt nahm Gabi seinen Arm, sagte ihm, die Risse seien wieder gutzumachen, und er warf einen Blick auf die Uhr.

Augustin bestand darauf, dass die Maskenbildnerin sich jedes Gesicht genau anschaute, Spuren von irgendwas verschwinden ließ.

»Bene und Hiero reden. Es gibt die eine oder andere Indianerweisheit. Dann wird geschossen.« Damit starteten sie wieder:

»Abendszene Rechtsmedizin.« Augustin schlug die zweite Klappe.

Der Kommissar breitete nur die Hände aus. »Wer kann den Gärtner so schuldig aussehen lassen?«, fragte Hiero. »Dazu ist doch Wissen nötig. Wir wissen noch nicht genug«, betonte er.

»Wenn du vielleicht noch mal in die Schule gehst, erfährst du was«, meinte der Spurenleser und grinste ein bisschen verschlagen. »Es ist ein Rache-Ding«, wiederholte er überzeugt.

»Giftiges Blumenwasser, zum Ersten. Was die Frau sonst noch abbekam, finden wir hoffentlich gleich heraus«, bemerkte Hiero. »Aber uns fehlt noch etwas. Die Gleichung muss aufgehen.«

»Es ist besser, weniger Donner im Munde zu führen und mehr Blitz in der Hand«, wusste der Spurenleser.

Hiero rollte mit den Augen. »Rache klappt nur, wenn noch einer übrig ist, der sie zu spüren bekommt.«

»Sag' ich doch.« Bene verzog den Mund.

»Jetzt geht unser mutiger Kommissar zum Schnitzelbeschuss«, wies Augustin die neue Szene an. »Hiero, du lässt uns sehen, was du kannst. Kamera ab.«

Hiero lud die Schleuder mit der Stahlkugel, zielte und schoss.

»Daneben«, meldete Bene Hotter. Die Kugel hatte ein Stück Fliese abgesplittert. Hiero schloss die Augen. Ganz ungünstig.

»Du zerlegst ihnen noch das Inventar. Du solltest doch üben, was gibt's denn da nicht zu treffen? Es bewegt sich nichts.« Augustin verstand die Welt nicht mehr. Hiero sammelte die Kugel wieder ein. »Die wiegt mehr als ein Kieselstein«, sagte er. Die lag auch anders in der Hand und in der Schleuder.

»Wir nehmen nur die Trefferszene«, fand Augustin.

Und die brauchten sie erst einmal, hätte Hiero ihm zugestimmt.

»Das ist unrealistisch«, machte sich Egon Luft. »Hiero braucht zwei oder drei Fehlversuche. Er ist doch nicht Superman.«

»Zustimmung«, sagte Bene.

»Einwand«, sagte Viktor. »Die Kamera filmt Hiero, wie er seine Schleuder lädt. Aber sie zeigt nicht, wie er schießt. Nur den Treffer und das Stück Fleisch. Die Fehlversuche sind Wiederholungen. Dazu je ein Kommentar von mir und von Bene, auch die Rechtsmedizinerin sagt etwas dazu, vielleicht bringt Franziska auch eine ihrer Äußerungen ein. Die Anweisung im Skript besagt nur, Hiero muss treffen, damit die Garaus was zu untersuchen hat.«

»Augustin weiß mehr«, glaubte Egon. »Der hat das original Drehbuch …«

»... verlegt«, beendete der Regisseur den begonnenen Satz.

»Hiero, ein Glas Schnaps macht dich erfinderisch«, gefiel dem Regisseur.

»Überhaupt nicht, aber ich hab noch eine Verabredung. Ich will fertig werden.«

Hiero musste einmal mit der Stahlkugel treffen, Viktor ging es gerade viel weniger um die Szene als darum, was nach dem Aufschlag des Stahls auf dem Fleisch zu sehen wäre. Was die Rechtsmedizin auf Laura Philipps Schläfe gefunden hatte.

Wann wäre die böse Absicht klar gewesen?

Aus welcher Entfernung hatte der Schütze das Gummi zurückgezogen? Nicht aus einer Distanz von nur wenigen Schritten Entfernung.

»Abendszene Rechtsmedizin.« Augustin schlug die dritte Klappe.

Hiero packte die Kugel in die Schleuder. Er musste hier ein wenig anders zielen als auf die Gläser in der Gärtnerei. Die Kamera nahm ihn aufs Korn, Hiero das Schnitzel.

»Treffer.« Staunend. Bene.

»Der hat wohl grade seinen ärgsten Feind da vorne stehen gesehen«, sagte Juliane Garaus. Der eingeworfene Satz. Passend.

»Will mir jemand die Trittleiter aufstellen, und ich nehme das Beweisstück herunter?«, bat die Totenwäscherin. Augustin nickte. Der Requisiteur schaute sich um, schnitt mit der Hand durch die Luft und grollte: »Wo soll ich die jetzt hernehmen?«

»Ich hab draußen eine andere Leiter gesehen; wir nehmen die. Dann geht der Satz anders.« Franziska Schön war anwendungsbezogen. »Halten muss das Ding trotzdem jemand.«

»Wie kam das Schnitzel da rauf, wenn du keine Leiter hattest?«, wollte Augustin wissen. »Siemens Lufthaken? Du hast doch irgendwas eingefädelt.«

»Ihr habt mich damit hängen lassen. Jetzt pappt das Schnitzel eben an den Fliesen, ist ja feucht genug.«

Hiero und Bene schauten sich draußen nach der Leiter um, die Franziska gesehen haben wollte. Sie wurden seitlich vom Haus fündig.

»Die Kamera zeigt nur, wie die Totenwäscherin das Fleisch vorsichtig runternimmt. Hiero und Bene halten die Leiter, sind aber nicht im Bild. »Noch einmal bitte den Satz, Franziska«, sagte der Regisseur. »Abendszene Rechtsmedizin.« Augustin schlug die vierte Klappe.

»Will mir jemand die Leiter halten, und ich nehme das Beweisstück herunter?«, sagte Franziska.

Sie war vorsichtig mit dem Schnitzel, um möglichst wenig Spuren darauf zu hinterlassen. Die Rechtsmedizinerin deutete ihr, wo sie es ablegen konnte. Die Totenwäscherin nahm die Handyaufnahme heraus, die sie von Melanie Rendls Schläfe gemacht hatte, und schaute abwechselnd darauf und auf das Stück Fleisch.

Hiero linste ihr neugierig über eine Schulter, über der anderen hing der Spurenleser und beobachtete.

»Die Leiche hat mir mehr gesagt.« Die Totenwäscherin schüttelte den Kopf.

»So, das geht auch eine Spur präziser, weil die Leiche ja nichts mehr sagen kann«, erklärte Juliane Garaus. »Der Kommissar will eine Antwort. Der Kommissar bekommt seine Antwort.« Die Rechtsmedizinerin betrachtet die Oberfläche des Fleisches unter einem Stereomikroskop. »Hiero, schau mal, ob dir 15-fach vergrößert reicht.« Sie zog ihn näher zu sich heran.

Hiero brachte sein Auge an die Linse des Mikroskops. »Kleine Risse. Der Stahl dringt eine Winzigkeit in die Haut ein?« Frage.

»Die Winzigkeit, die auch von einem Sturz stammen könnte, oder die Lehrerin hat sich irgendwo den Kopf angeschlagen«, löste Juliane Garaus seine schöne Vermutung auf.

Hiero schüttelte den Kopf. »Die Stahlkugel wurde mit einer Handschleuder abgefeuert, derjenige hat richtig geübt, bis er so weit war. Dann griff er sich die Lehrerin, brachte sie in den Schuppen der Gärtnerei, sorgte dafür, dass sie still war, behielt sie im Auge, gab ihr zu essen und zu trinken.« Er hob den Kopf. »Bis … der Zeitpunkt spielte eine Rolle.« Hiero biss sich auf die Unterlippe. »So weit bin noch nicht.«

»Bring mir einen Beweis, dass es genauso war«, sagte Juliane Garaus.

»Erst einmal ist es mein Beweis, dass eine Vermutung funktioniert«, erklärte Hiero zufrieden.

»Das war gut, wir haben's für heute, Leute«, verkündete Augustin. »Hiero, wie sieht's für dich aus, kann man dich mit was Leckerem aus dem Bistro locken? Colin hat Chicken Nuggets und selbst gemachte Pommes im Angebot.«

Das war gemein, fand Viktor.

Dann sah er wieder Marlene an der Rezeption stehen. Sie war nicht seinetwegen im Hotel »Wassermann« gewesen. Auf wen hatte sie gewartet?

Ihm wurde kalt, und er murmelte etwas von »gerne ein andermal«.

51. KAPITEL

Das Versuchen ist der erste Schritt zum Versagen!

Je später es wurde, desto nervöser wurde Henny.

Was hatte sie auch gedacht, dass jemand, dem sie eine rätselhafte Nachricht hinterließ, sie tatsächlich zurückrief?

Sie starrte in den dunklen Garten hinaus, hatte für sich auf kleinste Beleuchtung geschaltet, die Dunkelheit hatte Henny nie als bedrohlich empfunden. Was sich dort allerdings verbarg, stellte sich hin und wieder als gefährlich heraus.

Es war weit nach zehn, heute würde sicher niemand mehr anrufen. Hatte sie gesagt, dass es dringend war?

Sie kaute auf einem Fingernagel herum. Ihr Blick streifte das Schnurlostelefon, und als hätte sie den Apparat schon die ganze Zeit mit Gedanken beschossen, klingelte er. »Ist nicht wahr«, sagte Henny. Aber jetzt wollte das Gerät nicht mehr aufhören. »Henny Ferber«, sagte sie. Hatte sie beim Anruf im Büro von Severin Württenberger ihre Detektei erwähnt?

»Schön«, kam es zurück. »Württenberger, Sie haben angerufen. Junge Frau, ich bin neugierig, was Sie mir auftischen – zu dem alten Fall. Es sollte etwas richtig Gutes sein.«

Er fiel mit der Tür ins Haus. Absicht, oder bloß jemand, der keine Zeit hatte. Dann sollte Henny auch keine verlieren.

Sie kam sich unvorbereitet vor, dabei hatte sie auf Württenbergers Anruf gewartet. »Bei meiner Recherche bin ich an einem Namen hängen geblieben. Frank Weiß. Er hat mit Ihnen gearbeitet.«

»Ja.«

Das hörte sich nicht sonderlich neugierig an. Wie würdest du reagieren, wenn dich jemand anriefe, um etwas über jemanden, den du magst und schätzt, zu erfahren? Schwierig, Henny. Sag die Wahrheit, so gut du kannst, würde deine Empfehlung lauten. Aus der Leitung werfen kann dich dein Gesprächspartner dann immer noch. »Der alte Fall ist ein ungeklärter Mord«, sagte sie.

»Sie wollen Frank Weiß um Unterstützung bitten?«, folgerte Württenberger. »Ist genau sein Ding, Frank ist bei der Mordkommission. Seine Daten sind nicht im Computer, Sie finden nichts zu seiner Person. Natürlich nicht, er ist ein Kriminalkommissar im Dienst.«

Jetzt machte es Henny wie der Hobbydetektiv, sie schoss ohne Rücksicht auf Verluste auf ihr Ziel. »Ich bin Privatdetektivin. Frank Weiß gehört in einem Fall zu meinen Verdächtigen.«

»Verdächtigt, was getan zu haben?«

Nur diese Frage. Er benutzte keines der Worte, mit denen man bei einer solchen Vermutung rechnen würde. Kein unmöglich, ungeheuerlich, befremdlich, undenkbar. Sie zögerte. »Verdächtigt, mit einer Handsteinschleuder auf eine Frau geschossen zu haben.«

Da war kein Lachen, nur einen Moment Stille. »Idiot«, schimpfte er. Zu Henny: »Erzählen Sie.«

Genau das tat sie nicht. »Es ist kompliziert«, erklärte sie.

»Ach?«, machte er.

Henny begann ihren Bericht von einem ungelösten Todesfall, der einige Zeit zurücklag, einer Freundin der Toten, die Hennys Detektei engagiert hatte. Sie berichtete von den Spuren an der Schläfe der Frau, ließ den angeblichen Selbstmord ungesagt, erwähnte auch mit keinem Wort die Rechtsmedizin, die fand, die Spuren könnte man anders interpretieren.

Sondern schob einen Drehbuchautor in den Vordergrund, der zu dem Fall recherchierte und von dem sie die Informationen hatte, und machte Frank Weiß zum Geliebten der Toten.

Hoffentlich. Sonst lüge ich dem ehemaligen Kripobeamten

gerade ganz fürchterlich die Hucke voll. Henny überkreuzte die Finger, um sich abergläubisch Glück zu wünschen.

Jetzt zögerte der andere. »Das konnten Sie nicht finden. Zu der Zeit hielt man den Mund, brachte niemanden in Schwierigkeiten. Frank hat es öfter getan, war richtig gut mit der Schleuder.« Ihm musste bewusst geworden sein, wonach es sich anhörte. »Nicht im Frauenermorden. Der Polizeikommissar-Anwärter war bei den Kollegen der ›Shooter‹. Er wurde richtiggehend dafür bewundert. Im Einsatz griff er nicht unbedingt zur Pistole, er war zielsicherer mit seiner Schleuder. Flüchtete ein Täter, zielte er auf den Hinterkopf der Person. Ausnahme war der Bankräuber, soweit ich mich noch erinnere. Dem hat Frank ein paar ins Gesicht serviert. Aber das war eine Gefahrensituation. – Die Schläfe, sagten Sie?« Ungläubig. »Um jemanden auszuknocken, würde es genügen, aber um zu töten …« Württenberger schloss den Satz nicht. Das brauchte er auch gar nicht. Jemand, der nach einer solchen Attacke ins Wasser fiel, ertrank, ohne das Bewusstsein wieder zu erlangen. Henny überlief es kalt.

Vielleicht war Hiero Hart ganz gut mit der Schleuder, aber der andere Kommissar beherrschte das Ding.

»Was war seine Munition für die Schleuder?«

Gerade waren es Kieselsteine für den Kommissar, wie Henny mitbekommen hatte.

»Stahlkugeln«, sagte Württenberger.

Henny bedankte sich. »Die Sache wird jetzt ein bisschen klarer«, sagte sie. Zumindest ein bisschen deutlicher. Und ein bisschen beängstigender.

»Haben Sie ein Motiv?«, wollte Württenberger wissen. »Ihrer Geschichte fehlt das entscheidende Zubehör.«

»Nein«, sagte sie. Bloß begab sie sich damit auf direktem Weg vom Sturm in den Orkan. »Ich bin nicht sicher«, bekannte sie. »Und wäre ich es, wäre es Wahnsinn. Es geht um teure Schmuckstücke. Im Fall der Toten ging es um ein Diamantarmband, das erst der Besitzerin gestohlen wurde, um dann an die andere Frau weitergeschenkt zu werden.« Diesmal hatte sie sich nicht getraut, den möglichen Täter beim Namen zu nennen.

»Was für eine Dummheit«, bekam sie zu hören.

»Vielleicht war es Liebe«, gab Henny zu bedenken. Oh klar, die nahm einem nicht nur den Atem, sondern kostete außerdem den Verstand?

»Liebe lässt einen ganz dumme Dinge tun«, sagte Württenberger. »Passen würde es zu Franks Vergangenheit.« Und wieder revidierte er: »Die Ahnung vom Schmuck. Die Familie war gut situiert, der Mutter gehörte ein Kunst- und Antiquitätengeschäft in der Münchner Innenstadt, es wurden regelmäßig Auktionen veranstaltet.«

Frank kannte sich aus.

Henny wollte eigentlich nicht fragen, warum Württenberger, was die Familie betraf, in der Vergangenheit sprach, aber … »Was ist passiert?«

»Ein Fall von Betrug und Diebstahl, angeblich wurde echter Schmuck gegen wertlose Duplikate getauscht. Der Vater ertrug die Schande nicht und brachte sich um, die Mutter betreibt heute ein Pfandleihhaus.«

Keine saubere Vergangenheit für einen Polizisten, sagte sich Henny und fragte es auch ihren Gesprächspartner.

»Frank Weiß war eigentlich Horst-Frank, und der Familienname wurde mit einem einfachen s geschrieben. Davon muss niemand Genaueres wissen. – Wenn Sie ganz sicher sind, dann nageln Sie ihn fest, Henny Ferber!«

Wie nagelte man einen Kommissar der Mordkommission fest?

Henny schaltete überall das Licht an, weil es aussah, als lauerten selbst in den hintersten Ecken Schatten. Angst hatte sie immer noch keine, dafür ein ungutes Gefühl.

Sie musste Marlene anrufen.

Halb zwölf. Wie hatte sich die Zeit so verlaufen können?

Wenn sie die schöne Blonde aus dem Bett holte – egal. Henny tippte Marlenes Handynummer ein. Es klingelte endlos, aber eine Ansage hätte sie sowieso nicht hinterlassen wollen. Um in der Pension anzurufen, war es zu spät, um sich auf den Weg zur Pension zu machen, erst recht.

Sie zog die alten Turnschuhe an, wusste nicht, warum ausgerechnet die, und schlüpfte in eine Jacke. Die Autoschlüssel schnappte sie sich vom Haken.

Auch an einem Wochentag waren nachts Leute unterwegs. Henny bog in die Andechsstraße ein, parkte im kleinen Grasstück beim Gartenzaun vor der Pension, stieg aus und rannte zur Eingangstür. Sie klopfte und wartete. Unsinnig, das Anklopfen. Sie hämmerte mit beiden Fäusten, als über ihr ein Fenster aufging, entschuldigte sie sich für die Störung. »Öffnen Sie bitte die Tür, es ist dringend.«

»Ich rufe die Polizei an«, rief jemand.

»Vielleicht ist der Gedanke nicht schlecht«, gab sie zurück. »Aber jetzt lassen Sie mich rein.«

Die Hauswirtin war im Schlafanzug, ihre Miene grimmig, ihr Ton beißend. »Was wollen Sie und von wem?«

Die Frage war gut, fiel ihr auf. »Ich muss zu Marlene Borstel – bitte.«

»Haben Sie ein Glück, dass Ihnen das mit dem Bitte noch rechtzeitig eingefallen ist.« Sie ging Henny voraus und klopfte im ersten Stock an eine Tür. Niemand reagierte. Sie zuckte die Schulter. »Die Dame ist entweder nicht da oder schläft tief und fest.«

Henny würde nicht gehen. Wenn sie Marlene nicht erwischte, dann hoffentlich Sandra. »Die Assistentin der Dame … bitte.«

»Jetzt übertreiben Sie's aber«, sagte die Hauswirtin, wandte sich aber der Tür auf der linken Seite zu und klopfte.

Da reagierte jemand, die Tür wurde geöffnet, ein Gesicht schob sich in den Spalt. Bevor Sandra etwas fragen konnte, sagte Henny schon: »Ich konnte Marlene auf ihrem Handy nicht erreichen. Aber ich muss.«

»Sie wollte ausgehen«, sagte Sandra. »Sie ist noch nicht wieder zurück?« Sie schaute zu Uschi, die schüttelte den Kopf.

»Herausforderung, hieß ihre Ansage wieder einmal.«

Uschi guckte schräg, Sandra sagte: »Mutprobe. – Sie war am Nachmittag unterwegs und wollte jemanden treffen«, verriet sie. »Einen heißen Typ. Und vorhin startete sie zu ihrer Verabredung, sagte etwas davon, sie hätte am Ende der Nacht die Antwort im Gepäck.«

Henny starrte sie entgeistert an. »Die Antwort, was Laura Philipp passierte«, übersetzte sie. »Wen trifft Marlene?«, fragte Henny alarmiert.

»Hat sie mir nicht verraten. Nur, dass sie ihn gestern beim Fan-Treffen leider irgendwie übersehen hat und eine prima Idee, wie sie an den Mann herankommt.«

»Wen hat sie irgendwie übersehen?«, hakte Henny nach. Sandra nannte zwei Namen; der eine war kein heißer Typ.

52. KAPITEL

Jemandem das Leben retten, ist, wie sich verlieben: Die beste Droge der Welt.

Mitternacht. Er würde früher da sein. Hoffentlich auch derjenige, der sich mit ihm verabredet hatte. War zu hoffen, Nick Sommer hatte heute gerade nichts Besseres vor – und seine Mailbox abgehört.

Viktor zog sich Turnschuhe an und nichts, was ihm leidtun würde, falls etwas riss oder auf anderem Weg kaputtging. Vielleicht würde er sich ins Wasser stürzen müssen, wenn Frank eine seiner Drohungen wahr machte oder etwas mit der Schleuder vorhatte.

Gabis Korrekturen wären nicht ewig haltbar, aber falls der Reporter ihn blöd erwischte ... wie egal war das denn gerade?

Er nahm den Weg, den er schon einmal wegen Laura gerannt war. Diesmal rannte er nicht, er hatte es nicht so eilig, auf einen gruslig entschlossenen Kommissar zu treffen. Seine Taschenlampe half ihm, die Spur auf dem Waldweg und vorbei an den Villen zu erkennen. Mondschimmer drang durch die Bäume. Gefüllt, glänzend hell, voll. Wie passend.

Das Bootshaus warf einen langen Schatten, und er meinte, eine Bewegung zu sehen. Als Nächstes hörte er eine Stimme, dann das Flüstern einer anderen, das in der Stille der Nacht lauter klang.

Danach ein Platschen. Viktor schien ein Déjà-vu zu erleben. »Nein!«, er schrie es, bekam ein Lachen dafür, schoss auf dem Steg an jemandem vorbei. Trug der eine Nachtsichtbrille? Sicher, sonst sähe er nichts. Das Grinsen hatte sich Viktor gerade nur vorgestellt, das konnte er nicht sehen, aber dass der andere etwas in der Hand hatte – das erkannte Viktor.

Der Kriminalkommissar hatte seinen perfekten Plan zur Aufstellung gebracht; Hiero Hart als Täter, und das hieß, er hatte auf jemanden geschossen und die Person in den See fallen lassen – wie beim letzten Mal. Viktor fühlte seinen Herzschlag, das Blut klang laut in seinen Ohren.

Er würde Frank bezahlen lassen. Nur hatte den wahrscheinlich niemand gesehen, und er wäre im Wald verschwunden.

Ihn würde man sehen, denn er hatte dankenswerterweise auch die Zeitung informiert. Viktor riss sich im Laufen die Jacke runter, warf sie hinter sich. Viel zu viele Gedanken, die sich gegenseitig befeuerten, und keine Lösung. Er behielt die Schuhe an und machte am Ende des Steges einen Hechtsprung ins Wasser.

Wie lange war es her, dass er das Platschen gehört hatte? Wie viel Zeit lag zwischen der Erkenntnis, was sich der andere geleistet hatte, und dem Flash, dass er schnell reagieren musste.

Nicht noch mal, bat Viktor – bitte nicht. Er sah nichts, spürte nur lähmende Angst und wusste, wenn er sie nicht zu fassen bekäme, hätte Marlene keine Chance. Marlene. Die wegen ihrer Neugier sterben sollte wie ihre beste Freundin.

Viktor sah es nicht vor sich, aber Günter hatte beschrieben, wie man dem Opfer zeigte, womit es zu rechnen hatte. In dem Fall die Steinschleuder. Flucht musste die Reaktion sein. Zum Ende des Steges, und genau dort brauchte der Kommissar Marlene.

Viktor tauchte, öffnete die Augen, griff ins dunkle Wasser, suchte nach einem schwarzen Umriss. Fühlte wieder die Verzweiflung, die sich auf den Weg in seine Eingeweide machte. Er stieg zurück an die Oberfläche, holte Luft. »Diesmal nicht!« Vielleicht hatte er eine Prise Atemluft an den Schrei verschwendet, aber wenn er sie jetzt nicht fand, wäre auch das egal. Er konnte die finalen Tätergedanken jetzt nicht brauchen, ließ das Bild verschwinden, ging seitlich hinunter. Der See war an diesen Stellen nur ein paar Meter tief. Endlich sah er sie, überlegte nicht, fasste sie unter den Armen, tauchte mit ihr an die Oberfläche. Weinte.

Er sah das Blitzlicht, bevor er die Planken des Steges erkennen konnte. »Sommer, spinnst du? Hilf mir!«

»Hart, bist du irre, ich fotografiere nicht, ich brauch' Licht, weil ich nichts sehe!«

Viktor brachte Marlene ans Ufer nahe am Steg. Nick Sommer übernahm, hob sie hoch und trug sie auf die Wiese. »Sie muss übel Wasser geschluckt haben.« Er legte Marlene auf das Gras, strich ihr das lange Haar aus dem Gesicht und drehte sie auf die Seite. »Was hat sie da an der Schläfe erwischt?«, fragte er.

Viktor kniete sich neben Marlene. »Ein Kriminalkommissar mit einer Steinschleuder.«

»Klar.«

Viktors Lippen zitterten, er suchte mit den Fingern nach ihrem Puls. »Das tust du mir nicht an, du bist doch sonst so entschlossen, also sei es jetzt auch!« Ihm war kalt.

»Anschreien hilft nicht«, sagte Nick Sommer.

»Angst haben auch nicht«, erwiderte Viktor. Er klopfte auf ihren Rücken. »Spuck endlich den See aus.« Befehlston. Mit der anderen Hand tastete er nach ihrer Schlagader. Unter seinen Fingern spürte er ein sanftes Flattern. Er klopfte weiter.

»Ich brauche bitte ein gutes Foto von der Wunde an ihrer Schläfe.«

»Hey.« Nick Sommer packte ihn am Kragen und zog ihn zurück.

»Was wird das Finsteres?« Seine Augen schienen zu glühen.

»Der kleine Beweis ist womöglich wichtig, denn derjenige, der sie töten wollte, ist Kriminalhauptkommissar der Münchner Mordkommission. Und dir kam sicher auf dem Weg keiner entgegen, oder?«

»Dreht ihr Verrückten hier euren eigenen kleinen Film und braucht einen Vollidioten als Statisten, oder was?« Essigsauer.

53. KAPITEL

Was wir hier haben, ist ein Kommunikationsproblem.

Ihr kam es vor, als würde sie Frage- und Antwortkärtchen ziehen.

Die Antwort, wo sich Marlene mit Frank Weiß treffen wollte, blieb bislang leider im Dunkeln.

»Sie sind die Detektivin«, bekam sie gesagt.

Genau, dachte Henny. Also denk nach!

Sandra sagte: »Zwei Minuten, ich ziehe mir was an«, und verschwand in ihrem Zimmer. Uschi fand, »wenn noch etwas ist …« Henny hoffte, es war nichts! Sie hatte zwei Minuten Zeit, sich einen Platz auszudenken, an den Marlene mit Frank gehen würde. Vielleicht auch einen Platz, an dem Frank »sie töten kann«.

Ihre Finger wurden kalt. Die Schiffsanlegestelle. Sie hätte gern die Augen geschlossen und sich an der Wand hinabgleiten lassen, doch dafür war überhaupt keine Zeit. Henny klopfte, öffnete die Tür und bat Sandra, sie solle sich beeilen. »Ziehen Sie bequeme Schuhe an, wir müssen ein Stück laufen.«

Sie rannten, Hennys Atem ging schnell, wenigstens kannte sie den Weg – im Dunkeln sah er anders aus. Sandra schnaufte hinter ihr her. »Sie wissen genau, wo wir sind? Und Sie wissen genau, wo wir hinwollen?«

Aber nicht, ob wir rechtzeitig kommen. Henny sagte es nicht.

Marlene war der Typ »Mutprobe«, aber sie war nicht der Typ »Leichtsinn«.

An den Villen vorbei, durch das Waldstück, das Bootshaus im Blick. Stimmen. Jemand reagierte gründlich sauer.

Dann standen sie auf dem Gras. Henny kam die Situation surreal vor. Drei Leute, von denen eine in Seitenposition am Boden lag, ein anderer die Hand an ihrer Kehle hatte und darüber einer mit einer Kamera.

»Macht der Typ wirklich gerade Fotos?« Henny stürmte auf Nick Sommer zu. Der wehrte sie ab. »Frag ihn, wofür er die braucht.«

»Während sie stirbt, fotografierst du.« Entgeistert.

»Er hat die Frau aus dem See gefischt, er tut alles, damit sie nicht stirbt!«

Sandra sank auf die Knie.

Marlene hustete, spuckte aus, holte Luft, verschluckte sich, hustete wieder und wandte ihm schließlich ihr Gesicht zu. »Hieronymus Hart … Frösche heulen nicht.«

Hiero lachte.

»Henny«, überrascht, als hätte er sie gerade erst bemerkt. Wahrscheinlich war es wirklich so. Die Detektivin übernahm. »Es war Frank, oder?«

»Wahrscheinlich ja, und vielleicht war er es auch beim letzten Mal – ich hab nicht auf das Gesicht hinter der breiten Brille geachtet, ich hatte keine Zeit zu verschenken.«

»Und du?«, wollte Henny von Nick Sommer wissen. »Was hat dich hergetrieben?«

»Wenn du witzig sein willst, versuch's ein anderes Mal. Hiero hat mir eine Nachricht hinterlassen, mit Uhrzeit. – Mysteriös, die Botschaft, und noch schlimmer Hieros Behauptung, dass ein Kriminalkommissar einen Mord vorhat. Das ist filmreif!«

»Du bist so was von ahnungslos, und im Sinn hast du sicher schon den Artikel«, sagte Henny. »Wie wäre es mit einer guten Tat?«

»Hab ich doch grade ...«, deutete Nick Sommer auf die Szene.

»Der ›Ammersee Anzeiger‹ bringt nichts von dem hier – kein Wort. Wir schaffen Marlene wieder in ihre Pension. Unbemerkt. Falls wir auffallen, helfen wir einer Frau, die ein bisschen zu viel getrunken hat.« Sie fragte Marlene, ob sie das schaffen würde.

Sie nickte entschlossen. »Herausforderung«, krächzte sie.

»Oh nein!« Hiero hob ihr Kinn an, dass sie ihm in die Augen sehen musste. »Jetzt ist Schluss mit dem Unsinn.«

»Wahrheit«, sagte Marlene. Sie umarmte ihn.

»Wo ist der Deal?«, fragte Nick Sommer und hob eine Augenbraue.

»Es ist eine Bitte«, sagte Henny. »Frank fühlt sich vielleicht sicher genug, er wird nicht die Flucht ergreifen, wenn von uns niemand hektisch wird.«

Der Journalist verdrehte die Augen.

»Marlene könnte ertrunken sein, Hiero könnte schweigen. Der spielt nur den Kommissar, will sicher den Film fertig kriegen, kann niemandem sagen, dass er Frank Weiß für einen Mörder hält. Hiero hat keinen Beweis, und Marlenes Leiche wird angespült werden wie Lauras vor fünf Monaten.«

»Und dieser Arsch war Lauras Superheld!«, spuckte Marlene aus. Ungläubig.

»Der Kriminalkommissar muss die Gefahr sehen, er muss Angst bekommen – so richtig.«

»So leicht macht man dem Mann keine«, sagte Hiero. »Und, Detektivin, was ist der Plan?«

Henny lächelte. »Oma Linde hätte gesagt ›Eine Frau versteht sich auf 99 Tücken, aber selbst der Teufel hat noch nicht die hundertste entdeckt‹.«

Vielleicht war es noch kein Plan, aber Henny hatte ein paar gute Ideen dazu. Ein bisschen wie im Film, für jeden eine Rolle.

54. KAPITEL

Es fing schlecht an, ließ in der Mitte etwas nach, und über den Schluss schweigen wir besser, aber sonst: toll.

Fünf Monate zuvor war er ähnlich angeschlagen und ähnlich durchfeuchtet aus dem Fahrstuhl im Hotel »Wassermann« gekommen. Der wesentliche Unterschied, diesmal sah er nur überfahren aus, fühlte sich aber gut. Marlene lebte. Er hatte es Henny, Nick Sommer und Sandra überlassen müssen, sie in die Pension zurückzubringen.

Er wollte wissen, wie sie mit ihrem Beinahe-Mörder auf diesen Steg gekommen war. Welches dumme Spiel sie mit Frank hatte abziehen wollen? Wenn er ehrlich war, ärgerte ihn die Sache, zusammen mit ihrem fehlenden Gefühl für Gefahr. »Das Ding mit den Fröschen und den Prinzen läuft völlig anders«, flüsterte er.

Kurz hatte er überlegt, dem bösen Cop eine böse Nachricht zum Frühstück zu servieren.

Die Weisheit des Indianerschülers fiel ihm ein. »Es ist besser, weniger Donner im Munde zu führen und mehr Blitz in der Hand.« Er musste mit seinem persönlichen Blitz noch warten. Stattdessen beim Frühstück vorgeben, etwas würde ihm zu schaffen machen, er durfte abwesend erscheinen – sein angegriffener Zustand musste auffallen. Wie er es fertigbringen sollte, dem Kriminalkommissar nicht mit einem offenen Messer zu begegnen, neben ihm zu sitzen, etwas zu essen …

Im Bad wurde sein Blick am Morgen vom Spiegel magisch angezogen. Er sah in jedem Fall schlechter aus, als er sich fühlte. Wenn Henny recht hatte, hätte sich Frank Weiß nicht vom Fleck bewegt, weil es sonst auffallen würde, weil es risikoscheu wirken würde; nicht Franks Art.

»Ach du je!« Scannerblick. Der Regisseur sah den etwas müden Hauptdarsteller durch die Tür kommen. »Hiero, du solltest vielleicht die nächtlichen Abenteuer weglassen«, regte Augustin an.

Viktor ließ ein blechernes Lachen hören.

Der Kriminalkommissar saß noch nicht an seinem Platz. Gabi war auch noch nicht eingetroffen. Viktors erster Blick registrierte keine Spitzen unter seinem Teller. Die Rose vor seinem Gedeck war wieder weiß.

Er ging zum Buffet, stand ein wenig unentschlossen vor dem Angebot, entschied sich schließlich für eine Semmel, die er aufschnitt, und für die Variante Butter und Marmelade. Dazu einen Filterkaffee. Einfach, anspruchslos.

Als er zurück zum Tisch ging, traf sein Blick den des Kommissars, der gerade seinen Stuhl zurückschob. Viktor würde nicht wegschauen.

Keiner von beiden schaute weg, einzig Gabi unterbrach das Starren durch ihr fröhliches »Guten Morgen, ihr Hübschen. Heute heißt die Botschaft wieder ›Bewunderung‹.« Sie zupfte an der Rose.

»Ausgesprochen erfrischend«, sagte Viktor. »Die hat Frank verdient.« Er nickte und schob die kleine Vase zu dessen Platz. Der erstarrte einen Moment.

Gabi fiel auf, dass die Stimmung irgendwie frisch ist. »Ihr habt hoffentlich nicht vor, das bis zum Schluss durchzuziehen«, sagte sie. Viktor fing an zu lachen.

»Bis zum Schluss«, wiederholte er. Frank schob die Vase wieder zurück.

»Hiero braucht sie viel nötiger.«

Viktor verkniff sich ein »hast du eine Ahnung«.

Ich weiß es nicht, ich will es nur unbedingt; dich innerhalb von Gitterstäben um Gnade winseln hören.

Er musste sich auf etwas anderes konzentrieren. Viktor bestrich seine Semmelhälften mit Butter und Marmelade, wusste nicht, wie er das runterbekommen sollte, ihm war die Kehle schon bei Franks Anblick eng geworden. Die Spezialisten klingelten, unglaublich dankbar griff er nach dem Handy. Egal, worüber sich Peter Lässig wieder beklagte, alles war besser, als in die Semmel beißen zu müssen.

»Mein Vater«, er schaute Gabi an, stand auf und lief zwischen den Tischen und Stühlen hindurch. »Guten Morgen«, grüßte er seinen Vater.

»Na, ob der so gut ist. Also, am Ammersee ist wirklich was los«, sagte Peter. »Und das ist keine Filmleiche.«

Leiche. Viktor lehnte sich auf dem Gang an die Wand. Marlene war am Leben. Wer war es nicht?

»Papa … was meinst du?«

Alles war besser, als in seine Frühstückssemmel beißen zu müssen?

»Es war bloß eine kleine Notiz in der Zeitung. Aber weil es der Ammersee ist, fiel die mir natürlich auf.«

»Von wem? Worum geht's da?«, fragte Viktor. Er hörte Peter blättern. »Ein gewisser Nick Sommer schrieb den Artikel. *Bislang unbestätigt ist das Verschwinden einer Urlauberin in Herrsching am Ammersee. Ein Mitternachtsbad im See wurde der Stuttgarterin vielleicht zum Verhängnis. Offiziell wird noch nicht nach einer Leiche gesucht.*«

»Das ist die Notiz?«

»Das ist die Notiz«, bestätigte sein Vater.

»Ziemlich genial«, fand Viktor, er konnte sich vorstellen, der Redakteur würde toben, wenn Nick Sommer nicht bald mit einer eindeutigen Information nachlegen konnte.

»Heißt das, da will sich einer wichtigmachen?«, murrte Peter.

»Heißt, da macht jemand eine versteckte Andeutung auf etwas, das hätte sein können.«

»Du bist noch nicht ausgeschlafen«, fand sein Vater.

Möglich. Viktor trommelte mit einer Handfläche auf die Wand in seinem Rücken. »Gut gemacht«, raunte er. Viktor musste zurück an den Tisch. Obwohl er jetzt mit Appetit die Semmel bewältigen könnte, stellte er sich das Gegenteil vor und verbannte den schwungvollen Gang, konzentrierte sich auf Langsamkeit.

»Hiero …« Gabi bemerkte seinen Gesichtsausdruck. Er entschuldigte sich im Stillen bei ihr. Sie sorgte sich.

Die Nachricht sollte den Kriminalkommissar interessieren.

»Eine Urlauberin wird in Herrsching vermisst. Seit gestern.« Den nächsten Blick bekam Frank. »Vielleicht ein mitternächtliches Bad im See.«

»Das ist wirklich schlimm«, sagte Frank. Er beherrschte den bedauernden Ton kein bisschen. Eiskalter Hund.

Schlimm wird es hoffentlich für dich, ließ Viktor lediglich den Gedanken auf ihn los, schnappte sich den Teller mit der Semmel, rutschte den Stuhl ein Stück unter den Tisch. »Bis zur Drehplanbesprechung«, sagte er und wandte sich um. Keinen Augenblick länger mit dem Scheißkerl an seiner Seite.

Er wünschte sich sehnlichst, Henny hätte Erfolg, und Marlene würde ihrem Beinahemörder so richtig einheizen.

Viktor schnappte sich ein Tablett, ließ sich vom Automaten einen Café Crema zubereiten, stellte seine Semmel mit dem Zubehör darauf und balancierte alles über die Treppe hinauf in sein Zimmer.

Die Sonne war schon früh aufgestanden, weshalb er fand, er könnte den Rest seines Frühstücks am geöffneten Cabrio-Dach einnehmen.

Um zehn musste er erledigt aussehen, statt kaltem Wasser im Gesicht versuchte er es mit warmem und fühlte sich wie ein gemangeltes Wäschestück.

Viktor sollte sich auf einen langen Tag einrichten; auf einen langen trüben Tag, denn genau darauf musste er seine Aufmerksamkeit konzentrieren. Die Crew sollte sich getrost fragen dürfen, was jetzt wieder mit dem Hauptdarsteller los war. Aber Gabis niedergeschlagene Miene erschreckte ihn ehrlich. Sie meinte es ernst, sie mochte ihn.

Viktor meinte es auch entsprechend ernst.

Er hatte sich für seine Angst gehasst, dazu den Kriminalkommissar, den Erfinder dieses Spieles, und Marlene, die geglaubt hatte, sie könnte ihres spielen. Wenn es ihnen nicht gelänge, den Kriminalkommissar von der Platte zu putzen, würden dem sicher noch einige schauerliche Dinge mehr einfallen.

Hiero Hart musste seinen Fall im Film lösen, und nebenbei einen anderen. Augustin um etwas zu bitten, war kein großes Ding. Der Regisseur würde sich und ihn fragen, ob Hiero Hart noch alle Tassen im Schrank hatte.

Augustin wusste, er mochte den Kommissar nicht sonderlich, und jetzt wollte er …

Wollte er nicht. Musste er aber.

Bevor er einen Fingerbreit von seinem Entschluss abweichen konnte, bevor er sich im Seminarraum an den Tisch setzte und Trübsal blies, tippte er den Regisseur an. »Da wäre noch eine Sache anzusprechen.«

Augustin warf ihm einen prüfenden Blick zu. Viktor zeigte sich auffällig gedankenvoll. »Mir wäre wohler, wenn Frank sich die Szene, in der Hiero sich mit den beiden 17-Jährigen auseinandersetzt, begleiten würde. Er war schließlich der Ermittler der Lehrerinnenentführung. Ein Kriminalkommissar hat vielleicht einen anderen Ansatz. Ich bin nicht sicher, ob Günter da für Hiero im Drehbuch den perfekten Ton beschrieben hat.«

Blabla. Dir sind auch schon mal klügere Sachen eingefallen, dachte er.

Augustin stutzte. »Ich höre zum ersten Mal, dass du jemanden um Unterstützung bittest. Noch dazu jemanden, den du nicht so …« Er bewegte die Handfläche hin und her.

»Du bittest«, erklärte Viktor. »Der Regisseur muss wollen, dass die Szenen glaubhaft sind.«

»Sagt einer, der ohne Murren auf ein Schnitzel geschossen hat«, meinte Augustin. »Ist dir was auf den Magen geschlagen? Möchtest du vielleicht einen Tee?«

»Ein Schnaps wäre mir lieber«, erwiderte Viktor.

»Nix«, schimpfte Augustin.

Ach, gestern war der Regisseur der Meinung gewesen, das Glas Schnaps hätte ihn erfinderisch gemacht.

Der Seminarraum füllte sich, beschwingte Stimmen, Fetzen einiger Unterhaltungen. Auf dem Tisch wieder Kannen mit Wasser und irgendwelchen Beigaben. Dazu Gläser.

Viktor fing Hennys Blick auf. Er hatte fest vor, die Zärtlichkeit, die darin lag, später zurückzugeben.

Die vormittägliche Runde am Tisch war komplett. Viktor sah, wie Augustin mit Frank sprach, der kurz zu ihm schaute, dann nickte. Viktor nahm sich ein Glas, schenkte sich aus dem Krug ein und hätte Frank gern grinsend zugeprostet.

»Auf deine verschwendete Zeit und auf die Furcht vor der Rückkehr einer rachsüchtigen Toten.« Er dachte es sich bloß, wünschte es sich, nahm einen großen Schluck aus seinem Glas und hoffte, die Reiseschriftstellerin müsste nicht das Bett hüten und fühlte sich gut genug.

Augustin war gestartet, Viktor hatte den ersten Teil verpasst, aber der Regisseur erhob die Stimme und durchdrang den Gedankennebel.

»... zwei Männer hinter den Kameras. Der Tag gehört uns, die Sache ist die: Wem die Fingerabdrücke auf der Computertastatur der Lehrerin gehören, wird ermittelt. Hiero hat eine Idee. Wieder eine. Auch die ist nicht so harmlos. In der Schulkantine sitzen Alexander Glock und Justus Hasse. Hiero gibt vor, von Katharina Kress etwas zu wollen. Die beiden sollen ihn sehen. Die giften sich an. Drohungen.

Dem Kommissar geht es um etwas anderes. Die Schulsekretärin beehrt er später, aber die Jungs will er nervös machen. Nebenbei soll sich der Spurenleser um die Sicherung der Fingerabdrücke der beiden kümmern, was für Bene heißt, unbemerkt ein Glas oder ein Messer von deren Tisch einzupacken.

Aber Katharina Kress hat tatsächlich etwas für den Kommissar.

Das Geheimnis eines der Jungen, dem Sohn des Gärtners.«

Augustin blätterte im Skript. »Hieros Nachforschungen, die er eigentlich wieder vom Schreibtisch im Polizeipräsidium aus führen sollte, schenken wir uns heute, die müssen erst mal selber zurande kommen. Für die Polizei gibts einiges zu tun. Der Bürgermeister macht die Männer noch ganz irre wegen der Diebstahlsache beim Fan-Treffen. Für uns ist es somit ein bisschen wenig Thrill.« Bedauernd.

»Gilt nicht für die Dienststelle der Polizei«, warf Egon ein.

»Da könnten wir uns mal was Gutes zu essen gönnen«, sagte die Rechtsmedizinerin.

»Dafür haben wir keine Zeit«, erklärte Viktor, er zog die Schultern hoch.

»Du bist doch meist der Erste, der Hunger schreit.« Bene schaute zweifelnd herüber.

»Umso besser, wir legen das ausgedehnte Mittagessen auf den weiteren Abend, uns reichen kurze Pausen.« Ein freudiger Augustin, der sofort weiter im Skript vorrückte, ehe jemandem noch etwas Zeitstehlendes einfallen konnte. »Die tote Ehefrau des Gärtners und was da genau passiert ist, das findet dann im Zuge der übrigen Ermittlungen statt. Das sind ein paar blanke Fakten, die Hiero sich an seinem Rechner in der Polizeiinspektion bestätigen lässt. Der Hausarzt taucht auch wieder auf. Nebenschauplätze. Hiero und Bene ermitteln einige Hintergründe zu dem ›Racheding‹, warum die Lehrerin sterben musste und der Gärtner belastet wird. Die Fingerabdrücke geben Aufschluss. Ob gleich oder später, ist egal, wie es uns reinpasst; die Garaus kümmert sich um die Laborergebnisse. Das ist wieder eine kurze Szene in unserer Rechtsmedizin.

Katharina Kress folgt Alexander zum Friedhof; er besucht Melanies Grab. Katharina glaubt immer noch, dass den Jungen etwas quält. Er kann es ihr nicht sagen.

Justus Hasse ruft Katharina im Sekretariat an, er habe etwas Furchtbares entdeckt, sie muss zur Gärtnerei kommen. Und zwar allein, weil jemand etwas Schlimmes getan hat und sie ein Unheil verhindern müsse.«

»Das sollen wir heute unterbringen.« Bene Hotter fragte nicht, er stellte es nur fest.

Der Van parkte wieder auf dem Gelände der Schule. Gabi versuchte, ihn mit ihren farbigen Mittelchen zu erfrischen. »Wenn du Sorgen hast, fabrizieren sie die Krater im Gesicht. Dagegen sind ein paar rote Flecken Kleinkram.« Sie wirkte fahrig.

»Es ist eigentlich gut«, sagte er ihr. »Schau mich doch nicht so traurig an«, bat Viktor.

»So stimmungsschwankend bist du nicht, aber vielleicht hast du etwas mit der verschwundenen Stuttgarterin zu tun.«

Ausgerechnet. Die Idee war exklusiv für Frank Weiß bestimmt. Aber jetzt konnte er nicht das Gegenteil behaupten, also sagte er schlicht die Wahrheit: »Sie steht mir jedenfalls nicht sonderlich nahe.«

»Gabi, lass den Kummerkasten zu, Hiero will nicht reden, da hat heute keiner Zeit«, wusste der Regisseur.

»Bäh«, machte die Maskenbildnerin und streckte Augustin tatsächlich die Zunge raus.

Auf seine aufgerissenen Augen folgte eine happige Replik.

»Wenn Gesten Worte machen, dann sind wir arm«, sagte Viktor.

Dass in der Schulkantine eine Krimi-Szene gedreht wurde, wusste man. Das Filmteam war angekündigt worden. Das Personal trug weiße Schürzen, es wirkte anders als gewollt: blendend.

Viktor vergewisserte sich, dass Frank da war, und hoffte, der würde die Füße stillhalten und keinen Kommentar vom Stapel lassen, weil er sonst große Lust hätte, dem Kriminalkommissar an die Kehle zu gehen.

Augustin verlegte sein Gewicht von einem Bein aufs andere, um den Hauptdarsteller genau zu mustern. »Kann das sein, dass da ein Schatten in deinem Gesicht übersehen wurde?«

Wollte der nachtragend sein? »Ich bin tipptopp, da sind lauter Schatten, es nennt sich Bart.« Viktor stand nicht der Sinn nach Haarspalterei.

Henny würde er in der ersten Szene kurz sehen. Hiero sollte an der Schulsekretärin vorbeigehen, durfte ihr etwas zuflüstern.

Was, würde nicht interessieren. Justus Hasse und Alexander Glock sollten es sehen.

»Eine Kamera übernimmt Hiero und die Schulsekretärin«, Augustin deutete. »Die andere behält unsere Schüler im Blick. Ihr stochert im Essen herum. Die Blicke auf den Kommissar und Katharina Kress gerichtet. Danach ist es eure Szene, bis Alexander aufsteht. Justus schiebt seinen Teller zur Seite, verlässt den Tisch. Die beiden haben nicht weiter auf den Typ mit der Strickmütze geachtet, der schon die ganze Zeit an der Bodenleiste herumfummelt. Hiero hat den Spurenleser geschickt, weil der unauffälliger als der Kommissar agieren kann. Bene Hotter hat seine Tasche dabei, er sieht aus, als würde er etwas reparieren wollen. Er bekommt die wichtigen Gesprächsfetzen der beiden mit. Und nachdem Justus und Alexander weg sind, ist der Spurenleser zur Stelle und sackt die Gläser und das Besteck ein. – Die Rechtsmedizinerin bekommt Vergleichsabdrücke.«

»Danach gibt es vielleicht eine Pause?«, erkundigte sich Henny, ihre Hände gefaltet, ein kurzer Blick zu Hiero. Der begriff. Sie wollte sich um das Band kümmern, von dem sie ihnen erzählt hatte und auf dem vielleicht etwas von der gestrigen Nacht zu sehen wäre.

Hoffentlich gab es eine solche Aufzeichnung.

»Eine Pause. Die Idee ist beinah lebensrettend. Mein Magen wäre ausgesprochen dankbar.« So, Hiero – und jetzt hast du dir so was von widersprochen.

»Vorher wollte er keine, jetzt stirbt er fast.« Augustin schüttelte den Kopf. »Unbegreiflich, der Mann.«

Gerne.

Der Regisseur blitzte ihn an. »Danach ist später. Jetzt haben wir noch zu tun, also richte dich drauf ein«, empfahl er dem Hauptdarsteller. Der setzte ein anderes Gesicht auf, es gab eine Rolle zu spielen. Er war Hiero Hart, und der interessierte sich für die Schulsekretärin nur eine Kleinigkeit weniger als für die beiden Jungs, deren Fingerabdrücke er eingesammelt haben wollte.

Katharina Kress kam ihm entgegen, ein Lächeln, eine kurze Berührung der Finger, ein Flüstern, das niemand hörte: »Marlene wird alles unternehmen, dass er an seinem Verstand zweifelt.« Hiero nickte und drückte einen Daumen in seine Hand. Man sah ihm die Erwartung sicherlich an. Er schaute zu Frank, dessen Miene verkündete, beeilt euch, ich hab noch anderes zu tun. Dann stutzte er, hielt mitten in der Bewegung inne, seine Körperhaltung wurde starr. Er war plötzlich nicht mehr gleichgültig. Viktor folgte unauffällig seinem Blick, aber der war schon wieder auf die andere Seite des Raums gerichtet. Frank wischte sich über den Mund, bevor die Hand zu seiner Schläfe ging, er sich mit den Fingern dagegendrückte.

Wenn Marlene ihn so irritierte, dann war sie wirklich gut. Und jetzt sah er sie auch.

Sie trug die gleiche Kleidung, die sie gestern Abend getragen hatte. Sie war blass, ihr Haar feucht, an der Schläfe hatte sie einen dunkleren Fleck, der nach einer Verletzung aussah, die Lippen hatten einen leichten Blauschimmer.

Nur eine halbe Sekunde, dann stand da ein dunkelhaariges Mädchen, das sich unterhielt. Wie ein Karussell drehte sich die Szene.

Marlene zeigte sich als Nächstes hinter dem Tresen der Essensausgabe und war wieder weg. Schlau, denn die Mitarbeiter mussten es für Absicht halten und Marlene für eine Schauspielerin.

Was für eine Schmierenkomödie!, dachte Viktor. Fast hätte er geschmunzelt.

Als Augustin in die Hände klatschte und die Schülerszene anberaumte, fuhr Viktor tatsächlich zusammen.

Bene im Hintergrund klopfte die Fußbodenleiste ab, Alexander und Justus saßen am Tisch.

»Du solltest den Romeo mal sein lassen. Die Leidensnummer ist Scheiße!«, blies Justus Alexander seine ganze Verachtung ins Gesicht.

»Und? – Ich leide. Heißt, sie hat mir etwas bedeutet«, gab Alexander zurück.

»Die hätte dich nie in ihr Bett gelassen.« Justus lachte. »Da lag ja schon mein Vater.«

»Dein Vater?« Alexander sah aus, als hörte er das zum ersten Mal. Und als würde er sich etwas zusammenreimen. Eine Geschichte, die er bis jetzt so nicht kannte. »Du hast da draußen irgendwas gedreht«, sagte er.

»Manchmal geht was schief«, sagte Justus leichthin, worauf Alexander ihm »schiefgehen« entgegenspie. »Hast du den Blick des Kommissars vorher gesehen? Wir sind beinahe erledigt.«

»Dann muss man schleunigst was dagegen unternehmen«, fand Justus.

»Du und deine scheißschlaue Ideenschmiede kotzen mich an.« Alexander ließ sein Essen stehen. Justus zuckte die Schultern, warf sein Besteck auf seinen Teller und stand auf.

Als Nächstes sah man Bene Hotter, wie er sich zufrieden die Mütze zurechtzog, seine Tasche öffnete, ein Taschentuch nahm, die beiden Gläser, Messer und Gabeln verstaute, auf einem Notizblock etwas notierte, die Seiten abriss und sie in die Tasche legte.

55. KAPITEL

Es muss ein bisschen riskant sein. Deshalb heißt es doch Abkürzung. Wenn es einfach wäre, wär's der normale Weg!

Sie war wirklich feengleich genial. Man konnte es von Franks Gesicht ablesen, und dieses Team hatte keine Maskenbildnerin, die die Leiche unfein schminkte.

Hiero machte einen zerlegten Eindruck, aber Henny hatte vorhin in absolut klare, wache Augen geschaut. Der Mann konnte wirklich umschalten, wie man es von ihm sagte. Er spielte seine Rolle als Kommissar und spielte den anderen Part, einen Bekümmerten, dem Schwermut aus jeder Pore zu dringen schien. Fantastisch.

Die Pause, die Henny vorgeschlagen hatte, würde kurz ausfallen, weil Augustin nicht nach Hiero Harts Pfeife tanzte, der zuerst für keine großen Unterbrechungen gestimmt hatte, um dann einen Schwenk hinzulegen.

Henny stellte den Wagen so nahe wie möglich am Weg zur Anlegestelle ab, stieg aus, zog sich ihre Turnschuhe an, rannte, hoffte, es wäre jemand in der Villa anzutreffen, hoffte, die Person würde kapieren, was sie wollte, und könnte eine Entscheidung treffen. Sie hatte keine Ahnung, wer dort wohnte. Henny hatte nur die Kameras gesehen und sich deren Einstellungen gemerkt. Sie wollte sich auf ihre Intuition verlassen und auf ihr Glück.

Der Ton der Türklingel war angenehm, keine Ding-Dong-Ladenglocke. Ein Mittfünfziger kam an die Tür, schimpfte hinter sich: »Wehe, das ist wieder irgend so eine Bestellung.«

Er schaute auf Hennys Hände. Leer. Sein Gesichtsausdruck wandelte sich.

»Henny Ferber, Detektivagentur.«

Von der Treppe klang eine Frauenstimme. »Ist es der Panamahut? Liebling, er wird dir wunderbar stehen. Ich konnte ihn einfach nicht übersehen.«

Der Mittfünfziger bedeckte seine Ohren. »Nein, es ist kein Hut.« Er schaute Henny an. Was ist es also?

Sie entschied sich spontan für Spannung. »Gestern Nacht ging es dort unten am See um Leben und Tod. Ein Mann griff eine Frau an, sie überlebte, weil ihr jemand zu Hilfe kam. Ich habe die Hoffnung, dass Ihre Überwachungskameras vielleicht etwas aufgezeichnet haben.«

Starker Tobak, Henny Ferber. Oma Linde hätte unwirsch »der überspannte Bogen bricht« gesagt, der Bestellungs-Überdrüssige aber wirkte plötzlich, als könne der Tag unversehens anregend werden. »Ach, dann wäre das sauteure Ding mal nützlich!«

»Würden Sie mir die Aufnahmen bitte zeigen?«, fragte Henny.

»Sollte das nicht die Polizei interessieren?«, fragte er.

»Die Frau wird ihre Aussage bei der Polizei erst machen, wenn ihr Angreifer auf den Bändern zu erkennen ist. Sie hat Angst, dass der sich sonst herauswinden kann. Er ist ein sehr gefährlicher Mann, dessen Wort einiges Gewicht hat.«

»Mhm.« Er hob eine Augenbraue. »Ich bin Lain Mulder. Mein Wort hat ansonsten«, er deutete auf das obere Stockwerk, womit er seine Behauptung etwas einschränkte, »zumeist auch einiges Gewicht.«

»Ihnen gehört ein bayerischer Fußballklub«, nickte Henny. Ihr Gegenüber nahm ihre Kenntnis mit einem Lächeln.

»Wann gestern Nacht?«, fragte Mulder.

»In der Zeit zwischen 23 und ein Uhr morgens«, sagte Henny.

»Und jetzt zittern Sie vor Aufregung?« Er griff nach Hennys Händen. »Die sind kalt«, sagte er. Henny lachte. Er meinte: »Wer ist da drauf? – Ich frage anders, neugierig – könnten Sie überrascht sein, wer die Person ist, oder gibt's einen konkreten Verdacht, und Sie wollen den bestätigt wissen?«

Oh ja, unbedingt. Henny hoffte auf eine Bestätigung.

Sie hatte nicht vorgehabt, es laut auszusprechen. Es kam ihr vor, als würde sie ihren Verdacht wie eine Waffe abfeuern. Doch sie hatte die Wahrheit geladen. »Der Mann, den ich meine, ist ein Kriminalhauptkommissar der Münchner Mordkommission.«

Mulder führte sie in einen eigenen kleinen Raum, in dem ein großer Bildschirm vier verschiedene Einstellungen zeigte. »Seit wir auf unserem Grundstück und im Pool ungebetenen Besuch hatten, der eine schmutzige Überraschung hinterließ, besteht meine Frau auf Überwachung.«

Hennys Hände durften eisig sein, der Verstand und ihre Augen mussten auf Hochtouren arbeiten.

Mulder ließ die Aufzeichnung zurücklaufen. Als er wieder einschaltete, überraschten Henny einwandfreie und gestochen scharfe Aufnahmen. »Du warst da draußen«, flüsterte sie.

Die Anzeige ließ sie wissen, es war nach 23 Uhr. Mulder schaltete den Vorlauf ein, nahm Tempo auf, bis ein Schatten am linken Rand auftauchte. »Eine Frau«, sagte Mulder, drückte auf einen Button am Bildschirm, vergrößerte einen Bildausschnitt.

»Die Kamera schafft es bis hinunter zum Steg«, sagte er. »Nicht unspannend, diese Voyeurismus-Aktion.«

Sie hatten Marlene gesehen, einige Zeit verging. Mulder ließ die einzelnen Bilder vorlaufen, dann stoppte er. Jemand rannte auf dem Weg, hetzte hinunter zum Steg. Hiero Hart.

»Er ist nicht der Angreifer«, sagte Henny, biss sich auf die Lippe.

»Moment. Da ... da ist eine Person mit einer Nachtsichtbrille.« Mulder versuchte, die Einstellung zu vergrößern, was ihm nicht gelang. »Der war vorher schon auf dem Steg, er kam von der anderen Seeseite. Die Kamera hat ihn nicht erfasst. Jetzt nimmt er den Weg am Haus vorbei und schaut genau in die Kamera. Ist das Ihr Mann?«, wollte er wissen.

56. KAPITEL

Die Anklage lautet auf Mord – es noch nie getan zu haben, ist kein mildernder Umstand.

Alles ließ sich ein wenig in die Länge ziehen, auch sein Abstecher zur Bäckerei mit dem Stehcafé, um für die Crew ein paar süße Teilchen zu besorgen, wie er selbstlos angeboten hatte.

Hiero musste extrem angeschlagen sein. Er heimste fragende Blicke ein, was hatte die plötzliche Wesensveränderung bewirkt?

Nachdem er dreimal um den Laden herumgelaufen war, sich in die kleine Schlange einreihte und zwei Leuten generös den Vortritt ließ, sich dann an der Theke nicht wirklich entscheiden konnte und sich als Kunde schon selbst als Zumutung empfand, tippte sein Finger schließlich auf die Auswahl. Die Verkäuferin lächelte mühsam und verabschiedete ihn zwischen zusammengebissenen Zähnen mit: »Kommen Sie bitte nicht wieder.«

Als er mit seinen Einkäufen endlich im Schulhof ankam, beklagte sich Egon, dass mit seiner Trödelei jetzt wahrscheinlich der Kaffee kalt war, den er besorgt hatte. »Du bist doch sonst … ganz anders«, fand der Requisiteur, ihm sagen zu müssen.

»Mein Therapeut gab mir den Tipp, sei bloß nicht du selbst. Sei anders.« Das war keine Entschuldigung, nicht einmal eine Rechtfertigung. Er musste nur gerade sein »Ich bin komplett unterm Hund, es ist alles blöd«-Programm abspulen.

»So? Lieber nicht.« Egon gab ihm einen Kaffeebecher.

Viktor hielt ihm die Tüte hin.

Wenigstens war das Team mit der Auswahl der süßen Teile zufrieden. Für Augustin hatte Viktor ein Ochsenauge einpacken lassen. Henny war noch nicht zurück. Marlene hatte ihren Teil erledigt. Franks Blick schwirrte durch die Gegend, der sah aus, als hätte er einen Geist gesehen.

Viktor hatte eine Zimtschnecke für die Schulsekretärin zurückgelegt, sog den Duft des Gebäcks ein und wünschte sich, er müsste keine Entschuldigung für Henny erfinden.

Als Augustin drängte »Schluss mit dem Gelage«, tauchte die etwas atemlos erscheinende Katharina Kress endlich auf.

»Ich dachte schon, ich muss wirklich in die Trickkiste greifen«, raunte er und gab ihr die Schnecke. Lauter sagte er: »Lass sie dir schmecken.«

Sie bedankte sich, flüsterte zurück: »Wir haben ihn«, und holte sich ihren kalten Kaffee.

Augustin wollte einen Strandabschnitt, ein wenig außerhalb. Sie fuhren mit zwei Wagen, hielten an einem großen Parkplatz, liefen zum See hinunter. Egon deutete auf ein Schild. »Das ist ein FKK-Strand.«

»Es ist kein Badewetter mehr«, gab Augustin zurück. Der Regisseur hatte sich eine Decke unter den Arm geklemmt. Was wollte er damit? Oder war die für Hiero und die Schulsekretärin?

»Außerdem haben wir die Polizei mit dabei«, sagte er zufrieden. Derjenige, der weniger entspannt aussah, war Frank. Er schaute zum wiederholten Mal über die Schulter zurück, als müsse er einen Verfolger fürchten. Eine Verfolgerin?

So war es einfacher, Frank im Blick zu behalten, fand Viktor. Was hatte der Typ vor? Wahrscheinlich keine weitere Verabredung mit Hiero Hart. Entweder Frank versuchte, sich unauffällig zu geben, denn »Bergmann Film« hatte sicher einen Vertrag mit dem Kriminalhauptkommissar. Oder Frank wartete, bis er eine richtig gute Möglichkeit hätte, den Hauptdarsteller geschmeidig verunfallen zu lassen.

Die Detektivin schuldete ihm noch ein paar Antworten, und sie wären nicht allein, bis … Viktor sah sich und Henny schon zu nachtschlafender Zeit im Frühstücksraum konferieren, wie es weiterging. Sonderlich böse wäre er darüber nicht, musste er zugeben.

Keine Nackten in Sicht; weder an Land noch im Wasser.

Die Decke war offenbar für den Eigenbedarf. Augustin hatte es sich auf seinem Stückchen Schurwolle gemütlich gemacht und dirigierte die Kameraleute. Als Nächstes richtete sich sein Blick auf Henny alias Katharina Kress. »Maske bitte. Die Schulsekretärin sieht etwas erhitzt aus.«

»Die Schulsekretärin ist etwas erhitzt«, wisperte Henny Hiero zu.

»Frank Weiß ist auf der Aufnahme deutlich zu sehen, und er hat etwas in der Hand.«

Viktor musste gleichgültig tun, innerlich aber war ihm zum Jubeln.

»Treff mich im Frühstücksraum des Hotels – ein Uhr morgens«, sagte er leise.

Gabi kam mit ihrem Köfferchen. »Machen Sie ihn bitte wieder froh!«, sagte sie zu Henny und nickte ihm zu. Dann wurde Gabi geschäftig; sprach vom Gesichtabtupfen und Abpudern. »Da sind Rosé- und Goldpartikel drin, wir sind am Strand, keine Büroblässe.«

»Szene, Hiero und die Schulsekretärin«, rief Augustin und sah ein wenig aus wie ein Scheich auf seinem Teppich. Viktor sollte jetzt bloß nicht lachen, wo er schon die ganze Zeit seine Leichenbittermiene herumzeigte.

Hiero Hart war gespannt, warum die Schulsekretärin ihn außerhalb der Schule treffen wollte. Die Kameras nahmen sie ins Visier.

»Kein bisschen privat, obwohl der Flecken hier ziemlich abgelegen ist«, sagte er.

Sie schüttelte den Kopf. »Ich kann nur nicht riskieren, dass man mich dauernd mit dem Kriminalkommissar sieht. »Und ich wollte nicht, dass irgendjemand hört, wie ich sage. Ich hab in den Schulakten geschnüffelt und etwas entdeckt.«

»Wem haben Sie nachgeschnüffelt, den beiden Schülern, die angeblich Melanie Rendls Verschleppung beobachteten?«, wollte Hiero wissen. »Was gibt es in einer solchen Akte zu entdecken, außer vielleicht eine Notfallrufnummer, besondere Hinweise wie Fehlverhalten oder andere Auffälligkeiten.« Solche Dinger konnten einen so richtig drankriegen, und sie hatten sicher auch etwas wie eine Mindesthaltbarkeit.

»Das auch. Außerdem Fehltage und ärztliche Gutachten«, gab Katharina Auskunft. »Der Hausarzt von Justus Hasse hat ihn im letzten Jahr 14 Tage vom Schulunterricht beurlauben lassen wegen schwerwiegender familiärer Probleme.«

Konstantin Hasse hatte vom Tod seiner Frau gesprochen. »Sie hätten es nicht eine Entdeckung genannt, wenn es nichts zu entdecken gab«, überließ sich Hiero seiner Neugier.

»Der Zeitraum«, sagte sie. »Jetzt vor einem Jahr«, betonte sie.

Ein Plan, dachte Hiero. Nur welcher? Das fragte auch die Schulsekretärin: »Was, wenn die Entführung erfunden war? Die beiden ließen etwas stattfinden. Es musste genau um diese Zeit sein«, warf Katharina ein.

»Wer nur einen Mord plant, begeht ausschließlich den, weil er dann hat, was er will«, sagte Hiero. »Was sollte da eine Entführung, das Opfer betäuben, gefangen halten, um es nachher zu töten?«

»Und wenn die Täter noch nicht hatten, was sie wollten? Ihnen Mord allein nicht genügte?« Katharina fuhr sich schaudernd über die Oberarme.

»Wenn es mehr sein musste«, schloss sich Hiero ihrem Gedanken an, den er auch schon gehabt hatte. Sie öffnete den Reißverschluss ihrer Tasche und nahm einen Ausdruck heraus.

»Zwischen den beiden herrscht Eiszeit. Jetzt. Sie waren kurz vorher noch die besten Freunde. Auffällig. Genauso wie ihre Gesichter auf einem der Fotos am Grab von Melanie.«

Auf Justus' Gesicht lag ein seltsames Lächeln. »Der andere heult?«

»Was soll das bedeuten?«, fragte Katharina.

Hiero konnte ihr darüber nichts sagen, aber etwas in Erfahrung bringen. »Wer war Melanie Rendl? Sie waren mit ihr befreundet, gut?«

»Sie war impulsiv. In etwa so ...« Sie stellte sich vor ihn, erhob sich auf Zehenspitzen, schlang die Arme um ihn und küsste ihn. »Über die Konsequenzen machte sie sich erst später Gedanken, wenn überhaupt, oder wenn ihr Ärger ins Haus stand.« Ihre Stimme bebte. Die Schulsekretärin löste sich von ihm.

Hiero streichelte über ihre Wange, flüsterte: »Ich mag die Szene«, und in den nächsten Sekunden gehörte ihr Mund wieder ihm.

Augustin hatte sich von seiner Decke hochgestemmt. »Schnitt! Hört mit der Schmuserei auf. Hiero, da ist noch ein Textschwanz für dich.« Henny meinte er, erklären zu müssen: »Der Mann ist heute nicht ganz bei sich.«

Dann schrie er nach der Maske, weil Hiero der Schulsekretärin den Lippenstift weggeschleckt hätte. Erschöpft ließ sich Augustin wieder auf seine Decke fallen.

Hiero kümmerte sich um seinen Textschwanz. »Die impulsive Freundin hatte einen Liebhaber, während sie einem anderen schöne Augen machte und sich außerdem noch etwas für schlechtere Zeiten aufsparte.«

Von Katharina kam keine Antwort. Hiero fiel etwas ein. Der Gedanke war aufgeblitzt. »Stand in der Akte, wer der Hausarzt war, der für Justus' Beurlaubung sorgte?«

»Thomas Wächsing«, wusste Katharina.

Das war eine Antwort, die dem Kommissar gefiel, denn bei diesem Hausarzt konnte er ganz anders ansetzen. Spezialbehandlung!

Die Friedhofsszene stand als Nächstes auf dem Plan. Sie hatte mit Viktor nichts zu tun, aber solange er sich in Gesellschaft befand, wäre es schwieriger ihn umzubringen, und problematischer, einen unbeobachteten Handgriff zu machen. Die blöden Drohungen galten dem ganzen Team, auch wenn die anderen Herrschaften nichts ahnten.

Obwohl Frank nicht aussah, als hätte der aktuell etwas in Arbeit.

Unter der Trauerweide war heute nicht Viktors Platz, der nahm hinter dem nervösen Kriminalkommissar Aufstellung.

Die Szene wäre in Kürze im Kasten, wollte Augustin.

Am Grab von Melanie Rendl stand zwischen welkenden Blumengebinden ein Holzkreuz mit einem Foto.

Alexander fiel auf die Knie und streichelte das Bild.

»Das hab ich nicht gewollt!«, rief er aus. »Ich wollte dich – nur dich. Für mich.«

Katharina Kress bemühte sich nicht, leise zu sein. Sie sprach Alexander an, da war sie noch mehr als einen Schritt von ihm entfernt. »Eine Liebeserklärung am Grab?«, fragte sie ungläubig.

Alexander drehte sich nicht um. Er wusste, wer hinter ihm stand. »Sie wissen genau, dass sie gern gespielt hat. Aber mich mochte sie wirklich, es hätte mehr draus werden können. Ich wollte mehr draus machen.«

»Erzählst du's mir?« Sie trat neben ihn, zupfte einige der Blüten zurecht.

»Sie haben versprochen, denjenigen zu finden, der Melanie gezwungen hat, dem Tod zu begegnen. Vielleicht haben Sie ihn ja grade gefunden.«

»Dein Wort darauf genügt mir nicht, Alexander«, sagte sie.

»Das ist aber alles, was Sie kriegen, Frau Kress!« Er stand auf, klopfte sich die Hose ab. Es war ihm gleich, dass auf seinen Wangen Tränenspuren waren.

Augustin ließ ein beglücktes Aufseufzen hören. »Das passt, nehmen wir. Lasst mich überlegen. Den Abend verbringen wir in der Metzgerei«, er wurde verbindlicher, »in unserer Außenstelle der Rechtsmedizin. Die Garaus hat den Vergleich der Fingerdings, Bene Hotter war flott unterwegs, und Juliane konnte eine Bestimmung machen. – Weil wurscht. Den Zuschauer interessiert nicht, wann genau was gemacht wurde. Hauptsache, es ereignet sich.«

»Wollten wir nicht was Anständiges essen?«, brachte ihn die Rechtsmedizinerin in Erinnerung.

»Doch, irgendwann wollten wir. Morgen vielleicht.«

»Ist nicht dein Ernst«, klagten einige Stimmen.

Am Abend in der Metzgerei knurrten einige Mägen, sodass der Regisseur die Requisite aussandte, um Semmeln oder Brot zu besorgen. »Es ist spät, es hat schon alles zu«, bemerkte Egon, was ihm nicht half. Augustin versicherte ihm, er würde das hinkriegen (müssen).

Juliane Garaus sollte in der Kühlung einstweilen nach einer Salami fahnden und die Maschine vorne anwerfen, um die Wurst zu schneiden.

Gurken im Glas wurden im Laden verkauft, da hatten sie die Auswahl. Die Angestellten wären tags darauf bestimmt erfreut, wenn sie sähen, wie das Filmteam sich mit Wurst versorgte, auf ihren Arbeitsflächen herumwerkelte und sich an den Geräten vergriff.

Diesmal zeigte sich der Kriminalkommissar nicht.

Viktor wollte es nur hinter sich bringen, langsam bröckelte die aufgesetzte Fassade, er hatte keine Lust mehr, den Angeschlagenen zu mimen.

Egon hatte für sie Brot organisiert, er hatte dafür in eine Hotelküche gehen und betteln müssen, ließ er sie wissen. Nach der Brotzeit machte sich der Regisseur ans Aufräumen, putzte die Maschine und legte Zettel aus, was sie sich genommen hatten, und dazu ein paar Banknoten.

»Jetzt will ich was von euch sehen!«, sagte er, als hätte er jedem von ihnen gerade ein Drei-Gänge-Menü spendiert.

»Der Spurenleser hat der Garaus, gleich, nachdem er die Sachen gesichert hatte, die Gläser und das Besteck geliefert. Das wird mit einem Satz klargemacht. Die Ergebnisse sind natürlich schon da. Überraschung. Dann redet ihr noch ein bisserl über den Fall, jeder hat seinen Text und dann …«

»Gehen wir heim«, sagte Bene Hotter.

Kein Kommentar hieß: angenommen.

»So, jetzt haut rein!«

Juliane Garaus saß wieder an ihrem Tisch mit den teuren Geräten.

Hiero und Bene standen jeweils rechts und links, warteten, was da gleich kam, und warfen sich über ihren Kopf einen Blick zu.

»Was verwirrt dich?«, fragte Bene schließlich.

Die Rechtsmedizinerin blickte auf. »Ich frag mich, wie kann es sein, dass jemand sich bemüht eine Spur von falschen Fingerabdrücken zu legen, und dann … seinen eigenen hinterlässt und sich damit verrät. Ein unordentlicher Täter?« Das muss der Kommissar fragen«, war der Spurenleser dafür.

»Und der hat vielleicht die falschen Fragen gestellt oder ist zu dämlich, die Antworten zu begreifen«, sagte Hiero.

»Bete zu Gott, aber rudere weg von den Felsen«, bekam er von Bene gesagt.

»Indianerschüler, das ist ein Hinweis für einen, der nicht mal nahe genug dran ist. Von wem sind die Abdrücke? Die platzierten und dieser andere. Bitte mit einer Erklärung, die ich nachvollziehen kann«, verlangte Hiero.

»Die 17-Jährigen teilen ein Geheimnis. Nur machte es den Eindruck, als wüsste der eine nicht, was wirklich dahintersteckt. Jetzt hat er es vielleicht begriffen.«

»Juliane?« Hiero wollte sich an dem Geheimnis nicht ergötzen.

»Der deutliche Abdruck ist von Justus Hasse«, teilte sie ihm mit.

»Und ich dachte, der Gärtner soll der Schuldige sein.« Hiero zog ein Gesicht.

»Der Gärtner war im Bett mit der Lehrerin«, stellte Bene klar.

Hiero breitete die Handflächen aus. Woher weißt du das?

»Ich hab ein gutes Gehör, und niemand achtet auf einen Handwerker. Alexander wusste nichts davon. Er war erstaunt, als der andere es sagte.«

»Was noch?«, wollte Hiero wissen.

»Der war nicht im Bett mit der Lehrerin.«

»Der wollte aber. Ich kann mir denken, was das Geheimnis der zwei ist.« Hiero legte den Daumen unters Kinn und richtete den Zeigefinger auf. »Alexander will Melanie, die ist vielleicht nicht abgeneigt, aber um sie zu überzeugen, muss er sich etwas Außergewöhnliches einfallen lassen; er muss für sie der Held sein. Sie soll nur noch ihn sehen. Justus ist womöglich der mit der Idee.«

»Da fehlt aber der Geheimnisinhalt«, wandte Juliane ein.

»Findet er noch heraus!«, war Bene sicher.

»Und wenn der Gärtner mitspielt …«

»Ergibt das ein Motiv«, trommelte Hiero auf Julianes Tisch.

Viktor war heilfroh, dass Augustin nichts mehr eingefallen war, wo sie unbedingt noch hinmussten. Ende des heutigen Drehplans.

Er beeilte sich, zurück ins Hotel zu kommen, gab vor, hundemüde zu sein. Es war kurz nach elf, da durfte man anfangen, das zu behaupten. Frank war nicht aufgetaucht. Viktor fand es nur eine kleine Spur beunruhigend und schaute wie zufällig an der Rezeption vorbei. »Frank Weiß ist noch unterwegs, oder?«, ließ er seine Frage ganz unverhüllt anklingen.

»Nicht mehr, er müsste auf seinem Zimmer sein, es ist ja gleich neben Ihrem.«

Genauso hatte es sich Viktor gedacht, gleich neben seinem.

Kein Wunder, wenn er schlecht träumte.

Sein erster Weg führte ihn in die Dusche, Gabis Farbkünste und den Puder weggewaschen, sich eingeseift, das Wasser von warm auf kalt gestellt.

Er überlegte, ob er dem Kriminalkommissar zum Frühstück etwas unter dessen Tellerchen hinterlassen sollte, er dachte über eine Geisterstimme nach, die im nächtlichen Gang Franks Namen flüsterte. Er sollte nichts tun, bevor er nicht mit der Detektivin geredet hätte.

Müde war Viktor tatsächlich und gähnte, als er auf leisen Sohlen, nämlich ohne Schuhe, bloß in Socken die Treppe hinunterschlich und den Frühstücksraum ansteuerte.

Er sah den Schimmer einer Taschenlampe. »Henny?«, weil man sich nicht sicher sein konnte.

»Hiero«, flüsterte sie zurück. Unter anderen Umständen …

Was für welche? Sie umarmte ihn, er fühlte ihre Hand auf seinem Gesicht, dann ihren Mund. »Wie gut, dass es dunkel ist, weil ich ein Feigling bin«, sagte sie.

Einer von der Sorte genügte, fand er, doch bevor er weiter in diese angenehme Richtung denken konnte, wurde sie ernst. »Ich würde jetzt wahnsinnig gern mit dir ganz andere Sachen machen, aber du musst morgen früh aufstehen.«

Tatsächlich? Es fühlte sich an, als hätte Augustin gerade »Schnitt« gerufen.

»Nick Sommer bringt wieder einen Artikel, also musst du dir die Zeitung besorgen. Sie vielleicht beim Frühstück lesen und ein paar Bemerkungen fallen lassen.« Sie unterbrach sich. »Du weißt bestimmt, wie man es macht, das muss ich dem Kriminalkommissar nicht sagen.« Er hörte sie lächeln.

»Worüber kann Nick Sommer schreiben?«, wollte Viktor wissen.

»Hoffentlich etwas Kluges, denn es gibt eine Aufzeichnung von der Nacht am See. – Marlene ist drauf, du auch, ihr kamt beide aus der gleichen Richtung, die führte euch an der Villa vorbei. Die Besitzer haben dankenswerterweise eine Überwachungsanlage. Nick Sommer und Frank kamen aus der anderen. Frank lief auf dem Rückweg an der Villa vorbei; er hat die Steinschleuder in der Hand.«

»Kein Bluff?«, fragte er.

»Nein.« Ihre Erleichterung hörte er wie vorher das Lächeln.

»Die schöne Blonde ist tapfer; sie hat einen fürchterlichen Brummschädel, aber brachte heute den Angriff am See zur Anzeige und fuhr ins Krankenhaus, um die Wunde an der Schläfe von einem Arzt begutachten zu lassen. Wenn wir ihn jetzt nicht festnageln können, kriegen wir ihn nie mehr!«, war Henny überzeugt.

»In der Polizeiinspektion Herrsching weiß man Bescheid. Die warten noch einen Anruf aus Stuttgart ab – Marlene kennt da jemanden.«

»Irgendwann morgen entscheidet sich, was passiert?«, fragte Viktor.

Ob etwas passieren würde. Frank hatte in der Nacht eine Brille getragen, Viktor traute ihm zu, sich herauszuwinden.

Wenn sogar auf einem Handzettel Hiero Hart erkannt wurde, obwohl Frank Weiß zu sehen war, dann war das hier keine sichere Sache.

Er würde sehr früh aufstehen, aber mit der Zeitung hatte er eine andere Absicht.

57. KAPITEL

Ich werde die sich in dieser Bemerkung widerspiegelnde Feindseligkeit nicht mit einem Kommentar würdigen.

Viktor konnte sicher sein, dass Frank einen Weg finden würde, um sich der Gefahr zu entledigen. Neue Pläne?

Er wollte die nicht abwarten. Viktor durfte ihn nicht gewinnen lassen. »Ich hab deinen Fingerabdruck.« Und du hast das original Manuskript. Sicher – längst entsorgt.

Außerdem hatte Viktor ihn gestern Nacht am Steg gesehen.

Zweifelsfrei?, würde man ihn fragen.

Auf jeden Fall, würde er sagen. Hinter der Brille war das in jedem Fall Frank Weiß.

Hinter der Sorge hatten sich dumme Träume getummelt. In denen war alles schiefgegangen, das komplette Verliererszenario.

Viktor war am Morgen sagenhaft erleichtert, endlich aufwachen zu dürfen. Er zog sich an und machte sich auf den Weg zum Bahnhof; wenn jemand die »Ammersee Zeitung« anbieten konnte, dann der Kiosk dort.

Er sah das Foto und las die Schlagzeile: *Weiß jemand etwas über diesen Mann?*

»Kopist«, schmunzelte Viktor. Das Auge der Kamera hatte den Nachtspazierer frontal aufgenommen, als er ihr direkt entgegenkam.

»Schönes Foto«, fand Viktor.

Er legte die Zeitung auf die Ablage im Zimmer, darum würde er sich gleich kümmern, aber zuerst diverse Waschungen erledigen und sich mal wieder in einem Spiegel anschauen.

Sein Gesicht ließ sich kein bisschen sehen. Die Augen- und Wangenpartie müsste etwas verschönert werden und auch …

Der Kampf beim Fan-Treffen hatte Spuren in seinem Gesicht hinterlassen, während das Gesicht des anderen ohne Fehl und Tadel war. Viktor grinste. Einmal im Vorteil.

Er legte die Seite der Zeitung zusammen, dass nur die Notiz und das Bild zu sehen wären, wenn der Kriminalkommissar entdeckte, dass da jemand etwas unter seinen Teller geschoben hatte.

Heute war Viktor der Erste im Frühstücksraum – guter Stimmung, hungrig wie ein Wolf und als Erster am Buffet. Er kramte zwischen dem Semmelangebot herum, wählte dazu ein Croissant, tat sich Rührei und Bacon auf, ging zum Platz des Hauptdarstellers, den heute eine rostrote Rose erwartete, strich über ein Blatt und ging zurück zum Tresen, um sich um die Getränke zu kümmern.

Augustin schaute sich um, sah außer ihm niemanden. »Konntest du nicht schlafen?«, fragte er.

»Nicht wirklich gut, aber ein Morgenspaziergang löst sämtliche Spannungen. Ich bin frisch«, sagte er.

»Hiero, deine Stimmungsschwankungen sind fast bedenklich. Gestern schien noch die Welt unterzugehen.«

»Ich bin ein Schauspieler«, sagte Viktor zufrieden.

Er nahm sich die Tasse mit dem Latte Coco, den er sich von dem Automaten zubereiten ließ, dazu einen Kiwi-Apfel-Saft, der ihn unsanft an giftiges Blumenwasser erinnerte. Aber diesmal schmeckte das Rührei, der Bacon knusperte. Er hatte sich gerade ein paar Kleckse Frischkäse und eine Schokocreme zum Croissant besorgt, als Frank auf den Tisch zusteuerte.

»Guten Morgen«, sagte Viktor, sich sicher, es würde keiner für Frank werden.

Der sah das graue Papier unter seinem Teller. Anders als Viktor, der seine Karten allein für sich behalten wollte, deckte Frank den Ausschnitt auf. Vielleicht dachte er an nichts Böses.

Viktor wusste, was er las.

Nick Sommer erzählte, wie die Frau aus Stuttgart, von der man geglaubt hatte, sie wäre ertrunken, gestern in der Polizeiinspektion vorstellig wurde. Ihrem Retter verdankte sie ihr Leben, ihren Angreifer hatte sie angezeigt. Über diesen Mann gab es einiges zu wissen, er sei der Polizei wohlbekannt.

Franks Mund öffnete und schloss sich. »Du bist fast so blass wie der Frischkäse«, sagte Viktor und biss genüsslich in das Hörnchen.

Er hatte geahnt, Frank würde reagieren (müssen), aber nicht, dass die Reaktion so unmittelbar stattfand, er den Stuhl umwarf und aus dem Frühstücksraum stürmte.

Viktor ließ alles stehen und liegen und rannte hinterher. Er sah noch Augustins riesengroße Augen, dem Ungutes schwante. »Ruf die Polizei«, schrie Viktor.

»Jetzt spinnt er komplett«, hörte er Egon sagen.

Keine 1A-Idee, Viktor!, sagte er sich, fingerte das Handy aus der Hosentasche. Wen sollte er anrufen?

Er steckte das Telefon wieder ein. Frank war nicht berechenbar, aber der Kriminalhauptkommissar hatte eine geladene Waffe, so viel war sicher.

Und er? – Hatte eine Handsteinschleuder. Viktor brauchte nicht zu wissen, wer schneller war. Aber er würde tun, was er konnte, um ihn aufzuhalten. Er lief die Treppe hinauf, den Gang entlang. Es schien ewig zu dauern, bis er die Schlüsselpackung unter dem Blatt ausgepackt und seine Tür aufgesperrt hatte. Zeitraubende Idee.

Er packte die Schleuder und die Munition im Waschlappen, stieg in den Aufzug, der schneller war, und erreichte die Tür, als er Franks Wagen aus dem Parkplatz biegen sah. Er wurde von einem Pärchen aufgehalten, das sich gerade von jemandem verabschiedete.

Was würde Hiero Hart tun? Viktor zuckte die Schultern. Schießen. Er stellte sich auf, lud seine Schleuder und feuerte auf einen der Scheinwerfer. »Kaputte Lichter gehen im Straßenverkehr gar nicht.«

Ein Splittern, er hatte getroffen. Er lud erneut, zielte auf den linken Scheinwerfer. Ein Splittern, Treffer. Er sah Franks ungläubiges Gesicht. Der trat aufs Gas.

Das Pärchen deutete. Jemand rief. »Das ist nicht ernst, die drehen hier einen Krimi.«

Ernst sein, war relativ. Das war verdammt ernst. Viktor schoss den nächsten Kieselstein direkt auf die Windschutzscheibe. Die würde einige harte Treffer brauchen, bis sie riss. Er legte nach, traf, Frank würde ihn auf den Kühler nehmen.

Einen noch, sagte sich Viktor und schoss. Irgendwo hörte er Augustin schreien. »Was treibt ihr da Verrücktes?«

Viktor warf sich auf den Boden, entkam nur knapp dem Wagen und seinem böswilligen Fahrer. Er drehte sich blitzschnell, um Frank nicht aus den Augen zu verlieren. Ein mächtiger Schlag war zu hören, dann ein Knirschen, Glas splitterte. Frank hatte den Wagen nicht halten können und steckte damit zwischen den schmalen Alleebäumen in der Seestraße fest. So hätte er keine Chance, die Türen zu öffnen. Viktor rappelte sich auf, rannte auf den hängengebliebenen Wagen zu.

Viktor rannte auf den hängengebliebenen Wagen zu. War Frank verletzt? Er konnte es nicht sehen. Aber schon im nächsten Moment sah Viktor, wie der Kriminalkommissar seine Jacke über die Splitter der kaputten Beifahrerseite legte. Die Hände auf dem Wagendach, hievte er sich heraus.

»Das ist gut, sonst wäre ich derjenige, der dich umgebracht hat«, rief ihm Viktor von der gegenüberliegenden Straßenseite aus zu. Er war erleichtert, musste er zugeben.

»Das nenne ich richtig dumm.« Frank lachte. »So bin ich der, der dich umbringt. Du bist ausgetickt, hast auf mich geschossen, ich musste handeln, Notwehr.«

Viktor sah ihn, wie er sich wieder in den Wagen beugte – dann hielt er seine Dienstwaffe in der Hand.

Notwehr. Hatte man Worte!

Bist du darauf vorbereitet?, musste sich Viktor nicht fragen. Dafür war keine Zeit mehr.

Er hielt die Schleuder noch immer in der rechten Hand, in seiner linken hatte er einen Kiesel.

Frank würde schießen. Der Kriminalkommissar war wahnsinnig. Immerhin hatte sein Gegner, nämlich Viktor, eine Waffe und bedrohte ihn damit.

In einer ›Ich ergebe mich‹-Geste hob er mit beiden Händen langsam die Schleuder. Er hatte bloß eine Möglichkeit, die letzte, wenn er richtig lag. Ein Schuss. Er fingerte den Kiesel in die Mulde des Gummibands der Schleuder, blind und hoffte.

Er zog ab und ließ sich im gleichen Moment nach hinten fallen. Frank schrie etwas. Klang das nach Schmerz? Beinahe im gleichen Augenblick hörte Viktor den Pistolenschuss. Irgendwie verdammt laut. Schmerz spürte er keinen.

»Hammer. Die Folge schau ich mir an, wenn die im Fernsehen kommt«, applaudierte jemand begeistert.

Außer neugierigen Blicken war da einer, dem es jetzt gründlich reichte. Der Regisseur stürmte auf den Kriminalkommissar zu. Auf ihn schien die Pistole keinen Eindruck zu machen, oder er hatte gar nicht erst darüber nachgedacht. Augustin riss Frank die Waffe aus der Hand, mit der anderen schlug er zu. »Du bist so unecht wie ein Dreieuroschein«, spuckte er vor ihm aus.

»Deine Vergleiche sind ziemlich unschlagbar«, dachte Viktor.

»Nimm Frank die Uhr ab, die gehört ihm nicht, er hat sie gestohlen. Die Polizei wird dankbar sein, und der Bürgermeister, und der Pilot. Am meisten der.«

Es war wirklich eine Szene wie aus einem Film. Viktor lachte.

58. KAPITEL

Weil wir nicht erwartet haben, dass der Plan klappt, haben wir nicht weitergeplant.

Und das war das. Richtig schlimm, dass Viktor sich wirklich wie ein Schauspieler vorgekommen war. Und zwar einer, der auf sein Glück vertraute. Hatte er Frank getroffen? Oder hätte der ihn getroffen?

Eine Frage für einen anderen Tag.

Augustin war granatengeladen, dass er »Bergmann Film« mitteilen müsste, dass nach dem Drehbuchautor jetzt auch noch der echte Kriminalkommissar ausfiel. Der Bulle, der ein Killer war.

Dem Hauptdarsteller durfte jetzt aber nichts dazwischenkommen.

»Hiero, du hast gesagt, du bist fit, hast für mich auch so gewirkt. Das Polizeiprotokoll verschieben wir auf irgendwann später, und dem Bürgermeister stehen wir danach Rede und Antwort.«

Nach dem irgendwann später … wann wäre das?

Augustins Zeitangaben waren sonst nicht ganz so nebulös.

Viktor war es gleich, es würde sich alles ergeben. Spätestens, wenn der Regisseur wieder gewahr wurde, dass manche Dinge erledigt werden mussten. Viktor wollte sich umziehen, sagte er und danach »lasse ich mir von der Maschine noch einen Kaffee machen.«

»Genau, und ich will die Heldengeschichte hören«, lachte die Maskenbildnerin. »Was hast du da nebenbei getrieben?«, fragte Gabi.

Das hatte sich Viktor auch schon gefragt. Wenn sein Einsatz etwas bringen sollte, würde auch der Sturz von Günter Dexter genauer angeschaut werden. Frank war im Wildrosenweg als Erster zur Stelle gewesen. Vielleicht aber ganz anders, als er das erzählte. Dem Film-Kriminalkommissar wären da einige Dinge aufgefallen, einige für einen normalen Unfall kriminell unlogische Dinge.

»Wir müssen unseren Film fertigbekommen«, erinnerte sie Augustin. »Hiero muss seinen Fall lösen.« Alles wie immer.

»Ich spendiere uns abends einen Schnaps im Bistro«, verkündete er.

»Vielleicht hat sein Therapeut ihm auch empfohlen, sei bloß nicht du selbst. Sei anders«, machte sich Egon lustig.

»Apropos«, sagte Viktor und zupfte an Gabis Bluse. »Ich hab deinen kostbaren Federpinsel genommen.«

»Um Farbe auf deine Wangen zu bekommen?« Eindeutig zweideutig.

»Um mit Grafitstaub Fingerabdrücke abzunehmen.«

Die Maskenbildnerin verzog das Gesicht. »Kinderkram.«

Worauf er nichts erwiderte.

Im Seminarraum füllte sich der Tisch. Henny setzte sich neben ihn, bemerkte, dass Frank Weiß nicht da war. Unsicher. »Der Wagen, der gegen den Baum gefahren wurde. Sieht etwas angegriffen aus. Seiner?«, fragte die Detektivin.

»Ich war diesmal der mit dem Blitz in der Hand«, sagte Viktor, der den zweiten Teil der alten Indianerweisheit zufrieden vorbrachte.

»Leute – wenn ich bitten darf.« Augustin schlug das Skript auf. »Hiero ist dem Verbrechen auf der Spur«, lautete das Intro.

»Der Kriminalkommissar muss an seinen Schreibtisch, an seinen Rechner in der Dienststelle. Es gibt etwas zu erledigen. Er wird sich mit Thomas Wächsing, dem Hausarzt, in Verbindung setzen. Von ihm will er wissen, welche Diagnose er Justus

Hasse stellte, warum die Schulbefreiung. Er erfährt nicht viel, dreht es um und fragt Wächsing etwas über den Tod der Mutter.

Die Hintergründe schlüsselt der findige Kommissar zusammen mit Bene Hotter auf; das hat er jedenfalls vor. Doch dann kommt alles anders.«

»Deine allgeliebte Spannung«, sagte Bene.

»Die mich noch umbringt, wenn sich Hiero jeden Tag solche Ausfälle leistet!«

»Nennt sich Sondereinsatz«, erklärte Viktor.

»So, dann sind wir ja genau richtig. Hiero muss die Sache nämlich erst mal allein stemmen. Telefonstimme. Er schreibt eine Notiz. Die Kamera nimmt genau die ins Visier. Dann bestellt Hiero Konstantin Hasse zur ehemaligen Gärtnerei.«

»Ich glaube, die Handsteinschleuder braucht ein neues Gummiband«, sagte Viktor.

»Egon kümmert sich«, nickte Augustin.

»Die Requisite hat vielleicht keinen Ersatz?« Egon klang gestresst.

»Die Requisite muss immer auf alle Eventualitäten vorbereitet sein«, ließ der Regisseur den verhaltenen Einspruch nicht gelten. »Die Schleuder muss passen!«

»Wann gibt's den Schnaps?«, interessierte sich Juliane Garaus für die angenehme Nebensächlichkeit.

»Das wird später Abend werden«, rechnete der Regisseur.

»Weil zuerst Katharina Kress in Schwierigkeiten geraten muss.«

In der Polizeiinspektion in der Rieder Straße brachte Hiero Hart den Hausarzt in Schwierigkeiten.

Ein kurzes Telefongespräch, in dem sich der Kriminalkommissar mit Wächsing auseinandersetzte.

»Und nach 14 Tagen war Justus Hasse keine Bedrohung mehr für sich selbst? Da steht, er hat sich mit einem Messer verletzt. Wächsing, du solltest dir gut überlegen, was du da rauslässt, denn wir haben zwei Leichen. Was hast du auf Emma Hasses Totenschein geschrieben? – Ah. Bist du sicher?« Nicht ganz ernst gemeint. Hiero fuhr sich mit Zeige- und Mittelfinger nachdenklich über seine linke Augenbraue. Er legte auf, schrieb sich eine Notiz, legte die zur Seite. Die Kamera zoomte auf die Zeilen. Melanies Todestag = Emmas Todestag.

Hiero wählte eine zweite Nummer. »Sie sind schwierig zu erreichen«, sagte er. »Ich muss leider ein bisschen offiziell werden, und Sie müssen sich überlegen, ob Sie mir die Sicht vernebeln wollen. Wir treffen uns um 19 Uhr in ihrer ehemaligen Gärtnerei. Seien Sie pünktlich, Herr Hasse.«

Die erste Sequenz war geschafft. Viktor kam sich vor, als hätte ihn jemand wie ein Spielzeug aufgezogen.

»Hey Hiero. Du weißt schon – der Bulle darf drohen, die Polizei nicht«, sagte Karl Lehmann, der beim letzten Mal schon meinte, die Serie gefiele ihm.

Habt ihr eine Ahnung, was die Polizei sich mitunter so leistete. Viktor brauchte es nicht zu betonen. »Uns kam leider unser polizeilicher Berater abhanden«, sagte er.

»Der Witz war gut, wenn ihr einen neuen verpflichten wollt, meldet euch. – Es hat alle erstaunt, brauche ich dir nicht zu sagen. Er schien ein toller Typ zu sein.« Lehmann schien bestürzt.

Genau. Weil er einer war, liebte Laura ihn. Bewunderung. »Er hatte ein paar mörderische Leidenschaften. Ich hätte da noch eine Todeskarte und andere Drohungen anzubieten«, sagte Viktor. »Der Mordermittler hat seinen Fingerabdruck hinterlassen.«

»Er hatte die geklaute Uhr am Handgelenk. Wie dumm ist das?« Der Beamte schüttelte den Kopf.

»Eigentlich das unauffälligste Versteck überhaupt«, fand Viktor.

»Oder so. Komm doch schnell mit, und wir schreiben das Protokoll.«

An schnell glaubte Viktor nicht. Die halbe Dienststelle saß dabei und wollte hören, was genau da heute Morgen abgelaufen war.

Um Frank Weiß war sich gekümmert worden. »Den haben seine Kollegen abgeholt, die Hände hinter dem Rücken zusammengeschnürt. Der Typ ist krank. Hätte bloß vorher mal jemandem auffallen sollen.«

»Du siehst nicht unbedingt zufrieden aus«, bemerkte einer. »Du hast den Diebstahlsfall gleich mitgelöst, außerdem einen heimtückischen Mord am See vor fünf Monaten. Und einen Mordversuch verhindert. Zufrieden sein, ist echt erlaubt.«

Das fand auch Lehmann.

Viktor hatte mit dem kranken Kerl geraucht, gedreht – fraglich, ob die Szene mit Maximilian Lentzen neu besetzt werden würde. »Bergmann Film« leistete sich wahrscheinlich keinen Dieb und Mörder in ihrer Krimiserie.

»Untersucht wird derzeit auch, ob der Treppensturz dieses Autors nicht ein Mord gewesen ist. Könnte aber heikel werden«, steuerte ein anderer bei.

Augustin lief derweil auf dem Gang auf und ab und murmelte, dass man die Lobeshymnen auch später noch an den Mann bringen dürfte.

»Filmmenschen sind fürchterlich nervös«, sagte Lehmann. »Ich werde mir bestimmt wieder anschauen, was ihr gekonnt habt.«

Viktor hoffte, einiges. Und das gut.

Katharina Kress hatte eine Schulbüroszene mit dem smarten Justus Hasse. Hiero könnte entweder in seinem Zwergenzimmer sitzen oder in einer Büroecke stehen und sich das Spiel anschauen. Hinter der Kamera statt davor.

»Es ist Nachmittag, die Schüler haben längst Unterrichtsschluss, Katharina arbeitet noch einige Sachen auf. Dann ein Klopfen, die Schulsekretärin heißt denjenigen hereinkommen.

Mit Justus hat sie nicht gerechnet«, sagte Augustin und machte eine Handbewegung.

»Ich wusste nicht, mit wem ich reden kann ... es geht um Melanie Rendl, ich habe etwas entdeckt, draußen in unserer ehemaligen Gärtnerei. Jemand hat etwas Schlimmes getan. Kommen Sie bitte mit, sonst passiert vielleicht noch ein Unglück.«

»Justus, ist etwas mit Alexander?«, fragte Katharina alarmiert und hielt ihn am Arm fest. Er drehte sie zu sich herum. »Ich hab Angst, dass mein Freund sich umbringt. Bitte, wir müssen etwas tun!« Seine Augen schauten sie flehend an.

Sie nickte, schrieb einen Zettel, sie müsse weg, es ginge um einen Notfall. Sie schaltete den Computer aus, nahm ihre Handtasche. Justus blieb einen Moment hinter ihr und wischte die Notiz mit einer Hand unbemerkt vom Tisch. »Ich bin so froh, dass Sie mir helfen wollen«, sagte er in ihren Rücken, ein Grinsen auf seinem Gesicht.

»Schnitt«, sagte Augustin. »Die vielen Kleinen müssen heute noch alle in den Kasten, Leute. Next: Alexander entschließt sich, mit der Schulsekretärin zu reden. Katharina Kress ist nicht da. – Dasselbe Spiel. Es kann losgehen.«

Klopfen. Keine Antwort. Alexander öffnete die Tür, blickte sich um. Auf ihrem Tisch lag ein Ordner, aber es wirkte nicht, als wäre die Schulsekretärin nur kurz weg. Der Computer war abgeschaltet, kein Stand-by-Modus, ihre persönliche Sache, die Handtasche, war auch weg. Alexanders Hand fasste auf den Rechner. Vor Kurzem lief der noch. Er bemerkte, dass er auf etwas getreten war. Ein Zettel mit einer Nachricht, er ballte die Hände zu Fäusten. »Du wirst alles dafür tun, deinen Hals aus der Schlinge zu ziehen und meinen reinzustecken. Aber nicht ihren!« In seinem Gesicht Entschlossenheit. Alexander musste etwas gegen den ehemaligen Freund unternehmen.

Gute Mimik, im Zusammenspiel mit der zuerst gefühlten Bedrückung und dem entschiedenen Antrieb. Entscheidung.

Viktor sagte es ihm, der Regisseur jagte weiter.

Wollte Augustin unbedingt den Rest des Films abdrehen?, fragte sich Viktor. Gestern hatte er von heute gesprochen, als es ums Essen ging.

Viktor verdrehte die Augen. »Die ganze Aufregung tut dir nicht gut«, war er überzeugt.

»Das sag ich dir doch schon dauernd«, stöhnte der Regisseur. »Hiero muss den Spurenleser mobilisieren. Günter hat im Drehbuch geschrieben ›wo es euch gefällt‹. Wo gefällt es euch? Das handelt ihr mal aus.«

»Ich hab das neue Gummiband für Hieros Schleuder noch nicht«, meldete sich Egon zu Wort.

»Hiero braucht die Schleuder auch erst später. Katharina ist mit Justus auf dem Weg zur Gärtnerei, Hiero hat Konstantin Hasse dorthin bestellt. Alexander hat den Zettel gelesen, der macht sich auch auf den Weg. Hiero kommt erst dazu, wenn es richtig heiß wird.«

»Wann ist dieses später?«, vergewisserte sich der Requisiteur.

»Später könnte es dunkel sein«, fiel Viktor auf, was auch allen anderen nicht entgangen sein dürfte.

»Das Finale ist eine Nachtszene, wie ihr wisst. Die Gemeinde hat einen Käufer für das Gelände gefunden, weshalb wir unversehens schneller machen müssen.«

Wusste er das?, fragte sich Viktor. »Ich hab keine Nachtsichtbrille, da treffe ich gar nichts.«

»Diesmal muss es auch bloß so aussehen«, erklärte Augustin.

»Und du darfst am Ende die Schulsekretärin wieder küssen«, lachte Bene. »Du bist der Held.«

Viktor hatte sich auf dieses Ende noch gar nicht eingerichtet.

Bene raunte ihm zu, er hätte da so eine Indianeridee, wo sie sich besprechen konnten. Die würde richtig gut passen. »Hiero und ich brauchen einen Kraftort, um unsere Sinne auf das Rätsel zu konzentrieren«, sagte der Spurenleser.

»Wo sollen wir den jetzt so plötzlich hernehmen?« Augustin

rümpfte die Nase. Viktor musste lachen. »Geschieht dir recht«, fand er. »Der Schüler des Indianers beschäftigt sich mit so was.«

»Na ja, ich dachte eigentlich, Egon könnte sich kurz einlesen. Von wegen spirituelle Identität der Landschaft und Vitalenergie«, sagte Bene.

»Spinnt ihr? Zieht doch selber los und identifiziert euch mit irgendwas«, schimpfte der Requisiteur gallig.

Augustins Gesicht sprach Bände. »Die Enträtselung muss schneller vonstattengehen. Wir brauchen den Zuschauern nicht die Gegend präsentieren, das macht schon der Tourismusverband.«

Viktor legte die Hände auf die Ohren. »Ich mag nichts mehr hören«, sagte er.

Doch, formulierte der Mund des Regisseurs.

»Dann nehmen wir eine Kreuzung, die steht für ›etwas entscheiden müssen‹«, fand der Spurenleser. »Ich brauche das Feeling.« Er zwinkerte.

»Requisite. Wenn es der Spannung dient ... Egon, du suchst uns eine Kreuzung heraus; vielleicht ist irgendwo Wasser in der Nähe. Da kann man dann gleich noch die Seele entrümpeln und unliebsame Sachen entsorgen.« Augustin löste ihren runden Tisch auf.

Egon hatte sich für den Ausgangpunkt bei der alten Schmiede entschieden. »Apropos Feeling. Du ersetzt mir den Pinsel, Hiero?«, fragte Gabi. »Ich war richtig sauer, als der weg war.«

»Weil Bene grade dafür ist, dass es hier ein guter Ort ist, um Entscheidungen zu treffen?« Er schnaufte. »Dann nimm meine, ich zahle dir einen neuen Pinsel. Asche auf mein Haupt, weil ich den anderen stibitzt habe.«

»Hiero entschuldigt sich, jetzt machst du mich misstrauisch«, sagte Gabi.

»So, jetzt aber los. Sonst schluckt uns die Dämmerung.« Der Regisseur hatte kein Fünkchen Geduld. »Hiero hat die Infos vom Hausarzt, und der Spurenleser hat eine Eingebung. Zum Glück nicht ›wie ihr wollt‹. Das steht im Drehbuch.«

Hiero und Bene positionierten sich mitten in der Kreuzung. Bene berührte die Feder am Band um seinen Hals.

»Das Kriegsbeil ist erst dann begraben, wenn man nicht mehr weiß, wo es liegt.«

»Von welchem Krieg reden wir hier?«, wollte Hiero wissen.

»Drei Männer, Vater, Sohn, Freund. Es geht um eine Frau.«

»Es geht um zwei Frauen«, berichtigte der Kommissar. »Die eine, die den Mann der anderen eine Weile behalten wollte, und die andere, der Verlassenwerden drohte, die tödlich getroffen war und sich deswegen umgebracht hat. Der Hausarzt musste seine Akten aufmachen, ich drohte ihm mit dem Allerschlimmsten.«

»Und was ist das?«, fragte Bene interessiert.

»Keine Ahnung, eben das Allerschlimmste.« Hiero zuckte die Schulter. »Vor genau einem Jahr; das Datum des Selbstmordes von Emma Hasse ist in diesem Jahr der Todestag von Melanie Rendl. Die nacket Hur.« Der Kriminalkommissar hatte wieder das Ergebnis vor Augen. Das giftige Blumenwasser. »Justus wollte, dass die Lehrerin so sterben sollte, wie die Mutter starb. Er hat sich für den Vater als Mörder entschieden. Und Alexander als möglichen Ausweg.«

»Der Freund ist nicht unschuldig«, sagte Bene. »Aber wie schuldig … was lief da genau, wie war der Plan?«

»Heute Abend probiere ich erst einmal, Konstantin Hasse zu knacken«, sagte Hiero. »Wir machen eine Tatortbegehung in der ehemaligen Gärtnerei.«

»Vergiss nicht, wofür da draußen im Gewächshaus geübt wurde; einer von denen ist gefährlich. Wenn der glauben muss, alles zu verlieren, ist es ihm gleich, auf wen er anlegt.« Jetzt richtete sich Benes Blick in die Ferne. Vielleicht hatte nur er den Schatten des Todes gesehen.

»Wir sind im Gelände, Rückzug«, hatte Augustin angeordnet.

Sie alle trabten den Kofferträgern mit ihren Kameras, Stativen und einem Klapptisch hinterher.

»Mir hängt der Magen auf halb acht«, sagte Viktor.

»Ganz schlecht, weil Hiero 19 Uhr mit Konstantin Hasse ausgemacht hat. Pünktlich, hat er verlangt. Und jetzt macht hin – denn heute, Leute, kommt ihr mir nicht davon. Ganz egal, es dauert so lang, wie es dauert. Punkt.« Das hatten sie doch schon mal gehört. Mit einem Bonus hatte Viktor nicht gerechnet, aber auch nicht mit Bestrafung, gerade fühlte es sich ganz danach an.

Von einem Drehort ging es zum nächsten. Kaum Zeit zum Luftholen. Henny alias Katharina Kress fuhr im anderen Wagen. Die Dunkelheit wäre diesmal in jedem Fall gut genug für einen leidenschaftlichen Kuss. Viktor dachte darüber nach, was sein würde, wenn das Team die Koffer packte, abreiste und andere Angebote lockten. Er wollte die Detektivin nicht aus den Augen verlieren, aber das würde er. Die Krimiserie würde, wenn die Einschaltquoten stimmten, sicher fortgesetzt. Vielleicht kämen sie alle im nächsten Frühjahr an den Ammersee zurück …

Die Reifen des Wagens knirschten auf dem Uferweg, in den Bäumen kreischten Krähen. Augustin gefiele sicher die Stimmung, schon weil die schwarzen Vögel angeblich Unheil bringend waren.

»Der gute Jäger wartet, bis der Wolf zu ihm kommt.« Der Spurenleser hatte keinen Text, er wollte als Unterstützung mitkommen, es gäbe später noch einen Schnaps.

»Wenn Hiero den Treffer landet«, scherzte Justus.

»Hiero hat heute schon den Original-Kriminalkommissar abgeschossen«, wusste Gabi. »Dazu tauchen bald Fotos im Netz auf. Fans sind immer und überall«, gab die Maskenbildnerin orakelhaft zurück.

Sie stiegen aus und gingen den Uferweg entlang. Ein Stück weiter vorne hatten sich auch heute tatsächlich wieder einige Fans versammelt. »Woher du das weißt«, sagte er zu Gabi.

»Schön, euch zu sehen!«, rief Viktor und winkte den Leuten zu.

»Echt jetzt?«, fragte Augustin. »Was ist denn das Seltsames, Hiero? Du bist doch nicht der Kuscheltyp.«

Viktor würde den Einwurf überhören, außerdem waren sie nahe genug dran, dass ihm im Licht der Laternen jemand bekannt vorkam. In der ersten Reihe stand sie da schön und blond in Jeans, Shirt und roter Lederjacke. Er lief hinüber. »Was machen Sie denn hier, Marlene? Sie sollten sich ausruhen.«

Sie lachte ihn an. »Hieronymus Hart. Wir sind doch seit der aufregenden vorletzten Nacht beim Du.«

»Beinahe tödlich aufregend«, gab er zurück.

Kommentare, Lachen, Anzüglichkeiten. Die Fans waren schon wieder dabei, sich von Hiero Hart ein falsches Bild zu machen.

»Alles gut, Hiero. Ich lasse die Dame nicht ohne Begleitung nach Einbruch der Dunkelheit zum See. Da kann ja sonst was passieren.«

Er hatte den Mann mit der Kamera übersehen. Wie das denn?

»Sonst was. Genau. Darum bringst du die Dame am Ende des Abends auch wieder zurück in die Pension«, verlangte er von Nick Sommer. »Klar, und warte vor der Tür, bis hinter ihr abgesperrt ist«, versprach der. Obwohl es locker klang, konnte Viktor sicher sein, es war genauso gemeint.

»Du bist ein gefragter Typ.« Er nickte zu Augustin hinüber, der schon wieder hektisch die Hände in die Luft warf. Der Regisseur sandte Kameras und Toningenieur aus, erledigte die Aufstellung der Schauspieler und machte sich noch einmal über den Ablauf her:

»Hiero denkt, er trifft hier den Gärtner, aber Konstantin Hasse hat den Termin nicht eingehalten. Justus hat Katharina gefesselt. Er hat dabei am wenigsten an seinen Freund Alexander gedacht, der jetzt endlich der Held sein kann. – Requisite … Egon, ist die Schleuder vor Ort, das Gummiband erneuert?«

»Hmm«, machte der Requisiteur, was der Regisseur als Zustimmung wertete.

»Die Kamera folgt Hiero, linst mit ihm in den Schuppen.« Punkt. Start. Action.

Viktor nahm die Schultern zurück, setzte den Kommissar-Blick auf. Er war Hiero Hart. Das Astloch ließ das Licht im Inneren nach draußen und mit ihm auch die Stimme. Er hatte die Hand am Riegel des Schuppens und sollte besser mit allem rechnen, wenn er die jetzt aufzog. Der Gärtner war nicht da, der hatte wohl die Zeit übersehen. Hiero hatte noch den Gedanken, dass er das sein sollte, der am längeren Hebel sitzt; der Eindruck war gleich darauf schon ein ganz anderer.

»Ah, die Polizei«, höhnte Justus Hasse. »Scheiße«, lachte er.

Hiero lachte nicht. Ein Blick – Katharina Kress war gefesselt und an die Gartenliege fixiert, wie vor ihr Melanie Rendl. Neben ihr stand der Sohn des Gärtners mit einer Flasche in der Hand, eine andere hatte er in Reichweite auf einem Tisch abgestellt. Er nahm einen Schluck, kippte Katharinas Kopf nach hinten und zwang ihren Mund auf. »Trinken!« Er zwängte die Flasche zwischen ihre Lippen, sodass sie schlucken musste.

Es stank penetrant nach alten Pflanzenresten.

Hiero würde dort nicht stehen und ihn tun lassen, was er tun wollte. Justus hatte keine Waffe. Hiero auch nicht.

Katharina hustete, wandte den Kopf, Hiero bemerkte das angedeutete NEIN. Was nein? Er musste die Situation von außen betrachten, klar denken, herausfinden, worum es Justus ging. Der spielte nicht.

Alexander lag auf den Knien vor der Gartenliege, hatte die Hände wie zum Gebet gefaltet. »Lass sie, sie hat gar nichts damit zu tun.«

»Das ist für dich – deine Chance. Du willst doch ein Held sein. Diese Frau, die kannst du retten. Die Lehrerin, tja, das ging nicht. Die gehörte mir«, sagte Justus. Feuer im Blick oder Wahnsinn?

Hiero bemerkte die Steinschleuder, die neben einem alten Stuhl lag. Hatte er eine Tatwaffe vor sich?

»Ich stehe mir ungern die Beine in den Bauch«, sagte Hiero, wählte sich den Stuhl als Sitzgelegenheit, drehte die Lehne zu sich, ließ dabei Justus Hasse nicht aus den Augen. Platzierte das Sitzmöbel direkt neben der Schleuder. Jetzt sollte er nach irgendeiner Munition Ausschau halten. Das Ding wäre die einzige Waffe.

»Ich bin mit dem ehemaligen Gärtner verabredet, der kommt vielleicht später.«

»Der kommt gar nicht, weil ihm sein Sohn gesagt hat, der Bulle versucht, uns ganz blöd dranzukriegen, und erzählt lauter Lügen. Besser wäre, er würde sich um einen Anwalt kümmern.«

»Die Empfehlung ist ziemlich schlau, denn du hockst in der Grube, Häschen! Versuchst, deinem Vater das Ding mit der Lehrerin anzuhängen, hinterlässt aber deinen Fingerabdruck auf Melanie Rendls Computertastatur.«

Nur ein enttäuschtes Zusammenziehen der Mundwinkel von Justus. »So oder so nicht.« Er klang fast gleichgültig, kippte Katharinas Kopf wieder nach hinten.

»Sie provozieren ihn, lassen Sie das!«, warnte ihn Alexander. »Er gibt ihr giftiges Blumenwasser zu trinken. Er wird sie ganz langsam sterben lassen.« Alexander versuchte, näher an die Liege heranzukommen.

Justus trank wieder einen Schluck aus seiner Flasche, die er hinter sich platziert hatte.

»Warum sollte er?«, fragt Hiero und lehnte sich auf dem Stuhl ein wenig nach vorne. Da lagen Fliesenscherben auf dem Boden. »Justus hat doch längst, was er will. Die Schulsekretärin interessiert ihn vielleicht nicht?«

»Weil mich was genau interessiert?«, fragte Justus gespannt.

»Dem Freund Angst einjagen, ihn kriechen sehen. Wenigstens ein bisschen«, sagte Hiero. »Der geht dir auf die Nerven mit seiner Heulerei. Ansonsten bin ich mir noch nicht ganz schlüssig, was das wird.«

»Dann passen Sie mal auf. Vielleicht sind Sie einfallsreich«, riet ihm Justus.

Alexander dachte, es wäre an der Zeit für ein Geständnis. »Es war meine Schuld und meine Idee, Melanie zu entführen, sie festzuhalten. Sie zu befreien. Das wollte ich tun. Ich dachte, sie würde den Helden lieben.« Alexander schlug mit der Faust gegen den Kopf. »So dumm.«

»Vielleicht ein erster Gedanke, aber dann stieg dein Freund ein, und es wurde zu seiner Idee. Es passte wunderbar. Jahrestag«, sagte Hiero.

»Warum, Justus? Warum das Scheißspiel, warum die Lüge, was war vor einem Jahr?«

Justus gab ihm keine Antwort, Hiero tat es. »Melanie hatte ein Verhältnis mit seinem Vater. Das hat sich entwickelt, sie kannten sich seit Langem, Melanie half hin und wieder in der Gärtnerei. Sie war Emmas Freundin. Sich in deren Mann zu verlieben, war vielleicht nicht geplant. Emma verlor ihre Liebe und eine Freundin, sie hat sich umgebracht.«

»Ein Unfall, hast du erzählt.« Alexanders Stimme versiegte.

»Kein Unfall«, sagte Hiero.

»Wir waren Freunde!«, sagte Alexander. Verständnislos. »Du wolltest deinen Vater bezahlen lassen, und jetzt, was ist, brauchst du noch einen Schuldigen?«

»Der Kommissar hat vollkommen recht. Ich habe alles. Die Schulsekretärin hat an Melanie Rendls Grab volltönend versprochen, sie wird denjenigen finden, der ihre Freundin gezwungen hat, dem Tod zu begegnen. – Gestatten, Frau Kress«, er machte eine Verbeugung. Wankte. Wie viel hatte er getrunken? Hiero gestattete sich einen genaueren Blick. Die Flaschen waren beide aus dunklem Glas, man sah nicht ins Innere. Justus hatte wahrscheinlich genug getrunken, nur keinen Tropfen Alkohol.

Wenn Hiero an die Steinschleuder käme, wäre es vielleicht noch nicht zu spät. Eine letzte Feststellung. Der Hausarzt Thomas Wächsing, der für sich das Allerschlimmste im Blick hatte, gewährte dem Kommissar einen winzigen Einblick in die Krankenakte von Justus Hasse. Der hatte sich mit einem Messer verletzt. Es aber nicht zu Ende gebracht.

»Es ist gleich vorbei«, Justus hielt seine Flasche hoch, lächelte.

Hiero langte nach einer der Fliesenscherben, schnappte sich die Schleuder, legte an und zog ab.

Die Glasstücke der getroffenen Flasche spritzten, das giftige Blumenwasser rann stinkend über Justus' Gesicht und Arme. Der lachte. »Zu spät, Kommissar.« Er sank auf die Knie.

»Hoffe ich nicht«, sagte Hiero fest. Er angelte nach seinem Handy, wählte den Notruf, suchte nach etwas, das die Kabelbinder um die Handgelenke der Schulsekretärin durchschnitten. Er fand nichts, sagte sich, ein Taschenmesser dabei zu haben, wäre nicht verkehrt.

Er schaute in Katharinas Augen, wischte über ihre Lippen, roch daran, stutzte. »Mein Getränk schmeckte nach Multivitaminsaft«, sagte sie. Hiero zog sie in seine Arme, küsste ihre zitternden Lippen.

Alexander riss seinen ehemaligen Freund in den Stand. »Wenn du die Aktion überleben solltest, dann bring ich dich um!«

Augustin klatschte, nickte und zeichnete mit den Händen eine Linie. »Ende.«

Zu Ende wäre ihr gemeinsamer Abend erst nach dem versprochenen Schnaps in »Colin's Cove«. Diesmal bestellte der Regisseur eine Runde Alte Zwetschge. Den beiden 17-Jährigen stellte Colin auch ein Glas hin. »A bisserl was geht allerweil.« Zwinkern.

»Der ist schwer verdient«, fand Justus. »Hiero, du hast echt eiskalt auf die Flasche gefeuert. Beinahe hätte ich das Ding vor Schreck fallen lassen«, sagte er. »Stand so nicht im Drehbuch.«

»Ich hab geübt«, gab Viktor zurück.

»Unglaublich authentisch«, lobte Augustin.

»Das ist die Wahrheit öfter«, gab Viktor zurück, drückte Hennys Hand.

Ein kluger Mann hatte einmal etwas über die Wahrheit gewusst, Viktor wusste nicht einmal wer, welcher kluge Mann – und was das gewesen war.

Der Film-Fall, das Verbrechen, war gelöst. Viktor hatte sich vor dem Spiegel noch genauer betrachtet, könnte ja sein, dass Frank ihn irgendwo erwischt hatte; es sah nicht danach aus.

Wohin hatte der Typ gezielt?

Manche Dinge würden sich wahrscheinlich nie aufklären. Aber wenn er ehrlich mit sich war – an dieser Aufklärung war er nicht interessiert.

Er schaltete das Handy aus, seinen Verstand ab und wünschte sich eine gute Nacht. Er hatte nicht mitbekommen, wie sich die ersten hellen Flecken unter der Dunkelheit hervorkämpften.

Er hatte nicht mitbekommen, wie allmählich der Hotelbetrieb erwachte.

Er hatte nicht mitbekommen, wie die Kollegen ihre Plätze im Frühstücksraum einnahmen.

Es klopfte und wurde lauter, unnachgiebig. Viktor hatte sein Handy doch ausgeschaltet. Das war ein Klopfsignal. Er blieb liegen und stellte sich tot. Die Tür ging auf. Zuerst bloß einen Spalt, dann versetzte ihr der Klopfer einen schwungvollen Stoß.

»Hast du nicht getönt, dass du früher aufstehst und neuerdings nicht mehr so lange in den Federn bleibst?«

Viktor fuhr sich über die Augen. Alle Träume hatten einen Grund, und manche wirkten ganz gemein wahrhaftig. »Papa.« Eine Feststellung. Nur würde der sich nicht in die S-Bahn setzen und nach Herrsching an den Ammersee fahren, um seinen einzigen Sohn zu besuchen. Viktor schüttelte sich.

»In der Zeitung stehen Dinge«, betonte der Mann, der vor seinem Bett stand. »Ich dachte, ich schaue mal, wie viel davon nicht stimmt.«

Viktor zog sich die Decke über den Kopf.

Kein Zweifel. Das war Peter Lässig!

QUELLEN, RECHERCHE, PERSÖNLICH WERDE ICH AUCH.

Hundert beste Filmzitate:

Wir lachen, machen uns Gedanken, finden es großartig oder ganz furchtbar – unzählige Dialoge aus ebenso vielen Kinofilmen.

Würde sich niemand daran erinnern, würde niemand sich die Mühe machen, etwas aufzuschreiben, gäbe es auch keinen Ort, an dem man sie entdecken darf.

Die Handsteinschleuder, und was man damit anstellen kann: Ich hatte so ein Ding. Verführerisch fand der Teenager ganz besonders die Wäsche auf der Leine der Nachbarin. Die geformten Lehmkugeln trafen ihre frisch gewaschenen Ziele, hinterließen unschöne Flecken. Eine Entschuldigung genügte nicht, die Schleuder wurde konfisziert und misstrauische Blicke verfolgten mich fürderhin.

Ich möchte ganz herzlich Danke sagen:

Weil ohne polizeiliche Unterstützung zu viele »fabelhafte Ideen« Einlass in die Geschichte gefordert hätten … Grüße nach Bayreuth

Christian Frania – Videojournalist, Fotograf. Nebenbei sieht man ihn auch in bekannten Krimiserien. Normalerweise ist die Kameraperspektive sein Ding, und ich musste unbedingt wissen, wie die Sache funktioniert.

FRAUKE SCHUSTER
Der Watzmann und der Tod

978-3-8392-2297-3 (Paperback)
978-3-8392-5769-2 (pdf)
978-3-8392-5768-5 (epub)

FINSTERES BEGEHREN In einer abgebrannten Scheune macht die Polizei eine schreckliche Entdeckung. Handelt es sich um eine aus den Fugen geratene Zündelei oder steckt mehr dahinter? Der Journalist Paul Leonberger beginnt zu ermitteln und hat bald das unheimliche Gefühl, dass jeder seiner Schritte beobachtet wird. Als er in den Bergen nur knapp einem Anschlag auf sein Leben entgeht, begreift er, dass jemand dem Täter Informationen liefern muss. Unerwartete Unterstützung findet Paul bei der wortkargen Rangerin Tessa, die auf einer abgelegenen Alm lebt.